国家社会科学基金重大招标项目

『十三五』国家重点图书出版规划项目

国家出版基金项目
NATIONAL PUBLICATION FOUNDATION

外国文学经典生成与传播研究

第六卷 现代卷

吴笛 总主编

范捷平 等著

北京大学出版社
PEKING UNIVERSITY PRESS

图书在版编目 (CIP) 数据

外国文学经典生成与传播研究 . 第六卷 , 现代卷 / 吴笛总主编 ; 范捷平等著 . —北京：
北京大学出版社 , 2019.4

ISBN 978-7-301-30452-5

Ⅰ . ①外… Ⅱ . ①吴… ②范… Ⅲ . ①外国文学 – 现代文学 – 文学研究 Ⅳ . ① I106

中国版本图书馆 CIP 数据核字 (2019) 第 075269 号

书　　　名	外国文学经典生成与传播研究（第六卷）现代卷
	WAIGUO WENXUE JINGDIAN SHENGCHENG YU CHUANBO
	YANJIU（DI-LIU JUAN）XIANDAI JUAN
著作责任者	吴　笛　总主编　范捷平　等著
组稿编辑	张　冰
责任编辑	刘　爽
标准书号	ISBN 978-7-301-30452-5
出版发行	北京大学出版社
地　　　址	北京市海淀区成府路 205 号　　100871
网　　　址	http://www.pup.cn　　　新浪微博：@ 北京大学出版社
电子信箱	nkliushuang@ hotmail.com
电　　　话	邮购部 010-62752015　发行部 010-62750672　编辑部 010-62759634
印　刷　者	北京虎彩文化传播有限公司
经　销　者	新华书店
	720 毫米 ×1020 毫米　16 开本　27.5 印张　485 千字
	2019 年 4 月第 1 版　2019 年 4 月第 1 次印刷
定　　　价	98.00 元

编委会

目 录

总　序

文学经典的价值是一个不断被发现的过程，也是一个不断演变和深化的过程。自从将"经典"一词视为一个重要的价值尺度而对文学作品开始进行审视时，学界为经典的意义以及衡量经典的标准进行过艰难的探索，其探索过程又反过来促使了经典的生成与传播。

一、外国文学经典生成缘由

文学尽管是非功利的，但是无疑具有功利的取向；文学尽管不是以提供信息为己任，但是依然是我们认知人类社会的一个非常重要的参照。所以，尽管文学经典通常所传播的并不是我们一般所认为的有用的信息，但是却有着追求真理、陶冶情操、审视时代、认知社会的特定价值。外国文学经典的生成缘由应该是多方面的，但是其基本缘由是满足人们的精神需求，适应各个不同时代人类生存和发展的需要。

首先，文学经典的生成缘由与远古时代原始状态的宗教信仰密切相关。古埃及人的世界观"万物有灵论"（Animism）促使了诗集《亡灵书》（*The Book of the Dead*）的生成，这部诗集从而被认为是人类最古老的书面文学。与原始宗教相关的还有"巫术说"。不过，虽然从"巫术说"中也可以发现人类早期诗歌（如《吠陀》等）与巫术之间有一定的联系，但巫术作为人类早期重要的社会活动，对诗歌的发展所起到的也只是"中介"作用。更何况"经典"（canon）一词最直接与宗教发生关联。杰勒米·霍桑

(Jeremy Hawthorn)①就坚持认为"经典"起源于基督教会内部关于希伯来圣经和新约全书书籍的本真性（authenticity）的争论。他写道："在教会中认定具有神圣权威而接受的，就被称作经典，而那些没有权威或者权威可疑的，就被说成是伪经。"②从中也不难看出文学经典以及经典研究与宗教的关系。

其次，经典的生成缘由与情感传达以及审美需求密切相关。主张"摹仿说"的，其实也包含着情感传达的成分。"摹仿说"始于古希腊哲学家德谟克利特和亚里士多德等人。德谟克利特认为诗歌起源于人对自然界声音的摹仿，亚里士多德也曾提到："一般说来，诗的起源仿佛有两个原因，都是出于人的天性。"③他接着解释说，这两个原因是摹仿的本能和对摹仿的作品总是产生快感。他甚至指出：比较严肃的人摹仿高尚的行动，所以写出的是颂神诗和赞美诗，而比较轻浮的人则摹仿下劣的人的行动，所以写的是讽刺诗。"情感说"认为诗歌起源于情感的表现和交流思想的需要。这种观点揭示了诗歌创作与情感表现之间的一些本质的联系，但并不能说明诗歌产生的源泉，而只是说明了诗歌创作的某些动机。世界文学的发展历程也证明，最早出现的文学作品是劳动歌谣。劳动歌谣是沿袭劳动号子的样式而出现的。所谓劳动号子，是指从事集体劳动的人们伴随着劳动动作节奏而发出的有节奏的呐喊。这种呐喊既有协调动作，也有情绪交流、消除疲劳、愉悦心情的作用。这样，劳动也就决定了诗歌的形式特征以及诗歌的功能意义，使诗歌与节奏、韵律等联系在一起。由于伴随着劳动号子的，还有工具的挥动和身姿的扭动，所以，原始诗歌一个重要特征便是诗歌、音乐、舞蹈这三者的合一（三位一体）。朱光潜先生就曾指出中西都认为诗的起源以人类天性为基础，认为诗歌、音乐、舞蹈原是三位一体的混合艺术，其共同命脉是节奏。"后来三种艺术分化，每种均仍保存节奏，但于节奏之外，音乐尽量向'和谐'方面发展，舞蹈尽量向姿态方面发展，诗歌尽量向文字方面发展，于是彼此距离遂日渐其远。"④这也从一个方面说明，文学的产生是情感交流和愉悦的需要。"单

---

① 为方便读者理解，本书中涉及的外国人名均采用其被国内读者熟知的中文名称，未全部使用其中文译名的全称。

② Jeremy Hawthorn, *A Glossary of Contemporary Literary Theory*, London：Arnold, 2000, p. 34. 此处转引自阎景娟：《文学经典论争在美国》，北京：社会科学文献出版社，2010年版，第27页。

③ 亚里斯多德、贺拉斯：《诗学·诗艺》，北京：人民文学出版社，1962年版，第11页。

④ 朱光潜：《诗论》，北京：生活·读书·新知三联书店，1984年版，第11页。

纯的审美本质主义很难解释经典包括文学经典的本质。"①

再者,经典的生成缘由与伦理教诲以及伦理需求有关。所谓文学经典,必定是受到广泛尊崇的具有典范意义的作品。这里的"典范",就已经具有价值判断的成分。实际上,经过时间的考验流传下来的经典艺术作品,并不仅仅依靠其文字魅力或者审美情趣而获得推崇,伦理价值在其中起着极其重要的作用。正是伦理选择,使得人们企盼从文学经典中获得答案和教益,从而使文学经典具有经久不衰的价值和魅力。文学作品中的伦理价值与审美价值并不相悖,但是,无论如何,审美阅读不是研读文学经典的唯一选择,正如西方评论家所言,在顺利阅读的过程中,我们允许各种其他兴趣从属于阅读的整体经验。② 在这一方面,哈罗德·布鲁姆关于审美创造性的观念过于偏颇,他过于强调审美创造性在西方文学经典生成中的作用,反对新历史主义等流派所作的道德哲学和意识形态批评。审美标准固然重要,然而,如果将文学经典的审美功能看成是唯一的功能,显然削弱了文学经典存在的理由;而且,文学的政治和道德价值也不是布鲁姆先生所认为的是"审美和认知标准的最大敌人"③,而是相辅相成的。聂珍钊在其专著《文学伦理学批评导论》中,既有关于文学经典伦理价值的理论阐述,也有文学伦理学批评在小说、戏剧、诗歌等文学类型中的实践运用。在审美价值和伦理价值的关系上,聂珍钊坚持认为:"文学经典的价值在于其伦理价值,其艺术审美只是其伦理价值的一种延伸,或是实现其伦理价值的形式和途径。因此,文学是否成为经典是由其伦理价值所决定的。"④

可见,没有伦理,也就没有审美;没有伦理选择,审美选择更是无从谈起。追寻斯芬克斯因子的理想平衡,发现文学经典的伦理价值,培养读者的伦理意识,从文学经典中得到教诲,无疑也是文学经典得以存在的一个重要方面。正是意识到文学经典的教诲功能,美国著名思想家布斯认为,一个教师在从事文学教学时,"如果从伦理上教授故事,那么他们比起最好的拉丁语、微积分或历史教师来说,对社会更为重要"⑤。文学经典的一个重要使命是对读者的伦理教诲功能,特别是对读者伦理意识的引导。

---

① 阎景娟:《文学经典论争在美国》,北京:社会科学文献出版社,2010年版,第1页。

② 克林斯·布鲁克斯:《精致的瓮》,郭乙瑶等译,上海:上海人民出版社,2008年版,第232页。

③ 哈罗德·布鲁姆:《西方正典:伟大作家和不朽作品》,江宁康译,南京:译林出版社,2005年版,第28页。

④ 聂珍钊:《文学伦理学批评导论》,北京:北京大学出版社,2014年版,第142页。

⑤ 韦恩·C.布斯:《修辞的复兴:韦恩·布斯精粹》,穆雷等译,南京:译林出版社,2009年版,第230页。

其实，在作者与读者的关系上，18世纪英国著名批评家塞缪尔·约翰逊就坚持认为，作者具有伦理责任："创作的唯一终极目标就是能够让读者更好地享受生活，或者更好地忍受生活。"①20世纪的法国著名哲学家伊曼纽尔·勒维纳斯构建了一种"为他人"（to do something for the Other）的伦理哲学观，认为："与'他者'的伦理关系可以在论述中建构，并且作为'反应和责任'来体验。"②当今加拿大学者珀茨瑟更是强调文学伦理学批评的实践，以及对读者的教诲作用，认为："作为批评家，我们的聚焦既是分裂的，同时又有可能是平衡的。一方面，我们被邀以文学文本的形式来审视各式各样的、多层次的、缠在一起的伦理事件，坚守一些根深蒂固的观念；另一方面，考虑到文学文本对'个体读者'的影响，也应该为那些作为'我思故我在'的读者做些事情。"③可见，文学经典的使命之一是伦理责任和教诲功能。文学经典的生成与伦理选择以及伦理教诲的关联不仅可以从《俄狄浦斯王》等经典戏剧中深深地领悟，而且可以从古希腊的《伊索寓言》以及中世纪的《列那狐传奇》等动物史诗中具体地感知。文学经典的教诲功能在古代外国文学中，显得特别突出，甚至很多文学形式的产生，也都是源自于教诲功能。埃及早期的自传作品中，就有强烈的教诲意图。如《梅腾自传》《大臣乌尼传》《霍尔胡夫自传》等，大多陈述帝王大臣的高尚德行，或者炫耀如何为帝王效劳，并且灌输古埃及人心中的道德规范。"这种乐善好施美德的自我表白，充斥于当时的许多自传铭文之中，对后世的传记文学亦有一定的影响。"④相比自传作品，古埃及的教谕文学更是直接体现了文学所具有的伦理教诲功能。无论是古埃及最早的教谕文学《王子哈尔德夫之教谕》（*The Instruction of Prince Hardjedef*）还是古埃及迄今保存最完整的教谕文学作品《普塔荷太普教谕》（*The Instruction of Ptahhotep*），内容都涉及社会伦理内容的方方面面。

最后，经典的生成缘由与人类对自然的认知有关。文学经典在一定意义上是人类对自然认知的记录。尤其是古代的一些文学作品，甚至是

---

① Samuel Johnson, "Review of a Free Inquiry into the Nature and Origin of Evil", *The Oxford Authors: Samuel Johnson*, Donald Greene ed., London: Oxford University Press, 1990, p. 536.

② Emmanuel Levinas, *Ethics and Infinity*, Trans. Richard A. Cohen, Pittsburgh: Duquesne University Press, 1985, p. 88.

③ Markus Poetzsch, "Towards an Ethical Literary Criticism: the Lessons of Levinas", *Antigonish Review*, Issue 158, Summer 2009, p. 134.

① 令狐若明：《埃及学研究——辉煌的古埃及文明》，长春：吉林大学出版社，2008年版，第286页。

古代自然哲学的诠释。几乎每个民族都有自己的神话体系,而这些神话,有相当一部分是解释对自然的认知。无论是希腊罗马神话,还是东方神话,无不体现着人对自然力的理解,以及对人与自然关系的探索。在文艺复兴之前的古代社会,由于人类的自然科学知识贫乏以及思维方式的限定,人们只能被动地接受自然力的控制,继而产生对自然力的恐惧和听天由命的思想,甚至出于对自然力的恐惧而对其进行神化。如龙王爷的传说以及相关的各种祭祀活动等,正是出于对于自然力的恐惧和神化。而在语言中,人们甚至认定"天"与"上帝"是同一个概念,都充当着最高力量的角色,无论是中文的"上苍"还是英文的"heaven",都是人类将自然力神化的典型。

二、外国文学经典传播途径的演变

在漫长的岁月中,外国文学经典经历了多种传播途径,以象形文字、楔形文字、拼音文字等多种书写形式,历经了从纸草、泥板、竹木、陶器、青铜直到活字印刷,以及从平面媒体到跨媒体等多种传播媒介的变换和发展,每一种传播手段都伴随着科学技术的进步以及人类文明的发展进程。

文学经典的生成与传播,概括起来,经历了七个重要的传播阶段或传播形式,大致包括口头传播、表演传播、文字传播、印刷传播、组织传播、影像传播、网络传播等类型。

文学经典的最初生成与传播是口头的生成与传播,它以语言的产生为特征。外国古代文学经典中,有不少著作经历了漫长的口头传播的阶段,如古希腊的《伊利昂纪》(又译《伊利亚特》)等荷马史诗,或《伊索寓言》,都经历了漫长的口头传播,直到文字产生之后,才由一些文人整理记录下来,形成固定的文本。这一演变和发展过程,其实就是脑文本转化为物质文本的具体过程。"脑文本就是口头文学的文本,但只能以口耳相传的方式进行复制而不能遗传。因此,除了少量的脑文本后来借助物质文本被保存下来之外,大量的具有文学性质的脑文本都随其所有者的死亡而永远消失湮灭了。"[1]可见,作为口头文学的脑文本,只有借助于声音或文字等形式转变为物质文本或当代的电子文本之后,才会获得固定的形态,才有可能得以保存和传播。

第二个阶段是表演传播,其中以剧场等空间传播为要。在外国古代

---

[1] 聂珍钊:《文学伦理学批评:口头文学与脑文本》,《外国文学研究》,2013年第6期,第8页。

文学经典的传播过程中,尤其是古希腊时期,剧场发挥了极其重要的作用。古希腊埃斯库罗斯、索福克勒斯、欧里庇得斯等悲剧作家的作品,当时都是靠剧场来进行传播的。当时的剧场大多是露天剧场,如雅典的狄奥尼索斯剧场,规模庞大,足以容纳30000名观众。

除了剧场对于戏剧作品的传播之外,为了传播一些诗歌作品,也采用吟咏和演唱传播的形式。古代希腊的很多抒情诗,就是伴着笛歌和琴歌,通过吟咏而得以传播的。在古代波斯,诗人的作品则是靠"传诗人"进行传播。传诗人便是通过吟咏和演唱的方式来传播诗歌作品的人。

第三个阶段是文字形式的生成与传播。这是继口头传播之后的又一个重要的发展阶段,也是文学经典得以生成的一个关键阶段。文字产生于奴隶社会初期,大约在公元前三四千年,中国、埃及、印度和两河流域,分别出现了早期的象形文字。英国历史学家巴勒克拉夫在《泰晤士报世界历史地图集》中指出:"公元前3000年文字发明,是文明发展中的根本性的重大事件。它使人们能够把行政文字和消息传递到遥远的地方,也就使中央政府能够把大量的人力组织起来,它还提供了记载知识并使之世代相传的手段。"[①]从巴勒克拉夫的这段话中可以看出,文字媒介对于人类文明的重要意义。因为文字媒介克服了声音语言转瞬即逝的弱点,能够把文学信息符号长久地、精确地保存下来,从此,文学成果的储存不再单纯依赖人脑的有限记忆,并且突破了文学经典的口头传播在空间和时间的限制,从而极大地改善和促进了文学经典的传播。

第四个阶段是活字印刷的批量传播。仅仅有了文字,而没有文字得以依附的载体,经典依然是不能传播的,而早期的文字载体,对于文学经典的传播所产生的作用又是十分有限的。文字形式只能记录在纸草、竹片等植物上,或是刻在泥板、石板等有限的物体上。只是随着活字印刷术的产生,文学经典才真正形成了得以广泛传播的条件。

第五个阶段是组织传播。科学技术的发展,尤其是印刷术的发明,使得"团体"的概念更为明晰。这一团体,既包括扩大的受众,也包括作家自身的团体。有了印刷方面的便利,文学社团、文学流派、文学刊物、文学出版机构等,便应运而生。文学经典在各个时期的传播,离不开特定的媒介。不同的传播媒介,体现了不同的时代精神和科技进步。我们所说的"媒介"一词,本身也具有多义性,在不同的情境、条件下,具有不同的意义

---

① 转引自文言主编:《文学传播学引论》,沈阳:辽宁人民出版社,2006年版,第55页。

属性。"文学传播媒介大致包含两种含义：一方面，它是文学信息符号的载体、渠道、中介物、工具和技术手段，例如'小说文本''戏剧脚本''史诗传说''文字网页'等；另一方面，它也可能指从事信息的采集、符号的加工制作和传播的社会组织……这两种内涵层面所指示的对象和领域不尽相同，但无论作为哪种含义层面上的'媒介'，都是社会信息系统不可或缺的重要环节。"①

第六个阶段是影像传播。20世纪初，电影开始产生。文学经典以电影改编形式获得关注，成为影像改编的重要资源，经典从此又有了新的生命形态。20世纪中期，随着电视的产生和普及，文学经典的影像传播更是成为一个重要的传播途径。

最后，在20世纪后期经历的一个特别的传播形式是网络传播。网络传播以计算机通信网络为平台，利用图像扫描和文字识别等信息处理技术，将纸质文学经典电子化，以方便储存，同时也便于读者阅读、携带、交流和传播。外国文学经典是网络传播的重要资源，正是网络传播，使得很多本来仅限于学界研究的文学经典得以普及和推广，赢得更多的受众，也使得原来仅在少数图书馆储存的珍稀图书得以以电子版本的形式为更多的读者和研究者所使用。

从纸草、泥板到网络，文学经典的传播途径与人类的进步以及科学技术的发展是同步而行的，传播途径的变化不仅促进了文学经典的流传和普及，也在一定意义上折射出人类文明的历史进程。

三、外国文学经典的翻译及历史使命

外国文学经典得以代代流传，是与文学作品的翻译活动和翻译实践密不可分的。可以说，没有文学翻译，就没有外国文学经典在中国的传播。文学经典正是从不断的翻译过程中获得再生，得到流传。譬如，古代罗马文学就是从翻译开始的，正是有了对古希腊文学的翻译，古罗马文学才有了对古代希腊文学的承袭。同样，古希腊文学经典通过拉丁语的翻译，获得新的生命，以新的形式渗透在其他的文学经典中，并且得以流传下来。而古罗马文学，如果没有后来其他语种的不断翻译，也就必然随着拉丁语成为死的语言而失去自己的生命。

所以，翻译所承担的使命就是真正意义上的文化传承。要正确认识

① 文言主编：《文学传播学引论》，沈阳：辽宁人民出版社，2006年版，第52页。

文学翻译的历史使命，我们必须重新认知和感悟文学翻译的特定性质和基本定义。

在国外，英美学者关于翻译是艺术和科学的一些观点具有一定的代表性。美国学者托尔曼在其《翻译艺术》一书中认为，"翻译是一种艺术。翻译家应是艺术家，就像雕塑家、画家和设计师一样。翻译的艺术，贯穿于整个翻译过程之中，即理解和表达的过程之中"。①

英国学者纽马克将翻译定义为："把一种语言中某一语言单位或片断，即文本或文本的一部分的意义用另一种语言表达出来的行为。"②

而苏联翻译理论家费达罗夫认为："翻译是用一种语言把另一种语言在内容和形式不可分割的统一中业已表达出来的东西准确而完全地表达出来。"苏联著名翻译家巴尔胡达罗夫在他的著作《语言与翻译》中声称："翻译是把一种语言的语言产物在保持内容也就是意义不变的情况下改变为另外一种语言的言语产物的过程。"③

在我国学界，一些工具书对"翻译"这一词语的解释往往是比较笼统的。《辞源》对翻译的解释是："用一种语文表达他种语文的意思。"《中国大百科全书·语言文字卷》对翻译下的定义是："把已说出或写出的话的意思用另一种语言表达出来的活动。"实际上，对翻译的定义在我国也由来已久。唐朝《义疏》中提到："译即易，谓换易言语使相解也。"④这句话清楚表明：翻译就是把一种语言文字换易成另一种语言文字，以达到彼此沟通、相互了解的目的。

所有这些定义所陈述的是翻译的文字转换作用，或是一般意义上的信息的传达作用，或是"介绍"作用，即"媒婆"功能，而忽略了文化传承功能。实际上，翻译是源语文本获得再生的重要途径，纵观世界文学史的杰作，都是在翻译中获得再生的。从古埃及、古巴比伦、古希腊罗马等一系列文学经典来看，没有翻译就没有经典。如果说源语创作是文学文本的今生，那么今生的生命是极为短暂的，是受到限定的；正是翻译，使得文学文本获得今生之后的"来生"。文学经典在不断被翻译的过程中获得"新生"和强大的生命力。因此，文学翻译不只是一种语言文字符号的转换，而且是一种以另一种生命形态存在的文学创作，是本雅明所认为的原文

---

① 郭建中编著：《当代美国翻译理论》，武汉：湖北教育出版社，2000年版，第4页。

② P. Newmark, *About Translation*, Clevedon: Multilingual Matters Ltd., 1991, p. 27.

③ 转引自黄忠廉：《变译理论》，北京：中国对外翻译出版公司，2002年版，第21页。

④ 罗新璋编：《翻译论集》，北京：商务印书馆，1984年版，第1页。

作品的"再生"(afterlife on their originals)。

文学翻译既是一门艺术,也是一门科学。作为一门艺术,译者充当着作家的角色,因为他需要用同样的形式、同样的语言来表现原文的内容和信息。文学翻译不是逐字逐句的机械的语言转换,而是需要译者的才情,需要译者根据原作的内涵,通过自己的创造性劳动,用另一种语言再现出原作的精神和风采。翻译,说到底是翻译艺术生成的最终体现,是译者翻译思想、文学修养和审美追求的艺术结晶,是文学经典生命形态的最终促成。

因此,翻译家的使命无疑是极为重要、崇高的,译者不是一般意义上的"媒婆",而是生命创造者。实际上,翻译过程就是不断创造生命的过程。翻译是文学的一种生命运动,翻译作品是原著新的生命形态的体现。这样,译者不是"背叛者",而是文学生命的"传送者"。源自拉丁语的谚语说:Translator is a traitor.(译者是背叛者。)但是我们要说:Translator is a transmitter.(译者是传送者。)尤其是在谈到诗的不可译性时,美国诗人罗伯特·弗罗斯特断言:"诗是翻译中所丧失的东西。"然而,世界文学的许多实例表明:诗歌是值得翻译的,杰出的作品正是在翻译中获得新生,并且生存于永恒的转化和永恒的翻译状态,正如任何物体一样,当一首诗作只能存在于静止状态,没有运动的空间时,其生命在某种意义上来说也就停滞或者死亡了。

认识到翻译所承载的历史使命,那么,我们的研究视野也应相应发生转向,即由文学翻译研究朝翻译文学研究转向。

文学翻译研究朝翻译文学研究的这一转向,使得"外国文学"不再是"外国的文学",而是我国民族文化的一个有机的组成部分,并将外国文学从文学翻译研究的词语对应中解放出来,从而审视与系统反思外国文学经典生成与传播中的精神基因、生命体验与文化传承。中世纪波斯诗歌在 19 世纪英国的译介就是一个典型的例子。菲茨杰拉德的英译本《鲁拜集》之所以成为英国民族文学的经典,就是因为菲氏认识到了翻译文本与民族文学文本之间的辩证关系,认识到了一个译者的历史使命以及为实现这一使命所应该采取的翻译主张。所以,我们关注外国文学经典在中国的传播,目的是探究"外国的文学"怎样成为我国民族文学构成的重要组成部分以及对文化中国形象重塑方面所发挥的重要作用。因此,既要宏观地描述外国文学经典在原生地的生成和在中国传播的"路线图",又要研究和分析具体的文本个案;在分析文本个案时，既要分析某一特定的经典在其原生地被经典化的生成原因，更要分析它在传播过程中，在次生地的重生和再经典化的过程和原因，以及它所产生的变异和影响。

因此，外国文学经典研究，应结合中华民族的现代化进程、中华民族文化的振兴与发展，以及我国的外国文学研究的整体发展及其对我国民族文化的贡献这一视野来考察经典的译介与传播。我们应着眼于外国文学经典在原生地的生成和变异，汲取为我国的文学及文化事业所积累的经验，为祖国文化事业服务。我们还应着眼于外国文学经典在中国的译介和其他艺术形式的传播，树立我国文学经典译介和研究的学术思想的民族立场；通过文学经典的中国传播，以及面向世界的学术环境和行之有效的中外文化交流，重塑文化中国的宏大形象，将外国文学译介与传播看成是中华民族思想解放和发展历程的折射。

其实，"文学翻译"和"翻译文学"是两种不同的视角。文学翻译的着眼点是文本，即原文向译文的转换，强调的是准确性；文学翻译也是媒介学范畴上的概念，是世界各个民族、各个国家之间进行交流和沟通思想感情的重要途径、重要媒介。翻译文学的着眼点是读者对象和翻译结果，即所翻译的文本在译入国的意义和价值，强调的是接受与影响。与文学翻译相比较，不只是词语位置的调换，也是研究视角的变换。

翻译文学是文学翻译的目的和使命，也是衡量翻译得失的一个重要标准，它属于"世界文学—民族文学"这一范畴的概念。翻译文学的核心意义在于不再将"外国文学"看成"外国的文学"，而是将其看成民族文学的一个组成部分，是民族文化建设的有机的整体，将所翻译的文学作品看成是我国民族文化事业的一个重要的组成部分。可以说，文学翻译的目的，就是建构翻译文学。

正是因为有了这一转向，我们应该重新审视文学翻译的定义以及相关翻译理论的合理性。我们尤其应注意翻译研究的文化转向，在翻译研究领域发现新的命题。

四、外国文学的影像文本与新媒介流传

外国文学经典无愧为人类的文化遗产和精神财富，20 世纪，当影视传媒开始相继涌现，并且在人们的日常生活中占据重要位置的时候，外国文学经典也相应地成为影视改编以及其他新媒体传播的重要素材，对于新时代的文化建设以及人们的文化生活，依然起着极其重要的作用。

外国文学经典是影视动漫改编的重要渊源,为许许多多的改编者提供了灵感和创作的源泉。自从1900年文学经典《灰姑娘》被搬上银幕之后,影视创作就开始积极地从文学中汲取灵感。据美国学者林达·赛格统计,85％的奥斯卡最佳影片改编自文学作品。[①] 从根据古希腊荷马史诗改编的《特洛伊》等影片,到根据中世纪《神曲》改编的《但丁的地狱》等动画电影;从根据文艺复兴时期《哈姆雷特》而改编的《王子复仇记》《狮子王》,到根据18世纪《少年维特的烦恼》而改编的同名电影;从根据19世纪狄更斯作品改编的《雾都孤儿》《孤星血泪》,直到帕斯捷尔纳克的《日瓦戈医生》等20世纪经典的影视改编;从外国根据中国文学经典改编的《花木兰》,到中国根据外国文学经典改编的《钢铁是怎样炼成的》……文学经典不仅为影视动画的改编提供了丰富的素材,也通过这些新媒体使得文学经典得以传承,获得普及,从而获得新的生命。

考虑到作为文学作品的语言艺术与作为电影的视觉艺术有着各自不同的特点,在论及文学经典的影视传播时,我们不能以影片是否忠实于原著为评判成功与否的绝对标准,我们实际上也难以指望被改编的影视作品能够完全"忠实"于原著,全面展现文学经典所表现的内容。但是,将纸上的语言符号转换成银幕上的视觉符号,不是一般意义上的转换,而是从一种艺术形式到另一种艺术形式的"翻译"。既然是"媒介学"意义上的翻译,那么,忠实原著,尤其是忠实原著的思想内涵,是"译本"的一个不可忽略的重要目标,也是衡量"译本"得失的一个重要方面。

对于文学作品改编成电影应该持有什么样的原则,国内外的一些学者存在着不尽一致的观点。我们认为夏衍所持的基本原则具有一定的科学性。夏衍先生认为:"假如要改编的原著是经典著作,如托尔斯泰、高尔基、鲁迅这些巨匠大师们的著作,那么我想,改编者无论如何总得力求忠实于原著,即使是细节的增删改作,也不该越出以致损伤原作的主题思想和他们的独持风格,但,假如要改编的原作是神话、民间传说和所谓'稗官野史',那么我想,改编者在这方面就可以有更大的增删和改作的自由。"[②]可见,夏衍先生对文学改编所持的基本原则是应该按原作的性质而有所不同。而在处理文学文本与电影作品之间的关系时,夏衍的态度

① 转引自陈林侠:《从小说到电影——影视改编的综合研究》,北京:中国社会科学出版社,2011年版,第1页。

② 夏衍:《杂谈改编》,《中国电影理论文选》(上册),罗艺军主编,北京:文化艺术出版社,1992年版,第498页。

是："文学文本在改编成电影时能保留多少原来的面貌，要视文学文本自身的审美价值和文学史价值而定。"①

文学作品和电影毕竟属于不同的艺术范畴，作为语言艺术形式的小说和作为视觉艺术形式的电影有着各自特定的表现技艺和艺术特性，如果一部影片不加任何取舍，完全模拟原小说所提供的情节，这样的"译文"充其量不过是"硬译"或"死译"。从一种文字形式向另一种文字形式的转换被认为是一种"再创作"，那么，从艺术的一种表现形式朝另一种表现形式的转换无疑更是一种艺术的"再创作"，但这种"再创作"无疑又受到"原文"的限制，理应将原作品所揭示的道德的、心理的和思想的内涵通过新的视觉表现手段来传达给电影观众。

总之，根据外国文学经典改编的许多影片，正是由于文学文本的魅力所在，也同样感染了许多观众，而且激发了观众阅读文学原著的热忱，在新的层面为经典的普及和文化的传承作出了应有的贡献，同时，也为其他时代的文学经典的影视改编和新媒体传播提供了借鉴。

在长达数千年的历史长河中，对后世产生影响的文学经典浩如烟海。《外国文学经典生成与传播研究》涉及面广，时间跨度大，在有限的篇幅中，难以面面俱到，逐一论述，我们只能选择最具代表性的经典作品或经典文学形态进行研究，所以有时难免挂一漏万。在撰写过程中，我们紧扣"生成"和"传播"两个关键词，力图从源语社会文化语境以及在跨媒介传播等方面再现文学经典的文化功能和艺术魅力。

---

① 颜纯钧主编：《文化的交响：中国电影比较研究》，北京：中国电影出版社，2000年版，第329页。

绪 论
思潮迭变与文学模式的更替

本卷所论及的现代外国文学经典，即指 19 世纪和 20 世纪交替时期以及 20 世纪上半叶在英国、德国、法国、俄罗斯和美国等欧美国家及其语言区生成的外国文学经典作品。本卷主要论述现代文学优秀作品在上述国家和地区的生成与经典化状况，以及它们在中国译介传播与经典再生成的问题。

从 19 世纪末、20 世纪初开始，欧美的传统价值观在巨大的社会变革中发生动摇，在文学和美学领域中也同样发生了一场价值观革命，欧洲社会出现了思潮迭起、流派横生的局面。西方古典主义哲学在这场巨变中逐渐失去了其主导作用，自然科学和社会科学逐步取代了哲学在文学和美学领域的主导地位。哲学中的"真理"被自然科学研究中获得的"真理"所取代；在文学领域中，虚构的文本以"真理"的面貌出现。文学不再是具有美学理想和美学经验的眼睛在现实中感知美的事物，而是艺术家用不受贿赂的、无比精准的，甚至是残酷的眼睛来审视现实。艺术家的眼睛可以跟自然科学家的眼睛、记者的眼睛相媲美，也可以与照相机精准的镜头相媲美。在这样的历史条件下，出现了作家冷酷的观察，也可以说是心理学家的观察。就像尼采所说的那样，或者像冷静的解剖师罗伯特·穆齐尔（Robert Musil）所说的那样，作家就是现实社会的解说员和记录员。诗人曾经是灵光一闪的天才，或者曾经是被"缪斯"亲吻的诗仙，但是当人类社会发展到后工业化时代，诗人犹如记录社会现象的一台机器。从 19 世纪中叶开始，作家在文本中的作用逐渐淡出，叙述者在文学文本中常常不再重要，能够被感知的只剩下一种视角，或者只剩下一种声音。

我们可以说，19 世纪末、20 世纪初非常特殊的社会历史语境所带来的一系列后果，深刻地影响了文学等人类精神产品的价值观，在美学领域中引发了一场"美的艺术之崩溃"。接受美学创始人之一姚斯（Hans Robert Jauss）1970年指出，不再以"美"为目的的文学艺术在科学技术的普及状态下引发了一场具有时代意义的革命，它决定了文学艺术的传播和接受的方式。自然科学发展所引发的艺术革命在欧洲文学史和艺术史上被称为"自然主义"。我们也可以将自然主义视为现代主义运动的发端，因为自然主义反映了1900年前后文学和艺术的特征，也是欧美文学在这个时期的主要话题。这一时期的文学与自然科学的发展密切相关，亦步亦趋。文学用自然科学的方法去看待世界，看待社会现象；或者文学非常敏感地与自然科学方法背道而驰，将科学拒之门外，以一种尖锐的批判和抗拒的眼光看待科学和技术的发展。

一、现代科学技术的土壤

19世纪是现代科学崛起的时代。现代科学首先是自然科学，自然科学引领了欧洲的现代知识领域。与自然科学发展相适应的交际方式，如出版社、报社、杂志社、文学社团和大学逐渐开始形成我们今天所认识的知识传播形式。尤其值得注意的是科学研究的方法、对象、机构和研究者所关心的问题以及这些问题所涉及的学科领域已经基本形成。在欧洲各国形成了专门的科学研究学术机构，法国古老的法兰西科学院于1805年成为法兰西学会成员，直接受国家首脑领导。德国于1911年成立了"威廉皇帝协会"（Kaiser Wilhelm Gesellschaft），即今天的马普协会和马普研究机构。这类机构被称为科学家的摇篮。具有革命性意义和持续发展意义的还有知识系谱的形成，在德国，从19世纪中叶开始，特别是物理、生物、化学发展成了国际引领性的科学学科。在自然科学研究领域中，以奥古斯特·孔德（Auguste Comte）为代表的实证主义思潮占据统治地位，实证主义认为，可通过实验证实的东西才是真正的存在。但是这并不意味着具有日常性形态的科学研究对象可以通过经验和观念来确定，科学研究呈现出一种鲜明的趋势，一切均需要通过媒介得到观察，通过测量和计算得到印证，这一方法也影响到了精神和经验领域。

自然科学所获得的巨大成功，特别是在生物学领域，如达尔文的生物进化论起到了革命性的推动作用，不仅改变了科学研究人员的世界观，也改变了不直接从事科学研究的市民阶层对世界的根本认识，科学普及直接进入欧洲社会的日常生活，影响一大批受过教育的市民阶层。人们开始了解生命的秘密，了解生命并非上帝创造，而是通过生物进化而来。恩斯特·海克尔(Ernst Haeckel，1834—1919)对进化论的普及功不可没，他在1868年发表了《自然进化史》，1899年发表了宣传进化论的《世界之谜》(Die Welträthsel)一书，这本书在很短的时间内被译成了12种语言，发行了40万册，促使达尔文主义在政治领域和社会领域生根发芽，社会达尔文主义得以形成，种族学、遗产学和优生学也在达尔文进化论的基础上应运而生。在达尔文的学说影响下，优生学和种族人类学披着科学的外衣宣扬种族优劣和种族歧视理论，为日后纳粹种族灭绝暴行提供了科学基础。

　　1900年前后，生物化学、细胞学和遗传学研究在欧洲大陆开始兴起，并且在微生物领域取得了举世的成就，如法国化学家路易·巴斯德(Louis Pasteur)和德国科学家罗伯特·科赫(Robert Koch)确立了细菌和微生物学科。细菌和微生物的发现大大促进了医学的进步，改善了人类的医疗手段。德国病理学家本哈德·诺伊(Bernhard Naunyn)在其回忆录中描述了20世纪初的医学："迄今为止病理学研究中最为黑暗的病原论，也就是疾病发生的原因，此刻终于通过微生物学和细菌学的发明而在科学研究领域大放异彩，成为病理学研究的新的里程碑，可以毫不夸张地说，随着科赫对微生物的发现，现代医学终于进入了基于病理学治疗的新时代！因为我们认识了事情的原委，就如叔本华(Arthur Schopenhauer)所说的那样，我们只能理解存在原委的事物，理解事物发生原委的道理，这是所有的科学必须遵循的原则。在生物学和病理学领域内，事物'发生'的'原委'是最困难，最难以了解的。"[①]一大批所谓"最幽暗的知识领地"被科学圣火照亮，这是20世纪初科学发明最恰当的比喻。世界不仅仅是可以被解释的，而且是可以被说明的，同时，通过科学定律是可以被确定的，这个基本道理在当时的社会发生了不可逆转的作用，被大众认为是颠扑不破的真理，并在现代人身上产生一种无可摆脱的魔力和魅力。无数前人无法解释的病症和现象现在获得了解释和论证，这些解释和论证同时成为科学真理。这一知识成功模式掌控了现代社会，直到以福柯的学说为代表的后现代哲学的兴起才对这一知识模式提出质疑。

---

　　① 　Reiner Thomssen, „Pionierleistungen medizinischer Forschung, die das Leben revolutionierten. Die Entdeckung der Mikroorganismen als krankheitsauslösende Umweltfaktoren", in Ulrich Mölk (Hrsg.), *Europäische Jahrhundertwende. Wissenschaften, Literatur und Kunst um 1900*, Göttingen: Wallstein, 1999, S. 251.

　　20 世纪初，医学的发展改变了人的观念，医学除了治病去灾之外，成为人类健康和福祉的同义词。第一次世界大战结束后，社会卫生学受到重视，妇女、儿童的健康、"卫生""新生儿成活率""营养"以及"寿命"等概念都成了欧洲 20 世纪初生活中的关键词。自然科学在各个领域里蓬勃发展，几乎没有人会质疑一个观点，那就是科学不容置疑，科学最接近世界上的真理，科学意味着客观和精准，意味着创新和进步，意味着现代和生成。1900 年前后，世界上几乎没有任何力量和思维对科学提出质疑。人类坚信自己已经无忧无虑地生活在后哲学和自然科学统治的时代。从此以后，人类对于世界上出现的任何问题都期待着科学和技术上的解决方案。同时还可以看到一个现象，人类对于自然越来越了解，大自然越来越没有秘密可言；但是另一方面，大自然也变得离人越来越远，越来越抽象。

　　与此相反，在文学和诗歌里都没有相应的实验可能，因此只能接受或者想象通过自然科学实验而获得的真实。在文学讨论中，运用隐喻、观察、意识、控制等心理形态也常常使用"实验"这个概念，如"爱的心理"等。叔本华在 1852 年就指出，人的心理是自然科学综合的顶峰，也是自然科学领域里面所谓"最幽暗的领地"①。特别需要指出的是，生理学是 19 世纪下半叶以来最重要的科学发展标志之一，而生理学的发展归功于无机化学领域中取得的成就，在这之前，解释生命现象的话语权主要掌握在神学家和哲学家手中。这意味着物理和化学以同样的方式对物质世界和生命世界做出了巨大的突破，物理和化学成果对解释人类的生命机制提供了理论基础。

　　许多自然科学问题与哲学问题相关，特别是生理学中有关人的感知问题，人对世界和万物的认识问题，人的感知器官问题，人的情感问题等等。在欧美各国的自然科学领域，这些问题也自然被视为现代生理学的问题，而从哲学上看，这是一个形而上学领域中的问题，或者说是一个认识论的问题。19 世纪中叶以后，欧美出现了一大批著名的生理学家，如美国的摩尔根（Thomas Hunt Morgan）1909 年发现了基因与染色体的关系；德国的福格特（Carl Vogt）、穆雷肖特（Jacob Moleschott）、李比希（Justus von Liebig）、毕希纳（Ludwig Büchner）等写了许多学术专著，这

---

① Arthur Schopenhauer, *Gesammelte Briefe*, hrsg. v. Arthur Hübscher, Bonn: Bouvier, 1987,S. 296. hier vgl. : ＜Brief an Julius Frauenstädt vom 12. 10. 1852＞

些书不仅是学术性的，而且也被普通读者所接受，如以李比希的《化学书信》《生理书信》和毕希纳的《生理图解》等为模板写就的通俗读物都起到了明显的启蒙作用。当时的许多生理学家不仅仅在生理学领域是名人，也是其他领域的名人，他们都对政治、伦理和哲学问题进行思考，比如马克思就针对福格特的唯物主义写过一封争论性的信件。毕希纳的《力与物》就曾经被翻译成 13 种语言出版。可以说，当时生理学是一种饱受争议的科学学科，这一领域的几乎所有科学家都是唯物主义者和无神论者，因此，他们中的大多数都命运多舛，饱受争议。

20 世纪初，生理学的意义被现代物理学超越，甚至可以说，不是生理学打造了现代人的世界观，而是现代物理学。如果说 19 世纪末人们还坚信古典物理学的终结，那么爱因斯坦提出的相对论则完全颠覆了之前人们对于世界的理解，甚至可以说，爱因斯坦因相对论改写了 20 世纪的哲学。爱因斯坦在 1905 年前后发表的一系列学术论文提出了量子光学假设、电子动力学、有关能量和质量的关联理论等，这些理论极大地改变了人类对于时空关系的理解。同时，爱因斯坦是一个和平主义者、犹太移民，也是媒体明星和美国麦卡锡主义的反对者，他在 20 世纪初的科学舞台上极其活跃，具有极大的影响力，他在数学原理基础上提出的科学假设与他的人格密切相关，他的相对论摧毁了所有的"真理"，颠覆了 19 世纪以来的自然科学的基础。

二、马赫的感觉论

对 20 世纪初文学和艺术思潮迭变具有特殊意义的是奥地利物理学家恩斯特·马赫(Ernst Mach)的感觉论。感觉论是 19 世纪下半叶物理学和心理学结合后的产物。或者可以说，感觉论是在古斯塔夫·西奥多·费希纳(Gustav Theodor Fechner)创始的"心理物理学"基础之上产生的。所谓的心理物理学是一门研究身心或心物之间函数关系的精密科学，即是一门对物理刺激下引发的人的感觉进行量化研究的心理学。心理物理学要解决的问题是：多强的刺激才能引起人的感觉，即对绝对感觉阈限的测量；它研究在物理刺激下，人的感觉产生多大的变化才能被觉察到，即对差别感觉阈限的测量；人的感觉是怎样随物理刺激大小的变化而变化的，即对阈上感觉的测量，或者说心理量表的制作。1860 年，古斯塔夫·西奥多·费希纳出版了《心理物理学纲要》，从此开始了心理物理学研究，将传统的内心反省式、自我沉浸式的心理学改造成精确的自然科学测算的心理学，这种新的心理学不再建筑在心灵哲学的基础之上，而是建筑在生理学的基础之上，生理的变化和发展成了心理学的研究对象。

马赫将古斯塔夫·西奥多·费希纳将心理物理学进行了改造和发展，并将它从科学殿堂中推向大众社会，普及了心理物理学的知识。1895—1901年间，马赫结束了在格拉茨和布拉格大学的教授工作，前往维也纳大学担任教授。马赫在科学实验中主要从事人类视觉和听觉感知过程、时空感知以及大脑记忆功能的研究。他最重要的成果主要有《感觉分析》《科普演讲集》以及《认识与谬误》。19世纪末、20世纪初，维也纳的知识氛围对马赫的科学研究十分有利，当时维也纳大学的哲学教授弗里德里希·尤德尔（Friedrich Jodl）和心理学家弗兰茨·布伦塔诺（Franz Brentano）与马赫感知论的学术观点相同，因而拥有较大的学术群体。

马赫的科研成果不仅仅赢得了巨大的学术影响，而且他也成了1900年前后一大批文学家、作家和文人的思想中心。罗伯特·穆齐尔甚至还以马赫的感觉论为题写了博士论文，早期的阿尔伯特·爱因斯坦也深受马赫的影响，爱因斯坦1916年在著名的《物理学杂志》上对马赫做出如此评价："马赫按其思想发展来看并非仅仅是一位将自然科学作为自己研究对象的哲学家，而是一位全面的、非常努力的自然现象研究大家，他的科学研究远远不满足于一般研究的细节问题。"[1]由于马赫的科研成果不是静止孤立的，他的科研成果被提升到了感觉论的理论高度。这个理论影响了他那个时代的一大批艺术家和作家，法国的印象派绘画艺术和点彩派绘画、象征主义、意象主义诗歌等都受到感觉论的影响。此外，他的感觉论并非阳春白雪，曲高和寡，而是通俗易懂，用一种大众能够理解的方式广泛传播，因此感觉论在非自然科学领域里也得到了迅速的传播。其中一个重要原因就是马赫的写作方式也极富有艺术性，他的写作风格明显地具有一定的文学性，这也影响到了当时的欧洲作家群。马赫在论著中常常引用文学的例子，他引用的作家作品包括荷马、莎士比亚、《一千零一夜》等，用来形象地印证他的科学研究成果。马赫在其《科普演讲集》的前言中甚至解释道，他的演讲"应该让浪漫派来研究，让对诗学的研究变得有感觉"[2]。马赫同时非常明确地要求优先采用精确的自然科学方法，

① Siehe Karl von Meÿenn, *Die großen Physiker. Von Maxwell bis Gell-Mann*, C. H. Beck, 1997.

② Ernst Mach, *Populärwissenschaftliche Vorlesungen*, Leipzig: VDM Verlag, 1903, S. VIII.

他自己明确地说明，他不是哲学家，而是自然科学家。

此外，科学也为感知经验提供了新的实证条件，心理物理学通过光学技术超越了日常感知界线。这主要涉及起空间放大作用的显微镜和瞬间照相技术，这些技术改变了传统的时空界线，能够对物体的运动做出准确的纪录。马赫在其最重要的著作《感觉分析》中提出，人对物体和身体感知绝对与真实不相吻合，人的感知无非是对物理学意义上元素运动的接受。人的感官对这些运动着的物质进行筛选，以确定物质的定位，对自我的感知也是同样。马赫认为，世界是感觉的总和，物是人感觉的复合，从而将世界从客观概念中转移到了主观感受的统辖之下。从感觉复合论出发，马赫把自我看作一个始终处于不断变化之中的复合体，故得出"自我是不可救赎"的结论，因为人不可能感觉到自我是一个统一体，而只会感觉到瞬间的复合。

在 20 世纪初的哲学和艺术思潮变幻中，人类对自我与主体的认知也受到了冲击，其中显微镜的发明在主体性质疑中起到了巨大的作用。物理学和光学借助显微镜将世界和物质分解成微观世界，同时也将自我和主体分解成无数碎片。主体不再是世界与万物的起源，笛卡尔 17 世纪提出的"我思故我在"（Cogito, ergo sum）观念遭到彻底的颠覆，自我不再是实证经验的先决条件，而是客观世界的产物，就像马赫所说："自我并非本源，物质元素和感觉才是本源，物质和元素构建了自我。"[①]在这样的认知条件下，自我不再成为本体的自在，而是人的感知结果。自启蒙运动以来的主体概念至此已经在自然科学认知中被瓦解，主体的自主行为和意志受到冲击，之前被视为具有自由意志的主体在自然科学视角下只是一种尚未得到充分分析的诸多感知影响，之前被视为自由的行为，此时只成了在"记忆轨道"[②]基础上引起的条件反射运动，思维成了元素的连接和分离的结果。在马赫看来，思维与主体的意志无关，而是自身的生理结果，只能视为一种解释的结果。如果说马赫的观点与弗洛伊德的观点有某些共同之处，那么它们之间也存在不同之处。弗洛伊德认为主体是独立的、自主的，这个观点尽管受到了许多批评，但是这个观点在他的心理学学说里面自成体系，具有极大的逻辑说服力。马赫则对弗洛伊德的心理分析

---

① Ernst Mach, *Die Analyse der Empfindungen und das Verhältnis des Physischen zum Psychischen*, Jena: Fischer Verlag, 1900, S. 16.

② Ernst Mach, *Erkenntnis und Irrtum, Skizzen zur Psychologie der Forschung*, Leipzig: VDM 1906, S. 59f.

持批评态度，并完全拒绝弗洛伊德在《梦的解析》里提出的所有与意识、前意识和潜意识相关的观点。

尽管马赫提出的主体批评在自然科学的支撑下动摇了传统的主体观，而事实上他的批评与人文主义和启蒙运动的思想相吻合，马赫有关"自我不可救赎"的观点提出了一种新的伦理思想，提倡了一种对生活的新理解。

三、柏格森的直觉主义

亨利·柏格森（Henri Bergson）是法国20世纪初著名的哲学家，也是1927年诺贝尔文学奖的获得者，他与尼采、狄尔泰（Wilhelm Dilthey）一起被认为是生命哲学的代表。柏格森1907年出版的代表作《创造进化论》全面阐述了他的生命哲学体系，柏格森也因此名声大振，许多人都拥入法兰西学院来聆听他讲授哲学。20世纪初，在法国甚至出现了"柏格森热"，直觉主义是柏格森哲学的核心，其本质是反理性和反科学主义的。尽管柏格森的直觉主义在20世纪20年代逐渐被胡塞尔的现象学取代，但是这一理论对20世纪艺术思潮和各流派的生成都产生过重大的影响。

柏格森的生命哲学与他的直觉主义密切相关。柏格森认为，哲学的研究对象和自然科学不同，自然科学是研究对象没有精神力的物质，所以它是可以用概念、判断等理性形式加以研究的。而哲学研究对象是宇宙的本质、存在的本质。这种本质是一种处在不断变化之中的"生命绵延"和"生命之流"，其动力来自"生命冲动"。柏格森的生命不是蛋白质和基因意义上的生命现象，而是人的精神和意志。柏格森将此称为"élan vital"[①]，即：生命能量。直觉主义核心是：

第一，人不能通过理性和科学方式来认识世界本质。由于科学认识基于事物的表象，因此人不能通过对事物表象的描述来认识事物的内在本质。人通过外部观察只能获得事物的外部肖像和事物空间位置的因果性。

第二，理性认识基于科学分析。科学分析就是把整体分解为各个部分，并加以比较、联系、综合，得出其中的因果关系。这种科学方法对外在的、可空间定位的、实在可分的、物质性的自然界和"物"来说是可靠的，而

---

① Henri Bergson, *L'évolution créatice*, Paris: Librairie Félix Alcan, 1907, pp. 59—64.

对不可分的、内在的精神现象来说是难以实现的。

第三，理性认识的本质是静止的。概念是理性认识的前提，但是概念是僵死的符号，具有固定性、静止性，因此理性认识就是从固定和静止的概念出发去理解延绵不息、不断运动和进化的生命能量和生命冲动，这就等于把运动理解成不动性的函数，用静止来表达运动，如用这种方式去理解生命本质和精神现象，势必不能把握其本质。他认为："唯一实在的东西，是那活生生的、在运动中的自我。"①

第四，科学和理性认识往往受功利性支配，追求实用的知识，不可能获得关于实在的绝对的知识。柏格森认为，科学理性的认识具有鲜明的目的性，它常常是为了谋取某种实际利益而进行认识。因此它的价值判断受物质利益支配。因此，这种认识所获得的知识不是纯粹的知识。

柏格森的"意识的绵延"和"基本的自我"成了现代主义艺术表现的基本内容。他认为，人的意识中存在着大量的不明确的、瞬息变动的潜意识因素。文学和艺术能够深入地揭示人的意识中这一方面的内容，表现人和社会生活之间的关系。从这一点看，柏格森的观点同马赫的感觉论、弗洛伊德的心理分析等同时代的理论思潮具有共同性。总的看来，直觉主义所主张的直觉能力特征恰恰与科学理性相反，直觉与行动无关，它是超功利的，直觉是意识的向内运动，它面向意识的深处并引导我们到达生命的深处。柏格森的直觉具有超功利性、流动性，主张对无秩序的追求和整体的体察，这些都是为了要人们离开现实的喧哗，闭门人神与神秘的生命之流直接交融。② 柏格森的直觉实际是一种神秘的心理体验。他说："所谓直觉就是指那种理智的体验，它使我们置身于对象的内部，以便与对象中那个独一无二、不可言传的东西相契合……可以通过一种理智的体验把握实在，这种体验就称为直觉。"③

四、弗洛伊德的心理分析

引起文艺思潮迭变的还有现代心理学和心理分析的兴起。心理学有一个漫长的过去，但只有短暂的历史。19 世纪到 20 世纪初，欧洲心理学走过了近一百年的争议之路，但到了 19 世纪末，以人的意识状态为研究

---

① 亨利·柏格森：《时间与自由意志》，吴士栋译，北京：商务印书馆，1958 年版，第 120 页。

② 美国意象派诗人艾米莉·狄金森就是闭门不出、蜗居在家写诗的典型代表。

③ 亨利·柏格森：《形而上学导论》，《西方现代资产阶级哲学论著选辑》，洪谦主编，北京：商务印书馆，1964 年版，第 149 页。

对象的心理学得到了确立。这与自然科学的发展密不可分,同时这也为欧洲心理小说的发生奠定了基础。现代心理学的发展和心理学研究的机构化主要发生在欧洲,而且主要发生在德国。1879 年,德国人威廉·冯德(Wilhelm Wundt)在莱比锡大学创立了世界上第一个心理学研究所。心理学研究的主要方法是自然科学实验,涉及的主要问题是人的感知状况、注意力和反射以及人的想象力研究。学习心理、儿童发展和记忆研究同样在 1900 年前后的心理学研究中得到重视,在同一时期,柏林大学[①]还产生了所谓的格式塔心理学派,又被称为完形心理学。"格式塔"这一概念是德文"Gestalt"的译音,意即"模式、形状、形式"等,格式塔不是"structure",而是"configuration",意思是指"动态的整体"。格式塔心理学派主张心理学应该研究人的现象经验,也就是研究非心非物的中立经验。在观察现象的经验时要保持现象的本来面目,因此,格式塔学派不赞成马赫感觉论,不赞成将感知视为感觉元素的集合。格式塔学派认为,感知经验是整体的,或者说是"完形"的(即:格式塔)。这一特殊的心理学派不仅在刺激和反射框架内研究人的感知状况,而且还在完整的时间内制定感知模式,如探究为什么人将声音组合是作为媒介来感知,而不是将其作为单独的声音组合来感知;为什么电影的图像组合是作为活动动作来感知,而不是作为单独的图像组合来感知。

格式塔心理学在哲学、感知学和媒介理论框架内研究心理问题,格式塔学派的心理学不仅影响了罗伯特·穆齐尔的文学作品,还影响了匈牙利电影评论家贝拉·巴拉兹(Béla Balázs)的作品《可视的人》(1924)等,同时在媒体评论家鲁道夫·阿尔海姆(Rudolf Arnheim)于 1932 年发表的《电影艺术》以及哲学家埃德蒙特·胡塞尔(Edmund Husserl)的现象学理论中也能看到格式塔心理学的踪影。20 世纪 30 年代,格式塔心理学派逐渐失去影响,那是因为纳粹 1933 年上台后,格式塔学派的代表人物均离开了德国。

此外,20 世纪初的心理学还有另一个特点,那就是对所谓的"歇斯底里"现象进行了一场前所未有的热烈讨论。这种在 19 世纪发现的心理症状今天已不再神秘,人们早就在福柯有关权力机制和知识生成的基础上对"歇斯底里"发生机制有了新的批评性认识,并在文化学范畴内得到了充分的解释。今天,理论界对"歇斯底里"症状的讨论还在解构主义和性

---

① 即今柏林洪堡大学。

别研究视角下提出新观点,理论界普遍认为,"歇斯底里"现象实际上是一种文化和社会现象,与女性典型气质和性情、性格相关。1900 年前后,19世纪的心理小说逐步发展为意识流小说,马塞尔·普鲁斯特、詹姆斯·乔伊斯、威廉·福克纳、弗吉尼亚·伍尔夫、罗伯特·瓦尔泽、奥托·威宁格和理查德·弗莱海尔·冯·卡拉夫特-埃宾的意识流作品中都提供了女性"歇斯底里"案例。

同时,对"歇斯底里"的研究和讨论直接导致了心理分析的诞生。心理分析的首创者是西格蒙特·弗洛伊德(Sigmund Freud)。弗洛伊德是自然科学家,他早期从事人的神经系统研究,而且他在 1895 年之前发表的学术成果主要涉及神经系统。从 1886 年开始,弗洛伊德开始在巴黎的萨勒贝特里埃医院(Salpêtrière)与法国著名神经科医生让-马丁·夏科(Jean-Martin Charcot)一起研究"歇斯底里"症。弗洛伊德在那里开始研究采用催眠方法治疗"歇斯底里"症。他发现"歇斯底里"现象与意识分裂、注意力分散、梦和暗示等现象相关。

1899 年,弗洛伊德结束了催眠和"歇斯底里"的相关研究,之后他开始逐步偏离自然科学的研究方法,越来越多地采用文学叙述的方法。对此,他在 1895 年与约瑟夫·布劳尔(Josef Breuer)共同写作的《歇斯底里研究》一书中曾这样写道:"我并非一开始就是心理分析家,而是跟别的神经科医生一样,受过诊断学和电子诊断学专门训练。后来我在撰写病例的时候发现,我写的案例都跟文学作品一样,这点深深地打动了我。"[1]弗洛伊德的方法论转向为他日后建构心理分析学说打开了通道,铺平了道路。这个方法论转向具体体现在他 1900 年发表的最著名的《梦的解析》一书中。此外,弗洛伊德在 20 世纪初还发表《性理论论文集》(1905)和其他有关儿童性行为和神经学的论文。弗洛伊德晚年还对文化批评和文化史研究做出了重要的贡献。

弗洛伊德在《梦的解析》一书中,开宗明义地指出,这部书"旨在提供心理学新方法的证据,梦是可以解释的,在使用释梦方法时要相信每个梦都具有心理结构,这就说明,梦与清醒状态下的内心驱动现象相关联"[2]。因此,弗洛伊德的释梦方法首先是文学阐释学的方法,他试图证明,梦不

---

① Josef Breuer and Sigmund Freud, *Studien über Hysterie 1895*, Einleitung v. Stavros Mentzos, Framkfurt am Main: Fischer Verlag, 1991, S. 180.

② Sigmund Freud, *Studienausgabe in zehn Bänden*, hrsg. v. Alexander Mitscherlich, Angela Richards u. James Strachey, Frankfurt am Main: Fischer Verlag, 2000, Bd. 2, S. 29.

是偶然的,也不是心理活动非理性作用的结果,更不是形而上学的某种信息。他通过研究证明,梦是睡眠意识下感官结构的产物,因此需要开发一种解释梦的意义的方法。同时,他认为要十分重视梦的阐释学的先决条件。梦是一种双重机制下的产物,一种是"集中",另一种是"转移"。它们同时对思维材料进行加工,并将思维材料以梦的形式表达出来。"梦思维和内容呈现在我们面前,它们像同样的内容用两种不同的语言表达的两种不同的形式,或者说梦内容在我们面前表现了梦思维,其表达方式是一种独特的符号和结构,我们可以通过与原型的比较和翻译来认识它们,梦内容是用图像语言来表达的,它的符号可以分别翻译成梦思维的语言形式。"[①]

弗洛伊德认为,人类的梦不仅仅有解读的需要,而且也是可以被解读的,因为梦的解读基础是一种有规律性的编码系统。梦所揭示的显然是一种对"潜在内容"的可靠暗示,因此,梦是一种可以被解释的信息。[②] 如果采用了正确的解释方法,那么就可以追溯到它的生成起源,就可以找到梦生成的那些"被压抑和被排斥的愿望"[③]。弗洛伊德已经说明了他对梦的解释方法与文学解释方法的相似性,这种解释方法也与神学、文学、医学、法学的解释方法相似,这就是德国传统精神科学中的阐释学。人在释梦和对梦的认知过程中,会使用隐喻,也会使用通常的文本、语言、符号、翻译等手法,这也进一步说明释梦与文学解读有共通之处。弗洛伊德甚至还认为,梦的解释和分析最终是一种"最美好和最富有诗意的诗人工作"[④]。但是无论怎么说,弗洛伊德认为梦是无法彻底被解释的,阐释循环的原则说明"任何梦都有无法解释的地方,这就像雾霾一样,这就是梦的无法彻底认知的秘密"[⑤]。

弗洛伊德心理分析的中心内容可以说就是一种设想,人可以暂时排除清醒的、有意识的自我,然后进入人的潜意识状态中。这种人类学和性格学模式看上去似乎与他的催眠法无关,似乎他放弃了心理分析和心理暗示的方法,实际上他通过分析梦境来刺激病人,让病人激发出某种想象力和意识流,使得清醒状态下的意识受到一定的抑制,让被排斥或受到压

① Sigmund Freud, *Studienausgabe in zehn Bänden*, hrsg. v. Alexander Mitscherlich, Angela Richards u. James Strachey, Frankfurt am Main, 2000, Bd. 2, S. 280.

② Ebd., S. 152.

③ Ebd., S. 175.

④ Ebd., S. 281.

⑤ Ebd., S. 130.

抑的潜意识中的内容得以出现。因为弗洛伊德假设,精神疾病或者心理疾病就像梦一样,都是符号系统,这些符号系统能够通过言说疗法,通过倾听以及记录的方法来解释病人的言说,这个过程也就是治疗过程本身。弗洛伊德的心理分析为欧洲现代文学以及现代主义文学经典的生成与传播奠定了一定的理论基础。

综上所述,欧洲和美国 19 世纪末、20 世纪初工业化、现代化、城市化进程使西方主要国家的社会发生巨大变革。科学发明、技术进步一方面加快了西方的文明进程,另一方面也带来了人类文明史上前所未有的精神困惑和迷茫。城市移民和经济危机导致社会矛盾不断激化,社会革命频发,战争风云密布,第一次世界大战前的欧洲在文学和艺术领域奇葩丛生,印象主义、后印象主义、点彩派、野兽派、象征主义、表现主义、达达主义、未来主义、青年风格、立体主义、新实际主义、照相现实主义、抽象派、后现代等,这些艺术思潮和文艺思想如沧海横流,不仅在欧美大地广为流传嬗变,也在中国得到广泛的传播,并深刻地影响了 20 世纪文学经典的生成和传播。

20 世纪外国文学经典生成和传播,无论是在源语国还是在中国,都与具体社会历史语境和相应的意识形态相关联。从法兰克福学派文学社会学代表人物利奥·洛文塔尔的唯物主义文学史观和社会心理学来看,文学经典作为一种社会现象,其生成和传播还与大众文化、通俗文化和文化工业机制有密切的联系,与传播方式和传播控制机制相关。文学经典不仅是因历史沉淀而产生的,而且也是在社会传播中生成的。本卷论述的 19 世纪末、20 世纪初欧美现代主义文学诗歌、小说、戏剧等文学现象均印证了这一基本事实。

洛文塔尔明确地指出:"文学史仅在精神史层面上去观照从原则上看是没有说服力的……一种解析式的文学史必须建立在唯物论的基础之上。也就是说,文学史必须从文学作品中反应的社会经济结构和它所起到的社会作用,以及社会经济对文学作品的影响来做出解释。"[①]洛文塔尔的文学传播理论一方面强调了文学经典生成的社会文化和政治经济基础之间的关系;另一方面也关注到了文化工业产生的群众心理基础与意

---

① Leo Löwenthal, „Zur gesellschaftlichen Lage der Literaturwissenschaft", in *ZfS*, Jg. I, 1932, S. 318.

识形态之间的必然联系,从这一视角出发,他指出:"用社会学的方法和视角解释上层建筑对于认识意识形态概念是极为关键的,因为意识形态是一种意识,其内涵具有掩饰社会矛盾的功能⋯⋯因此,文学史(研究)的任务在很大程度上也就是意识形态的研究的任务。"①可以看到,洛文塔尔的批判文学社会学继承了马克思主义意识形态批评的传统,他在文学传播中运用了马克思关于社会存在决定社会意识的基本观点,这一历史唯物论和辩证唯物论的基本立场也在本卷的分析中得到了相应的贯彻。

在中国的外国文学经典接受和再度经典化问题分析上,本卷也接受了洛文塔尔的批判文学社会学接受理论。洛文塔尔在 20 世纪 30 年代就提出了文学接受(literarische Rezeption)受具体历史条件下社会政治、经济基础和意识形态相互作用影响的观点。艺术品和文学作品作为一种社会现象同样是意识形态的一部分,它的产生也与意识形态的产生相同,均受到经济基础的制约,反映出具体历史条件下的社会实践以及在社会实践中产生的社会心理。这种社会心理与大众文化、文化工业之间的关系便是霍克海默、阿多诺和洛文塔尔等法兰克福学派思想家深究的问题,也是霍克海默和阿多诺在《启蒙辩证法》中集中讨论的问题。

在本卷中,现代主义文学经典的生成与传播遵循了一个基本事实,那就是现代主义运动的生成和文学经典的生成印证了洛文塔尔文学社会学的一个基本观点,现代主义文学艺术作品均具有一定的"抗争性"(nonkonformistischer Charakter),文学经典在生成的过程中往往具有超时代性和不被接受性,以及在生成之后大众传播的"保守性"(konformistischer Charakter),他们在美国大众文化和文化工业的狂潮中看到了优秀文学作品的这一特性。就像洛文塔尔在法兰克福社会学研究所刊物《权威与家庭研究》中所说的那样:"没有艺术心理,没有作家和读者的接受感知以及相应的因素,没有对作家、作品和读者三个元素的无意识作用研究,就不会产生诗的美学。"②

洛文塔尔对 1880 年至 1920 年间德国的"陀思妥耶夫斯基接受"进行了细致的研究,并在 1934 年的《社会学研究》上发表了《战前德国的陀思妥耶夫斯基观》一文,在这篇文章中,他对上述时间段内在德国发表的

---

① Leo Löwenthal, „Zur gesellschaftlichen Lage der Literaturwissenschaft", in *ZfS*, Jg. I, 1932, S. 319—320.

② Institut für Sozialforschung (Hrsg.), *Studien über Autorität und Familie. Forschungsberichte aus dem Institut für Sozialforschung*, Lüneburg: Alcan, 1987.

800 篇关于陀思妥耶夫斯基文学作品的书评进行研究,并得出结论:没有一个作家能像陀思妥耶夫斯基那样在德国文学接受史上具有如此长盛不衰的接受效应。他在这些书评中发现,这些评论家的立场和观点均与第一次世界大战前后德国社会的精神生活和社会价值观一致,并与评论者的所属社会身份相符。他得出的结论是,德国这一时期的"陀思妥耶夫斯基接受"基本反映了德国小资产阶级和中产阶级在那一历史时期的价值情感和悲观主义心理,表达出他们对社会现实的无奈,也代表了陀思妥耶夫斯基作品在这一社会阶层中的接受基础。他看到:这些文学评论"不断地表达一种思想,即中产阶级的意识形态中存在着一种强烈的倾向,通过对个人内心世界的美化,以达到对社会现实的扭曲解释的目的,世界历史在他们那里成了一种资产阶级个人的神话,他们越是不能接受现实,现实在他们眼里就越像是一种非理性的光环"[1]。洛文塔尔的批判文学社会学的目标在于,通过文学作品的认知去反思和改变那些客观上存在着的认知阻碍力以及资本主义社会中个体在意识形态影响下对社会现实的错误判断。在讨论 20 世纪外国文学经典的生成和传播机制中,无论是在源语国还是在接受国,本卷都遵循洛文塔尔的"文学传播学"原理,参照其对陀思妥耶夫斯基的接受和传播案例研究范式,对外国文学经典作品在生成、传播、接受三个层面上做了分析研究。

　　本卷研究从"传播力场"的生成机制与构成要素出发,对 20 世纪外国文学经典的传播者、接受者、传播媒介、传播方式等要素在具体社会历史语境下进行了探究,从而得出外国文学经典生成的历史文化和社会心理机制。本卷在讨论都市文学、意象主义诗歌、美国现实主义文学、苏联红色经典和德国表现主义文学以及欧美文学经典的具体文本生成机制时,均观照了洛文塔尔的文学传播学中的"理论力场""理解力场"和"传播力场"的相互作用机制和原理,将经典作品、经典作家、译者和读者纳入具体的社会历史和文化语境,从哲学、美学、心理学、文学史、文学理论以及绘画、建筑、时尚、诗歌、小说、戏剧等不同艺术形态的相互动态渗透角度出发,对 20 世纪的文学现代主义思潮、经典作品及其生成背景,尤其对外国文学在中国翻译、接受、传播的历史和现状进行解读,力求为 20 世纪外国文学经典的生成、接受与传播研究进行有益的探索。

---

[1]　Siehe Leo Löwenthal, „Die Auffassung Dostojewskis im Vorkriegsdeutschland", in *ZfS*, Jg. 3, S. 343－382; nachfolgende Veröffentlichungen: 1964c, teilidentisch mit 1934; 1975b, aus dem englischen rückübersetzt; 1980a; LS-Bd. 1, wie 1934. S. 207.

第一章
世纪末情绪与现代
文学经典的生成

按照洛文塔尔的文学传播理论框架，如果我们研究 20 世纪文学经典生成和传播问题，那么它一定与当时的文学"传播力场"，即创作者、读者、文本生成环境、接受语境等张力有着不可分割的联系。20 世纪早期的文学主流是现代主义文学，它与人类的文明史进程、战争和社会变革密不可分，具体举例来说，它与第二次工业革命的语境密不可分。与第一次工业革命相比，第二次工业革命以电力的广泛应用为显著特点。从 19 世纪六七十年代开始，出现了一系列电气发明。1866 年德国人西门子（Siemens）制成发电机，1870 年比利时人格拉姆（Gramme）发明电动机，1876 年美国人贝尔（Alexander Graham Bell）发明了电话，1879 年美国人爱迪生（Thomas Alva Edison）发明电灯……电力开始用于带动机器，成为补充和取代蒸汽动力的新能源。电力工业和电器制造业迅速发展起来。西方迅速地跨入了电气时代和都市化时代。

第一节　外国现代文学史的断代问题

外国现代主义文学是在一个相当长的历史时期中和特殊社会文化条件下逐步形成的，现代文学经典也是如此。而 1900 年前后的历史时期对现代文学的形成显得尤其重要，这段历史时期可以被视为外国现代文学生成的标志性时期，也可以被称为现代文学形成的重要过渡期，因为自 1870 年起，欧洲主要资本主义国家如英国、德国、法国、俄罗斯、意大利等先后进入了国内经济迅猛发展、国际侵略扩张的历史时期。1870 年可谓西方国家自由资本主义和帝国主义两个阶段之间的分水岭。1870 年 9 月 3 日,法国在色当战役中惨败,普法战争结束,法兰西帝国被推翻。1871 年,俾斯麦统一德国,建立了德意志帝国,这使欧洲的均势达到了空前完美的程度。法国和德国的对立已无法调和,奥匈帝国和俄罗斯帝国在巴尔干地区形成无法缓和的对立。1894 年前后,欧洲大陆基本形成了两个敌对的阵营,即德国、奥匈帝国、意大利与法国、俄罗斯的对立。至此,各种激烈的矛盾反而使欧洲得到了一种暂时的张力均衡,欧洲在近代史获得了一段较长的相对和平时期。

尽管如此,1900 年前后的欧洲历史仍是一段充满了发展、矛盾和冲突的历史,这一状况也反映在这个时期的文学作品上,因为“任何文学史阶段的出现都会有一个过渡期,都会呈现出这个过渡期的特点,但是有一些文学史阶段的特征会很明显,有些则不那么明显”①。尼克拉斯·卢曼(Niklas Luhmann)沿用了克赛雷克(Reinhart Koselleck)针对启蒙运动和现代主义之间过渡期的比喻,把 1900 年前后的这一时期称为文学史上的“鞍型期”(Sattelzeiten),即指两座山峰之间的低落过渡地段。在这个概念中蕴含了“高度集中的、达尔文演进式的知识突变,在这一所谓的过渡期,人类的所有现象都离不开这种知识发展成果”②,而正是这种知识突变导致了 1900 年前后的文学“鞍型期”的出现。按照卢曼的观点,这种社会突变可以是科学技术领域的,也可以是人类交际方式的改变,也可以是新交通工具、新媒介的出现以及完全不同于先前的人类生活方式的出现。非常典型的例子是欧洲的城市化进程,一些大都市形成,如巴黎、维也纳、伦敦、柏林等,这些大都市不仅成为欧洲文学生活的重要发生地,而且更为重要的是,这些新出现的大都市均成为科学技术、新闻媒体、社会生活发生突变的温床。这些大都市在很大程度上成为这个时期文学生成的社会政治、经济、文化语境。这一鞍型期的文学还拥有另外一个语境,那就是自 19 世纪中叶以来的自然科学发展,这导致了新的世界观出现和形成,也促使了作家对“人”和“主体”新观念的产生,同时也催生了现代美学观和艺术观。在卢曼看来,这是 19 世纪末和 20 世纪初人类精神生活

---

① Vidan Ivo, „Anfänge im Fin de Siècle“, in Hans Ulrich Gumbrecht u. Ursula Link-Heer (Hrsg.), *Epochenschwellen und Epochenstrukturen im Diskurs der Literatur und Sprachhistorie*, Frankfurt am Main: Suhrkamp Verlag, 1985, S. 178.

② Niklas Luhmann, *Die Kunst der Gesellschaft*, Frankfurt am Main: Suhrkamp Verlag, 1985, S. 19.

的伟大成就，它构成了这一历史时期的典型特征。

从历史学的角度来看，许多学者都习惯将 19 世纪视为一个溢出一百年的漫长世纪。他们认为，19 世纪的真正结束应该是在 1914 年至 1918 年第一次世界大战的终结点上。这种观点基于现代国际社会的形成和现代社会价值观的确立，因为至此，世界才形成了所谓的 20 世纪"国际新秩序"。而事实上，第一次世界大战恰恰是灾难深重的 20 世纪的源头。德意志帝国和奥匈帝国的战败、俄罗斯 1917 年的十月社会主义革命、1929 年欧美经济危机、1933 年希特勒法西斯上台……这些历史事件不仅给 20 世纪的欧美社会，也给这一时期的欧美作家的心灵刻下了一道道深深的痕迹。他们开始舍弃战前所关注的唯美问题、社会问题和传统的文学母题，开始以这些事件以及这些事件引发的社会现象、社会心理为背景，从个人的内心需求和渴望出发，寻找新的文学写作题材。

对于 20 世纪的文学来说，1885 年到大约 1910 年这个时间段中出现了一系列的文学阶段概念，或者说文学风格概念，如印象主义、后印象主义、新浪漫主义、新古典主义、象征主义、意象主义、颓废主义、世纪末文学、未来主义、表现主义、立体主义、青年风格（Jugendstil）、维也纳现代派、柏林现代派、慕尼黑现代派等。然而，仅用上述概念来定义 19 世纪和 20 世纪交替时期的文学和文化现象往往不能完整地表达那个时代的特征。这些概念都只是涉及某一国家或某一地区，历史的某一阶段和这一阶段中文学和艺术的某些特征。因此会产生一个问题，上述概念是否适用于一个文学时期。回答是否定的，因为它们均无法回答卢曼提出的"鞍型期"人类的精神成就及其生成原因，从这些概念的内部复杂性和外部的一致性来看，亦不能满足卢曼"鞍型期"理论的要求，它们都不足以描述 1900 年前后欧美社会转型的整体性特征。但有一点可以确定，1900 年前后的这个历史时期可以被视为西方现代文学以及西方现代主义思潮的萌发期，它对现代社会形态和价值观的出现，对西方现代主义思潮的形成与发展，对西方现代文学经典的生成、传播与接受的研究具有极大的意义。

第二节　现代文学经典生成的文化语境

何谓"现代"？何谓"现代主义"？众所周知，"现代"是一个相对概念，因为现代总是针对某一个传统或者既成的概念而言的。"现代"

(modern)这个词起源于法语和拉丁语,比如"现代"这个概念在法国 17 和 18 世纪交替阶段就已经出现,当时法国文学界及批评界就已经提出了传统文学艺术,包括古希腊、古罗马文学艺术和新文学以及新艺术之间的区别问题,并就此不断展开笔战和口水战。"古典"(经典)和"现代"这两个概念此后便成为法国的文学和美学理论辩论的基本立场。所谓的"现代文学"总是与古希腊以来的传统文学保持一定的距离,对古典主义文学持批评态度,现代文学从总体上来说总是对文学形式的革新以及文学品味的历史性持肯定态度。法国的"现代文学"支持者不仅主张文学形式和内容的变革,而且主张文学的审美标准的不断演进,并在这个基础上提出美学价值历史性的基本观点。他们主张美学价值不应有固定的模式,美学观、艺术品位、文学意义的解读应与时代精神相吻合等思想。19 世纪法国的现代主义运动一石激起千层浪,迅速波及欧洲和北美。在英国,1850 年后的新浪漫主义诗歌受到意象主义的强烈冲击,这种冲击波及到了美国。在德国,1800 年前后关于古典主义和浪漫主义的争论也同样具有相同的特点。在俄罗斯,19 世纪末"白银时代"的现代主义文学运动涉及的根本问题不仅仅只是文学形态学的问题,它同样也指向文学价值观的问题。19 世纪关于历史主义的知识和思维方式极大地推动了这种历史论视野中的文学和艺术的审美观。比如在法国自然主义纲领性的文献中,"现代"及"现代主义"概念和立场经常以辩论语言的方式出现。在 19 世纪末、20 世纪初的欧洲和美国,"现代"及"现代主义"这两个概念已经成为理所当然的文学理论术语了。如 1887 年在柏林出版的《全德大学报》创刊号上,刊登了柏林文学协会的章程,其中第六条上写明:"我们最高的艺术理想不是古希腊和古罗马,而是现代主义。"①

　　欧美现代文学和现代主义文学虽然存在着相互影响、相互作用,也存在着许多共同点,但是它在每个国家、每个不同的历史时期都对自身的历史、文学母题、题材、形式、式样有着不同的理解,因此,现代文学和现代主义文学不能在同一或者统一的模式下进行定义和理解,也无法设定一个统一的形式标准,而是需要在不同的历史阶段,根据不同的历史条件和文学语境,在不同的美学观念下进行历史的判断。因此,1900 年前后发生的欧美文学现代主义运动应该被放在当时错综复杂的历史语境下进行

　　① Siehe Fritz Martini, „Modern, die Moderne", in *Reallexikon der deutschen Literaturgeschichte*, begründet von Paul Merker u. Wolfgang Stammler, hrsg. v. Werner Kohlschmidt und Wolfgang Mohr, 2. Band: L-O. Berlin: W. de Gruyter, 1965, S. 409.

观照。

在欧洲文学史研究中,学者对"19世纪末"这一特殊时期有一个专门的术语,即所谓的"Fin de Siècle",这个术语源于法语,是世纪末日的意思,其中蕴含着基督教文化中"千年王国"(the Millennium)末日审判的思维。同时,这个词也有"颓废"(Décadence)、"败落""沉沦"的意蕴,以此专指欧洲19世纪至20世纪转折期的文学艺术运动。同时,20世纪初的欧洲还流行着另外一个概念,即"Belle Époque",这个法国词的原意为"美好的时代",特指19世纪末20世纪初,大约1884年到1914年第一次世界大战爆发之前的30年时间。"世纪末"(Fin de Siècle)这个概念最早出现在法国1886年的一份名为《颓废者》(Le Décadent)的文学杂志上。1888年,法国剧作家弗朗西斯·德·尤文诺(Francis de Jouvenot)和H.米卡特(H. Micard)写了一部以《堕落》为名的喜剧,并搬上了舞台。尽管"世纪末"这个概念源于法国,并且以此表达一种特殊的法国式生活方式,但是这个概念也同样影响了那个时代整个欧洲的文化生活。"Fin de Siècle"可以说是一种非常混杂的情绪,是一种对过往的决裂、对未来的兴奋、对世界末日来临的恐惧、对死亡的憧憬、对轻浮和堕落的迷幻的混杂情绪。何谓"世纪末气氛"? 这是一种极为复杂的社会文化混杂物,一方面是本雅明在《拱廊街》(Das Passagen-Werk)中所看到的一种精神废墟和迷茫,现代化进程中的欧洲笼罩在一种强烈的危机感之中,社会生活中的基本价值观受到前所未有的怀疑。另一方面则是马利内蒂(Filippo Tommaso Marinetti)未来主义对传统价值观的彻底摒弃和对现代化、对科学进步和机器文明的狂热喧嚣。

欧洲的精英阶层,尤其是资产阶级知识分子,对19世纪末的社会文化氛围作出了应激反应。对于敏感的诗人、文学家和艺术家而言,这种混杂的情绪带来的是迷茫和兴奋的矛盾心理,一方面,市场经济和自由竞争下的大都市让他们陷入了迷茫;另一方面,科学技术的新发现不断地刺激他们的新奇感。在这种矛盾心态中,他们中的许多人遁入了纯粹美学的艺术世界,在欧洲大都市里,出现了不同的亚文化和反文化倾向,波西米亚人(Bohemien)、花花公子(Dandy)、小市民、势利眼(Snob)、荡妇等大都市典型人物出现在他们的文学作品中。美国历史学家阿尔诺·约瑟夫·迈耶尔(Arno Joseph Mayer)对世纪末情绪这样写道:"社会达尔文主义和尼采的哲学属于1890年至1914年间欧洲社会政治中最普遍的世界观。在这种反民主的精英主义和军国主义倾向下,这种思潮成为受保守派势力欢迎的意识形态手段。"①

　　世纪末情绪在文学艺术领域里到处弥漫,在各种社会矛盾、文化悖论、心理冲突下,艺术表现手法却千姿百态,文学价值观不断迭变。象征主义诗人保尔·魏尔伦的《被诅咒的诗人》和波德莱尔的《恶之花》,表现主义诗人里尔克的《马尔特·劳里兹·布里格手记》,现代主义诗人艾略特的《荒原》、乔伊斯的《尤利西斯》、德布林的《柏林,亚历山大广场》等一大批现代主义文学经典作品的生成均代表了对传统文学反映论理念下的现实主义文学观念的质疑与否定。

一、布尔热的"颓废"概念

　　1900 年前后这一历史节点被视为现代主义文学经典生成阶段。这是一个香烟、自行车、消费和争取个性解放的时代,也是一个记录文明与进步所带来沉重代价的时代。这个时代不仅以欧美大城市无产阶级的全面贫困化、贫富差距巨大、工业化带来的一系列后果为特征,同时也是整个欧美社会,包括市民阶层被一种世界末日的气氛所笼罩的历史节点。这导致了转世纪时期的社会现象和精神文化面貌出现了一种两面性。在现代主义发展的过程中,或者说,文人和作家在当时社会和文化语境下缺乏一定的自我调控能力,过度地追求形式美,自由任性、不重视客观现实、过度的神经敏感,以及精神错乱和疯狂等现象亦可以被视为现代主义运动的陪伴产物。在对现代主义的狂欢雀跃的同时,也有人不断发出警告的声音。文化批评的声音来自政治危机,来自那些原本把自己看成世界的拯救者,或者把自己看成人民的救星的人。而文化的创造者却对"颓废"这一概念有着自己积极的解释。

　　"颓废"(Décadence)这个概念最早来源于法国伟大的启蒙思想家孟德斯鸠(Montesquieu)、卢梭(Jean-Jacques Rousseau)等人,他们运用这个概念来分析和研究古罗马文明的衰落,并由此提出法国启蒙运动时期的文化批评理论。尼采不仅接过了这个概念,而且还在孟德斯鸠、卢梭文化批评框架内进一步地阐发了他在瓦格纳(Richard Wagner)音乐中看到的现代艺术和文明中的发散、破碎的"颓废"现象。19 世纪末,法国作家和文学评论家保罗·布尔热(Paul Bourget)在当时的历史语境下全面地阐

---

① Arno J. Mayer, *Adelsmacht und Bürgertum. Die Krise der europäischen Gesellschaft 1848—1914*, München: C. H. Beck, 1984, S. 301.

释了这一概念,以表示他对这一特殊时期社会文化现象和文学艺术现象的判断。布尔热于 1883 年发表一部关于法国诗人研究的文集,称之为《当代心理学分析》(*Essais de psychologie contemporaine*)①。在这本书中,布尔热除了司汤达之外,还把福楼拜称为颓废作家,布尔热的初衷是对这些 19 世纪著名作家的创作心理进行分析,并企图以此对文化史研究和文化人类学作出贡献。同时,他还想通过这部文集对文学想象问题、文学的真实性营造问题、作者与其创作的人物真实性问题等进行研究。因此"颓废"在布尔热那里不是一个伦理和道德问题,而是一个对真实的感知问题,或者说是一个如何与文学中的世界打交道的方式方法问题,一个艺术与生活如何融合的形式问题。"颓废"首先是一种特殊的经验,它不认可任何在经验获取之前的认识,也就是完全依赖于印象的感知经验,而不事先进行归类和评价,既没有好也没有坏,没有美也没有丑。② 布尔热在这本集子里不仅非常翔实地分析了作家创作心理,而且还研究了不同的诗人语言和想象的特殊性。他把文学艺术作品理解为"符号"(signes),而这些符号是可以被赋予一定的意义的。布尔热不愿意将对现实的文学加工处理归纳为"虚构",而是"对不同的情感的定义,我们作家将此提供给年轻人以供模仿"③。他建议走一条相反的道路,研究文学是如何影响人类的情感的,人类具体的情感形式是如何通过文学阅读而被建构的、训练而成的,或者交往流通的。按照布尔热的设想,人类的情感生活并非与生俱来,因此也不能从现实生活中复制到小说中去,更不用说现实生活在文学中发扬光大了。相反,情感(emotion)是文化生产的一部分,就像今天的新历史主义者会说的那样,情感是文学诗学的产物,是在文学和生活的交互作用下产生的。布尔热提出,一个时代的"情感经济学"是因历史和文化的不同而不尽相同的,同时还是主观的。这一观点无疑是正确的,对于反对自然科学将人的情感生活进行量化和定性的人来说,这一观点无疑是一种尖锐的武器。布尔热认为,即便是福楼拜的"现实主义"也不是对真实世界的模仿。

布尔热还认为,在福楼拜作品中,真实并不是第一性的,只有语言才是第一性的。他在对福楼拜进行分析后,提出了对现实主义文学的批评:

---

① Paul Bourget, *Essais de psychologie contemporaine*, *Baudelaire*, *M. Renan*, *Floubert*, *M. Taine*, *Standhal*, Paris: Lemerre, 1893.

② Ibid., pp. 139, 148, 159, 173.

③ Ibid., p. 173.

"思想不是跟在句子后面走的,思想不是玻璃橱窗里面的某一个物体,思想是与句子统一的,我们不可能制造没有思想的句子。"①布尔热认为,如果一个句子是现实,也就内在地否定了象征性的表达。他还说:"文学表达不应是通过符号去展现一般性的东西,符号只表达其自身。符号只是将真实变成现实罢了。"②他还看到,19世纪的自然主义和现代主义作家都有这种趋势,这些趋势后来都可以被称为所谓的"前卫艺术"。

布尔热在对诗人心理分析和肖像描写过程中,非常彻底地对19世纪的伟大诗人进行了观察以及自我观察,他这样做的目的不仅仅导致了被观察对象的消解,也导致了观察主体自身的消解。布尔热认为,即便对左拉来说,作者的任务也不只是引起感官的刺激,而是对素材的艺术编排。在自然主义作品里,作家不会作为刺激感官的叙述者在文学作品里出现,这在19世纪末和20世纪初的文学中是一种常态,绝大部分的观察主体都不会作为叙述主体而出现在文本中。布尔热把这种现象称为"颓废",其本意不是指社会道德的堕落,而是指感知主体和客体关系之间张力的内部爆炸。

自然主义小说中之所以没有出现作者视角的客观观察,主要因为小说是为了表达其文献性,或者为了表达小说客观中立的纪录性。这就导致出现了一种极端的立场:读者很难区分虚构和现实的差异,因此读者也无法区分艺术品和真实生活的差异。由于自然主义文学不再承认唯心主义艺术观,不再将文本视为再现艺术,而是将文本视为实现思想的载体,所以不能区分虚构和现实。这种主客观的对立常常会造成虚构和真实之间的秩序缺失,或者虚构与真实界限缺失症状,因此,布尔热把艺术和美学领域中,特别是在日常生活的美学加工中造成的迷茫现象也被称为"颓废"。此外,布尔热将自然主义小说中的观察称为"心理观察"或者叫"心理解剖",并且使用上述的"颓废"概念加以描述。他发现,越是从外部视角细致地对事物进行观察,那就越显得主观,也就越接近真实。越是细致的观察,接近真实的描写就越走向真实的悖论,就越与传统观念中所认识的真实相去甚远。

尼采敏感地捕捉住了布尔热对19世纪末和20世纪初的艺术哲学思

① Paul Bourget, *Essais de psychologie contemporaine*, *Baudelaire*, *M. Renan*, *Floubert*, *M. Taine*, *Standhal*, Paris: Lemerre, 1893, S. 169.

② Peter Bürger, *Naturalismus*, *Ästhetizismus und das Problem der Subjektivität*, Frankfurt am Main: Suhrkamp Verlag, 1979, S. 32.

考和分析。可以说，尼采对孟德斯鸠、卢梭和布尔热的"颓废"概念的接受导致了这一概念在西方的广泛传播。尼采没有将布尔热的"颓废"概念的核心内涵保持下去，而是将这个概念移植到德国历史文化语境中去。如果说尼采曾经将瓦格纳视为德国文化的救世主，那么在 1880 年以后，尼采就在自己颇具挑战性的论文《尼采反对瓦格纳》中将瓦格纳的音乐艺术视为"颓废"艺术。他说："瓦格纳的艺术是病态的。也许此外没有什么更清楚地，没有什么能更好地研究他海神普罗透斯般的多变性格，这一性格剥去了他艺术和艺术家的外衣。我们的医生和心理学家在瓦格纳身上发现了最有趣的案例，最起码是发现了一个非常完整的案例，正是因为没有什么比这种全面性的病症，比这种最新、最容易受刺激的神经质机制更加时尚的了，因此瓦格纳是最卓越的现代主义的艺术家。"[①]在尼采眼里，瓦格纳不再是音乐家，而是一个演员，他并没有创造出完美的艺术品，而只是把某种思想移植到歌剧情景里去了，而且还导致了艺术品的晦涩。尼采说："我们大家只具有反对的知识，反对的意志，所有的价值观、语言、规则、道德都遭到反对，浑身上下都是反对。"[②]就尼采而言，所谓的现代主义完全就是一个历史阶段，或者说是一个被历史化了的阶段，是一个被自我异化了的历史阶段，他认为只有这样才能理解现代主义。

尼采建议判断是否是现代主义只有一个办法，那就是看它是否具有反对已有价值的价值观，与现代主义打交道需要用文化人类学，其方法就是自然科学中的"活体解剖"（vivisection）方法，也就是要通过分析和研究文化活体，来寻找现代主义身上的主要对立面和不和谐之处，对尼采来说，就是去发现这些典型的样本。这样不仅可以发现现代主义的历史维度，而且还可以发现这个时代的现实问题。在尼采《瓦格纳案例》的跋中，尼采建构了一种文化相对论，一种处在古典主义和原始艺术之间的东西，提出了这种文化相对论一方面基于"主人的道德观"，另一方面基于基督教的获得解救的思想。"这种价值观上的对立形式看上去似乎两者都很必要，它们有不同的种类，无论是赞成还是反对都无法超越它们。"[③]这里所说的文化相对论具有一种非理性的、无理论依据的、无意识的或者半意识的特性，它更加符合一种文化行为，而不是某种个人的信念。这是在感

---

① Friedrich Nietzsche, *Sämtliche Werke. Kritische Studienausgabe in 15 Bänden*, hrsg. v. Giorgio Colli und Mazzino Montinari, München, Berlin: W. de Gruyter, 1999, Bd. 6, S. 53.

② Ebd.

③ Ebd. , S. 51.

知之前先入为主的观念，其基本的模式是"物的秩序"（Ordnung der Dinge），用今天的话来说，就是福柯意义上的"知识考古"或者汉斯·布鲁门伯格（Hans Blumenberg）意义上的隐喻学。

实际上，比道德堕落、价值和传统沦丧更为严峻的是 19 世纪末、20 世纪初西方现实社会的不稳定性，对真理认知的缺失和价值观受到的冲击，这些一并导致了转世纪时期的精神和社会危机。而"真理"的概念又是形而上学思维模式中最核心的概念之一，尼采认为，即便有人认识到"真理"，那也只不过是一个相对的概念，在一定的前提下，这种"真理"可能还是一种预设性的"前理解"（Vorverständnis），如果把这种"真理"视为放之四海而皆准，那它实际上就已经是悖论了。尼采提出的相对论（Perspektivismus）观点是：真理、真实和客观事物都具备认知的相对性，它们都在变化当中，并且受到认识主体文化模式和个人主观意图的限定。因此，任何"真理""认识"乃至于人的"价值观"都是相对的，在这一点上可以看到尼采与布尔热的一致性。但是转世纪时期有人认为，尼采观点中的非理性成分太多，"真理""真实"应该是可以通过细致翔实的分析和客观观察得出的，不带任何偏见的科学方法可以拯救真理。而尼采却提出，"真理"是因历史视角和个人判断视角不同而不尽相同的，哲学认识论也无法支持这样的说法。此外，不断进步的自然科学和科学技术不断提供可靠的知识，这些领域中的成就和科学普及也为尼采的文化批评和真理相对论制造了麻烦，19 世纪末和 20 世纪初一大批机器和科学设备的发明更加坚定了人们对真理和知识的膜拜，特别是照相技术的发明让人类看见了许多之前没有看到或者无法看到的东西，给人类带来了无限梦幻和美好的想象。

尽管西方的文化批评解释了真理和知识的不可靠性，但是大众仍然希望看到科学进步和发展，尤其是在 1900 年前后，知识媒体发生了令人惊讶的变化，信息和知识传播的方式发生的变化直接引起了知识的爆炸，而这又进一步地蒙上了大众对认知主观性认识的双眼。自然主义的信仰者非常愿意看到主观唯心论哲学思想被克服的那一天，但是这并没有影响主观唯心主义哲学发展轨道和艺术美学的基本原理，而是恰恰相反，这反而促成了文化学和心理学结合下的人类感知研究发展。自然主义和科学主义因此也进一步提出激进的观察世界的方法，他们否定任何主体对世界进行感知和观察，主张完全依赖机器和技术手段对世界进行观察，如照相机和摄像机。这种观点影响了一大批所谓的"前卫文学"作家，他们用照相和电影的手段去观察生活，换句话说，这不仅仅是自然科学对文学创作和经典生成的影响，而且也是现代主义文学的前概念美学。

对于现代主义美学而言，艺术家和作家不再仅仅通过感官去感知世界，而是尝试去主观表达内心世界的丰富内涵，因此，他们的艺术品或者文学作品往往与现实世界有较大的偏差。这种差异并不是人类的眼睛本身所引发的，而是人对感知对象的感知选择所造成的。因为任何感知行为都是受主体控制和导向的，所以现代艺术的目的正是力图克服这一点，力求艺术作品与感官保持一种清醒的态度，以"真实地"反映现实。现代艺术和现代文学作品甚至企图完全摈弃人的感知器官在认知现实中的作用，而达到事物在感知之前的存在状况，这种艺术观带有强烈的本末倒置的嫌疑。

二、文学与知识

除了现代化、都市化、新媒体和社会变迁之外，1900 年前后的文学还受到了自然科学发明的影响，这一时期自然科学突飞猛进的发展也极大地促进了美学理论发展，并影响了新文学艺术和文学的创作与生成。在文学领域，首先出现了 19 世纪末的自然主义，作家们试图在文学领域内回应自然科学的挑战。自然主义在法国的代表作家为埃米尔·左拉（Emile Zola）及梅塘集团作家①，瑞典剧作家奥古斯特·斯特林堡（August Strindberg）和易卜生。他们的文学作品影响了欧洲一大批后来的自然主义作家，其中包括德国的霍普特曼（Gerhart Hauptmann）和阿尔诺·霍尔茨（Arno Holz）等。自然主义作家的写作原则是尽可能准确地反映真实，因为这一时期，自然科学对于真实已经有了自己的衡量和判断的理论基础，通过实证研究得出的精准性和可重复性对于事物的真实性有了方法论上的保证。意大利自然主义作家孔拉德·阿尔贝提（Conrad Alberti）和德国自然主义作家威廉·波尔施（Wilhelm Bölsche）提出文学标准即自然科学的标准。自然主义作家认为，文学也应该用实证主义原则来创作，他们要求自己成为真实事件的记录人，要求采用细致

---

① 19 世纪后期法国以左拉为首的自然主义文学集团，因短篇小说集《梅塘之夜》而得名。1879 年夏，自然主义流派作家阿莱克西（1848—1901）、昂利·赛阿（1852—1924）、埃尼克（1851—1935）、于斯曼（1848—1907）和莫泊桑（1850—1893），某夜聚会于左拉的梅塘别墅，商定各写一篇以普法战争为背景的小说，汇总以后以"梅塘之夜"之名出版。次年 4 月，《梅塘之夜》问世。六人中当时最默默无闻的莫泊桑却因其《羊脂球》而受到一致称赞。此后左拉等六人即被称为"梅塘集团"。

入微、客观真实的记录的手法来写作文学作品。诚然,这里所说的纪实手法其实也是隐喻而已,自然主义作家对真实概念所做的一切努力在德国哲学家和文学理论家汉斯·布鲁门伯格看来几乎只是隐喻学。

文学创作运用自然科学和医学最典型的例子是左拉,左拉使用的方法是"实验"。他将自己的小说《卢贡-马卡尔一家人的自然史和社会史》设计为医学实验,尝试用几个法国家庭的衰落来书写法国真实的社会生活,为了完成这一鸿篇巨制,他花了 25 年时间来写作这部长达 20 卷的长篇小说。在左拉看来,文学在一定程度上是与社会学、医学、社会心理学、犯罪学和人类学并列的一门科学。左拉坚信,人性完全取决于遗传,他主张用科学实验的方法,按照生物规律去描写人,无动于衷地去纪录生活。在德国,左拉的自然主义小说引起了激烈的争论,人们谴责他的小说对道德败坏、伤风败俗行为直截了当地书写。这些批评在一定的程度上是有道理的,因为从当时占统治地位的文学价值观来看,文学是美的媒介,而自然主义文学全然不顾及文学的艺术性,采用自然科学方式描写现实生活,将其演变成了一种对现实的复制和照相。"自然主义并不是一种仅仅影响了艺术的思潮,而是表明了我们这个时代对精神世界理解的态度,自然主义意味着将我们的灵魂置于物和所有的关系之下,自然科学的胜利置于精神之上。"①

在实验上比左拉略逊一筹,但在观察上更细腻的当属瑞典自然主义作家奥古斯特·斯特林堡②,他完全采用自然科学的观察法来创作文学。斯特林堡曾经是小有名气的摄影师和自然科学家,对化学、物理学和生物学很有研究。对他来说,摄影是结合文学和自然科学的最佳方法,他疯狂地推崇照相机,认为通过照相技术可以客观真实地观察事物,他把自己的文学作品视为人类生活的"活体解剖",他说:"活生生的人是我研究的对象,我将其中的一些人作活体解剖一样来分析,从化脓伤口一直到最小的肠器都不放过……就像你所看到的那样,我的任务就是将寄存在宗教、艺术、科学、民主和社会主义等内部的迷信通通地揭露出来……这样的做法

---

① Max Lorenz, „ Der Naturalismus und seine Überwindung ", in Manfred Brauneck u. Christiane Müller, *Naturalismus. Manifeste und Dokumente zur deutschen Literatur 1880—1900*, Stuttgart: J. B. Metzler, 1987, S. 295.

② 奥古斯特·斯特林堡(1849—1912),瑞典现代文学的奠基人,世界现代戏剧之父。剧本《被放逐者》得到国王卡尔十五世的赞赏,受到召见,并获得赏赐。

无可指责,也没有任何不道德的地方。"①自然科学的隐喻在自然主义作家眼里无疑就是毫不留情地揭露人的本性,发现人类心理的科学规律。同时,在斯特林堡的作品中,已经不再像左拉那样关心人类社会的问题,而是书写人的心理,人和人之间的关系和神经官能症。他的小说《朱丽叶小姐》主要描写了瑞典农庄内恐怖的家庭关系和人物间的性关系,歇斯底里的青年女子与庄园雇工之间的爱情关系,写作的特色主要是对人物心理现象细致入微的观察。

综上所述,自然科学知识的爆炸对 19 世纪末、20 世纪初的作家产生了巨大的影响,但仍然有许多作家对自然科学的影响持谨慎甚至保守的态度,在法国,以波德莱尔、马拉美(Stéphane Mallarmé)、布尔热为代表的现代主义诗人和作家对自然主义进行了抨击,尽管布尔热本人早期也热衷自然主义。奥地利维也纳现代派的作家形成了一个团体,他们包括巴尔(Hermann Bahr)、霍夫曼斯塔尔(Hugo von Hofmannsthal)、施尼茨勒(Arthur Schnitzler)、穆齐尔(Robert Musil)、里尔克、罗特(Joseph Roth)等。虽然自然主义作为自然科学认识在文学理论和实践上的影响受到历史条件的限制,但是总体上说,转世纪期间的现代主义文学是一个从外表走向内心的过程,如果说自然主义作家首先从物理和生物学出发观察生活和人类活动,那么反自然主义和后自然主义的作家更加关注人的内心世界。当自然主义还在德国非常流行的时期,巴尔在 1891 年就这样写道:"自然主义已经过时,其作用也已经淡化,自然主义的光环业已散去。"②1887 年巴尔在一篇文学评论中就把自然主义作家易卜生列为现代主义的先驱,巴尔认为,易卜生是自然主义和浪漫派的混合,个人主义和社会主义的结合,这意味着他的文学是有目的的,并非只是才华横溢。只不过他的才华还不足以帮助他达到自己的目的。对于巴尔来说,现代主义"就是一种战胜自然主义的新生事物"③。

三、身体和性别

1900 年前后,欧美在现代化、都市化语境下社会转型进程加快,这也

---

① August Stringberg, *Brief Stringbergs an Isodor Bonnier v. 25. 04. 1887*, Frankfurt am Main, 1984, S. 846.

② Hermann Bahr, *Die Überwindung des Naturalismus. Als zweite Reihe von „Zur Kritik der Moderne"*, Dresden und Leipzig: VDG, 1891, S. 199.

③ Ebd.

改变了西方传统价值观中对"身体""性别""家庭""性"和"个体"的认识。这些变化在 19 世纪末、20 世纪初的文学中也留下了深深的痕迹，并对文学经典的生成与传播产生巨大的影响。然而，这些变化的痕迹却不仅仅存在于文学作品之中。文学往往是传播这种变化的实验空间，在文学艺术家的语言艺术实验活动中，他们自身的传统价值标准、社会角色分工等首先受到挑战，催促了全新的价值观生成，如对"身体"和"性别"进行新的价值判断。比如霍夫曼斯塔尔以古希腊悲剧改编的独幕歌剧《厄勒克特拉》(Elektra)的最后场景就反映出作者对语言危机、理性批评的美学思想，同时也反映了文学在 19 世纪末、20 世纪初这一历史时期的性别讨论。这部剧作以阿伽门农之女厄勒克特拉为父复仇为主题，在将其谋杀亲夫的母亲克吕泰涅斯特拉和其情人杀死之后，女主人公独自翩翩起舞，在疯狂的喜悦舞蹈中死去。在霍夫曼斯塔尔的剧本导演词中，他把这一舞蹈称为"无名之舞"①。无法证实的是，这里仅仅只是一段自由芭蕾舞蹈，还是作家通过这段"无名之舞"来阐明身体运动所产生的动觉以及其中包含的意义。如果后者成立的话，那么作家在这里不仅仅只是选择了现代舞蹈作为艺术表达手段，而且是对 20 世纪初的"语言危机"所做的反思，霍夫曼斯塔尔也许期望通过舞蹈来寻找"沉默的物的语言"："舞蹈表现出对纯粹现时存在的一种幻觉，对自己身体魔幻般认同的一种幻觉，舞蹈反映了一种幻觉状态的可能性，也许只是那一瞬间，在这一瞬间中，原先的认知之刺和激情变得越发强烈……另一种状态下的梦幻，即一种无法拥有的梦幻，在'自身'和'自由'的舞蹈中得以实现。这种舞蹈是对恐惧的摆脱，也就是一种'没有希望的幸福'……在舞蹈中，憧憬未来的张力得到扬弃，这一舞蹈只重现了纯粹的现时性，舞蹈带来了它，同时又毁灭了它。"②这里，霍夫曼斯塔尔笔下的"无名之舞"同时也表达了身体的语言，这是一种无法用符号系统表达的动态语言，即，这不是一种用符号替代不在场性的语言，而是一种身体在场的语言，一种完全摆脱了所指和能指的语言。此刻，戏剧观众所感知到的视觉愉悦通过舞台效果变得更加

---

①　Hugo von Hofmannsthal, *Gesammelte Werke in zehn Einzelbaenden*, hrsg. v. Bernd Schoeller in Beratung mit Rudolf Hirsch, Frankfurt am Main: S. Fischer Verlag, 1979, Dramen II, S. 233.

②　Gabliele Brandstetter, „ Der Traum von anderen Tanz. Hofmannsthals Aesthetik des Schoeperischen im Dialog, Furcht", in *Freiburger Universitaetsblaetter* 112 (Juni 1991, S. 58); Vgl. Dieselbe, *Tanz-Lektueren. Koerperbilder und Raumfuguren der Avangarde*, Frankfurt am Main: S. Fischer Verlag, 1995.

强烈,这时舞蹈所蕴含的意义便充分得以表达,无声的图像将身体和物质赋予语言的意义。

这种全新的语言形态还涉及了性别隐喻,即:将男性视为理性,女性视为身体。在霍夫曼斯塔尔的《厄勒克特拉》中,女主人公被塑造成了新时期的女性形象,她及她母亲克吕泰涅斯特拉成了游离在爱情和疯狂、理性和魔力、现实与梦幻、秩序与混乱、道德与犯罪界限两边的人物,她们以极其特殊的女性方式,以与男人不同的情感和感知方式演绎了性别与世界的关系。假如说,在男人的世界里,天才与疯狂常常只有一步之遥,那么在女人的世界里,爱欲与疯狂也往往同样难以区分。然而,不只是厄勒克特拉代表了女性的肉身和情感特征,她妹妹同样处在女性和母亲角色中,她只是期望有婚姻和子女的普通生活。她期望着"遗忘"杀父之仇,而厄勒克特拉则无法遗忘。对妹妹来说,未来和家庭是理性的选择,对厄勒克特拉来说,记忆成了魔鬼,被杀害的父亲活现在她的眼前,复仇的火焰无法消失。记忆在这里不再是反思,而是一种着魔的状态,在无名之舞中疯狂。在忘记自我的复仇行为中,不仅个人历史和个人记忆,而且家庭历史和集体记忆也被扑灭。

厄勒克特拉的例子说明,欧洲1900年前后,传统女性的文学形象开始发生变化,女性开始在女神、安琪儿和恐怖疯狂的女魔之间混杂。市民社会中传统的母亲形象、家庭主妇和年轻女职员形象开始受到冲击,一大批作家如波德莱尔、马拉美、霍夫曼斯塔尔、易卜生、托马斯·曼、韦德金德、黑塞、施尼茨勒等都重视多元地描写社会形态变化和家庭灾难中的女性小说形象,这与转世纪期间的男性文学形象嬗变也有一定的关联,除了公子哥和闲荡者之外,罗伯特·瓦尔泽笔下的男孩形象、局外人形象,霍夫曼斯塔尔作品中的无用人形象,托马斯·曼小说中的堕落者形象,里尔克塑造的精神敏感者形象等都丰富了都市文学中的男性形象。值得指出的是,这一时期出现的男性文学形象已经不再符合19世纪占主导地位的成功、坚强、英勇、开明的男性形象。这与女性文学形象的变化一样,折射出1900年前后的性别价值取向的社会变化。

四、主体消解和语言批评

恩斯特·马赫和弗洛伊德、尼采一起,被认为是欧洲19世纪和20世纪转世纪期间文学的理论支撑,尽管他们理论的作用今天仍然无法用量化的方式予以佐证。但是这些思想家对文学思考的推定和文学发展的推动作用是毋庸置疑的。如恩斯特·马赫对文学创作、文学经典的生成和作用曾经长期被忽略。尽管马赫 1886 年就写成了《感觉分析》①一书。直到 1890 年前后,他的感知理论才被逐渐发现。在这个时期,欧洲文坛对于自我和主体的认识已经开始发生变化。今天,研究界很难从理论接受的角度来证实,欧洲 19 世纪末、20 世纪初的文学中对主体的批判认识是否受到了马赫理论的影响。但马赫对真实感知的理论今天已被普遍认可,这是发生在文学主体批评之前的事。"自我不可救赎",这个命题的提出也符合欧洲当时的社会意识形态。巴尔在 1904 年对马赫的《感觉分析》提出了自己的观点,他说:"马赫的这本书说出了我们的情感世界和年轻一代人生活的真谛。"②

　　赫尔曼·巴尔是欧洲 19 世纪末、20 世纪初认识到马赫理论重要意义的少数文学批评家之一。另外需要指出的是,巴尔也具备了接受马赫理论的条件,因为早在 1903 年他阅读《感觉分析》和认识马赫之前,他就已经发表了一系列文学批评文章,在这些文章中,他大量地使用了如"感知"(Wahrnehmung)、"神经""反谱写"(Dekomposition)等概念。他甚至提到了自然科学原理基础上的"第一元素",这些概念在一定程度上都涉及文学心理学和文学人物心理展示机理。比如他写道:"心理学必须采用新的方法,因为自然科学的发展导致了方法的更新。"③他还看到了心理学和绘画等视觉艺术发展之间的关联性,尤其在印象派绘画中看到了人的心理。他充分地认识到人的主观感知如何捕捉动态混杂的外部世界。大约十年之后,巴尔阅读了马赫的《感觉分析》一书,并在自己 1904 年发表的杂文集《悲情对话》(*Dialog vom Tragischen*)中称马赫的《感觉分析》为印象主义的哲学。巴尔认为,以经验和印象为出发点的法国绘画表达了时代的声音,它的出现使当时自然科学和社会变迁在精神层面上达成了高度的一致。他认为马赫提出了一种新的真实理解方式,并在法国画家马奈、德加和雷诺阿等人的作品中得到印证。

　　这个时期的现代主义诗歌和小说创作中还出现了另外一种特殊现象,文学史界将其称为作家特意营造的"主体崩溃"(Subjekt-Zerfall)倾

---

　　①　该书全名为《感觉分析及物理与心理的关系》,德文书名为:Die Analyse der Empfindungen und das Verhältnis des Physischen zum Psychischen。

　　②　Hermann Bahr, *Dialog vom Tragischen*, Berlin: Fischer Verlag, 1904, S. 113.

　　③　Hermann Bahr, *Die Überwindung des Naturalismus. Als zweite Reihe von "Zur Kritik der Moderne"*, Dresden und Leipzig: VDG, 1891, S. 103.

向,并把这种现象视为现代主义新诗学赖以生成的主要功能之一。传统的诗歌和小说中的叙述主体让位于语言游戏(Sprachspiel)。在这种所谓的语言游戏中,有一个要点:主体和世界成了统一体。解释这种现象需要对 1900 年前后欧洲哲学的一种倾向做出说明。19 世纪末、20 世纪初,以沃尔夫、海克尔为代表的一些哲学家对外部世界和内部世界、精神与物质、个体与宇宙对立的二元论提出质疑。他们出于危机意识,提出一元论的观点,马赫继承了一元论的哲学传统,他批评康德以来的唯心主义哲学都有一个共同点,都在主体认知和"物自体"(das Ding an sich)之间挖掘了一条不可逾越的鸿沟。对此,马赫试图重构一个主体与世界统一的哲学架构,他的这种哲学观点得到了当时作家和诗人的赞同,他们开始在一元论基础上构建自己的诗学观。霍夫曼斯塔尔说:"我们拥有我们自己,外界的大风吹刮着我们,早就把我们带到东南西北,又把我们吹成灰尘,这就是我们的'自我'! 词语是如此一般的隐喻,我们不再是乱哄哄的一群没头苍蝇。"[1]

然而,这种人与物统一的哲学观在文学理论中的影响只是一个侧面,其主观目的是极力在"自我不可救赎"的时代实施自我救赎。但还有对自我沦丧更加绝望的观点,这主要体现在戏剧作品中,1900 年前后,对自我持激进否定态度在戏剧中大量出现,这无疑与戏剧作为文学形式在这一时期反映社会变化的社会需求密切相关。文学理论家施聪迪(Péter Szondi)在《现代戏剧》中指出,世纪末时期出现的"戏剧危机"其本质是主体危机,传统的以"三一律"为标准的戏剧形式已经走到了历史的尽头,传统戏剧已经没有能力将快速发展的都市化、工业化社会变迁在舞台上表现出来。因此,戏剧创作必然出现一种从内容到形式的转变。这是社会需要的,也是符合现代经验的戏剧模式。在奥古斯特·斯特林堡、莫里斯·梅特林克[2]和马拉美等作家的基础上,又出现了戏剧革新和形式实验。其中包括霍夫曼斯塔尔的诗歌剧、阿图尔·施尼茨勒的独幕剧。他们的戏剧都是一些瞬间场景的排列,与传统莎士比亚的戏剧或者 18、19

---

[1] Hugo von Hofmannsthal, *Sämtliche Werke. Kritische Ausgabe*, hrsg. v. Rudolf Hirsch u. a., Frankfurt am Main: S. Fischer Verlag, 1975, XXXI, S. 76.

[2] 莫里斯·梅特林克 (1862—1949),比利时剧作家、诗人、散文家。1911 年,获得诺贝尔文学奖。象征派戏剧的代表作家,先后写了《青鸟》《盲人》《佩利亚斯与梅丽桑德》《蒙娜·凡娜》等多部剧本。早期作品充满悲观颓废的色彩,宣扬死亡和命运的无常;后期作品研究人生和生命的奥秘,思索道德的价值,取得很大成功。

世纪的市民悲剧几乎没有任何相同之处。与此相反，他们对戏剧情节发生的时空关系、情节的发展等都做了创新，戏剧冲突和矛盾解决等都有了全新的表述方式，作家们企图将主体危机客观地反映出来，戏剧文本的反线性、碎片化也同样反映了印象主义、后印象主义、象征主义、表现主义等艺术思潮的特点。

　　不仅是戏剧作品如此，19世纪末、20世纪初的文学作品基本都呈现出一种反连续、反线性叙述的特点。传统小说的叙述方式受到了大多数作家的挑战，这种情况马赫在其《感觉分析》中也做了分析："在大多数的人身上，'自我'具有极大的差异性，在最近这些年里，同样的'自我'不会出现在某一个人的身上。"①为了在叙述上能够反映完全不同的个性和自我，这一期间的作家大多喜欢写作篇幅较小的作品，比如像中篇小说、短篇小说、虚构的书信、日记等。相反，诸如18、19世纪小说模式的鸿篇巨制则显得比较少。现实主义小说在19世纪已经达到了其巅峰，在20世纪初，这种文学形式虽然依然存在，但是并不是小说艺术的唯一表达形式了。早在1890年前后，维也纳现代派作家圈里就不断有人通过文学作品表达一种观点，即：主张个体积极向上发展的资产阶级小说已经过时，反发展小说和反修养小说不断出现，如霍夫曼斯塔尔的《第672夜童话》、雷奥普特·冯·安德里昂（Leopold von Andrian）的《认知之园》就是典型的例子。在这些小说中，主人公的发展往往是毫无目标的，自我是困惑的，甚至是分裂的，带有强烈的印象主义感知方式，其结局往往也是不完美的，或者是突然死亡，或者是过早地终结了生命。19世纪长篇小说的那种细腻的描写和叙述、叙述时间和被叙述时间的一致性等原则都被冲破。当然，完美的结局也不再成为现代派作家的追求目标。

　　这一时期现代主义小说的另一个特点是叙述视角的发展和创新。只要小说开始展示动态和变化主体，全知型叙述视角就显得受到了限制，因为全知型叙述视角往往与叙述对象保持一定的距离。为了能够达到主动的，客观的，在内心世界和外部世界都能反思的，同时也具有全知特性的，既能叙述，又能评论的叙述视角，现代派作家开始采用让小说人物来替代全知型叙述视角的形式。最能适应这种叙述模式的是第一人称叙述视角。其实早在1891年，巴尔就要求使用新的文学心理学创新叙述视角。

---

① Ernst Mach, *Die Analyse der Empfindungen und das Verhältnis des Physischen zum Psychischen*, Jena: Xenomoi Verlag, 1900, S. 3.

他说："仅用第一人称叙述模式'我'是不够的，因为这个叙述模式恰恰不能表达神经质。"[1]对于巴尔来说，在叙述的过程中，人称代词"我"表达了人物的主体性，在这种情况下主体在表达临时性虚构时的感知状态是不充分的。对此，维也纳现代派的作家们开始对叙述视角进行创新，来直接表达耸闻和刺激的感知状态，也就是不经过任何主体的加工，直接用"感知原始材料"形式将其表达出来。

如果将叙述学的，或者戏剧的表达方式用来解决"自我不可救赎"问题，那么就会出现相互矛盾的现象。这种矛盾一方面表现为创作主体在时代变迁的诱惑下，对文学创新产生极大的渴望和兴奋，但另一方面又拒绝这种创新。这一时期的现代主义文学中，主体性被极大地削弱了。如在罗伯特·瓦尔泽的作品中，主体变成了"滚圆的零蛋"[2]；或者在里尔克那里，主体成了"无用人"[3]；在乔伊斯的《尤利西斯》中，布卢姆的主体性在24小时内化为碎片；在卡夫卡《致科学院的报告》中的猴子红彼得对主体的反讽等。这些作品中均蕴含着强烈的主体批评和否定的倾向，并在许多突破性的创新中仍然可以看到叙述学上新的尝试和潜力所在。

但同时也可以看到，在这一时期的许多文学作品中，"主体之死"的命题并没有得到积极的呼应。不少批评家在理论上对主体问题展开了讨论，他们不愿意看到"主体"在自然科学的客观认知下彻底死亡，他们希望主体在其他视角下能获得救赎的机会。如巴尔在其《不可救赎的自我》一文中首先对马赫的理论致以崇高的敬意，然后希望实证经验方法不要对主体处以极刑。他说："自我是不可救赎的。理性将所有的神像砸得粉碎，把众神请到地上来当人……对我来说，不是'真的'就是'好的'，而是对我'有用的'才是好的。因此太阳才天天升起，大地才是真的，自我就是自我。"[4]巴尔在这里提出了他对主体的一个基本立场，尽管各种理论层出不穷，自然科学认知日新月异，他认为否定主体的说法是无法确立的，他认为自我认同的主体应该具有合法存在的理由，但是他在实证科学面前并没有足够的论据，因此他的主体辩护也只是一种同义反复而已，即：

---

① Hermann Bahr, *Die Überwindung des Naturalismus. Als zweite Reihe von „Zur Kritik der Moderne"*, Dresden und Leipzig：VDG, 1891, S. 112.

② Robert Walser, *Sämtliche Werke in Einzelausgaben*, hrsg. v. Jochen Greven, Frankfurt am Main：Suhrkamp Verlag, 1985, Bd. 11, S. 8.

③ Rainer Maria Rilke, *Werke. Kommentierte Ausgabe in vier Bänden*, Frankfurt am Main：Insel Verlag, 1996, KA 3, S. 468.

④ Hermann Bahr, *Dialog vom Tragischen*, Berlin：Fischer Verlag, 1904, S. 101.

自我就是自我。

第三节　媒体革命与文学经典传播途径的革新

19 世纪末、20 世纪初，欧洲进入了自欧洲印刷术之父约翰内斯·古登堡（Johannes Gutenberg）第一次媒体革命之后的第二次媒体革命时代，17 世纪至 19 世纪占绝对地位的印刷物传播方式在这一历史节点上发生了根本性变化。用本雅明的观点来看，传统的文学和艺术传播形态受到了机器复制，尤其是胶片复制技术的强烈冲击，这种冲击极大地影响了西方现代文学的生成与传播，同时也给文学艺术的变革带来无限的机会，因为文学传播形态从书本印刷的单一模式进入包括摄影、电影、无线电广播、报纸、杂志在内的多媒体传播时代。

一、报纸文艺副刊和文学杂志

首先，报纸作为定期出版的大众媒体有着漫长的发展史。它与欧洲的都市化和工业化进程密切相关。人类历史上的第一份现代意义上的报纸是约翰·卡洛斯（Johann Carolus）于 1605 年 9 月在斯特拉斯堡创办的《通告报》（Relation）[1]。《通告报》每周出版一期，而每天出版的日报则于 1650 年在莱比锡问世。1703 年，《维也纳日报》问世，这也是迄今为止世界上唯一一份从未中断过发行的日报。报业作为大众媒体发展的鼎盛期是 19 世纪末及 20 世纪初，报纸也成为 20 世纪最重要的传播媒介之一。其中对文学传播发生重要作用的是报纸的文艺副刊。

文艺副刊由来已久，早在报纸出现的初期，就有人写书评和剧评，也有人在报纸上发表诗歌和小说摘选。"文艺副刊"（Fouilleton）这个概念最早出现在法国大革命期间，1789 年有人在《辩论杂志》（Journal des Débats）上附了一张小报纸，上面主要刊登了戏剧评论文章。法国作家、记者和文化批评家朱利安·路易斯·杰奥夫勒（Julien Louis Geoffroy）在上面开辟了一个专栏，以剧评和书评为主要内容定期出版，并把它称为"Fouilleton"，即文艺副刊，专门刊登文学散文、文学随笔、小小说、文艺评

---

[1]　Welke Martin, „Darf man so was drucken? Kaum erfunden, schon zensiert: Die Geschichte der ersten Zeitung der Welt", In *Die Zeit*, 27. Dezember 2013, S. 17.

论等。在英语国家的报纸中，"Feuilleton"指的是连载文学作品，在同一时期，英语报纸中产生了大批专栏（column）作家和专栏文学作品，文学的生成和传播方式开始发生变化。20世纪初，文艺副刊成为日报的固定版面。对于出版社来说，这种传播方式具有双重意义，一方面可以赢得读者；另一方面也可以活跃版面，是一种方便补白排版的手段。在德国和法国，现代报纸文艺副刊的早期经典作者有海涅（Heinrich Heine）、路德维希·布尔纳（Ludwig Börne）等。20世纪的许多经典作家的生成和经典作品的传播都与报纸文艺副刊有关，如瓦尔特·本雅明、齐格弗里德·克拉考尔等。在奥地利，维也纳现代派的主要作家如霍夫曼斯塔尔、约瑟夫·罗特、施尼茨勒、茨威格（Stefan Zweig）等都因在文艺副刊上发表文学作品而著名。然而，报纸文艺副刊也被人称为"文艺副刊风格"加以嘲笑，言下之意是这些文学作品往往是应运而作、信手拈来，具有很大的随意性，这样的文学同时也与作家的经济利益密切相关，如瑞士作家罗伯特·瓦尔泽就曾靠在文艺副刊上发表作品为生。文艺副刊风格，被公认为"具有漫谈和幽默的文学风格"①，这种风格特征主要表现为隐喻、反讽、重复、夸张等，这对现代文学，尤其是对现代文学经典的生成产生重要的影响。

中国报纸的文艺副刊对外国现代文学经典在中国的生成和传播也同样重要。《申报》1872年创刊时就在《申报馆条例》中写明："如有骚人韵士有愿以短什长篇惠教者，如天下各名区竹枝词及长歌记事之类，概不取值。"②申报从创办初就办了文艺副刊《自由谈》，这不仅彻底改变了传统文学作品的生成方式，中国的文学创作者出书不再需要耗资刻印，同时也极大地刺激了文人们的创作热情。《申报》的文艺副刊《自由谈》创办之后，文人骚客"彼此唱和，喋喋不休，或描写艳情，或流连景物，互矜风雅，高据词坛，无量数斗方名士，咸以姓名得缀报尾为荣"③。

五四运动和新文化运动以后，各种西方思想迅速流入中国，中国的报纸逐渐成为传播西方思想的重要媒体，文艺副刊也开始从"消闲"向传播新思想、新文学转向。20世纪30年代，各大报纸都出现文艺副刊或文学副刊，如《大公报》的《文艺副刊》以及《武汉日报》的《文学副刊》等。出版文艺副刊的动机各不相同，出版商为了经济利益，作者为了出版园地和出

① Claudia Mast（Hrsg.），*ABC des Journalismus*，Konstanz，2004，S. 355.
② 转引自郭武群：《报纸文艺副刊的缘起》，《理论与现代化》，2008年第2期。
③ 同上。

版机会,左派文人为了改造世界,唯美主义文人为了艺术。例如"《大公报》公司认为《文艺副刊》可以招来更多的新文学读者,有利于报纸的盈利"①。沈从文就以《大公报·文艺副刊》为平台,联络了周作人、废名、朱光潜、萧乾等作家,形成了自觉与政治保持距离的"京派"文学群体。《申报》的文艺副刊《自由谈》也汇聚了一大批进步文人如鲁迅、茅盾、叶圣陶、郁达夫、陈望道、郑振铎、老舍、巴金、风子(唐弢)、臧克家、张天翼、靳以、柯灵、李辉英、郑伯奇等。文艺副刊为中国现代文学的风格和式样提供了生成土壤。

对于外国文学的传播而言,文艺副刊成了传播各种文学作品的重要园地,一大批中国知识分子如鲁迅、茅盾、林语堂、周作人、郭沫若、郁达夫、戴望舒、刘呐鸥、施蛰存、郑振铎、徐志摩、陈寅恪等不仅成为专栏作家和杂文作家,也成为外国现代主义文学的传播者。如北京的《晨报》的《晨报副镌》就介绍了托尔斯泰、契诃夫、果戈理、高尔基、易卜生、法朗士、莎士比亚、泰戈尔、波德莱尔等外国文学经典作家,许多中国读者都是通过报纸的文艺副刊接触到外国文学作品的。② 文艺副刊作为大众媒介的出现,彻底改变了以往文学的阳春白雪地位,文学在表现手法、选题和语言风格上都更加大众化。无论在西方还是在中国,文学或外国文学在报纸这一新媒体平台上得以广泛、高效的传播,报纸文艺副刊成为大众参与的公共舆论空间,新的知识阶层也因此而诞生。

除了报纸的文艺副刊之外,文学杂志也是中国20世纪初重要的外国文学传播平台。新文化运动以后,上海、北京、天津等大城市文学刊物如雨后春笋,蓬勃涌现,早期进步刊物《新青年》和文学刊物《新潮》《语丝》《新月》《沉钟》等在传播外国文艺思想和作品上发挥了先锋作用。30年代,纯文学刊物如《新文艺》《无轨列车》《文艺杂志》《东方杂志》《小说月报》《时代画报》大量地刊登外国文学和外国现代主义文学作品。另外,《文学月报》《萌芽》《文学导报》(《前哨》)、《北斗》《巴尔底山》《十字街头》等刊物也是传播外国文学,特别是苏联文学的重要载体,但由于与民国时期政府的意识形态相矛盾,屡遭禁刊。许多文学刊物为了扩大销量和知

---

① 刘涛:《文学刊物和文学控制——1930年代文学刊物受控因素研究》,《淮北师范大学学报》(哲学社会科学版),2014年8月。

② 据统计,1840—1919年,中国共发行翻译文学作品2665种,其中1729种发表在报纸的文艺副刊上,占总数的65%。参见郭浩帆:《清末民初小说与报刊业之关系探略》,《文史哲》,2004年第3期。

名度,仍然在当时的社会语境下积极刊登进步文章和苏俄文学翻译作品,如《现代》杂志被国民党当局视为"半普罗"的杂志。《现代》从创刊号到6卷1期,共发表二十余位左联作家的作品,如茅盾的《春蚕》、张天翼的《蜜蜂》、鲁迅的《为了忘却的纪念》等重要作品。

此外,上海在日本占领的"孤岛时期"也有文学刊物在传播外国文学上发挥作用,如《鲁迅风》①,曾先后由金星书店和天马书店经售。由于当时"孤岛"环境恶劣,这个进步刊物得到郑振铎、景宋、巴人等老作家的支持和指导,也刊出外国文学作品,如宜闲(胡仲持)、荃麟、金人(张君涕)、舒湮等人的译作。《文艺新潮》月刊②刊登过适夷译的高尔基《老板》等。《译林》③这本著名的翻译杂志也在"孤岛时期"创刊,可惜这一进步翻译刊物只出了一期就被停刊。④ "孤岛时期"的另一本翻译文学刊物是《西洋文学》月刊⑤,刊物曾聘林语堂为顾问编辑,邪源新(郑振铎)、巴金、李健吾、赵家璧等为名誉编辑,李健吾翻译的福楼拜《情感教育》最初曾在这个刊物上连载。

二、照相技术改变人的感知方式

20世纪初的新媒体无可非议地就是摄影技术、无线电广播技术和电影技术。这些新媒体的出现不仅大大地促进了文学作品的传播,也影响了文学自身的表现方式。摄影、电影和无线电的发明也为日后的电视技术以及今天的因特网络技术普及奏响了前奏曲。新媒体不仅在艺术、美学和娱乐等领域发挥了其巨大的社会功能,而且在社会生活的其他各个领域都带来了现代社会的迅速形成与发展。摄影和电影的发明彻底改变了欧洲人的感知方式和思维方式,因此也成为转世纪时期文化史和文学史的重要组成部分,其中一个重要问题是对文学的发展提出了前所未有的挑战,具有极其逼真性的照相术和运动图像的产生对文学艺术的未来

---

① 1938年10月11日创刊,次年9月停刊,初为周刊和旬刊,从第14期起改为半月刊,共出19期。

② 于1938年10月16日创刊,1940年5月停刊,共出19期。

③ 创刊于1940年5月5日。

④ 在《译林》创刊号上刊出了意大利于戈林尼的小说《马拉加》(刘盛亚译)、德国福赫脱望格尔的小说《独裁者》(白水译)、法国古久列的小说《庆祝》(美益译)、美国斯达的小说《酸葡萄》(马耳译)、苏联海立吐诺维支的小说《游击队长之死》(适夷译)、西瓦沙的诗《上海》(朱侯译)、特洛宁的《诗二首》(巴人译)、日本鹿地亘的三幕剧《三兄弟》(欧阳凡海译)。

⑤ 1940年9月创刊,次年6月停刊,共出10期。

提出了质疑,电影把大量的读者变成了观众。无线电广播在科学研究、政治经济、文化艺术等各个领域的影响力都是划时代的,被称为当时人类社会前所未有的信息革命。然而,尽管电影在19世纪70年代发明后在大城市迅速赢得观众,图书市场因此受到了一定的冲击,但文学作品并没有消失,电影、摄影和文学自从19世纪中叶以来,一直相互影响、共同发展。

1839 年生产的银版照相机

　　具体地说,这一历史是从1830年摄影的发明开始的。摄影的发明与两个法国人的名字密切相关,一个是法国画家路易斯·达盖尔(Louis Daguerre),另一个是约瑟夫·尼尔普斯(Joseph Niépce)。尼尔普斯和达盖尔几乎在同一时期发明了利用光线将图像保存下来的方法。1839年,达盖尔采用银版摄影术拍摄了世界上第一张照片。

　　摄影现实主义实现了人类复制和模仿真实图像的梦想,对绘画艺术而言,摄影的发明颠覆了绘画的真实观。当时的欧洲社会对摄影的发明评价极高,认为摄影完全在技艺上实现了现实主义艺术理想。摄影技术的发明对真实地复制自然和世界的艺术观发出了挑战。在人类历史上,艺术和真实的关系首次遭到质疑,摄影对艺术提出新的要求,也对艺术的再现手段和条件提出新的可能性,艺术家开始思考如何观察世界和观察自身的问题。绘画艺术因摄影的产生而变得越来越关心自身的实现手段,艺术问题中的核心变成了"如何看"世界的问题,而不再是如何让观众"看什么"的问题。除了法国印象主义绘画之外,保罗·塞尚(Paul Cézanne)的绘画作品就是最好的例证。塞尚的绘画作品可以说是绘画手段自身展示典范。从这时开始,各种艺术门类开始融合,这种趋势成为1900年前后文化的特征之一。霍夫曼斯塔尔和里尔克对塞尚的绘画艺术进行了反思和接受,他们开始讨论文学与其他艺术门类的关系,欧洲的诗人和艺术家开始了一种多元艺术的对话,其原因在于,在人的生存方式和人类传播方式发生巨变的语境下,艺术家若不思考媒体、技术、科学史对艺术的影响和作用,将一事无成。

　　摄影的作用不仅仅只发生在复制可视性的事物上,它同时也突破自身的界线。1880 年前后,摄影技术已经被理解为是"用于发现的科学方法"①。这种技术所实现的认知则是全新的,它是一种基于人眼的任何观察、研究都无与伦比的认知。摄影技术终于成为一种人类可视的和非可视世界信息沟通的有效手段,在 19 世纪后 20 年里,欧洲人发明了大量的摄影设备和摄影装置,通过摄影技术来观察物体运动的过程,这些当时先进的摄影技术和设备可以非常精确地观察到人类肉眼无法看到的物体运动的微小细节。1895 年 11 月 8 日,德国人伦琴(Wilhelm Conrad Röntgen)发现了一种"穿透性射线",并通过摄影技术观察到人类无法用肉眼观察到的人体内部。同年 12 月 8 日,伦琴将这一成果发表在《维尔茨堡物理学医学学会会刊》上,宣告人类观察世界的方式被彻底颠覆。

人类可以在显微镜下观察到微生物世界,人类可以通过照片的放大技术和瞬时摄影技术观察到微观世界的绚丽多彩,人类在自然界各种现象面前瞠目结舌,世界已经不再有秘密。人类最重要的感知器官——眼睛,受到了有史以来最严重的质疑,眼见并不为实。1880 年前后,物理学家和科学史家恩斯特·马赫和德国实证主义创始人理查·阿芬那留斯(Richard Avenarius)一起通过摄影技术进行了人类首次球体飞行状态实验。他们的实验成果日后被称为马赫定理和马赫的认知理论,为感觉论的确定做了大量的基础工作。

运动摄影是电影的先驱。美国摄影师埃德沃德·迈布里奇(Eadweard J. Muybridge)和法国生理学家艾提安·朱尔斯·马莱(Etienne-Jules Marey)设计出一种照相机,可以对动物和人的运动状态进行连续拍摄。迈布里奇在 1878 年拍摄了瞬间连续摄影作品《飞奔的马》,而马莱在 1894 年成功地完成了运动摄影作品《奔跑的鸡》,以此对动物的行动进行科学研究,他将这些照片连接在一起,来发现鸡的运动状态。这些作品为电影的诞生奠定了基础。

随着运动摄影和瞬间摄影的尝试不断升温,1895 年,法国人卢米埃尔兄弟与马莱的学生乔治斯·戴蒙尼(Georges Demenÿ)就谁最先发明电影问题发生争执。迈布里奇 1878 年摄制的《飞奔的马》这一瞬时摄影作品实际上已经证明,马在奔跑时马蹄在某一瞬间是不落地的,而这与人的所有绘画作品中反映出来的视觉感知状况是不吻合的。他的这一发现

---

① Méthode de découverte dans les sciences. Siehe Dorothee Kimmich u. Tobias Wilke, *Einführung in die Literatur der Jahrhundertwende*, Darmstadt: WBG, 2006, S. 26.

引发了一场激烈的争论,争论的焦点在是否能相信画家的眼睛,摄影所观察到的真实是否可以对现实主义艺术标准作出革新。这一生理学和摄影技术的探索与思考直接影响了人类对于感知和运动以及记忆的认知,导致了对人类新的感知方式、认知和真实再现的反思。

摄影技术发展史说明,运用胶片记录人类活动和人类世界不仅对人类影像史理论具有重要意义,对人类感知变化的贡献意义更为重要。摄影是对世界新的观察和审视,同时要求文学艺术的受众改变感知方式和阐释理解方式。摄影技术的诞生迫使文学创作者和读者适应"新视觉",对传统的现实主义诗学作出反应。人们开始关注到一个事实,人的肉眼所观察到的世界与照相机拍摄到的世界并非同一回事。本雅明指出:"照相机作为视觉机器所看到的完全是另外一种本质。"[①]照相机的视角或许是一种带有人的意志和受摄影者支配的视角,照相机的镜头看上去似乎比人的肉眼客观、机械,也比人的肉眼更加准确和真实,但是其本质并非如此。人的肉眼在某种意义上看确实比不上照相机和摄像机,这在技术上和科学实证下成为不争的事实。

摄影术的出现是 19 世纪以来最重要的科学发现和文化事件之一,这也是自康德以来的唯心主义哲学所无法预料的,它一方面彻底颠覆了人类有史以来的感知方式;另一方面也带来了一种人类无法预料、全新的本质属性,即:人类开始将自己身体的任务交给了机器,交给了自己研制的机器,机器开始替代人类的感知器官。人类的感知方式开始与主体分离,人所创造的这种感知器官超越了人自身的感知能力,并且机器的感知结果常常令人难以置信。至此,科学研究者与研究设备和机器的关系开始发生根本性的逆转:不仅仅被观察物发生了变化,而且观察主体成了研究对象和观察对象,观察成为描述的对象,这一点对 20 世纪的文学产生了本质性的影响。

三、电影的文学化和文学的电影化

电影和电影院的出现改变了欧美文学艺术传统的传播媒介、传播空间和文学接受方式。与摄影术相比,电影和电影院(在电视和因特网出现之前)是 20 世纪大部分时间内占主导地位的、令人瞩目的大众文化现象。

---

① Walter Benjamin, *Gesamte Schriften*, Band I, Frankfurt am Main: Suhrkamp Verlag, 1991, S. 461.

因为在 1900 年前后爆发的第二次媒体革命中，电影不仅是科技发展所带来的媒体革命的重要成果，更是大众娱乐革命的成果，它的出现彻底改变了大众的业余生活以及生活方式，电影的传播模式在于"一个或同样的一个商品（一个或同样的一个复制品）被众多或者无数的消费者所同时享用"[①]。

1895 年，法国人奥古斯特·卢米埃尔和路易斯·卢米埃尔兄弟在巴黎向大众展示了他们的"活动照片"。其实，电影的发明并不是无中生有的产物，而是 19 世纪以来以摄影技术发明为代表的一系列图像和投影科技发明积累、优化和结合的结果。电影发明所带来的后果，远远大于发明的本身，概括地说，电影改变了 20 世纪城市大众的生活，形成了现代娱乐工业。

1895 年 11 月 1 日，斯克拉丹诺夫斯基兄弟（the Skladanowsky Brothers）在柏林冬季公园娱乐中心的瓦利特杂技场[②]放映了柏林首部无声电影。当时放映地点的选择是有特殊考虑的，因为 1900 年前后，无声电影的内容主要以杂技和杂耍为主，在欧洲和美国其他大城市如伦敦、巴黎、纽约放映的电影也都以杂耍舞台为主，这对大都市娱乐文化的形成起到了重要的作用。

电影院作为固定的娱乐场所与电影发展相关，1905 年以后，开始出现无声长电影片。然而在 1929 年有声电影出现之前，电影还是一件新生事物，还远远没有产生可观的商业效益。在欧美大都市出现的有声电影吸引了大批观众，电影院应运而生。1910 年前后，电影在欧美各个大都市里已经十分普及，阿尔弗雷德·德布林（Alfred Döblin）称之为"老百姓的剧场"。电影院甚至开始成为著名话剧院的竞争对手。电影院作为电影的固定物理空间为大众信息传播和大众娱乐的产生提供了有利的条件，这几乎深刻地影响了整个 20 世纪。中国最早出现电影可以追溯到 1902 年，当时，一个外国人携带影片和放映机在北京前门外打磨厂租用了福寿堂放映了 3 部影片《黑人吃西瓜》《脚踏车赛跑车》《马由墙壁直上屋顶》。1907 年，北京的东长安街路北，出现了一家专门放映电影的场所"平安电影公司"，这也是中国第一家电影院。

---

① 京特·安德斯：《过时的人——论第二次工业革命时期人的灵魂》（第一卷），范捷平译，上海：上海译文出版社，2010 年版，第 79 页。

② "瓦利特"一词为法语"théâtre de variétés"，意为"娱乐场"，源于拉丁语中的"vatietas"，意为"多彩多样"，瓦利特剧场通常演出混合编排的歌舞杂技节目。

威廉王朝时期的德国电影带有浓烈的表现主义特征，并且深刻地影响了 20 世纪 20 年代的欧洲所有电影。如齐格弗里德·克拉考尔所指出的那样，当时的欧洲电影已经出现了批判反思性的倾向[①]，如科技发展，大都市，现代交通和城市速度、节奏等都是批判反思的主题。此外，演艺界也发生了变化，艺人不再以杂耍为主，电影演员以"明星"的身份成为娱乐界的主要组成部分。无声电影明星如海妮·波特（Henny Porten）、哈妮·魏斯（Hanni Weisse）、恩斯特·拉歇尔（Ernst Reicher）、哈雷·皮尔（Harry Piel）等迅速成为大众的偶像，特别是这些电影明星演绎的上层社会人物，成为欧洲 20 世纪初绅士与淑女行为的模仿对象。克拉考尔在《从卡里加利到希特勒》一书中对早期无声电影的评价是：它"是电影发展史的史前史"[②]。同样，在 1910 年前后文学表现主义出现之前，文学领域也对电影这种新的媒体形式作出了相应的反应，并对电影媒体展开了讨论，关于电影的讨论属于 20 世纪欧美文学的重要话题。

新媒体的出现促使当时社会开始讨论传统艺术的命运问题，如文学和戏剧的命运。文艺批评在美学和文化理论层面展开，一大批作家也参与到讨论中来，他们有乔治·梅里耶（Georges Méliès）、乌尔里希·劳舍尔（Ulrich Rauscher）、赫尔伯特·塔纳鲍姆（Herbert Tannenbaum）、阿尔弗雷德·德布林、罗伯特·瓦尔泽、马克斯·布罗德和布莱希特等。

这一时期，关于电影理论的讨论也日趋活跃，瓦尔特·本雅明、齐格弗里德·克拉考尔、贝拉·巴拉兹[③]等理论家也开始讨论电影。1924 年，巴拉兹在其重要的电影理论著作《看得见的人》中已经发现了这种重要的媒体转型，并提出了图书媒体时代终将终结的预言。他向社会呼吁承认电影这一艺术手段，并要求建立严肃的电影美学。克拉考尔在其《电影艺术》一书中支持了这种倡议，他指出："任何媒介都具独立性，可以展示对象的物质性，电影恰恰符合了这种需要，能够将一闪而过的物质性生活捕捉住，就是将瞬间可逝的生活固定住。街道上的人流，自然的行为和表情，还有那些一闪而过的念头，这些都是电影的主要内容，值得注意的是，我们同时代的卢米埃尔首创的电影之所以那么有吸引力，那是因为只有

---

① Siehe Siegfried Kracauer, *Theorie des Films. Die Errettung der äußeren Wirklichkeit*, Frankfurt am Main: Suhrkamp Verlag, 1985.

② Siegfried Kracauer, *Von Caligari zu Hilter. Eine psychologische Geschichte des deutschen Films*, Frankfurt am Main: Suhrkamp Verlag, 1979, S. 21.

③ 匈牙利戏剧与电影理论家。

电影才可以纪录风中颤动的树叶。"[①]对于卡拉考尔来说，电影的力量恰恰在于能够记录人们平时不注意、不关心的细小事物，电影展示了大城市的细微之处，把微小的事物可视化，从而揭示了城市的生命，卡拉考尔特别重视特写的作用，他在特写中看到了图像与文学的关系。在谈到普鲁斯特（Marcel Proust）小说中的接吻情节时，克拉考尔说："在我们周边世界里，这样的图像具有双层意义，首先这个图像被放大了，其次它冲破了传统现实的桎梏，它似乎让我们回到了梦幻。"[②]电影、文学和梦幻所呈现的图像世界成为与现实相关的图像资源库。

　　然而，电影媒体的发展并不是一帆风顺、没有争议的。1910年开始的电影改革运动就说明了这一点。电影的批评者和反对者在一系列的文章和举办的活动中抗议和批评电影媒体所带来的道德风化、堕落与色情、精神颓废，甚至身心健康等问题。这些批评大多出自非科学的视角，批评者大多持主观经验立场，对电影这个新生的艺术媒介提出质疑。电影媒体的出现涉及一个本质问题：那就是19世纪以来的艺术概念受到了冲击，在电影出现之前，艺术属于以理性为基础的素质修养的一部分，艺术是精神的、理想的。而电影艺术的出现则完全改变了这一传统的艺术观。

　　电影的一切基于可视性，注重人的感知，强调世界和万物以及社会耸闻对人的感官刺激。电影的成功不仅仅是艺术和美学的，还是社会历史的。在现代化和都市化进程中，城市出现了一批电影观众，电影院成为娱乐和大众文化滋生的土壤，电影也从一开始就成为工人阶级和职员阶层的主要消费品，并带上浓厚的商业色彩。对于精英艺术阶层而言，电影更加具有挑战性。欧洲社会精英把文学和艺术看成超凡脱俗的东西，不愿意面对文学艺术产品在生成、传播和接受领域中的经济因素。其实电影从一开始就是"文化工业"的一部分，它毫不掩饰自身的商品性，把商业运作视为自身生存的基础。

　　文化精英看到了电影无法遏制的发展，也看到电影的视觉刺激不断变化和创新，马克斯·布罗德在1909年就呼吁，对于电影的思考应该与人在都市化、现代化进程中感知方式的变化紧密地结合起来，应该与处于同样历史发展条件下的医学、心理学问题同样对待，应该思考电影的本质

---

①　Siegfried Krakauer, *Theorie des Films. Die Errettung der äußeren Wirklichkeit*, vom Verfasser revidierte Übersetzung von Fiedrich Walter und Ruth Zellschan, hrsg. v. Karsten Witte, Frankfurt am Main: Suhrkamp Verlag, 1985, S. 11.

②　Ebd., S. 80.

问题。电影的基本特点是碎片化和流逝性,而这又与都市化的本质现象有很大的关联性,这也是布罗德等一些文化精英在 20 世纪初对大城市和反映都市现实的媒体间关系的亲身体验。"电影本身就是大都市生活的片段写照,它的功能就是把都市生活一幕幕地展示出来。电影也可以说是大城市的内脏。"①

大都市如同现代化进程中的"图像",而电影常常是大都市在现代化进程中的图像反映。电影的本质和大都市本质十分相似,对文学来说,大都市问题是一个矛盾的话题,电影的话题也体现了同样的矛盾性。因此,电影是城市现象和大众文化的一部分,对电影的批评也包含了对大都市批评的因素。即便是将电影叙述方式移植到文学叙述中去的作家德布林,在电影开始流行的年代也对这种新的媒体形式表示不安。他对以耸闻和刺激为目的的电影形式采取了抵制的做法,他十分怀疑地说:"在那间黑洞洞的小房间里,一块四四方方的幕布,有一人高,朝着观众闪烁着魔鬼般的眼睛,朝着一大群人,他们则用自己恐惧的目光盯着那只白色的眼睛。"②

电影的出现一定会对西方传统文学媒体形成竞争,但是这种竞争并不意味着文学的终结,恰恰相反,在电影的冲击下,文学更加注重自身的革新,一方面,文学在很大的程度上接受了电影的表现技法;另一方面,文学也保持了自己传统的特色。虽然电影表现手法对小说和诗歌写作的影响在 1910 年之后才被逐渐发现,但是在这之前,达达主义和超现实主义的诗歌作品中已经能够看到运用蒙太奇技术的痕迹了。最早在文学创作中使用电影技法的是卡尔·爱因斯坦(Carl Einstein)。他在 1906—1909 年创作的短文《白布昆》(Bebuquin)中将许多柏林的都市景象以蒙太奇的方式组合进了文学文本,比如柏林的杂技场、著名的演艺中心"瓦利特"和酒吧等都以文学图像方式搬进了文本,形成了电影镜头式的画面组合。从文本结构上看,爱因斯坦采用了无政府主义式的电影短片,将其纳入文学表现形式中去。这种电影手法的文学表现形式在 1910 年前后迅速形成了一种潮流,德布林不仅在其第一部现代主义小说《王伦三跃》(Die Drei Sprünge des Wang-lun)中大量地使用电影的蒙太奇技法来表现群

①　Joachim Peach, *Literatur und Film*, Stuttgart und Weimar: J. B. Metzler, 1997, S. 124.

②　Jörg Schweinitz (Hrsg.), *Prolog vor dem Film. Nachdenken über ein neues Medium, 1909—1914*, Leipzig: Reclam, 1992, (Textsammlung zur Vorkriegsgeschichte des Kinos und seinen kulturellen Folgen; mit konzisen Einführung am Beginn jedes Kapitels), S. 154.

众场面和战争场面,同时也在表达自己的表现主义诗学思想时提出,历史小说和都市小说的写作都要追求所谓的"电影风格"①,他的这种观点受到布莱希特和君特·格拉斯的认同,格拉斯因此还写了《我的老师德布林》一文。

另一方面,电影媒介的材料决定了其自身的特点,电影艺术与传统艺术在美学上存在着很大的差异,与文学艺术相比也存在着巨大的差异性。早期电影就已经显现出它的艺术本质:它从一开始就与其他艺术的审美标准不同,电影不仅首先把自身的使命放在表现具有可逝性的现实事物上,换句话说,电影是表现运动的媒体,它关注的是物体生成和消失的过程,而且,电影不注重艺术品的"光晕",用本雅明的话来说,电影是典型的可技术复制时代的艺术品。电影不注重艺术的唯一性和膜拜性,而更重视大众的普及性。因此,本雅明在其《可技术复制时代的艺术品》中没有把照相和电影纳入传统艺术讨论。本雅明认为,电影艺术不具备"沙龙性",他针对电影只敏锐地提出了一个观点,即:电影等新媒体的出现将改变人们以往对艺术生成和接受的理解。电影产生后艺术的膜拜性不复存在。电影的出现不仅使小资产阶级和女性观众群体随之出现,而且也使"作品"和"作家"概念逐步失去了意义。电影创作的重要空间是剪辑房。本雅明和 20 世纪 20 年代的许多思想家都希望电影能具有启蒙和政治教育作用,而这一点并没有完全实现。本雅明在他所在的那个年代尚未深刻地认识到照相和电影媒体出现后所带来的媒体经验转变。

第四节 时代巨变——现代化与都市化

研究 19 世纪末、20 世纪初的外国文学经典的生成和传播,首先要关注欧美社会在这一历史时期所发生的巨大变化。工业化、都市化导致的价值观变化影响了西方现代文学的根本机制,也深刻地影响了文学研究过去一百年来的方法和理论的生成与演变。

---

① Alfred Döblin, „An Romanautoren und ihre Kritiker. Berliner Programm ", in ders. *Schriften zur Ästhetik, Poetik und Literatur*, hrsg. v. Erich Kleinschmidt, Olten und Freiburg i. Br. : DTV, 1989, S. 119—123, S. 121.

欧美的都市化现象与人文后遗症

第一，20世纪西方现代主义文学的出现和文学经典的生成与第二次工业革命浪潮密不可分。第一次工业革命开始于1800年前后，它主要给人类社会带来机器生产方式，如蒸汽机的发明彻底改变了欧洲人的交通运输方式，纺织业在机器发明时代也得到了巨大的发展。第一次工业革命改变了世界，也影响了文学的生成机制。而1900年前后兴起的第二次工业革命则发生在电气领域，它同样改变了欧洲人的生活方式和文学思维方式，尤其是电报、电话、电灯、有轨电车、电动机等的出现，极大地影响了欧洲大城市居民的生活。这不仅改变了大都市居民的生活，同时也是欧洲大都市出现的根本性原因。

"世纪末"时期的电气工业技术的迅猛发展，改变了大都市生活，人处在一种急剧的变化之中。"变化"和"速度"成为那个时代的关键词。电报、电话、电车改变了城市交通和通讯，传统的人际交往方式被技术颠覆。大城市里所有的一切变得越来越快。简而言之，"速度"成为20世纪初西方社会的特征。同时，"快速"也是大都市给现代人带来的最重要的经验之一。这种经验也反映在人际交往和信息交流之中，人际交往的空间距离变得越来越大，传统的书信和面对面交往模式在电话、电报交际时空中变得微不足道，人类的时空概念与客观世界的时空关系发生了根本性的变化。

在20世纪初这样的历史语境下，人类对距离的感知方式也发生了根本性的变化，距离萎缩成了以分秒计算的碎片，人类对时间和距离的感知度也大大地萎缩了。我们可以把这种现象描述为"时空的消失"①。同时，世纪末形成的现代城市也与乡村大不相同，城市形成了自身的时间节奏，它成为城市居民的全新感知经验。电气化让城市的季节感荡然无存，拱廊街给城市创造了许多顶棚式的空间和街道，给人遮风避阳，城市成了人造的天堂。

第二，欧洲的都市化还带来了前所未有的"大众"现象。柏林在1871年德意志帝国成立时，仅80万人口，1900年达到250万，1920年达到400万；20世纪初，大伦敦区域内人口达到660万；巴黎1881年人口达到220

---

① Wolfgang Schivelbusch, *Geschichte der Eisenbahnreise. Zur Industrialisierung von Raum und Zeit im 19. Jahrhundert*, München: Fischer Taschenbuch Verlag, 1977, S. 16.

万,1920 年人口接近 300 万;20 世纪初,维也纳成为世界六大城市之一,人口达到 200 万,仅次于伦敦、纽约和巴黎。在大西洋彼岸,美国纽约的人口在 1890 年超过 150 万,1900 年达到了 350 万,1920 年纽约人口超过伦敦,成为世界上人口最多的城市。到了 20 世纪 30 年代,纽约城市圈的人口超过 1000 万,成为世界上第一座特大城市。

欧洲和美国的重要城市在 20 世纪 20 年代初都发展成了真正意义上的大都市。这些大都市每天都聚集无数民众,"大众"现象成为日常城市景象。同时,人口的地理性聚居也带来了社会结构的变化,工业大城市形成了产业工人这一社会阶层,他们特殊的无产者地位在 19 世纪向 20 世纪转换时期成为知识界热议的社会问题。然而,不仅仅只是工人阶级在现代化和都市化的进程中发生了巨大的变化,这种变化也发生在大都市其他社会阶层身上。传统生活方式受到了质疑,原有的价值观变得过时,或已不再适应新的都市生活方式。城市化和都市化不仅仅只是现代化的结果,而且是自身的现代化诉求,在不断升温的现代化进程中,传统的价值观念像冰块一样,悄然地融化在日常生活之中。

欧洲主要国家的都市化进程展开较早的是英国、法国和奥匈帝国,德国则相对晚一些。1910 年到 1914 年,美国生铁产量达到 2700 万吨,占全球总产量的 40%;德国为 1412 万吨,占全球总产量的 21%;英国为 949 万吨,占全球总产量的 14%。钢产量美国达到 2757 万吨,占全球 40.9%;德国为 1474 万吨,占全球 22.7%;英国为 703 万吨,占全球 10.8%。煤炭产量美国为 4.74 亿吨,占全球 38.5%;英国为 2.7 亿吨,占全球 22.2%;德国为 2.47 亿吨,占全球 20%。[①] 可见,20 世纪初,美国成为世界第一强国,德国逐渐超过英国,英国则逐渐让出了其工业霸主地位,其海上霸权也受到新兴资本主义国家德国和美国的挑战。就德意志来说,略显迟缓的都市化进程主要出自政治原因。1871 年德意志第二帝国诞生之前,德意志大地上小邦林立,德国无法像英格兰和法兰西一样,在 19 世纪末就形成了大伦敦和大巴黎那样的国际大都市。直到德意志帝国形成之后,随着工业化进程的加快,柏林才开始上升为国际大都市。欧洲大都市形成的主要原因是工业化和现代化,工业和经济的飞速发展使得人口急速聚集。

欧洲经过第一次工业革命,其工业化水平在 19 世纪已经得到相当大

---

① 宫崎犀一等编:《近代国际经济要览(16 世纪以来)》,北京:中国财政经济出版社,1990 年版,第 149 页。

的提升,但是 1870—1871 年的普法战争对欧洲的经济发展造成了极大的破坏,普法战争之后,欧洲经济和工业才发生了明显的变革和发展。19世纪末德国的工业化和都市化进程加快的另一个原因是普法战争胜利后,法国支付给德国的战争赔款,这使得德意志帝国在最初的几年里获得了巨大的经济支撑。柏林在 1900 年前后超越了伦敦、巴黎。而奥匈帝国的首都维也纳在政治、经济上的影响力也逐步下降,开始落后于柏林。柏林的主要工业支柱已经发展为纺织业、金属加工业、机器制造业和电力工业。

19 世纪 30 年代以后,随着美国西部大开发与工业革命的加速,西部国有土地政策放松。西部加强移民宣传,招徕欧洲移民。1864 年,美国国会通过第一个移民法规,鼓励外国人移民美国。欧洲在 19 世纪末经济萧条时期有大量底层贫困阶层移民美国,爱尔兰、斯堪的纳维亚和德国成为欧洲主要向美国移民的国家与地区。欧洲移民不仅带去了先进的工业技术,而且还带去了欧洲文明,他们移民美国西部,为美国带去了先进的管理,先进的农耕技术,提高了机械化程度,选用了优良的农业品种,加上美国的土地气候条件,这使美国很快成为世界先进农业大国。西部开发大大提升了美国的经济实力,1860 年至 1914 年,美国完成了资本主义工业化,成为世界头号工业强国。

美国在这一时期的科技发明遍及各个领域,1890 年纽约、费城、芝加哥三大百万人口大城市已经形成。冶铁技术和电力应用对城市化的影响巨大。1889 年前后,美国钢产量已超过英国跃居世界首位,形成了钢铁时代。钢铁工业的发展引起了采掘业、燃料工业、加工运输业的大发展。由于电力对城市的发展至关重要,美国是最早使用电力的国家,19 世纪70—80 年代贝尔的电话、爱迪生的电灯等都是技术上的重大突破,这些都极大地促进了城市的发展。1880 年美国农业人口约占全国总人口的49%,到 1910 年降低到了 32.5%,农业人口的减少正是城市化进一步发展的表现。

第三,大都市景象除了聚集了大工业生产之外,新兴的电力工业和机动交通运输方式也改变了人的移动方式,移动节奏不断加快,迁徙与移民成为常态。欧美大城市的市内交通工具迅速地从马车转变成公共汽车和有轨无轨电车。人像潮水般涌入公共交通系统。大城市中不仅出现了火车、电车等交通系统,而且还出现了大型的水面交通工具,如大渡轮、大海轮等,这使得大规模的远洋移民和洲际交通成为现实。此外,除了老牌海洋帝国如英国、西班牙之外,欧洲城市汉堡、阿姆斯特丹等均出现了大型的轮船码头,与美国城市相连接,掀起了新一轮移民美国热潮。

19世纪初,英国出现了大规模的城市集群如大伦敦区,法国也形成了大巴黎区域,德国也开始出现所谓的城市集群,如鲁尔工业区等,移民如潮水般地涌入这些大都市和城市集群,比如柏林在1907年前后本地人只占总人口的40％。大量的移民涌入改变了城市的居住格局和方式,同时这也进一步加快了大都市的扩张,每公顷建筑面积上人口达到719人,生活节奏的加快和人口流动已经不再是一种主观的感知结果,而可以用数据佐证。如1900年从柏林到法兰克福的邮政马车需要69个小时,而用铁道交通则需要9个小时。各个城市都建造了火车站,法兰克福火车站于1880年建造完毕,斯图加特火车站于1914年建成,这些火车站一般都建造在城市的中央,成为城市的主要标志性建筑。

在美国,1908年福特公司建成第一条小轿车生产流水线,这种以流水线方式形成的制造业开启了资本主义生产方式的革命,史称"福特主义"生产方式。尽管轿车生产实现了流水线作业,但是在相当长的历史时期内,私人轿车仍然是非常昂贵的商品,一般人还无法问津。在柏林,1886年开始出现有轨电车,1902年马车彻底消失,1905年出现汽车,除了公共交通之外,柏林的个性化交通也开始发展,1886年卡尔·弗里德里希·本茨在曼海姆发明了汽油燃烧发动机,同年高特立伯·戴姆勒也发明了汽油燃烧发动机。对于一般市民来说,比较经济和方便的个性化交通工具是自行车。自行车虽然在1867年就已经问世,但是充气式轮胎1888年才出现,自此,自行车才在欧洲广大民众中间得以逐渐普及,特别对于妇女来说,自行车是那个时期比较流行的交通工具。自行车成为20世纪初欧洲最普及的个性化交通工具。

第四,19世纪末、20世纪初欧美国家的商品经济高速发展也同样促进社会生活的巨变。仅在1895年到1900年间,欧洲的商品生产规模扩大了30％。在欧洲的各大城市中,高速发展的商品经济为城市居民提供了大量的商品,更重要的是,城市还为商品的展示和广告提供了平台。商品的可展示性对商品消费社会形成起到了重要的作用,1880年以后,欧美国家的各大城市商店里,商品陈列和展示越来越普遍,广告、霓虹灯、商品橱窗成为商场的重要功能。巴黎老佛爷百货商店（Galeries Lafayette）于1893年开业,柏林的西方百货大楼卡德维（KaDeWe）也于1905年问世,零售业的集团化和规模化在很大的程度上改变了 20 世纪初的欧洲城市的面貌。这种全新的商品展示和促销形式不仅给消费方式和城市建筑形式带来了改变,而且更重要的是促进了大众物欲的形成,并引导大众改变了对商品的观念。同时,大众的购物行为不再遵循传统的供求关系和价格需求原则,商品自身的品味成为一种新的购物原则,购物和消费与消费者的社会和个人身份相关联,成了一种新型的人际交往方式。购物和消费不仅仅区分社会阶层身份,而且与性别、年龄、先锋性、时尚、传统、经典等品味价值结合在一起。商品的使用价值开始朝商品的膜拜价值发展。格奥尔格·齐美尔(Georg Simmel)将这种现象称为"商品橱窗质量的提升"①。橱窗里陈列的商品其主要功能不是为了销售,而是为了展示和被膜拜。伦敦 1851 年、1861 年,巴黎 1867 年、1889 年、1900 年,维也纳 1873 年都召开了大型的世界商品博览会,举办城市通过大量的资金投入和城市建设、豪华建筑物来为商品推广和宣传服务。瓦尔特·本雅明则将大众趋之若鹜的参观世界博览会现象称为"商品膜拜殿堂的朝圣之旅"②。

　　第五,现代化和都市化给欧美城市居民以及他们的文学艺术带来极大的挑战。20 世纪初欧洲的工业电气化改变了城市居民的生活方式以及城市景观,形成了现代商品社会的基本面目。然而这一切不仅是大众所经历的历史,也是被书写的历史。大都市问题引起了讨论、分析、反思与描述,比如反映在报纸的文艺副刊、文化批评和社会科学研究上。汉斯·奥斯瓦尔特(Hans Ostwald)在 1904—1908 年间主编了 50 卷《大城市文献》(Die Großstadt-Dokumente),这部文献从积极肯定的视角,用百科全书的形式反映了 20 世纪初欧洲社会所发生的变化和城市发展的成就,同时它也反映了都市化带来的社会问题和弊病,对现代化现象作出了最初的反思。四十余位学者,其中包括作家、记者,在各个领域如建筑、文化娱乐、经济和社会关系等,对柏林和维也纳的现代化问题作出了反思。

　　巴黎则是 19 世纪以来欧洲现代化的先驱城市,本雅明甚至称巴黎为

---

① David Frisby (Hrsg.), *Georg Simmel in Wien. Texte und Kontexte aus dem Wien der Jahrhundwende*, Wien: Routledge, 2000, S. 67.

② Walter Benjamin, *Wallfahrtstätten zum Fetsisch Ware*. Frankfurt am Main GSV, 1995, S. 50.

"19 世纪的首都"①。但是到了 20 世纪初，法国综合实力被美国、德国超越，巴黎的现代化规模也被纽约、柏林反超，柏林成为欧洲"科学技术和文明进步的模范城市"②。同样，这一现象也反映在文学艺术上。大城市问题不仅仅只表现在都市圈子里，也不仅仅只涉及大城市问题，如城市建筑、城市交通、商品社会、物质财富以及与之相关的社会结构等领域。大都市的形成以及城市化效应也波及城市以外的区域，成为欧洲 20 世纪的社会问题。因此，人的感知和感知方式、感知主体的感知结构等在全社会发生了变化。

　　1900 年前后，欧洲社会知识界出现了大规模的关于主体的讨论，主要论题是大都市、大城市现代化进程中的主体性问题。引发主体性讨论的主要导火线是物质文明和现代化社会带来的客观世界的变化，物质世界的进步对主体和精神的影响，如城市生活的时空节奏加快对人的影响，空间缩小后对主体的影响，外界感官刺激如霓虹灯、街道照明、橱窗等对主体感知的影响。城市化带来的变化对人类感知器官带来冲击和震撼，对主体产生了极大的挑战，尤其对从乡村进入城市的大批移民来说是一种颠覆式的挑战。

　　欧美的现代化和都市化带来了一定程度的人文后遗症。在这一时期，"神经""感觉""刺激""耸闻"等词汇成为关键热词，心理学家威利·海尔帕赫（Willy Hellpach）发表了具有代表性的著作《神经与文化》（1902），一大批科学家对现代人的心理承受能力，对现代城市居民的神经病理从医学和临床心理学角度展开研究。他们研究现代人心理并得出结论，现代化和都市化给人带来了一种"神经衰弱症"（neurasthenia），这种症状的原因是现代生活给人的神经系统带来的过度压力，造成了一种有害的结果。但是也有研究认为，这是人类文明向高级阶段发展过程中不断提高的刺激状态下不可避免的一种伴随性现象，是现代人在人类进化进程中的一种心理结构，20世纪初作家彼得·阿尔滕贝格（Peter Altenberg）曾

①　Walter Benjamin, *Das Passagen-Werk*, Gesamelte Schriften, Bd 1, Frankfurt am Main: Suhrkamp Verlag, 1982, S. 45.

②　Lothar Müller, „Die Großstadt als Ort der Moderne. Über Georg Simmel", in Klaus R. Scherpe (Hrsg.), *Die Unwirklichkeit der Städete*, *Großstadtdarstellungen zwischen Moderne und Postmoderne*, Reinbeck b. H.: Rowohlt, 1988, S. 14—36.

经这样写道：“神经衰弱症是一种精神疾病，但它也是新时代的一种新的健康状态。”①

假如全面地来考察19世纪末和20世纪初现代人的精神状态，那么可以说是非常矛盾的一种情况，悲观的文化批评者从公众健康和生物生存策略角度出发对现代化和都市化发出质疑和警告，而艺术家和作家则比较积极地评估现代化给公众带来的敏感化和感知方式的变化，他们恰恰从感知力的培养角度出发，把神经质和超敏感力视为审美创造力，他们尽可能将医学词汇引进文学。

第六，大都市改变了人的感知机制。1903年，齐美尔发表了名为《大都市与精神生活》的文章，这篇文章可以说是齐美尔有关20世纪初欧洲都市化最著名的伦理论述。对于齐美尔来说，欧洲20世纪的都市化是人类历史上第一次如此大规模的城市化运动，在这一进程中最大的问题是人的“神经刺激和敏感力的提升，这是瞬息万变，一刻不停的外部和内心印象造成的”②。不过齐美尔没有丝毫类似文化批评主义的担忧，他不认为现代化和都市化会给人类带来感知器官的崩溃。在齐美尔看来，大城市的“精神生活”会造成在日常生活中出现一种感官过度受刺激的现象，然而也会产生一种补偿机制，这种补偿机制就是“知识分子性”和“理性”，这种机制只会在大都市里出现，其主要的作用就是让大城市居民具有抵抗感官刺激的能力。齐美尔还认为，大城市居民的“理解能力”远远超出小城镇和农村环境中生活的人群，其原因是，大都市的居民在抵抗大城市主体性和展示性生活方式的过程中有自觉生成的一种能力。③

齐美尔试图确定客观文化和主观文化之间的相互关系，确定都市化、现代化进程与人的感知之间的相互关系。齐美尔的目的是试图解释这两者之间的相互作用问题，而不是简单地去寻找二者之间的因果关系。他发现，在欧洲大城市居民的个人理性行为中，以及在合理化的机构组织运作过程中，总是存在着一种经济和商业现象。大都市居民的文化行为越来越多地与商业利益并行出现。对于齐美尔而言，这是一种与人的精神生活相悖的现象，这种商业利益会导致日益增强的人类生活的抽象性趋

---

① Peter Altenberg, *Diogenes in Wien*, *Aphorismen*, *Skizzen und Geschichten*. *2 Bände*, hrsg. v. Dietrich Simon, Berlin: Verlag Volk und Welt, 1979, Bd. 1, S. 255.

② Georg Simmel, *Gesamtausgabe*, Bd. 7, hrsg. v. Otthein Rammstedt, Frankfurt am Main: Suhrkamp Verlag, 1989, S. 116.

③ Ebd. , S. 118.

势。齐美尔把这种趋势称为20世纪初社会生活整体性的特征。在这样的语境下,他确定一点,大城市居民典型的行为模式中有一种"冷漠"的特征,也就是"在一种不知不觉中,用一种与他们所处环境相适应的方式对外部新的刺激做出反应"①。齐美尔提出一种假设,大城市发展给居民所造成的感官过度刺激会形成一种反作用力,以至于主体对于这些刺激不自觉地以一种普遍性的"无所谓方式"做出反应,这就像在商品经济条件下一样,经济活动中物的特征越来越弱化,抽象性变得越来越鲜明。在这样的语境下,在人类感知机制中出现了一种所谓的大城市或大都市居民的"感知经济"现象,这种现象严重地影响了大都市民众的行为模式。

在20世纪初的大城市现象讨论中,除了对"孤独""陌生""神经敏感""感官刺激"的讨论之外,还普遍存在着一种对现代化和科学技术的坚信。一般认为,主观的感知方式是受社会历史文化影响的,感知也是文化建构进程中的产物。欧洲都市化进程的各种现象都说明,人类的感知机制和感知模式不是超时空的,也不是一成不变的,与此相反,人的感知机制是受科学技术的进步、经济社会的发展、大众媒体的改变和普及影响的。人的感知也是按照这些因素之间的相互关系建构而成的。尽管人的感知器官看上去最具有自然生物性,是以最自然的方式感知世界的,但是也无法违反这条规律。

1900年前后,齐美尔就在其《感官的社会学研究》一文中做出判断,人类的各种不同感知器官的功能和重要性会在一定的历史文化和社会发展条件下发生迁移。齐美尔认为:人对大城市的生活的感知已经被迄今为止尚不被人所熟悉的"视觉感知"所取代,"与小城市相比,在大城市的交通中,视觉的感知比重大大增加,特别是与听觉相比,与没有汽车、没有铁路和没有有轨电车的19世纪相比,当时的人不具备独自地、不与他人交谈地长时间观看的能力,当时的人不会十几分钟、几个小时目不转睛地观看某个物体,他们也不需要那样去做"②。

---

① Georg Simmel, *Gesamtausgabe*, Bd. 7, hrsg. v. Otthein Rammstedt, Frankfurt am Main: Suhrkamp Verlag, 1989, S. 121.

② Ebd. , S. 727.

第二章
现代都市文学经典的生成与传播

欧美 20 世纪的文学首先与大城市、大都市密不可分。1900 年前后，欧洲大都市如伦敦、巴黎、柏林、维也纳等已成为英国、法国、德国和奥匈帝国（奥地利）等国家的政治、经济、文化的中心，因此也成为这些国家和国际文学活动的中心。美国的纽约、费城、芝加哥在 20 世纪初也发展成为国际大都市。这些大城市和大都市成为现代主义文学活动的地理聚集地，吸引了这个时期的大多数作家，城市成为他们的创作活动的平台。这些作家形成了不同的文学派别和团体，他们像"闲荡者""波西米亚人"和"密谋者"那样①，在拱廊桥下或者柏油马路上"拾荒"，或者"采集植物"。他们活跃在俱乐部和咖啡馆里，或在沙龙里，或在剧院里，或在报纸的文艺副刊和在文学杂志上，或在出版社……大城市生活和环境不仅是作家生活和交际的平台，同时也在这一平台上形成了现代主义文学的生成、制作、销售及消费的产业链。

在大城市和大都市这个平台上，作家们寻找志同道合者，相互交流思想，提出文学创作的纲领，发表文学写作思想，各种宣言层出不穷②，对城市生活和现代化的赞美、困惑、迷茫、反思、批判成为文学的主旋律。城市不仅为 20 世纪末文学创作提供了前所未有的特殊环境和氛围，提供了机

---

① 参见瓦尔特·本雅明：《发达资本主义时代的抒情诗人》，张旭东等译，北京：生活·读书·新知三联书店，1989 年版。

② 如 1886 年诗人让·莫雷亚斯（Jean Moréas）发表《象征主义宣言》；菲利波·托马索·马利内特（Filippo Tommaso Marinetti）在 1909 年 2 月 20 日的《费加罗报》上发表了《未来主义宣言》；1916 年胡戈·巴尔（Hugo Ball）在瑞士苏黎世发表了《达达主义宣言》；叶赛宁在 1919 年发表在俄罗斯文学杂志《汽笛》上的《意象主义宣言》；1924 年安德烈·布勒东（André Breton）发表《超现实主义宣言》等。

构和空间,更为重要的是,城市与现代化话题或者反城市与反现代化话题也不可避免地进入了文学创作的本体,即进入了文学的本身。

城市和城市生活成为这一时期欧美文学作品的表现主题,因此也促成了大都市文学特点的写作方式。19世纪后半叶,在欧洲大都市形成的历史进程中,文学生成和文学传播的主要方式发生了根本性的嬗变,历史和社会的巨大变革导致了一种新的美学价值产生,或者可以说是对传统美学价值观的反动。为了能够适应社会、科技和大众媒体的急速变化,这一时期的文学积极地寻求介入都市生活和都市文化。19世纪末和20世纪初,在欧美大都市形成的过程中已经逐步产生所谓的都市文学诗学观,或者说,逐步生成了一种都市的艺术审美观,这一时期的都市化和现代化是一个同步性的概念,是这一时期各种艺术门类共同的审美价值观。大都市成为"新时代"的特征和象征。

第一节　印象主义和后印象主义思潮的传播

20世纪初,欧美各种文艺思潮风生水起,此起彼伏。然而,无论名目如何繁多,它们都可以在"现代主义"这个概念下栖身。这些思潮内涵不同,形式多样,但无论在理论上,还是在实践上都与法兰西这个国度密切相关,欧美现代文学也不例外,英国、美国、德国、奥地利甚至俄罗斯的现代主义文学无一例外地受到了法国现代主义思潮发展的巨大影响。19世纪上半叶至19世纪中叶,法国的大都市发展已经具有很大的规模,而奥匈帝国、德意志帝国、美国的大都市尚未形成规模,比如巴黎已经成为当时世界上最大的都市,并在19世纪中叶成为现代建筑、时装和世界新思潮的中心。法国的大都市为现代主义文学及现代主义诗学发生提供了土壤和气候。

一、印象主义、后印象主义及其传播

1885年前后的法国已经基本完成传统社会向现代社会的转型,等级制度下的显贵阶层逐步被中产阶级、市民阶层及自由职业者所取代,开放型的社会结构已经形成。1851年至1861年的10年里,法国农村向大城市流动人口达到 126.5 万①，大量人口涌入巴黎、里昂等大城市，寻求财富和受教育机会，无产者和无业游民比例大幅度增加，再加上 1846—1847 年因粮食歉收导致严重的经济危机，以及 1848 年的二月革命和六月工人起义，劳工阶层利益受到严重的损害和摧残。对于大多数人来说，法国社会变革改变了他们的生活方式，在这一时期，各社会阶层的各种依附关系受到重组。同时政治投机、商业投机和拜金主义甚嚣尘上，社会伦理和良知受到挑战，"新富"成为时尚的词语。这一现象也辐射到艺术创作和艺术传播领域。大多数"新富"和显贵将艺术品视为装饰品和显露身份的标志，艺术和受众之间的联系被异化，官方沙龙成为艺术传播的主要平台。这种情形对于青年艺术家而言无疑是残酷的现实，他们只能靠艺术展览、沙龙等才能有机会展露身手。1863 年，官方沙龙共收到 5000 幅参展作品，但拒绝了其中的 3000 幅作品，一批中青年画家遭拒绝后义愤填膺，他们在拿破仑三世的准许下，用被官方沙龙拒绝的作品举办了一个"反沙龙"画展（Salon des Refusés），其中有马奈（Edouard Manet）、毕沙罗（Camille Pissarro）、塞尚（Paul Cézanne）等人的作品。著名艺术批评家卡斯塔格纳（Jules-Antoine Castagnary）对这次画展的评价是："这些画作带有自然主义流派痕迹，表达了生命在各个发展阶段的力量，它们唯一的目标就是竭尽全力去再现自然，这是一种均衡的真实，自然主义重新建构了被摧毁了的人和自然的关系，这些作品再次把艺术家放到了时代的中心，带着思考的任务，他们重新坚定了艺术的真正意义和艺术的道德力量。自然主义肯定了所有可视世界的现实，但是它不是一个流派，完全不是为了画地为牢，而是冲破任何束缚它的藩篱，它不是去强迫艺术家的意志，而是相反，去解放艺术家的意志，它不是去束缚画家的个性，而是让画家展翅高飞，它向画家们高呼：解放自己吧！"②

1874 年，这群被人称为"自然主义者"的画家在毕沙罗的倡导下举办了一次名为"印象主义者"的画展，"印象主义"（impressionnisme）这个词源于莫奈的一幅名为《日出·印象》的油画，这四个字从此便成为影响西方现代主义运动生成的艺术流派的名字。这群印象主义者一共举办了八次年展。莫奈（Oscar-Claude Monet）成为这群"印象主义者"实际上的精神领袖。丹尼尔·威尔登斯坦（Daniel Wildenstein）对印象主义艺术思潮

---

① 许平：《19 世纪法国社会结构的演变》，《中国社会科学院研究生院学报》，1995 年第 2 期。
② Per Amann, *Die Späten Impressionisten*, Kirchdorf-Inn: Berghaus Verlag, 1986, S. 12.

以及对莫奈的艺术特征做了如下的评论:"莫奈的印象需要时间,他常常说,他在野外观察写生或者画速写,然后回到家里再画大作品,然而,即便他在画室里创作,他也会给予自己的绘画主题足够的尊重,如果他开始画一条渔船和垂钓者,在画的过程中他发现了新的东西,这时他就会放弃前面所做的工作,把颜色铲掉,从头开始重新再画。如果他想抓住天气变化瞬息中的某一种光效,那他就会耐心地等待这束光线重新出现,重新来画这幅画,他从来不会用记忆和想象来取代真实。"①而莫奈自己则在1886年印象派画展准备期间宣布不再参加此类画展,因为他认为,印象主义思潮实际上已经结束。他说,他自己对印象派的贡献只是一种方法,即直接地观察、再现自然,他只是尝试了如何把自己对自然瞬息万变的感受记录下来。他不认为那群被冠以印象主义之名的青年画家与他有什么共同之处。② 从艺术史的角度来看,早期的印象主义与法国以左拉为代表的自然主义思潮有更多的共同之处。尽管如此,法国印象主义思潮还是具有自身鲜明的特点。具体地说,法国印象主义在绘画技艺上突破了19世纪的官方沙龙——法兰西美术学院(École des Beaux-Arts)所规定的艺术原则,其中最主要的思想是把颜色作为绘画的主要内容,而绘画内容和技艺则退居次要的地位。法国印象主义绘画在三个层面上对绘画艺术具有创新意义。

第一,绘画作品的意义在颜料和线条形式对真实性局部的表现下是相对的,其原因在于作品的意义取决于画家。印象主义艺术强调突出与时空相关的开放性的造型艺术。

第二,绘画作品的相对性和形式的开放性激发观赏者的自我创造力、感知力和与作品互动的能力,促发作品表达自身的美学潜力。因此,每一幅绘画作品对于其观赏者来说不再具有强迫性的、教育性的作用。

第三,画家的绘画过程是特殊的、富有游戏性的行为,绘画作品作为艺术家行为的轨迹具有特殊的精神价值。在这个意义上,绘画行为继承了"为艺术而艺术"(L'art pour l'art)的传统,为艺术作品的意义生成赢得更多的空间。绘画作品的艺术价值和文化价值在于作品本身。

印象主义艺术家强调,世界和现实就是他们的眼睛,他们认为,印象主义艺术家能够比同时代的人更加真实地观察世界和模仿世界。一个物

---

① Per Amann, *Die Späten Impressionisten*, Kirchdorf-Inn, 1986, S. 14.
② Ebd.

体的颜色是由周边环境和周边的光线决定的。物体的阴影也是由周边环境和光线决定的,物体可以据此而获得各种不同的色谱。此外,印象主义艺术家还认为,不同的光线是决定绘画色彩的主要因素。因此,印象主义画家常常在野外进行写生和创作,他们的许多作品都强调反光和色彩的光谱效应。

自马奈之后的印象主义绘画艺术中,大城市和都市不仅成为绘画作品的主题,而且也成为一种对艺术形式语言进行革命性创新的前提。因此,很多印象派绘画艺术的主题集中表现街道、城市广场、城市公园、建筑大楼、行人、交通工具等。除了郊外主题之外,绘画艺术反映城市景色在1900年前就已经成为艺术家的共识。在印象主义画家那里,古典主义和现实主义的绘画理性布局、明确轮廓、中央视角结构等美学原则遭到了质疑,印象主义画家提出了新的美学原则,将当下和即时的视觉感知不经过任何过滤和加工而直接表达出来。多动不安的色彩以及带有"神经质"的敷色恰恰表达了艺术家与都市经验的关系。值得指出的是,德语国家和地区1890年前后有关印象主义的讨论绝不限于对马奈、雷诺阿和德加的绘画作品,而是对印象主义概念以及理念进行了讨论,并且把这些现代主义的思想特点延伸到了整个时代。与此相应,印象主义也成为那个时代欧洲大陆的标志性口号,欧洲其他国家和美国的艺术家纷纷尝试在法国印象派作家的作品中寻找自己的思想痕迹,他们也纷纷试图用印象主义的视角来解读不同领域的艺术现象和文化现象以及社会生活本身,当然也包括文学艺术。

法国人丢朗-吕厄(Paul Durand-Ruel)是推动印象主义艺术思潮和艺术作品在欧洲和美国的传播的重要人物。1870年,这位巴黎城的画廊商人为了躲避普法战争来到伦敦,认识了莫奈和毕沙罗。1871年他开始购买莫奈的油画作品,并在伦敦的新邦德街168号和布鲁塞尔的佩尔斯路4号开设了新画廊。同年,他又花了3.5万法郎从莫奈那里买下了23幅作品。此外他还大量购买了印象派画家的画作,其中包括马奈、毕沙罗、德加、雷诺阿、西斯莱、塞尚等。1883年开始,丢朗-吕厄组织了一系列的印象派画展,尽管这些画展当时并没有引起轰动,但是他把印象派艺术带到了欧洲各地,如柏林、鹿特丹、伦敦等地。1884年,丢朗-吕厄因一幅巴比松画派画家查理-弗朗索瓦·杜比尼(Charles-François Daubigny)的作品涉嫌赝品而险遭破产。后经美国印象主义画家玛丽·卡萨特（Mary Cassatt）①的牵线，结识了美国重要的收藏家。1886年，丢朗-吕厄受美国美术协会邀请，带了300幅莫奈、德加、毕沙罗、雷诺阿、马奈、西斯莱、修拉、高更等人的作品，远涉重洋前往纽约举办印象派画展，把印象主义艺术传播到了大西洋彼岸。

　　丢朗-吕厄为在纽约举办的这次画展取名"巴黎印象派画家的油画和水粉画"，而参展的画家却不愿意被叫成"印象派"，而自称"第八届画展"，以延续他们在巴黎的传统。这次画展引起了美国各大报纸的重视，评论文章不断，画展在纽约遭到了许多非议，也收获了许多赞赏。展览会展出两周后因强烈的社会反响而延长，《纽约每日论坛报》也报道了多幅绘画作品已经出售的消息。画展结束后，美国艺术协会也买下了一批画作。美国也在这个时期出现了一批著名的印象主义画家，如蔡尔德·哈萨姆（Childe Hassam）、奥蒂斯·亚当斯（J. Ottis Adams）、詹姆斯·麦克尼尔·惠斯勒（James McNeill Whistler）、玛丽·卡萨特等，这些都说明印象主义艺术在美国得到了成功传播。

　　印象主义艺术思潮在1880年至1900年间在整个欧洲广为传播，在德国和荷兰，奥古斯特·冯·布朗迪斯（August von Brandis）、马克斯·李伯曼（Max Liebermann）、路易士·柯林斯（Lovis Corinth）、恩斯特·奥伯勒（Ernst Oppler）可谓德国、荷兰印象主义绘画的代表人物。从时间上看，德国和荷兰的印象主义要比法国印象主义晚二十年左右，也就是在法国后印象主义时期。因此德国印象主义绘画更多是继承了后印象主义绘画的用光和色彩技法。德国的印象主义很快就在魏玛共和国时期转向表现主义和新实际主义（Neue Sachlichkeit）。

　　然而在欧洲其他国家，也包括在法国，印象主义思潮1900年后已经悄然发生转向，演变出其他文艺思想流派，如后印象主义、野兽派等。"后印象主义"这个词是由英国艺术批评家罗杰·弗莱（Roger Fry）于1910年在伦敦格拉芙顿画廊组织的"马奈和后印象主义"画展中提出的。在这次画展中，主要展出了塞尚、高更和梵高的作品。欧洲印象主义自1870年后明显地改变了艺术观，迈出了走向现代主义艺术的第一步。这条路便是后印象主义的道路。后印象主义的作品中越来越强调即兴创作和形

---

　　① 玛丽·卡萨特（1844—1926），美国画家，1861年就读宾夕法尼亚美术学院，1866年赴巴黎参加印象派艺术活动，自第二次印象派展览会开始成为参会画家。1873年定居巴黎，并与德加保持了40年的友谊。

式美,即注重绘画技艺本身,其中比较鲜明的趋势就是将绘画视为完全独立的艺术形式,色彩和造型成为表达事物的唯一手段。艺术的目的就在于表达艺术家的美感和主观感受,同时要求观赏者更多关注色彩与线条,作品中的物体显得越来越不重要。

以塞尚、梵高和高更为代表的后印象主义特点在于更加强调表现人的内在心灵世界。如果说莫奈在早期印象派中继承了自然主义思想,那么后印象主义则开始转移对自然描绘以及对转瞬即逝的光影效果的关注。可以说,后印象主义更加寻求个性,更富有创造精神。例如:梵高被视为表现主义的源头,塞尚则特别关注画面结构,高更探索的是色彩和线条的象征性。他们三人没有一定的组织画派,也没有统一的艺术标准或原则。以塞尚来说,他并不刻意模仿事物外表的形状和色彩,而是力求表现事物的内在结构。塞尚以把一切自然还原于球体、圆锥、圆柱而再构成之手法,建立自己独特的风格,刺激了立体派的诞生。

塞尚、高更和梵高有一个共同点,那就是他们都背叛了印象主义皈依自然的宗旨。他们的艺术通过简化形体或抽象表达形体来达到表达自我,表达自我的情感与梦幻。他们对于形式美的追求,影响了欧洲的野兽派、立体派、象征主义、表现主义等现代主义艺术流派的生成。

二、文学中的印象主义

文学印象主义属于一种文学艺术创作手法,这种艺术创作手法的主要目标是捕捉人们在感觉情况下所产生的、移动的、转瞬即逝的印象,并将其再现出来。印象主义的绘画创作思想在19世纪中后期开始进入文学创作领域,在文学领域中,印象主义与象征主义或者意象派具有共通之处,客观地说,印象主义并没有形成一种文学流派,而是现代主义文学中许多作家接受了印象主义的艺术思想和艺术表现手法,并在文学叙述和描写中加以运用。如文学史中也有人把龚古尔兄弟(Edmond de Goncourt, Jules de Goncourt)和皮埃尔·洛蒂(Pierre Loti)作为法国文学印象主义的

《艺术之页》杂志

代表,其文学特征为对片面印象的描述,小说意义的飘忽不定以及瞬间感觉。在现代文学流派中,印象主义和象征主义同属一种文学流派。随着印象主义艺术观的不断发展,许多作家、小说家和诗人都把这种捕捉模糊不清、转瞬即逝的感觉印象运用到文学创作当中。

1912 年到 1918 年前后,英国伦敦有一群诗人,他们自称追求诗歌"清新、硬朗"的风格,但实际上却表现出对感觉和印象的强烈兴趣,这群诗人后来被称为"意象派"诗人。罗威尔、杜立特尔、弗莱切等都属于这一流派。19 世纪末,欧洲大陆其他国家也开始对法国印象派思潮进行了接受,如史蒂芬·格奥尔格(Stefan George)早在 1892 年就创办了《艺术之页》(Blätter für die Kunst)文学杂志,德国、奥地利、瑞士、荷兰、波兰、罗马尼亚的一大批诗人在这本杂志上传播印象主义艺术和印象主义和象征主义文学的思想,发表诗作。德特勒夫·冯·李利恩克龙、查理·戴默尔、古斯塔夫·法尔克等则更多地在文学作品中运用了印象主义绘画的技法。此外,维也纳的现代主义诗人霍夫曼斯塔尔和阿尔诺·霍尔茨的文学作品中也有鲜明的印象主义痕迹。

随着印象主义的出现,巴黎在 1860 年前后首先在视觉艺术领域出现了现代主义流派,1880 年前后,巴黎成为象征主义艺术家的集结地,巴黎因此成了对现实主义美学实施叛逆的标志性空间,这种叛逆也发生在文学领域。诗人波德莱尔(Charles Baudelaire)对印象主义和象征主义诗歌的生成产生了重要的影响,波德莱尔也被认为是大都市诗学的开创者。他在 1863 年发表的一篇散文《现代生活中的画家》(Le peintre de la vie moderne)中对贡斯当丹·居伊(Constantin Guys)的生活和创作方式作出了描述,波德莱尔在这个艺术家身上看到了现代化和都市化的结合。

波德莱尔认为,现代主义对真实经验把握的基本特点是人的印象的"偶然性"和"流逝性",这是现代人在都市空间所被迫获得的经验。然而在这种大都市印象中却不缺乏美学潜质,他试图在大都市五光十色,动态多变的感知经验中证明一种与传统和经典艺术相悖的美感和诗学的存在,波德莱尔的大都市美感不只限于古希腊的雕塑和建筑那种静态美,而是一种现代主义的动感美。他 1857 年出版的诗集《恶之花》中有一首十四行诗:《致一位路过的女子》(A une passante),其中就表现了这种动感美。在这首诗中,出现了一种对于波德莱尔诗学极其重要的叙述者,那就是本雅明意义上的闲荡者。

"闲荡者"(Flaneur)是大城市的一种现象,他们常常是没有根基、没有社会背景、没有文化认同的文人，他们是观察者和思考者，他们在都市的街道上无所事事地闲荡，没有来处，也没有去处，他们用自己敏锐的目光捕捉、记录着大都市景色中稍纵即逝的美。他们与这个世界保持着距离，与直接的目的保持着距离。同时，这些闲荡者也形成了自己所特有的审美感知，这种审美感知不是即时的观察和冷静的思考，而是一种"受到震撼的""惊愕的"感知，也就是说，主体的感知有一种突然的、强烈的特点。在波德莱尔《致一位路过的女子》的诗中，闲荡者在非常嘈杂拥挤的街道中感受到了一位陌生女子投来的目光，他像被电流击中那样，这种神圣的，如流光电闪一般的目光只是一瞬间，而那女子的身影也瞬间在人流中消失。波德莱尔恰恰就在这样的流逝性中发现了大都市和现代主义文学中的感知方式。

虽然在欧洲其他国家的文学中始终没有出现真正可以称作印象主义文学的作品，但是在英国、德国、奥地利、俄罗斯和美国的许多经典文学作品中仍然出现了非常鲜明的印象主义技法和特点，也明显地表现出这些作品对印象主义美学的解读和借鉴，因此也完全可以用印象主义文学来描述它们。需要指出的是，在 1900 年前后，印象主义这个概念在欧洲和美国广泛传播，甚至还在世界范围内传播[①]，所以其本身也在传播过程中产生了一种对话和混杂现象（Dialog und Hybridität），印象主义很快就与别的思潮和价值观交错混杂在一起，不断生成新的思潮和流派，比如赫尔曼·巴尔就曾经大力采用马奈和其继承人的艺术思想和形式手法，对印象主义的艺术作品予以肯定，而在艺术批评和文化批评界，直至 1900 年后，印象主义仍然遭到学院派的否定，在法国官方沙龙眼里，印象主义绘画仍然被视为形式和结构上的失败，比如被马克斯·诺尔道（Max Nordau）称为"艺术蜕变"（Entartung）[②]。

印象主义和后印象主义、象征主义、立体主义的表现原则如对轮廓线

---

①　黑田清辉 1893 年将印象派室外写生技艺带回日本，并成立日本印象派社团"白马会"。1905 年李叔同留学日本东京美术学校，追随黑田清辉学习印象派绘画技法。参见水天中：《印象派绘画在中国》，《科技文萃》，2004 年第 12 期。

②　匈牙利作家，犹太复国运动创始人，著有引起 19 世纪末大争论的《文化人类的交往谎言》（1883），被译成 15 种文字，其中包括中文和日文。该书在奥地利和俄罗斯出版后即遭禁。诺尔道为此于 1885 年出版续集《交往谎言的荒诞性》，其中涉及"激情""偏见""社会压力"和"爱的力量"等主题，此书也成为 20 世纪末的畅销书。1892 年他提出"艺术蜕变"概念，把尼采、托尔斯泰、瓦格纳、左拉和易卜生的作品以及象征主义、精神主义、神秘主义、魔幻主义等都称为"艺术蜕变"。"艺术蜕变"概念在德国第三帝国时期曾被法西斯借用。

条的消解、喜好碎片和局部，这些在 19 世纪末不仅仅只出现在视觉艺术上，我们同样也可以在文学领域内发现这样的现象，比如点彩派的诗歌。这个时期的艺术都注重感知印象的想象连接。很多作家喜欢用视觉的、听觉的、触觉的感知经验来作为表现内容。现代主义诗人如霍夫曼斯塔尔、里尔克、马克斯·道腾代（Max Dauthendey）、庞德、艾略特、理查德·德美尔（Richard Dehmel）等的诗歌就常常将叙述主体隐去，而凸显感知的变化。比如里尔克在他的早期诗歌里显示出鲜明的印象派特征，或者可以称它为象征主义特征。他对自己早期的诗学目标做了如下的表述："这是一种渴望，在起伏的浪涛中生存，在时间中失去家园。"①"自我"追求不确定性，追求一种现实和梦幻之间的感觉。因此印象派诗歌、象征主义诗歌一般都比较喜欢晨曦和黄昏这样的景色。又如霍夫曼斯塔尔在他的诗歌《经历》中将自我和主体的消解与子夜情形结合在一起②："山谷沉浸在银灰色的香气中/充满了雾霾，当月亮穿出云层/但这不是夜。黝黑的山谷沉浸在银灰色的香气中/我茫茫的思绪在雾霾中飘荡/在寂静中我沉入波涛起伏的/透明海水之中离开生命。"

在这首诗里，感知的自我处在内部和外部世界的游离之中，外部世界的轮廓变得非常模糊不清，似乎成为无法界定的动荡不安、飘忽不定的混沌一体，这种风格在转世纪欧洲诗歌中可以说是一种普遍现象。霍夫曼斯塔尔 1897 年在维也纳大学听过马赫的讲座，而在这之前的 1894 年，他就完成了他的《三行串韵诗》（Terzinen）的写作。这部诗集中就有许多与感知和经验相关的诗篇。自我和万物之间、清醒和梦幻之间的关系已经成为他的主题，他说："三件事情是同一回事，一个人、一件物、一个梦。"③在马克斯·道腾代的诗歌里，叙述主体在语言层面上几乎完全消失，他的作品几乎只关心强烈的内心感知状态，同时，他作品中的动词也因此失去了重要性，取而代之的是大量的形容词，以此来营造世纪末的气氛。

三、印象主义思潮在中国的传播

在中国，印象主义艺术思潮只是在 20 世纪 50 年代至 70 年代中期的

---

① Rainer Maria Rille, *Werke. Kommentierte Ausgabe in vier Bänden*, hrsg. v. Manfred Engel u. a., Frankfurt am Main u. Leipzig: Insel Verlag, 1996, Bd. 1, S. 64.

② Hugo von Hofmannsthal, *Sämtliche Werke. Kritische Ausgabe*, hrsg. v. Rudolf Hirsch u. a., Frankfurt am Main: S. Fischer Verlag, 1975, Bd. 1, S. 31.

③ Ebd., S. 33.

译介和传播因意识形态的原因受到阻碍。而早在 20 世纪初,印象主义和其他现代主义思潮就已经开始在中国大城市传播,除了早期留学欧洲和日本归国的中国艺术家之外,中国的翻译家、文学家、思想家在美术杂志、报纸上都对这一思潮进行了翻译介绍。一般认为,我国最早有记载进行印象主义传播的是"岭南画派"创始人之一陈树人。1912 年,陈树人撰文介绍印象派绘画先驱、创作思想及创作特征,连载在《真相画报》第二至十六期上。1914 年,陈树人又出版了《绘画之变迁》一书,并请黄宾虹作序。在书中,陈树人专门介绍了印象派先驱人物摩涅(莫奈)。刘海粟也于1919 年 6 月在上海图画美术院校刊《美术》杂志撰文《西洋风景画史略》介绍皮沙落尔(毕沙罗)、蒙耐(莫奈)、路诺乃尔(雷诺阿)、希司将尔(西斯莱)等印象派画家。[1]

关良 1917 年在东京留学时就接触到了法国印象主义艺术,丰子恺也于 1928 年在《一般》杂志上发表了《艺术的科学主义化——印象主义的创生》,深入剖析印象派的内涵,为印象派在艺术史上进行定位。此外,留日回国的汪亚尘 1923 年 2 月 22 日在上海的《时事新报》上发表《绘图上印象概述》,把印象派艺术定义为"通过视觉诉诸感觉的纯直观艺术……是通过画家的眼睛捕捉自然界不断变化的色彩,用色彩表示事物刹那间的印象"[2]。1933 年 6 月 12 日,他又在《民报》上刊文《印象派画家毕沙罗》,对毕沙罗绘画的题材、手法、地位和美学思想等作了介绍。

中国对法国印象派的介绍也成为艺术人才培养的重要内容,20 世纪20 年代初出版的美术史教科书和专著中都涉及印象派、新印象派、后印象派的内容,如姜丹书 1917 年发表的《师范学校新教科书美术史》、汪洋洋 1918 年发表的《洋画指南》、吕澂 1922 年发表的《西洋美术史》等。值得一提的是,鲁迅先生也对印象主义艺术思潮在中国的传播作出了贡献,1928 年,鲁迅翻译了板垣鹰穗的《近代美术史潮论》,次年由上海北新书局出版。[3] 该书的第六章"从罗曼谛克到印象派的风景画"的"穆纳和印象派"部分介绍了"外光派"(室外写生)代表画家穆纳(莫奈)。[4] 中国对

---

　　[1]　参见徐勤海:《译著·专著·报刊——兼论中国印象派的早期传播》,《美与时代(下)》,2013年第 1 期。

　　[2]　同上。

　　[3]　同上。

　　[4]　参见孙郁:《关于〈近代美术史潮论〉中译本(旧书新话)》,《人民日报·海外版》,2000 年 6 月5 日第七版。

印象派和其他现代主义艺术思潮的接受在 20 世纪 80 年代后重新回归正常轨道，并达到高潮。

第二节　法国现代都市文学的生成与传播

那么印象主义和其他 20 世纪初现代主义作家是如何在文学作品中，尤其是在都市小说和诗歌中传达他们的都市经验的呢？现代都市文学又是在怎样的土壤中生成的呢？它又是如何在欧洲和中国传播的呢？

首先需要讨论的是现代都市小说对叙述本身的危机表述和批评。在 20 世纪欧洲的都市文学和城市文学中，建筑在连续性、清晰性和逻辑性基础之上的传统文学叙述模式逐渐被非线性的、碎片式的叙述方式所取代，因为大都市的现实生活已不再适应于原先的叙述方式，完整的、故事性的叙述已不能再现都市景色。就如现代主义作家罗伯特·穆齐尔在其 1930 年发表的小说《没有个性的人》中所说的那样："叙述的规则和秩序被扰乱了！文学叙述最简单地说就是：发生本身！"[1]在他看来，"传统的叙述模式就像数学家所说的那样，是一种排列，将丰富多彩的生活中的一系列图像和事件进行单维度的排列，这种排列使得读者安心，所有的事件都发生在时空框架内，被连接成了一条线索，也就是那条著名的'叙述线索'，这条线索也是人物的生命线索"[2]。现代大都市告诉人们，什么叫无限扩张，什么叫生活的多样化。原先的生命线索在愈演愈烈的碎片化过程中变得七零八落，这时，艺术需要一种新的叙述方式，来表现人类新的主观感知和主观经验。

一、现代都市文学的先声：波德莱尔和《恶之花》

法国 1900 年前后的都市化、现代化进程导致了文学艺术的异变，尤其是诗歌、小说的叙述模式和表现形式均在尝试新的突破，具体地说就是在诗歌、小说内部开始尝试变化。在法国，传统的都市文学具有悠久的历史。而 19 世纪中叶以后，巴尔扎克、莫泊桑以来的都市文学传统已经在很大程度上被颠覆，这种颠覆性文学运动的带头人就是波德莱尔和马

---

[1]　Robert Musil, *Der Mann ohne Eigenschaft. Gesammelte Werke in zwei Bänden*, Bd. 1, hrsg. v. Adolf Friese, Reinbek. b. H. : Rowohlt, 1976, S. 650.

[2]　Ebd.

拉美。

　　以波德莱尔的《恶之花》为代表的现代都市文学以诗歌的形式,对巴黎这个现代都市进行了“丑”的美学观照。在《恶之花》的《腐尸》一诗中,他对 19 世纪中叶的巴黎做了令人震撼的描写,在他的笔下,巴黎既是美好的,也是扭曲的、畸形的、丑恶的。在巴黎的“拱廊街”(passage)下有商品社会的繁荣,但也有这样的景色:“在凉夏的美丽的早晨/在小路拐弯处/一具丑恶的腐尸/在铺石子的床上横陈/两腿翘得很高/像个淫荡的女子/冒着热腾腾的毒气/显出随随便便/恬不知耻的样子/敞开充满恶臭的肚皮。”①本雅明不仅称波德莱尔为“发达资本主义的抒情诗人”,他还在《拱廊街》中把波德莱尔视为“第一个将巴黎作为诗歌对象”的法国诗人。②在本雅明看来,“波德莱尔的诗决然不是什么家园艺术(Heimatkunst),而是一个象征主义诗人的目光,这个目光就是异化者的目光,是一个站立在大城市和资产阶级门槛上犹豫的闲荡者目光,他在这良知之间无所适从,人群是他的避难所”③。因此,这种矛盾的、含糊不清的、没有认同和屋檐庇护的闲荡者身份确定了诗人的视角和立场,从这样的视角出发所描写的大都市,用这样的视角搜寻到的城市画面一定是丑陋的。而这种丑陋具有重要的美学意义。

　　在波德莱尔看来,现实世界是丑恶的,自然事物都有可厌恶的一面,罪恶是与生俱来的。在《腐尸》中,他对令人作呕的城市街景和妓女尸体不惜笔墨,细致描写:“腐败的肚子上苍蝇嗡嗡聚集/黑压压一大群蛆虫/爬出来/好像一股黏稠的液体/顺着活的皮囊流动。”④苍蝇、蛆虫、妓女、卖淫象征着大城市的肮脏黑暗、贫困绝望。尸体还没有僵化,生命正在消亡,黏稠的液体在将死未死的妓女躯体上流动,这就是波德莱尔的大城市街景,一种“死人的田园曲”(totenhafte Idyllik)⑤。本雅明在解读波德莱尔的《恶之花》时清醒地意识到诗人眼中的大城市问题,因而指出:“波德莱尔的诗是前所未有的,女人和死亡的图像在穿越第三者,穿越巴黎,他

---

　　①　夏尔·波德莱尔:《恶之花》,郭宏安译,上海:上海译文出版社,2011 年版,第 71 页。

　　②　Walter Benjamin, *Das Passagen-Werk. Gesamelte Schriften*, Bd. 1, Frankfurt am Main: Suhrkamp Verlag, 1982, S. 54.

　　③　Ebd.

　　④　夏尔·波德莱尔:《恶之花》,郭宏安译,上海:上海译文出版社,2011 年版,第 72 页。

　　⑤　Walter Benjamin, *Das Passagen-Werk. Gesamelte Schriften*, Bd. 1, Frankfurt am Main: Suhrkamp Verlag, 1982, S. 55.

诗中的巴黎是一座沉沦的城市,心灵的沉沦更甚于地狱沉沦。"①本雅明不仅看到了波德莱尔《恶之花》的本质,也就是"现代性"的本质,更重要的是他看到了波德莱尔这株《恶之花》生成的土壤——"巴黎,19 世纪的首都"②,因为这部作品与巴黎这座大城市在 19 世纪末的矛盾性和双义性(Zweideutigkeit)中所蕴含的"社会关系及其产品完全符合"③。本雅明把这种矛盾性与双义性视为波德莱尔诗歌中象征图像的本质,他指出:"双义性是辩证法的图像显现,是辩证法法则的静物画。这一静物画就是乌托邦,辩证的图像也就是梦中的图像,这样的一种图像正是商品的图像:拜物教。如同这样的图像还有拱廊街,它既是房子也是街道。妓女也是这样的图像,她既是商品,也是商人。"④在这里,我们看到了工业化、现代化和城市化的本质,它给人类带来的恰恰与人类所失去的等值。恰恰是在这座充满时代矛盾性和双义性的城市里,生成了《恶之花》,同时也是时代的矛盾性和双义性导致了《恶之花》发表之初其中 6 首诗遭到当局的禁止。

大城市的另一个特征就是大众,大众也是现代都市文学生成的土壤。"大众是一幅面纱,住满了大众的城市透过这幅面纱向闲荡者招手"⑤,也就是向波德莱尔招手,因为大众就是闲荡者的避难所,大众既是风景,又是居所。这两者加在一起就是城市的"百货大楼"(Warenhaus)⑥,这样,闲荡本身也就成了商品消费的一个组成部分。"百货大楼"也是波德莱尔《恶之花》中的主题之一,作为闲荡者他看到的是:"病态的大众吞噬着工厂的烟尘/在棉絮中呼吸/任由机体组织里渗透白色的铅、汞和一切制作杰作所需的毒物/……这些忧郁憔悴的大众/大地为之错愕/他们感到一股绛色的猛烈的血液在脉管中流淌/他们长久而忧伤的眼光落在阳光和巨大的公园的影子上。"⑦

---

① Walter Benjamin, *Das Passagen-Werk. Gesamelte Schriften*, Bd. 1, Frankfurt am Main: Suhrkamp Verlag, 1982, S. 55.

② Ebd., S. 45.

③ Ebd., S. 55.

④ Ebd.

⑤ Ebd., S. 54.

⑥ Ebd.

⑦ 波德莱尔:《1846 年的沙龙:波德莱尔美学论文选》,郭宏安译,桂林:广西师范大学出版社,2002 年版,第 233 页。

二、于斯曼的《逆天》和布勒东的《娜嘉》

除了波德莱尔的都市诗歌之外,影响现代都市文学生成的另一个例子是法国作家乔里斯-卡尔·于斯曼(Joris-Karl Huysmans)于 1884 年发表的都市小说《逆天》(À rebours)。这部小说是欧洲唯美主义艺术思潮的代表,作者试图采取逃避大都市的喧嚣和陌生化的方法来直面都市化现象,这种格奥尔格派的唯美主义都市小说也在 19 世纪末的转型时期在法国以及维也纳现代派作家群中产生了巨大的影响。

小说《逆天》的主人公名字叫德·埃塞,这个在大都市巴黎的花天酒地中长大的公子哥儿厌倦了都市生活,决定离开巴黎,前往乡村去建设自己的艺术家世界。为此,他在巴黎郊外选择了一个尚未被现代化污染的地点,那里没有喧嚣的街道和现代交通,没有火车、汽车,也没有百货大楼的霓虹灯,因此也没有潮水般的人流。小说非常细致地描述了德·埃塞是如何试图用唯美极致的方式装饰自己的住房,以显示艺术家的自主性,然而这种尽善尽美的愿望却逐步被不断扩张的大都市吞没,直至完全淹没在了机器的世界和大众的喧哗之中。小说以唯美的方式把安宁的个人寓所与喧哗的大都市对立起来,呈现出残缺不全的结构和意义,德·埃塞深陷精神分裂危机无法自拔,只能放弃自己建造的唯美寓所,他最终不仅向大都市投降,同时也决定回到巴黎。这部都市小说在 19 世纪末就以反都市生活的方式描述个性理想化的生存状态,这部作品对下文要讨论的维也纳现代派都市文学中的乡土小说和唯美派小说产生了很大的影响。

以波德莱尔为代表的法国现代都市文学传统在 20 世纪法国超现实主义文学中得到了继承,如果说,印象主义和后印象主义、野兽派、立体主义等艺术思潮中最核心的价值观在于反传统,那么法国作家安德烈·布勒东创导的超现实主义的核心也是反传统。任何艺术思想的生成都是一个承前启后、继往开来、吐故纳新、应运而生的过程,安德烈·布勒东也是一样。他在提出"超现实主义宣言"之前曾经是达达主义的追随者①,因此,超现实主义从创立的第一天起就先天性地带有"怀疑"和"反叛"两个

---

① 本雅明在其《拱廊街》中就针对"超现实主义"的生成问题指出:"超现实主义的父亲是达达主义,它的母亲是'拱廊街'。达达主义在出名时就已经衰老了,1919 年底阿拉贡、布勒东和朋友们在歌剧院拱廊街的一个咖啡馆里相聚,去那里就是抗拒艺术名街蒙巴纳斯和蒙马特尔。"Siehe Walter Benjamin, *Das Passagen-Werk. Gesamelte Schriften*, Bd. 1, Frankfurt am Main: Suhrkamp Verlag, 1982, S. 133.

胎记。他在 1924 年发表的《超现实主义宣言》中明确宣告："超现实主义……主张通过这种方法，口头地、书面地，或以其他形式来表达实际的思想活动。口说心想，不受理性监控，拒绝任何美学或道德说教。"①布勒东明确地表示反对理性认识的方法，认为逻辑推理只用来解决次要问题，感性经验要受常识的控制，不能达到"绝对的现实"和"超现实"。他主张文学艺术"不受理性的任何控制"，不受任何美学和道德成见约束，艺术是思想的自由活动。他把文学创作活动看作不受自觉意识影响的、被动的接纳状态，把幻想和迷信看作探求真理的努力，提倡单凭凝视就能把任何物体变成任何东西的儿童感觉能力。他宣称妄想狂的印象具有真实性。由此看来，超现实主义实际上继承了波德莱尔的美学理念，是一种对传统价值观中的"理性"和"美"的反叛，它主张绝对的个人主义，以及从个体出发的主观意志判断下的审美。

布勒东的代表作是长篇小说《娜嘉》，这部作品写于 1928 年，是法国文学经典作品，它既是布勒东的巅峰之作，也是法国都市文学的重要作品。首先《娜嘉》不是传统意义上的小说，而是一堆文学碎片。小说的第一部分只是第一人称叙述者"我"在城市中的瞬息记忆和静思的记录，这与 20 世纪初瞬息万变的现代都市景象相吻合，无论是修拉的"点彩"，还是莫奈的"瞬间"，或是雷诺阿的"动感"，还是塞尚的"零落结构"都在《娜嘉》中留下痕迹。可见，布勒东的小说叙述技法都与现代主义艺术密切相关。叙述不再有故事，因为城市的动感和喧嚣打断了所有的故事。故事无法在大都市的嘈杂中生成，所生成的只有碎片。

《娜嘉》第二部分的中心是"萍水相逢"和两人的交往以及"我"在两人相遇之后九天内所书写的日记。第一人称叙述者"我"与"娜嘉"也许都是大城市拾荒者，也就是本雅明意义上那些不属于大城市的闲荡者，他们的在场就是街道，因为"我"的在场就是"娜嘉"，娜嘉的在场就是街道。就这样他们两人在一个"完全无所事事，非常单调的下午"②在巴黎大街上偶然相遇，也许那正是巴黎的拱廊街。因为拱廊街是闲荡者的居所，也是布勒东的喜好。在本雅明看来："在狭窄的人行道上挤满了人流，而闲荡者十分悠闲地呆在拱廊街上，那里既可以挡风避雨，也可以规避繁忙的交

---

① André Breton, Manifeste du surréalisme, Paris: Gallimard, 1981, p. 37.

② 安德烈·布勒东:《娜嘉》，董强译，上海：上海人民出版社，2009 年版，第 79 页。

通。"①拱廊街的特征还不只是这些，它给人一种不确定的、流动的、目不暇接的感觉，一种印象主义的动感，或者是点彩派的朦胧，后印象主义的情绪或者是立体主义的多维视角，这都与马赫的"感觉的不确定性"思想相向。就像布勒东在小说《娜嘉》中所表述的那样，都市生活的必然就是由无数的偶然所构成："它完全听命于偶然，从最小的偶然到最大的偶然。"②巴黎那样的大城市具有一种吸引人的魔力，而恰恰是这种魔力给巴黎带来了美丽的风景，娜嘉就是一个被城市吸引，又被城市残害的女人，用她自己的话说，那就是"我是游荡的灵魂"③。"不要问我从哪里来，我的故乡在远方"④，一曲《橄榄树》或许唱出了书中人娜嘉的身份认同。在小说中，娜嘉总是处在一种不确定的漂流状态中，她居无定所，没有固定职业，行踪诡异。在城市中出现，又在城市中消失。她的在意味着她的不在。同时，娜嘉我行我素，处在绝对的自由中，她的在场就是"偶然"。她时而出现在巴黎的圣·路易岛，时而又现身于圣丹尼大教堂亨利四世的墓地，从太子妃广场到巴黎的地下通道。娜嘉的身体在不断地"游荡"，就像是闲荡者的行踪，没有目标，没有规律。

《娜嘉》的另一个现代大都市主题是"精神病"。小说中，第一人称叙述者"我"得知娜嘉得了精神病，即疯癫或精神分裂症，但是"我"却没有办法去解救她，只能独自对这一现代都市病进行思考。"我"叙述道：人们"并不需要进入一家精神病院就可以知道，人们在那里制造疯子，就像在一些劳教所内，人们在制造罪犯。难道还有比这些所谓的社会保护机构更可恶的国家机器？"⑤福柯在《疯癫与文明》中指出："在蛮荒状态下不可能发现疯癫，疯癫只能存在于（现代）社会之中。"⑥在福柯眼里，精神病在很大程度上是社会和文明的产物，是禁闭的产物，更是人类社会和文明的权力建构，大城市如巴黎则是这种权力建构的典型案例。20世纪初大都市的悖论在于自由与禁闭共存，当个体在川流不息的人潮中消失的时候，也是个体自由度最高的时候。但同时，她又是被隔离的，犹如一种开放的

① Walter Benjamin, *Das Passagen-Werk. Gesamelte Schriften*, Bd. 1, Frankfurt am Main: Suhrkamp Verlag, 1982, S. 85.

② 安德烈·布勒东:《娜嘉》,董强译,上海:上海人民出版社,2009 年版,第 37 页。

③ 同上书,第 5 页。

④ 陈懋平(三毛)填词的著名歌曲《橄榄树》,歌曲原唱齐豫。

⑤ 安德烈·布勒东:《娜嘉》,董强译,上海:上海人民出版社,2009 年版,第 150 页。

⑥ 米歇尔·福柯:《疯癫与文明:理性时代的疯癫史》,刘北成、杨远婴译,北京:生活·读书·新知三联书店,2003 年版,第 1 页。

禁闭状态。在福柯眼里,疯癫话语的前提就是禁闭性,这就是大都市的本质。娜嘉这个"游荡的灵魂"始终处在没有根基的匿名状态中,她拥有绝对的自由,但又处在孤独之中;她时刻处在自发的潜意识之中,精神异常活跃兴奋,甚至是幻象、狂想。城市的五光十色、支离破碎在她的意识中得到反射。但在"我"看来,娜嘉的这种"精神病"恰恰就是大都市造成的。巴黎这座城市已经成为关押精神自由者的"精神病院"。

三、穆杭的《六日之夜》

　　20 世纪法国的另一个都市文学作家是保尔·穆杭(Paul Morand)①,这位牛津大学和巴黎政治学院的高材生是法兰西学院院士,曾经是法国驻英国、意大利、西班牙使馆的外交官,回到巴黎后在外交部供职,同时开始文学写作。1919 年发表了第一部诗集《弧光灯和叶片的温度》(*Lampes à arc und Feuilles de température*)。1921 年发表了他在英国时期写下的短篇小说集《温柔货》(*Tendres stocks*),布鲁斯特为此写了序。穆杭分别于 1922 年和 1923 年发表了两部短篇小说集《夜开》(*Ouvert la nuit*)和《夜闭》(*Fermé la nuit*)。其中《罗马之夜》《六日之夜》和《北欧之夜》都是《夜开》中的名篇,这些作品被誉为像炎夏的凉飔似的惊动了全法国的读者。《夜开》出版后在不到两年的时间里就印了百次之多,穆杭被尊为杰出的现代主义作家,为法国那个时代的文学引入了新的风格。穆杭的小说展示了"欧洲的碎片"(les morceaux épars de l'Europe),他与波德莱尔、布勒东有一个共同之处,那就是采用巴黎和欧洲其他大城市中的"街道""舞厅""酒吧""旅馆"等城市碎片和特定文化空间符号,通过巴黎的"沉湎""享乐""淫荡""腐恶"等画面,反映出第一次世界大战后欧洲的文明堕落和精神迷茫。

　　描叙 20 世纪初巴黎都市社会生态的以短篇小说《六日之夜》为代表。这部小说以"'文章的新法'、'话述的新形式',描绘战后巴黎的繁荣街景,夜间的酒场,跳舞场和竞赛场,充满压抑和狂热的人群,现代都市男女的爱情"②,是"繁华、富丽、妖魅、淫荡、沉湎、享乐、复杂的生活"③。小说内容很简单,叙述了 20 世纪 20 年代在巴黎举行的一次六昼夜的自行车比

---

　　①　也有译成保尔·莫朗、保尔·毛杭。
　　②　邝可怡:《战争语境下现代主义的反思——保尔·穆杭〈六日之夜〉的四种中文翻译》,《中国现代文学研究丛刊》,2014 年第 10 期。
　　③　苏雪林:《中国二三十年代作家》,台北:纯文学出版社,1983 年版,第 442 页。

赛中,第一人称叙述者"我"与共同参赛的朋友伯谛马底曷(Petitmathieu)和他的女友莱阿(Léa)的暧昧关系。在这六昼夜的时间里,作者对巴黎市民的城市生活方式,对现代化的困惑,对记忆犹新的第一次世界大战,进行了细致的描写。其中战场回忆与赛场压力形成对比,战争追猎与爱情追猎和自行车赛手的追猎互成隐喻,战争中潮涌的士兵与城市里拥挤的人流竞相媲美,赛车场内的大众与赛车的速度相互呼应。穆杭用印象主义和后印象主义,或者是未来主义的手法进行描述:"十六个竞争者每隔二十秒经过一次,一个也不落后,成着一个密厚的群"①,封闭的赛场的观众席上疯狂呐喊的群众正以"热烈的眼睛"②注视着他们:"细长的口笛声切断了长天,随后有四千个呐喊声,那些从喉咙深处发出来的巴黎人的呐喊。"③大众时时刻刻以呼喊声指挥着竞赛选手,其"呼喊声是非人性的"④,形成两者之间犹如战争般的紧张关系。由此可见,以汽车、飞机、电影、电话、电报的速度和大众为符号的城市图像与战争图像相似,其内蕴是死亡和湮没。这就像穆杭自我表白的那样:"当我寻求更清楚理解速度的时候,我发觉它不常常是一种使人兴奋的刺激物;它同时是一种使人沮丧消沉之物、一种具有腐蚀性的酸性物质、一种难以控制的危险爆炸物。假若我们不学习认识速度以及保护自身,它不仅能够炸毁我们,甚至将整个宇宙和我们一起炸毁。"⑤

本雅明曾经说过:巴黎这座城市"犹如火山般的美丽,巴黎在社会结构上看与地理上的维苏威火山相应,它是一堆令人不安的、充满危险的干柴,是一个随时都会爆发革命的火药桶。维苏威火山的山坡上覆盖了一层火山岩,成为一片天堂般的沃土,但同时这片火山岩层上也盛开着艺术革命的鲜花"⑥。本雅明用唯物辩证法和文学隐喻的方式对19世纪末、20世纪初巴黎的社会状态做出了描述,也对超现实主义都市小说的生成机制做了说明,他用这样的逻辑告诉我们,布勒东的超现实主义小说《娜嘉》和《六日之夜》正是生长在这片火山岩上的鲜花。

---

① 邝可怡:《战争语境下现代主义的反思——保尔·穆杭〈六日之夜〉的四种中文翻译》,《中国现代文学研究丛刊》,2014年第10期。

② 同上。

③ 同上。

④ 同上。

⑤ 同上。

⑥ Walter Benjamin, *Das Passagen-Werk. Gesamelte Schriften*, Bd. 1, Frankfurt am Main: Suhrkamp Verlag, 1982, S. 134.

四、法国现代都市文学在中国的传播

中国对法国现代主义意义上的都市文学传播和译介有着悠久的历史,特别是 20 世纪初法国现代文学生成的年代。按照许光华的研究,中国的法语文学翻译界自 20 世纪 30 年代开始就对法国的象征主义等现代文学流派产生强烈的兴趣。同时也对法国都市文学进行了有效的传播。其中最主要是对波德莱尔、穆杭、马拉美、保尔·福尔、萨曼等象征主义诗人作品的传播,并产生了一批包括刘呐鸥、戴望舒、施蛰存、穆时英、杜衡等在内的法国现代主义文学翻译家和文学家。[1] 对法国现代文学的译介,加上对日本新感觉派的接受,直接促成了中国现代主义文学的生成,尤其直接影响了海派都市文学的生成,导致了中国文学中新感觉派的形成。[2] 法国都市文学在中国大城市,尤其在 20 世纪初的上海得到较快的传播,并含有许多洛文塔尔意义上的传播力场因素,其中主要有以下四点:

首先,20 世纪 30 年代的上海已经形成了现代大都市的规模,并迅速成为远东第一大城市,世界第五大城市,被誉为"东方的巴黎"。民国时期,上海的工业化程度在国内遥遥领先。1920 年前后,上海的产业工人数量达到 30 万人左右,占上海市人口总数约 20%。从城市的规模来看,1852 年,上海人口(包括租界和华界)为 54.4 万,而 1930 年全市人口已经达到 314 万左右,其中绝大部分是国内移民和国外移民,尤其是欧洲和日本移民迅速在上海成为特权阶层。[3] 上海开埠后即成为外国冒险家的乐园,外国移民的地缘构成极为复杂,多时达到 58 个国家,其中包括英、美、法、德、日、俄等列强。1930 年上海的外国居民人数达到 12341 人,他们大部分居住在公共租界和法租界。1933 年后,大量欧洲犹太人因纳粹迫害而流亡到上海,总人数达 3 万余人。外国移民给上海在教育、文化、宗教、报纸等领域带来了深刻的影响。

其次,20 世纪初,随着上海城市的半殖民化和都市化、现代化、国际

---

① 许光华:《法国文学在中国的译介(1894—1949)》,《中国比较文学》,2001 年第 4 期。

② 参见桂强:《中国"新感觉派"作家对外国文学的借鉴和误读》,《世纪桥》,2008 年第 3 期;王艳凤:《中国新感觉派与都市文学的关系》,《内蒙古大学学报》(人文社会科学版),2003 年第 6 期;张鸿声、郝瑞芳:《海派文学的法国文化渊源》,《西南民族大学学报》(人文社会科学版),2011 年第 9 期等。

③ 参见杜恂诚:《近代上海城市化进程中的土地与人口》,《东方早报》,2012 年 5 月 29 日,第 T12 版。

化进程,上海的文化生活也受到西方文化的影响。就以文学传播的主要媒体报刊为例,1911 年前后,中国境内共出版 136 种外文报刊,其中有 54 种在上海出版,占 39.7%,54 种外文报刊中,英文 34 种,法文 10 种,德文 3 种,日文 7 种,如法国的《上海新报》,德国的《德文新报》,葡萄牙的《北方报》,俄国的《上海柴拉》等。① 这样的文化氛围也推动了中国民族报业和文艺副刊、文学杂志的生成和发展。纯文学刊物作为 20 世纪主要的外国文学媒体之一,在传播法国象征主义文学、都市文学和现代主义文学中起到了重要的作用,如《无轨列车》《新文艺》《文艺杂志》《东方杂志》《小说月报》《时代画报》《现代》②等。此外,一些进步刊物也对传播西方现代文艺思想发挥了重要的作用,如《新青年》。1915 年,陈独秀在《新青年》上发表长文《现代欧洲文艺史谭》,1919 年 2 月周作人也在《新青年》杂志上发表过许多现代诗歌译作,包括波德莱尔的诗歌。他在发表的新诗《小河》序言中也提到了波德莱尔等现代主义诗人。

　　这里特别需要提到的是一本非文学类的杂志《少年中国》,在这本刊物的 1920 年 3 月出版的第 1 卷第 9 期上,刊出了吴弱男撰写的《近代法国 6 大诗人》译文,推介了法国诗人马拉美、果尔蒙(Remy de Gourmont)、耶麦(Francis Jammes)、福尔(Paul Fort)、萨曼(Albert Samain)和比利时诗人维尔哈伦(Emile Verhaeren)等 6 位法语诗人,在第 10 期上又刊出了易家钺撰写的《诗人,梅德林③》一文。1921 的第 2 卷第 9 期上刊登了周太玄的魏尔兰(魏尔伦)诗作《秋歌》等,1922 年第 3 卷第 4、5 两期分别刊登田汉撰写的《恶魔诗人波陀雷尔④百年祭》及其《续篇》等⑤。

　　再次,20 世纪初,上海、北京、天津等大城市聚集了一大批具有欧美、日本留学背景的知识分子。尤其在上海,一批留法亲法的现代派文人对法国文化情有独钟,他们借助法租界的欧洲文化氛围,自发地营造出一个法国现代派艺术传播的园地。他们中间的张若谷、戴望舒等曾留学法国,

---

　　① 《上海租界志》编纂委员会编:《上海租借志》,上海:上海社会科学院出版社,2001 年版,第530 页。

　　② 邵洵美、叶浅予、张若谷等人于 1930 年创办的《时代画报》,对中国都市主义小说生成具有重要意义。这份画报从一卷一期起,几乎每期必登反映都市生活的小说。

　　③ 即梅特林克。

　　④ 即波德莱尔。

　　⑤ 谢天振、查明建主编:《中国现代翻译文学史(1898—1949)》,上海:上海外语教育出版社,2004 年版,第 289 页。

邵洵美在法国学过绘画,刘呐鸥、施蛰存、杜衡也都曾就读于上海震旦大学法文特别班,与法国人接触密切。这些现代派文人喜欢泡在法租界霞飞路一带的咖啡馆里,咖啡馆既是他们谈论文学的地方,也是观察上海都市生活的地方。1927 年,热衷于法国文化的曾朴与儿子曾虚白(虚白)在法租界的马斯南路①创办了"真美善"书店,那里常常聚集一些亲法文人,谈论法国文学艺术,如邵洵美、徐霞村、张若谷、徐志摩、田汉等。"真善美"书店和曾家成了欧化了的中国"沙龙"。曾虚白回忆道:"我的父亲特别好客,而且他身上有一种令人着迷的东西,使每一个客人都深深地被他的谈吐所吸引……谁来了,就进来;谁想走,就离开,从不需要繁文缛节。我的父亲很珍惜这种无拘无束的气氛,他相信,只有这样,才能处处像一个真正的法国沙龙。"②

最后,法国作家来访也为现代主义文学传播创造了契机。1928 年穆杭曾来华访学③,刘呐鸥等人在《无轨列车》第 1 卷第 4 号上特别推出"穆杭的小专号",上面刊登了刘呐鸥翻译的《保尔·穆杭论》,这也是中国最早译介穆杭的文章,同时还刊登了一些关于法国都市文学的评介和译作。不过,真正大量翻译穆杭作品的是戴望舒、徐霞村、虚白等人。④ 戴望舒不仅选译过穆杭 7 个短篇小说,合集为《天女玉丽》。此外,戴望舒还翻译了穆杭的都市短篇小说《罗马之夜》,收入他选译的《法兰西现代短篇集》中。《六日之夜》是戴望舒以"郎芳"的笔名翻译发表的,后收入《法兰西短篇杰作集》(第一册)。因为戴望舒等人的译介,穆杭成为 30 年代在中国走红的法国小说家。

相比之下,布勒东在中国的传播则要晚得多,直到 20 世纪 70 年代末、80 年代初,中国实行改革开放政策之后,中国的外国文学界和翻译界才开始逐步译介和研究法国超现实主义理论、作家及零星的文学作品。80 年代,布勒东的译介散见于各种译介作品集和报刊文章中。如柳鸣九在 1987 主编的《未来主义 超现实主义 魔幻现实主义》(中国社会科学

① 上海法租界马路,以法国现代作曲家命名。法租界的许多街道都以法国名人命名,如福熙路、霞飞路和贝当路以法国元帅命名,莫里哀路以法国文学家命名。

② 李欧梵:《上海摩登——一种新都市文化在中国(1930—1945)》,北京:北京大学出版社,2001 年版,第 25 页。

③ 穆杭来华的具体目的和行程已无法考证,按照文献记载,穆杭在上海期间曾在震旦大学访学,并与刘呐鸥等人有交流。

④ 另外徐霞村也曾翻译过穆杭《北欧之夜》,曾虚白译过《成吉思汗的马》。

出版社)一书中较早地介绍了布勒东的超现实主义理论及其作品；老高放1988年翻译了法国人伊沃纳·杜布莱西斯撰写的《超现实主义》(生活·读书·新知三联书店)一书,并在1997年出版了《超现实主义导论——法国当代文学广角文丛》(社会科学文献出版社)一书；廖星桥于1991年出版的《法国现当代文学论》(湖南师范大学出版社)等都介绍了超现实主义。张放1995年在《法国研究》杂志上发表的《布勒东及其代表诗歌的赏析》,翻译和介绍了布勒东的《自由结合》和《警觉状态》两首诗歌经典作品。直到2007年,袁俊生翻译了亨利·贝阿尔的《布勒东传》(上海人民出版社)才开始比较全面地译介布勒东。

在布勒东作品的传播上,张秉真、黄晋凯1994年主编的《未来主义·超现实主义》(中国人民大学出版社)一书,以外国文学流派研究资料丛书的形式较为详细地介绍了布勒东及其作品。郑克鲁、董衡巽2008年主编的《新编外国现代派作品》(第二编)中,首次译介了布勒东的都市小说《娜嘉》的片段。2009年,董强首次全书翻译了布勒东代表作《娜嘉》(上海人民出版社)。2008年,邓丽丹翻译的法国人马塞尔·雷蒙的《从波德莱尔到超现实主义》(河南大学出版社)也梳理了法国现代主义的走向。2010年,袁俊生出版了译著《超现实主义宣言》(重庆大学出版社),他在这部集子里收进了布勒东《可溶化的鱼》《超现实主义宣言》《超现实主义第二宣言》《超现实主义的政治立场》等经典作品,译介了作家超现实主义运动的原则,即:反抗的绝对性、不顺从的彻底性和对法则和制度的破坏性。

中国自改革开放以来,特别是进入21世纪以来,外国文学界和法国文学研究界除了对19世纪中叶法国早期现代主义文学如波德莱尔、马拉美等和后现代主义理论和文学保持持续的热情之外,也显示出对20世纪初法国现代主义文学中的穆杭、布勒东等的都市文学的极大兴趣,一大批学术论文和硕士、博士论文相继出现,法国现代主义文学研究方兴未艾。

第三节　德国现代都市文学的生成与传播

在 19 世纪末、20 世纪初的欧洲的都市化进程中，德国、奥地利、瑞士等主要德语国家的大城市如柏林、维也纳、苏黎世等以后来居上的态势，迅速上升为欧洲的大都市，成为欧洲大陆的经济、文化和金融中心。德语国家的社会形态巨变和现代化、都市化进程同样也催生了德语文学中的大都市小说（Großstadtroman），并产生了一批现代都市文学的经典作家和经典作品，如施尼茨勒 1900 年发表了《轮舞》、里尔克 1910 年发表了《布里格手记》、罗伯特·瓦尔泽 1907—1909 年出版了柏林三部曲等，其中一部重要长篇小说当属具有强烈社会主义倾向的小说家阿尔弗雷德·德布林（Alfred Döblin）1929 年发表的《柏林，亚历山大广场》，这部小说1980 年被德国《时代周刊》列入 100 部世界文学经典作品。德语国家的都市文学生成与维也纳现代派的作用密切相关，在大都市形成的 20 世纪初，维也纳文化的影响力甚至超越柏林，可以与巴黎媲美；文学艺术精英荟萃，各种文化相互渗透，相互影响，呈现出一派多姿多彩的大都市文化景象。其中犹太人对维也纳文化的发展起到了强有力的推动作用，涌现出了像克劳斯、施尼茨勒、罗斯、茨威格、阿尔滕贝格、弗洛伊德、弗里德尔、马勒尔、勋贝格等在文学、音乐和精神分析领域各领风骚的时代人物。

一、心理分析与青年维也纳

如上文论及，在欧洲 1900 年前后的都市化进程中，弗洛伊德的心理分析理论也对现代主义文学经典生成起到了推波助澜的作用。心理问题与都市问题同生同长，成为现代主义小说、意识流小说的共同特征。同时，心理分析也对当时社会的基本价值观如健康、性爱、文化等产生了巨大的冲击。因此弗洛伊德的理论对世纪之交的文学也产生了巨大的影响。

但从今天的视角来看，当时欧洲心理学蓬勃发展，仅从弗洛伊德理论对文学的影响来看，其理论可能被高估了。因为整个 20 世纪都是心理分析理论的繁荣期，对文学产生影响的不只是弗洛伊德的心理分析理论，一大批心理学家的理论都应予以重视，其中还包括弗洛伊德的学生奥托·

格罗斯(Otto Gross)以及露·安德里阿斯-萨罗梅(Lou Andreas-Salomé)
等心理学家。当然,"青年维也纳"运动,也就是在弗洛伊德出生城市发起
的文学运动,在心理分析理论早期所起的作用仍是十分重要的。迄今为
止,大多数研究认为,弗洛伊德与"青年维也纳"现代主义运动关系密切,
并试图将这种关系作为案例来进行研究,以揭示弗洛伊德理论与文学理
论之间的语境关系。事实上,这类研究在分析弗洛伊德对"青年维也纳"
的影响上并没有在文学"作用"和"接受"领域内展开。其实,弗洛伊德对
"青年维也纳"运动的作家发生影响这一问题并不存在争论,但是在文学
文本是否可以证明心理分析的有效性问题上却一直有争议。因此文学批
评家托马斯·安茨(Thomas Anz)把弗洛伊德与他那个时代的作家关系
描述成一种"戏剧性的关系"。安茨的观点是,心理分析理论与文学理论
的关系不是一种简单的关系,更不是一种单维度的关系,即不是弗洛伊德
影响了文学理论,心理分析理论是在多元和竞争的语境下,在多种因素的
影响下逐渐生成的。

　　这样的说法不仅是为了表明两者关系的复杂性和相互关系的内在动
因,而且还说明了现代主义作家在心理分析理论问题上的矛盾心理,以及
他们矛盾的反应状况。众所周知,心理分析理论的问世,不单单是它受到
高度关注的过程,也是一个备受争议,给社会带来惊恐的过程。这可以归
因于两个主要原因:第一,作家的怀疑和抵制,他们担心自己的作品变成
心理分析的原始案例;第二,心理分析理论在 1900 年之后变成了与文学
相竞争的学说,这一学说需要自身的辩护和确立。从作家阵营发出的质
疑声主要来自卡尔·克劳斯(Karl Kraus),他在自己主编的文学刊物《火
炬》上发表了许多辛辣的讽刺文章,他称心理分析是一种"精神疾病,它自
身便是这种精神疾病的最好治疗法"[①]。霍夫曼斯塔尔在开始时也对心
理分析防备有加,施尼茨勒尽管与弗洛伊德关系密切,但也在心理分析理
论公开的初期,与弗洛伊德保持相当的距离。在许多人看来,这是施尼茨
勒有目的的行为。但是也不容否定,霍夫曼斯塔尔和施尼茨勒的作品对
心理分析的接受是十分明显的,他们曾多次提到自己受到了弗洛伊德《歇
斯底里分析》和《梦的解析》的影响。在他们的文学创作中,无论是人物、
主题、动机和情节等均受到心理分析的影响。就霍夫曼斯塔尔来说,他受

---

① Karl Kraus, *Schriften* [in 20 Bänden], hrsg. v. Christian Wagenknecht, Frankfurt am Main: Suhrkamp Verlag, 1992, Bd. 8, S. 351.

心理分析影响下创作的作品主要有戏剧《厄勒克特拉》《俄狄浦斯和斯芬克斯》等,在这些作品中,霍夫曼斯塔尔借助古希腊悲剧的素材,采用心理分析的方法,把普遍人性中的内驱动力作为自己的文学对象来加工,作者在这里所分析的心理,不再是个别人的命运,而是将人类普遍的心理植入某一匿名个体的内心世界之中,来表达其无意识的内心驱动。

1900 年前后,欧洲文学界出现了大量文学作品描述都市人精神状态如狂人症(Wahnsinn)、神经官能症、歇斯底里症等,这不只是心理分析理论的功劳,就像弗洛伊德本人所观察到的和确认的那样,更是由于作家、诗人和心理学家共同的兴趣所致。弗洛伊德指出:"我们也许从同一个源泉里汲取养分,加工各自的对象,各自采用各自的方法,最后的结果是相同的,这说明我们的工作机制内部蕴含着一个道理,那就是我们都是正确的。"①这一观点在弗洛伊德和作家阿图尔·施尼茨勒的关系问题上可能还可以被进一步证明。施尼茨勒曾接受过医学教育,也研究过催眠术和歇斯底里,如果说他的文学作品体现了强烈的心理分析特征,那么这恰恰说明他不仅仅接受了弗洛伊德的学说,或者受到了弗洛伊德的影响,而且这也是他的诗人直觉,或者是他个人极其敏感的感知能力。从施尼茨勒的处女作《阿纳托尔》到他的晚期作品《艾尔丝小姐》等都表现了他本身的医学和心理学专业知识。施尼茨勒晚期作品中有心理分析知识并不完全因为他的作品以精神病患者为对象,或者因为他善于描写心理冲突,其中更多的原因是那个时代的维也纳在都市化进程中已经具备了心理分析文学创作的基本条件。施尼茨勒在这样的语境下有意识地将自由联想与意识流结合在一起,用文学的方式进行实验,他的中篇小说《古斯塔尔中尉》便是一个最好的例子。

大都市个体和主体的稳固性、持久性、形象、作用、性别、身体、健康与疾病等一系列问题,毫无疑问都是 19 世纪末、20 世纪初以来最重要、最受人关注的话题。它们不仅是感知心理学、心理分析学、哲学和医学共同关注的话题,也是文学、视觉艺术和造型艺术等积极参与讨论的话题,这也是因为文学艺术本身就是一个独立的领域,而不是跟在自然科学脚步后的附庸。因此,文学艺术自觉地与自然科学讨论保持着距离,同时又有着自身的任务。巴尔把这个任务视为一种冷静的反思,既不是因自然科

---

① Sigmund Freud, *Studienausgabe in 10 Bänden*, hrsg. v. Alexander Mitscherlich, Angela Richards u. James Strachey, Frankfurt am Main: Fischer Verlag, 2000, Bd. 10, S. 82.

学的发展而带来狂热,也不是一味地标新立异,他看到了心理学知识已为自然主义文学挖好了坟墓,并埋葬了它。因此他提出理性看待现代主义文学发展的建议。巴尔提出,回归古典主义,回归浪漫主义文学。他说:"乍看一眼,回归被我们唾弃的古典主义和浪漫主义,这完全是一种反动。"①巴尔最终的结论是:"古典主义告诉我们,它就是理性和情感,如果浪漫主义告诉我们,它就是激情和感知,如果现代主义告诉我们,它就是敏感神经,那么这就是一种伟大的统一。"②巴尔提出的现代主义隐喻式的标签是"敏感的浪漫主义"或者是"神秘的神经"等。在巴尔看来,背离自然主义在某种程度上意味着回归古典,但是巴尔同时又指出,现代人是神经质的人。也就是说,他所谓的现代人是处在医学、心理学、生理学和文学艺术之间的人。

诚然,维也纳作为欧洲现代主义运动中心之一和都市文学的发源地之一,有其特殊的社会历史原因,其中一个重要原因是维也纳的居民构成成分。维也纳在 1900 年前后有 200 万居民,他们来自许多国家和民族,其中有许多是波西米亚人、捷克人、加利西亚人、匈牙利人。同时,维也纳的犹太人比例特别高,主要原因是 19 世纪俄罗斯实施了反犹太的经济政策,大量犹太人从俄罗斯迁居到欧洲中部,他们中的大多数迁徙到了德国、奥地利和匈牙利,也有不少迁居巴勒斯坦,他们在不同的地区和国家处境和地位不尽相同。如 1871 年,德意志帝国议会成立时,犹太人虽然获得了平等的权利,但是仍有一定的限制,比如犹太人不能担任公职,不能从事教师职业,也不能在军队和管理机构中工作,这就导致了大量的犹太人从事文化艺术和自由学术研究工作。在这样的处境下,很多犹太人从事医生、律师、出版和其他文化事业的职业。1890 年,维也纳的犹太居民达到了人口总数的 8.7%,他们占医生总数的 61%,占所有记者和律师的 50%,这也与犹太作家、科学家、哲学家的情况相符合。比如施尼茨勒、弗洛伊德、卡尔·克劳斯、奥托·魏尼格等都是犹太人。因此毫不奇怪,维也纳在 1900 年就已经成为犹太复国主义的发源地,台奥多·海策尔(Theodor Herzl)就是在维也纳写下了《犹太国》一书,提出了在巴勒斯坦建立犹太国家的诉求。

---

① Hermann Bahr, „Die Überwindung des Naturalismus", in Gotthart Wunberg (Hrsg. , unter Mitarbeit v. Johannes J. Braakenburg), *Die Wiener Moderne. Literatur, Kunst und Musik zwischen 1890 und 1910*, Stuttgart: Reclam, 1981, S. 200.

② Ebd. , S. 202.

因此学术界普遍认为,犹太居民对欧洲1900年前后的社会文化生活影响巨大,这一判断无疑是正确的。对犹太人大规模的迫害、屠杀,特别是对犹太知识分子和艺术家的迫害从20世纪30年代开始,这导致了德国和奥地利的犹太知识分子和学者在德语国家的文化传统发生断裂。然而应该清醒地看到,反犹太主义并不只是从纳粹开始的。早在1900年前后,欧洲就开始流行反犹太主义思潮,19世纪50年代开始,有关种族主义和反犹太意识形态的理论相当普及,不仅在人类学领域里反犹太思想十分流行,在文学领域里也出现了不少反犹太作品,如古斯塔夫·弗莱塔格(Gustav Freytag)的《借方和贷方》、威廉·拉贝的《饥饿的牧师》等都在一定程度上丑化了犹太人。即便是托马斯·曼在《魔山》中纳夫塔这个人物身上注入了"完美"的犹太形象,仍然有不少文学作品反映了对犹太人的偏见。当时欧洲都市社会在职业和日常生活中对犹太人的限制也反映在文学作品中,比如施尼茨勒基于自身的犹太人经验,在《通往自由之路》《贝恩哈迪教授》《古斯特尔少尉》等一些文学作品中反映了犹太人面临的社会偏见问题。

总而言之,犹太人对欧洲现代主义文学形成所起到的作用绝不是通过犹太人对文化的贡献,或者通过对反犹太主义的分析可以得出的,也许需要关心的是,犹太人作为社会成员在某种程度上处于文化他者的地位,这种特殊的地位恰恰形成了犹太人某种内部的他者视角,形成了这一文化族群对欧洲社会发展和现状,都市化和工业进步等现象的批评思考,并作出一定的自我反思。这一时期的社会政治语境强迫犹太知识分子和艺术家群体部分地游离于主流社会之外,成为一种历史的遗憾。

1900年前后的维也纳在经济上尚没有达到欧洲大都市巴黎的水平,也没有达到德国首都柏林的水平,但是维也纳却成了具有巨大吸引力的欧洲大都市。然而在19世纪90年代,维也纳、布拉格等地的政治文化气氛并不理想,奥匈帝国在经历了1848年的革命失败之后,又经历了与普鲁士战争的失败,整个哈布斯特王朝都沉浸在悲观的气氛之中,作家、诗人、艺术家看到了在巴黎和柏林的文化发展和艺术创新,他们期盼艺术的革新,但是这些都没有在维也纳发生,这种气氛被一些作家和诗人称为"快乐的末日"。文学家赫尔曼·布洛赫(Hermann Broch)对这种气氛所作的描述是:"美丽的风景背后蕴含着一种感觉,所有的一切都是空的,一种价值真空,在这样的真空中,人们可以舒服地生活。"①人们在欢乐地虚度光阴。然而,在大都市灯红酒绿的珠光夜色里蕴含着一种担忧。卡尔·克劳斯在思考,他担心自己是否生活在愚人院里,或者生活在荒诞的梦境当中。霍夫曼斯塔尔感觉到自己在维也纳的气氛中,被一种"猛烈的内在张力所推动"。当时的艺术家正是在这样的心情下,促使了"青年维也纳"(Jung-Wien)的生成。或者说,以巴尔为首的一群年轻维也纳诗人、作家将维也纳的大都市气氛变成了自己的文学表达。

"青年维也纳"的现代主义文学运动的生成年份可以追溯到 1891 年。这一年,原先由爱德华·米夏埃尔·卡夫卡(Eduard Michael Kafka)和巴尔在布尔诺(Brünn)创刊的文学刊物《现代文学》(*Moderne Dichtung*)迁到了维也纳,并且改名为《现代评论》(*Moderne Rundschau*)。这份杂志和巴尔创办的维也纳《时代周报》(*Die Zeit*)成为"青年维也纳"文学青年的发声筒,"青年维也纳"团体的大多数成员常常在格林施泰德尔(Giensteidl)咖啡馆聚会,探索现代主义文学之路,他们是现代主义运动的理论家巴尔,作家霍夫曼斯塔尔、施尼茨勒和彼得·阿尔滕贝格等。他们发出的声音是:"我们要张开所有的感官和神经,饥渴,饥渴和倾听……我们不相信什么伟大的行动,也不相信伟大的救世主。我们只需要一点点对真实的热爱。"②他们开始打破传统的规矩,反对自然主义,用巴尔的话说就是"将外部世界变成内心世界"③。巴尔在 1890 年发表的一篇名为《现代主义》(*Die Moderne*)的文章中用颓废派的口气提出了自己对现代主义的理解,开始为新艺术和新文学呐喊,他说:"自然主义作家以自然科学的可重复验证为依据的真实观被他们颠覆,他们需要的是主观的感知。我们没有其他判定真实的规则,只有一条规则,那就是感觉。"④这篇文章虽然谈不上是现代主义文学的纲领,但却是一种大声的呐喊,一种对自己文学立场的描述,他表明了这些"青年维也纳"作者站立在过去和未来之间。他说:"也许有可能,我们走在末路上,在人类的疲惫中死去,这

---

① Hermann Broch, „Hofmannsthal und seine Zeit", in ders., *Schriften zur Literatur 1*, kommentierte Werkausgabe, hrsg. v. Paul Micheal Luetzeler, Bd. 9/1, Frankfurt am Main: Suhrkamp Verlag, 1975, S. 145.

② Hermann Bahr, „Die Moderne", in Gotthard Wunberg (Hrsg., unter Mitarbeit v. Johannes J. Braakenberg), *Die Wiener Moderne, Literatur, Kunst und Musik, zwischen 1890—1910*, Stuttgart: Reclam, 1981. S. 190.

③ Ebd.

④ Ebd., S. 191.

只是最后的一搏。也许有可能,我们正在重新开始,我们在为人类的新生助产,这只是春天到来时的雪崩。我们走上神坛,或者我们一落千丈,落入黑夜,落入灭亡。"①

可以看得出,"青年维也纳"的理论代言人巴尔同样也有一种对真实狂热的追求,这与自然主义作家对真实的追求从本质上看并没有区别,只是他们所追求的真实大相径庭。巴尔追求的不再是左拉所热衷的自然科学中的客观真实,而是一种主观的真实,是一种每一个人自己感知到的真实。在巴尔看来,人的精神生活远远落在物质生活之后,人的日常生活把人的精神抛到了九霄云外。巴尔说:"我们要把窗户打开,让阳光照射进来。"②真理对于维也纳现代派来说只是每一个人的真理,并不存在一个对人人都有效的真理。每一个人都能用自己的视角去看待世界,去判断真实。"感知"这个概念强调的并不是对真理的认识,真理是人可以感知得到的一种情感,一种外部刺激,并经过不同主体的加工而产生的。人所获得的印象首先必须是"真"的,所谓对于"真实"的衡量不是看其是否与外部"现实"(reality)相符,而是看其是否是一种成功的文学表达。这种表达不再是雷同的人云亦云,也不是夸夸其谈,闪烁其词,"艺术家的本质不是充当现实的工具,来塑造人,而是相反,真实只是艺术家的材料,艺术家用它来表达自身的本质,所采用的方法便是使用清晰和有效的象征"③。

欧洲文学在都市化、现代化的进程中与自然主义的告别意味着一场与19世纪的伟大告别。"我们站在两个世界的交界线上,我们所做的一切都是为将来伟大的事业做准备,这一事业我们并不认识,我们根本无法预料。有一天它会来临,我们写的东西不再有人阅读,我们为此而感到高兴,这一天就要来临!"④"因此,19世纪的终结意味着告别资产阶级的进步迷信,意味着否定小资产阶级的往上爬思想,同时也嘲讽了19世纪以来的未来狂想症。过去的岁月连带着与其共存的历史哲学成为过去,未

---

① Hermann Bahr, „ Die Moderne ", in Gotthard Wunberg (Hrsg. , unter Mitarbeit v. Johannes J. Braakenberg), *Die Wiener Moderne , Literatur , Kunst und Musik , zwischen 1890—1910* , Stuttgart: Reclam, 1981. S. 189.

② Ebd.

③ Ebd. , S. 200.

④ Ebd. , S. 192.

来蕴含在颓废之中,这就是结果和悖论。"①这就是弗里德里希·米歇尔·菲尔茨(Friedrich Michael Fels)发出的现代主义豪言壮语。

霍夫曼斯塔尔在一篇发表在《法兰克福汇报》上的文章中评价了意大利诗人加布里埃·邓南遮(Gabriele D'Annunzio)的反现代主义观点,他对邓南遮将现代主义视为颓废和模仿的观点做了如下评论:"我们有时候会有一种感觉,好像我们的父辈们,也就是年轻的奥芬巴赫的同时代人,好像我们的祖辈们,也就是贾科莫·莱奥帕尔迪的同时代人,所有我们的无数代前辈,就好像他们只给我们这些后来人留下了两件东西,第一件是漂亮的家具,第二件是超敏感的神经。诗歌就像精美的家具,但是它们是过时的,而神经的游戏却是当下的。他们带着 14 世纪绘画中神圣的笑容,用细长的白手招呼着我们放下手中苍白的小鬼……他们从高贵的波吉亚家族和文德拉明家族的床上跳起来,向我们高呼:我们已经爱过了,享乐过了,也沉睡过了,我们曾经有过热烈的生活,我们吃过甜蜜的水果,喝过你们从未品尝过的美酒。好像我们在这个敏感的、电气化的时代就只有一个任务,就是把过去的美好生活和美好事物重新找回来,给它们注入新的生命。现在他们开始挥动双臂,这些棺材里爬出来的吸血鬼、活僵尸。"②现代主义就像一座博物馆,里面放满了收集而来的古代艺术藏品,但这些藏品并不是古老的原始件,而更多的是后人仿制品,今天我们可以把它称为"后现代"。历史的意识占统治地位,对生活的观察似乎将生活赶出了生活,就像弗洛伊德对这个时代写下的诊断书一样:文化就是颓废。"今天有两件东西显得非常时髦,分析生活和逃避生活。"③人们不是去动手改变,而是不愿意像歌德的"威廉·迈斯特"那样去接受生活的考验,"人们喜欢去解剖自己的灵魂或者喜欢做梦"④。这就是霍夫曼斯塔尔对转世纪时期的描述,这也是一种自我描述,其中弗洛伊德和尼采的影子十分明显。

科学发明,自然主义和浪漫主义的遗产被扬弃,在梦境中开拓新的、

---

① Friedrich Michael Fels, „Die Moderne", in Gotthard Wunberg (Hrsg., unter Mitarbeit v. Johannes J. Braakenberg), *Die Wiener Moderne, Literatur, Kunst und Musik, zwischen 1890—1910*, Stuttgart: Reclam, 1981, S. 192.

② Hugo von Hofmannsthal, „Gabriele d'Annunzio", in Gotthard Wunberg (Hrsg., unter Mitarbeit v. Johannes J. Braakenberg), *Die Wiener Moderne, Literatur, Kunst und Musik, zwischen 1890—1910*, Stuttgart: Reclam, 1981, S. 340.

③ Ebd., S. 342.

④ Ebd., S. 343.

奇妙无比的世界,或者用心理分析和梦的解释来说,霍夫曼斯塔尔等维也纳现代派作家的创作是一种心灵的解剖,"理解"和"遗忘"在这些作家看来是两个相互作用和影响的运动,就像霍夫曼斯塔尔说的那样:"时髦的是旧家具和新的神经质,时髦的是聆听心灵变化的声音,以及想象激起的浪花,时髦的是保罗·布尔热和释迦牟尼;时髦的是分割原子和把玩宇宙;时髦的是把心情和叹气或者疑虑砸得粉碎;时髦的是出自直觉的,在梦游中发出对美的宣言;放置四海而皆准的道德被两种驱动力染成黑色:实验的驱动力和追求美的驱动力,也就是渴望理解和渴望遗忘的动力。"①

二、德布林的《柏林,亚历山大广场》

德布林的文学创作与 20 世纪初维也纳现代派和德语国家的现代主义文学思潮有关。与弗洛伊德和施尼茨勒一样,德布林的职业是柏林东区医保诊所的心理医生,但他却以德国著名的现代主义和表现主义小说家而出名。1910 年,他结识了德国现代主义文艺批评家和表现主义诗人海尔瓦特·瓦尔登(Herwarth Walden),两人很快就成为好朋友,并开始在瓦尔登创建的《风暴》(Der Sturm)②文学周刊上发表文学作品。1912年,他出版了长篇历史小说《王伦三跃》,这部以中国清末农民起义为题材的表现主义小说一举奠定了他小说家的地位。1920 年,德布林发表了历史小说《瓦伦斯坦》,这两部作品尽管都是以历史或者异域为叙述空间和叙述对象,但实际上都是针砭威廉王朝时代的德国现实社会。《瓦伦斯坦》以德国历史上的 30 年战争为题材,而德布林的用意是批评第一次世界大战带来的社会灾难,同时也是对实证主义和科学主义的 19 世纪历史的反思。③

此外,德布林还是表现主义文学的理论家和积极实践者,但他与达达主义和未来主义的艺术观有较大的分歧。1912 年,他与在柏林举办未来

①　Hugo von Hofmannsthal, „Gabriele d'Annunzio", in Gotthard Wunberg (Hrsg., unter Mitarbeit v. Johannes J. Braakenberg), *Die Wiener Moderne, Literatur, Kunst und Musik, zwischen 1890—1910*, Stuttgart: Reclam, 1981, S. 343.

②　德国著名文学艺术周刊,德国表现主义流派风暴社的机关刊物,由瓦尔登 1910 年创办,编辑部位于柏林波茨坦大街 134a 号。该刊物持左翼激进立场,受意大利未来主义、达达主义和立体主义的影响。1932 年停刊。风暴社成员有德布林、阿尔腾贝格、阿诺尔·豪尔茨、瓦尔登的前妻拉斯科-许勒、亨利希·曼等柏林作家和诗人。

③　Peter Sprengel, *Geschichte der deutschsprachigen Literatur 1900—1918. Von der Jahrhundertwende bis zum Ende des Ersten Weltkriegs. Geschichte der deutschen Literatur von den Anfängen bis zur Gegenwart*, Band 12, München: C. H. Beck, 2004, S. 153.

主义画展的马利内蒂展开一场论战。① 在马利内蒂眼里,代表着"未来"和"进步"的机器、飞机、机关枪的世界即美的世界。马利内蒂在 1909 年 2 月 20 日的《费加罗报》上发表著名的《未来主义宣言》,他公然宣称:战争是美,战争因为拥有防毒面具,拥有骇人的高音喇叭、火焰喷射器和坦克车使人对机器的统治得以确立。战争是美,因为战争把机关枪喷出的火焰和大炮的间隙轰鸣,香水和尸体的腐臭织成了一曲交响乐。1912 年 10 月,马利内蒂在柏林《风暴》周刊上发表了《未来主义文学,技术的宣言》,对此德布林也在《风暴》周刊上发表《致作家和批评家》一文作出反应,这也是德布林在《风暴》周刊上最后一次发表文章,此后他便与风暴社成员逐渐疏远。

德布林的文学理念与马利内蒂的未来主义完全不同,他所追求的世界是一种"市民阶级的"(bürgerlich)、一种"宁静的"世界。对于激进的社会主义者德布林来说,马利内蒂所热衷的那种以机器、飞机和机关枪为代表的"进步"则更多是一种喧嚣,一种对文明的破坏,"进步"在他眼里也意味着"倒退"。在马利内蒂为现代科技的速度和喧嚣欢呼雀跃的同时,德布林则对现代工业的节节胜利保持了清醒的头脑,他主张用中国道家的思想去面对机器和进步。他认为,作家的任务是用客观唯物的方法去看待世界,用心理分析的方法去看人,用有灵魂的人的眼睛去看没有灵魂的世界,去观察有灵魂的人与没有灵魂的世界之间的关系。

在对待文学如何反映真实的问题上,德布林也与马利内蒂以及风暴社的其他成员(包括瓦尔登在内)有着本质的区别,他不认为"火车""飞机""电报""机器""机关枪"就是时代的真实,也不再把受未来主义影响后的风暴社现代主义作家形而上的表现手法视为真实,他与瓦尔特·本雅明和京特·安德斯(Günther Anders)、布莱希特等左翼文人一样②,在 20 世纪初那个科学技术日新月异的时代,就非常警惕地开始反思马利内蒂未来主义美学中蕴含着的"创造者与创造物、人和自然"③倒置的问题,并提出与未来主义相反的美学观。德布林批评马利内蒂忘记了文学最根本

---

① 德布林 1910 年前后开始在瓦尔登的表现主义和先锋派文学杂志《风暴》周刊上发表作品,后者在 1912 年组织了一次未来主义画展,在这次画展上,德布林公开批评马利内蒂的艺术观。马利内蒂在墨索里尼上台后转向法西斯主义,瓦尔登则在纳粹党上台后因积极撰写反法西斯主义的文字于 1941 年被盖世太保投进监狱,后死在纳粹集中营。

② 本雅明把马利内蒂的未来主义美学观视为"对法西斯主义政治的美化",是对艺术历史的否认,参见本雅明《可技术复制时代的艺术品》。

③ 京特·安德斯:《过时的人——论第二次工业革命时期人的灵魂》(第一卷),范捷平译,上海:上海译文出版社,2010 年版,第 30 页。

的社会道德原则，忘记了文学要贴近生活、贴近人的基本道理，而是要把"孩子和洗澡水一起倒掉"①。对此德布林写道："你喊你的未来主义，我坚持我的德布林主义。"②很多年以后，君特·格拉斯不遗余力地传播和捍卫"德布林主义"。格拉斯在《我的老师德布林》一文中写道："德布林只有一个原则，尽可能地接近真实，而马利内蒂只是简化真实……他（马利内蒂）会令您（读者）不安，他会打碎您的甜梦，您会尝到他的味道，他不会让您对胃口，他的东西是难以消化的，不舒服的。他想改变读者，不想挑战自我的人最好不要去读德布林的东西。"③

德布林于1929年在著名的费舍尔出版社出版了他最重要的都市小说——《柏林，亚历山大广场》（*Berlin Alexanderplatz*），小说的副标题是"弗兰茨·毕勃科普夫的故事"。在这部都市小说中，失业工人弗兰茨·毕勃科普夫因与未婚妻发生口角，失手将她打死，被判刑四年。小说以弗兰茨出狱开场。弗兰茨出狱后立志重新自食其力，做个好人。他白天在亚历山大广场做小买卖，晚上去啤酒馆消磨时光。不久他结识了地痞莱因霍尔德，并中了他的圈套，陷入贩卖少女、逼良为娼的黑社会。弗兰茨多次想摆脱，但被莱因霍尔德发觉，在一次夜间抢劫中，莱因霍尔德将弗兰茨推下汽车，摔断了一只胳膊。伤愈后弗兰茨与前未婚妻的闺蜜、妓女艾米丽邂逅，两人互相帮助，相处甚好，莱因霍尔德发现后将艾米丽骗到树林里强奸后杀死。弗兰茨涉嫌再次杀人而锒铛入狱，后经审理被无罪释放，弗兰茨再次处于小说开始的境地。

德布林1927年开始创作《柏林，亚历山大广场》，小说两年之后完成。他向费舍尔出版社交付手稿的时候，出版商萨姆尔·费舍尔（Samuel von Fischer）④曾向德布林提出添加一个副标题的建议，因为在费舍尔看来，《柏林，亚历山大广场》这个书名也许会引起读者的困惑，德布林欣然接受了这一建议，在书名后面加上了"弗兰茨·毕勃科普夫的故事"这一行字。1928—1929年间，在这部小说出版之前，德布林在经费舍尔出版社的许可后（这也许也符合出版商的利益），已经在许多著名的文学刊物和报纸

① Alfred Döblin, *Über die Literatur*, Frankfurt am Main, Olten: Walter-Verlag, 1963, S. 15.

② Ebd.

③ Günter Grass, „Über meinen Lehrer Döblin", in *Akzente*, München: Carl Hanser Verlag, Bd. 4, 1968, S. 293.

④ 德国著名犹太出版家，1886年在柏林创建费舍尔出版社，是德语国家文学传播的重要人物。德语文学经典作家德布林、豪普特曼、施尼茨勒、阿尔腾贝格、霍夫曼斯塔尔、托曼斯·曼、黑塞等都得到他的支持。

的文艺副刊上陆续刊登了小说的片段，有些甚至还是初稿，如《新展望》①《法兰克福日报》《前进》②《柏林人民日报》等，以飨读者。

　　大城市主题一直是德布林关心的题材，1910 年他就在《风暴》周刊上发表了《布兰登堡的废城》(*Das Märkische Ninive*)，在这篇短文中，德布林已经涉及了大都市中人的沉沦、迷失、颓废等主题。1914 年，德布林发表了他第一部都市小说《瓦德采克与蒸汽机的抗争》，在这部都市小说中，读者已经可以清晰地看到他采用的电影蒙太奇剪辑、主人公的局外感知等叙述手法，这些手法在《柏林，亚历山大广场》中得到了极致的发挥。此外，德布林早期还写过一些城市报告文学，如 1923 年 9 月 23 日发表的报告文学《亚历山大广场以东》(*Östlich um den Alexanderplatz*)也大量涉及柏林这座大都市的氛围③，如柏林方言、街道交通、商业景象、城市风景、大众现象等，这些都对《柏林，亚历山大广场》这部经典都市小说的生成产生了重要的影响。

三、《柏林，亚历山大广场》的生成过程

　　德国文学批评界曾经有过一种观点，认为德布林在创作这部小说的时候借鉴或抄袭了乔伊斯《尤利西斯》的意识流创作手法，然而这种说法却存有争议。赫尔曼·韦格曼(Helmann Wiegmann)④认为，德布林的《柏林，亚历山大广场》与乔伊斯的《尤利西斯》在叙述方式上确有相同的地方，但是意识流并非只是乔伊斯一人开创的，从 19 世纪末开始，内心独白和意识流的手法已经被许多作家所采用⑤，如托尔斯泰、陀思妥耶夫斯基、福克纳、伍尔夫、施尼茨勒等。虽然德布林和乔伊斯两个作家都有五种叙述模式，内心独白是他们主要的叙述模式，他们都是采用意识流手法

　　①　《新展望》(*Die Neue Rundschau*)是 20 世纪初德国的著名文学艺术杂志，作家一旦在这本杂志上发表作品，基本上可以确立其在德国文坛的地位。杂志主要刊载小说、诗歌、杂文、文学理论和书评，该杂志原为自然主义流派的机关刊物，名为《自由舞台》，1890 年创办于柏林，1904 年改名为《新展望》。1945 年后在瑞典的斯德哥尔摩出版，1948 年迁往荷兰阿姆斯特丹。1950 年费舍尔出版社重建后一起迁往法兰克福。

　　②　德国社会民主党机关刊物。

　　③　Gabriele Sander, „Alfred Döblin und der Großstadtrealismus", in Sabine Kyora, Stefan Neuhaus (Hrsg.), *Realistisches Schreiben in der Weimarer Republik*, Würzburg, Königshausen & Neumann, 2006, S. 143.

　　④　Vgl. Hermann Wiegmann, *Und wieder lächelt die Thrakerin. Zur Geschichte des literarischen Humors*, Frankfurt am Main: Peter Lang, 2006, S. 286.

　　⑤　参见本书第十一章。

进行创作的作家,但不能因此而判定德布林抄袭了乔伊斯。克塞尔(Helmuth Kiesel)认为,即便是德布林受到乔伊斯《尤利西斯》的启发,后人也不应怀疑德布林的艺术创新力,因为瓦尔特·本雅明在 1930 年就指出,德布林小说中的内心独白作用与乔伊斯的意识流手法并不完全相同[1],尽管德布林的内心独白在叙述过渡功能上与乔伊斯的确有相似的地方。

事实上,德布林在 1928 年才接触到乔伊斯的《尤利西斯》[2],并称赞这是一部杰出的实验小说。当有人提出《柏林,亚历山大广场》有抄袭乔伊斯《尤利西斯》之嫌的时候,德布林做了以下的说明:当他读到乔伊斯的《尤利西斯》的时候,《柏林,亚历山大广场》已经完成了四分之一。此外还需看到,德布林不仅在 1913 年前后就是文学表现主义的主要代表人物,并已经著作等身,并且还是德国现代主义文学的理论家,他有足够的自信和能力来设计这部小说。另外还有人认为,德布林的《柏林,亚历山大广场》甚至受到了纪录片《柏林,大都市的交响乐》[3]的影响。对此,德布林也于 1932 年作出了回应。当时他在苏黎世参加一次读者见面会,他在会上说:"关于如何决定这本书的基本内容这个问题说来话长,但在这里我只是想说,我的医生职业让我接触到许多生活底层的平民和犯罪现象,作为心理医生,我在很多年前就开始观察犯罪心理问题,弗兰茨·毕勃科普夫的情况与此相关,对我来说,表达这些内容很重要,也很有价值。"[4]

从内容上看,《柏林,亚历山大广场》是德布林文学创作中唯一一部只叙述一个主人公命运的小说。小说的九个篇章都围绕失业工人弗兰茨的命运展开,但这并不意味着德布林放弃了解构故事的手法,又回到传统小说的故事叙述手法中去。因为在这部小说中,主人公弗兰茨已不再是传统意义上具有个性的人物,而是一个"匿名的"、抽象的或者符号意义上的人,他不再具备任何背景,不具备社会意义,只是一个生物意义上的人,是

---

① Vgl. Walter Biedermann, *Die Suche nach dem dritten Weg. Linksbürgerliche Schriftsteller am Ende der Weimarer Republik. Heinrich Mann, Alfred Döblin, Erich Kästner*, Dissertation, Frankfurt am Main: Johann Wolfgang Goethe-Universität, 1981, S. 108.

② Alfred Döblin, „Ulysses von James Joyce", in Wilhelm Füger (Hrsg.), *Kritisches Erbe. Dokumente zur Rezeption von James Joyce im deutschen Sprachbereich zu Lebzeiten des Autors*, Amsterdam, Atlanta, Amsterdam: Atlanta, 2000, S. 212.

③ 德国实验纪录片导演罗特曼(Walther Ruttmann)的纪录片,该片于 1927 年首映。

④ Siehe Klaus Müller-Salget, Selbstzeugnisse, in Matthias Prangel (Hrsg.), *Materialien zu Alfred Döblin. Berlin Alexanderplatz*, Frankfurt am Main, Frankfurt am Main: Suhrkamp Verlag, 1975, S. 43.

一个多余的人。不仅弗兰茨如此,小说中的其他人物也是如此。也就是说,德布林这部小说中的所有人物都有一种"无根"的特征,而这恰恰是寓居大都市中的"大众人"现象。京特・安德斯将弗兰茨这类城市游民或"闲荡者"定义为"没有世界的人"①。当弗兰茨走出柏林泰格尔监狱大门的那一刻,整个世界和整座城市虽然在本体论意义上存在于他的面前,但是这并不是他的世界,他也不属于这个世界。不但如此,这个陌生的世界还是他的地狱。因此德布林在小说的第一页就写下了不朽的句子:当弗兰茨走出监狱,获得自由的那一刻"惩罚开始了"②。

德布林在这部小说中大量地使用长篇幅的内心独白、意识流、蒙太奇等手法和各种语言风格,为德国现代主义小说开了先河。他在艺术表现手法上采用了一系列反传统的现代主义叙述方法:首先,《柏林,亚历山大广场》的内容是碎片化的,小说从弗兰茨的生活中间进入,不断拼凑主人公的生活碎片,就像一幅达达主义和立体主义艺术中的"剪贴作品"(Collage)③,这一手法从文学角度折射了都市化的碎片现象。其次,德布林较早地将电影蒙太奇表现手法应用于小说之中,比如他将天气预报、广告、菜谱、新闻报道等各种文本剪辑(粘贴)到小说文本中去,营造出互文效果。街景、运动镜头、大众场景等都被穿插在叙述中,就连小说每一章的标题都采用了电影字幕的形式。第三,在小说语言上,德布林大量采用了平民化的柏林方言来表达小人物的日常生活,营造失业者弗兰茨的生活环境;同时德布林也采用了其他语言风格,如官僚语言、商业语言、新闻语言、政治语言、广告语言等,用来反射小说中各种人物的身份和各种不同的语境。第四,采用大量的隐喻和语言游戏,反讽和幽默,采用互文手法,引用民间笑话、俚语、俗语等,用包装和掩饰的方法处理不同的语言材料和文化经典,如《圣经》典故等,以达到反映大都市生活本质的效果。

《柏林,亚历山大广场》1929 年出版后也引起批评界不少争论,左翼

---

① Günter Anders, *Mensch ohne Welt. Schriften zur Kunst und Literatur*, München, 1984, S. 3. 安德斯在文学评论著作《没有世界的人》中提及,他与德布林谈及《柏林,亚历山大广场》主人公弗兰茨的主体性失落问题,他指出失业者不符合海德格尔所说的"在世界中的存在"(Da-Sein in der Welt),而是一种"没有世界的存在"(Da-Sein ohne Welt)。这个观点得到德布林的完全认同,德布林用柏林方言回应安德斯,称他的观点"jold richtig",即"黄金般地正确"。

② Alfred Döblin, *Berlin Alexanderplatz*, Frankfurt am Main: S. Fischer Verlag, 2008, S. 1;参见阿尔弗雷德・德布林:《柏林,亚历山大广场》,罗炜译,上海:上海译文出版社,2008 年版。

③ "Collage"一词源于法语中的"coller",意为"粘贴",20 世纪初被广泛用于立体主义绘画和达达主义的拼贴艺术作品中,也被用于文学作品和电影中,与蒙太奇手法有一定的相似性。

作家贝歇尔批评小说中过多采用蒙太奇和意识流手法，并批评小说有阶级调和倾向。卢卡契则从巴尔扎克和托尔斯泰的社会批判小说出发，直接怀疑《柏林，亚历山大广场》的艺术性。卢卡契认为，新文学的美学价值在于资产阶级文学中的进步思想和内容，歌德、巴尔扎克、托尔斯泰便是这种进步思想的代表。而以乔伊斯、卡夫卡等为代表的现代主义文学不再为恢复资本主义商品生产中的异化人性而努力，而是将异化现象当成不可逆转的事实，在小说艺术上，现代主义文学放弃了批判现实主义的伟大传统，只是在艺术形式表现上做各种实验和尝试，因此现代主义文学是反动的。①

　　而布莱希特则对德布林的这部现代都市小说大加赞赏。他认为现代艺术的表现手法同样能达到社会批评的效果，他于1940年写道："乔伊斯和德布林的小说表明了世界历史的矛盾性在于生产力和生产关系之中。"②他还写信给德布林："我知道您的小说表达了一种新的世界观，您填补了马克思主义文艺观在这方面的空白。"③另一些作家则指责德布林无非模仿了乔伊斯，忽略了德布林与乔伊斯的不同之处。首先，德布林的意识流建立在他从阿尔弗雷德·埃里希·豪赫④那里继承过来的心理学研究之上，他不赞成弗洛伊德的精神分析，而是主张将人的大脑机制和心理现象视为纯物质的、客观的。也就是说，人的心理活动、心理疾病都是有社会物质原因的，必须通过物质的手段来分析和解决心理问题。这种观点决定了他的文学叙述手法，其次，他的语言和文本解构特点建筑在他1913年发表的《柏林纲领》基础之上。同时，柏林的达达主义以及未来主义之争引发和启迪了他深刻反思艺术理论。

四、《柏林，亚历山大广场》在德国的传播

　　《柏林，亚历山大广场》于1929年出版，当年销售量就达到了2万册，1932年达到5万册，1929年到1933年4年间，小说共重印了50次，这使得现代都市小说这一文学样式在德语国家进一步确立。⑤ 左倾文艺批评

---

　　① 参见卢卡契：《卢卡契文学论文选（第一卷）论德语文学》，北京：人民文学出版社，1986年版，第13页。

　　② Alfred Erich Hoche（1856—1943），德国心理学家，德布林的博士生导师。

　　③ Klaus Schröter, *Döblin*, Hamburg: Rowohlt, 1993, S. 111.

　　④ Ebd.

　　⑤ Siehe Armin Leidinger, *Hure Babylon: Großstadtsymphonie oder Angriff auf die Landschaft? Alfred Döblins Roman Berlin Alexanderplatz und die Großstadt Berlin: eine Annäherung aus kulturgeschichtlicher Perspektive*, Würzburg, Königshausen & Neumann 2010, S. 192—193.

界对德布林的这部现代都市小说产生了强烈的兴趣和极大的热情。比如本雅明在这部小说中看到了对传统资产阶级教育小说和发展小说的反叛。而最严厉的批评不是来自保守势力，而是来自当时的德国共产党（KPD）以及无产阶级革命作家联盟和卢卡契等亲苏联理论家，他们称这部小说破坏了无产阶级有组织的阶级斗争。[①] 由于德布林一直被认为是具有强烈社会主义倾向的左翼作家，因此这一冲突也被视为左倾资产阶级作家与极端左倾政治势力的矛盾表现。

在纳粹统治时期，德布林的文学作品除了历史小说《瓦伦斯坦》之外都被禁被焚。直至 1947 年，西德的施莱伯出版社才开始再版德布林的《柏林，亚历山大广场》和其他文学作品。1955 年，这部小说在民主德国也再次出版。在德国，只要提起德布林的名字，尽管他写过很多其他著名小说，如《王伦三跃》等，但人们马上就会联想到《柏林，亚历山大广场》这部都市小说。德布林的这部小说在一定程度上成为现代都市小说的楷模。

这部长篇小说出版后不仅大大提升了德布林的知名度，同时也使他成为魏玛共和国时期的畅销作家。此外，小说出版后立刻被译成英、法、俄、意大利、西班牙、丹麦、瑞典、捷克、匈牙利等十几种文字。当然，这也要归功于当时的新媒体——无线电收音机。1930 年，这部小说被改编成广播剧在电台连续播出，1931 年，又被著名导演菲尔·尤契（Phil Jutzi）改编成黑白故事片，并在美国完成制片。这使得这部影片很快得以在欧美广泛传播，尽管当时有很多影评认为故事片没有完全表达出德布林这部都市小说的核心思想，但它仍然对《柏林，亚历山大广场》的传播起到了积极的作用。1980 年，这部小说再次被德国著名导演法斯宾德（Rainer Werner Fassbinder）拍成 14 集 930 分钟片长的巨型故事片，公演后引起巨大的社会反响。在 2007 年的柏林电影周上，这部电影经重新剪辑后在柏林罗莎·卢森堡广场边上的人民舞台（Volksbühne）公演。同年，《南德意志报》公开出版了这个版本的 DVD 光盘。2008 年，中国著名实验戏剧导演孟京辉将法斯宾德电影《柏林，亚历山大广场》改编成话剧《爱比死更冷酷》在北京、上海等地公演。

---

① Siehe Helmuth Kiesel, *Geschichte der literarischen Moderne. Sprache, Ästhetik, Dichtung im Zwanzigsten Jahrhundert*, München: C. H. Beck 2004, S. 260.

五、德国现代都市文学特征

除了德布林的现代都市小说形成的艺术特色之外,其他现代主义作家如奥地利的里尔克、霍夫曼斯塔尔,德国的穆齐尔,瑞士的罗伯特·瓦尔泽等也留下了现代都市文学的经世之作。他们的作品展示了德语国家现代都市文学的一些艺术特点,具体如下:

第一,形式上的陌生化。如里尔克的《布里格手记》[①]和瓦尔泽的《雅考伯·冯·贡腾》虽然都是现代都市小说,然而这两部小说在艺术表现手法上似乎都在避免落入俗套,他们都在标题上明确说明自身的非小说性,里尔克用了"手记"二字,而瓦尔泽则将自己的小说冠以"日记"的名称,也许这是两位作家对现代都市小说形式的调侃,尤其是对18世纪、19世纪的欧洲和德国的教育小说和发展小说的戏谑。同时,他们也与其他现代主义作家一样,完全放弃了线性叙述,叙述结构被分割成碎片。

第二,短小体裁的出现。这一新体裁的出现不仅是因为文学媒介的转型,也是由文学杂志和报纸文艺副刊的出现所致,更是受印象主义、象征主义、表现主义等艺术思潮和诗学观影响的反映,文学叙述转为表达瞬间的感知,照相技术被普遍采用,对文学创作本身的反思也显得越来越重要。就像穆勒在其《印象的文化——1900年前后现代派和大都市美学》一文中所指出的那样:"我们可以在彼得·阿尔滕贝格这个作家身上看到大都市与小形式的结合"[②],阿尔滕贝格在维也纳的身份是波西米亚人和闲荡者,整天在咖啡馆里写诗混日子。他在其散文集《白天带给我什么?》(*Was der Tag mir zuträgt*?)中反思了他的诗学原则,他写道:"我写的小东西算是文学吗? 不算。那只是生活的提炼物。偶尔某一天里,灵魂蒸发在三两页纸片上。我喜欢这种短小的写法,这是心灵的电报式风格。"[③]

第三,很多现代都市文学中都出现了"休克叙述方式"。这正是达达主义和超现实主义的核心美学。罗伯特·瓦尔泽和阿尔滕贝格都是这方面的代表。本雅明的晚期著说在对现代主义的分析中也涉及这种叙述方

---

① 书名全称为:《马尔特·劳里茨·布里格手记》(*Aufzeichnungen des Malte Laurids Brigge*),也有人称其为《布里格手记》。

② Lothar Müller, „Impressionistische Kultur. Zur Ästhetik von Modernität und Großstadt um 1900", in Thomas Sternfeld u. Heidrun Suhr (Hrsg.), *In der großen Stadt. Die Mitropole als kulturtheoretische Kategorie*, Frankfurt am Main: Verlag Anton Hain, 1990, S. 67.

③ Peter Altenberg, *Diogenes in Wien. Aphorismen, Skizzen und Geschichten*, Bd. 1, Berlin: Verlag Volk und Welt, 1979, S. 81f.

式。作家不仅为了达到捕捉大都市生活的随机性和流逝性特征,他们显然也考虑到了都市化进程中文学传播方式的改变和读者阅读方式及节奏的变化。休克叙述方式说明,短小精悍的文学体裁更加符合现代读者的需求,因为人的阅读注意力受到了越来越多的外界干扰和影响,当下性的短小文学形态成为接受美学的核心范畴。

第四,除了印象主义的当下瞬息变化和碎片化之外,紧张惊恐的神经官能症状也成为德语大都市文学的特征之一。如瓦尔泽和里尔克文学作品中的人物都表现出一种神经官能症,如瓦尔泽《雅考伯·冯·贡腾》中的雅考伯和里尔克《布里格手记》中的马尔特都明显地带有大都市主体性的特点,他们身上所流露出来的各种心理症状本身就可以成为当时心理学、医学和社会学的研究对象。文学和科学研究也证实了一点,大城市居民的心理最不具备稳定性和自主性。与此相反,大都市中的个体往往受到外界的挑战和压力大,他们的心理行为以反应和应对为特征。比如马尔特在巴黎的经验表明,内心世界和外部世界、主体和城市这些对立面变得越来越模糊,大都市一方面是诱惑,另一方面又是惊恐和威胁。就如马尔特在回忆自己的童年时所表露的那样,农村的生活更具有个体性,而大都市却完全以其自身的行为影响他的内心世界。对于雅考伯来说,大都市柏林完全就是主人公产生经验的空间和背景,比如雅考伯感知的柏林街头:"我常常出去逛大街,在大街上我觉得自己好像置身于纷乱的神话世界之中。拥拥挤挤、嘈嘈杂杂、熙熙攘攘。一切都交错混杂在一起,人们……人流不断,车水马龙。有轨电车的车厢看上去就像是塞满了人的火柴盒子,公共汽车像巨大的、粗笨的甲虫在那儿高一脚低一脚地爬行。然后是那种类似移动观景台似的观光车,观光客们坐在车顶上的露天座椅上,无论下面是怎么走、怎么跳、怎么跑,他们都能'出人头地'地潇洒而过。大街上的人流中不时地汇入新的人流,有流走的,又有新注入的,就像一个流动的整体。"[①]第一人称叙述者"我"完全融入了街道交通和市景,与自然主义和现实主义作品中的清醒的叙述者不同,瓦尔泽笔下的人物完全融化在大都市的内部运作机制中,这样,所谓的叙述距离感和整体性已经不再重要,更多的是即时的镜头捕捉,没有选择的罗列和陈铺。这在瓦尔泽那里就是闲荡者的城市印象。

① 罗伯特·瓦尔泽:《雅考伯·冯·贡腾》,《散步》,范捷平译,上海:上海译文出版社,2002年版,第25页。

第五,现代大都市文学中的最重要的书写对象是大众,反思的问题是主体的失落。最早反映大都市大众问题的作家是 19 世纪的爱伦·坡(Edgar Allan Poe)和波德莱尔,进入 20 世纪以后,大众问题在文学讨论中逐渐升温,也成为文学批评的重要话题,在这个时期的文学作品中,大都市的大众现象,尤其是城市广场和街道中的人流等成为叙述空间。个体性和认同感的消失成为非常紧迫的威胁。如罗伯特·瓦尔泽小说《雅考伯·冯·贡腾》中的雅考伯就是在这种人潮中发出了自我诘问,对自己的主体性和认同危机感到恐惧:"我就这样,看着他头上的那顶不伦不类的小圆帽在人头中攒动,在其他无数顶帽子中渐渐消失,他就像人们通常说的那样,消失在人海之中。"[1]"我在这光怪陆离、五光十色、源源不断的人潮中又算什么呢?"[2]在大众中消失和"淹没"意味着特性和区别的消失,个体性的消失,自我的消失。这时出现的是对"淹没"这个隐喻的恐慌。这也是转世纪时期文学强烈表达的一种心理现象。在另一方面,转世纪文学也产生了另一个极端,作家们试图寻找大都市之外的逃避空间,他们寻找逃避现代化和都市化的安宁之处,对于一些作家来说,回归乡村则是重要的选择。

第六,逃避都市现象。20 世纪初大都市文学中还出现了另一种现象,那就是主体试图从大都市街道和交通嘈杂声、从人群和机器中遁逃,逃避到内庭深院里的城市寓所里去,或者说躲进内心的孤独中去。本雅明把这种孤独的物理寓所和心理寓所称为资产阶级在社会转型期的"避难所",它的特点是:"这种内庭深院寓所不仅仅是综合性的,而且还是隐私的保护地,居住就是留下痕迹,在内庭深院式的寓所内,痕迹得到了强调。"[3]瓦尔泽的《雅考伯·冯·贡腾》就是一个例子,主人公雅考伯把班雅曼塔仆人学校视为逃避城市的避难所,或者说当成一个逃避现实的抽象符号。当城市中的个体不断面临在街道人潮中消失和淹没的危险时,他们开始建造自己优雅安宁的寓所,营造私人可以掌控的空间。在这样的空间里,个体可以张扬个性和自主。本雅明指出,在这样的前提下出现的所谓"青年风格"艺术反映了深刻的历史辩证法,它具有极大的社会学意义。在人们开始关心

---

[1] 罗伯特·瓦尔泽:《雅考伯·冯·贡腾》,《散步》,范捷平译,上海:上海译文出版社,2002 年版,第 28 页。

[2] 同上书,第 25 页。

[3] Walter Benjamin, *Gesamelte Schriften*, Bd. V, Frankfurt am Main: Suhrkamp Verlag, 1982, S. 53.

他们寓所的内部装修风格时，作家开始关心"孤寂的内心"①。这时主体开始与充满技术、机器和喧嚣的外部世界力量进行抗争，这些抗争同样反映在文学作品中，如德布林的都市文学作品《瓦德采克与蒸汽机的抗争》。

第七，与此相适应，20世纪初的德国和奥地利文学也表现出"美学化"的倾向，现代主义文学开始在唯美主义和艺术这个特殊的世界里寻找安宁。唯美主义作家被称为"世纪末"作家，其中有代表性的作家为史蒂芬·格奥尔格（Stefan George）周围的一群作家。② 他们一方面以自己的唯美方式生活；另一方面又把唯美当成自己文学创作的对象。这一现象的原因可以追溯到政治、社会、文化和自然等一系列因素的综合作用，其中一个重要原因是因为市民阶层在政治上逐步失去发言权，影响力不断减弱。因此，在市民阶层的作家中出现了一种政治参与真空的情况，他们急需得到一种补偿，于是他们选择了在唯美主义的象牙塔中逃避现实的道路。当然，我们也可以将唯美主义视为对都市化和都市生活的消极抗争。

第八，20世纪的德国现代都市文学大多反映出感知的困惑。在大城市的喧嚣、速度、流动中，都市文学的表达与感知方式通过电影达到统一。在大都市中，人的感知常常处在诱惑和抗拒的混杂之中，同时也处在对新地域风格与文明和文化愚昧的矛盾之中，它是一种矛盾混杂的感知状态。这些矛盾和冲突，混杂与纠结最终均在新的都市媒体——电影中得到了最好的宣泄。文化视觉化在大都市里通过电影发明得以实现，而电影的出现不仅仅只是因为城市的现代化、匿名性和表象化，这也与大都市日益普遍的图像媒体相关，这在当时许多作家的作品中均有反映。

六、德国现代都市文学在中国的传播

中国自洋务运动以来，全社会对德国的崛起普遍持有一种仰慕之心。晚清政府的李鸿章、左宗棠、张之洞等洋务派都对俾斯麦在普法战争和统

---

① Walter Benjamin, *Gesamelte Schriften*, Bd. V, Frankfurt am Main, Suhrkamp Verlag 1982, S, 53.

② 格奥尔格派（George-Kreis），1890年前后形成。以诗人格奥尔格为核心，成员有诗人、艺术家和科学家。其宗旨为通过创造真正美的诗歌振兴德国的文明。机关刊物为《艺术之页》，由诗人海泽勒、哈尔特、福尔默勒等共同编辑，霍夫曼斯塔尔也曾参与过编辑。

一德意志的历史进程中的成就以及德国的大国崛起钦羡不已①，德国也是清末和民国时期各种政府军购的首选，孙中山和蒋介石也把德国视为强国的楷模②。1928 年，蒋介石聘请德国陆军上校和军火专家鲍尔（Max Bauer）担任国民革命军军事总顾问，并建立德国军事顾问团，对国民党军队的现代化起了重要的作用，其子蒋纬国也于 1936 年赴德国学习军事。德国在中国的形象嬗变在很大程度上影响了中国对德国文化和德国文学的接受。

德国以及德语国家的现代都市文学在中国的传播最早当属里尔克。里尔克早在 1923 年就出现在《小说月报》上，根据卫茂平的研究，当时有人在"谈戴默儿时一笔带过"③。在 1924 年《小说月报》15 卷 1 号"海外文坛消息"栏目里的《德国近况》一文中，又有人对里尔克做了稍微详细一点的介绍，在提到里尔克时，虽然没有提到里尔克的都市文学作品，但是比较明确地提到"他是一个梦想者，对于人生问题常常不断地思考。他以为近代的产业文明的生活是贼害个人的灵魂的"④。这里可以看到，里尔克对城市化进程中问题的反思很早就被中国的外国文学研究者所关注。

民国时期对里尔克的介绍主要有郑振铎、赵景深、余祥森、吴兴华等人，他们的文章主要发表在《小说月报》等文学刊物上，但对里尔克的介绍只限于一些基本情况和一些诗歌、散文作品的标题，这些文章虽然都提及了《布里格手记》，但并没有涉及作品本身。⑤ 事实上，对里尔克都市文学作品的传播起到重要作用的是冯至先生，冯至在 1926 年海德堡留学期间读到过大量里尔克作品，并为之倾倒，冯至甚至计划以《布里格手记》为博士论文选题。

1932 年，冯至在文学刊物《沉钟》上以三期连载的方式译出了里尔克

---

① 同治五年（1866 年）清朝政府首次派斌椿带团出访德国，参观了克虏伯军工厂，为之震惊，王韬撰写的《普法战纪》对德国的崛起在中国的传播也起到了重要的作用，德国形象开始从"二流"转为"以德为师"。参见张德彝：《稿本航海述奇汇编》，北京：北京图书馆出版社，1997 年版；王韬：《普法战纪》，香港：中华印务总局，1873 年版。

② 如孙中山就将德国视为"世界上最具活力的国家"，把德国经验纳入三民主义中的"民生主义"，称"俾斯麦实行的是一种国家社会主义"，"这一原则就是我们所说的民生主义"。参见卫茂平：《德语文学汉译史考辨——晚清和民国时期》，上海：上海外语教育出版社，2004 年版，第 224、225 页。

③ 卫茂平：《德语文学汉译史考辨——晚清和民国时期》，上海：上海外语教育出版社，2004 年版，第 193 页。

④ 同上。

⑤ 1929 年，余祥森在《小说月报》2 卷 8 号上撰文《二十年来的德意志文学》，第一次在中国语境中提到《布里格手记》一书，并被误称为《劳立德的两橹船》。

的都市小说《布里格手记》和诗歌《豹》及散文《论山水》，此外他还翻译了《给一个青年诗人的十封信》，后者在中国文艺界产生了很大的反响。当然，冯至的里尔克译介主要集中在诗歌上，因而当时中国文化界对里尔克的都市文学经典《布里格手记》的关注度尚不高。只有极少数人如吴兴华在40年代似乎看到了里尔克《布里格手记》的意义，他说："这是一部千万年后都可以使后来人充分了解现代人及他的痛苦的奇书。"①

《布里格手记》在民国时期之所以没有引起关注，是因为当时中国城市化、都市化程度较低，中国社会的生活方式仍然是以农业社会生活方式为主导的，即便在中国的大城市如上海、北京等，其现代化程度也远远没有达到欧洲的水平，大多数学者和民众尚未对里尔克的这部作品产生共鸣，只有少数中国知识分子敏感地看到《布里格手记》中"产业文明的生活贼害个人的灵魂"这一问题。大多数译者、批评家和读者尚未意识到现代化、都市化带来的陌生化问题，这导致中国社会对《布里格手记》的传播和接受发生在之后的几十年里。德国现代主义文学传播的旗帜人物冯至在《略谈德国现代文学的介绍》一文中认为，德国文学有三个繁盛期，中世纪诗歌、古典文学和现代社会主义文学。而现代社会主义文学"和我们之间有共同的问题和共同的命运，因为大家都是向着一个共同的目标奋斗"②。这种具有代表性的认识确立了1949年中华人民共和国成立后德语文学传播的大致方向。

1978年叶廷芳翻译了所谓的"颓废派"作家迪伦马特的《物理学家》，1979年李文俊从英文译出了卡夫卡的《变形记》，开始了对现代主义德语文学的传播，1985年开始，中国对德国现代主义文学展开了有规模的译介和研究。其中对里尔克、霍夫曼斯塔尔和穆齐尔的现代都市文学都有较大的涉及，如魏育青在改革开放初期的1988年就翻译德国人汉斯·埃贡·霍尔特胡森的《里尔克》一书，对维也纳现代派的生成和里尔克做了全面的介绍。张荣昌1991年翻译了穆齐尔的《没有个性的人》。里尔克的《布里格手记》除了方瑜1972年在中国台湾志文出版社出的版本之外，中国大陆也出现了多个节译本，魏育青③、绿原、钱春绮④等都翻译了部分

①　吴兴华：《黎尔克的诗》，《中德学志》第5卷第1、2期合刊，1943年5月。
②　冯至：《略谈德国现代文学的介绍》，《世界文学》，1959年第9期。
③　里尔克：《上帝的故事：里尔克散文随笔集》，叶廷芳、李永平编，北京：中国广播电视出版社，2001年版。
④　里尔克：《里尔克散文选》，绿原等译，天津：百花文艺出版社，2005年版。

章节。2000年后,中国各版高中语文教材中均选用了里尔克的咏物诗《豹——在巴黎动物园》,里尔克将巴黎这座大城市比喻成动物园中的囚笼的解读已经在中国得到普遍的传播。与此相比,罗伯特·瓦尔泽和德布林的现代都市文学的翻译传播则相对滞后,范捷平1995年首次将罗伯特·瓦尔泽介绍到中国,中国台湾《当代》杂志第111期(1995年7月1日)出版罗伯特·瓦尔泽专辑,刊出了瓦尔泽的诗歌《雪》以及范捷平、徐艳节译的《雅考伯·冯·贡腾》。同期刊出了范捷平的《命运如雪的诗人瓦尔泽》和谢志伟的《班雅曼塔学校——小论瑞士德国作家罗伯特·瓦尔泽》两篇文章,1999年《译林》第1期也刊登了范捷平介绍瓦尔泽的文章①,开启了罗伯特·瓦尔泽在中国大陆的传播。2002年,上海译文出版社率先在国内出版了罗伯特·瓦尔泽作品集《散步》,该书收入了《雅考伯·冯·贡腾》第一个汉译全本和其他短篇、杂文②,此后瓦尔泽的作品不断译出③。此外,阎寒2014年出版的《天才的画像》中也以相当大的篇幅译介了罗伯特·瓦尔泽的小品文。④

　　《柏林,亚历山大广场》2003年由罗炜译出,2008年再版。然而在研究领域,近年来中国日耳曼学者对现代都市文学研究以及20世纪初的德语现代主义文学研究已经出现了许多成果,尤其是对德布林现代都市小说的研究,其中包括贺克的《现代都市感知方案》。在这部著作里,贺克对里尔克的《布里格手记》和德布林的《柏林,亚历山大广场》这两部都市小说从人类文化学的感知方式角度出发做了全面研究。刘晓也对歌德的《少年维特之烦恼》的书信媒体叙述方式和德布林的《柏林,亚历山大广场》的电影媒体叙述方式进行了比较研究。《柏林,亚历山大广场》的译者罗炜则从1993年起就发表了一系列有关这部现代都市小说的研究论文。⑤ 米夏埃尔·奥斯特海姆(Michael Ostheimer)和李双志也在《德语

---

①　范捷平:《命运如雪的诗人瓦尔泽》,《译林》,1999年第1期。

②　罗伯特·瓦尔泽:《散步》,范捷平译,上海:上海译文出版社,2002年版。

③　罗伯特·瓦尔泽:《克莱斯特在图恩》,阎寒译,《世界文学》,2013年第5期;《读书》,陈郁忠译,《外国文艺》,2011年第5期等。

④　阎寒:《天才的画像——瑞士德语文学十大家》,重庆:重庆大学出版社,2014年版。

⑤　罗炜:《评〈柏林·亚历山大广场〉——德布林哲学思想的演绎》,《外国文学评论》,1993年第4期;《试析〈柏林·亚历山大广场〉开放性的结局》,《中南民族学院学报(人文社会科学版)》,2002年第2期;《〈柏林,亚历山大广场〉现代城市的史诗》,《文汇报》,2003年9月19日。

人文研究》上发表了关于德布林现代都市文学的研究论文。① 一大批研究德布林现代都市小说的研究成果、博士论文、硕士论文纷纷问世。②

对罗伯特·瓦尔泽的现代都市小说的接受和介绍主要集中在范捷平的专著《罗伯特·瓦尔泽与主体话语批评》(浙江大学出版社,2011年版),有关现代都市小说《雅考伯·冯·贡腾》《帮手》《唐纳兄妹》,手稿残片《强盗》以及瓦尔泽研究的学术论文中。他研究的主要视角在都市化和现代化的主体性消亡问题上。范捷平从20世纪90年代起就关注罗伯特·瓦尔泽,并发表了一大批研究成果。近年来,也有一批相关的研究论文、博士论文和硕士论文问世。③

对里尔克的都市小说《布里格手记》的接受和研究更是成果累累④,冯至是翻译家也是诗人,他不仅是翻译《布里格手记》的第一人,而且也是接受《布里格手记》的第一人。冯至的早期作品《北游》笔下所写的北方城市哈尔滨正与里尔克《布里格手记》里的巴黎有大量的暗合之处。《北游》的"主人公来到哈尔滨这座大都市,所见的喧嚣、空虚、疾病、死亡,都深深地危及着这个青年的个体存在感"⑤。在20世纪六七十年代,中国台湾学者程抱一在《和亚丁谈里尔克》一书中,较深入地谈论了此书。在他看来,"这本书不停留在苦难和恐惧的表层。它真正的潜境是爱。那爱不是外的旁饰的,而是从生命深处渗透出来的。它成为创作的目标,诗人的使命"⑥。20世纪80年代,中国开始对里尔克《布里格手记》再次产生热情,如刘小枫在1986年出版的《诗化哲学》中对里尔克的《布里格手记》有很高的评价。⑦ 2000年后,对里尔克《布里格手记》的研究逐渐进入佳境⑧。

---

① Michael Ostheimer、李双志:《创伤、城市与回忆——以阿尔弗雷德·德布林的〈柏林亚历山大广场〉和W.G.泽巴尔德的〈奥斯特尔里茨〉为例》,《德语人文研究》,2013年第2期。

② 如刘卫平的《论〈柏林·亚历山大广场〉的叙事策略》;金浪的《在碎片的监狱中行走——评刘恪〈城与市〉的碎片化叙事》;王炳钧的《意志与躯体的抗衡游戏——论阿尔弗雷德·德布林的〈舞者与躯体〉》。博士论文作者有贺克、张珊珊、刘晓等,硕士论文有王羽桐、张宁洁等。

③ 博士论文作者有次晓芳、雷海琼、高原等,硕士论文作者有徐夏萍等。

④ 唐弦韵:《观看与回忆——里尔克小说〈马尔特手记〉中的身份认同问题析论》,《外国文学》,2013年第6期。

⑤ 陈芸:《〈马尔特手记〉在华沉浮记》,《中国现代文学论丛》,2012年第2期。

⑥ 同上。

⑦ 刘小枫:《诗化哲学》,济南:山东文艺出版社,1986年版。

⑧ 范捷平主编的《奥地利现代文学研究》收入2005年德语文学研究年会《布里格手记》研究论文4篇。

第三章
意象主义诗歌的生成与传播

19世纪末、20世纪初，欧洲印象主义和后印象主义艺术思潮，马赫的感觉论、柏格森直觉主义和以尼采、叔本华为代表的意志哲学以及以弗洛伊德为代表的心理分析理论和以摄影、电影为代表的视觉革命所引起的另一个文学创作转折是发生在英国、美国、俄罗斯等国的意象主义诗歌运动。然而，意象主义诗歌的生成在一定程度上与象征主义思潮相关，也是法语和德语国家19世纪中叶以来的象征主义诗歌美学观的延伸，因此在许多美学观点上与象征主义思潮有共同之处。

从19世纪60年代开始，象征主义从法国开始向德、英、俄、意、西、美等国传播，到20世纪20年代，它已成为具有国际影响的一种文艺思潮和艺术流派。从内容上说，象征主义有广义和狭义之分。从时间上看，象征主义又有前期与后期之别。前期象征主义指19世纪60—90年代在欧洲流行的艺术思潮。后期象征主义是指20世纪20年代，即第一次世界大战结束后的一次文艺思潮，象征主义再度在欧洲崛起，席卷欧美，达到它的高峰。有人将后期象征主义归属于现代主义范畴。1886年9月18日，法国青年诗人让·莫雷亚斯在巴黎的《费加罗报》的文艺副刊上发表了《象征主义宣言》(《Le Symbolisme》)，在这个宣言中，让·莫雷亚斯提出了象征主义的艺术手法和目标：用清晰的艺术形式来表达美的理想！与此同时，马拉美撰写了《前言》，勒内·吉尔发表了《声调论》。这三篇文章既奠定了象征主义诗歌的理论基础，也是后人研究象征主义理论的重要文献。

与象征主义诗学和现代都市文学一样，无论是英美意象主义诗人还是俄罗斯意象主义诗人都提出了自己的美学原则：诗歌首先是表达情感的,而情感表现则是动态的,诗歌不停地在主体情感与客观形式之间转换。"意象"这个概念源于拉丁语中的"imago"一词,意为"图像",意象则指由个人的意识和意志创造的图像,诗歌的形式在于表现意象构建,意象的创造决定诗歌的情感表现。在讨论意象主义诗歌生成和传播问题之前有必要回顾一下欧洲的象征主义诗歌运动。

第一节　法国和德国象征主义诗歌

象征主义诗歌运动大约发生在 1860 年至 1925 年这一时期,其发生的主要动因为 19 世纪欧洲社会文化的巨变,如欧洲主要国家的工业化,技术革命和科学理性占据统治地位等因素,其中唯物主义和实证主义价值观的确认起到了关键性的作用。这一社会变革在文学和艺术领域中具体表现为放弃抽象的价值,排斥主观感知的唯心主义美学观,其主要体现在现实主义和自然主义文学中。但是这种科学理性的世界观很快就受到了同样是在自然科学领域里发生的新认知的挑战,如人类发现了伦琴射线和雷达射线等。实证主义世界观和传统的宗教伦理价值观同样在文学艺术思想界引起了一场复杂和矛盾的认知危机,即"世纪末"的情绪(Fin-de-Siècle)。诗人在寻求新的出路。

对法国象征主义来说,只有象征符号才是唯一能够表现整体世界的美学理想和美学手段。他们认为,尽管象征符号只是人的主观印象,但只有象征符号才能作为有意义的美学手段来表达早已支离破碎了的世界,才能将现实中的碎片重新拼凑成统一的、整体的精神世界。法国象征主义者认为,美学的真实是无法直接表达的,只有通过间接手段而被揭示。他们不再以传统的方式将文学作品和诗歌中的语言元素通过隐喻和其他艺术手法来创造美学价值和意义,而是采用物与词语之间的相关性来表达他们对于美的理解。为了达到这个目的,他们在诗歌中大量地使用"通感""模仿""象声"等手法,将物质世界中的气味、声音、色彩以及词语的感知性等意义移植到诗歌中去。此外,音乐性也成了诗歌创作的重要原则。人对物质的感知度,对此物质与其他物质之间的通感现象成为诗人艺术创作中的追求,如表现物的现在性、有效性、持久性等都成了诗人的美学原则。象征主义的诗歌可以不直接描述感官的经验,而是通过对周边事物的细致描述来达到表达人的感知深度的目的。诗人追求的是内心世界与外部世界联系，在象征的这一超验层面上，康德的唯心主义哲学和象征之间形成了关联。

象征主义既不主张像现实主义文学那样去表现社会现实，也不主张像浪漫主义诗歌那样去表现个人内心对外部世界的主观感受，象征主义者主张创造一个神秘的美学世界，对于他们来说，这个美学世界才是真正的世界。这个世界是意识所不能达到的超时间、超空间、超物质、超感觉的"另一个世界"，这种超感觉的事物，只有通过象征才能表达出来。他们认为，现实黑暗无常，虚幻痛苦，只有"美学的世界"才是真、善、美统一的世界。他们用恍恍惚惚、半隐半现的景物来暗示那个"另一世界"，而象征符号就是沟通这两个世界的媒介。如以乌鸦代表命运，象征灵魂的黑暗；以红象征光明，黑象征悲哀，白象征纯洁，黄象征权威等。这些象征意义，是事物、词语所固有的特性，为人们所熟知。然而在更多的情况下，其象征性往往不是事物、词语所固有的属性，而是人为主观赋予的特性，如以大雨象征天主，圣杯象征神力等，其意义也就令人费解。同样一种事物，同样一首诗往往可以作出多种不同的解释。

一、法国象征主义诗歌

法国象征主义诗人保尔·魏尔伦在其 1884 年发表的诗歌集《曾经和过去》（*Jadis et naguère*）中有一首诗，名为《诗歌艺术》（*Art poétique*）。他在这首诗中提出一个象征主义诗歌的口号：用清晰的图像来表现混沌模糊的东西！清晰与混沌相结合！这个口号得到了法国"颓废派诗人"的拥护。魏尔伦在诗中写道：没有比灰色的歌更可贵的，朦胧和清楚交融。所有认同这个诗学观的诗人都把自己称为象征派诗人。法国象征主义诗歌运动生成于 19 世纪颓废思想鼎盛之际，世纪末情绪蔓延之时。许多诗人如波德莱尔、马拉美、魏尔伦（Paul Verlaine）、阿尔贝·萨曼（Albert Samain）、阿尔图尔·兰波（Arthur Rimbaud）等都是象征主义诗歌运动的重要代表人物。

事实上，在让·莫雷亚斯发表《象征主义宣言》之前，象征主义思潮已经在法国发轫。波德莱尔在其 1840 年写的著名十四行诗《交感》中，就肯定了在大自然中"味、色、音感应相通"，表达了通感的思想，并以"像儿童肉体一样喷香，像笛音一样甜蜜，像草原一样碧绿"的具体描写作为交感的实例。波德莱尔在 1868 年发表的《浪漫主义》主张一切如形体、运动、色彩、熏香等，在精神世界里与在自然界里一样，都是意味深长、彼此联系、互相转换、感应相通的。波德莱尔认为,任何意义都是依附在可见的事物之上的,万物世界犹如一座象征的森林,而诗人的任务就是用自己的想象力去获取这森林里的象征和符号,赋予它们以诗歌的意义。

在波德莱尔的《邀游》一诗中,他用象征的图画描绘出一个绝美的世界,并且邀请诗人共游这个象征之国:"好孩子,小妹,想想多甘美,到那里跟你住在一起! 在那个像你/一样的国土里,悠然相爱,相爱到老死!"①在这个象征的国度里:"阴沉的天上,湿润的太阳,对我的心有无限魅力,多神秘,像你/不忠的眸子/透过泪水闪射出光辉。"②波德莱尔认为在这个象征的国度里,"只有美和秩序,/只有豪华、宁静、乐趣"③。在那里:"……奇花和异卉/吐放出香味,/混着龙涎香朦胧的馥郁,/富丽的藻井,/深深的明镜,/东方风味的豪华绚煌,/都要对人心/秘密吐衷情,/说出甘美的本国语言。"④在那里:"……只有豪华、宁静、乐趣。//瞧那运河边/沉睡的航船,/心里都想去飘流海外,/……落日的斜晖,/给运河、田野、/和整个城市抹上了金黄/紫蓝的色彩,/整个的世界/进入温暖的光辉的睡乡……"⑤

波德莱尔在这里所描绘的国度并不是一个具体的客观世界,而是象征意义上的美的国度,是一个需要借助"沉睡的航船",在心灵的漂流下才能抵达的国度。这是一个"在自身完美统一的"(Das in sich Vollendete)世界。他所说的"富丽的藻井""深深的明镜"都象征着一种艺术美的完整和清晰,他所说的"本国语言"不是日常的语言,传统的语言,而是一种象征的语言,一种艺术和诗的语言。在波德莱尔的象征国度里,"落日的斜晖"才能给所有的一切抹上"金黄和紫蓝的色彩"。

除了波德莱尔之外,阿尔图尔·兰波也主张诗人的通感。他认为一个天才的诗人首先应该认识自我,观察自我,将自我视为"他者"。他在诗中写道:"我是一个他人。"⑥在兰波看来,诗人应该"通过各种官能的长时间的、无限的、经过推理的错乱而成为通灵者"⑦。兰波多年的好友魏尔

---

① 本诗为歌咏玛丽·迪布朗的诗篇。最初发表于 1855 年 6 月 1 日的《两世界评论》。译诗载波德莱尔:《恶之花》,钱春绮译,北京:人民文学出版社,2011 年版。

② 同上。

③ 同上。

④ 同上。

⑤ 同上。

⑥ 参见张英伦:《法国象征主义诗歌概观》,《诗探索》,1981 年第 1 期。

⑦ 同上。

伦则在"通感"的基础上将音乐、舞蹈、绘画等艺术都纳入了诗歌,他的《月光》更是一首象征主义诗歌的经典:"你的心灵是一幅绝妙的风景画,/假面和贝加莫舞陶醉忘情,/舞蹈者跳啊,唱啊,弹着琵琶,/奇幻的面具下透过一丝凄情。//当欢舞者用小调的音符,/歌唱爱的旋律和生活的吉祥,/他们似乎不相信自己的幸福,/当他们歌声融入了月光——//月光啊,忧伤,美丽,静美,/照得小鸟在树丛中沉沉入睡,/照得那纤瘦的喷泉狂喜悲泣,/在大理石雕像之间腾向半空。"①

在这首诗中,"心灵"和"风景画"都是"月光"的象征,"月光"又象征着心灵,歌声融入月光也就意味着融入心灵。与波德莱尔和其他象征主义诗人相同,魏尔伦也憧憬着一种完全与现实世界相隔绝的心灵之国。在月光下,戴着面具的舞者、歌者的各种心情就像喷泉一样,"狂喜悲泣","腾向半空"。魏尔伦的"歌者""舞者"其实都是象征,都是戴着面具的自我的"他者",在月光下,原先混沌不清的情绪被照得清晰了,在沉沉的睡梦中,心灵变得像水那样清澈;在"陶醉忘情"中却"忧伤、美丽、静美",还有"一丝凄清"。魏尔伦将心灵之美用感性的意象画面如"歌声""琴声""身体""风景"表达得淋漓尽致。

二、德国象征主义诗歌

德国象征主义诗人史蒂芬·格奥尔格排斥任何政治和社会的因素,追求艺术的自我世界。格奥尔格强调艺术的本真性,拒绝任何功利目的,反对艺术的工具化,强调艺术的独立性。以他为核心的"格奥尔格派"对整个德语现代主义文学的发展产生了巨大的影响。格奥尔格的象征主义诗歌如《小岛之主》《来到死亡的公园》等具有强烈的色彩感,到处洋溢着象征和意象。德语文学史上的另一位象征主义诗人霍夫曼斯塔尔也曾在诗中坦言:"对我而言,现实就是梦境,梦境就是现实",而语言则是"图像的源泉"。② 在《诗与生活》中,霍夫曼斯塔尔解释道:"生活中没有道路通向诗,诗中也没有道路通向生活。"③这种决然与现实断裂的艺术主张必然导致象征主义文学的短暂性,然而其对纯真艺术的追求却影响了现代派诗歌的整体面貌。从德国象征主义文学的创作主题和艺术纲领来看,大体有四个特征:1.对艺术自治的追求;2.对生命与死亡的哲学思辨;

---

① 参见张英伦:《法国象征主义诗歌概观》,《诗探索》,1981年第1期。
② 参见刘永强:《格奥尔格的象征之歌》,《德语学习》,2005年第6期。
③ 同上。

3.对语言的怀疑和批判；4.对图像和幻象感知等审美体验的推崇。下面以格奥尔格的《小岛之主》和霍夫曼斯塔尔的《生命之歌》为例可对这四个特征做一审视。

《小岛之主》译文如下："渔人众口相传/南方有岛肉桂葱茏/橄榄油芬芳/宝石在沙间闪耀光芒/彼生大鹏/立地即可啄碎/冲天树冠——若是沉翔低飞/紫翅广展/则影如黑云一团/日间藏于林中/夜晚飞临沙滩/鸣声甜美/乘海风远扬/爱吟之海豚皆循音聚岸/黄羽金光铺亮海洋/自混沌生来日日如往——/唯有落难者才能睹其风光/当那人影白帆尖尖利船/首次朝此岛转向/大鹏跃至岛顶凄望这幽美之境/而后丰翅怒展/在低低的痛吟中悄悄死亡。"[1]

作为德国最受推崇的象征主义者,格奥尔格在波德莱尔、瓦莱里、马拉美等法国象征主义诗人的影响下,开辟了德国象征主义的先河。格奥尔格通过自己的诗歌营造出一个自我封闭的唯美世界,将它隐藏在文字的背后,让文字洋溢出各种象征和意象。同时,格奥尔格又是一个精英文化的追求者,他拒绝大众文化,反对在诗歌中掺杂任何社会和政治性因素。从形式上来看,这首诗特别引人注目的一点体现在对标点符号近乎吝啬的使用上,此外除了诗行的开首字母以外,每个词(包括名词[2])的首字母都用小写,这两点均不符合德语正词法的书写规定。对于一个德语文学大师而言,这种独辟蹊径自然有其深意。一方面,文字形式上的一反常态为读者进入文本的世界铺设了一定的障碍,起到陌生化的效果;另一方面也体现了作者不能苟同大众文化的美学追求。《小岛之主》从第一行开始就采用间接引语的方式,表明诗人在转述着一个传说(Die fischer überliefern dass im süden),这也在一定程度上增加了诗歌内容的神秘感。全诗在押尾韵(尽管不是很严格)的同时,部分诗行还押首韵或元音押韵,如"voll goldner federn goldner funken","Verbreitet (...) schwingen/ Verscheidend (...) schmerzeslauten"等,增加了诗歌朗读过程中所体现的节奏感和音律美。爱尔兰诗人威廉·巴特勒·叶芝(William Butler Yeats)曾经谈论过音律对于诗歌奇异的渲染力量。在叶芝看来,音律的美妙不在于其重复性和呼应性,而在于某个突破性的瞬间。在音律的瞬间"爆发"中,读者的感知度也随之焕然一新,从而激发了

---

① 参见刘永强:《格奥尔格的象征之歌》,《德语学习》,2005 年第 6 期。

② 德语正词法规定,所有的名词第一个字母、每一句话的第一个字母一律大写。

读者对诗更深刻的认识。《小岛之主》的最后两句首韵读起来碎金裂石，悲剧意味呼之欲出，也颇能体现叶芝所说的韵律之意。

与波德莱尔的《邀游》一样，格奥尔格的"小岛"也是一个绝美的"世外桃源"。《小岛之主》将诗中所叙述的岛屿笼统地置于"南方"某个未知之空间，并营造了一只亘古以来（"seit urbeginn"）就生活在岛上的大鹏形象，这里对空间和时间的界定都带有浓重的"隔绝"色彩，地点的未知性和时间的模糊性均在读者的认知范围之外，而这种时空所烘托出的一个"肉桂葱茏橄榄油芬芳"的丰饶小岛，自然也是超然于人的掌控。如诗中描绘，岛上的大鹏和爱歌的海豚构建了一个远离人类的艺术世界，如同混沌之初，而这种原初的纯洁性正是象征主义诗人求之不得的境界。在这个意义上，海豚的循音而来不仅仅是对艺术的肯定和呼应，在更深的层面，海豚自身也构成了艺术的另一视角，两者间的呼应构成了一幅瑰丽壮伟的宏大场面——"黄羽金光铺亮海洋"，而在格奥尔格眼里，只有这种壮美才能真正体现艺术的真谛：创造者和接受者间的共振。而当人类的帆船抵达时，一切却烟消云散。在诗歌的第一部分，格奥尔格不遗余力地堆砌辞藻来渲染大鹏的健伟之姿，而这样雄壮美好的一个形象，在瞥见远远而来的"白帆"之后，立刻自绝而亡，其不生之"生"，不吟之"吟"比任何愤怒更炙人灵魂。在俯冲的大鹏身影中，我们看到了象征主义诗人对艺术的终极性理解：艺术的封闭性、精英性以及不可妥协性。《圣经》中有堪为忧伤的一句话，"爱如捕风"，而要让那些工业泥潭所滋生的灵魂去把握艺术的真谛，不是比捕风更徒劳无益吗？

再以霍夫曼斯塔尔的《生命之歌》为例："继承人将那死去老妇/手中的圣油泼向鹰、羔羊与孔雀！/那些滑落的逝者，/远方的树梢——/他皆视之如舞女之步！//他安之若素 无惧无畏。/笑对生命之褶的耳语：死！/每一步外皆有门槛为他展开；/每一波澜皆为浪人的安栖之所//野蜂群摄走了他的魂魄；/海豚之吟为他安插了羽翼；/土地以强健的姿态将他托起。/河流之暗终结了牧羊人之日！//那死去老妇手中的圣油/被他微笑着泼向/鹰、羔羊与孔雀；/他对同伴展颜而笑。——/漂移的深渊和生命之园/载他前行。"[①]

霍夫曼斯塔尔的《生命之歌》发表于1896年，这首诗是霍夫曼斯塔尔早期创作（1871—1902）的代表作之一。一般认为，他早期的作品是德语

---

① 参见刘永强：《霍夫曼斯塔尔的〈生命之歌〉》，《德语学习》，2006年第2期。

文学中象征主义和唯美主义诗歌的典范。他的诗歌以优美的语言和深邃的思想为当时的读者和今天的文学青年所倾倒。霍夫曼斯塔尔在青年时期非常重视语言的音乐性和形式美，即使是写戏剧，他也喜欢采用诗歌剧的文学形式，他笔下的人物对白都被赋予了诗歌的形式和韵律。

诗人将《生命之歌》这首诗称为"歌谣"（Lied），但却与传统民歌大不相同，霍夫曼斯塔尔只继承了民歌的节奏感和音乐性。如每节诗的前四行交叉押韵，即采用 A-B-A-B 的韵律形式，后四行中只有前三行押韵，最后一行以独立的形式不押韵，进而突破了这种韵律格式。韵脚和押韵方式的来回切换使得《生命之歌》在听觉上显得尤为生动。长句通过多次跨行而赢得间歇。第四节的前四行也不是对第一节前四行的简单重复，而是通过词序的调整使得格律节奏有所变化。

霍夫曼斯塔尔对自己的诗歌艺术从未使用过"象征主义"这一概念，然而他的早年创作与象征主义思潮却有着很近的亲缘关系。如对形式和音乐性的重视，以及思想的意象表达。此外还有诗人对于封闭自我的艺术世界的追求等，这些都使得他与象征主义诗人和诗歌产生了很深的渊源。如《生命之歌》的前两个诗行"Den Erben laß verschwenden / An Adler, Lamm und Pfau"就通过几个词汇的罗列体现了诗歌相对于现实生活的绝对独立性，因为在语义上它们没有什么关联。同时这也给读者设置了一个不小的障碍，而"圣油"（Salböl）和"死去的老妇"（tote alte Frau）等母题的出现更是雪上加霜。这些意象无疑都是有象征意义的，这首诗就是一张由各种象征符号编织而成的网，要想进入文本就必须对这些符号进行解码，进而把这些分散的意象组合成一个有机的意义整体。

在前四行中，三种不同动物名称（鹰、羔羊和孔雀）的并列，让它们各自的语义场在象征的维度上彼此重叠。鹰高高在上，翱翔于天空，是皇权和精神首领的象征，而羔羊多代表忍辱受罪的贫民形象，往往作为牺牲者来理解。这两个截然相反的事物却由于"圣油"一词的提醒而得到统一，因为耶稣和羔羊的相提并论赋予羔羊形象以神圣的意义。而古希腊的牧歌（Bukolik）又把诗人与牧人的关系拉近了一层。这样，"鹰"和"羔羊"这两个看似相距千里的意象在诗性上达到了和谐，即诗歌的前瞻性和神圣性。爱美的孔雀是舞台演员的象征，在给施尼茨勒的戏剧《阿纳托尔》（Anatol）写的《序诗》（Prolog）中，霍夫曼斯塔尔就把舞台上的演员比作孔雀，而舞台则是世界的缩影。在一些传说中还有孔雀面对死神开屏的说法，这无疑使得孔雀在自身的妖艳之外又获得了一种神秘。在霍夫曼斯塔尔眼里,孔雀是诗人的动物,因为它不仅爱美,而且还有诗人所追求的许多神秘。这样,具有前瞻性的鹰和神性的羔羊以及爱美而神秘的孔雀就分别在与诗歌的关联中达到了一致。而作为事件核心的继承者则被理解成了唯美的诗人。他把珍贵的圣油涂抹到这些动物的身上正是他对真正诗歌的追求。按照耶和华对摩西的嘱咐,圣油能够使人和物变得圣洁,因为它价值珍贵,所以凡浪费者都将受到上帝的惩罚。继承者的做法既是对诗歌神性的追求,又是对权威的抗拒。在死者之外,神在第一节中也有所提及,因为在希腊罗马神话中,树梢正是神憩息的地方,这样,神、死者和诗人就在这里共舞。

第一个破折号的后面是旅途的开始。第三人称代词"他"(ihm,er,ihn)和"浪人"(der Heimatlose)分别指涉这位勇敢的继承者。他步伐轻盈,笑对死亡。因为他没有家乡,所以他随意跨越神秘的门槛,奔向泛滥的波涛。在第三节中,野蜂、海豚和陆地分别象征着空中、水下和地面三种不同的维度。继承者(即诗人)能够跨越界线而自由活动于三界之中。河水变暗转指天色变晚牧童收工,也指诗人神游接近尾声。他对同行者的微笑体现的是一种超越。他的同伴抑或是死神,因为他已经超越了死亡,而且能够穿行于天上、地下、人间,所以早已不再惧怕死神的威胁;抑或是不懂得他将圣油浪费在动物身上的同伴,因为他们根本不懂得诗人的追求。

破折号后面的一句是全诗的结语。"漂移的深渊"和"生命之园",就像两个漂浮的能指,到底指向哪方? 也许这正是由死亡和生命共同建构的悖谬,如同在《傻子与死亡》中克劳迪奥的临终呐喊:"我的生命是死亡,死亡,你是我的生命。""生命之园"和"漂移的深渊"共同承载着这位继承者(诗人),因为他已经超越了尘世的生死。霍夫曼斯塔尔这首诗的标题叫做"生命之歌"(Lebenslied),这正好显现了诗人早期创作的一个重要主题:生命。在这首诗中,霍夫曼斯塔尔与格奥尔格一样,对生命的理解已经超越世俗的所指,生命的含义即纯粹的美。

三、象征主义和语言危机

霍夫曼斯塔尔对象征主义和维也纳现代派的贡献不仅仅只是在诗歌创作上,他在现代主义思潮中对唯美主义和象征主义理论也有重要的建树。其中重要的一点就是对艺术语言的反思。

德语国家的象征主义诗歌运动生成与现代主义文学其他思潮流派一

样,受到客观外部因素的影响。旧的观念和生命表达不断受到新生事物的冲击,与自然科学和技术革命所取得的伟大成功所带来的思考一样,在文学和哲学的各种形态中,语言危机和语言批评同样带来了必然的结果。而这些结果往往没有在自然科学和实证研究大背景下得到反思,这是因为正是自然科学认知水平的发展导致了 1900 年前后欧美社会对"真实"和"语言"概念的重新认识,文学领域才会重新思考如何表达和重现真实,无论是从主观的还是从客观的角度。

1902 年 10 月 18 日和 19 日,霍夫曼斯塔尔在柏林发表了《一封信》(*Ein Brief*)[又名《钱多斯信函》(*Chandos-Brief*)或《钱多斯致培根》(*Brief des Lord Chandos an Francis Bacon*)],在德语文化圈内引起轰动。作品本身蕴含的美学价值很快得到承认,作品中表达的对语言的怀疑和批判成为时代精神症状的真实写照,即现代生存、感知经验与传统表达方式的脱节。钱多斯是霍夫曼斯塔尔塑造的文学形象,一位天才文学青年,他 19 岁时就写出辞章华丽、令人难忘的田园牧歌,23 岁就悟出拉丁语圆周套句的结构。但在 20 世纪初,这位"天才作家"却在文学上渐渐陷入持续的沉默。他在给培根的回信中,坦言了自己的转变,并称自己之前的创作为"极度紧张的思想的畸形儿"[①]。他形象地形容了自己与自己作品之间的关系:"一道难以逾越的鸿沟将我与我那些已问世的作品和看来好像尚待问世的作品割裂开来。那些已献与世人的诗文对我来说是那么陌生,我几乎不愿将其称为我的东西。"[②]钱多斯曾经将世界理解成彼此息息相关的整体,而现在却不能够"连贯地考虑和表达任何东西"[③]。他已经无法再用传统的语言来进行思考,他说:"我渐渐地不能运用所有人不假思索就能运用自如的词汇来谈论较为高尚或较为一般的题目了。即使说一说'精神''灵魂'或'身体'这些词,我都会感到一阵莫名其妙的不适。"[④]他的这种"不适"正是格奥尔格和霍夫曼斯塔尔,抑或是波德莱尔、马拉美作出的对象征主义的诗学反应。

因此,《一封信》成为表现文学现代性的经典之作,并始终与"语言危

---

① Hugo von Hofmannsthal, *Erzählungen, erfundene Gespräche und Briefe, Reisen*, hrsg. von Bernd Schoeller in Beratung mit Rudolf Hirsch, Frankfurt am Main: S. Fischer Verlag, 1979, S. 462.

② Ebd. , S. 462.

③ Ebd.

④ Ebd.

机""语言批判"等概念联系在一起。所谓"语言危机"思潮的主要代表是奥地利犹太作家、语言批评家弗里茨·毛特纳（Fritz Mauthner）。他将霍夫曼斯塔尔的《一封信》视作对自己三卷本哲学著作《语言批判文集》（*Beiträge zu einer Kritik der Sprache*）的文学呼应。他认为霍夫曼斯塔尔在《一封信》中表达了与他类似的语言批判观点，即"语言不是认识的有利工具"，"借助语言人们无法实现认识世界的目的"[①]。毛特纳的观点大大影响了后人对《一封信》的解读。尽管在这部作品的一百多年的接受史中，钱多斯的危机被解释成"意识危机"[②]"生存危机""主体危机""文字危机"[③]等多种危机形态，但其出发点都是与"语言危机"密切相关的。

马赫在《感知分析》中指出，自然科学的发展必将导致对语言的反思。如果说在日常生活中，人类从生活元素的动荡过程中判别事物的复杂结构，并把其视为固定的常态，对于马赫来说，感知原理就已经为语言表述这些感知到的内容奠定了坚实的基础。表述的行为本身就已经制造出某种认同和那些与感知物相应的图像，在此同时，被感知对象的物理变化仍然持续进行。因此，语言生产出了与物质世界不再相关的抽象感知对象。在这个过程中，语言作为普遍的符号系统不是单独起作用的，语法同样也在艺术品生成的过程中起到重要的作用，因为在语法结构中，主语、宾语、谓语同样要对现实起到投射作用。对于马赫来说，自我意识只能在一定的语法规范和结构上产生，因此语言表述的世界是不可靠的。他的这个观点与尼采的观点不谋而合。虽然，理论界在语言的生命和生物功能问题上存有很大的争议，但当时人们在词语和感知物之间的关系上似乎意见比较一致。

19世纪70年代，毛特纳在布拉格读大学的时候就与马赫有过交往，从此便一直自称为马赫的学生。他认为，语言符号与其所指的物质之间不存在一一对应的关系。真正的现实存在对于毛特纳来说仅仅是通过"偶然的感知器官"所传达的感知经验，而语言结构只能提供一种表象世界，这个表象世界又是由主体来决定的。毛特纳在其《语言批评文集》中

---

① Fritz Mauthner, Beiträge zu einer Kritik der Sprache (1900—1902), Reprint Hildesheim: Georg Olms Verlag, 1969. Band I, S. 35.

② Vgl. Karl-Heinz Bohrer, „ Zur Vorgeschichte des Plötzlichen. Die Generation des gefährlichen Augenblicks ", in Ders., Plötzlichkeit. Zum Augenblick des ästhetischen Scheins, Frankfurt am Main: Suhrkamp Verlag, 1981, S. 43—67 Hier S. 55—57.

③ Vgl. Uwe C. Steiner, *Die Zeit der Schrift. Die Krise der Schrift und die Vergänglichkeit der Gleichnisse bei Hofmannsthal und Rilke*, München: Fink Verlag, 1996, S. 122—131.

还对 1900 年前后的欧洲大陆语言批评做了概括性的梳理：语言符号建筑在人为的物质关系之上，以及建筑在不断地变化着的世界抽象性之上。因此原则上说，言说和书写不能完全表达现实。毛特纳语言批评的最终目的在于追求一种"沉默的神秘"，以至于在抽象符号结构之外达到新的经验维度。与此同时，一大批非言说的艺术媒介非常活跃，绘画、音乐、舞蹈、哑剧、无声电影在世纪转折时期成为许多文学家关注和喜爱的领域。声音、色彩、行为和表情等被视为直接表达手段，艺术家希望能通过这样的手段来净化被语言主观化的感知经验。

毛特纳将语言批评和哲学认识论等同在一起，并以此方式引起了世纪转折时期的哲学转型，并直接影响了 20 世纪的哲学走向，今天我们把这种转向称为哲学的"语言学转向"（linguistic turn）。尽管毛特纳一生都抱怨没有看到他的语言批评所带来的效果，但实际上他的思想还是得到了一部分同时代艺术家的接受。霍夫曼斯塔尔在散文《一封信》中将毛特纳引入，并将他作为文学评论家来直接表述其语言批评的观点。霍夫曼斯塔尔在文中对毛特纳的观点大加赞赏，把他视为知音，认为自己与毛特纳的语言观完全一致，而且通过毛特纳的书得到了加强。此外，柏林作家克里斯蒂安·摩根斯坦（Christian Morgenstern）在其《绞刑架之歌》（*Galgenlieder*）中也对毛特纳的语言批评表示赞同，奥地利作家弗兰茨·卡夫卡也在 1904—1907 年间写下的《一次战斗的纪录》（*Beshreibung eines Kampfes*）中留下了讨论"语言批评"的痕迹。毫无疑问，霍夫曼斯塔尔的文学作品可以被视为 1900 年前后欧洲对语言批评思潮最直接的文学回应。

无论怎么说，"语言批评"或者"语言危机"常常会引起我们负面的联想，其中主要的原因是，这些词语常常引起人们对缺乏创新力或者在创作过程中语言贫乏等负面效果的联想。但恰恰就是因为存在这些想法，需要对 19 世纪末和 20 世纪初这一特殊时期的"语言批评"和"语言危机"现象作出说明。实际上，正是因为有了对语言的批判性反思，才给予文学创作以实验创新的机遇，才得以对传统文学的桎梏实施突破，作家才能尝试各种新的文学表现形式。象征主义诗歌便是语言反思下的产物之一，语言危机下的现代主义文学正是因为对语言在文学中的作用进行了反思和批判，才有可能生成结构性的"隐喻"，才能实现文学表达方式的图像化，这便是象征主义和意向主义诗歌的本质。文学史论界常常使用的"危机"概念不只是为了表明某一事物的终结，而同时也表明事物新的开端。危机同时也是对创造性地寻找新的创作方式的一种巨大推动力，也是现代主义文学经典得以生成的历史机遇。

第二节　意象主义诗歌运动的社会语境

1910 年前后，意象主义诗歌运动在伦敦兴起。意象主义诗歌"不是一种教条，也算不上文学流派，它是一群诗人在一定时间内因为共同的美学原则而聚集在一起的一个团体"①。它是一群以休姆（Thomas Ernest Hulme）、弗林特（F. S. Flint）、庞德（Ezra Pound）等为代表，不满英国浪漫主义无病呻吟、矫揉造作诗风的英美青年诗人。意象主义诗人主张超越浪漫主义和维多利亚时代的文学传统，解放情感和艺术审美上的繁文缛节，同时，他们与所谓的"乔治五世时代"的诗人也背道而驰，他们极力主张用日常语言写诗，准确地使用形象语言和画面语言，表达清晰的语言图像，主张借鉴日本和中国形象的诗歌语言，如日本的俳句和中国古典诗词等。这一点在美国意象主义诗人庞德那里表现得尤为突出，本章的第四节将专门讨论这个问题。在意象派诗人那里，诗歌的形式、韵律、节奏等都不再重要，有些诗人甚至主张诗歌的散文化。

意象主义运动（Imagism）发轫的中心在伦敦，诗人主要来自英格兰、苏格兰和美国，其中有许多是女性诗人，这在当时的英语诗坛备受关注。意象主义诗歌运动在 20 世纪现代主义文学经典生成中的作用不可估量，艾略特曾将意象主义诗歌运动视为"现代诗歌的开始"。意象主义诗人认为他们的诗歌是回归诗歌的原始初衷，即使用最简练的语言，最直接表达情感，即使放弃传统的诗歌形式也在所不惜。他们习惯将"物"视为"物"，将物作为图像来对待，并加以"照亮"，以发现物中所蕴含的本质。这种艺术观与 20 世纪初的现代派绘画艺术如后印象主义、野兽派、立体主义非常吻合。

意象主义诗歌运动并非无本之木，无源之水。意象主义诗歌的生成和传播离不开欧洲和美国 19 世纪末与 20 世纪初的社会语境和诗歌的接受环境。如果说意象主义诗歌运动的发源地是在英国，特别是大都市伦

① René Taupin, L'Influence du symbolism francais sur la poesie Americaine (de 1910 a 1920), Champion, Paris 1929 trans William Pratt and Anne Rich AMS, New York, 1985.

敦,那么关注这一现代主义文学运动的生成土壤和传播条件就显得十分
重要了。

1870 年之后,英国作为老牌资本主义国家虽然已面临来自美国和德
国的挑战,但维多利亚时代后期的英国仍保持着工业革命时期所开创的
辉煌,工业资本社会业已完成了向垄断资本过渡的转型。但与此同时,旧
的等级社会体制并没有改变,英国国内中下阶层的经济状况并未得到多
大的改善,"消费不足"与帝国的扩张等社会经济现象依旧存在,贫富差异
不断加大,这不仅影响到英国社会稳定与经济发展,而且还引发了一系列
社会问题,如老龄医疗救助、贫困化、失业等,也影响到了文化教育事业的
繁荣和文学艺术的创新。这些社会弊病导致工业资产阶级和新兴的垄断
资产阶级政治代表自由党人从 1900 年前后开始进行较为系统的社会体
制改革和其他改革。

一、英国现代社会制度改革

英国进入 20 世纪以后,国家已经完成了从工业资本主义向垄断资本
主义的转型,但是各大城市中下阶层人民的生活状况却进一步恶化,老年
贫困和无业游民问题尤其突出。货币工资在 1900—1908 年间仅上升
1%,而通货膨胀率不断加大,1900 年,英国失业工人人数占产业工人总
数的 2.5%,这一数字 1909 年达到 7.7%。20 世纪初,英国社会贫富分化
的不断扩大,各社会阶层之间的冲突日益增多。

英国近代著名的社会学家查理·布思(Charles Booth)在对伦敦地区
的贫困状况进行了长期深入的调查之后,从 1899 年起陆续发表题为《伦
敦人民的生活和劳动》的调查报告。这份报告揭示,这一时期大约有三分
之一的伦敦人生活在"贫困线"以下。报告还指出,在伦敦东区,大约有
35%的人生活在勉强糊口的状态下。大约有 13.3%的人处于饥寒交迫
之中。布思的这份报告在英国社会引起了很大的震动[①],并引起了英国
自由党的高度重视。

19 世纪末、20 世纪初,英国自由党的新一代领导人如阿斯奎斯、劳
合·乔治、温斯顿·丘吉尔等人都深受新自由主义的影响,他们十分关注
由于经济因素所产生的一系列社会问题。在他们看来,亚当·斯密所主
张的个人无限自由是不可取的,认为自由应以大多数人的自由为目标,国

---

① 参见高岱:《20 世纪初英国的社会改革及其影响》,《史学集刊》,2008 年第 2 期。

家可对经济和社会保障体系进行干预。英国自由党的这些主张提出后，对 19 世纪末 20 世纪初的英国社会产生了很大的影响，也得到了许多普通民众以及工会和部分中产阶级人士的支持，因此获得 1906 年大选的胜利，自由党在历史上首次超过保守党，获得了议会多数席位。自由党执政伊始便开始实行较为系统的社会改革。

首先，英国议会在 1906 年通过了工党提交的《劳资争端法案》和《工伤赔偿法案》和"八小时半工作制"，这些法案的通过部分化解了激烈的劳资冲突，这些法案也成为英国工会获得合法地位的法律基础。

其次，自由党学习了俾斯麦 1889 年在德国实施社会保险制度的经验，于 1908 年在英国建立了养老金制度，虽然这一制度当时并没有普及到全民，但也在很大程度上缓解了英国社会老年贫困的问题。议会通过了《国民保险法案》，其中主要包括失业保险和医疗健康保险。失业保险在一定程度上缓解了失业工人的贫困状态，稳定了社会矛盾。至第一次世界大战前夕，英国参加健康保险的人数达到 1000 万，大大提高了国民尤其是城市居民的身体素质。

再次，1909 年，英国议会通过了《劳工交流法案》。其主要内容为建立由国家直接资助和管理的全国性劳工介绍所系统，开始集中管理劳工市场，使劳工市场信息流通，缓解了劳动力资源供求矛盾。

最后，1907 年实施的《培养教育方案》规定 5－12 岁的男孩和女孩必须接受全日制教育。英国女性有了和男子一样的受教育的机会和权利，越来越多的女性接受了正规教育，大大增加了参与社会公共事务的可能。[1] 1909 年，英国议会通过了《行业委员会法案》，首先在成衣业、制盒业、首饰业和花边业等女工比例极高、机械化程度极低、手工化程度极高的所谓的"血汗行业"实行"最低工资制"[2]，这在很大程度上提高了妇女权益，这一法案通过后，有 20 万劳工直接受益，其中 14 万为女工。

英国在以上四个方面进行的社会制度改革在国家现代化进程中发挥了重要的作用。从历史角度看，英国是一个等级制度森严的君主立宪国家，贵族、贵族资产阶级、资产阶级、中产阶级和社会中下层差异化程度很大。而在 20 世纪的第一个十年里，英国社会逐步完成了工业化，资产阶级主体已经从新贵族和大金融商业资产阶级转化为工业垄断资产阶级，

---

① 1918 年部分英国女性获得选举权，1928 年全部女性获得选举权。

② 参见高岱：《20 世纪初英国的社会改革及其影响》，《史学集刊》，2008 年第 2 期。

因此,代表劳工阶层的工党(劳工代表委员会)和代表垄断资产阶级利益的自由党政治势力积极采取各项社会改革措施。而取得议会多数的自由党人为保证其新的内外政治需要,即对内通过社会制度改革逐步优化英国的现代化国家机制,对外通过稳定国内经济社会,加大国际投资,在现代社会体制改革上做出了很大的贡献。

二、英国社会的大众传播媒体发展

20世纪初,随着英国的工业化、城市化、现代化水平持续上升,英国的大众传播产业如新闻报业、电影、广告等也得到了快速发展,英国成为全世界最大的报纸图书的出版国,《泰晤士报》成为全世界最重要的报纸之一,1908年发行量达到31万份,1855年创办的《每日电讯报》面向大众,每份仅售2便士,发行量一度超过《泰晤士报》。1896年创办的《每日邮报》面向忙人,面向穷人,1900年发行量达到100万份。1922年英国广播公司BBC成立,1929年伦敦试播无声图像,1930年试播有声图像,1936年创立世界上第一个电视台。英国20世纪初的大众媒体迅猛发展,极大改变了文学艺术的价值观,也影响了文学传播方式,大众媒体的快速发展与政治、经济、科技等诸多因素密不可分。

第一,工业革命导致了媒介技术的发展。在机器大生产的驱动下,电话、电报、照相、打字机、高速轮转印刷机以及铜板印刷的版块设计等技术都带动了英国新闻和报业的现代化,把新闻业推向了视觉化发展新阶段。这不但吸引了更多受众,增加了报纸销售量,而且大众媒体的发展吸引了越来越多的商人和企业家,加强了广告等资金的投入,大众媒体影响了商业广告的传播效果,商业广告刺激了大众媒体的迅速膨胀,以至于英国1907年为了规范日益发达的广告业颁布了世界上第一部广告法《广告管理法》。①

第二,国民经济得到了恢复与发展。自由党执政后实施了社会制度改革,工薪阶层的生活水平得到提升,根据马斯洛的需求层次理论分析,在满足了大众的生理需求、安全需求后,大众开始追求社交和文化需求,以及自我实现需求。而大众媒体正是满足大众这方面需求的有效平台。

第三,视觉媒体和电影技术的引入。1896年6月7日,法国人卢米埃尔的代表——老魔术师费里贤·维特把电影机和电影娱乐介绍给了伦

---

① 参见查灿长:《英国:19世纪末20世纪初世界广告中心之一》,《新闻界》,2010年第5期。

敦人，这是英国第一次电影放映活动。其实早在世纪交替的时代，英国电影在拍摄技巧和电影语言的发明建构上并不落后，成为欧洲和美国许多艺术电影起步的源泉。威廉·保罗 1897 年导演的电影《大兵求婚记》和 1900 年剪辑的《匹卡狄利马戏团的摩托车表演》首次有意识地用移动摄影法拍摄富于戏剧性的外景片，实现了电影技术上与欧洲大陆的对接。

第四，文化教育理念和法制的发展。1870 年，英国议会批准颁布了《培养教育法案》，提出适龄儿童必须接受义务教育的规定，同时还确定了普及教育的目标是为了提升国民文化素养。至 1910 年前后，这一文教领域的改革收到了初步的效果，从根本上改变了英国中下层人民的"文盲"状态，扩大了英国民众的阅读阶层和国民文化素质，这也为大众媒体获得了潜在的受众，促进了大众媒体的进一步发展和扩张。

三、柏格森直觉主义的传播

亨利·柏格森（Henri Bergson）关于直觉、无意识的哲学观点在 20 世纪初的法国、欧洲大陆以及英国等受到热捧，它与尼采、叔本华的意志论，马赫的感觉论，弗洛伊德的心理分析等思潮一起，成为印象主义、后印象主义、野兽派和立体主义、未来主义、表现主义、象征主义等现代艺术思潮的哲学基础。直觉、感知和心理意识成为现代派艺术家进行艺术创作的基本的原则和信条。而柏格森的直觉主义成为英美意象派诗学观的主要理论基石。

柏格森的直觉主义理论不仅影响了法国现代主义作家普鲁斯特①，也同样影响到了英国的作家、诗人和艺术家，弗吉尼亚·伍尔夫就是其中之一。伍尔夫强调创作过程中起决定作用的是作家纯主观性的直觉和联想，她的第一篇意识流小说《墙上的斑点》所表现的，就是直觉和幻景。她在《贝内特先生和勃朗太太》一文中，谈到她在创作中的观察和表现人物的方法同贝内特、高尔斯华绥和威尔斯的区别。伍尔夫的方法与他们不同，她采用的是直觉的方法。她由勃朗太太身上困窘的样子，直觉地认为

---

① 法国意识流小说大师普鲁斯特关于什么是真实的观点就直接来自柏格森的影响。普鲁斯特认为有两种真实：一是简单的、外表的、同一的、客观的，如一座餐厅或花园的外观；一是复杂的、内在的、特殊的、主观的，如某一事给人留下的特殊印象，感觉和记忆中的东西，这是"最基本的""唯一真实的"。他说：现实就是"存在于我们周围的那些感觉和记忆之间的一种关系"。参见边平恕：《柏格森的直觉主义及其对现代派艺术的影响》，《杭州师范学院学报》，1994 年第 2 期。

她是个孤苦的人。①

　　意象派诗人当属柏格森直觉主义在英伦三岛最虔诚的接受者。意象派诗人团体的发起人休姆就曾经翻译了柏格森的《形而上学入门》一书，他翻译了这样一句话："许多不同的意象，借自迥然不同事物的秩序，凭着它们行动的聚集性，可以给某种本能要被捕捉住的一点引来意识。"②从这里可以看到休姆的"意象派"诗学观与柏格森直觉主义直接的渊源关系，即要求诗歌直接呈现能传情达意的意象，用简洁、朴实、准确又浓缩的具体意象来表达含蓄的感情。休姆主张用具体、客观、简洁的语言和意象，把持续流动和不可表达的情感描绘成确切的曲线，通过"冷与硬"的诗歌基调来表现"静止"的意象美感，从而继承和进化了柏格森的"运动与静止"的哲学思想。

　　美国意象派诗人埃兹尔·庞德在《意象主义者的几个"不"》（"An Imigist's a Few Dont's"）一文中给"意象"下了这样的定义，他写道："意象就是在一瞬间呈现出的理智和情感的复合体。"③在庞德看来，反对矫揉造作，直接表现情感、使用呈现画面的语言、用连续的音乐语言写诗是意象派诗人的美学原则，从这三条原则中也能看出庞德对柏格森直觉主义的接受。

四、中国文学艺术和东方思想的传播

　　19 世纪末、20 世纪初，欧洲再一次兴起中国哲学和东方思想的传播和接受的浪潮。随着西方传教士与中国的"相遇"，东方的智慧和生活方式、文学艺术通过各种传播渠道"东学西渐"。著名汉学家理雅各（James Legge）是第一个系统研究、翻译中国古代经典的英国人，从 1861 年到 1886 年的 25 年间，他将《四书》《五经》等中国主要典籍全部译出，共计 28 卷。理雅各的多卷本《中国经典》《法显行传》《中国的宗教：儒教、道教与基督教的对比》和《中国编年史》等著作在西方传播东方思想的过程中占有重要地位。④ 英国另一位汉学家艾约瑟（Joseph Edkins）也在这个时期

----

① 参见边平恕：《柏格森的直觉主义及其对现代派艺术的影响》，《杭州师范学院学报》，1994 年第 2 期。

② 刘君涛：《试论意象派的理论基石与艺术特征》，《走向 21 世纪的探索：回顾·思考·展望》，陈敬詠主编，南京：译林出版社，1999 年，第 14 页。

③ 同上书，第 15 页。

④ 参见岳峰：《架设东西方的桥梁：英国汉学家理雅各研究》，福州：福建人民出版社，2004 年版，第 370 页。

完成了大量的译著,1884 年的《中国的宗教》、1890 年的《中国的建筑》、1898 年前后出版的《中国见闻录》《诗人李太白》《汉语的进化》等书籍,向西方人介绍源远流长、博大精深的中国历史文化。此外翟理斯(Herbert Allen Giles)1901 年出版的《中国文学史》在传播中国文学方面发挥了重要的作用。翟理斯的这部著作是欧洲最早为中国文学写史的尝试。书中译介了诸如《诗经》《楚辞》《左传》和《聊斋志异》《西游记》《金瓶梅》《红楼梦》等许多经典作品。翟理斯的《中国文学史》是 19 世纪以来英国译介中国文学的第一个杰出成果。

此外,法国汉学家顾赛芬(Séraphin Couvreur)还翻译了中国儒家古籍包括 1895 年的《四书》、1896 年的《诗经》、1897 年的《书经》、1899 年的《礼记》等。德国汉学家卫礼贤(Richard Wilhelm)除了向西方译介了《论语》《道德经》《列子》《庄子》《孟子》《易经》《吕氏春秋》《礼记》等儒家、道家的经典著作外,也翻译了大量的中国文学经典如 1906 年出版的《诗经》《三国演义》《今古奇观》等,1920 年回到德国后,他在 1923—1929 年间仅在西方报刊上刊登有关中国的文章就有上百篇。

在这一时期,中国古代诗歌和日本俳句等艺术形式在欧洲得到广泛的传播,如汉斯・贝特格(Hans Bethge)1907 年发表了《中国之笛》(*Die chinesische Flöte*),这部仿写中国古代诗歌的著作在欧洲产生了重大的影响。这部书在德国发行了 78000 册,至 1941 年,这部中国诗歌集再版了 18 次。这部书还被翻译成了英语和丹麦语,之后又由梵高的妹妹翻译成了荷兰语,《中国之笛》在欧洲广为流传。古斯塔夫・马勒(Gustav Mahler)在这部书出版后选出多首唐诗,并在此基础上改编成交响组曲《大地之歌》(*Das Lied von der Rückübersetzung*),华夏乐章传遍欧洲大陆和英伦三岛。

第三节　英美意象主义诗歌的生成与流传

英国爱德华七世时代,也就是 19 世纪 90 年代,著名诗人如阿尔弗雷德・奥斯丁(Alfred Austin)[①]、斯蒂芬・菲利普斯(Stephen Phillips)和威廉・沃森(William Watson)继续在丁尼生的影子下写诗,他们仍然在模

---

①　奥斯丁 1896 年获得维多利亚女王授予的桂冠诗人头衔。

仿维多利亚时代诗歌的创作模式。如上文所述,20世纪初英国社会发生了巨大的变化,各种文艺思潮不断冲击传统的艺术价值观和文学认知标准。奥斯丁仍然是英国桂冠诗人,然而这顶桂冠他只戴到1913年,因为1913年这位桂冠诗人溘然长逝。尽管如此,新浪漫主义诗人创造的辉煌光环依旧。[①] 20世纪前十年,随着英国经济的复苏和社会秩序的稳定,文学和诗歌在英国依然拥有大量的读者。这一时期,优秀的现代主义和传统诗歌不断问世,其中包括托马斯·哈代的《列王》,克里斯蒂娜·罗塞蒂死后出版的《诗歌集》。1907年,诺贝尔文学奖第一次将此殊荣授予英国人吉卜林(Rudyard Kipling),授予他的诗集《如果》。同时,在伦敦的诗坛,一群青年诗人按捺不住心中的躁动,他们正酝酿着一场新诗运动。他们就是日后被称为意象诗派的英美诗人。

一、休姆与意象主义诗歌的发轫

休姆是英美意象主义诗歌运动的发起人,他当时是剑桥圣约翰学院数学系学生,后来又在伦敦大学学院学习哲学。修姆的行为比较出格,在圣约翰学院读数学时就因不端行为两次被逐出剑桥,赶回伦敦。学业未成使他决定远走加拿大,为此,他前往比利时学习法语。他不曾想到,法语却成为他日后诗学思想形成的主要媒介之一。在伦敦大学学院学习哲学期间,他深受两个法国人和一个德国人的影响,第一个是柏格森,第二个是索雷尔[②],第三个是威廉·沃林格尔(Wilhelm Worringer)。在伦敦大学学院期间,他主要翻译了柏格森的哲学《形而上学入门》及其他著作,也翻译索雷尔的《暴力论》,通过翻译,他深受柏格森直觉主义和索雷尔无政府主义思想的影响。同时,他也接受过德国艺术史家和批评家沃林格尔[③]《抽象与移情》(*Abstration und Einfühlung*)中所表达的现代主义艺术思想。沃林格尔认为,艺术抽象是现代人对混乱的社会现象和人在世界中的主体性的失落表现,移情是人的模仿本性,因此而提出沃林格尔公式:艺术欣赏等于客观化了的自我欣赏。这些成了他提出意象派诗学的重要背景。

---

① 丁尼生、布朗宁夫妇等。

② 乔治·尤金·索雷尔(Georges Eugène Sorel),法国无政府主义哲学家,著有《暴力论》一书,提出社会和暴力在历史发展中具有创造性作用的理论。索雷尔结合柏格森和尼采的理论,认为理性受限于感性,主张通过非理性力量进行暴力革命,进而摧毁资本主义社会。

③ 沃林格尔为齐美尔的学生,德国20世纪初重要的现代主义艺术理论家。

休姆从 1908 年开始写诗,其中一个原因也许是他当时在英国著名诗人埃德蒙·格斯(Edmund Gosse)和亨利·纽波特(Henry Newbolt)在伦敦创办的"诗人俱乐部"(Poet's Club)当秘书。因此,他常常有机会接触到一些英国青年诗人朋友,其中包括青年诗人庞德和弗林克。迄今为止,能够发现的休姆最早的意象诗是 1908 年圣诞节前后创作的《秋》和《城市落日》。这两首诗 1908 年底刊登在"诗人俱乐部"名为《圣诞 1908》(Christmas MDCCCCVIII)①的小册子上。然而,休姆对意象派的生成所作的贡献不仅仅是在这两首诗上,更为重要的是他在 1908 年底为"诗人俱乐部"的一次演讲写过一篇题为《现代诗歌讲座》②的文章。现在没有确切的资料可以证明,休姆是否在 1908 年底在伦敦"诗人俱乐部"宣读过这篇文章。直到 1938 年,这篇文章才由迈克尔·罗伯斯(Michael Roberts)在伦敦出版。由于休姆 1917 年英年早逝,因此他生前并没有看到这篇文章的正式出版。1908 年后,一群英美青年诗人常常聚在休姆周围,他们成立了一个新的诗人组织,将其命名为"脱离派俱乐部"(Secession Club)③,由于他们常常在伦敦苏豪区(Soho)的埃菲尔铁塔餐厅聚会,因此也被人称为"埃菲尔铁塔聚会",弗林特、奥尔丁顿、庞德、杜立特尔等英美青年诗人都是休姆"脱离派俱乐部"的成员。

《现代诗歌讲座》(A Lecture on Modern Poetry)是休姆最重要的意象派诗学宣言。尽管他在这篇演讲稿中并没有提出"意象主义"这个概念,他也从未说过自己的诗歌是意象主义诗歌,但是《现代诗歌讲座》这篇演讲稿仍然被视为休姆对现代主义和意象主义诗歌的理解以及说明。同时,这些意象主义的原则也体现在他之前发表的诗歌作品中。在《现代诗歌讲座》这篇演讲稿里,休姆开篇就对伦敦"诗人俱乐部"的诗人们发起了进攻,他的矛头甚至直接指向俱乐部主席亨利·辛普森(Henry Simpson)。休姆在文章中写道:"我想用一种简单方式谈论诗歌,就像用一种简单的方式谈论猪一样,这是唯一诚实的方式。俱乐部主席告诉我

---

① MDCCCCVIII 为罗马数字 1908 的意思。

② Michael Roberts, *T. E. Hulme*, London: Faber & Faber, 1938, pp. 258—270.

③ "脱离"(secession)这个词语为 20 世纪初欧洲现代主义艺术家和文学家常用的概念,如维也纳和柏林的现代主义艺术和文学团体也称自己为"脱离派",故有"维也纳脱离派"和"柏林脱离派"的名字。

们,诗歌就像宗教那样神圣,我认为完全不是那么一回事。"①休姆公开抨击了英国新浪漫主义诗歌的表达方式,反对十四行诗那种严格的诗歌形式,反对诗歌一定要用优美的语言去表达,以达到灵魂升华的目的,对此他说:"我痛恨这样的方式。"②

休姆在文中讨论了诗歌语言美和形式美的问题,如诗歌的各种不同的抑扬顿挫、长短句式、节奏、韵律等,也谈到了法国象征主义的自由诗歌,特别是法国象征主义诗人古斯塔夫·卡恩(Gustave Kahn)现代诗歌的形式,他写道:"卡恩写诗的新方法得到了肯定,他否定了诗歌的节律束缚,不再承认诗歌的音节需要有韵律规则,诗句的长和短取决于诗人心中的意象,诗的形式遵循诗人的思想,诗歌是自由的,不受规则的束缚。"③休姆在《现代诗歌讲座》一文的最后号召新诗人:"蛋壳在一定时间里非常适合鸡蛋,但到了一定时间后,小鸡就必定要破壳而出,在我看来,目前诗坛的状况就需要破壳而出……它(小鸡)现在活了,它已经从古老吟唱艺术蜕变成现代的印象派,但是诗的原理还是同样,它不能继续永远保持不变。女士们,先生们,我最后的总结是,必须要破壳而出。"④

休姆的意象主义诗学观与英国新浪漫主义诗歌美学的分野主要在于他强调人的个体性和无限性,因为在自然科学和机器社会中,只有人的"生命意志"和"自我"才是诗歌的源泉和深邃的大海,无边无际。因此,人不像自然科学所认识到的那样是有限的、有序的,而是相反,人具有很大的不确定性,人的思想、情感更具备不确定性。休姆不但把解放诗歌韵律,打破规则束缚视为自己诗学观的首要任务,还把意象的表达形象地说成"干的硬货"(dry hardness),意指"语言的干练""意象具体"⑤,以此来反叛浪漫主义诗歌中的伤感、缠绵、无病呻吟的湿润和泥泞。休姆在《秋》这首意象派诗歌中表达了他对新诗的理解:"秋夜一丝寒意/我在田野中漫步/遥望赤色的月亮俯身在藩篱上/像一个红脸庞的农夫/我没有停步招

---

① Michael Roberts, *T. E. Hulme*, London: Faber & Faber, 1938, p. 258.

② Ibid.

③ Ibid., pp. 262—263.

④ Ibid., p. 270.

⑤ Ibid.

呼,只是点了点头/周遭尽是深深沉思的星星/脸色苍白,像城市中的儿童。"①在这里,休姆用了非常简练、日常的语言表达了诗歌第一人称叙述者"我"在秋夜散步的主观情绪。在这首短短的七行诗中,诗人表达了"俯身在藩篱上""赤色的月亮""红脸庞的农夫"和"沉思的星星""脸上苍白的城市儿童"等一系列意象,犹如一幅印象主义、后印象主义的油画作品。然而,这些画面与传统诗歌或者传统绘画中的逻辑相悖,因为常人眼里没有红色的月亮,沉思的星星似乎也是不合逻辑的,但这恰恰是诗人的主观意志表达,完全符合休姆"人在自然中的不确定性"和"干、硬"的表达方式。而且将红色的月亮与农夫红色的脸庞,沉思的星星与城市儿童苍白的脸色组合成比喻非常符合逻辑,没有人会怀疑农夫晒红的脸和城市儿童因与自然的隔离而变得苍白的脸。这种表达方式在诗学上达到了"破壳而出"的效果。

在题材和内容方面,休姆主张新诗放弃宏大主题,他在《现代诗歌讲座》中提出,拒绝一切"宏大"的题材和英雄故事。"旧诗表现的是特洛伊被围的史诗故事,而新诗表现的则是小男孩在垂钓。"②因此,他的诗几乎描写的都是生活中的小情景,或自然风景,就像《秋》中的晚间散步意象,《城市落日》中的芭蕾舞演员谢幕的一瞬间。在这个意义上,意象主义与法国现代主义视觉艺术和直觉主义哲学思想完全一脉相承。

休姆的意象主义诗学观不仅当时就被庞德等青年诗人所接受,日后也被艾略特等现代主义诗人所认同。不仅如此,休姆的意象主义诗学还影响了英国画家刘易斯(Wyndham Lewis),他们在一起探讨柏格森的直觉主义,休姆还在刘易斯的文学刊物创刊号上写文章,支持刘易斯的"漩涡主义"绘画风格。③

休姆除了 1908 年在伦敦"诗人俱乐部"的《圣诞 1908》上发表的《秋》和《落日》两首意象派诗歌之外,他还在 1912 年的文学杂志《新时期》

---

①　彼德·琼斯编:《意象派诗选》,裘小龙译,桂林:漓江出版社,1986 年版,第 7 页。英语原文: Autumn/A touch of cold in the Autumn night-/I walked abroad,/And saw the ruddy moon lean over a hedge/Like a red faced farmer/ I did not stop to speak, but nodded,/And round about were the/ wistful stars/With white faces like town children.

②　Michael Roberts, *T. E. Hulme*, London: Faber & Faber, 1938, p. 263.

③　刘易斯也是庞德的好友,庞德把刘易斯的绘画风格称为"漩涡主义",以表示刘易斯与立体主义、未来主义的区别。

(*The New Age*)①上又发表了其他五首诗,庞德日后也在自己的诗集《回击》(*Ripostes*)的附录里收入这些诗,并取名为《休姆诗歌总汇》(*The Complete Poetical Works of T. E. Hulme*)②。事实上,休姆 1917 年在比利时尼尔波特附近阵亡之前共发表 25 首 260 行诗歌,主要发表在《新时期》上,其中的大部分写于 1909—1910 年间。

1912 年,美国著名现代诗人罗伯特·弗罗斯特(Robert Frost)全家迁居英国,他在伦敦与意象派诗人庞德、吉布森、托马斯等相遇。弗罗斯特与休姆大约在 1913 年前后相识,并受到了休姆现代主义诗学思想的影响。③ 庞德在《回击》附录的序言中将休姆誉为"意象派成员",称他"以新奇的诗歌语言创造了杰出的节奏之美"④。这样看来,对于休姆的诗歌作品的早期传播,庞德功不可没。

二、庞德与英美意象主义

英国的意象主义诗歌运动是一次十分短暂的新文学运动,但它的影响却十分深远。甚至可以说,它拉开了英美现代主义诗歌运动的序幕。说它是短暂的,那是因为休姆 1914 年就志愿入伍当炮兵,参加了第一次世界大战,并且于 1917 年在比利时阵亡。此外,庞德在 1915 年后便逐步离开意象派诗人团体,投身于"漩涡主义"艺术运动。说它是意义深远的,那是因为这场文学运动传播了现代主义思潮,并将这股思潮带入了英国、美国、俄罗斯等国的诗歌创新活动,并促成了大量优秀的现代主义诗歌的生成。

因此,无论是探讨意象主义诗歌,还是谈论英美现代主义诗歌,除了休姆这个名字之外,都无法绕开庞德这个名字。庞德于 1908 年离开美国,开始了长期侨居欧洲的生活。当时,庞德作为初到欧洲的美国青年诗人,在文学创作上异常谦虚勤奋,他对法国的印象派、象征派艺术,柏格森哲学,意大利的未来主义艺术,乃至埃及、意大利、中国的古典诗歌和希腊、日本的古典戏剧的研习如饥似渴,并大量吸收其有益养分,并运用于

① See Hulme, T. E.: *The Complete Poetical Works of T. E. Hulme*. *The New Age*, London: The New Age Press Ltd. , 1912, p. 124.

② Ibid. , pp. 58—64.

③ Tyler Hoffman, *Robert Frost and the Politics of Poetry*, Lebanon, New Hampshire: University Press of New England, 2001, p. 54.

④ Ezra Pound, *Pipostes* (Appendix to Ripostes), London: Stephen Swift & Co. , Ltd. , 1912.

自己的现代诗歌创作中。他早期在伦敦的诗歌创作，以及在意象主义运动中所发挥的作用曾影响到一大批现代主义诗人和作家，无论是乔伊斯的《尤利西斯》，还是艾略特的《荒原》，这两部现代主义巨作的问世都离不开庞德。庞德在英美现代文学史上占有极其重要的位置。

庞德既是美国的，也是英国的。但必须承认，意象派诗歌最终的、主要的活动场所在英国，尤其是在伦敦。大多数美国意象派的诗人包括庞德、杜立特尔（Hilda Doolittle）和艾米·洛威尔（Amy Lawrence Lowell）等都是在伦敦加入休姆的"脱离派俱乐部"，并在那里成名。尤其在 20 世纪初，英国仰仗其悠久的文化传统和深厚的文化底蕴，美国则凭借一大批天才的诗人和迅速成长的诗歌力量，英美两国在文学交融过程中更是形成了你中有我、我中有你的局面。

如果说休姆 1908 年以《现代诗歌讲座》为代表的那个阶段为意象主义运动发轫阶段，并已经有了意象主义的基本理论内涵，那么庞德在休姆时期就对意象主义运动有着自己的看法。1909 年，庞德发表诗歌《对现代诗中的朦胧精神的反叛》，并在 1912 年就明确地提出"意象主义"的概念。庞德对意象的理解概括地说就是："意象是在一瞬间呈现出的理性和感情的复合体""意象就是诗"等，庞德也据此进行了诗歌创作。从 1912 年开始，庞德实际上扛起了意象主义运动的大旗，成为英美意象派诗人的领袖人物，他在这一时期创作的一些意象派小诗如《少女》（A Girl）、《致敬》（Salutation）、《画》（The Picture）、《破晓歌》（Alba）和《在地铁车站》（In a Station of the Metro）等延续了休姆意象主义诗歌的形式和内容，以其直接、简练和日常的语言写成的诗行，奇妙突兀的意象和自由激情的音韵获得了人们的喜爱，倾倒并影响了一大批热爱新诗的文学青年。

"意象主义"这个词最早出现于 1912 年，当时庞德是芝加哥《诗刊》的国外代表，他在将美国女诗人杜立特尔的六首小诗寄出时，在她的作品后写下了"Imagist H. D."的署名，意为："意象主义者杜立特尔"。这便是意象主义诗歌运动名字的由来。同年，庞德在《回击》附录的序文中称休姆为"意象派的一名成员"，这是"意象派"一词首次在印刷品上出现。1914 年，庞德编辑出版了《意象主义诗选》第一辑，进一步宣传了意象主义主张，扩大其影响。1912 年春，庞德与杜立特尔、奥尔丁顿（Richard Aldington）、弗林特等人商量，一致同意奉行意象派诗歌创作原则，并在 1913 年的《诗刊》第 6 期上弗林特撰写的《意象主义》一文中正式宣布意象主义三原则：第一，直接表达主观或客观的"事物"；第二，绝对不用任何无益于显现意象的词语；第三，至于节奏：诗歌创作要依照乐句（musical phrase）排列，而不允许依照节拍机械重复。庞德对意象的认识是："意象可以有两种。意象可以在大脑中升起，那么意象就是'主观的'。或许外界的因素影响大脑；如果如此，它们被吸收进大脑熔化了，转化了，又以与它们不同的一个意象出现。其次，意象可以是'客观的'。拽住某些外部场景或行为的情感，事实上把意象带进了头脑；而那个漩涡（中心）又去掉枝叶，只剩那些本质的、主要的或戏剧性的特点，于是意象仿佛像是那外部的原物似的出现了。"[①]

此外，庞德在 1913 年发表的《意象主义者的几个"不"》[②]这篇文章中，对意象派的诗歌语言作了八项规定：第一，不使用多余的词，不使用言之无物的修饰语；第二，不使用诸如"宁静、幽暗的国度"之类的表达，这种表达糟蹋了意象，它把抽象和具体混杂在一起，产生这种情况的原因是作者没有认识到，自然事物总是充分的象征；第三，远避抽象，不要用平庸的韵文去复述在优美散文中已经表达过的东西；第四，专家们今天厌弃的东西将是公众明天厌弃的东西；第五，不要想象诗的艺术比音乐艺术简单，如果你在韵文艺术上不至少花费与一个普通钢琴教师在音乐艺术上花费的同样大的气力，那么你就不可能得到内行的称赏；第六，尽可能多地接受伟大艺术家的影响，但要做得体面，或者公开承认这种影响，或者把它隐藏起来；第七，不要让"影响"仅仅意味着囫囵吞枣地去学习你凑巧钦佩的一两个诗人的某种特殊藻饰；第八，要么不用藻饰，要么用好的。[③]

庞德对意象主义诗歌运动最大的贡献在于他在休姆《现代诗歌讲座》的基础上明确地制定了意象主义诗学的基本原则并提出意象主义诗歌创作的应注意的"庞德八诫"，并亲自践行，使之成为意象派诗人和现代主义诗人的"语法规则"。这些原则在庞德 1915 年离开意象派诗人群体之后，继续受到意象派诗人的尊重。

1914 年，庞德编辑的诗歌选集《意象主义者》出版，其中刊载了奥尔丁顿和杜立特尔的优秀诗作。在他们的号召下，女诗人艾米·洛威尔、约

---

①　庞德：《关于意象主义》，《准则与尺度——外国著名诗人文论》，潞潞主编，北京：北京出版社，2003 年版，第 211—212 页。

②　David Lodge, 20*th Century Literature Criticism*, London: Longman Group Limited, 1972, p. 6.

③　译文参见朱新福：《试析美国现代诗人庞德对胡适的影响》，《苏州大学学报》（哲学社会科学版），2003 年第 3 期。

翰·高尔德·弗莱契(John Gould Fletcher)、詹姆斯·乔伊斯、威廉·卡洛斯·威廉斯(William Carlos Williams)等人也先后投身意象主义诗歌运动,创作出了大量极富特色和价值的意向派诗歌作品。1915年,庞德转向涡流主义诗歌运动之后,艾米·洛威尔成为意象派诗歌运动实际上的领导人。

与庞德一样,女诗人艾米·洛威尔也是美国人,她出生于波士顿的一个富豪家庭,但她并没有受过高等教育,而是通过广泛的阅读自学成才,1910年,她开始在美国的《大西洋》文学月刊上发表诗歌,1912年就在美国发表了用传统手法创作的诗集《多彩玻璃顶》(A Dome of Many-Coloured Glass),但反响平平,这也许是她离开美国去伦敦的原因之一。同年,她结识了日后的同性恋女友阿达·拉塞尔(Ada Dwyer Russell),两人结伴前往英国。不久,洛威尔受庞德影响加入意象派诗人团体,并于1914年发表了意象派诗歌集《剑刃与罂粟籽》。从1915年到1917年,她每年都编辑出版一部意象主义诗歌集,将包括劳伦斯(D. H. Lawrence)在内的又一批诗人带入意象派诗歌运动。

洛威尔是一个极富个性的女诗人,她因患甲状腺病而引起肥胖症,再加上她经常吸雪茄烟,因此给人留下一种特别的印象。庞德曾经戏称她为"尼罗河河马"。洛威尔的生活习惯也非常奇特,她从来不在下午1点钟之前起床,她的床上必须要放16个枕头。在大酒店的豪华套间里,她总是让人把镜子翻过去挂,因为她不能容忍自己的形象在镜子里出现。此外她的"孩子"就是7只德国牧羊狗。庞德也觉得洛威尔太奇特,他甚至认为洛威尔是个"艾米主义"(Amygism)的代表诗人。[①] 洛威尔不仅出身豪门,家产万贯,同时她也有杰出的经营头脑,她不仅会推荐自己,到处发表自己的诗作,也精于推广。意象主义诗歌运动虽然在英国逐渐沉寂,但并未完全销声匿迹。在她的组织经营下,意象派诗歌迅速转向美国,并在美国成功地获得大量读者和市场。

同时,庞德的同学,美国医生诗人威廉·卡洛斯·威廉斯也竭力将意象主义诗歌运动的余声在美国发扬光大。威廉斯也是意象派诗人中唯一坚持意象派创作原则并终身服膺的美国诗人,他把意象主义的技巧同美国的题材、美国语言风格结合在一起,延续着意象主义的"直白"诗风。

---

① Siehe Horsley, Joey & Luise F. Pusch, „' Zigarrenrauch und Blütenduft ': Amy Lowell (1874—1925) und Ada Dwyer Russell (1863—1952) ", in dies. (Hrsg.) 2001. *Berühmte Frauenpaare*, Frankfurt/M, 2005, S. 135—193.

1913 年,他在庞德的帮助下出版了诗集《气质》(*The Tempers*),之后,威廉斯又出版了一系列意象主义诗歌集,如 1920 年出版的诗歌集《地狱里的科拉琴:即兴》(*Kora in Hell:Improvisations*)、1921 年出版的诗歌集《酸葡萄》(*Sour Grapes*)、1923 年问世的诗歌集《春天及一切》(*Spring and All*)等。他的诗歌风格明朗、平易亲切、意象鲜明、细节逼真、语言精练,对美国现代诗歌变革产生了巨大的影响。英美意象主义运动时间很短,但释放出了巨大的能量,深刻地影响了国际诗坛,也深刻地影响了中国的现代诗歌。它像一块跳板,使诗歌跃入现代化时代。

第四节 俄国意象主义诗歌的生成与流传

欧洲 19 世纪末、20 世纪初的工业革命和社会变革同样发生在沙皇俄国。尽管俄罗斯在 19 世纪末仍然是一个以农业为主的国家,但是俄国的重要城市,如莫斯科和圣彼得堡等已经形成了工业社会。1900 年,俄国第一大城市圣彼得堡的人口已经达到 140 万;与圣彼得堡一样,莫斯科也成为百万人口的工业化大都市。在文学艺术领域,俄罗斯和欧洲其他国家一样,也被发生在法国、德国、奥地利的现代主义艺术运动所产生的强烈地震波及,也被俄国发生的二月革命和十月革命所震惊,一大批知识分子、艺术家、诗人或因个人原因,或因社会变革等原因流亡国外。他们大多侨居奥地利、法国和德国等地,融入了现代主义艺术运动。在诗歌领域,早在 19 世纪 90 年代,受法国象征主义诗人如波德莱尔、马拉美、魏尔伦等的影响,俄国象征主义诗派在圣彼得堡和莫斯科①等地应运而生,象征主义诗歌流派一直延续到 20 世纪 20 年代中期,可谓俄罗斯文学史上著名的"白银时代"②中崛起最早、人数最多、成就最高、时间最长的一个现代主义诗歌流派。③

---

① 俄国象征派可分为老象征派(彼得堡派)和小象征派(莫斯科派)。分别以梅列日柯夫斯基、索洛古勃、明斯基等人和别雷、勃洛克等人为代表。

② 所谓的"白银时代"指俄国 19 世纪末至 1917 年 11 月 7 日俄国爆发十月革命这一时期由尼·别尔嘉耶夫、尼·奥楚普、谢·马科夫斯基等俄国知识界人士提出的概念,他们曾在上述时期积极介入俄罗斯的文学艺术活动,并于十月革命后移居西欧。他们认为这一时期是俄国历史上能与以托尔斯泰、陀思妥耶夫斯基、普希金为代表的"黄金时代"相提并论的文化复兴时期。

③ 参见曾思艺、陈远明:《象征性与探索性的结合——论俄国象征主义诗歌的艺术成就》,《重庆邮电学院学报》(社会科学版),2003 年第 5 期。

1910 年前后,未来派诗歌流派异军突起,宣称取代象征主义,俄国未来主义诗歌流派由以谢维里亚宁为代表的自我未来派和以布尔留克、卡明斯基、赫列勃尼可夫为代表的立体未来派和从立体未来派中分化出来的以马雅可夫斯基为代表的革命未来派三个部分组成。1917 年十月革命后,马雅可夫斯基的未来派诗歌在苏联继续得到了发展。

一、俄国意象派生成的背景

俄国意象派诗人团体的崛起虽然很难说与英美意象主义诗歌运动有实质性的联系,英美意象派诗人也没有与俄国诗人具体往来的实例,另外,俄国意象派的生成时间也要比英美意象派晚得多,但是这仍然不能排除俄国意象派诗歌运动与英美意象主义诗歌运动在诗学观上,在哲学理念上以及在生成语境上的共同性,也不能排除俄国现代诗歌运动对英美意象主义运动的接受和传播。俄国意象派生成背景总体上说与俄罗斯现代主义诗歌思潮如象征派和未来派相同,但也有其特殊性,主要生成背景有以下几点:

第一,社会政治因素。19 世纪末、20 世纪初,俄罗斯处在社会转折期。沙皇俄国出现了以铁路、钢铁、蒸汽、电力等为标志的大工业时代,但是沙皇政府不允许在莫斯科和圣彼得堡设立资本主义工厂,因此产生了俄罗斯工业的城市化和非城市化的区分,城市的工业边缘地区实际上早就成为城市的一部分,但在行政关系方面却与城市管理分开。另外,这一政策也导致了俄国工业的分区发展特点,如乌拉尔地区成为冶金工业重点,波罗的海地区的纺织业、木材加工、采矿业得到均衡发展。在叶卡捷琳娜斯拉夫和顿河地区,制砖、水泥、玻璃工业则比较集中;西伯利亚和伏尔加河中游诸省,毛纺织业和制糖业非常发达。[①] 这种工业分布形成了两个重要后果:其一,它导致了俄罗斯铁路交通的快速发展,形成了欧洲最发达的铁路网络;其二,它导致了非城市化的产业工人相对集中,这种情况使得产业工人的生存状态极其恶劣,劳资矛盾加剧,加上沙俄尼古拉二世的专制统治、日益疯狂的军国主义化、俄日战争的沉重负担、加入协约国集团与德奥关系恶化等,20 世纪初的沙皇俄国面临内外交困的局面,战争威胁不断加大,俄国城市和各非城市工业地区成为社会革命的火

---

① 参见张广翔:《19 世纪末俄国城市化的若干特征》,《吉林大学社会科学学报》,2008 年第 6 期。

药桶。

　　第二,在哲学思想领域,19 世纪末、20 世纪初的俄国与整个欧洲一样,到处弥漫着一种"世纪末"的复杂情绪。19 世纪盛行的理性主义也同样在俄罗斯受到怀疑和挑战,叔本华"意志"哲学的悲观主义、尼采"超人"哲学和"酒神"精神、马赫感觉论、弗洛伊德心理学派和法国柏格森直觉主义也在俄国知识分子中拥有大量的信奉者。这些哲学思想接受和传播的一个重要通道是俄罗斯知识分子的流动性。尼古拉二世统治时期,大批革命者和自由主义知识分子流亡西欧各国,他们不仅接受了马克思的社会主义革命理论,也接触到了世纪末大量的西方现代主义哲学思潮,如法国象征主义思潮很快就被俄罗斯青年诗人如勃洛克(Александр Александрович Блок)、别雷(Андрей Белый)、梅列日科夫斯基(Д. Сергеевич Мережковский)、吉皮乌斯(З . Н. Гиппиус)、勃留索夫(Валерий Яковлевич Брюсов)等所接受,促成了俄罗斯象征主义诗歌运动。

　　俄国知识分子在"白银时代"这一特殊时期面临着与欧美其他国家知识分子完全不同的选择,因为俄罗斯的沙皇政府及其专制统治与民族及自由主义知识分子的矛盾已经到了火山爆发的时刻,自由主义知识分子处在政治立场和价值取向的十字路口。总体上看,这一时期的俄国知识分子走向两条不同的道路,第一条是马克思主义道路。19 世纪 80、90 年代,马克思主义在俄国得到广泛的传播,一批左派自由主义知识分子如普列汉诺夫(Г. В. Плеханов)、阿克雪里罗得(П. Ь. Аксельрод)、查苏里奇(В. И. Засулич)等于 1883 年在日内瓦成立了俄国的第一个马克思主义组织——"劳动解放社",同时出版了《社会主义丛书》。随着俄国工人运动的高涨,马克思主义在反对俄罗斯民粹主义的斗争中不断壮大,俄国各地相继出现马克思主义小组和团体,并且被大多数平民知识分子所接受。1917 年十月革命后,文学艺术也在马克思主义普遍传播下逐渐成为俄国文学的主流。

　　另一条即宗教神秘主义道路。① 20 世纪初,整个俄国都对现存制度深为不满。一些精英知识分子选择这条道路也与俄国政治现实有关。18 世纪以来,俄国知识分子始终在西方化和斯拉夫化这两条道路之间左右摇摆。西方既是模仿和接受的对象,又是失望和抵制的对象。比如陀思

---

① 也有人将这一现象称为俄罗斯文化保守主义。

妥耶夫斯基就曾说过：俄罗斯的东正教虽然不能维护资本主义经济制度，但是它可以暂时容忍资本主义。西方的物质主义、私有制、个人主义、功利主义、商业主义、都市化、实证化、布尔乔亚主义、庸俗主义、利己主义，这些都与俄罗斯的贵族精神格格不入。大家都在不同程度上自觉地，甚至是不自觉地要求变革。斯徒卢威（П. Б. Струве）、布尔加科夫（М. А. Булгаков）、别尔嘉耶夫（Николай Александрович Бердяев）、费多托夫（П. А. Федотов）、弗兰克（С. Л. Франк）等一些青年哲学家、经济学家、历史学家在西方唯心主义哲学和俄罗斯社会现实的矛盾中走向基督教和东正教。

　　1904 年 1 月，斯徒卢威发起成立了"解放同盟"，这个组织成为俄国资产阶级第一个全国性的政治组织，一度成为资产阶级的政治运动中心。1917 年二月革命失败后，俄国的知识分子阶层在心灵上遭受了沉重的打击，因为他们是这场革命的积极组织者和热情参与者。尽管在二月革命中，每个政治团体的理想和手段有所不同，但是他们都是怀着强烈的愿望期待俄国的社会变革，渴望俄罗斯政治能够走上民主的轨道。选择宗教神秘主义道路的具体表象是 20 世纪初在圣彼得堡召开的一系列哲学问题讨论会，这些会议的讨论结果无一例外，都是在回归俄罗斯宗教的观点上达到一致。换句话来说，失望和困惑中的俄罗斯精英知识分子企图在东正教中寻找俄罗斯社会问题的解决方案[1]，作为这些会议讨论的终结，他们于 1909 年 5 月出版了《路标——俄国知识分子问题文集》[2]。这部文集的出版代表俄罗斯"白银时代"知识分子"路标派"的另一种思想的形成。路标派于 1918 年发表的《源自深处》文集就明确反对暴力革命，号召知识分子回到恰达耶夫、陀思妥耶夫斯基和索洛维耶夫的道路上来，呼唤上帝，在内心深处与上帝对话，寻求心灵的解脱。

---

　　[1]　1905 年革命失败后，俄国大学生自杀事件迅速增加。1906 年 71 起，1907 年 160 起，在沙皇制度反动统治的最黑暗的 1908 年，自杀事件达到 237 起。资产阶级自由主义知识分子陷入悲观、绝望状态，宗教哲学家谢·尼·布尔加科夫感叹："俄国经历了一场革命。但并未带来民众所祈望的结果……解放运动所取得的正面成果至少在今天仍然是不可靠的……俄国社会，如今已变得呆然、冷漠和精神涣散。"参见张建华：《以〈路标〉为界：俄国自由主义知识分子的思想波澜》，《历史研究》，2003 年第 5 期。

　　[2]　1909 年 5 月《路标》文集出版。文集共有七位作者：斯徒卢威、布尔加科夫、别尔嘉耶夫、弗兰克、格尔申宗、基斯佳科夫斯基、伊兹哥也夫。文集引起了极大反响，由此形成路标派。《路标》的主要思想是：第一，知识分子要从内部的奴役中解放出来；第二，反对社会的政治化；第三，反对暴力。《路标》是"白银时代"俄国知识分子宗教哲学探索的一个总结，是 1905 年革命后俄国知识分子精英的精神反思。参见白晓红：《白银时代的俄国文化析评》，《俄罗斯学刊》，2013 年第 6 期。

第三,19 世纪 80 年代后,以普希金、莱蒙托夫、屠格涅夫、陀思妥耶夫斯基为代表的俄国文学"黄金时代"逝去,薪火不传、大师不再,文学和诗歌正处于萧条冷落的窘况,随着俄罗斯民粹运动的失败,民粹派所主张的社会理想受到怀疑和否定,他们所倡导的"公民诗歌"表现出一种高潮过去后的疲惫和哀叹。不满这种现状的许多人开始新的思考和探索。于是,俄国象征主义文学便应运而生,并且很快形成思潮,进而影响到几乎所有文学艺术领域。象征主义诗歌的杰出代表有勃洛克、别雷、梅列日科夫斯基、吉皮乌斯、勃留索夫等。俄罗斯象征派是强调创作过程中使用象征手法的艺术派别。神秘的内容、象征物和艺术印象的扩展是俄罗斯象征主义的三大要素。俄罗斯象征派诗人在其作品中运用大量象征、隐喻、暗示和联想的艺术手法,来表达创作主体丰富的内心世界。以象征主义为开端,俄国文学又相继出现了诗歌上的阿克梅主义、未来主义等思潮,与俄国的现代主义文学潮流相存、相争,构成了这一时期的整体文学风貌,俄罗斯意象主义诗歌是这个大气候下的产物。

二、俄国意象派诗歌的生成

1919 年,舍尔舍涅维奇(В. Шершеневич)、伊夫涅夫(Р. Ивнев)、马里延戈夫(А. Мариенгоф)、库西科夫(А. Кусиков)、格鲁齐诺夫(И. Грузинов)、罗伊兹曼(М. Ройзман)等诗人,以及一批视觉艺术家一致拥戴诗人叶赛宁(С. Есенин)为领袖,成立了俄国的意象派,并发表了《意象主义宣言》[①]。他们于 1920 年出版了自己的诗集《词的熔炼场》《卖幸福的货郎》等。俄国意象派诗歌团体的生成是俄国现代主义诗歌运动中各种不同诗学观冲撞的结果,意象派明确地宣称:"意象主义是作为未来主义的对立面而出现的。"[②]

叶赛宁在《意象主义宣言》中对未来主义诗人进行了无情的讽刺:"令我们厌恶和作呕的是,理应去探索年轻人满怀青春的激情却紧握住未来主义肥大而又沉甸甸的乳头。未来主义这位女市民,已经忘却自己狂暴的岁月,成了'好风度'的代表……哎,你们这些……踏上词语、姿势和色彩的柏油马路的人们,你们知道未来主义是什么东西吗? 这是源于艺术

---

① 首次发表在 1919 年 2 月 10 日的《苏维埃国家报》和沃龙涅什市的文学杂志《汽笛》1919 年第 4 期上。

② 舍尔舍涅维奇:《意象主义是否存在?》,《十月革命前后苏联文学流派》,上海:上海译文出版社,1998 年版,第 316 页。

的光脚舞女……"①在叶赛宁看来，未来主义像"只活了十岁的好吵嚷的小孩"②早已经断气了，因为未来主义诗歌群体诞生于1909年，消亡于1919年。

叶赛宁在《意象主义宣言》中对俄国未来派的批评主要在于：第一，未来派诗人并没有真正地关心诗歌的形式，即便关心诗歌的外在形式，他们所关心的也是诗歌形式的装饰性。第二，未来派诗人真正关心的仍然是诗歌的内容，但是他们所关心的内容只是以意大利马利内蒂所说的战争、速度和技术为核心的大都市内容，而对现实生活本质却"像棉絮一样堵塞了一切新生事物的耳朵。未来主义使生活变得暗淡"③。俄罗斯意象派诗人借鉴了西欧意象派诗歌艺术并加以推进，同时他们的创作实践也在一定程度上突破了其理论主张，以标新立异的方式来超越未来主义，在俄罗斯诗坛形成了一定的影响。

然而在很长的时间里，人们对叶赛宁在俄国意象主义诗歌运动中所起的作用存在着不同的观点。苏联时期大部分观点认为，叶赛宁不是真正的意象主义者，而吴泽霖在2001年就认为，叶赛宁并非被意象主义运动所"裹挟"④，俄罗斯意象派诗歌是叶赛宁长期诗歌创作活动中的"共同"⑤经验所致。吴泽霖发现，在叶赛宁投入意象派之前，即在他1914年创作的现代诗经典《白桦》中已经有意象主义特征，如"在我的窗前，有一棵白桦，/仿佛涂上银霜，/披了一身雪花。/毛茸茸的枝头，/雪绣的花边潇洒，/串串花穗齐绽，/洁白的流苏如画……"⑥但他仍然痛苦地发现自己其实不会写诗。他在1921年5月给俄罗斯文学批评家伊万诺夫-拉祖姆尼克(P. B. Иванов-Разумник)的信中写道："我害怕地看出，我们所有的人，包括我，都不会作诗。"⑦

1918年出版的《玛丽亚的钥匙》⑧一文是叶赛宁与意象派诗人马里延

---

① 参见《意象主义宣言》，《俄罗斯白银时代诗选》，顾蕴璞编选，广州：花城出版社，2000年版，第579—580页。

② 同上。

③ 同上。

④ 吴泽霖：《叶赛宁和俄国意象派关系的再思考》，《俄罗斯文艺》，2001年第4期。

⑤ 同上。

⑥ 《白桦》在中国广为流传，并被选入人教版语文教材六年级上册第六单元。

⑦ 吴泽霖：《叶赛宁和俄国意象派关系的再思考》，《俄罗斯文艺》，2001年第4期。

⑧ 中文版参见谢·叶赛宁：《玛丽亚的钥匙》，吴泽霖译，北京：东方出版社，2000年版。

戈夫和舍尔舍涅维奇相遇后发出的意象主义哲学共鸣。其实如吴泽霖所述，叶赛宁的意象主义诗学观早在《玛丽亚的钥匙》之前就已经形成，他的现代主义诗歌中大量地使用了意象，只是尚未作出理论总结。《玛丽亚的钥匙》是叶赛宁对诗歌意象的运用进行的首次反思，之后他还在1920年发表的《生活与艺术》中对诗歌意象进行了探索。

　　概括地说，叶赛宁对意象派所作的贡献主要有两点：第一，叶赛宁强调意象即诗歌意象的表述；第二，在于对诗歌意象传统的追根溯源。首先，叶赛宁认为，诗歌的本质是形象。他在《玛丽亚的钥匙》一文中就反复提到"诗歌意象来源于生活"这个基本观点。与英美意象主义诗人不同，叶赛宁作为"来自乡村的最后一个诗人"[①]，非常熟悉大自然中的各种意象，也熟悉民间生活，他认为图像的表达蕴含在生活的方方面面，俄罗斯民间图案装饰，毛巾上的绣花，屋脊上的马头雕刻，百叶窗上的公鸡图案都是这种意象的表露。其次，叶赛宁认为，意象派诗歌要回归到俄罗斯诗歌传统上来，即回归俄罗斯经典史诗《伊戈尔远征记》中的意象表达，回归乡村和他所熟悉的意象：比如那少女一般亭亭玉立的"白桦"；"吮吸着母亲绿色乳房"的"枫树苗儿"；"似雪飞扬"的"稠李飘花"；"微波荡漾"的小河；"蓝色的旷野"和"殷红的罂粟花"；被爱情沉醉的和"长脚秧鸡不再欢嚷"的寂静乡村之夜。在叶赛宁诗歌中，低矮的农舍、灰青色的谷草、金黄的裸麦、云影下的风车、教堂与墓地上的十字架、烘饼、油烟、蛋壳、盐罐及鸡、鹅、狗、牛、马等都显现出一颗热爱俄罗斯山川河流、自然景色的诗人之心。

　　叶赛宁与马里延戈夫、舍尔舍涅维奇、伊夫涅夫、库西科夫、格鲁齐诺夫、罗伊兹曼、马林霍夫等意象派诗人虽然在反对未来派机器、喧嚣、战争问题上有共同性，但是他们的基本立场是不尽相同的，叶赛宁心中的郁闷是乡村和城市的困惑，具象与抽象的困惑，更是熟悉和陌生之间的困惑。而不是其他意象派诗人的矫揉造作，对西欧意象派的形式模仿，缺乏对内容和思想乃至情感的投入，叶赛宁自1920年起就与意象派其他诗人产生分歧，之后矛盾逐步加深，1921年他公开退出意象派。此后俄国意象派名存实亡，1924年自行解散。

---

① 参见叶赛宁的诗歌《来自乡村的最后一个诗人》。

第五节　庞德诗歌中的中国元素

　　"东学西渐"和"西学东渐"在 19 世纪末、20 世纪初形成了全世界范围内的潮流。20 世纪初,中国迎来了自"洋务运动"以来一波以"新文化运动"为标志的学习西方文化、接受西方思想的新高潮。与此相对应,在欧洲和美国,东亚和中国、日本的哲学思想、文学艺术在继 18 世纪刮起的中国文化接受强劲的"中国风"①之后,再次成为西方知识分子寻求摆脱资本主义社会弊端的药方和寄托精神理性的陌生家园。② 不仅儒家、道家和禅宗思想成为欧美知识精英的关注热点,东方美学价值,如诗歌、音乐、绘画、建筑、舞蹈甚至生活方式也成为 19 世纪末、20 世纪初西方知识分子、诗人和作家追求的对象,法国的象征主义和德国的表现主义中均强烈地表现出这一倾向。③ 美国自 19 世纪 30 年代开始就向中国派遣新教传教士,1877 年,在华美国传教士达 177 人。19 世纪 80 年代开始,美国来华传教人员人数激增,年轻大学生成为来华传教志愿者的主体。1912年前后,来华总人数达到 2038 人。④ 他们在两国间往返同样对中国文化在美国社会的传播起到了相当重要的作用。19 世纪 60 年代,法国先后有两部中国诗集问世,一部是汉学家德理文(Marquis d'Hervey de Saint-

---

　　① 指 18 世纪欧洲启蒙运动期间由西方传教士带给欧洲的中国哲学、历史、文学艺术、社会习俗、农业园林、科学技术等方面的知识。在文学方面,詹姆斯·魏金森通过英语和葡萄牙语译了一部四卷本的中国小说、戏剧、谚语和诗歌合集,包括《风月好逑传》《中国戏提要》《中国谚语》以及《中国诗歌》等,1719 年这部合集由英国人汤姆士·帕塞刊印了出来。1822 年,法国传教士马若瑟把元代纪君祥杂剧《赵氏孤儿》译成法文,题为《中国悲剧赵氏孤儿》。

　　② 欧美意象诗人如庞德在创作诗歌时大量地运用了中国元素。相反,意象派诗歌也在中国具有很大的影响力。20 世纪初,意象派诗歌在徐志摩、郁达夫等中国现代主义诗人的诗歌中留下很深的烙印。由于纳粹时期的政治立场,以及受到盟军的审判,50、60 年代庞德在中国完全是禁区。直到"文化大革命"结束后,庞德才进入中国外国文学研究者、译者和读者的视野。在 50 年代,中国大学教材中对庞德有这样的评价:"这位替德国作过广播宣传,后来受过盟军审判,现在常在'小杂志'上发表其英译《论语》的人,这位反动到了极点而诗又写得莫名其妙的神经病患者(他的受审便是因为精神失常而停止了),居然得了美国最高诗歌奖……这事件便充分揭露了当前美国文学主流的反动性的真面目。"参见北京师范大学中文系外国文学教研组编:《外国文学参考资料(现代部分)(下)》,北京:高等教育出版社,1958 年版,第 714 页。

　　③ Siehe Walter Gebhard (Hrsg.), *Ostasienrezeption zwischen Klieschee und Innovation*, München: iudicium, 2000.

　　④ 王立新:《美国传教士与晚清中国现代化——近代基督新教传教士在华社会、文化与教育活动研究》,天津:天津人民出版社,1997 年版,第 18—20 页。

Denys)1863年翻译的《唐诗》(Péosies de L'époque des Thang);另一部是戈蒂耶(Théophile Gautier)1867年翻译的《玉书》(Livre de Jade)①。在这样的文化语境下,庞德身为20世纪的美国诗人,在赴欧洲之前对中国文化应有一定的了解,这一判断可以得到埃拉·纳达尔(Ira Nadel)佐证,据纳达尔研究,庞德首次接触到中国可能是在自己故乡费城的中国博物馆,在那里,青年庞德对中国这个神秘遥远的国度和它博大精深的文化产生了兴趣。②

同时,庞德早年也在故乡费城受到日本文化的影响。1898年费城作家约翰·卢瑟·朗(John Luther Long)在著名的纽约《世纪画报》发表了短篇小说《蝴蝶夫人》。1900年,这本小说被大卫·贝拉斯科(David Belasco)改编成剧本,继而在1904年又由意大利剧作家普契尼等改编成独幕话剧《日本悲剧——蝴蝶夫人》,并于1900年3月5日在纽约公演,在美国和费城掀起一股日本热旋风。普契尼于1904年再将其改编成二幕歌剧,1904年1月17日在意大利米兰公演,这肯定对具有艺术天赋和爱好的青年庞德产生过影响。同时,费城曾在20世纪初举办过许多日本文化展览和文化活动,"传统式日本家屋、东方的象牙提秤以及方孔钱币等等让西方人惊叹的日本文化展品,多少也会让这样一个懵懂少年有些兴奋"③,促使他开始关注东方文化。

一、庞德的早期中国文化接受

在伦敦期间,中国国画首先将庞德的注意力吸引到中国文化上来。当时,庞德经常光顾大英博物馆,那里不仅有丰富的展品,而且还经常举办各种讲座。1909年3月,英国诗人、远东艺术鉴赏家劳伦士·比尼恩(Laurence Binyon)举办了以"东方与欧洲艺术"为题的系列讲座,庞德参加了这一活动。庞德在聆听了比尼恩对中国艺术的论述后发出了这样的感叹:"中国艺术某些方面所包孕的思想看来是特别现代式的……它对生命在所有的生物中不断延续的直觉的领悟,它对人之外的与人之内的生

---

① 孟华:《从19世纪法国作家笔下的中国形象看汉学研究的形象建构功能》,《当中国与西方相遇》,杭州:浙江大学出版社,2010年版,第36—39页。

② Zhaoming Qian, *Ezra Pound and China*, Michigan:University of Michigan Press,2003,p. 16.

③ 吴波:《日本传统韵文学的光点:俳句影响下的庞德意象诗文艺理论》,《日本问题研究》,2012年第3期。

命形式都给于同样的关切。这是一种比欧洲艺术更为沉思型的艺术。"①
此外，1911 年前后，庞德在伦敦结识了诗人爱伦·厄普沃特（Allen
Upward）。一次，厄普沃特将英国汉学家翟里斯"第一部为西方读者写
的"《中国文学史》介绍给了庞德，"这本包含了许多中国文学名著或片断
的英译文，相当适合不懂中文的庞德"②。从此以后，庞德便对此书爱不
释手，在仔细阅读过程中，他对中国文化的兴趣日益浓厚。上述因素导致
1913 年庞德得到一次偶然的机会与东方思想和中国、日本诗歌发生实际
接触。

　　这一事件发生在 1913 年 9 月，当时庞德在伦敦遇见了日本艺术史学
者费诺罗萨（Ernest Fenollosa）的遗孀玛丽·费诺罗萨（Mary McNeil
Fenollosa）③。费诺罗萨曾经在东京大学、东京国立艺术大学任讲师，也
担任过东京皇家博物馆绘画部的督管。基于庞德对中国文化的极大兴趣
和了解，玛丽·费诺罗萨委托庞德整理其丈夫有关中国文化研究的遗稿，
这使庞德第一次亲身体会到了中国古典文化的独特魅力。获得费诺罗萨
的手稿后，庞德立刻被费诺罗萨翻译的中国古诗所吸引，他如获至宝，爱
不释手。由于喜爱中国古代诗歌，庞德开始学习汉语，并对汉语的方块文
字产生极大的兴趣。庞德以诗人特有的灵犀来看中国古代诗歌和汉字，
因而对中国古代诗歌有一种心领神会的超凡能力。他认为中国汉字意在
形中，生动如画；中国古诗意象丰富，简约含蓄。庞德在对中国古代诗歌
的不断探索中寻求到了其灵魂所在，并从中汲取了养分。对此，庞德曾总
结道："与其写万卷书，不如一生只写一个意象。"④这种对中国古代诗歌
美学的认知极大地推动了庞德以及英美意象主义诗歌运动。经过两年多
的研究和学习，庞德在 1915 年从费诺罗萨遗稿中的 150 首中国诗歌中选
出 18 首⑤，翻译成了英文，并取名为《华夏集》（Cathay）⑥发表。

---

　　① 赵毅衡：《远游的诗神：中国古典诗歌对美国新诗运动的影响》，成都：四川人民出版社，1985
年版，第 141 页。
　　② 张弘：《跨越太平洋的雨虹——美国作家与中国文化》，银川：宁夏人民出版社，2002 年版，第
27 页。
　　③ 对于费诺罗萨的身份有不同的说法，张剑认为他是美国驻日本外交官，他在日本朋友的帮
助下翻译了中国诗歌，他的手稿的中国诗歌已经是完成了的译稿。参见张剑：《翻译与表现：读钱兆
明主编〈庞德与中国〉》，《国外文学》，2007 年第 4 期。
　　④ 刘岩：《中国文化对美国文学的影响》，石家庄：河北人民出版社，1999 年版，第 87 页。
　　⑤ 其中包括屈原、宋玉、白居易、李白、陶潜、王维等中国诗人的作品。
　　⑥ Cathay 为英文中的中国的别名，源于契丹（Khitan），因此庞德的《华夏集》也有人译成《中
国》《华夏》《神州集》《汉诗译卷》等。

在《华夏集》的翻译中,庞德已经将意象主义思想融入翻译实践中,他没有像其他欧洲汉学家那样用古典诗歌的语言和规则去翻译中国古代诗歌,而是运用他的意象主义诗歌三原则去解读中国诗歌经典,如在翻译李白的《黄鹤楼送孟浩然之广陵》"故人西辞黄鹤楼,/烟花三月下扬州,/孤帆远影碧空尽,/唯见长江天际流"这四句诗时,他做了意象主义诗歌方式的解读:"＜Separation on the River Kiang＞:Ko-Jin goes west from Ko-kaku-ro/The smoke-flowers are blured over the river./His long sail blots the far sky./And now I see only the river, the long Kiang, reaching heaven."[①]这里除了采用日文地名(Ko-kaku-ro"黄鹤楼")、日语发音的"故人"和"江"(Kiang)之外均采用了日常、简洁的语言。庞德对这首诗的标题做了创造性的转译,将比较复杂的"孟浩然"和"广陵"这两个背景信息略去,简单译成"在名为'江'的那条河边的告别",即:《江边离别》。在翻译中,庞德省略"三月"和"扬州"两个词,目的是摒弃故事性,把孟浩然离开江夏,即今之武汉,前去广陵,即扬州的情节全部隐去不译,而只剩下送别的画面,这样对英文读者来说,能够更好地达到欣赏诗歌的目的,实现了意象派诗歌的目的性,达到了非常直接的一个意象画面。

对原诗中比较文雅的"西辞"具有汉语文言文的特殊表达,庞德采用了"go west from..."这一通俗易懂的日常词语结构。虽然这里有一个误读,汉语中的"西辞"意思是辞西向东,应该是"go east from...",但这并不妨碍庞德的意象派诗歌语言使用原则。"烟花"被一一对应式地直接译成了"smoke-flowers",没有任何矫揉造作的痕迹。"blur"一词用得非常出神入化,这个词有"使……变模糊"的意思,"are blured"显示出一种意境和状态,非常具有画面感。这句中,尽管庞德没有翻译"三月"和"扬州"这两个词,但达到了同样的效果,完全表达出了"烟花三月"的气候特征。用"are blured over river"营造出了江面上雾气朦胧的感觉,达到一种中国水墨画的效果。"孤帆"(his long sail),用物主代词"his"表达了特指"Ko-Jin"(故人)的那条帆船,用形容词"long"显示出只有那艘船高高的桅杆依稀可见,而动词"blot"(溅起浪花)则非常有动感地将在朦胧江面上渐渐远去的帆船与远方的碧空"far sky"联系在一起。最后一句,庞德没有忘记怎样表达诗人的情感,他将第一人称诗歌叙述者"I"加到了译作中,以意象主义诗学坚持的个体情感原则,清晰地表达个人在此时此刻的

---

① 参见王文:《庞德与中国文化——接受美学的视阈》,苏州大学博士论文,2004年,第46—47页。

情绪,也就是人去楼空,孤影独吟的个人处境,更加突出了"only see"(唯见)的情感,以致个人的思绪完全消失在"reaching heaven"(水天一色)的"long Kiang"(长"江")之中,用文字完成了一幅完美印象派绘画或者中国水墨画作品。

从庞德对上述中国古代诗歌的翻译中可以看出,庞德并不是完全以翻译的形式接受中国诗歌意象美学,他当时的汉语水平尚不能做到翻译,而是在费诺罗萨手稿基础上采用了一种"半译半写"或"仿写"(Nachdichtung)的方式接受中国古典诗词,事实上,欧洲有很多诗人都曾经采用这种诗歌接受方式,所不同的是庞德更注重中国诗歌表达的美学价值。这一点在他《仿屈原》《刘彻》和《曹植》等仿写诗歌中表现得更为突出。需要指出,庞德对李白的《黄鹤楼送孟浩然之广陵》的接受是一个意象派诗人对李白诗歌的解读,他完全没有顾及原诗的韵律和典故,也没有模仿原诗的词语风格,而是在意境和画面语言上忠实于原作。他在接受和传播中国传统诗歌美学的时候,"达到了一种能超越时、空、语言界限的'心有灵犀一点通'的契合"[1],突出了"黄鹤楼""烟花""孤帆""碧空""长江""天际"等画面语言,从而使英语译诗也同样具备东方诗歌的意象之美。

二、庞德诗歌中的中国和日本意象元素

以庞德为代表的英美意象主义诗歌运动有两个源头:第一是法国象征主义诗歌;第二是中国和日本的古代诗歌。庞德不仅在翻译《华夏集》的过程中大量地汲取了中国古代诗歌的美学观,从中得到中国文化的启迪,而且还在一生的文学创作中不断地在中国和日本等东方文化和美学思想中汲取养分,形成英美意象派诗歌的一种独特风格。

庞德最脍炙人口的意象派诗歌作品之一可谓《在地铁车站》(*In a Station of the Metro*),这首短诗体现了鲜明的中国和日本古代诗歌美学特征。这首意象派经典诗歌的生成背景是作者回忆"三年前"[2](1913年)曾在巴黎乘坐地铁时的瞬间印象,也是对欧洲大都市具有特定意义的图

---

① 胡泽刚:《庞德的启示——评庞德的译作〈华夏〉兼论汉诗英译中的一个问题》,《外国语》,1991年第2期。

② 庞德在1916年写的《高狄埃——布热泽斯卡:回忆录》中曾说过这首诗灵感的由来:1913年在巴黎协约地铁站,他走出地铁车厢,突然看到了一个个美丽的面孔,天真儿童、美丽的女人。之后,庞德努力寻找能表达那时感受的文字,不断地修改、删减,最终浓缩成意象派的经典诗句。

像记忆。这首诗的具体生成日期已经无法确定,学界判断大约在 1916 年前后。这首诗的初稿有 30 行,庞德经过几次修改,最后发表时只留下了两行,共 14 个单词:"The apparition of these faces in the crowd/ Petals on a wet, black bough."(这几张脸在人群幻景般闪现;/湿漉漉的黑树枝上花瓣数点。)①可以想象,当他走出地铁站时,川流的人群中无数张脸在他面前攒动,都是一张张陌生的脸,但又是美丽的脸,在照明不强的地下通道中忽隐忽现,就像幻影显现(apparition)一样。这是第一个意象,这种意象既是熟悉的,又是陌生的,但却是美丽的。

　　庞德按照他对意象主义的理解,非常简洁、直观地把诗人心中的意象呈现在读者面前(符合原则一:直接表达主观或者客观的事物)。"these faces"是指示性的,非常明了地指涉巴黎某一座地铁站里涌流而出"无数的脸"。因为是无数的,并且是在人群中(in the crowd)晃动不定的,因而也是陌生的,甚至是无以辨认的,所以他们的"脸"(faces)也是若幻影般地显现着的,即:"在"与"不在"同在,"是"与"不是"并存。这首诗的第二个意象是"湿的"(wet)和"黑色"(black)的"树枝"(bough)上(on)的"无数花瓣"(petals)。庞德用非常简练的语言清晰地把心中的意象表达了出来(符合原则二:绝对不用任何无益于显现意象的词语)。与休姆的《秋》相比,庞德的上述两个意象在语言表达时均没有出现动词,而是用两个介词(in, on)来表达图像中各种元素的相互关系,因而获得了两个意象之间的动感和音乐节奏性(符合原则三:诗歌创作要依照乐句排列,而不允许依照节拍机械重复)。

　　这两个意象上下呼应,产生隐喻。读者不难发现,这里复数的"脸"与复数的"花瓣"有一定的联系。而这种联系又具有强烈的主观性,是作者个人的都市经验和意志的表现。将城市地铁景色与自然景色联系在一起,人与物对照起来,对城市景色作出"幻影"般的情绪表达,一种孤独感油然而生;对自然景色"树枝"作出"湿"和"黑"的情绪表达,这两种元素也是中国水墨画的基本元素,两者结合在一起,使这首小诗既达到了表达他自己提出的"意象就是在一瞬间呈现出的理智和情感的复合体"理念的目的,又在词语中蕴含着对东方美学的接受。陌生的"人脸"、美丽的"花瓣",这两个隐喻表达了作者对自然的渴望和对城市陌生化的无奈。同时,庞德对东方艺术思想和诗歌意境的接受融合也跃然纸面,《在地铁车站》短短

---

① 飞白译,见飞白主编:《世界诗库》第 7 卷,广州:花城出版社,1994 年版,第 203 页。

的两个诗行独具匠心，不仅给人两个画面意象，而且这两个画面意象带有鲜明的中国古典诗歌的美学特征，其中主要有以下三种特征。

首先，简洁性。《在地铁车站》这首意象派诗歌比较明显地接受和表达出了中国古典诗歌中的简洁性特征，这与英美新浪漫主义诗歌中的"夸饰性"和"感伤性"非常不同。"夸饰性"（ornament）①是欧洲自洛可可（rococo）和巴洛克（barock）风格形成以来的基本审美价值观，这一风格在欧洲文艺复兴后一直具有很大的穿透力，在建筑、设计、雕刻、绘画、文学、音乐等诸多领域都有很坚厚的积淀。"感伤性"（sentiment）也是英美新浪漫主义的特征之一，以休姆和庞德为代表的英美意象派为了克服这两种现象，自然而然地接受了中国古代诗歌中的简约美学，追求在简约中蕴含着的意蕴。《在地铁车站》明显地采取了"克制陈述"的策略，表现出犹如柳宗元笔下《江雪》那样的简约意象："千山鸟飞绝，/万径人踪灭。/孤舟蓑笠翁，/独钓寒江雪。"

其次，直接性。中国古代诗歌注重意象和画面的直接表达，如马致远《天净沙·秋思》的"枯藤老树昏鸦，/小桥流水人家，/古道西风瘦马，/夕阳西下，/断肠人在天涯"这样的诗句便很好地解释了王维"诗中有画，画中有诗"的美学思想。②马致远在这首小令中直接表达了山、水、树、路、桥、人、鸟和自然气象的意象。同样，庞德也在《在地铁车站》这首诗中把"人群中"的"脸庞"和"树枝上"的"花瓣"直接地表达出来，没有陈述性的铺垫和夸饰性的累赘。又例如，庞德的《题扇诗》是按照班婕妤的《怨歌行》的最后两行诗"弃捐箧笥中，恩情中道绝"仿写而成："呵，洁白的绸扇/像草叶上的霜一样清湛/你也被丢弃在一边。"这首诗也只有三行，直接地把"绸扇""草叶上的霜"呈现在读者面前。

最后，多意象性。中国古代诗歌中经常出现意象叠加互联、上下呼应的美学现象，如柳宗元在《江雪》中用的"千山"与"万径"、"飞绝"与"踪灭"、"孤舟"与"独钓"之间的上下呼应，以表达在严寒中垂钓的"蓑笠翁"清高凌然的品格；马致远《天净沙·秋思》中的"枯藤""小桥""古道"等都

---

① 欧洲现代主义大多对夸饰性持批判姿态，在建筑学上和工业设计上，现代主义对夸饰性进行彻底的否定，坚持实用简洁的观点（form follows function），1908年阿道尔夫·罗斯（Adolf Loos）发表《夸饰与犯罪》一书彻底否定了夸饰性，为包豪斯运动做了准备。

② 庞德受到过王维的直接影响，他在《华夏集》中专门翻译过一首王维的《送元二使安西》。此外，他还翻译过王维的《田园乐》《桃源行》等。参见王文：《庞德与中国文化——接受美学的视阈》，苏州大学博士论文，2004年，第81—82页。

有多意象关联的手法。在庞德的《在地铁车站》中,无数的"脸庞"和无数的"花瓣"也上下呼应,形成一种隐喻,其中便蕴含着中国古诗美学思想。在庞德的鸿篇巨制《诗章》中的《七湖诗章》①里,这种中国元素出现得更为频繁,以第七节为例:"烟雾在小溪上漂浮,/桃树将鲜亮的叶子洒在水中,/声音回荡在暮色中,/小舟在隘口处掠过,/墨绿色水面上金色的木筏,/空旷的田野上三个台阶,/灰色的石柱通向……"在这首诗中,庞德对王维《桃源行》《田园乐》的仿写清晰可见。由于王维用诗歌的形式重构了陶渊明的散文《桃花源记》,因此庞德的诗句中也间接地重现了陶渊明《桃花源记》的意象。庞德的这些意象具有鲜明的叠加组合、上下呼应的功能,再现了王维"渔舟逐水爱山春,/两岸桃花夹古津,/坐看红树不知远,/行尽青溪不见人"②的图卷。

庞德除了对中国古代诗歌的关注和研究之外,他的诗歌里也有一定的日本俳句元素。这主要因为他早年是从费诺罗萨那里接触到东方诗歌的,而费诺罗萨主要是研究日本艺术史的专家,他遗稿中的资料大多涉及日本文化,他翻译的部分中国诗歌也是在日本友人的帮助下完成的。因此,在这些手稿中除了中国诗歌的本身特点之外,也包含了费诺罗萨、日本学者和诗人的解读,这些元素同样也影响到了庞德的意象派诗歌创作。日本俳句虽然历史不长,但它主要吸收了中国古代诗歌的形式和特点,并在此基础上形成了自身的特点:如写景的特点很鲜明,画面感强,句式短小,还有明显的俳句"季语"③的特征,这些都直接影响了庞德意象诗的生成,如《在地铁车站》,庞德曾表白在创作过程中直接参考了日本诗人荒木田守武(1472—1549)所作的一首俳句作品:"落花枝にかえると见れば。(樱花谢,何又返枝头,是蝴蝶。)"④

庞德的《在地铁车站》中无论从意象画面感,还是从句式简洁短小特征上看都有日本俳句的痕迹,同时,从俳句最重要的美学风格"闲寂"和"风雅"上看,庞德的这首早期意象派诗歌中也有一定的表达。俳句的必

---

① 《诗章》是一部史诗式作品,它体制宏大,视野开阔,思想深邃,主题深刻,手法独特,是庞德倾其毕生精力,历时五十多年才完成的一部伟大的文学巨著,包括120首诗歌。在这部巨著中,庞德对中国文化和诗学、对孔子儒家学说做了系统的阐述。

② 李渗:《王维诗集选》,武汉:长江出版社,2009年版,第116页。

③ 俳句中一般都会出现"季语",季语是指表示季节和气候环境的用语。季语中常有"雨""雪"等表现气候的用语,还有像"樱花""蝉"等动物、植物名称。

④ 吴波:《日本传统韵文学的光点:俳句影响下的庞德意象诗文艺理论》,《日本问题研究》,2012年第3期。

要前提"季题"和"季语"的运用,如日本俳句"河岸青青柳""齐集五月雨"等都用色彩＋植物、时间＋自然现象等方式表达"季题"和"季语"。庞德也在诗中用"花瓣"和"湿黑"的"树枝"这些具有明显俳句季语中表示气候和自然的元素,给人耳目一新的感觉。

第四章

现代现实主义文学
经典的生成与传播

19世纪末和20世纪上半叶是欧美发达国家从自由资本主义走向垄断资本主义和帝国主义的时期。现代化和都市化、经济膨胀、科技发展、文明进步一方面给人类不断带来摆脱自然锁链的机遇；另一方面，人类也在这种进步和发展中，不可避免地被"以其人之道，还治其人之身"的逻辑方式强迫，品尝着自己酿造的苦果，各种社会弊端充分暴露。同时，欧美新老发达资本主义国家的各种利益和矛盾在发展和竞争中持续发生冲突。20世纪第一个十年之后，欧洲经济陷入萧条，第一次世界大战的爆发使得西方民众在这种利益冲突和博弈中饱受灾难。对20世纪上半叶的欧美文学来说，具有重大影响的历史事件是两次世界大战的爆发、法西斯主义的流行、俄国爆发的十月社会主义革命和马克思主义在全世界的传播。

在这样的世界历史进程中，西方一大批作家面对严酷的社会现实和自身的社会责任，继承19世纪批判现实主义文学的立场和视角，融合现代主义文学的表现手法，以批判社会弊端和反对战争以及战争带给人类的灾难为文学任务，注重内心世界的刻画和主观精神的表现，不断创新现实主义文学表现形式，创造了一批20世纪现实主义文学的经典作品。

第一节　现代文学多元格局的形成

西方文学在19世纪末、20世纪初的社会文化语境下已不能像以往数百年那样平缓地过渡与发展，西方资本主义社会在工业文明、技术进步、商品消费、市场争夺、劳动异化、资本垄断、经济危机、世界大战等现象的加速度作用下也以前所未有的速度发生裂变,传统价值观被颠覆,新的价值观层出不穷,这同样导致文学表现形式的裂变。20世纪初以后的欧美文学"呈现出一种激越的演变与多元的分化相交错的发展趋向"①。

18世纪以前,田园式的文学样式曾经保持过百年如一的抒情诗般的矜持,19世纪的文学也以洪波推进的方式逐浪向前发展,一边守望着真、善、美的古典主义诗学原则,一边保持脚步,紧跟着文学现实主义、自然主义和批判现实主义的伟大进程。与此相比,20世纪的文学则呈现出一场"文学形式分野、各种流派蜂起、作家创造思维与作品风格五彩缤纷、万紫千红(或贬之曰五花八门、千奇百怪)的大杂烩"②。事实上,20世纪的西方文学尽管思潮迭起,风起云涌,形式多样,流派纷呈,令人目不暇接,但是究其根本,这无非是文学生成和传播的土壤和气候变化所致。如上文所述,这是欧美各国工业现代化、都市化背景下人类思维方式演化的具体表现而已。在科学技术日新月异,人类知识以几何级数增长甚至爆炸式增长的情况下,人类对世界的认知方式已经无法再适应田园式的恬静。正如毛信德所说:"20世纪的人类比他们的先人要活跃得多、躁动得多、聪明得多,也不安得多。"③因此,这一时期的欧美文学开始呈现出一种美学形式多元化的格局,各种风格、各种流派、各种思潮、各种表现方式相互影响,争奇斗艳,此消彼长,互融互通,你中有我,我中有你,你方唱罢我登场,几乎令人目不暇接。

一、20世纪现实主义文学的基本特征

本章探讨20世纪上半叶现实主义文学经典的生成和传播问题,所以仍然需要在洛文塔尔文学社会学意义上对20世纪的现实主义文学的基本特征加以考量。总体来说,20世纪初的欧美现实主义文学继承了19世纪以来的现实主义、自然主义、批判现实主义的基本理念,但仍然显示出这一时期的现实主义特征:

首先,20世纪上半叶的现实主义作家具有强烈的社会正义感,他们以人道主义和社会主义价值观为基本原则,对资本主义社会的不公平和

---

① 毛信德:《三足鼎立与钟摆现象——20世纪世界文学走向剖析》,《杭州大学学报》(哲学社会科学版),1997年第1期。
② 同上。
③ 同上。

丑恶现象进行揭露与批评。他们善于用照相写实的方法,有时甚至是自然主义的方式,无情地揭示资本主义社会腐朽的价值观和战争的残酷,批判资本主义社会对人的异化、家族的没落和个体的毁灭。他们的笔触往往同情受侮辱、受损害的下层人民和国家机器中的小人物,他们向往没有人压迫人的美好未来和理想社会。如劳伦斯的《儿子与情人》、雷马克(Erich Maria Remarque)的《西线无战事》、海明威(Ernest Miller Hemingway)的《永别了,武器》、德莱塞(Theodore Dreiser)的《美国的悲剧》、布莱希特(Bertolt Brecht)的早期戏剧作品《夜半鼓声》、托马斯·曼(Thomas Mann)的《布登勃洛克一家》等都是这一类作品。这一时期的许多现实主义作家都具有高度的社会责任感、文学的历史使命感,他们中许多人是社会主义者和共产主义信仰者,他们的现实主义文学与左翼社会主义文学属于同一个范畴,但其中也有一些由于把"博爱"当作出发点和终点,相信"爱能拯救一切",视贫富均等为最终目标。

其次,20 世纪上半叶的欧美现实主义文学始终坚持真实性这一现实主义文学创作的基本原则。以现实的、具体的、变化中的人的精神世界及生活遭遇为描写对象,从人与周围环境的关系探讨人生真谛,进行真实的审美反映。他们用冷峻和批判的眼光审视复杂、残酷的社会现实,历史主义地表现客观世界的发展过程,力图通过对人物的性格、命运和环境的艺术概括,回答"总是存在而又无法解决"的问题,令人信服地揭示旧制度、旧生活无可挽回地走向衰亡的趋势。较之 19 世纪的西方现实主义文学,20 世纪现实主义文学在反映社会现实的及时性和撷取题材的政治性上显得更为敏锐,更为及时。许多作品,往往在被描写的事件刚刚结束甚或还未结束时就写了出来,如德莱塞的《美国的悲剧》就是以实际发生的刑事案件为素材,雷马克就是用自身的战争经验创作《西线无战事》这部反战小说。而且,这些作品在反映现实之中寄托了改变现实的愿望,又使作品的政治色彩十分鲜明。有的还直接以重大政治和历史事件为题材,展现著名政坛人物的政治活动。

再次,20 世纪上半叶的现实主义作家吸收了现代主义各种文学艺术流派的创作方式,如内心独白、梦幻描写、潜意识表现、性心理描述、时序颠倒、荒诞变形、多角度的情节发展和多层次的结构形式等,善于描写人物的内心世界,如罗曼·罗兰(Romain Rolland)的《约翰·克里斯朵夫》、托马斯·曼的《死在威尼斯》和《魔山》,艺术形式上不拘一格和兼容并蓄。"走向内心"是20世纪上半叶欧美文学和现代主义美学运动潮流的共同特征。印象主义、象征主义、表现主义在表达个体主观真实方面作出了巨大的突破,取得了伟大的成就,这也使同一时期的现实主义文学引起艺术上的自我省察和自我调整。20世纪的现实主义文学跟传统现实主义文学主要区别就在于前者善于突出人物的主观感受和精神探索的描写,放弃了左拉式的一味注重表面细描的手法。他们在融合中不断创新,既融会了自然主义的客观写实手法,又汲取了象征主义手法、意识流手法等现代主义的艺术技巧。很多在传统现实主义文学中不被采用甚至遭到排斥的艺术手段,在20世纪的现实主义作品中已是屡见不鲜、习以为常的了。如海明威的非洲短篇小说《乞力马扎罗的雪》就运用了内心独白、幻觉和现实相结合的手法,展现了主人公苦闷复杂的心路历程。

最后,20世纪上半叶,西方现实主义作家在小说人物塑造上更加强调性格的多重性和复杂性,淡化典型人物性格的描写,艺术表现方式也呈现出多元化的趋势。许多现实主义作家同时也被视为现代主义作家,如海明威、托马斯·曼等。20世纪初,西方文化的一个根本特征是迷茫和失落。现实主义作家以严肃的人生态度直面人生,在社会转型期复杂错综的社会生活和变幻莫测的世态人情面前,他们大多持客观、务实、贴近真实的生活、远离唯美主义和消极遁世的处世态度。在他们的作品中,不再表现完善的人格和伟大的命运,而常常将个人的命运与时代和社会现实结合在一起。如罗曼·罗兰笔下的约翰·克里斯朵夫或者托马斯·曼《魔山》中的汉斯,他们内心世界复杂,常常带有普通人的弱点和缺点。也有一些人物是社会的牺牲品,或者是小人物,他们低能、笨拙、脆弱,有时还怯懦;对生活有点儿浑浑噩噩,或许还带点儿玩世不恭;但他们是好人,并不为非作歹,并不损人利己,而是实实在在地干了不少被人忽视、被人不屑却有益于社会的事,世界正是由他们这些人组成的。

二、欧美现代文学的多元格局

20世纪文学上半叶,西方文学的最大特点就在于在很短的时间内迅速打破了19世纪以前的文学发展长期的单一性,如巴洛克文学时期、浪漫主义时期、现实主义时期等,呈现出一种多元并行、相互斗艳和融合互补的发展趋向。然而这种多元格局在19世纪中后期已显端倪,如许多20世纪具有代表性的现实主义作家本身就是跨世纪的,他们继承了19世纪伟大的现实主义作家传统,法国的阿纳托尔·法朗士(Anatole

France)、弗朗索瓦·莫里亚克(François Mauriac)和罗曼·罗兰等都继承了法国现实主义文学的养分。左翼社会主义文学则继承了19世纪30、40年代的英国宪章派文学和70年代的巴黎公社文学的传统。而19世纪末、20世纪初席卷法国、德国的象征主义诗歌,德国的表现主义文学和达达主义,英美和俄罗斯的意象主义诗歌、未来主义诗歌、立体主义、超现实主义文学等都可以被视为以19世纪中叶法国唯美主义的L'art pour l'art①运动和印象主义绘画所开启的欧洲现代主义运动的一条条支流。

　　20世纪上半叶,诗人和小说家的艺术流派归属和身份开始变得模糊,他们中的许多人既是现代主义作家,又是现实主义作家,这一时期热衷某一流派,另一时期又转向其他流派。有的宣称自己什么流派都不是,如表现主义画家和作家从来没有说过自己属于表现主义。他们有时是左翼的、社会主义的,但有些时期有些作品又是保守的。文学史似乎已经翻过了给诗人和小说家贴标签的那一页,这种多元化的文学格局总的背景只是一个,那就是20世纪欧美社会语境的突变和裂变所造成的文学艺术传播力场巨变,以往的文学式样已经不再适应新的社会、新的读者需求和新的文学创作渴望。文学无法在两种思潮或流派的简单更迭中波浪前进,而是在时代所掀起的狂风骤雨中狂飙突进。

　　就像毛信德所察觉到的那样,"19世纪70年代至20世纪初第一次世界大战爆发前后,是人类产生文学以来最躁动不安的阶段之一"②。一方面,19世纪末、20世纪初的现实主义作家继往开来,继承了19世纪批判现实主义文学中最清醒、最典型的现实主义传统,创作出了一大批文学经典,如英国劳伦斯的《虹》、毛姆(William Somerset Maugham)的《人生的枷锁》,法国罗曼·罗兰的《约翰·克里斯朵夫》,德国托马斯·曼的《布登勃洛克一家》、雷马克的《西线无战事》、布莱希特的《大胆妈妈和她的孩子们》、美国德莱塞的《美国的悲剧》、海明威的《永别了,武器》,苏联高尔基(Алексей Максимович Пещков)的《自传体三部曲》、肖洛霍夫(Михаил А Шолохов)的《静静的顿河》等。这些作家大都跨越两个世纪并在两个世纪交替的年代,显示出他们活跃的创作情绪,他们是承上启下的一代文学家。

---

　　①　法语:为艺术而艺术。
　　②　毛信德:《三足鼎立与钟摆现象——20世纪世界文学走向剖析》,《杭州大学学报》(哲学社会科学版),1997年第1期。

另一方面，现代主义文学将反传统、反自然主义和反现实主义传统的口号写在自己的大旗上，并且，在这面大旗下20世纪初各种文学思潮、艺术流派和作品也纷纷涌现，现代化和都市化、科技进步与工业文明、战争与革命是现代主义文学的土壤和气候，反理性、碎片化和抽象化是现代主义的主旋律。他们在象征主义诗人波德莱尔《恶之花》的路径和方向上继续让20世纪的读者和社会不断惊愕。法国象征主义诗歌虽然昙花一现，但不久就在法国和德国产生了大批后象征主义诗人，它与意象主义诗歌、表现主义诗歌一起，汇成了一股20世纪初的新诗潮流，席卷欧美，影响全球。现代主义的经典诗人有法国的瓦雷里（Paul Valéry），俄罗斯的叶赛宁，奥地利的里尔克、霍夫曼斯塔尔、特拉克尔（Georg Trakl），美国的庞德，英国的叶芝、艾略特等。20世纪初，在小说和戏剧创作上也流派横溢，超现实主义、表现主义、存在主义、意识流等相互影响，产生了伟大的经典作家和经典作品，如爱尔兰乔伊斯的《尤利西斯》、瑞典斯特林堡的《鬼魂奏鸣曲》、德国德布林的《柏林，亚历山大广场》、法国普鲁斯特的《追忆似水年华》、奥地利卡夫卡的《城堡》、美国福克纳（William Faulkner）的《喧哗与骚动》等。

与此同时，欧洲20世纪初是战争和革命风起云涌的时代，无论是第一次世界大战、俄国十月社会主义革命，还是欧洲共产主义和工人运动、西班牙内战都深刻地影响了欧洲的文学艺术格局，欧洲的左翼文化人、诗人和社会主义文学总是伴随着时代的漩涡涌流。随着反战、反法西斯运动的高涨，左翼文学和持社会主义立场的文学在欧洲以及苏联等国家日益强盛。20世纪初，由于经济危机和战争以及苏联的影响，各国都有许多作家开始关心政治和社会现实问题，学习马克思主义，研究文学与社会的关系，考虑自身的社会义务和历史责任。在德国，1917—1918年的十一月革命后，威廉皇朝被推翻，魏玛共和国建立，共产党成为魏玛共和国第一政党，工人运动蓬勃发展，如德布林就在他最早的手稿中写道："所有的社会悲剧的主要原因在于资本主义制度，一个新的世界将要诞生，一切都会比现在好，在新的世界里，人人都有工作的义务，工作是一种享受，我们要为这样的世界而斗争。"[1]布莱希特在20年代起就是坚定的共产主义者，他的史诗剧有一个重要的政治目的就是教育人民，打击法西斯。

---

① Zeller, *Alfred Döblin*, 1878—1978, *Katalog zur Ausstellung des Deutschen Literaturarchivs im Schiller-Nationalmuseum*, München, Marbach am Neckar: Dt. Schillergesellschaft, 1987, S. 12.

1930 年捷克斯洛伐克进步知识分子建立"左翼阵线";1932 年法国也成立"革命作家和艺术家联合会";同年,保加利亚文学界在季米特洛夫(Georgi Dimitrov Mikhaylov)的领导下建立了以无产阶级作家为核心的"劳动战斗作家同盟";英国、丹麦、西班牙等欧洲国家的一批年轻作家开始阅读马克思,热衷共产主义和社会主义思想①;美国左翼文化团体和左派杂志如《新群众》等纷纷介绍十月革命后的苏联,研究马克思主义理论,讨论作家的责任和文艺的方向。在俄国,高尔基、肖洛霍夫、法捷耶夫(Алексáндр Алексáндрович Фадéев)、马雅可夫斯基(Владимир Маяковский)、奥斯特洛夫斯基(Николай Алексеевич Островский)等都成为社会主义文学和进步文学的代表,其中高尔基在二三十年代领导苏联繁荣社会主义现实主义文学的进程中,产生了世界性的、具有划时代意义的影响,成为 20 世纪社会主义现实主义作家的典范。

综上所述,20 世纪上半叶欧美文学基本呈现出一种多元化的格局。毛信德所提出的 20 世纪文学格局是现代主义文学、现实主义文学和无产阶级文学三足鼎立、倚势钟摆的判断②,从根本上看大致符合 20 世纪的欧美文学的发展路径,但从 20 世纪上半叶欧美各国不同的文学发展路线和实际发展历程来看却值得商榷,尤其是"无产阶级文学"这一概念的提出可能符合一些国家的一些作家在某一阶段的情况,但却很难涵盖 20 世纪欧美各国和具体作家的政治身份和动态创作实际。不过,无可争议的是,20 世纪初欧美文学的多元格局已经形成,不仅在现代主义文学中,各种流派相互渗透,而且 19 世纪以来现实主义文学传统也与现代主义文学、左翼文学等文学思潮相互渗透,互为影响。

---

① 其中包括英国作家克里斯托弗·考德威尔、英国诗人塞西尔·戴-刘易斯,二人都于 30 年代加入英国共产党,考德威尔加入国际纵队参加西班牙内战,在西班牙牺牲。英国青年作家朱利安·贝尔在 1933 年 12 月致《新政治家》杂志的一封信中提到:"当代政治差不多成了讨论的唯一话题。在比较有才华的本科生中大部分人是共产主义者,或者说几乎是共产主义者。对文学的兴趣仍然存在,不过性质已经基本上改变了,在奥登先生的牛津派影响下,那兴趣演变为与共产主义的联盟。大概可以不无理由地说,当今英国的共产主义在相当程度上是一种文学现象,是'战后第二代'企图逃出'荒原'的努力。"(转引自萨缪尔·海因斯:《奥登一代:英国 1930 年代的文学和政治》,伦敦:Bodley Head 出版社,1976 年版,第 129—130 页。)又如,苏格兰诗人休·麦克迪尔米德在 1931 年发表《一颂列宁》一诗,开创英国 30 年代政治诗的先河。

② 毛信德:《三足鼎立与钟摆现象——20 世纪世界文学走向剖析》,《杭州大学学报》(哲学社会科学版),1997 年第 1 期。

第二节　劳伦斯与英国现实主义小说的传播

劳伦斯是 20 世纪英国最杰出的现实主义小说家之一。他的成名作《儿子与情人》(*Sons and Lovers*)代表他早期小说的心理现实主义的创作风格。他中后期的主要作品为长篇小说《虹》(*The Rainbow*)、《恋爱中的女人》(*Women in Love*)以及《查泰莱夫人的情人》(*Lady Chatterley's Lover*)。劳伦斯的文学作品均带有强烈的现实主义风格,但又吸纳了许多欧美现代主义小说的表现手法,因此具有非常广泛的接受群体。长篇小说《虹》和《查泰莱夫人的情人》是劳伦斯的代表作。劳伦斯的作品常常从两性关系入手,毫无掩饰地描写男女之间的性活动,因此常常受到非议,他的作品也曾被长期禁止发行。但其实劳伦斯借助这种主题来迫近英国社会的客观现状,特别是他的故乡英国诺丁汉郡煤矿工人的生活状态,英国各阶层民众的真实生活和他们的人际交往关系,并以现实主义"接地气"的写作方式抵制和反对现代主义文艺潮流中的脱离现实、躲进唯美主义象牙塔的倾向,以独特的艺术构思再现了各类人物的命运,从而揭示了 20 世纪初以及 20、30 年代英国社会各种复杂关系和社会真实状况,反映了小说人物在现代化进程中的心路历程。

一、劳伦斯现实主义文学的生成

劳伦斯 1885 年出生在英国诺丁汉郡,那个时代的英国已经基本完成了农业社会向工业社会的转型,进入了现代工业社会。从文学生成和传播的大语境来看,那个时代的英国与欧洲大陆情况相似,都市化进程加快,经济发展迅猛,科学技术日新月异,工业化程度越来越高,工具理性渗透到了社会生活的各个角落,机械主义、消费主义和拜金主义主宰了整个生活领域。

从表面上看,现代化和都市化一方面提高了欧洲普通民众的物质生活水平,但另一方面,除了出现社会矛盾不断激化,贫富差距加大等问题外,工业社会的现代化不仅给自然生态环境和城市生活环境带来了巨大的破坏,也对人的心理以及人与人之间关系的变化和适应带来了无形的压力,使本来已经不正常的人与社会、人与自然、人与人之间的关系受到更严重的扭曲,劳动异化和商品社会人的物化导致人的心灵和精神无处皈依,那个时期以煤炭生产著名的诺丁汉仿佛被置入了黑色的深渊:"黑色的砖砌住宅,黑色的斜屋顶伸出它们尖尖的屋檐,泥土中尽是黑色的煤尘,人行道也是潮湿、幽黑的一片,好象是凄惨和忧郁渗透了一切"[①],那是一个"悲剧性的时代"[②]。

从劳伦斯的个人成长和社会化过程来看,他生活在一个充满家庭冲突的环境之中,父亲是煤矿工人,母亲是教师,父母之间的文化隔阂和情趣差异、矛盾给劳伦斯的成长带了巨大的影响,也造成了他充满传奇和放荡不羁的个人命运。劳伦斯的母亲莉迪亚·劳伦斯出生在一个英格兰中产阶级家庭,有比较良好的教育背景,还有一定的文学修养。根据记载,劳伦斯的母亲曾经写过诗歌,最喜欢与别人一起争论有关宗教、哲学或政治方面的问题,操一口标准的上流社会英语,显示出上流社会淑女的派头。

劳伦斯的母亲22岁时在诺丁汉的一位亲戚家举行的圣诞宴会上遇到了劳伦斯的父亲亚瑟·劳伦斯。她和亚瑟一见钟情,一年后的圣诞节两人便步入了婚姻的殿堂。但是莉迪亚的美梦很快就破灭了,她的丈夫其实只是一个简单粗暴的矿工,既没有文化又办事率性。他们结合之后虽有短暂的幸福和激情,但终究难以产生情感上的共鸣。奥尔丁顿在劳伦斯传记中曾经这样描述:"他整天喝酒,搞得自己萎靡不振……工友干活,他也干活,工友罢工,他也罢工,丝毫不考虑后果。除此之外,他的天性是纯粹的感觉型,他竭尽全力使自己生活得充实,自得其乐,从不会因生活中的折磨而郁郁不欢。"[③]

从劳伦斯一生的经历和成就来看,他尽管饱受父母争吵不和的痛苦,但也是父母的杰作,他继承了父亲的率性随意、我行我素的性格,但也继承了母亲的文学素养和语言文字的天赋。劳伦斯在其短暂的一生中[④],创作了9部长篇小说、70多篇中短篇小说、11部诗集、6部短篇小说集、1部中短篇小说集、4个剧本,还有许多游记和散文,是一位高产作家。受母亲的影响,劳伦斯从小喜欢文学,接受的是现实主义文学的熏陶,乔治·艾略特、哈代、霍桑和陀思妥耶夫斯基等是他最喜欢的作家。劳伦斯

---

①　刘宪之等:《劳伦斯研究》,济南:山东友谊书社,1991年版,第4页。

②　劳伦斯:《查特莱夫人的情人》,赵苏苏译,北京:人民文学出版社,2004版,第1页。

③　理查德·奥尔丁顿:《一个天才的画像,但是……:劳伦斯传》,毕冰宾等译,天津:天津人民出版社,1989年版,第5页。

④　劳伦斯1930年因肺结核在法国去世,去世时仅45岁。

20 岁左右就开始文学创作①，写诗、写短篇小说并开始创作长篇小说，1907 年他的短篇小说就在诺丁汉获奖，那年他才 22 岁。1908 年他到伦敦当教师。很快，他在诗歌和散文中的文学才能引起英国小说家、评论家、《英国评论》（*English Review*）的编辑福特（Ford Madox Ford）的注意，并在福特的支持下在《英国评论》上发表了短篇小说《菊香》（*Odour of Chrysanthemums*），这使劳伦斯崭露头角，接着他便于 1910 年完成了第一部长篇小说《白孔雀》（*The White Peacock*）。劳伦斯 25 岁那年，他母亲死于癌症，这对他的打击十分巨大，也激发了他的文学写作欲望，促使日后他创作自传体长篇小说《儿子与情人》。这也基本形成了劳伦斯的以自传为基础的现实主义创作风格。

在劳伦斯的所有作品中，他于 1928 年在意大利创作的长篇小说《查泰莱夫人的情人》在西方影响最大，接受面最广，争议和非议最大，同时也是他在艺术和思想上最为成熟的作品。下面以这部长篇小说为例，考察劳伦斯现实主义小说作品的生成和传播状况。《查泰莱夫人的情人》所叙述的故事发生在英国诺丁汉郡的煤炭生产基地泰佛塞尔（Teversal）。那里有一个名叫拉格比豪尔（Wragby Hall）的地方，这是一个虚构的庄园。时代背景是第一次世界大战结束之后，女主人公康妮（Connie）和她的妹妹希尔达（Hilda）出生于中产阶级家庭，具有良好的教养，同时姐妹俩在青少年时代就有过性经验。1917 年，康妮嫁给了青年知识分子查泰莱爵士，婚后不久，查泰莱爵士就参加第一次世界大战上了前线。后来查泰莱在战争中负伤至残并且丧失了性能力，回到家乡后便开始了文学创作工作，善于思考哲学和形而上问题。康妮逐渐觉得在拉格比豪尔的生活无聊，一次偶然出轨与作家米凯利斯（Michaelis）相好也没有让她改变这种状况，却进一步激起了她的性欲，而丈夫查泰莱爵士的情况让她极其沮丧。为此她专门为丈夫雇佣了一个护士博尔顿女士。

这时，查泰莱爵士的守林人奥利弗·梅勒斯也从前线回到了拉格比豪尔，梅勒斯是矿工的儿子，在战争中曾经驻扎在印度。由于梅勒斯一会儿说标准英语，一会儿说德贝郡的土话，因此康妮不知道梅勒斯的背景。在当时的英国上流社会，出生和身份十分重要，康妮不知道如何跟他交往，这个问题一直纠缠着康妮。梅勒斯矛盾的社会身份，他在森林小屋中

---

① 研究界无法确定，劳伦斯最早的手稿出自什么年代，但可以确定的是，劳伦斯在 1906 年就完成了他首部长篇小说《白孔雀》的初稿，这部小说于 1911 年正式出版。

自由自在的生活，他对权力和地位的鄙视，他的傲慢，这些都使康妮产生了极大的兴趣。与此相反，查泰莱爵士仅仅拥有一颗纯粹思维的脑袋，而梅勒斯有血有肉，他从事体力劳动，能吃能喝，他的身体健壮，这些都演化成康妮的性渴望，最终导致康妮和梅勒斯的激情迸发。

为了真正弄清自己的想法，康妮和妹妹一起前往威尼斯。在这段时间里，梅勒斯在战争期间跟人私奔的妻子贝尔塔出现了，贝尔塔提出与梅勒斯重归于好并与梅勒斯一起生活的要求，但遭到梅勒斯的拒绝。恼羞成怒的贝尔塔到处散布梅勒斯与康妮偷情的谣言，导致查泰莱爵士将梅勒斯开除。这时康妮从意大利回来，她作了决定，要求与查泰莱爵士离婚，并告知查泰莱爵士，她已经怀上了梅勒斯的孩子。查泰莱爵士不顾一切地拒绝康妮的离婚要求，其目的是为了获得财产继承人，他宣称康妮怀的孩子是自己的。而梅勒斯却不愿意靠康妮的财富维持生活，他前往一个农场工作，他的计划是靠自己挣的钱建一座属于自己的农场，并与康妮一起生活。为了不影响各自离婚，他们决定暂时分手，目的是为了很快就能重新在一起。

这部伟大的现实主义小说在意大利的斯坎迪奇（Scandicci）完成，并于 1928 年在意大利出版。第一次世界大战结束后的 1919 年，劳伦斯决定与他的德国妻子弗丽达①一起离开英国，前往欧洲大陆和世界各地漂游。他们曾经去过欧洲大陆很多国家，以及墨西哥和澳大利亚，1922 年 9 月他们到达了美国，两年后劳伦斯用《儿子与情人》的手稿换取了美国新墨西哥州的陶斯（Taos）附近的一个农场，就像《查泰莱夫人的情人》中结尾处的情节一样，他们终于有了两个人共同的财富，劳伦斯与弗丽达 1912 年的私奔似乎有了美满的结局。在这一阶段，劳伦斯的肺病情况日趋严重，一次肺炎让他几乎丧命，又加上劳伦斯 1925 年被确诊患有肺结核病，劳伦斯夫妇决定回到气候比较温暖的意大利定居。1926 年 5 月，劳伦斯和妻子弗丽达在斯坎迪奇购置了一座别墅，由此看来，《查泰莱夫

---

①　即弗丽达·冯·里希托芬（Frieda von Richthofen），德国作家和翻译家，原为劳伦斯在诺丁汉大学读书时的现代语言学教授恩赫斯特·维克利（Ernest Weekley）的妻子。劳伦斯 1912 年与其相识并陷入热恋，后弗丽达离开丈夫和三个孩子与劳伦斯一起私奔到德国，第一次世界大战爆发后，劳伦斯和弗丽达·冯·里希托芬共同回到英国，但因德英交战，劳伦斯夫妇受到英国监控，生活拮据，两人于 1914 年 7 月 13 日结婚。劳伦斯 1930 年逝世后，弗丽达回到美国陶斯的农场，1950 年与意大利人安格利诺·拉瓦格力（Angeligo Ravagli）结婚。

人的情人》这部小说明显地带有自传的色彩。

　　1926 年 10 月 22 日，劳伦斯开始在自己斯坎迪奇的别墅里创作《查泰莱夫人的情人》，一发不可收，同年 11 月底就完成了小说的第一稿，这个版本在文学史上被称为《查泰莱夫人第一稿》（The First Lady Chatterley），值得注意的是，这一稿的主要内容是通过现实主义的手法反映了劳伦斯故乡英国诺丁汉郡的煤矿产业区政治和社会真实情况，同时，在这一稿中并没有出现对男女性活动非常直接、细腻的描写。在这一稿中，康妮的情人名字叫奥利弗·帕尔金（Oliver Parkin），《查泰莱夫人第一稿》于 1944 年 4 月 10 日在美国的戴爱尔出版社（Dial Press）出版。同年 5 月 29 日，戴爱尔出版社所在地的美国法庭审理公诉该出版社出版伤风败俗、言语淫秽猥琐小说的案件，一审判决劳伦斯这部小说（第一稿）禁止发行，同年 11 月 1 日，二审驳回一审判决。[①] 在英国，《查泰莱夫人第一稿》1972 年才得以正式出版。

　　1926 年 12 月初，劳伦斯开始创作《查泰莱夫人的情人》一书的第二稿，在这一稿中，劳伦斯还是主要通过现实主义手法叙述诺丁汉郡的社会生活，康妮和帕尔金之间的性活动仍然表达得比较温和和含蓄，没有太多直接的叙述。这一稿本后来以《约翰·托马斯和简夫人》（John Thomas and Lady Jane）为书名出版。作为选择，劳伦斯还为这个版本的《查泰莱夫人的情人》起了另一个书名：《温柔》（Tenderness）。1927 年 2 月 25 日，劳伦斯完成了这一版本的修改，但是他决定先不出版这个版本。因此，《约翰·托马斯和简夫人》于 1954 年才以意大利语翻译的形式问世。在英国和美国，这部小说的第二稿直到 1972 年才得以出版。

　　1927 年 11 月 16 日至 1928 年 1 月 8 日劳伦斯完成了《查泰莱夫人的情人》的第三稿。1 月 20 日至 3 月 5 日，劳伦斯完成了这一稿的修改工作，作家对于多处特别容易引起争议的地方做了温和化处理。尽管如此，他的小说稿仍然被英国和美国的出版社拒绝。[②] 劳伦斯将未经报刊检查和删减的第三稿完整版于 1928 年 7 月在佛罗伦萨的一家叫吉欧塞普·奥利欧里（Giuseppe Orioli）的出版社以私人名义出版，当时的印数为

---

　　① *The Cambridge Edition of the Works of D. H. Lawrence*, *Lady Chatterley's Lover and A Propos of "Lady Chatterley's Lover"*, Cambridge: Cambridge University Press, 2002, p. XIV.

　　② D. H. Lawrence, *The First and Second Lady Chatterley Novels*, Cambridge: Cambridge University Press, 2001, p. XII. (Einführung).

1000 本。这些书全部编号出版,并且全部由劳伦斯签名。①

《查泰莱夫人的情人》第三稿完整版在意大利佛罗伦萨出版后不久,劳伦斯又在法国巴黎出版了这个版本的英文版,也是未经删减的完整版。同时,劳伦斯通过出版社将已经出版的书籍通过邮局分别向美国和英国寄送。尽管英美的邮政机构没收并销毁了大部分邮寄来的《查泰莱夫人的情人》,但也有足够数量的书籍进入了英国和美国,落入英美读者的手中,并且以盗版的形式在英美两国地下秘密传播。这个版本在当时英美文学研究的专业圈子和少数读者中还引发了一场关于劳伦斯创作伦理问题和现实主义与现代主义文学风格问题的热烈讨论,但是这部书在当时英美的广大读者群中没有产生很大的影响。1930 年 3 月 2 日,劳伦斯因肺结核病在法国旺斯(Vence)养病期间去世。他死后,《查泰莱夫人的情人》才在意大利和法国以外的国家陆续出版。

二、《查泰莱夫人的情人》在英国、美国和其他国家传播

在英国,《查泰莱夫人的情人》(第三稿)1932 年 2 月才得以出版,但印数很少,也没有在读者中产生大的影响。伦敦出版集团 P. R. 斯坦芬松和查理斯·拉尔(P. R. Stephenson & Charles Lahr)曾在 1929 年 4 月收到劳伦斯的出版委托,计划出版的是完整的第三版。伦敦的这个出版集团在同一时间还出版了劳伦斯的《〈查泰莱夫人的情人〉刍议》("A Propos of Lady Chatterley's Lover"),在这篇文章中,劳伦斯对小说做了说明,他强调这部小说既不是言情小说,也不是爱情小说,更不是"伤风败俗"和"淫秽"之作,而是试图平衡身体和精神之间关系的一部小说。用今天的学术观点来看,这是一部为"身体"(body, Körper, Leib)正名的文化人类学杰作,其中所蕴含的哲学思考比西方哲学界大规模讨论"身体"问题几乎早了半个世纪。劳伦斯在这篇文章中强调,他写这部小说的另一个用意在于反对当时许多现代主义作家崇尚纯粹知识分子化和反对身体感知的倾向。②

劳伦斯生前曾经亲自对《查泰莱夫人的情人》做过删减,这个所谓的

---

① Michael Squires (ed.), *The Cambridge Edition of the Works of D. H. Lawrence*, Cambridge:Cambridge University Press, 2002, p. XXVIII.

② Michael Squires(ed.):*The Cambridge Edition of the Works of D. H. Lawrence*, *Lady Chatterley's Lover and A Propos of* Lady Chatterley's Lover, Cambridge: Cambridge University Press, 2002, p. 305.

"清洁版"后来经他的妻子弗丽达·劳伦斯同意,于 1932 年 2 月在英国马丁·塞克尔(Martin Secker)出版社首发,但是这个版本中大约删去了完整版 10% 的内容。1935 年,英国的威廉·海纳曼(William Heinemann)出版社购买了《查泰莱夫人的情人》的删减版(即清洁版)的版权,并且出版了这一版本。而完整版的《查泰莱夫人的情人》1960 年才在英国正式出版。

英国出版完整版的初因源于著名的企鹅出版社。1960 年初,以出版口袋书专长的企鹅出版社勇敢地站出来挑战 1959 年开始实行的英国《淫秽出版物法》。当时企鹅出版社在伦敦火车站书店公开销售了 11 本完整版的《查泰莱夫人的情人》,并以违反《淫秽出版物法》罪名自己向检方控告了自己,以强迫法庭开庭审理这起自己告自己的案件。1960 年 10 月 20 日,伦敦陪审团法庭开庭审理此案。11 月 2 日,法庭判决企鹅出版社无罪。企鹅出版社当即于同年 11 月 10 日出版《查泰莱夫人的情人》完整版 20 万本,出版当天全部售罄。企鹅出版社立即开始加印,当年,企鹅出版社共卖出 200 万本《查泰莱夫人的情人》完整版。

在美国,1928 年就出现了盗版的《查泰莱夫人的情人》完整版,从意大利寄出的书被海关拦截和销毁了一部分,但有一些漏网的就成了地下读物。1932 年 9 月,美国阿尔弗里德·A. 科诺夫(Alfred A. Knopf)出版社出版了劳伦斯的第三稿的"清洁版",1946 年口袋书出版社印书(Signet Books)也出版了《查泰莱夫人的情人》。1959 年 5 月 4 日,美国正式出版了《查泰莱夫人的情人》第三稿(完整版)。

在德国,由海尔贝特·E. 海利希卡(Herberth E. Herlitschka)翻译的《查泰莱夫人的情人》德文版于 1930 年在维也纳和莱比锡的 E. P. 塔尔出版集团出版。为了避免被出版管理机构没收,出版社采取了预订的销售办法。1935 年 E. P. 塔尔出版社又再版了这个译本。德国著名作家在报纸上发表评论,赞扬劳伦斯的《查泰莱夫人的情人》。1960 年,在伦敦企鹅出版社之后,德国的口袋书出版社罗沃特(Rowohlt Verlag)也在德国出版了这部小说的口袋书。这个版本由维尔纳·雷柏胡恩(Werner Rebhuhn)译出。小说出版后,德国天主教民主联盟以"传播淫秽出版物"的罪名将罗沃特出版社告上法庭,宣称罗沃特出版社触犯刑事诉讼法第 184 条,汉堡市法庭经审理认定出版社无罪。①

---

① *Die Zeit*, 17. März, 1961, Zeitmosaik.

天下禁书《查泰莱夫人的情人》在欧洲其他国家和国际上的传播和接受情况各不相同,爱尔兰和波兰于 1932 年就出版了劳伦斯的这部作品;澳大利亚、印度、日本于 1959 年开禁出版此书;加拿大于 1960—1962 年出版;中国自 20 世纪 30 年代出版此书的"清洁版"后,也于 1986 年 12 月正式出版了全译本。《法国世界报》(Le Monde)于 1999 年进行了一次 20 世纪 100 本书的民意调查,结果《查泰莱夫人的情人》名列第 39 位。

第三节　劳伦斯作品在中国的传播

与全球劳伦斯译介、接受与传播的情况大致相似,劳伦斯的文学作品在中国也同样受到译者和读者的喜爱。无论在生前,还是在他去世之后,无论是在民国时期,还是在改革开放后的中国,他的作品都在中国得到一定的接受和传播。但是劳伦斯译介和传播在中国也曾经一波三折,在一定的意识形态下,劳伦斯的某些作品,如有西方的《金瓶梅》之称的《查泰莱夫人的情人》,在中国的传播力场也受到过一定的限制。从总体上看,劳伦斯的文学作品在中国的经典化过程基本符合洛文塔尔的文学传播理论。

一、劳伦斯在民国时期的接受

劳伦斯的名字及其作品出现在中国报刊上最早可以追溯到 1922 年。那年,胡先骕在《学衡》杂志 1922 年第 2 期上发表了《评〈尝试集〉(续)》一文,他在文中有这么一段话:"同一言情爱也,白朗宁夫人之〈Sonets from Portugese〉乃纯洁高尚若冰雪;至 D. H. Lawrence 之 'Fireflies in the Corn' 则近似男女戏谑之辞矣。"[①]他还在同一篇文章中批评道:"夫悼亡悲逝,诗人最易见好之题目也……而 D. H. Lawrence 之〈A Women and Her Dead Husband〉则品格尤为卑下。若一男女相爱,全在肉体,肉体已死,则可爱者已变为可恨可畏,夫岂真能笃于爱情者所宜出耶。"[②]胡先骕

---

① 参见胡先骕:《评〈尝试集〉(续)》,《学衡》,1922 年第 2 期。
② 同上。

是反对新文化运动的"学衡派"①主要代表人物之一,他从中国传统封建观念中对两性关系的认识和传统的价值观出发,在对劳伦斯文学作品尚缺乏研究的情况下,便对劳伦斯文学作品中的性价值观提出非议,但恰恰是经保守派代表人物胡先骕的介绍,使他自己成为第一个将劳伦斯的名字传播到中国来的人,也歪打正着地起到了冲击中国封建社会礼教观念、提倡西方新思想的作用,有关这一点,胡先骕一定始料未及。

1927年,郑振铎在《文学大纲》中也提到了罗连斯(即劳伦斯):"罗连斯以第一部小说《白孔雀》有名,然其艺术却未成熟。其名作乃为《儿子与情人》及《虹》。"②这是第一次在中国提到劳伦斯的长篇小说。之后,斐耶在《英国新近的小说家》(1928)③、邵洵美在《查太莱夫人的情人》(1928)④等文章中都简要介绍了劳伦斯。

徐志摩为中国翻译劳伦斯的第一人。1925年,徐志摩将劳伦斯的散文《说"是一个男子"》(《晨报·文学周刊》,1925年6月5日)翻译成中文。1929年,上海水沫书店发行一本由杜衡翻译的短篇小说集《二青鸟》,该小说集收入了劳伦斯的《二青鸟》《爱岛的人》《病了的煤矿夫》等3部短篇小说。这是中国最早出版的劳伦斯作品的单行本。同年,苏兆龙首次翻译了劳伦斯的诗歌《风琴》。⑤可见,中国在劳伦斯开始成名之时就有人介绍和传播劳伦斯及其作品,这说明中国自新文化运动以来,对西方思想和西方文艺关注面甚广。

1930年3月2日劳伦斯在法国旺斯病逝,这在中国迅速形成了一股"劳伦斯热",劳伦斯逝世仅几周后,中国媒体当即就有所反应,上海《大公报》文学副刊于1930年3月24日发表了《英国小说家兼诗人劳伦斯逝世David Herbert Lawrence (1855—1930)》一文表示哀悼,同时还刊登了清华大学和北京大学的教授瑞恰慈10天前在北平《英文导报》上发表的《D. H. Lawrence—A Modern Rouseau》一文,文中详细地列出了劳伦斯文学作品的目录,这在当时的通讯条件下不得不说是"反应神速"。此外,中国的各大报纸的文学副刊和许多文学杂志都刊登了有关劳伦斯的介绍

①　"学衡派"因《学衡》杂志而得名,是以《学衡》为中心,在思想文化界形成的一个文学复古、反对新文化运动的流派。代表人物为南京国立中央大学的教授梅光迪、吴宓、胡先骕等。学派认为"昌明国粹,融化新知",认为新文化运动为"模仿西人,仅得糟粕"。

②　参见郑振铎:《文学大纲》(彩图本),上海:上海书店,1986年版。

③　参见斐耶:《英国新近小说家》,《晨报·副刊》,1928年3月20日。

④　参见邵洵美:《查太莱夫人的情人》,《狮吼》,1928年第9期。

⑤　参见《西洋名诗译意》,《小说世界》18卷4期,1929年版。

和其他相关文章和他逝世的消息。1930 年 7 月,上海《现代文学》创刊,杨昌溪特别撰写《罗兰斯逝世》(罗兰斯即劳伦斯)一文,以介绍劳伦斯的生平与创作,在这篇文章里,杨昌溪对劳伦斯的现实主义创作风格做了较为详细的评价,他提出劳伦斯的作品比乔伊斯、艾略特更加贴近生活,更具现实性。同样是在 1930 年,在上海的《新月》杂志第 3 卷第 10 期的"书报春秋"专栏上,浩文撰写了介绍劳伦斯的最后一部中篇小说《逃跑了的雄鸡》(即《死去的人》)一文。浩文在文中这样写道:"劳伦斯死了,本来呼他叛徒的便一天天改称他为大师,禁印的书也出版了。在先不容于本国而在外国出版,最近由本国精装珍印的。"①从这里可以看出,浩文对于劳伦斯在英美和国际上的传播状况非常了解。1930 年,《小说月报》在第 21 卷 9 号刊出了施蛰存翻译劳伦斯短篇小说《蕙赛儿》和杜衡的论文《罗兰斯》,译文还附有劳伦斯的手迹以及照片。

　　1930 年兴起的这股"劳伦斯热"在中国大城市不断升温,劳伦斯的一些作品甚至出现了重译和复译的状况。这与 30 年代的中国都市化和生活方式改变相关,至中国全面抗战爆发之前,上海、北京、天津等大城市的一些书店、出版社和报社副刊持续刊登有关劳伦斯的介绍文章和出版劳伦斯文学读物。这说明,不仅外国文学界关注这位作家,他的作品也受到中国普通读者的欢迎。如徐志摩继 1925 年翻译了短篇小说《说"是一个男子"》之后,又于 1930 年译出了劳伦斯的散文《性的爱》(《长风》,1930年第 1 卷第 1 期),1931 年又译出了劳伦斯的《自传小记》(《新月》,1931年第 3 卷第 4 期)。1933 年唐锡如翻译了劳伦斯的短篇小说《樱草的路》(《文艺月刊》,1933 年第 4 卷第 4 期);1934 年《文艺月刊》第 6 卷第 4 期发表了陈梦家翻译的劳伦斯短篇小说《二青鸟》;同年,尔流翻译了劳伦斯的散文《男性与孔雀》(《世界文学》,1934 年第 1 卷第 3 期);1935 年,陈希然重译了《男性与孔雀》(《人间世》,1935 年第 25 期);同年,南星翻译了劳伦斯的五首诗歌,刊登在由施蛰存主编的纯文学刊物《文饭小品》②的第 5 期上,它们分别是《病》《忧怀》《困苦》《万灵节》《寒冷的花》;同年 6 月

---

① 参见浩文:《逃跑了的雄鸡》,《新月》,1930 年第 3 卷 10 期。
② 该刊为文艺月刊,大三十二开本,于 1935 年 2 月 5 日创刊,1935 年 7 月 31 日终刊,共发行 6 期。该刊物的编辑为康嗣群,发行人为施蛰存,代理发行的书店为张静庐主持的上海杂志公司。《文饭小品》月刊除以主要篇幅刊登各种散文之外,也刊登短篇小说、诗歌、文学论文,介绍外国作家的作品和报道世界文坛的情况。

25 日,《晨报》发表了立昂翻译的《劳伦斯自述》,这个翻译疑与徐志摩的《自传小记》同出一源。劳伦斯的这个文本,丽尼译成《劳伦斯的书简》(《文学》,1935 年 5 卷 1 号),也在同一年发表;1935 年 12 月,钱歌川翻译的短篇小说集《热恋》在上海书局单行本出版,走进中国的书店,这个本子一共收入了 14 位欧美作家的各一篇短篇小说,并且以《热恋》为书名,为扩大劳伦斯在中国的声望起了一定的作用。

1936 年,劳伦斯在中国的译介与接受方兴未艾。这一年也是劳伦斯最后一部长篇小说《查泰莱夫人的情人》走进中国的元年。这年 5 月,劳伦斯在意大利创作的《查泰莱夫人的情人》第三稿完整版在法国巴黎出版后旋即传入中国,并且在中国翻译出版。这个时间比传入英国和美国都要早很多年。王孔嘉在《天地人》文学半月刊连载了小说完整版的 1—9 章,可惜译本错误较多。同时,中国最早的大学学报,上海圣约翰大学学报《约翰声》也刊登了《查泰莱夫人的情人》中康妮和梅勒斯暂别的一章,并且取名为《契脱来夫人的情人》,译者署名为 T. N. T.,可能也是王孔嘉。同年 8 月,中文版的《查特莱夫人的情人》(第三稿)全书译出,上海北新书局推出了饶述一从法译本转译的这部小说的完整版。根据廖杰锋的研究,饶述一转译版的翻译质量远远好于王孔嘉的译文,但由于是译者自费出版,印数比较少,因此传播范围也比较小。①

1936 年,除了《查泰莱夫人的情人》之外,劳伦斯别的小说作品也不断译出,在中国的外国文学读者群中不断扩大传播。1936 年 10 月,唐锡如翻译劳伦斯 1928 年发表的短篇小说集《骑马而去的妇人》(*The Woman Who Rode Away*)在上海良友图书印刷公司出版发行,这是自 1929 年杜衡翻译《二青鸟》之后再次集中地翻译劳伦斯的中短篇小说,而且收入的作品更多,这部集子里收入了劳伦斯的 8 部中短篇小说,它们分别是:《女店主》《樱草的路》《芳妮和安妮》《微笑》《太阳》《冬天的孔雀》《骑马而去的妇人》。至此,劳伦斯在中国的译介和接受达到了一个高峰,不仅长篇小说、中短篇小说,而且诗歌、散文、自传等纷纷被译介进来,劳伦斯这个英国现实主义作家在中国已经不再陌生。进入 30 年代后期和 40 年代后,虽然中国历经战争和政权变更等重大历史事件,但仍然有出版社继续出

---

① 参见廖杰锋:《20 世纪 80 年代前 D. H. 劳伦斯在中国的传播综论》,《衡阳师范学院学报》,2005 年第 2 期。

版劳伦斯的作品,其中主要有1942年上海中流书店出版的外国短篇小说集《追念》,收入了劳伦斯的短篇小说《病了的煤矿夫》。此外,1942年上海的沦陷区的《大众》月刊①还连载了钱士于翻译的《蔡夫人》(即《查泰莱夫人的情人》)的1—6章,后因不明原因停止刊登;1944年,桂林春潮社出版了叔夜复译的《骑马而去的妇人》;1945年抗战胜利后,重庆说文出版部初版、上海文学编译出版公司再版叔夜翻译的外国中短篇小说集《在爱情中》,里面也收入了劳伦斯的《骑马而去的妇人》《微笑》《在爱情中》3部中短篇小说;同年,由柳无忌编辑的《世界短篇小说精华》在正风出版社出版,也收入了劳伦斯的多部短篇小说。

在中华人民共和国成立之前,劳伦斯译介和接受取得了很大的成就,积淀了一批较好的译文和研究成果,但是在长篇小说的译介方面只有一部得到了译介,其他8部长篇小说均没有被译介,劳伦斯的主要艺术瑰宝还有待于发掘。20世纪20年代至30年代劳伦斯文学作品的译介之所以能够达到一个高峰期,那是因为这一时期是中国外国文学接受的主要时期,不仅劳伦斯的作品,欧美许多著名作家的作品都在这一时期得到了译介与传播,其原因根据洛文塔尔的文学社会学传播理论大概是:第一,五四运动和新文化运动的余波仍然在发挥作用,许多中国知识分子把接受西方思想和美学价值观视为己任,新生活运动在中国大城市拥有一大批拥护和效仿者。第二,旧中国的大众媒体如大城市的日报的文艺副刊、文艺类杂志因民国时期的文化政策和商业政策得到较大的发展,且售价极低。1912年至1949年文学类期刊创刊总数达到9901种②,虽然这一时期有许多文学期刊办刊时间很短,昙花一现,或因政治原因被停刊或查封,但这一数量仍然十分惊人。第三,文学在民国时期,尤其在20世纪二三十年代的中国大城市如北京、天津、上海等地得到了一个相对稳定、自由的发展期。第四,传统文人社会尚没有失去其价值,文学在这一历史时期具有较大的社会认可度,享有较高的知识价值。这导致文学传播力场的外部条件相对良好。

二、劳伦斯在当代中国的接受

与外国文学的其他经典作家在中国的接受情况一样,劳伦斯在中国

---

① 《大众》月刊1942年11月创刊,编辑兼发行人为钱须弥。该刊作者大多是上海沦陷后滞留的老一辈作家、学者。刊物出至1945年7月号后停刊。

② 刘泉、刘增人:《民国文学期刊论纲》,《南京师范大学文学院学报》,2014年第4期。

的接受、译介和研究在 20 世纪 50 年代至 70 年代末的近三十年里基本处于沉寂状态,80 年代开始才逐步复苏。1981 年《译林》第 1 期发表周易翻译的短篇《木马冠军》、《外国小说报》第 1 期发表范岳翻译的短篇《盲人》、《世界文学》①第 2 期发表文美惠的中篇小说《狐》和邢历翻译的短篇小说《请买票》之后,中国译介劳伦斯的热情被重新燃起。

　　1983 年,上海译文出版社推出主万等翻译的《劳伦斯短篇小说选集》,这个集子收录了《菊花的幽香》《普鲁士军官》和《你抚摸了我》等多部短篇小说和《骑马出走的女人》一部中篇小说。这一时期,由刘宪之领衔于 1987 年主编了《劳伦斯选集》,其中收录了《彩虹》(葛备、杨晨、曹慧毅译)、《儿子与情人》(吴延迪、孙晴韦译)、《劳伦斯书信选》(刘宪之、乔长森译)、《恋爱中的妇女》(袁铮、黄勇民、梁怡成译)、《白孔雀》(刘宪之、徐崇亮译)和《劳伦斯中短篇小说选》(高健民、张丁周译)等五部作品。1988 年,漓江出版社推出了吴笛翻译的《劳伦斯诗集》。

　　从 80 年代开始,中国各大文学和外国文学刊物不断地出现劳伦斯的译作。其中主要有《外国文学报道》1982 年第 2 期发表了李宁翻译的短篇小说《玫瑰园中的游魂》;《百花洲》1982 年第 3 期发表了主万、朱炯强翻译的《安妮和范妮》和《菊花香》两部短篇小说;《星火》杂志 1983 年第 11 期收录了汤天一翻译的《白袜子》;《外国文学季刊》1983 年第 3 期发表了李容翻译的短篇《M·M 的肖像》;《外国文学》1983 年第 3 期发表了周平等翻译的劳伦斯的三首诗歌《白花》《冬天的故事》和《归来》;《长江文艺》1983 年第 11 期发表了宾宁、屠岸等翻译的三首诗歌;《山花》1984 年第 9 期发表了董璐蓓翻译的短篇小说《木马骑士》;《外国文学》1985 年第 1,2 期连载了由秦湘翻译的中篇小说《圣·莫》和由王逢鑫翻译的诗歌《蚊子》等。

　　1988 年 10 月,上海第二教育学院召开了中国首届劳伦斯研讨会,继而成立了中国首个劳伦斯国际学会,这对劳伦斯研究和接受起到了非常积极的作用。在这种氛围下,出现了许多复译本和重译本,如《恋爱中的女人》(《恋爱中的妇女》)迄今为止的 15 个以上的中译本中,仅在 1987 年就出现庄彦、陈龙根/李建/李平、梁一三、袁铮/黄勇民/梁怡成四个译本。

---

　　① 赵少伟也在这一期《世界文学》上刊登了二十多页的论文《戴·赫·劳伦斯的社会批判三部曲》,首次将劳伦斯三部最富代表性的作品《虹》《恋爱中的女人》和《查泰莱夫人的情人》放在一起进行评论,中肯地分析了劳伦斯这几部最富争议性的作品。他认为这三部作品是劳伦斯批判资本主义社会这一思想核心的集中体现。

进入 21 世纪以后,毕宾冰等翻译的 10 卷本《劳伦斯文集》更是具有代表性。至此,劳伦斯的主要小说作品已经全部译成中文。劳伦斯的传播继 20 世纪 30 年代后重新回到传播常态。

这里值得一提的是劳伦斯的《查泰莱夫人的情人》一书在中国重新出版的情况。1986 年 12 月,国家出版局在南宁召开了全国出版局长会议,会上讨论了湖南人民出版社计划重印出版饶述一 30 年代旧译《查泰莱夫人的情人》一书的问题。会上按照文化部 1985 年 8 月 20 日的规定:"有价值出版的文艺作品,其中夹杂淫秽内容,可能对青少年产生不良影响的,应请示省以上部门批准后方可安排出版,并在印数和发行范围上加以必要的限制……"对出版此书持否定态度。此外,否定的原因还包括西方国家和日本均禁止过此书的出版。1987 年 1 月 3 日,国家出版局在《关于目前几种选题安排的通知》中,明确提出:"……英国小说《查泰莱夫人的情人》,也有几家出版社安排出版中译本。这一选题需要经专题报批,凡未经我局批准,不得出版。"同时,国家版权局局长宋木文也向中央分管宣传思想工作的领导做了专题汇报。当时中央有关领导均对出版此书持保守态度,部分领导如邓力群等得知湖南、江西、浙江等五省出版社有出版计划时,表达了"坚决禁止"的态度。①

国家有关部门的这种态度符合 80 年代中国社会的基本状况。唯有湖南人民出版社没有执行当时的国家规定,于 1988 年 12 月顶风出版了《查泰莱夫人的情人》,并在 1 个月内突击印刷 36 万余册。

当时湖南人民出版社之所以敢冒天下之大不韪,出版这部天下禁书有以下几个原因:其一,1988 年前后,中国已经进入了改革开放后的第十个年头,社会上各种活跃思想,对西方各种思想的接受和讨论蔚然成风。在哲学社会科学和文学艺术领域,西方的许多思潮在中国受到很多知识分子的欢迎,出版有争议的外国文学经典作品已经有了比较大的社会宽容度。

其二,从 80 年代中期开始,中国社会已经全面卷入了经济改革的大潮,原先完全属于国家事业单位的出版业开始实施改制,逐渐开始企业化管理,出版社开始追求商业目标,率先改制的南方多家出版社对外国文学经典作品的商业效应比较重视,也比较早地嗅到了文学经典和有争议作家的商业利润诱惑力。林东林与时任湖南人民出版社总编辑的朱正谈及

①　参见林东林:《朱正先生的出版往事》,《出版广角》,2014 年 Z2 期。

当年出版之事，他写道："20 世纪 80 年代中期，很多海外文学作品被译介出版，而对于劳伦斯的最后一部小说、'色情文学'代表的《查泰莱夫人的情人》，很多出版社想出，却无人敢出。湖南人民出版社的译文编辑室主任唐荫荪就找时任总编辑的朱正商量，朱正一开始有些犹豫，但看到同事们热情很高，也没有反对。书出来后征订的场面非常壮观，经销商的汽车就在印刷厂门口排队，印好一批拉走一批。"①

其三，20 世纪 80 年代末，有许多领导思想比较解放，对译介有争议但属外国文学经典的作品持有比较开放的态度，如当时的中央宣传部部长朱厚泽、国家版权局局长宋木文就是如此。② 朱正回忆道："宣传部部长是朱厚泽，他比较宽松，人家叫他'三宽部长'，他对不同的意见、不同的看法、与传统东西有差异的观点都表现得宽厚、宽容和宽松。我不认识他，和他也没有交往，但能感受到那种气氛。"③

正是在这种文学传播和接受的社会条件下，《查泰莱夫人的情人》一书在中国重新得到传播，经典在传播中得以生成。

---

① 林东林：《朱正先生的出版往事》，《出版广角》，2014 年 Z2 期。

② 宋木文当时曾说：《查泰莱夫人的情人》是英国著名作家劳伦斯的作品。劳伦斯是一位有影响的作家，《查》书是他的一部重要作品。书中那些反宗教和反特权的思想和描绘，是值得肯定的。但是书中那些性行为的描写，对当前中国国情下的青少年不利。对这部作品，采取适当的方式向中国读者介绍不是不可以的。问题是我们有些出版社一拥而上。湖南人民出版社受到通报批评后，宋仍同意该书内部发行。参见宋木文：《回顾〈查泰莱夫人的情人〉一书的出版》，《书摘》，2015 年第 4 期。

③ 林东林：《朱正先生的出版往事》，《出版广角》，2014 年 Z2 期。

第五章
《美国的悲剧》的生成与传播

欧洲在第一次世界大战后元气大伤，经济社会发展受到沉重打击，美国却因战争没有发生在本土，而免遭断壁残垣，生灵涂炭。与欧洲完全相反，美国在第一次世界大战中大发横财，经济势力大肆扩张，一跃成为世界霸主。第一次世界大战结束后，美国社会繁荣，经济腾飞。从 1920 年到 1929 年的十年间，美国工业总产值从 1919 年的 120 亿美元增长到 1928 年的近 175 亿美元，大约增长了 53%，比重占发达资本主义国家的 48.5%，超过了当时英、法、德三国所占比重总和。1921 年，美国已经拥有汽车 1050 万辆，1929 年达到 2600 多万辆，即全国平均每 5 人中就有一辆汽车；收音机已经普及，电冰箱、洗衣机、吸尘器、电话等奢侈消费品开始进入富人家庭。这一时期是小约翰·卡尔文·柯立芝（John Calvin Coolidge, Jr.）[①]担任美国总统的时期，因此也被称为"柯立芝繁荣"（Coolidge boom）。柯立芝声称，美国人民已达到了"人类历史上罕见的幸福境界"。这是一个奇迹的时代，一个艺术的时代，一个挥金如土的时代，也是一个充满嘲讽的时代。

西奥多·德莱塞就是这个充满矛盾时代的美国批判现实主义小说家，他的现实主义小说承前继后，吐故纳新，是美国现实主义文学的代表，他的现实主义小说《嘉莉妹妹》《珍妮姑娘》《美国的悲剧》正是在这样的语境下生成的现实主义文学经典。

---

① 1923 年至 1929 年任美国第三十任总统。

第一节　美国现实主义文学的生成与传播

"现实主义"(Realism)一词最早出现在一篇题为《十九世纪的墨丘利》的佚名文章中，一般认为，"忠实地模仿显示提供的原型"的原则"可称作现实主义"①。而作为一个文学术语，"现实主义"最早出现在德国作家席勒 1796 年发表的《论朴素的诗和感伤的诗》一文中。19 世纪 50 年代，法国文坛首次明确地将"现实主义"作为一种文艺思潮、文学流派和创作方法，并影响到欧美其他国家，成为 19 世纪欧美文学的主流，并与 19 世纪兴起的各种文学思潮以及西欧资产阶级的发展息息相关。与此同时，美国现实主义文学的理论奠基人和倡导者——威廉·迪恩·豪威尔斯(William Dean Howells)在其《批评与小说》(*Criticism and Fiction*)中将现实主义文学这一概念引入了美国文坛，开启了独具特色的美国现实主义文学。美国现实主义文学经过了生成、发展和传播的过程，出现了一大批经典作家，如亨利·詹姆斯(Henry James)、马克·吐温(Mark Twain)等，已成为影响世界文坛的不可或缺的部分。

尽管学界对于美国现实主义文学开始的时间点存有争议，但大多数学者认为，美国现实主义文学发轫于美国南北战争(1861—1865)前后。到第一次世界大战爆发时，现实主义文学在美国文坛已经开始占据主导性地位。第一代美国现实主义文学三驾马车，威廉·迪恩·豪威尔斯、亨利·詹姆斯、马克·吐温确立了其文学地位，为后来的美国现实主义文学在题材、技巧和风格上树立了典范。两次世界大战期间，美国现实主义文学出现了第二次高峰，涌现了诸如杰克·伦敦(Jack London)、西奥多·德莱塞、约翰·斯坦贝克(John Steinbeck)等现实主义声名卓著的文豪。应该说，"对传统和习俗的质疑也许是美国现实主义文学重要的、一贯的传统"②。20 世纪 70 年代中期开始至今，美国文学经历了各种变化之后，现实主义文学一直不断地从现代主义和后现代主义创作手法中汲取营养，形成了新现实主义手法。因此，美国现实主义文学从其生成到发展，不论写作技巧发生了怎样的变化，都没有停止过其对现实社会的反映。

---

① 符·塔达基维奇：《西方美学概念史》，褚朔维译，北京：学苑出版社，1990 年版，第 385 页。

② Emory Elliott ed.，*The Columbia History of the American Novel*，New York：Columbia University Press，1991，p. 161.

也可以说,现实主义一直都是美国文学发展中的主线,其成果及传播也极大程度地影响了本国及其他国家的文学创作和人们对世界的理解。

一、美国现实主义文学的生成:文学传统的传承与创新

19 世纪的现实主义文学既有历史的传承,也有当今的创新。它摒除了“古典主义的理性原则和启蒙时代文学中的说教成分,而且纠正了浪漫主义文学中主观成分泛滥的倾向”①。相比之前的文学传统,19 世纪的现实主义文学将目光转向普通人的现实生活,批判性地揭示社会的黑暗面,强调社会环境对人物性格的影响,暴露社会对人性的压抑和摧残。1861年美国内战期间,当时初出茅庐的诗人豪威尔斯因为林肯竞选总统写过一篇传记,大获成功②,因而被美国政府派任驻威尼斯领事。在欧洲四年期间,他受到欧洲现实主义文学的影响,1865 年回国后即担任文学和文化评论杂志《大西洋月刊》(*The Atlantic Monthly*)和《哈珀》月刊(*Haper's*)的助理编辑,1871 年升任为《大西洋月刊》总编辑,其间他极力反对当时盛行的浪漫主义小说,推崇现实主义文学的创作手法,主张诚实地处理素材。作为美国内战后最具影响力的文化传播者之一,豪威尔斯致力于将欧洲现实主义作家的作品介绍给美国读者,也支持亨利·詹姆斯和马克·吐温等美国本土的现实主义作家。美国现实主义文学在以豪威尔斯、詹姆斯和吐温为代表的作家的努力下,呈现出了鲜明的美国本土特色。而从洛文塔尔的文学传播学视角来看,这一切也与当时的美国社会历史背景有着不可分割的联系。

南北战争结束后,美国社会在政治、经济、文化、宗教诸方面都发生了很大的变化。北方资本主义的胜利使得杰弗逊时期的农业社会迅速向工业化和商业化社会转型。大批人口离开农村进入了城镇,工业生产水平迅速得到提升,铁路、电话等新的交通信息通讯给人们的日常生活带来了天翻地覆的革命。然而,工业垄断集团的剥削也致使社会贫富两极分化,残酷的现实和沉痛的创伤结束了人们对繁荣美好局面的梦想。他们开始怀疑人性之善和上帝的存在,妇女的权利意识也开始觉醒。从社会学意义上看,美国南北战争结束到 20 世纪初这段时间内,也就是马克·吐温所说的那个“镀金时代”,美国社会所显现的实际上是一种表面繁荣,这种

---

① 殷企平、朱安博:《什么是现实主义文学》,上海:上海外语教育出版社,2011年版,第9页。

② 1860 年,豪威尔斯在《大西洋月刊》上首次发表了三首诗,同年,他和 J. J. 皮埃特合著了诗集《两位朋友的诗》(*Poems of Two Friends*)。

繁荣在一定程度上掩饰了政治腐败、道德沦丧、危机四伏的美国社会现状。如果说这个时代是"镀金时代"，那也是一个不择手段地致富、炫富，金玉其外、败絮其内的"镀金时代"。

这一时期的美国文学大量地表现内战的痛苦、战争的记忆、英雄的幻灭和实际生活的无情，这些都导致了浪漫主义文学失去了立足之地。学者和作家纷纷表达对美国浪漫主义文学中的非理性和虚荣、传统的理想主义、骑士气质、英雄主义和绝对道德态度的批评。比如，在豪威尔斯看来，传统的浪漫主义文学太过空洞和虚幻。他认为，作家要正视现实生活中的人和事，要勇于承担社会责任。他反对小说创作仅局限在浪漫爱情的主题上。豪威尔斯提出：在判断文学作品的水准时，"首先得关注并运用反映人类现实的标准来判断一部有创造性的作品。在运用任何其他标准之前，我们要问一问：作品是真实的吗？它真实地反映了男男女女的实际生活了吗？真实地反映了他们生活的主旨、脉搏和原则了吗？"[1]在豪威尔斯看来，现实主义才是"文学艺术的真实准则"，小说家眼中所关注的对象是生活中普通、直接、熟悉、大众化的元素。因此，豪威尔斯关注的是商人、工人、农民，甚至妓女、流浪汉等。他的小说擅长人物刻画，展现富有特色的美国人的真实形象，并将人物性格、语言和行为置于其外部社会语境之中。同时他也认为，现实主义"展示个人的性格特点，而这些品质是必不可少的，主要是先天赋予的，同时它也限制了个人所做的选择，个人的发展潜力依赖于先天赋予的东西"。这种"先天赋予"的性格也对他们的道德产生了影响。如他的代表作，长篇小说《塞拉斯·拉帕姆的发迹》（*The Rise of Silas Lapham*）中的主人公拉帕姆是一个暴发户，他"不仅圆滑而又精明，刻板而又有弹性，愚昧而又有知识"[2]。这个来自新英格兰农村的商人有充沛的精力，具有清教徒良知，有一种积极向上的奋斗精神，但他的这种价值观在日趋增加的财富和不断提升的社会地位面前渐渐淡去。金钱成为他唯一的价值标准。然而，面对着是否损害别人利益来扭转自己破产结局这一抉择时，拉帕姆以破产完成了道德上的"发

---

[1] William D. Howells, *Criticism and Fiction*, Charleston, South Carolina: Nabu Press, 2010, p. 119.

[2] 唐纳德·皮泽尔主编：《美国现实主义和自然主义：豪威尔斯到杰克·伦敦》，张国庆译，武汉：武汉大学出版社，2008年版，第112页。

迹"。他"在一无所有的情况下才能获得道德上的完整"①。与狄更斯的锋芒毕露的现实主义批判相比,豪威尔斯是较为乐观的现实主义者。他虽然也无情地揭露了社会的阴暗、丑陋和残酷,但也不断敦促人们自我改造和自我完善,也有展现理想的一面。因此,"豪威尔斯的小说一直专注于现实情况的探究,很少涉及邪恶的感知和领悟"②。

美国另一个现实主义作家亨利•詹姆斯与豪威尔斯志同道合,也是美国现实主义文学运动共同的开创者。与豪威尔斯不同,詹姆斯来自美国上层社会,旅居欧洲时间很长,并于1915年加入了英国籍。他小说中的人物大多是欧洲的美国人,他们常常在欧洲陷入美国文化价值观与欧洲文化价值观的冲突之中。詹姆斯认为,文学写作应该基于生活经验,他强调塑造典型的同时也要注重细节描写的精确性。虽然詹姆斯和豪威尔斯都崇尚现实主义文学观,并对于小说艺术的真实原则看法相同,但詹姆斯的小说创作更关注人物的心理,他十分擅长对小说人物内心生活进行评论,对小说人物潜意识活动做出细腻的描述,因此,詹姆斯的小说也常被称作"心理现实主义小说"。比如他的《一位女士的画像》(*The Portrait of a Lady*)就是一部最典型的心理现实主义小说。"它(心理现实主义)虽然像传统现实主义那样,仍然以塑造人物形象为指归,但作品表现的对象已从外部事件转移到了人的精神世界……与那些以意识流为特征的现代主义作品不同的是,它坚持让心理描写和心理分析为塑造人物形象服务。"③

事实上,詹姆斯的现实主义"存在于其逼真的人物塑造,他拒绝传统的故事情节优先的原则,从而达到了人物塑造的深度和广度"④。詹姆斯与豪威尔斯一样,也十分重视先天赋予的性格对于道德的影响。在一个占有欲极强的社会里,金钱就是终极商品,人类追逐的猎物。小说中伊莎贝尔美国式的天真和欧洲式的世故产生碰撞,完成了她道德上的净化。不过,在豪威尔斯看来,詹姆斯的现实主义缺乏了某种现代气质,相反却有一种传统的威严。詹姆斯的小说展现了婚姻和女性角色的理想模式,

---

① 唐纳德•皮泽尔主编:《美国现实主义和自然主义:豪威尔斯到杰克•伦敦》,张国庆译,武汉:武汉大学出版社,2008年版,第121页。

② 《给威廉•迪安•豪威尔斯的信》,《亨利•詹姆斯美国文集》,Edel主编,纽约:利平科特出版社,第153页。

③ 殷企平、朱安博:《什么是现实主义文学》,上海:上海外语教育出版社,2011年版,第11页。

④ 唐纳德•皮泽尔主编:《美国现实主义和自然主义:豪威尔斯到杰克•伦敦》,张国庆译,武汉:武汉大学出版社,2008年版,第108页。

还表现出细节性的真实和鲜明的社会特征。詹姆斯笔下的主人公大多为市民社会中的资产阶级，特别是上层社会的女性。这与豪威尔斯笔下的中产阶级商人很不相同，也与马克·吐温的乡土人士有天壤之别。

美国早期现实主义文学三驾马车中的马克·吐温则以幽默和讽刺见长。他的小说常常善于剖析和洞察社会的各个方面，他喜欢把美国社会的阴暗面夸张放大后展现在读者的面前，从而引发读者对这一切的憎恶感。作为现实主义文学的代表人物之一，马克·吐温的创作源泉来自在他家乡的密西西比河及其周边生活的人们，有着地道的美国南方风土人情，他们说的是俚语化的口语，南方人的幽默赋予马克·吐温的作品"美国乡土"味道。马克·吐温以他熟悉的南方方言抓住美国社会那种特别接地气的气氛。他对美国社会日新月异的科学技术和物质繁荣十分担忧。如他的《镀金时代》(*Gilded Age*)就讽刺美国社会的表面繁荣恰如镀了金的废铜烂铁。《哈克贝利·费思历险记》(*Adventures of Huckleberry Finn*)更是深刻地揭露了美国社会的黑暗与各种矛盾，成为美国现实主义文学的经典之作。

马克·吐温和豪威尔斯、詹姆斯一样，极力摒除当时的浪漫主义文风，展现了源于现实生活中的普通人和事，他作品中的很多人物都源自他的生活经历。相比三驾马车中的其他两位作家，马克·吐温更善于通过残酷现实与温馨人情进行对比，更加突出现实生活之无情。他的作品幽默，常常让人捧腹大笑，却也让人体会到其中犀利的讽刺和批评。《哈克贝利·费思历险记》中的主人公哈克贝利是个具有自由精神的少年，作者用大量的俗语和方言描绘了调皮、鲁莽、不谙世事的少年及其在历险旅途中遭遇的人和事，通过少年纯真的视角展现美国日常生活中普通人的困惑与责任。马克·吐温也特别注重人物的心理剖析，但与詹姆斯的心理现实主义相比，他的作品具有更多的想象空间。作为作家，马克·吐温的想象力极为丰富，豪威尔斯曾说过，他觉得马克·吐温的想象力太过丰富，像脱缰的野马一样难以控制。而这些想象既奇特又风趣，所传递出来的文学魅力和情绪甚至具有极强的引导力，容不得读者去质疑什么。他的想象力和他的创作技巧相互作用，不断地推动着故事情节的发展。在《哈克贝利·费恩历险记》中，哈克贝利既是事件的叙述者，又是这些事件的目击者和受影响者。可以说，马克·吐温的作品不仅仅只是主题上的现实主义，在文学风格上也一样是具备现实主义的特点。应该说，吐温的作品符合詹姆斯在《小说的艺术》中所提到的"小说应该是有趣的，应该表现生活,应该展现和经验相联系的'心灵的氛围',应该'捕获人类大千世界的色彩、宽慰、表情、表象和物质'"①,堪称美国现实主义文学的典范,并且,他的乡土色彩也为美国文学真正脱离欧洲文学,展现新大陆本土特色树立了里程碑。马克·吐温的现实主义作品《哈克贝利·费恩历险记》在中国的传播甚广,尤其在 20 世纪 80 年代,"美国之音"中文台连续播放了这部小说的朗读版,成为刚刚从"文化大革命"走出来的青年一代喜爱的文学作品。

美国现实主义文学奠基作家对书写美国现实生活产生了浓厚的兴趣,反映在笔下人物在各种社会条件或环境下的生活和精神状态,他们刻意回避自然主义和传奇小说的叙述技巧,重视普通人生活和故事情节本身。他们关注那些居住在街头巷尾的穷苦大众和小人物,对美国方言俚语,以及使用这些方言的人非常关注。从美国三位现实主义小说奠基人的特点来看,豪威尔斯和马克·吐温更注重日常生活的描写,而詹姆斯则善于强调人物的内心世界。豪威尔斯特别关注中产阶级及其生活方式,马克·吐温喜欢讲述乡土农村及农民的故事,他的作品反映出一种对正在消失的乡土生活方式的怀旧情绪。以豪威尔斯、詹姆斯和马克·吐温为代表的第一代美国现实主义作家不仅开启了美国本土文学新篇章,也为后期美国现实主义文学发展提供了理论和创作空间。

二、美国现实主义文学的发展:现实主义与自然主义的融合

诸如上文所述,19 世纪后期,建立在达尔文及其进化论基础上的自然主义思想也影响了西方文学创作领域。法国自然主义文学流派代表作家左拉的"实验小说"认为:"背景不可以从自然主义的环境论中分离出来,情节也不能够从进化的理论中分割开来。"②左拉在美国的影响甚至超越了其在欧洲的影响,在美国 19 世纪 90 年代到第二次世界大战结束这段时间里,作为一种表现现实社会的文学方法,自然主义占据了主导地位。现实主义当然是自然主义不可或缺的源泉,与 19 世纪中叶相比,这一时期的作家看到,"美国梦"逐渐瓦解,人们如何痛苦而又无法自拔,适者生存的理念深深地为民众所接受。可以说,这一时期美国现实主义文

---

① 亨利·詹姆斯:《小说的艺术:亨利·詹姆斯文论选》,朱雯等译,上海:上海译文出版社,2001 年版,第 112 页。

② 唐纳德·皮泽尔主编:《美国现实主义和自然主义:豪威尔斯到杰克·伦敦》,张国庆译,武汉:武汉大学出版社,2008 年版,第 43 页。

学和自然主义文学相互融合,保持着充沛的活力,并在美国现实主义第二代作家诸如弗兰克·诺里斯(Frank Norris)、杰克·伦敦、西奥多·德莱塞等的作品中得以凸现,为这些困惑的民众寻找着"理由",深刻地体现了欧洲自然主义在美国本土的特征:美国现实主义文学如何在欧洲自然主义文学的背景下,以其独特的气质,强调小说创作中特有的艺术敏感和形式。美国第二代现实主义作家比第一代现实主义作家更为大胆,更加鲜明地批判伤感的浪漫传奇小说和奢浮文风,他们关注当下的现实生活,关注现代社会中人的异化现象,关注生活回归自然。在他们看来,人的命运取决于社会环境,在政治、经济、文化等外界生活压力下,民众和个体对命运的挣扎与无奈都是必然现象,他们对客观生活的展现往往没有太多的评论与道德判断。在这种社会环境前提下,命运往往是残酷的,弱者终究被强者消灭,或成为强者的奴隶。

　　诺里斯常被看作美国自然主义文学的代表性人物。与斯蒂芬·克莱恩相比,诺里斯以自己的方式展现了如同左拉作品一般的视野,将"作为文明基础并广泛存在于文明之中的激情和野蛮动机"①带进美国文坛。在豪威尔斯看来,诺里斯和克莱恩等年轻一代作家就是第二代现实主义作家,"他们十分激进地探索新的文学素材,将目光抛向那些新兴的、人口密集的、日益庞大的城市",并"敢于冒险进入现代城市的'悲惨肮脏'、'怪异破旧'的街道,展现他们所观察到的'半野蛮的'生活"②。他们比第一代现实主义作家更加关注个体和民众在社会历史语境中的状况,他们更会表现社会意识。在诺里斯的作品《麦克提格》(McTeague)中可以发现,他其实和豪威尔斯一样,十分注重利用小说再现现实生活,他更为关注现实生活中人的道德生活状况,探索心理体验的内部空间。《麦克提格》展现了一些另类的东西,涉及一些奇特的感觉和令人瞠目结舌的事件。诺里斯的作品有着我们熟悉的欧美现实主义作家笔下的都市生活,也能看到他善于描写现代社会和都市中的不确定性因素。在《麦克提格》中可以看到充满动感和不确定性的世界,在美国的现代都市中,一切都可能发生:如牙医麦克提格被吊销了执照;特里娜中了彩票大奖却极度节俭;麦克提格酗酒、家暴,甚至谋杀;邻居老人稀奇古怪;还有拉美裔的女佣、犹太人等,现代人隐藏在内心的兽性不断在冲突中显现出来。与豪威尔斯

---

① 参见威廉·迪安·豪威尔斯:《相关个案》,《文学杂志》,1899 年第 4 期。
② 参见阿尔图·高特里希:《弗兰克·诺里斯》,《北美评论》,1902 年第 175 期。

温和的中产阶级形象相比,诺里斯笔下人物表现出各种无序的扭曲、野蛮的力量,并以一种无意识状态不断显现出来,而这一点和克莱恩在《街头女郎梅姬》中意识流形式的心理体验的内部空间又有不同。尽管他们的表现方法各异,但他们都为美国文学开辟了现实主义与自然主义文学相融合的新领域。

　　杰克·伦敦深受左拉的影响,他的作品具有左拉的"实验小说"中所列举的自然主义小说特征,或者说,杰克·伦敦的文学作品是建立在自然真实基础上的纪实性作品。他同情社会底层的劳动人民,反对人类的残酷无情,他致力于通过小说来实现自己的社会梦想。杰克·伦敦善于揭露社会的丑闻,让它成为唤醒民众觉悟的手段。他擅长收集各种真实材料,甚至身体力行,深入社会。他相信进化论,笃信社会生存环境对人性的影响。因此,他的作品从不带有主观感情色彩,总以相对客观的方式描写人类的残忍。他也从不在作品中给出确定的结论和道德上的说教,一切都是客观展现。事实上,伦敦并不完全赞同诺里斯的那种对细节的描写。他曾写道:"我几笔勾画出一幅画时,他却加进了大量我省去的细节,从而破坏了整幅画面……问题在于他没有用观赏一幅画的眼光来看。他只是看到一个场景,看到了其中的每一处细节;但是他没有看到那个场景当中真实的画面。通过删除大量破坏作品、模糊其真正美丽线条的东西,我们能给画面增加朦胧美感。"[1]

　　比如在小说《野性的呼唤》(*The Call of the Wild*)中,杰克·伦敦以一条名为"巴克"的狗的视角来叙述美国的淘金热:巴克被人驯服,过着舒适日子,后被拐卖到原始荒野,成为一只雪橇狗,历经磨难,被人殴打、被其他狗欺负。在这样的社会环境下,巴克"复活了它早已死去的本能,他身上长期驯化而形成的习性消失了……他不用费力气学习,也不用琢磨这些本领,这些本领似乎他生来具有"[2]。野性不断地呼唤着巴克,巴克终于褪去了"文明"的外衣,完全投入到了荒野的生活中去,真实体验着自然界里的快乐与痛苦。杰克·伦敦通过巴克的遭遇批评人类的道德缺失。在他看来,人类在与自然的交往中需要道德升华,不能无限制地让自身的自私、贪婪、残忍本性恶性膨胀。杰克·伦敦的现实主义手法融合了自然主义的观点,将人视为无法控制行为的、受环境掌控的个体。他批评

---

　　① 转引自唐纳德·皮泽尔主编:《美国现实主义和自然主义:豪威尔斯到杰克·伦敦》,张国庆译,武汉:武汉大学出版社,2008年版,第210页。

　　② Jack London, *The Call of the Wild*, New York: Grosset and Dunlap, 1909, p. 62.

在美国这个只崇尚金钱的社会里，眼泪和善良都成了无用的呻吟。杰克·伦敦的作品否定了美国社会只有弱肉强食，尔虞我诈才有可能取得生存和地位的价值观。他通过巴克的故事表达了他对美国当代社会所标榜的"民主""自由"和"文明"的失望。

本章要重点讨论的西奥多·德莱塞是美国现代现实主义小说的先驱，他的小说作品大胆面向生活，反映社会现实，把美国现实主义文学推到一个更新、更高的层次。德莱塞的小说作品无情地揭露了美国社会的各种丑恶现象，深刻反思产生这种罪恶的根源和社会背景，强调社会生存环境对个人命运的影响。他的小说经典如《嘉莉妹妹》（*Sister Carrie*）、《珍妮姑娘》（*Jennie Gerhardt*）、《美国的悲剧》（*An American Tragedy*）都是揭露以自我实现为中心、崇尚个人主义的价值观的经典作品。嘉莉贫穷而又充满欲望，在没有金钱、没有华丽服饰就没有一切的社会里，嘉莉明白了社会阶层差异，在物质欲望的驱使下，她得到了金钱和安逸，却还贪得无厌。在这样的一个社会里，像嘉莉这样的不谙世事的女孩子向往炫目的一切，这使得她像吸毒者一样渴求更多，无法停歇。

被命运不断抛甩的珍妮，成了有钱有势的人怀里的情妇，后来虽然得到了上层社会绅士的青睐，却逃脱不了爱人为了金钱地位转身而去的命运。在下文要讨论的《美国的悲剧》中，一心向往有钱人的生活的小伙子克莱特，为了和有钱人家的女儿结婚，竟然谋杀身为女工，并且已经怀孕的女朋友，最终锒铛入狱，被处以死刑。在以金钱为唯一衡量标准的社会里，人们追求物质利益，却失去了道德上的自制与完善。无论是嘉莉妹妹的"得到"，还是珍妮姑娘与克莱特的"失去"，主人公都一样对此感到茫然、无助和可悲。美国第二代的现实主义作家们融合了自然主义的创作，探究现代社会动荡、另类和兽性的一面。他们强调表现客观的现实，同时又采用现实主义和自然主义手法，让作品融入自然主义理念，但摒弃美国浪漫主义传奇小说传统和表现手法。从美学角度来看，美国这一时期的现实主义文学创作实践影响了美国后期的整个文学发展进程。

三、美国现实主义文学的传播：纸皮书革命

美国现实主义文学的生成和发展，除了深受欧洲自然主义、现实主义文学的影响外，也受益于美国出版业自 19 世纪 30 年代就开始一直持续

的纸皮书和口袋书①革命。始于 19 世纪 30、40 年代的美国第一次纸皮书革命标志着美国大众图书市场的开启。而深受南北战争影响,并在 19 世纪 70 年代左右发生的第二次纸皮书革命标志着大众读者的兴起。20 世纪 20 年代末和 30 年代初,美国出版业开始的新一轮纸皮书的复兴和发展更是将大众图书市场和读者推向了新的顶峰。美国现实主义文学的生成和发展阶段也正是乘着美国出版业高速发展的列车,不仅一步步地壮大了现实主义文学本身的阵营,也促使美国本土后期的现代主义和后现代主义作家,继续揭露和批判社会的黑暗的传统,极大地影响了其他国家的文学发展,特别影响到自五四运动开始,民国时期中兴,20 世纪 80 年代再次崛起的中国现当代文学的创作与发展。

在美国,图书阅读一度是有钱和有闲阶层的文化专利,在第一次纸皮书革命期间,随着欧美教育普及运动的开展,美国出版业开始出现争相出版廉价图书和大众杂志的现象。它们甚至为了抢夺读者,争夺市场而发行各种"增刊",这使得许多普通民众也能加入到文学读者的队伍中去。随后,在第二次纸皮书革命期间,印刷技术进一步普及,大幅提高的印刷速度、低廉的邮资、出版业内的残酷竞争使得超级廉价书得以大量出版,大众读者无疑又是最大的受益者。美国现实主义作家正是在这一时刻,如愿以偿地、最大限度地接近了他们的读者,他们渴望实现一种让所有公众都能参与进来的大众文化。如美国《世纪杂志》曾分期刊载了豪威尔斯的长篇小说《现代婚姻》(*A Modern Instance*)和《塞拉斯·拉帕姆的发迹》,以及詹姆斯的《波士顿人》(*The Bostonians*)和杰克·伦敦的《海狼》(*The Sea-Wolf*)。《哈珀》月刊设有豪威尔斯的文学评论专栏"编者书屋",这些发行量巨大的文学杂志成为美国现实主义文学的重要阵地。同时,另一些新的低价文学杂志也紧随其后,这些刊物往往思想更为活跃,更加热衷于登载那些批判社会黑暗面的现实主义小说,诸如哈姆林·加兰等现实主义作家的作品也是这些杂志青睐的对象。

这一时期,美国无论是报社、杂志社,还是图书出版公司,都在极力争取大众读者,扩展销售市场。因此,出版业更加明确地实行扶持和赞扬美国本土作家的策略,而现实主义文学则恰恰迎合了这种具有本土特色"伟大的美国小说"的范式。作为美国现实主义文学的奠基人,豪威尔斯从美

---

① 纸皮书指的是相对于精装硬皮的平装本,如政府出版物、大学和研究机关的学术性研究报告等,一般就是这种平装本。口袋书专指大小为 4.5 英寸×7 英寸,刚好可以装在上衣口袋或裤子后兜里,定价十分便宜而发行量又很大的丛书,因此也被称为"口袋书"。

国主流文学杂志《大西洋月刊》的撰稿人,到《大西洋月刊》的主编,一直致力于美国本土现实主义文学的推广与传播。詹姆斯、吐温、加兰、克莱恩、诺里斯等现实主义作家都曾得到过他的大力支持。美国现实主义文学在当时得到迅速发展,并占据主导地位,与豪威尔斯有着不可分割的联系。同为主流文学杂志的《哈珀》在豪威尔斯1881年辞去《大西洋月刊》主编一职后,马上聘请他做了文学编辑研究所的研究员。在此期间,他继续研究欧洲各国的现实主义文学,也支持美国本土的现实主义文学的发展,他对于现实主义文学在美国的生成、发展和传播有着不可磨灭的卓越贡献。

美国现实主义文学的生成、发展与传播不仅仅是美国现代文学史的重要组成部分,也同样是缤纷多彩的世界文坛上不可或缺的一笔。随着20世纪以后世界政治、军事、经济、文化格局的巨大变化,特别是第一次世界大战结束后,美国文坛受到欧洲各种哲学和文化思潮的影响,在创作主体和技巧上发生了变化。现代主义和后现代主义思潮对美国文学的发展也产生了很大的影响,语言哲学领域的思潮使得人们对于"现实"本身的理解发生了变化,"现实主义文本的力量正在于它对自己的自指性主张进行解构的能力,透过当代批评的透镜,那些曾经被认为是现实主义特点的东西被重新评估,以揭露它们自己的虚构性"[1],这使得不同于传统文学的创作手法层出不穷。美国现实主义文学在汲取现代主义和后现代主义的营养后,重新审视自己,在重新找回现实主义的眼光和感觉的同时,形成了独树一帜的风格。

四、美国现实主义文学在中国的传播

以豪威尔斯为代表的美国本土现实主义作家,不论是在传统继承与创新上,还是在现实主义与自然主义的融合上,都开拓了美国的新文学领域,使得美国小说"艰难地走出19世纪的(浪漫主义)传统习惯,随后的作家不管知道不知道,都受惠于他们"[2]。不仅如此,美国的现实主义小说也和法国、英国、俄国等现实主义文学一起,作为一种西方主要的文艺思潮,也深刻地影响了20世纪初以来的中国现代文学。事实上,美国现实主义文学和法国、俄国现实主义文学一样,都具有强烈的批判性,在20世

---

① 唐纳德·皮泽尔主编:《美国现实主义和自然主义:豪威尔斯到杰克·伦敦》,张国庆译,武汉:武汉大学出版社,2008年版,第85页。

② 同上书,第140页。

纪 30 年代以后,因强化的政治色彩而在中国特别受到关注。

五四时期,西方各种社会思潮涌进中国,如陈独秀、鲁迅等率先把西方现实主义文学介绍到了中国,其中就不乏有许多美国现实主义文学的作家和作品。马克·吐温的一些作品就是从日文版译成中文,从而使得马克·吐温这位后来深受中国读者喜爱的美国作家开始进入中国人的视野。由于历史与政治的原因,相比之下,诸如马克·吐温、杰克·伦敦、西奥多·德莱塞、厄普顿·辛克莱、舍伍德·安德森、约翰·斯坦贝克以及辛克莱·刘易斯等描写社会小说的美国作家及作品受到了中国学者更多的译介和推广。从 20 世纪 20 年代开始,美国文学开始在中国得以更多地传播,如郑振铎在《小说月报》上介绍了马克·吐温等美国作家,虚白在《美国文学 ABC》中也重点提及了马克·吐温。此外,赵景深在《小说月报》中对 20 世纪初的美国文学进行了译介,并对德莱塞、辛克莱、安德森和刘易斯等美国"社会小说家"进行了特别的介绍。杰克·伦敦和辛克莱的作品也被译成中文,为广大中国读者所喜爱。"鲁迅曾经说过,当时的中国迫切需要输入革命的战斗作品,需要的是像杰克·伦敦这样的作品,而据海伦·福斯特在 30 年代的调查,辛克莱是最受中国人欢迎的美国作家。"[①]这些作家都被看作是无产阶级的战士和自由的拥护者,并在很大程度上影响了中国本土现实主义文学的发展。

第二节 拜金主义文化语境下《美国的悲剧》的生成

西奥多·德莱塞可谓美国现代文学和现代都市文学的先驱和代表性作家,他与海明威、福克纳并列,被公认为是美国现代小说的三巨头。德莱塞 1871 年 8 月 27 日出生于印第安纳州的特雷乌特一个贫困、多子女的德国移民家庭,父亲是失业的纺织工人,母亲的家庭背景是俄亥俄州的农民。德莱塞从小饱受苦难,做过童工,甚至曾经流落街头。他的几个哥哥有的夭折,有的成为酒鬼;几个姐姐有的失身遭遗弃,有的沦为妓女。德莱塞的家庭经历和底层生活经验为他后来的小说创作提供了许多素材。

德莱塞中学尚未毕业即因家庭经济拮据而被迫辍学,只身前往大城

---

① 邓啸林:《鲁迅与美国作家及其作品》,《外国文学研究》,1980 年第 4 期。

市芝加哥谋生，干过各种杂活。1889年，他在一位中学教师的资助下，在印第安纳大学读了一年书。1892年起德莱塞就在芝加哥、纽约等地当记者和编辑，广泛接触和了解美国这个"金元帝国"，并于1899年开始从事小说创作。德莱塞是一位多产的作家，一生写下了七部长篇小说，四部短篇小说集，还有剧本、政论和自传等。德莱塞小说的总主题是以美国社会现实为对象，通过小说中各种身份的主人公的命运来诠释和反省"美国梦"（American Dream）。

　　德莱塞于1900年发表了第一部长篇小说《嘉莉妹妹》，这部小说的主题就是表达"美国梦"的另一面。美国自1776年独立以来，大多数美国人世世代代都深信不疑，只要经过个人努力和不懈奋斗便能获得美好的生活，人们通过自己的勤奋、勇气、创意和决心就能迈向繁荣。然而，这个"美国梦"在德莱塞的小说中却一次次破灭。《嘉莉妹妹》中的嘉莉无法靠个人奋斗实现"美国梦"，只有靠出卖灵魂才能得到金钱和地位，小说问世后就被媒体和批评界指责为诋毁"美国梦"之作，长期未获发行。1911年，德莱塞又以同样的主题创作了《嘉莉妹妹》的姐妹篇，长篇小说《珍妮姑娘》，珍妮成为权贵的玩偶，不断被抛弃的经历也是对"美国梦"的嘲讽。1915出版的小说《天才》（The "Genius"）刚上架就被控告"伤风败俗"。艺术青年尤金到繁华的纽约后就逐步堕落，在物质享受的诱惑下，丧失了良知和才华，个人的梦想破灭。同一时期，德莱塞开始创作著名的《欲望三部曲》（"Trilogy of Desire"），1912年，他发表了《金融家》（Financier），1914年了发表《巨人》（The Titan），他的最后一部《斯多噶》（The Stoic）于德莱塞逝世后发表。德莱塞的《欲望三部曲》对资本主义社会大鱼吃小鱼，资本家的发家之路进行了自然主义式的描写，对人欲壑难填的本性和尔虞我诈的社会现实做了深入的揭露。

一、《美国的悲剧》

　　1925年，德莱塞发表了小说《美国的悲剧》（An American Tragedy），这部经典作品被美国《时代周刊》列为1923年至2005年所发表的最经典的一百部英语小说之一。事实上，德莱塞写《美国的悲剧》的想法源于一个真实的刑事案件[①]：1906年，纽约州发生了一起真实的谋杀案，一个名

---

　　① *Kindlers Neues Literatur Lexikon*，Wolfgang vou Einsiedel, Gert Woerner（Redaktion），KLL, München, 1986.

叫契斯特·吉莱特(Chester Gillette)的青年在纽约州的郊区,荒无人烟的大比腾湖上溺死了女友格雷斯·布朗。吉莱特被判处了死刑。德莱塞作为记者全程旁听了庭审,但他却对法庭的判决持有不同的看法,他认为法庭没有深究吉莱特的谋杀动机,更没有顾及形成吉莱特谋杀动机的社会原因,因此他萌发了创作一部小说的念头。

德莱塞仔细研究了吉莱特一案的全部卷宗,摘录了全部供词和男女双方的情书等大量原始资料,细致地考察了谋杀案的案发现场以及纽约州监狱,他还研究了15个同类案件的有关卷宗,详细地研究了同类犯罪案件的异同,决定以此为素材写一部名为《幻影》的小说,继而改名为《美国的悲剧》,他认为吉莱特的悲剧不是个人的悲剧,是千千万万个吉莱特的悲剧,是美国拜金主义社会酿成的社会悲剧,因此"美国的悲剧"更加突出了揭露"美国梦"的主题。

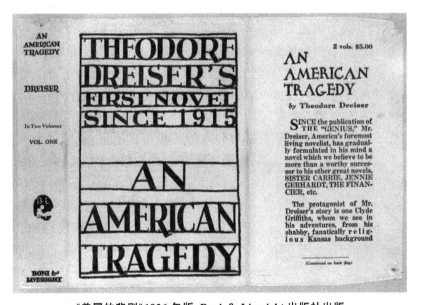

《美国的悲剧》1926 年版,Boni & Liveright 出版社出版

德莱塞在《美国的悲剧》中描述了一个名为克莱特(Clyde Griffiths)的青年在美国大都市纸醉金迷生活的腐蚀下,逐渐蜕变,堕落为凶杀犯,最后自我毁灭的全过程。小说分为三卷:第一卷描写天真幼稚的克莱特从小家境贫寒,长大后去堪萨斯城一家旅馆当服务员,整天面对挥金如土的客人,心中升起自己的"美国梦"。在外部世界的腐蚀和毒害下,他逐渐演变成一个玩世不恭、怙恶不悛的人,直到他卷入一次车祸事件,一个女

孩因伤死亡，他出于惊恐而逃离堪萨斯城。第二卷描写克莱特与富商伯父邂逅，伯父让他在位于纽约州远郊的虚构城市吕库古斯（Lycurgus）的一家衬衫厂当工头，他终于有机会进入上层社会，随后陷入与女工罗伯塔（Roberta Alden）和阔小姐桑德拉（Sondra Finchley）的三角恋爱当中。他被桑德拉的优雅美貌和高贵的上层生活所迷惑，为了高攀桑德拉，克莱特决定将怀有身孕的罗伯塔推下河淹死。在小说中，德莱塞细致刻画了克莱特在湖中泛舟时的心理变化，在极其矛盾的心情下，小船摇晃起来，就在罗伯塔失去平衡的瞬间，克莱特在救援和推撞的矛盾中，最终罗伯塔落水。而克莱特并没有施以援手，罗伯塔溺水身亡。读者在这一场景中能看到索福克勒斯悲剧《俄狄浦斯》的影子。第三卷描写克莱特被逮捕归案后，共和党和民主党的政客们以克莱特案为由，机关算尽、尔虞我诈、相互倾轧，以捞取政治资本的丑陋，也描述了克莱特被捕后从胆小鬼和小混混到令人同情的悔恨者的心理变化历程。律师约瑟夫在小说中一直扮演道德宣讲者的角色，他认为美国法律体系不公平和肤浅，克莱特的母亲是小说中特别引人注目的角色，她自始至终站在儿子一边，认为他罪不至死，小说带有鲜明的陀思妥耶夫斯基《罪与罚》的痕迹。最后，22岁的克莱特被送上电椅。

德莱塞的这部长达800页的鸿篇巨制受到全世界读者的青睐，读者通过细节的积累和不断变化的"情感距离"，从德莱塞对克莱特和其他人物的近乎左拉式自然主义的描写和冷静的报道式语言，解读出小说人物

《郎心似铁》1951年首映电影广告

的心理变化和动机。《美国的悲剧》出版后，以各种形式通过各种媒介广为传播，1926年，帕特里克·科尔尼（Patrick Kearney）将这部小说改编成话剧，并于1926年10月11日在纽约百老汇朗佳乐（Longacre）剧院首演。20世纪30年代初，谢尔盖·爱因斯坦（Sergei Eisenstein）将小说编写成电影剧本，希望能与卓别林合作，将这部小说拍成好莱坞影片，最终未果。但在这之前的1929年，德莱塞同意德国导演欧文·皮斯卡托将《美国的悲剧》改编成话剧。皮斯卡托的舞台改编于同年4月在维也纳成功首演。

在 20 世纪 40 年代,广播剧和电视剧开始普及,《美国的悲剧》的部分情节不断被改编成广播剧、广播小品和电视剧等,在美国广为传播,如在著名的"旧时电台"(old-time radio)的"布鲁克斯小姐"节目中,《美国的悲剧》中的"周末的水晶湖"等都是美国家喻户晓的节目。如在 1948 年 9 月 19 日,这个节目甚至一天播出了两次。1955 年,这个节目又在电台和电视台热播。1951 年,乔治·史蒂文斯(George Stevens)导演,伊丽莎白·泰勒(Elizabeth Taylor)和蒙哥马利·克利夫特(Montgomery Clift)主演的故事片《郎心似铁》(*A Place in the Sun*)由派拉蒙影业公司推出,这部好莱坞大片的经典电影主要情节也是取之于《美国的悲剧》。2005 年,托比亚斯·皮克(Tobias Picker)将小说改编成歌舞剧,并于 2005 年 12 月 2 日在纽约大都会歌剧院首演。

德国哲学家京特·安德斯(Günther Anders)在《过时的人》一书中批判第三次工业革命时期人类的生活毁灭时写道:"20 世纪的情形确确实实与 19 世纪的情形相比,发生了本质的变化。假如 19 世纪全世界大多数人最有名的格言是'挣脱枷锁',那么今天人类的格言就是:大多数人在戴着没有察觉的枷锁下占有一切。因为这个枷锁的本质是不让戴着它的人有任何察觉,这样戴枷锁的人就不必对失去枷锁存有任何恐惧。"①"占有"是人的本性,它的动力是人的"需求欲望",那就是因为需求本身清楚地知道,欲望除非被满足,其他办法是做不到的。工业社会的力量不仅仅在于生成产品,还在于生产人的欲望这一终极产品。工业革命的主要功绩在于"社会强制性"②地让人类占有源源不断生产出来的产品,而商品社会就是让消费者心理上和道德上完全丧失抵御消费命令的能力。

20 世纪初的美国社会就是处在这样一个人人都想挣脱贫穷枷锁的时期,物质生活的繁荣、商品世界的璀璨给人带来梦幻,而金钱、地位和财富成为实现梦幻的一条虚幻的金色大道,就像马克思在《1844 年经济学哲学手稿》中所说的那样:金钱"也是作为颠倒黑白的力量出现的。它把坚贞变成背叛,把爱变成恨,把恨变成爱,把德行变成恶行,把恶行变成德行,把奴隶变成主人,把主人变成奴隶,把愚蠢变成明智,把明智变成愚

---

① 京特·安德斯:《过时的人——论第三次工业革命时期生活的毁灭》(第二卷),范捷平译,上海:上海译文出版社,2010 年版,第 41 页。

② 参见同上。

蠹"①。"美国梦"的核心就是挣脱贫困和不自由的束缚,其辩证法就在于挣脱枷锁的同时戴上枷锁。这一辩证法揭露了一个秘密,那就是第二次工业革命向第三次工业革命过渡时期具有一个本质现象:人的消费需求被商品生产所驾驭。② 德莱塞的《美国的悲剧》正是在这样的社会语境下生成的,克莱特在挣脱贫困枷锁的过程中恰恰在没有察觉的前提下戴上了让自己走向灭亡的枷锁。

二、20 世纪 20 年代的美国社会主要特征

《美国的悲剧》生成于 1925 年前后,德莱塞写作这部作品的动机不仅仅是他对自己家庭生活、童年生活经历的回忆,也不仅仅由于吉莱特谋杀案对他的触动,还是作者经过长期观察和思考,对 20 世纪 20 年代的美国社会作出的深刻反思。按照洛文塔尔的文学社会学理论,任何文学作品的生成和传播都依赖于一定的社会文化土壤。因此,《美国的悲剧》的生成也有其特殊的时代背景和生产土壤。同样,这部巨著之所以成为文学经典也离不开这片土壤。《美国的悲剧》出版于 1925 年,当时的美国社会呈现出以下主要特征。

第一,1914 年至 1918 年的第一次世界大战是人类历史上一次巨大的灾难,但这场战争却给新兴的美国经济发展提供了极好的机遇。战争初期,美国利用其"中立国"地位,利用交战双方对军事装备和民用物资的大量需求,成为双方的供货商,并以此刺激军工生产和重工业的极速膨胀。美国的金融业也趁此机会对英法贷款,并利用欧洲各交战国在国际市场上竞争力减弱的机会,扩大商品出口贸易份额。1918 年,美国已从战前的一个资本输入国变成资本输出国,由债务国变成债权国。1924年,美国的黄金储存总量已达世界黄金储存量的 50%,完全控制了国际金融市场,第一次世界大战结束后,美国不仅成为资本主义世界的霸主,国际金融中心事实上也已经从英国移到了美国,从而大大加强了美国在资本主义世界中的地位。这也为美国进一步投入科技开发,更新生产设备,扩大生产规模,迅速发展生产提供了雄厚的资金储备。

第二,科学技术和企业管理的革命也是形成美国"柯立芝繁荣"最根本、最重要的原因之一。在第一次世界大战初期,美国的经济繁荣主要得

① 马克思、恩格斯:《马克思恩格斯全集》(第 42 卷),北京:人民出版社,2005 年版,第 155 页。
② 参见京特·安德斯:《过时的人——论第三次工业革命时期生活的毁灭》(第一卷、第二卷),范捷平译,上海:上海译文出版社,2010 年版。

益于军工装备生产和重工业生产,1917年4月美国加入协约国投入战争,尚没有能力顾及更新陈旧的生产设备。战争结束后,美国依靠在战争中积累下来的雄厚资金,大量投入新技术的开发和研究,工业企业出现了更新生产设备、扩大生产规模以及采用新技术的热潮。同时,美国的大型垄断企业开始了一场以泰勒主义①和福特主义②为代表的现代科学管理模式革命,或者说是"企业管理革命",尽管这些管理方法与劳工组织和工人权益发生过一些冲突,但实际上大大提升了美国工业生产的效率。同时,美国的大部分"康采恩"和"托拉斯"等垄断企业大力加强自身的科学研究和技术开发工作,建立企业内部的科研机构、技术和新产品开发中心,逐步形成了以市场和生产为中心的技术创新机制,加大技术转让效率和创新能力,以此来推动经济的持续发展。1927年,据美国208家大型企业的报告,企业科研投入经费总数近1200万美元。

第三,扩张国际国内市场。第一次世界大战结束后,美国垄断工业采取了向欧洲市场扩张的战略,趁欧洲各国战后经济衰落之机,以及利用战后西欧各国在财政上对美国经济的依赖,大力加强国外投资和国际贸易,扩大出口贸易份额。至20世纪20年代,美国业已取代了英国等欧洲列强在北美和拉丁美洲的经济影响力,成为加拿大的主要投资国。美国在夺取新的海外市场的同时,也注重扩大国内市场。20世纪20年代,美国垄断资产阶级采取刺激消费的手段,如分期付款和赊销、上门推销等方法,不断拉动和扩大普通民众对汽车、住房及家用电器等耐用生活消费品的需求。在民用经济领域,建筑业、汽车制造业、电气工业这三大支柱蓬勃发展。如第一次世界大战期间,美国的建筑业几乎停顿,战争结束后,美国城市规模进一步扩大,建筑工业迅速发展,建筑业的发展不仅提供了大量的就业位置,而且也促进了与其相关工业的极大发展。从20世纪20年代开始,汽车工业发展为美国最大的制造业和最大的工业部门,而美国汽车工业的发展又推动了钢铁、石油、化工、公路建设等一系列工业部门的发展。电气工业在20年代也发展很快,同样促进了"柯立芝繁荣"现象的形成。

第四,生产性社会向消费社会的过渡。在19世纪末与20世纪初,美国社会已经逐步从生产性社会转变为以消费为主的社会,传统主宰美国

---

① 即泰罗制,主要通过对劳动力合理化使用和标准化作业管理,科学提高生产效率的早期现代企业管理模式。

② 即福特制,指以市场为导向,以分工和专业化为基础,通过产品标准化、零件规格化、工具专门化、工厂专业化等合理化管理,以较低产品价格作为竞争手段的刚性生产模式。

的基督教新教（加尔文教派）的节俭观受到挑战。美国马萨诸塞州大学教授保罗·加农指出："20 世纪的新美国不仅展现出一种政治制度，而且展现出一种受大众消费经济秩序控制的全新的生活方式，这种生活方式似乎左右了自己的环境，以更适合其效率功能的新价值观取代了传统价值观。"①广告是大众消费社会形成的重要表现形式之一。20 世纪 20 年代，美国掀起了广告热。广告的形式多种多样，广告的范围越来越大。有专门发行的广告，报纸、杂志刊登的广告，沿街广告牌和霓虹灯广告，汽车、火车、邮船等交通工具上的广告，广播电台及电影广告，票证广告，人体广告，气球广告，包装广告，电话广告及水上漂浮广告，等等。各种形式的集会，也是口头、书面、牌板广告展示和散发的极好机会。美国 20 年代的广告业在当时的技术条件下已经无孔不入。

　　第五，贫富差距和城乡差距拉大。在城市和工业繁荣的同时，20 年代的美国农业却始终处于慢性危机之中。其原因主要在于中下层人民生活水平提高缓慢，国内农产品消费市场萎缩，以农产品为原料的轻工业生产发展滞后，对农产品的需求缩减；由于欧洲各国生产的相继恢复，农产品的国外销量大为减少。农产品的总收入 1920 年为 135.6 亿美元，1929年则减为 119.1 亿美元。1929 年，50％的农民年平均收入不超过 350 美元。② 同时在城市中，贫富差距也十分巨大。据美国联邦商务委员会1926 年关于国家财富及收入的报告，国内占人口 1％的大资本家占有财富达 59％，占人口 12％的小资本家占有财富达 33％，而占人口 87％的广大人口包括产业工人、小农及小店主等却只占有财富的 8％，其人数在 1.04 亿以上。1920 年至 1929 年，全国总人口平均的可自由支配的年收入从 635 美元增为 693 美元，提高约 9％，然而，在同一时期内，占总人口1％的富裕人口平均可自由支配的年收入，从 79492 美元增为 13114 美元，提高 75％左右。1929 年占全国人口 10％的上层阶层约占有全国可自由支配的总收入的 40％。而中下层人民收入的情况却与此形成了鲜明的对比。1929 年占全国家庭 10％的最下阶层可自由支配的个人收入仅占全国的 2％。③ 虽然在"柯立芝繁荣"时期，工人的工资收入的确有所增加，但必须看到，工人收入的增加远远落后于上层少数人收入的增加，

---

　　① A. Paul Gagnon, "French Views of the Second American Revolution", *Frech Historical Studies*, Vol. 2, No. 4, 1962.

　　② 参见韩安俊：《美国"柯立芝繁荣"的几个问题》，《辽宁大学学报》（哲学社会科学版），1984 年第 1 期。

　　③ 同上。

工人收入的增加与劳动强度的增强和劳动生产率的提高远不相称。因此,中下层人民并没有享受到"繁荣"的好处。1929 年,在 2750 万户美国家庭中,有 600 万户(即 21％以上)每年收入不到 1000 美元,有 1200 万户(即 42％以上)年收入不到 1500 美元,有 2000 万户(即 71％)年收入不到 2500 美元,而 2500 美元在当时是普通生活所必不可少的收入。由于工资低和失业的影响与危害,大量黑人、农民、失业工人等下层人民实际处于贫困状态和依赖救济的边缘。

三、拜金主义和消费社会

20 世纪 20 年代是美国近代历史上最不平凡、最动荡的十年。灯红酒绿,物欲横流,朱门酒肉臭,路有冻死骨。美国社会的货币价值观呈现出一种类宗教狂热的现象。无数年轻人醉心在一座座大都市崭新的物质世界里,憧憬着一个个美梦,幻想坐着肥皂泡就能飞越大峡谷,睁开眼睛就会抵达黄金海岸。海明威曾经轻蔑地形容他那个时代的美国富人是"有钱的穷人",金钱和拜金主义成了美国现代文化中的一个关键因素。

所谓拜金主义是一种以金钱为膜拜的拜物教(fetichism),它是人类社会随着私有制和商品货币关系的产生而出现并发展起来的一种价值观念。从历史渊源上讲,早在人类社会的初期如奴隶社会和封建社会就已萌发了拜金主义观念,但作为一种成熟的人生观和价值观,拜金主义的盛行却与资本主义大众消费社会有着密切的关系。生产的社会化、消费的大众化与生产资料私有化之间的矛盾必然加剧诱发人的贪欲,进而产生对金钱和财富的顶礼膜拜。马克思和恩格斯在《共产党宣言》中指出:"资产阶级在它已经取得了统治的地方把一切封建的、宗法的和田园诗般的关系都破坏了。它无情地斩断了把人们束缚于天然首长的形形色色的封建羁绊,它使人和人之间除了赤裸裸的利害关系,除了冷酷无情的'现金交易',就再也没有任何别的联系了。它把宗教的虔诚、骑士的热忱、小市民的伤感这些情感的神圣激发,淹没在利己主义打算的冰水之中。它把人的尊严变成了交换价值,用**一种**没有良心的贸易自由代替了无数特许的和自力挣得的自由。总而言之,它用公开的、无耻的、直接的、露骨的剥削代替了由宗教幻想和政治幻想掩盖着的剥削。"①

---

① 马克思、恩格斯:《共产党宣言》,《马克思恩格斯选集》(第一卷),北京:人民出版社,1972年,第 253 页。

正如马克斯、恩格斯所预言的那样，美国在第一次世界大战结束之后，全面进入了现代大众消费社会。"金钱万能"思想主宰了一切社会活动和人的观念，与19世纪相比，商业化的气息更为突出，整个美国社会更加狂热地拜倒在金钱的石榴裙下。赚钱就是为了享受，这一观念已成为人们生活中的基本信条。

许多学者把20世纪20年代视为美国现代生活方式的开端，其主要依据是人的消费观念以及消费方式的转变。哈佛大学教授莉莎贝思·科恩（Lizabeth Cohen）指出："在20年代，大众消费、标准化品牌商品的生产、分配和购买旨在范围最广泛地使公众购买成为可能——越来越普遍。到了20年代结束之时，大多数美国人，不管他们开销了多少钱，都承认大众消费在整个国家购买上的主导地位日益上升。"①美国西方大学教授林恩·迪梅尼尔（Lynn Dumenil）把20世纪20年代视为是美国向复杂的、多元的"现代社会"的转变时期。②

事实上，尽管美国社会依然有一大批民众由于就业和贫困而没有过上柯立芝政府宣扬的"富裕"生活，但在制造商、广告商、大众杂志和电影所传播的以消费主义为导向的"美国梦"的刺激下，大部分民众得以维持比较体面的最低生活，他们在潜意识里进入了这种消费文化所构织的庞大网络。即使美国在30年代陷入经济大萧条，消费社会受到了很大的冲击，但陷于生活困境的人们并没有从根本上动摇这种已经根深蒂固于美国社会中的消费主义观，拜金主义已经成为美国社会的基本价值观。哈佛大学教授乔治·桑塔亚纳（George Santayana）在一篇关于美国生活方式的论文中写道："美国生活方式竭力要把人类所有更古老的传统抛掷一边，因为这些传统是毫无用处的寄生物和障碍物。美国生活方式本身成为一种传统：它已经形成了将自己强加给人性的精神，以自己的形象重塑所有人的灵魂。"③

拜金主义有三大特征：第一，人为金钱而牺牲自己；第二，人以金钱衡量自己，把人的价值归结于金钱；第三，以金钱的特征取代人的个性。德

---

① Lizabeth Cohen, *Consumers' Republic：The Politics of Mass Consumption in Postwar America*, Westminster：Knopf Publishing Group, 2003, p. 22.

② Lynn Dumenil, *Re-Shifting Perspect Lives on the 1920s：Recent Trends in Social and Cultural History of the 1920s*, for Calvin Coolidge and the Coolidge Era Symposium, Library of Congress, Washington, D. C. , 1995, p. 63.

③ George Santayana, *The Idler and His Works, and Other Essays*, edited by Daniel Cory, New York：George Braziller, Inc. , 1957, p. 52.

莱塞的《美国的悲剧》从本质上再现了主人公及其他人物的这种价值观。克莱特和许许多多的美国青年一样,在拜金主义的梦幻中牺牲了自己,他的所有行为都符合这三条基本特征。为了得到更好、更幸福的生活,他可以抛弃罗伯塔,因为他在金钱这个度量衡下面发现自己的价值没有最大化,还有很多上涨的空间,他的所有决定都说明了他的个性实际上是金钱的特性所决定的。

小说中的女性人物更是拜金主义和消费社会的鲜明写照,在强大的物质享受的引诱下,很多平民女性在进入大都市后都无法抗拒奢华的生活,女性的特殊文化人类学符号在《美国的悲剧》这部小说中都有细致的描写和表达。

首先,"性爱"在拜金主义和消费社会中变成了特殊商品,平民女性常常会通过出卖身体来进行商品交换。同时,这种商品交换的性质是以金钱为本质,以爱情为表象,以个人目的为基础的。因此,这种形式的商品交换会因社会地位、身份差异、权力话语等造成悲剧。例如,在《美国的悲剧》中克莱特的姐姐、克莱特的女友罗伯塔等,都是为了自己的梦想而作出身体牺牲。

其次,"服饰"成为资本和财富的文化符号。"人靠衣装,佛靠金装",这是民间对"服饰"这个文化人类学符号最通俗的解读。在《美国的悲剧》中,平民身份的女工罗伯塔为了高攀工厂主侄儿克莱特而倾其所有,她用旧套装精心给自己改制了婚礼礼服,把自己装扮得像其他新娘那样漂亮,灰色的裙子,棕色鞋帽,蓝色外套。德莱塞用细描的手法为她的梦想蒙上了悲剧的色彩,也暗示了她的希望之旅将是死亡之旅。然而,她的这身装束在克莱特眼里却很不得体,在与贵妇人桑德拉的服饰相比之下则显得暗淡无光。桑德拉为了得到英俊美貌的克莱特,不断地用无数华丽的服装、时尚的装饰吸引克莱特。同样,德莱塞也通过克莱特的视角刻画了罗伯塔父亲的服装,从他的眼睛里感知不同的消费水平和消费文化,以及美国平民的消费状态:"他身上穿一件破烂不堪、肘子弯都露了出来的外套,一条鼓鼓囊囊的旧斜纹布裤子,脚上穿着一双粗劣、不擦油、不合脚的乡巴佬鞋。"[1]罗伯塔父亲如此寒酸的样子既让克莱特同情,又让他无比地鄙视。看到这样的情形,虚荣的克莱特"觉得仿佛肚子上给人家打了一拳,只觉得一阵阵虚弱,一阵阵要吐"[2]。

---

① 西奥多·德莱塞:《美国的悲剧》(上),许汝祉译,上海:上海三联书店,2014年版,第493页。
② 同上。

　　再次，"住房"这一商品同样不仅是城市居民的必需品，也是消费者身份和社会地位的象征。在大众消费社会中，商品既是生活需求品，也是文化符号和权力话语工具，在大城市，住房和寓所更代表居住着的个人社会地位的被认可度。在《美国的悲剧》克莱特一家及其所属群体的住房状况充分展示了消费主义划分社会阶层的显著作用。克莱特一家人的住所是传道馆，"一片死气沉沉，凡事有点生气的男女少年，都会被这种气氛弄得精神沮丧。那是一幢毫无光彩，毫无艺术气味的旧木房……木房坐落在堪萨斯市独立大街以北……这条马路稍长些，但是到处乱七八糟"①。克莱特的姐姐跟人私奔后遭到遗弃，她的"美国梦"破灭后被迫回到娘家，被母亲安排在一间位于最破败不堪的街道上的出租房里，完全再现了被遗弃者的身份。从空间上看，克莱特一家居住在堪萨斯城闹市区边缘，他们的栖身之所与城市中心那些鳞次栉比的高楼极不相称。这种居住环境的边缘化实质上标志着居住者的社会身份和社会地位的边缘化。因为他家"附近地区也全部都非常阴沉、破败，克莱特一想到自己住在这个地区就很厌恶"②。这种心理反映出克莱特对社会底层生存状态的不满，也反映出金钱拜物教价值观所引起的主体身份焦虑，而焦虑的直接诱因就是消费能力的不足。

　　复次，"奢侈和时尚"是大众消费社会的一种特殊产品，它唯一的功能就是夸饰性（ornament），这恰恰也是广告的本质，通过夸饰的手段达到消费者认同。夸饰性的本质在于对个体的合理性管理，克拉考尔（Siegfried Kracauer）在《大众装饰》（Das Ornament der Masse）一文中，把这种现象比喻为"康康舞"，即法国红磨坊一群舞女在音乐节奏下整齐划一的掀裙踢大腿的舞蹈，这一舞蹈在世纪初的欧美大都市大为流行，在克拉考尔看来，这个舞蹈的本质属性在泰罗制和福特制的美国工业合理化运动中已经得到最充分的体现："既然资本主义生产过程的原则不是从自然中单独演化出来，它必然会破坏对它来说是手段或者是阻力点的自然机体。当可计算性成为必需时，人的共同体和个性消失了，只有作为大众中的一颗微小粒子，人才可以爬到顶部……资本主义生产过程也同大众装饰一样，

---

①　西奥多·德莱塞：《美国的悲剧》（上），许汝祉译，上海：上海三联书店，2014年版，第12页。
②　同上书，第14页。

以自身为目的。"①奢侈品既是"掀裙",就有广告②的本意,又有同一性、合理性、时尚性和效率性。这就像瓦尔特·本雅明说的那样,任何时尚(Mode)首先是过时,时尚的本质便是大众和同一性,时尚是资本主义工业的重要产品和营销方式。

京特·安德斯在《过时的人》中也对奢侈和时尚的广告效应做了剖析:"我们的世界……就是一个广告的世界。在这个世界里,所有的存在物都在向我们提供自身并对我们提出要求。广告是我们这个世界的表达方式。用本体论的语言来说,那就是:只有那些在个体与个体对抗竞争的战争中具有更为强烈的展示性和吸引力的东西才能作为'存在着的'(das Seiende)而存在。如果隐性表达,那就是:那些不呼唤的、不张扬的、不现实的、不进入聚光灯光环的东西就不具备力量来赢得我们,我们就不会去获得它,我们对它不闻不问,与它无关,我们不会去认识它,也不会去使用它,更不会去享用它。"③在安德斯看来,"广告(Werbung)这个词从本源上看含有色情的意思,这点自从整个世界色情化了之后就从我们的意识中彻底地消失了"④。

在《美国的悲剧》中,克莱特对上层社会和"身穿晚礼服和讲究的衬衫,头戴礼帽,打着蝴蝶结领带,戴着白羊皮手套,穿着漆皮鞋",陪伴着漂亮女人的高雅绅士无比羡慕:"这种装束,克莱特当时看起来,真是高贵、俊俏、华美、舒服到极点了,要是能那么潇洒大方地穿上这种服装,该是多好!"⑤不仅是克莱特,小说中其他人物也在商品拜物教下无法抗拒,如克莱特在堪萨斯城的女友霍丹斯看见一件海獭皮外套那样:"她一激动,竟收住脚步,喊叫起来:'啊,从来没有见过这么时髦、可爱的外套! 哦,瞧这袖子,多丽丝',她一把抓住了同伴的胳膊。'瞧这领子,还有衣服里子!

①　彼得·盖伊:《魏玛文化:一则短暂而灿烂的》,刘森尧译,台北:立绪出版社,2003年版,第19页。

②　广告在英语中是"advertisement",其中有吸引别人注意的意思。德文中为"Werbung",则更加具有"孔雀开屏"和"引人注目"的意思,其原意为自然生物界雄性动物通过展示自身的美丽来寻制配偶,以达到繁衍后代的目的。

③　京特·安德斯:《过时的人——论第三次工业革命时期生活的毁灭》(第二卷),范捷平译,上海:上海译文出版社,2010年版,第140页。

④　安德斯指出:"与此相关,在19世纪得到普遍认可的一个观点就是妓女即商品,今天这个本质已经显得苍白无力。由于商品就是妓女,以及商品世界就是妓女世界的事实已经成为宰制力量,妓女就失去了她们堕落的特殊光环。她们成了与自己相同的无数商品中的一员,也就是说,妓女的本质得到了普及,她们独特的地位在这样的情况下受到了极大的损害。"

⑤　西奥多·德莱塞:《美国的悲剧》(上),许汝祉译,上海:上海三联书店,2014年版,第29页。

还有这些口袋!哦,天哪!'她赞叹不已,又高兴,又兴奋,浑身都发抖了。"①而爱虚荣的克莱特千方百计地想通过分期付款等方式买下这件外套,送给他在堪萨斯城的女友霍丹斯,却又因买不起,而感到内心十分痛苦。从这里可以看出奢侈和时尚已经完全俘获了现代都市人,人的价值完全等同于物的价值。

最后,"出行方式"也从文化人类学角度出发佐证了拜金主义价值观,随着现代科技和工业化进程的加快,人的出行方式发生了巨大的变化。20世纪20年代,铁路、汽车、轮船、飞机在美国已经成为人们的出行方式。拥有小轿车已经成为人的身份象征。克莱特的朋友有一辆"帕卡德",这让他羡慕不已,并成为炫耀自己的资本。克莱特就是因为乘坐朋友的这辆车而带来了"灾难",撞死了无辜的9岁小女孩。在纽约,克莱特对改变了的处境暗自得意:"和另一处地方不同的是,家庭的倒霉情况现在牵连不到他了。还有罗伯塔还在偷偷委身给他呢。"②然而,他的这种心情随着桑德拉的出现马上失去平衡:当他走近桑德拉的居所时,他"觉得这所房子肃穆、宁静、优雅而美丽……他走近这扇门的时候,有一辆车身结实的大型轿车径直开到正门口停下来。汽车司机先下车,把车门打开,克莱特即刻认出是桑德拉·芬奇雷在汽车里"③。占有私家车就与富足、优越、高雅等概念紧密相连,这些恰恰是深受消费主义观念主导的公众梦寐以求的,因为这样的出行工具显然可以使他们划清与劣势群体的界限。与此相对应的是遇害女孩家的出行兼运输工具:一辆破旧的双轮马车。作者对那匹瘦骨嶙峋、疲惫不堪的老马的刻意描写突出了这个阶层的困窘与无奈,如同一面镜子反射出两个阶层间在消费能力上无形的鸿沟。

德莱塞的小说以铺陈实例,积聚细节见长。在《美国的悲剧》中,他的目的在于证实一个观点,那就是美国社会平庸的生活理想正在腐蚀着青年一代,若要针砭美国核心价值观中的"美国梦",如果不提供充分的事实证据是难以令人信服的,因而《美国的悲剧》篇幅巨大。德莱塞为了保证其叙述事件的准确性,引用了大量的美国大众传媒的报道,他把这些真实素材极其巧妙地和主人公性格发展融合在一起,很难看出拼凑的痕迹。另外,美国文学界对德莱塞的文体和语言问题历来争论不休,认为他的文字并不尽文雅、精致,行文滞重,甚至有些地方还文理不通,用词不当。但

---

① 西奥多·德莱塞:《美国的悲剧》(上),许汝祉译,上海:上海三联书店,2014年版,第116页。
② 西奥多·德莱塞:《美国的悲剧》(下),许汝祉译,上海:上海三联书店,2014年版,第346页。
③ 同上书,第347页。

在很多情况下,德莱塞的描写是极其成功的,有不少章节他写得严谨紧凑。尽管《美国的悲剧》容量庞大,头绪纷繁,但在很多章节里,作者的表达非常简洁。德莱塞在写作过程中,依靠的不是审美情趣、技巧手法的创新,而是对社会的深入观察和对社会主题的深入发掘。英国作家威尔斯称《美国的悲剧》为 20 世纪最伟大的小说之一,因为德莱塞把美国社会生活中一个极小的角落放大到了美国社会的普遍问题上去,因此而闪烁着"美国梦"中的悲剧色彩。德莱塞的小说,以内容和形式上的文学现实主义,真实地反映了当时美国的社会生活,起到了摧毁传统、解放美国小说的作用。《美国的悲剧》也正是在这样现实可信的社会语境下得以生成、接受和传播的。

第三节 《美国的悲剧》中文传播

德莱塞与海明威、福克纳一起被称为美国现代小说代表,他们的小说作品不仅在美国和欧洲广为传播,在中国,特别是在 20 世纪 40 年代之后的中国也与其他国家的现实主义文学作品一样,得到了广泛的传播,并迅速成为中国语境中的外国文学经典作品。德莱塞的长篇小说作品,如《嘉莉妹妹》《珍妮姑娘》和《美国的悲剧》等在中国的经典生成之路同样也受到中国对外国文学接受和传播特殊的气候和土壤的影响,20 世纪三四十年代抗战期间,国民党政府的陪都重庆成为进步文学和进步外国文学译介和传播的中心,德莱塞(德赖瑟)、海明威、斯坦贝克等都在"抗战语境"和第二次世界大战中的"美国语境"和中国左翼进步作家的关注下成为译介的热门。[①] 1949 年中华人民共和国成立后,这些进步的美国作家继续得到重点译介与传播,也受到了大批读者的喜爱。德莱塞在中国一直被认为是批判和否定美国社会的进步作家,他的作品也被认为是具有强烈人民性的批判现实主义的杰作。当然,这也与德莱塞晚年接近美国共产党,并加入了这一左翼政党有一定的关系。

一、德莱塞与《美国的悲剧》在中国的传播

德莱塞在中国最早引起关注可以追溯到 20 世纪 30 年代。1935 年,

---

① 主要有斯坦贝克的《红马驹》《愤怒的葡萄》《月亮下去了》(《月落》)等,海明威的《丧钟为谁而鸣》《战地钟声》等作品。

《人间悲剧》,钟宪民译,
建国书店 1944 年版

上海中华书局出版了傅东华翻译的《真妮姑娘》(《珍妮姑娘》)。1937 年,上海商务印书馆又出版了傅东华、于熙俭翻译的《美国短篇小说集》,其中收入了德莱塞的《失去的菲比》,该书在 30 年代和 40 年代反复再版,销售火爆。

《美国的悲剧》在中国的译本比较多,最早的是钟宪民的译本,该译本 1944 年由重庆建国书店首次出版,书名为《人间悲剧》,此书出版后迅速在重庆再版。抗战时期德莱塞被译介的作品除了《美国的悲剧》之外,还有《情网》《自由》《婚后》等,这些作品均为钟宪民所翻译,见诸重庆各大文学期刊。钟宪民曾是上海南洋中学进步学生,抗日战争爆发前就与左联和鲁迅先生有来往,并成为世界语运动的积极分子。1928 年,他曾翻译过德国作家蒂恩·福尔格(Tean Forge)的《深渊》,1930 年又将鲁迅先生的《阿 Q 正传》翻译成世界语。此外,他也是民国时期重要的外国文学译介者之一,曾翻译过尤利·巴基的长篇小说《牺牲者》(1934 年)、短篇小说集《波兰的故事》和波兰作家奥西斯歌的长篇小说《马尔达》(又译作《孤雁泪》《玛尔旦》《北雁南飞》)等。20 世纪 40 年代,他主要的翻译作品都集中在德莱塞的作品上,除了《人间悲剧》,他1945 年翻译了《嘉莉妹妹》(上下册),1947 年翻译了小说《天才梦》(《天才》),这些译作在 40 年代就多次再版。抗战时期中国翻译界对德莱塞的译介动机与德莱塞表现美国国内阶级矛盾、垄断与反垄断矛盾的社会现实以及其对人们生存的社会及其前途的忧虑和思索密切相关。德莱塞在现实主义文学作品中所表现和关注的,恰恰符合抗战时期进步知识分子要求揭露社会现实,展现平民的苦难和无助的境地,借以批判社会的不平等,进而要求革命的文学要求。

这样看来,《美国的悲剧》的主要接受背景是战时重庆以及当时中国社会对德莱塞小说内容和形式的认可,现实主义文学能够反映社会问题,符合中国抗战文学扎根现实的理念;另一方面也因为其小说敢于面对美国社会的弊端,进而能够激发人们为改变当时不合理的社会制度,为争取人的平等独立而斗争。

1949 年中华人民共和国成立后,德莱塞的文学作品得以继续出版,如 1950 年,晨光出版公司重印了由朱葆光翻译的《珍妮小传》,钟宪民 1944 年版的《人间悲剧》也由国际文化出版社于 1951 年重印。此外, 1951 年王科一还节译了《美国的悲剧》,在翻译内容的筛选过程中体现出了译者鲜明的政治观点和主观倾向,王科一在其节译本的后记《德莱塞和他的〈美国的悲剧〉》中写道:"我的写作方法是这样的:先读了一遍原本,把故事的重要情节和精彩描写划出,然后译述出来。这其中,在关于主人公的思想斗争的描写上,我着重地指出了:社会罪恶是促使他犯罪的主要原因。这样做的目的,一方面企图以深入浅出的文字传达出文艺形象的感染力,另一方面也希望使读者从政治上划清爱和憎的界限。"①可见,王科一在节译和评论《美国的悲剧》时主要以政治需要为衡量尺度,并用当时流行的"阶级分析"的观点去剖析作家与作品,这正好为德莱塞小说经典在中国的传播机制做了脚注。

20 世纪 50 年代至 60 年代,德莱塞的作品得到了全面的译介,1950 年,晨光出版公司出版了傅东华翻译的《珍妮姑娘》②;1952 年,许汝祉又翻译了《堡垒》,由上海文艺出版社出版。1954 年,许汝祉出版了 *An American Tragedy* 的新译本,书名改为《美国的悲剧》。上海文艺联合出版社于 1955 年出版了主万、西海翻译的《天才》,1958 年到 1962 年间,上海文艺出版社陆续出版了一套《德莱塞选集》,收入了《欲望三部曲》:裘柱常翻译的《金融家》,韦丛芜翻译的《巨人》和余牧、诸葛霖翻译的《斯多噶》。1962 年,裘柱常、石灵合译的《嘉莉妹妹》由上海文艺出版社出版。这样,德莱塞总共创作的 8 部长篇小说在"文化大革命"之前全都被译成了中文。

这一时期,中国对德莱塞译介和接受还涉及短篇小说和散文、杂文等。如 1955 年,平明出版社出版了一部由巫宁坤翻译的《德莱塞短篇小说集》。1957 年,新文艺出版社出版了吴柱存翻译的短篇小说集《这就是美国》③,其中也收入了德莱塞的部分短篇小说。此外,《译文》(即后来的《世界文学》)等以翻译为主的文学期刊也发表了不少有关德莱塞的译介

---

① 参见王科一编译:《德莱塞和他的〈美国的悲剧〉》,上海:潮锋出版社,1951 年版,第 116 页。
② 傅东华翻译的《珍妮姑娘》1959 年由上海文艺出版社再版。
③ 该书由上海文艺出版社 1959 年再版。

和文章。① 至 1966 年"文化大革命"爆发之前，中国对德莱塞的译介，无论单行本，还是期刊，都予以了高度关注和较高的评价，但是由于接受语境的影响，对德莱塞小说的美学价值则关注得较少。可见，在中国文艺政策和翻译政策受到较为严格控制的语境下，德莱塞在中国的影响力仍然巨大。

"文化大革命"结束后，外国文学翻译界渐渐复苏。美国现当代小说成为中国译者译介美国文学的重点。德莱塞则延续了"文化大革命"前在中国的外国文学地位。如上海译文出版社重新出版了五六十年代傅东华、裘柱常、主万和许汝祉等翻译家的译本，随后编成《德莱塞文集》出版。1982 年，上海译文出版社出版了韦丛芜译的《巨人》和主万、西海翻译的《天才》。1983 年，上海译文出版社出版了余杰、诸葛霖翻译的《斯多噶》。1982 年，湖南人民出版社还出版了余杰翻译的《繁花一梦——德莱塞短篇小说选》（书中收入了《圣科伦巴和赫德森河》《乡村医生》《我的哥哥保罗》《黑人杰夫》《小莫泊桑》等 12 篇短篇小说）。1984 年，人民文学出版社出版了主万译的《德莱塞小说选》（共包括《自由》《黑人杰夫》《请君入瓮》《小莫泊桑》《欧尼泰》等 16 篇短篇小说）。此外，毛信德撰写的《德莱塞（1871—1945）》②，详细地介绍德莱塞以及他的长篇小说《嘉莉妹妹》《欲望三部曲》《美国的悲剧》等，为解读德莱塞提供了比较全面的导读资料。

20 世纪 90 年代之后，德莱塞作品的翻译又有新的变化。一大批译者对德莱塞的长篇小说进行了重译、复译、新译、编译。在改革开放后的商业大潮中，外国文学翻译也伺机"下海"，各种包装、推广形式五花八门，"丛书""系列"遍地开花，使人眼花缭乱。各种"外国文学经典丛书""美国文学名著丛书""世界文学名著珍藏版丛书""外国文学经典宝库"纷纷收

---

① 如《译文》1955 年 11 月号刊登了严敏翻译的散文《普遍平等、社会幸福的榜样》；紧接着《译文》1955 年 12 月号为纪念德莱塞逝世十周年，发表了专辑，集中刊登德莱塞的短篇小说《艾达·郝恰瓦特》（赵罗蕤译），杂文《我的生活逻辑》（黄秋云译）《向艺术家呼吁》（伊信译）和迈克尔·高尔德回忆文章《我所知道的德莱塞》（黄雨石译）。1959 年，《译文》改名为《世界文学》后继续刊登德莱塞的作品，如 1959 年 7 月号刊登了奇青的新书短评《来自人民的珍妮·葛哈德——介绍德莱塞的〈珍妮姑娘〉》，《世界文学》1960 年 12 月刊登了主万翻译的短篇小说《黄金的幻影》。

② 毛信德：《德莱塞（1871—1945）》，沈阳：辽宁人民出版社，1984 年版。

入德莱塞的作品,仅《嘉莉妹妹》一书就出版了 26 种①,德莱塞的其他作品的新译、复译和重译虽然没有像《嘉莉妹妹》那样繁花似锦,但也引来了百花争艳。

《美国的悲剧》先后在人民文学出版社、外国文学出版社和译林出版社获得重版。这三家出版社多次重印了许汝祉 20 世纪 50 年代的译本。1994 年,上海译文出版社推出了潘庆舲的新译本;2002 年,上海人民美术出版社出版了沙青改写的青少年版《美国的悲剧》;2003 年,北京燕山出版社出版了黄禄善、万俊、魏国富新译本。

二、译本比较与传播机能

从 20 世纪 50 年代开始到 21 世纪初,许汝祉、潘庆舲以及黄禄善与万俊、魏国富等合作先后翻译了德莱塞的《美国的悲剧》,但相对比较有影响力的还是许汝祉和潘庆舲的两个译本。许汝祉的译本是 20 世纪 50 年代完成的,距今已达 60 年,潘庆舲的译本生成于 20 世纪 90 年代,距今也有二十余年,这两个译本的翻译美学实践不尽相同,它们分别在较大的传播力场差异下完成,除了译者的个人期待视野差异外,一定的传播力场作用也体现在译本中。

下面对许汝祉和潘庆舲的两个译本的翻译风格略作比较。首先,二位翻译家在不同历史时期翻译了同一部作品,这在接受美学原理上涉及一系列的问题,如翻译主体在接受源语文本时的不同生活经历、他们对作品的解读和理解、他们个人的语言艺术素养、他们所处的时代和那个时代的社会文化语境、社会对外国文学的态度、机构性文化政策和监控政策、大众读者的需求均不尽相同,因此,他们的翻译文本也会存在一定的差异。下面来看小说的开头:

DUSK—of a summer night.

And the tall walls of the commercial heart of an American city of perhaps 400,000 inhabitants—such walls as in time may linger as

---

① 《嘉莉妹妹》复译、重译版本繁多,有许汝祉(1994),刘坤尊(1995),王运富(1995),王艳燕、胡莺(1995),文权(1995),肖淑惠、朱小美(1996、2003 再版),刘冲茂(1996),裘柱常(1997 重印,2001、2006 再版),但汉源(1997),刘荣跃(1999),王克菲、张韶宁(1999),肖淑惠、朱小美(1999),杨川(1999),林子(1999),盖大勇(2000),文斌(2000),李雪梅(2002),常跃(2004),李文军(2005),潘庆舲(2005),刘文俊(2005),路但俊(2006),方华文(2011),徐菊(2012),孙延弢(2012)等 26 种。

a mere fable. [1]

　　一个夏夜的黄昏。
　　一排排高墙耸立在美国一个四十万人口的商业中心,这类高墙,到将来只会给后代当作闲话当年的资料罢了。[2](许汝祉译)

　　冥色四合的夏日夜晚。
　　一个拥有四十万居民的美国城市的商业中心区,崇楼高墙,森然耸起——像这样的崇楼高墙,说不定到将来仅仅足资谈助罢了。[3](潘庆舲译)

　　首先,"DUSK—of a summer night",这句话在许译本里被译成了"一个夏夜的黄昏"。译文比较忠实于原文,几乎没有任何解读和修饰,也非常符合中国读者的阅读习惯,让人产生一种听故事的趣味,而且译文非常口语化,符合大众的阅读习惯,这一风格非常符合 50 年代和 60 年代中国的文艺为大众服务的文艺政策,也反映出译者比较谨慎的用词策略。但是在语言逻辑上似乎有一点儿问题,因为"a summer night"是指夏天的某一个夜晚,但是夜晚便不可能是黄昏,黄昏是指天色尚未完全变黑的时间段,因此如何理解"dusk"便十分重要。在潘译本中,译文是:"冥色四合的夏日夜晚"。"冥色四合"显得比较书卷气,"冥色四合"或"暮色四合"表达黄昏,在中国文学中常常被使用,"冥色四合,倦鸟投林"给人一种典雅的乡村牧童、日落归家的意境。
　　第二段第一句,许译本翻译成"一排排高墙耸立在美国一个四十万人口的商业中心",非常符合原文,语言平白,但略显冗长,"tall walls"究竟应该译成"高墙"还是译成"高楼"值得商榷,许译也许太字面化了,而在能指上失之偏颇。潘译本将开头句子译成"一个拥有四十万居民的美国城市的商业中心区,崇楼高墙,森然耸起",这种译法则显得比较文雅,句子被分割为三部分,分开表达原文。"commercial heart"许译成"商业中心",潘译本则译成"商业中心区",两个译本略有差异,虽然不影响内容,但能看出两人对空间理解上的不同,商业中心是比较开放的概念,加上

　　① Theodore Dreiser, *An American Tragedy*, New York: Rosetta Books, 2002 LLC, p. 11.
　　② 西奥多·德莱塞:《美国的悲剧》,许汝祉译,上海:上海三联书店,2014 年版。
　　③ 西奥多·德莱塞:《美国的悲剧》,潘庆舲译,武汉:长江文艺出版社,湖北人民出版社,2011 年版。

"区"则有比较固定的空间感，许译本的理解比较准确一些。然而对"tall walls"两个版本的理解差异较大，许译本为"高墙"，潘译本为"崇楼高墙、森然耸立"，将"tall walls"解释为高楼的墙，可能更符合原意，"森然"二字加上了译者的主观解读。许译本注意到了"wall"的复数形式，因此把它译成"一排排"，但仅把"wall"理解成"高墙耸立"也许不能确切地表达堪萨斯城商业中心的地理概貌。潘译本用汉语复合名词"崇楼高墙"表达"wall"复数，但比较书卷气，不如许译本那么口语化。事实上，口语化和平民化是德莱塞《美国的悲剧》的基本风格。

小说开篇第二段的后一句"such walls as in time may linger as a mere fable"也在两个译本中有不同的表达，许译本是"这类高墙，到将来只会给后代当作闲话当年的资料罢了"。"mere fable"的翻译空间比较大，许译做了意译，从"纯粹的寓言"引申到"不会很当真的那些话"，再引申到"（后人）闲话的资料"，逻辑上是准确的，比较口语直白。潘译"像这样的崇楼高墙，说不定到将来仅仅足资谈助罢了"也遵循了跟许译一样的逻辑，在文字上继续保持文雅的风格，把它表达成"足资谈助（罢了）"。

通过小说的开头两小段的分析可以看出，许译本比较注重口语化和语言的平民化、大众化，这一方面可能是许译着意反映德莱塞的文字风格；另一方面可能是在20世纪50年代的中国，文化政策和读书习惯更加需要这种语言风格。潘译则呈现出一种高雅和书卷的味道，文字上推敲味道也比较重一些，这似乎符合20世纪90年代改革开放之后对外国文学翻译和介绍的比较宽松的文化政策环境，文字表达策略较为宽松的翻译空间，这与20世纪50年代和60年代的传播语境有较大的差异。仅两段63个字中，四字汉字结构就出现5次，占总文字的近三分之一。

同样德莱塞在小说开头还有一句描写气候的句子：

It was hot, yet with a sweet languor about it all.
天气很热，到处弥漫着甜美的倦意。（许汝祉译）
天气很热，但是弥散着一丝儿恬适的倦意。（潘庆龄译）

德莱塞在小说开头部分的语言表达没有任何繁文缛节，比如对于天气状态的表达十分通俗易懂，言简意赅。在小说的第1页，德莱塞客观地将时间、地点、季节和天气等情况做了现实主义式的交代。在这里，许译显得十分忠实于原文，他的翻译是："天气很热，到处弥漫着甜美的倦意。"

在"It was hot"的翻译上，他加了一个程度副词"很"，虽然原文中没有出现程度副词，但这一译法非常符合中国人表达天气热的习惯说法。然后，他将句子的第二部分做了几乎是一一对应的硬译。而潘译则显得比较写意，将其译成："天气很热，但是弥散着一丝儿恬适的倦意"。潘译也在"It was hot"的翻译上加了个程度副词"很"字，然而他没有将"about it all"这个介词词组中的"到处笼罩"的意思翻译出来，只是将它蕴含在"弥漫"二字之中，"about it all"有"到处"的意思，但在这个语境下也有"弥漫"的意思，潘译省略了"到处"，但并未造成漏译，收到了同样的效果。在"sweet"一词的翻译处理上，许译是直译成"甜美"，而潘译是"恬适"，后者显得更加文雅一点儿，但从小说的语境来看，可能"甜美"更加贴切一些，因为句子马上转到熙熙攘攘的街景中去，"恬适"似乎更符合田园景色，而"甜美"则比较中性一些，只是人对空气的感受。

这里需要指出的是，德莱塞的小说开头与小说结尾特意形成了一个故事的框架结构，这种手法在戏剧中常常出现。比如，在小说 Souvenir（许译：《忆往事》，潘译：《追忆往事》）中，德莱塞刻意重复了小说开头的叙述模式和语言风格，一些句子被重复，突出了小说的戏剧性和故事性。

> DUSK—of a summer night.
> And the tall walls of the commercial heart of the city of San Francisco—tall and gray in the evening shade.
> ...
> It was hot, with the sweet languor of a Pacific summer about it all.

> 一个昏暗的夏夜。
> 旧金山商业中心的高墙在暮霭中耸立着，灰沉沉的。
> ……
> 天气很热，到处弥漫着太平洋沿岸夏日甜美的倦意。（许汝祉译）

> 冥色四合的夏日夜晚。
> 旧金山商业中心区，崇楼高墙，森然耸立在灰蒙蒙的暮霭中。
> ……
> 天气很热，可是弥漫着太平洋沿岸夏日里常有的一丝儿恬适的

倦意。（潘庆舲译）

如："DUSK—of a summer night."在许译和潘译中有不同的处理，潘译与原文一样，做了重复的处理，而许译则是翻译成"一个昏暗的夏夜"，与小说开头的"一个夏夜的黄昏"稍有不同，也许译者在这里表达出与小说开头所不同的"悲剧性"。这里可以看出潘译比较注重小说的文学性，比较重视原文的叙述构架，而潘译则比较注重小说的意蕴，希望通过"昏暗"来突出主人公被处以极刑和美国社会的"悲剧"，在这一处理上也可以看出不同的时代不同的传播力场上译者的不同处理。在中华人民共和国成立初期的政治语境下，尤其是在美国文学的传播策略上，注重内蕴，强调小说的批判性，应该是符合逻辑的。尽管如此，许译和潘译一样，都强调了叙述结构和风格的重复，在第二句中，许译延续了小说开头的语句和句式，继续沿用了"高墙……耸立""甜美的倦意"，而潘译也沿用了"崇楼高墙，森然耸立""一丝儿恬适的倦意"等语句。

But in the interim, in connection with his relations with Roberta no least reference to Sondra, although, even when near her in the factory or her room, he could not keep his thoughts from wandering away to where Sondra in her imaginary high social world might be.

不过，在这段时间里，他跟罗伯塔在一起的时候，只字不提桑德拉，虽说即便是在厂里或是在她房间里，在她身边的时候，他总禁不住一下子又想到桑德拉在上流社会中地位如何如何。（许汝祉译）

不过，在这过渡时期，他对罗伯达只字不提桑德拉，虽然哪怕是在厂里或是在她房间里，紧挨着她身旁的时候，他心中禁不住会想到桑德拉此刻也许又在跟上流社会人士如何应酬交际。（潘庆舲译）

再来看小说的第 25 章，克莱特陷入了三角恋爱关系，他在认识阔小姐桑德拉之前就认识了工厂女工罗伯塔，两人相爱并致罗伯塔怀孕。认识桑德拉之后，克莱特的虚荣心膨胀，欲抛弃罗伯塔。在第 25 章开头，许译的风格继续保持通俗易懂。对"interim"一词，做了比较口语化的处理，"interim"有"临时"和"过渡"的意思，德莱塞以此来表达克莱特与两个女人的心猿意马的情绪。许译将其翻译成"在这段时间里"，虽然比较通俗易懂，在上下文语境中也可以达到原文表达的意思，但是从细腻角度看，还是略有所失。相比之下，潘译则在此处比较直译："在这过渡时期"。但是在这里似乎不太符合中文的表达习惯。许译把克莱特的心态表达得比较好懂，也更符合中文表达习惯，说明了"他跟罗伯塔在一起的时候，只字不提桑德拉"。潘译为"他对罗伯达只字不提桑德拉"，好像生硬了一些。中文表达更多是"在……面前不提……"这类结构。

还有，在表达"when near her in the factory or her room"时，两个版本也有不同的处理，"when ... near her"在许译中为"在她身边的时候"，非常忠实原文。潘译略有变化，译为"紧挨着她身旁的时候"，这里把他们暧昧的关系表达出来了，在原文中没有那么明确，但是符合小说的语境。

在第 25 章开头这段的最后一句："he could not keep his thoughts from wandering away to where Sondra in her imaginary high social world might be."两个译本在表达原文意义上发生了分歧。主要分歧在于"in her imaginary high social world might be"，许译是克莱特想象桑德拉在上层社会的"地位"，而潘译为克莱特想象桑德拉在上层社会的"应酬交际"。也许两位译者对"might be"的意思有不同的理解，许译更加侧重将"to be"（might be）理解为一种主体的"生存状态"和"身份认同"；潘译更注重主体的"行为"，有点儿偏向"to do"。这种转译或意译在潘译中较多一些。

从总体上看，许汝祉的翻译更加口语化，比较符合大众的阅读习惯，也与 20 世纪五六十年代的读者口味、社会阅读风气比较接近，也突出了当时那个年代对美国民主和文明的批判倾向，同时许译整体来看比较注重直译，译者的阐释空间不大。潘译比较文雅，有一定的书卷气，比较注重译者的主体性，有一定的解读和阐释空间。这两个版本无疑是《美国的悲剧》较好的译本，也是目前中国图书市场上德莱塞比较普及的版本。

文学是语言的艺术，具有艺术的形式内涵审美特征。外国文学的翻译是文学经典在异域生成和传播的必要和重要手段之一。由于文学翻译不同于其他形式的翻译行为，它不只是文字符号的转换和内容信息的传达，文学翻译也是译者的一种审美再创造活动，因此带有强烈的主观性。从一定的角度看，文学翻译的本质与文学创作类似，是一种艺术审美活动。在文学翻译的过程中，译者通过对外国文学作品的解读、理解和接受以及对作品的整体认知，再通过自己的语言艺术将原作重新表达出来。文学翻译是文学的再创造活动，也是对源语文学的传播活动。"越是优秀的文学作品,它的审美信息和文化意蕴也越丰富,译者对它的理解和传达也就难于穷尽。"①文学翻译在语言风格上具有多样性。

法兰克福学派文学社会学和文学传播学重要代表人物、犹太思想家洛文塔尔对文学的社会传播问题作出杰出的贡献,早在20世纪30年代,他就提出了与康斯坦茨学派接受美学(Rezeptionsästhetik)本质相同的文学接受和文学传播理论,他看到文学的美学价值在社会变迁之中生成并发生变化。洛文塔尔有一个重要观点,即文学经典主要是在文学传播过程中形成的。文学传播研究者的使命首先是关注文学阅读对人的作用。洛文塔尔认为,研究文学传播对研究人类文学活动具有重要的影响,因此,研究者必须先找出所能了解的、无所不包的社会星座对文学写作和文学阅读的社会影响力。无论是战争年代,或者是和平年代,无论是何种社会形态,无论是经济繁荣时期,或者经济萧条时期,这些因素都会影响文学经典的生成。不是经典的可能成为经典,经典的可能被忽视,德莱塞作品和其他外国文学作品在中国的传播都说明了这个问题。

洛文塔尔还认为,特定的文学标准、文学形式或主题内容也会在一定的社会语境下对文学经典产生影响。各层次的读者和他们的身份也会影响文学经典的生成,就定性定量分析而言,进入发行消费领域的文学作品与其他大众传播媒介,与非语言形式的、有组织的娱乐活动的结合情况等都会影响文学作品的传播和影响力。文学翻译作为文学传播的手段同样受到社会控制因素的制约。文学作品的发行、监控、书报检查制度、公共收藏和阅读机构、公共文学奖项以及筛选都会对文学经典的生成和传播产生影响。在中国的社会语境下,德莱塞《美国的悲剧》的翻译、传播和接受都在不同程度上受到不同发展时期、不同译者以及社会机构的接受度的影响,这部作品的首译、重译和复译都符合洛文塔尔的文学社会传播机制。

第四节　欲望之都:"美国梦"的是与非

"美国梦"(American dream)是大多数美国人的信念,也是美国现当代文化的缩影。然而"美国梦"的正式提出时间并不久远:1931年,詹姆

---

① 谢天振、查建明主编:《中国现代翻译文学史(1898—1949)》,上海:上海外语教学出版社,2004年版,第2页。

斯·特拉斯洛·亚当斯(James Truslow Adams)在美国经济大萧条时期出版了《美国的史诗》(*American Epic*)一书,第一次提出"美国梦"这个概念。亚当斯这本书的主题是:"让我们所有阶层的公民过上更好、更富裕和更幸福的生活的美国梦,这是我们迄今为止为世界的思想和福利作出的最伟大的贡献。"从此,"美国梦"流行开来,成为美国人的共同信念。

然而,"美国梦"这个概念中所蕴含的价值观则由来已久,它的起源可以追溯到 16 世纪中叶马丁·路德(Martin Luther)的宗教改革。德国社会学家马克斯·韦伯在宗教改革运动的本质中看到新教伦理,即马丁·路德抛弃了天主教禁欲主义修行和超越尘世的空洞劝解和训令,而把个人在尘世中完成的赋予他的义务当作一种至高无上的天职。韦伯看到了马丁·路德宗教改革中所蕴含着的回归内心和回归个体的本质,从中解析出这一核心本质与资本主义精神之间的关系。[①] 韦伯还分析了新教的其他分支,特别是加尔文教的禁欲主义伦理。英国在亨利八世时期因加尔文教的传播与罗马教皇之间发生了冲突,加尔文教派信徒笃信,个人成功或事业发达是上帝选民的标志。他们的道德原则是勤奋工作,品行端正。但加尔文教在英国被视为异端,一些人甚至受到了残酷的迫害。为了寻求自由和新生活,加尔文教徒尝试远渡重洋,开始通往北美新大陆的冒险之旅。[②]

《五月花号公约》原件

1620 年 11 月 11 日,35 名英国加尔文教徒和 67 名欧洲人乘坐"五月花号"(May Flower)帆船漂洋过海,到达北美洲西部。登陆之前,他们中的 41 人同意署名签订了一份协议,史称《五月花号公约》(*The Mayflower Compact*)。全文如下:"以上帝的名义,阿门。吾等签约之人,信仰之捍卫者,蒙上帝恩佑的大不列颠、法兰西及爱尔兰国王詹姆斯陛下的忠顺臣民——为了上帝的荣耀,为了吾王与基督信仰和荣誉的增

---

① 参见马克斯·韦伯:《新教伦理与资本主义精神》,于晓、陈维纲等译,北京:生活·读书·新知三联书店,1987 年版。

② 参见朱永涛:《英语国家社会与文化入门》,北京:高等教育出版社,1998 年版。

进,吾等越海扬帆,以在弗吉尼亚北部开拓最初之殖民地,因此在上帝面前共同庄严立誓签约,自愿结为一公民团体。为使上述目的得以顺利进行、维持并发展,亦为将来能随时制定和实施有益于本殖民地总体利益的一应公正和平等法律、法规、条令、宪章与公职,吾等全体保证遵守与服从。据此于耶稣公元1620年11月11日,吾王英格兰、法兰西、爱尔兰等十八世暨苏格兰第五十四世君主陛下在位之年,在科德角签署姓名如下,以资证明。"①

这不仅是欧洲大陆移民团体在美国的第一个自治性公约,也是有关欧洲移民最早的历史文献。《公约》规定了遵守平等公正原则,还暗含了艰苦奋斗的新教伦理。虽然"美国梦"在不同时期具有不同含义,但这群盎格鲁-撒克逊人在宗教政治迫害下,希望在美利坚土地上平等、公平地去创造新的生活,这是"美国梦"中所蕴含的伦理价值。当时的美国西部幅员辽阔、资源丰富,并且尚未开发。人们只有通过艰苦的劳动才能转化物质财富,才能提高自己的生活水平。从1783年美国建国之后的一百年左右的时间里,"西进"(go west)成为许多美国人的迫切需求和实际行动。广袤的西部土地既不属于政府,也不属于某个人,而是属于最早到达并最早开发土地的人。在大多数美国人眼里,在这块充满财富和机会的土地上,只要遵循明确合法的行为准则,就能够实现个人的致富愿望。这些准则在富兰克林、杰斐逊、卡耐基等人的言行中都有所体现。美国的"西进运动"对于冒险者和追求梦想的人来说,充满了凶险,他们与天斗,与人斗,有些人成功了,更多的人失败了。那些失败的人,又把希望寄托在下一次的冒险之中。这便形成了美国民众的一种信念,一种理想,也是一种欲望。

然而,"美国梦"和所有民主、自由、平等、博爱的资产阶级价值观一样,蕴含着自身不可避免的双重性,即康德(Immanuel Kant)在宪法公民社会中所看到的困境,即公民社会的所有矛盾均可归结于"宪法理想"(Verfassungsideal)与"宪法实际"(Verfassungsrealität)之间的矛盾和冲突,美好的理想和残酷的实际便是"美国梦"的症结所在。德莱塞的《美国的悲剧》借助翔实的历史资料和新闻报道等,以现实主义手法描述了"美国梦"的理想在社会现实中破灭的一个悲剧。究其原因可以归纳为:

第一,消费社会机制下的人的"物化"(Verdinglichung)现象。在资本

---

① See E. J. Carter, *The Mayflower Compact*, Heinemann Library, Chicago IL, 2004.

主义社会消费主义的强烈刺激下，个体将追求财富、享乐、奢华和人对物和金钱的支配力作为成功的主要判别标准，这使个体陷入通过获得更多更好的消费品而提升自身社会地位的消费怪圈而无法自拔。卢卡契发展了马克思在《1844年经济学哲学手稿》中提出的资本主义商品社会中人的物化理论，将物化和异化现象视为资本主义商品社会的畸形、病态发展的结果。在商品拜物教和货币拜物教的作用下，人与商品的关系发生变异，生产和消费商品的个体在劳动抽象化和商品主宰化的过程中，个体呈现出一种与物等同的趋势，这种趋势便是"物化"。在黑格尔那里，"物化"乃是主体性和自我意识缺失的结果。

第二，商品消费社会中人际关系的"陌生化"（Verfremdung）。在美国这个把消费和财富视为人生最高目的的国度里，在这种消费观和价值观影响下，也就是"美国梦"的价值观影响下，商品消费已不仅仅是一种经济现象，而更是一种社会现象。就像法兰克福学派经济学家和哲学家阿尔弗雷德·松-雷格尔（Alfred Sohn-Rethel）所指出的那样，人类思维形式的抽象化蕴含在钱币之中，在以消费为主导的商品社会中，蕴含着各种劳动形式的抽象"商品形态"（Warenform）已经成为人的"思维形态"（Denkform）[①]。在这种情况下，人与人的关系变成一种商品交换关系，货币或者商品成为情感交换的等价物，这造成人的情感和伦理价值的迷茫和缺失。

第三，新教伦理中的个人中心论。马丁·路德宗教改革所形成的新教伦理以及加尔文主义禁欲思想导致的极端个人主义成为西方基本价值观。而"美国梦"的核心就是个人主义，所有价值判断的基础是对个人愿望和希冀的使用和满足，其次才是社会和他者。在德莱塞《美国的悲剧》生成的那个时代，高度发达的商品消费社会加剧了也加速了社会成员的聚合与分层过程。在这个过程中，"美国梦"中的理想部分，如机会均等、阶层开放等思想在实际利益冲突中被抽象化，大多数人成为"美国梦"的失落者。富兰克林、比尔·盖茨等"美国梦"的典范既是偶像，又是梦幻。

综上所述，德莱塞的《美国的悲剧》从现实主义的角度出发，用切实可行的一个个实例表达了"美国梦"的双重性，就像阿多诺对马克思名言"宗

---

① Alfred Sohn-Rethel, *Warenform und Denkform. Mit zwei Anhängen [incl. Dissertation]*, Frankfurt am Main, 1978.

教是人民的鸦片"一语的解读那样，宗教具有双重性，它既是人民的，又是麻痹人民的。阿多诺指出，马克思这一辩证的思想常常被误读，宗教与人民的关系不是"für"（for）的目的状态关系，而是"des"（of）的从属关系。"美国梦"作为一种信仰也具有同样的属性。"美国梦"是每个美国人所坚信的信仰，同时又是鸦片，是麻痹人民的，其结果可能就是悲剧性的。

　　以商品拜物教为核心的消费主义颠覆了传统的伦理道德，对文化以及社会风气产生了严重的负面影响。德莱塞的小说《美国的悲剧》之所以是"美国"的社会悲剧，而不是某个个体的悲剧（如克莱特和罗伯塔的悲剧），其原因在于作者以真实生活原型为基础刻画的克莱特、罗伯塔等一群悲剧性人物具有一定的典型性、代表性。作品中的僭越者岂止克莱特和罗伯塔两人，他们付出这样那样的代价而最终的结局都是幻想的破灭。事实表明，以克莱特为代表的众多人物的悲剧命运与他们所奉行的极端个人主义的商品拜物教和货币拜物教、消费主义意识形态有着密不可分的联系，它们才是"美国的悲剧"真正的根源。

第六章
苏俄"红色经典"的生成与传播

　　"红色经典"是指在"无产阶级革命"或"社会主义革命"历史和社会语境下生成的经典文学艺术作品。俄罗斯"红色经典"是指苏俄在社会主义革命时期所生成的经典文学艺术作品。广义上的"红色经典"不仅在文学源语国有特定的生成时代社会背景，而且在文学接受国还具备相应的接受语境，如可以认同的红色价值理念、相类似的社会制度和具有一定可亲性的意识形态，并促使这一类文学经典作品在接受国广泛传播，经典再次生成。

　　由于"红色经典"一般带有鲜明的政治倾向性，因此，苏俄以及其他外国"红色经典"也同样具有鲜明的政治倾向和意识形态性，同时，"红色经典"受生成和传播的时代语境和社会语境影响相对较大，因此就传播和经典再生产机制而言，苏俄"红色经典"的传播力场具有一定的特殊性：第一，传播主体的身份立场带有鲜明的政治倾向性，与被传播主体的价值观具有很高的认同性；第二，在传播对象和传播内容的选择上，文学的社会功能性起到决定性作用，"文学为政治服务"成为主要理念，传播对象的确定在很大程度上受社会内部和外部的意识形态制约；第三，在传播媒体的确定上具有强烈的民众性；第四，文学接受者在较大程度上也有政治倾向性和意识形态认同性；第五，在传播和接受效果上往往受文化和政治权力机构的影响。

第一节　政治命运推动下"红色经典"的生成

　　苏俄时期的文学在 1917 年爆发的十月社会主义革命之后，发生了一次影响苏俄文学史的深刻变化。19 世纪末、20 世纪初的俄国文学"白银时代"所形成的自由化、多元化文学格局在十月革命后相对较短的时间内形成了两极分化,或者说在物理空间上形成了两个阵营。尽管这两个阵营无论在思想上、情感上,还是在艺术上始终保持着一定的内在联系和互动:即现代主义文学运动中所形成的象征主义派、阿克梅派、未来主义派、意象主义派等文学流派的代表作家和志同道合者一部分流亡国外,一部分逐渐开始认同马克思主义理论指导下的苏维埃社会主义文学体系,他们逐步转向认同"社会主义现实主义"的创作原则,日后成为"革命作家",如未来主义诗人马雅可夫斯基等,成为苏联作协成员,有的甚至成为"拉普"(Российская ассоциация пролетарских писателей)①成员。苏俄文学史上习惯将这种两极分化现象和所形成的文学史后果称为"本土文学"和"侨民文学"。苏俄"红色经典"源于俄国社会主义时期的"本土文学",并具备以下特点:

第一,根据洛文塔尔的文学社会理论,文学及文学经典的生成与具体历史语境和社会语境密不可分。如果把在中国传播范围最大,影响力最深刻的苏俄时期的"红色经典"限定一下的话,那么高尔基的《母亲》、肖洛霍夫的《静静的顿河》《被开垦的处女地》、绥拉菲摩维奇的《铁流》、法捷耶夫的《毁灭》《青年近卫军》和奥斯特洛夫斯基的《钢铁是怎样炼成的》显得最为重要。这 7 部文学经典均为现实主义作品,均与俄国十月革命和苏联国内战争这两个重要的历史时期和历史事件密切相关。法捷耶夫曾经说过:"苏联文学最初是怎样开始创造的呢?是一些像我们这样的人创造的。内战结束,我们这些党内的,还有更多党外的年轻人,从辽阔无际的祖国各个角落汇集在一起,我们非常惊异,尽管每个人的命运并不相同,但是我们的生活经历却那么相似。《恰巴耶夫》的作者富尔曼诺夫的道路是这样……我们中间更年轻的,也许更有才华的肖洛霍夫也是这样……我们一浪接一浪地涌上文坛,我们人数很多。我们带来了自己个人的生活经验,自己的个性。对新世界的贴心的感受和对它的爱使我们联

---

① 即 20 世纪 20、30 年代苏联文学团体"俄罗斯无产阶级作家协会"俄文缩写的音译。"拉普"包括 1922 年成立的十月文学小组、1923 年成立的莫斯科无产阶级作家联合会、1925 年成立的全俄无产阶级作家联合会所组成的全苏无产阶级作家联合会联盟。1923—1925 年,"拉普"以《在岗位上》杂志为阵地,捍卫无产阶级文学原则,但妄自尊大,排斥不同观点作家。1925 年俄共(布)作出《关于党在文学方面的政策》的决议后,原领导中的一些极左成员被撤销领导职务,1926 年后,"拉普"新领导表示接受党的决议,提出要学习、创作和自我批评的口号,但继续排斥不同观点、风格的作家,搞宗派活动。1932 年 4 月俄共(布)中央作出《关于改组文艺团体》的决议后,"拉普"宣告解散。

合在一起。"①

第二,被苏联和中国均视为"红色经典"的文学作品内容基本上属于俄国历史转型期的以阶级斗争和军事斗争为线索的社会现实。如高尔基的《母亲》以革命者巴维尔的母亲为主人公,反映俄罗斯政治历史转型期人民的觉醒。又如"红色经典"的主要作家法捷耶夫的经典作品《毁灭》和《青年近卫军》等作品均以国内战争和反法西斯战争为题材。绥拉菲摩维奇的《铁流》、奥斯特洛夫斯基的《钢铁是怎样炼成的》、肖洛霍夫的《静静的顿河》也都选择了国内战争时期的题材。这一特点说明苏俄"红色经典"在生成和传播过程中特别重视文学的宣传和鼓动功能,与时代命脉同频共振,贯彻文学为政治服务,为广大人民群众服务的宗旨,让文学成为无产阶级的战斗武器。因此,这类文学作品对凝聚革命力量,提升革命信心能够发挥很好的作用,这与毛泽东《在延安文艺座谈会上的讲话》精神相符合,因此这也是苏俄"红色经典"在中国特定历史时期传播效益特别好的原因之一。

第三,作家的创作环境发生了变化,其中比较大的变化是作家身份开始发生转变,成为有组织的机构成员。这对作家的创作思想、创作选题和创作立场都形成一定的影响。1932年4月,俄共(布)中央通过了关于改组文艺团体的决议,一个统一的、内设共产党组织的苏联作家协会形成了。而统一的作家协会使作家们有可能就文学在新历史时期的任务进行广泛的讨论。在广泛的讨论之后,得到创作选题。法捷耶夫写作《青年近卫军》就是根据革命斗争需要,以克拉斯诺达尔共青团地下组织青年近卫军反德国法西斯占领军斗争事迹写成的。

第四,苏俄"红色经典"具有鲜明的社会主义现实主义特点。1934年,高尔基主持全苏作家代表大会,制定了苏联作家协会章程,该章程中对社会主义现实主义创作方法首次做了定义:"社会主义现实主义是苏联文学和文学批评的基本方法,它要求艺术家在现实的革命发展中真实地、历史具体地描写现实,而且艺术描写的真实性和历史具体性应与用社会主义思想从思想上改造和教育劳动人民的任务结合起来。社会主义现实主义保证艺术创作有特殊的可能性去发挥创作的主动性,去选择各种各

---

① 参见陈钰:《苏俄文学"红色经典"在中国——以〈钢铁是怎样炼成的〉为例》,上海师范大学硕士学位论文,2010年,第11页。

样的形式、风格和体裁。"①可见,肯定社会主义的现实,塑造正面的英雄形象,是社会主义现实主义的基本要求,也是"红色经典"的基本特点。社会主义现实主义要求作家坚持革命的理想主义和革命的浪漫主义,在马克思主义、列宁主义思想指导下站得比现实更高,并且将文学作品在不脱离现实的条件下,提升到比现实更高的位置上。

总体上看,苏俄"红色经典"的生成除了上述特点以外还有两方面的因素起了作用:一方面,苏俄的大多数"红色经典"是俄国政治体制转型后文艺思想和国家文艺政策的产物。因为任何文学作品都是意识形态的产物,所以苏俄"红色经典"是社会主义意识形态的产物。另一方面,任何精神文化产品都不是无源之水,无本之木,社会主义现实主义的"红色经典"也是如此。无论是高尔基、法捷耶夫的作品,还是绥拉菲摩维奇、肖洛霍夫、奥斯特洛夫斯基的作品,都内蕴式地继承了俄罗斯现实主义大师精湛的创作技艺。苏俄"红色经典"作品在人物塑造、心理描写、个性刻画、文学意境、语言艺术等方面都承上启下,融入现代主义艺术潮流中的有益有利因素。他们在普希金、列夫·托尔斯泰、陀思妥耶夫斯基、车尔尼雪夫斯基、屠格涅夫、契诃夫等一大批现实主义、批判现实主义作家的土壤上,在社会主义革命斗争的历史和社会语境下,创造了苏俄的伟大不朽的红色经典。

第二节 高尔基小说的生成与传播

高尔基(Максим Горький)是 20 世纪苏俄著名社会活动家、革命家,20 世纪俄罗斯文学的伟大代表,也是 20 世纪世界文学最杰出的现实主义作家之一。高尔基的原名是阿列克谢·马克西姆维奇·比什科夫。他最有代表性的经典作品是《母亲》,列宁曾经赞扬这部作品是社会主义现实主义文学的奠基之作。高尔基的文学作品不仅影响了俄罗斯和苏联时期的民众,也对中国文学和中国民众产生过巨大的影响。

一、高尔基《母亲》的生成和传播
《母亲》(Мать)是高尔基"红色经典"中最重要的一部长篇小说,这

---

① 参见陈钰:《苏俄文学"红色经典"在中国——以〈钢铁是怎样炼成的〉为例》,上海师范大学硕士学位论文,2010 年,第 11 页。

部小说带有强烈的纪实特点,也是现实主义的杰作,列宁称赞《母亲》"是一本非常及时的书"①,因为这本书是教育工人参加革命运动的最好的教材。

高尔基1905年因沙皇迫害而流亡国外,在法国抗议欧洲列强为苟延残喘的沙皇政府贷款输血,因而无法在欧洲久留,不得不远走美利坚。当时俄国国内的政治气氛日趋紧张,沙皇对布尔什维克的镇压也越来越丧心病狂,高尔基去美国的一个重要使命就是为布尔什维克人募集革命的经费,宣传俄国革命,但是高尔基并没有达到想象中的目的,他在美国募集资金总额仅有1万多美元。② 不仅在募款上收效甚微,而且这时他还得到女儿卡嘉病逝的噩耗,当时卡嘉才6岁。在巨大的悲痛中,他一方面给卡拉金、雷迪琴科、彼什科娃等写信,鼓舞他们的革命斗志,也为自己增加力量,同时他把重心移到了文学写作上。他开始创作《母亲》和剧本《敌人》。

有关小说《母亲》的创作动机,高尔基本人在1905年革命之前就有了初步想法。如高尔基在1933年3月28日给朋友杰斯尼茨基的信中写道:"在索尔莫沃的示威游行后,我就产生了一个想法,要写一本关于工人的作品,那时我就开始收集资料,并做了一些札记,萨瓦·莫洛佐夫把将近二十封工人们写给他的极为有趣的信给了我,同时又把他对工厂生活的观察中许多有意义的事情告诉了我……但我所收集的素材在1905年1月9日以后下落不明,很可能是宪兵搜查后没有归还我……"③此外,高尔基还写道:"1906年夏天,我在美国开始写《母亲》,由于手头没有材料,纯粹是凭记忆写的……我有扎洛莫夫寄自流放地的书信,有他的文学试作,我很熟悉两个政党的工人们,熟悉一些最主要的加帮分子:彼得罗夫、英科夫、切列莫辛、卡列林。"④高尔基在信中提到的索尔莫沃示威游行即1902年发生在巴赫宁县索尔莫沃区(即今高尔基市的一部分)的革命工人举行的五一示威游行。这一事件成为高尔基写作《母亲》的主要动力。高尔基当时正居住在索尔莫沃,他很熟悉工人区的生活,结识了许多革命

---

① 谭得伶:《关于高尔基的〈母亲〉的点滴资料》,《外国文学研究》,1978年第2期。作者对此资料作出说明:资料来源为《高尔基文集》第七卷(1950年俄文版)中《母亲》的注释。

② Tovah Yedelin, *Maxim Gorky: A Political Biography*, Praeger, Westport, London: Connecticut, 1999, p.76.

③ 谭得伶:《关于高尔基的〈母亲〉的点滴资料》,《外国文学研究》,1978年第2期。

④ 同上。

运动的参加者,如巴威尔的原型,工人扎洛莫夫,结识了他的母亲安娜·扎洛莫娃,也就是尼洛夫娜的原型,以及一些社会民主党的宣传员拉迪日尼柯夫、皮斯库诺夫等人,这些都成了高尔基创作《母亲》的素材。

　　高尔基在美国北部的小农场里拼命地写作,他要用小说去激励更多的民众投入革命,他要用《母亲》去激励一代又一代的年轻人去为新的俄罗斯而奋斗。"这部小说让所有的工人认识到一个信念,即他们为自己所坚信的事业而献身是有价值的,因为他们的牺牲将为人类带来一个更好的明天。"[①]在此同时,高尔基自己的革命斗争也显得格外的旺盛,除了写《母亲》之外,他还写了一系列批评美国民众的小文章,在《美国之五》中,他批评了美国民众麻木不仁的物化和异化现象,这也让他受到了美国媒体的反批评。他在1905年8月底给彼什科娃的信中写道:"我成了这个国家最能制造麻烦的人,他们骂我是无政府主义者,骂我仇恨宗教、秩序、最终仇恨人类。"[②]高尔基之所以写批评美国民众的文章其实还有另一个目的,他想通过激烈的文字挑逗美国报纸媒体来刊登他的文章,以此获得较多的稿费,维持自己在美国的生活,完成自己的《母亲》写作计划。小说完成后随即被禁止,"革命者朗诵着《海燕》去参加游行示威,把《母亲》视为革命者的《圣经》"[③]。

　　这里需要强调的是,《母亲》并非在俄国本土生成的,从它的写作到出版与发行都是在国外进行的。高尔基对于《母亲》这部小说进行了多次修改,使它在思想内容和艺术技巧上不断地得到完善。《母亲》最早于1906年12月用英文发表在美国的《阿泼列顿》杂志上。此外,它最初的一些章节也曾用德文发表在柏林自由民主党的机关刊物《前进》杂志和其他报纸上。1907年4月,美国《阿泼列顿》书店出版了《母亲》的单行本,同年,拉迪日尼柯夫也在柏林出版了小说的俄文版。1907年到1908年间,小说已经被译成德文、法文、意大利文、西班牙文等文字,在欧洲开始传播。但是,在书报检查十分严格的沙皇俄国,《母亲》就更加命运多舛了。1907年,《母亲》开始在俄国的《知识》杂志上连载,但最初的两章刚一出版就遭书报检查当局的禁止,后面几章则受到书报检查机关最粗暴的删节。根据沙俄书报检查官的诬告,沙皇书报审查当局于1907年8月3日做出决定:鉴于高尔基的《母亲》包含着大量"反政府"宣传,法院对作者提出了

---

① 谭得伶:《关于高尔基的〈母亲〉的点滴资料》,《外国文学研究》,1978年第2期。

② 同上。

③ 同上。

"诉讼"。高尔基和《知识》杂志的编辑为了把这个版本出完,被迫删去许多政治性最强的章节。1908 年 3 月 16 日,高尔基在给皮雅特尼茨基的信中就写道:"第 20 章的删节号之多,给人极为沉重的印象。《母亲》被割裂得支离破碎,彻底毁了……"[1]

　　为了出版《母亲》俄文版,高尔基在 1914 年至 1916 年间对小说进行了较大的修改,但仍然没有出版的机会,直到 1917 年十月革命前夕,《母亲》的俄文版才首次被完整地收入在生活与知识出版社出版的《高尔基文集》第十五卷中。这一版《母亲》的俄文完整版与国外版仍有较大的区别,高尔基对小说的语言做了大量的加工,一些地方做了删节。1922 年,书籍出版社为高尔基出版了文集,高尔基又对小说做了最后一次校订。

　　在 1922 年版中,彼拉盖雅·尼洛夫娜的形象发生了很大的变化。在之前的版本中,高尔基一直把她塑造成了一位老太太。但在最后的版本中,高尔基把她改写成一位中年妇女。她的心理特征也相应的起了变化。在生活与知识出版社刊印的版本中,特别是在 1923—1927 年出版的《高尔基文集》中,《母亲》中的安德烈·那霍德卡的形象也有很大的变化,作者删掉了他关于人道主义的许多抽象的议论,让他变得更加接地气了。巴威尔的心理刻画比之前的几个版本更加深入细致。同时,高尔基对小说语言的润色加工也极为明显。高尔基还大幅删去了"母亲"对宗教问题的议论,这可能与高尔基在意大利卡普里岛与列宁发生的第一次争执有关。

　　1937 年之后,苏联多次出版了《母亲》,值得一提的是 1937 年版,这一年高尔基回国主持了苏联第一次文学艺术代表大会,会上正式提出了在"社会主义现实主义"理论指导下进行文学艺术创作的原则。因此,1937 年出版的《母亲》有许多版本,有的甚至采用了革命领袖著作常用的红色套印封面,有些版本还加了插画。1937 年的《母亲》插图版由当时苏联著名艺术家勃里斯·弗拉基米罗维奇·约干松（Борис Владимирович Иогансон）创作。约干松是 20 世纪 50 年代全苏美术家协会主席、苏联美术院院长、"苏联人民艺术家"和"苏联社会主义劳动英雄"。此外,《母亲》1985 年版也配上了插画,作者是苏联时期的著名画家亚茨格维奇·亚历山大·康斯坦金诺维奇（Яцкевич Александр Константинович）,这些优秀的视觉艺术作品为传播高尔基的《母亲》发挥了重要作用。

　　《母亲》出版后就成为各种媒介改编的对象,1926 年,由苏联导演普

---

　　① 谭得伶:《关于高尔基的〈母亲〉的点滴资料》,《外国文学研究》,1978 年第 2 期。

多夫金（В. И. Пудовкин）首次改编成同名无声故事片。1955 年,苏联导演顿斯科依再次将《母亲》改编为电影,这部电影 1956 年由上海电影制片厂译成中文,在中国广为传播。1932 年,德国现代主义戏剧家布莱希特将其改编为同名话剧,成为史诗剧和教育剧中的经典作品。1938 年,《母亲》由俄罗斯音乐家、作曲家舍罗宾斯基（Валерий Викторович Желобинский）改编成同名歌剧。无论是电影,还是话剧、歌剧,这三种形式因艺术大师的改编,日后都成为各自艺术领域中的经典。

二、《母亲》在中国的传播

在 20 世纪初的中国,五四运动、新文化运动的爆发以及孙中山先生提出的"联俄、联共、扶助农工"的三大政策催生了北伐战争和大革命运动,中国社会在变革的洪流中迎来了外国文学译介和接受的高潮,也迎来了俄罗斯文学和苏俄文学翻译、接受和传播的第一个高潮。至 20 世纪 20 年代,俄国批判现实主义作家如列夫·托尔斯泰、安德烈耶夫、屠格涅夫、普希金、果戈理、陀思妥耶夫斯基、契诃夫等的作品以及高尔基的早期作品纷纷被翻译成中文,在进步青年和知识分子读者群中产生了巨大的影响,在进步人士中形成了很大的传播圈。中国新文化运动的代表人周作人、郑振铎、耿济之①、沈颖、胡适、瞿秋白②、刘半农、胡愈之、茅盾、孙伏园、梁实秋、鲁迅③等都是俄罗斯文学译介的先驱。俄罗斯文学作品在中国出现了"盛极一时"④的译介和接受局面。

十月革命的一声炮响,不仅给中国送来了马克思列宁主义,也给中国送来了俄罗斯和苏联的革命文学,即翻译史称的"新俄文学"。第一次国共合作破裂和大革命的失败,把中国社会推向新的历史抉择点。共产党人瞿秋白在 1931 年 12 月给鲁迅先生的信中写道:"翻译世界无产阶级革命文学的名著,并且有系统地介绍给中国读者(尤其是苏联文学的名著,

---

①　耿济之和瞿秋白为少数几个从俄语直接翻译的译者,翻译作品数量最多的四人依次是耿济之(译 36 种)、沈颖(译 30 种)、胡愈之(译 12 种)、周作人(译 11 种)。

②　瞿秋白除了翻译《国际歌》和大量马克思主义经典理论外还译有莱蒙托夫的《烦闷》、托尔斯泰的短篇小说《闲谈》、果戈理的短剧《仆御室》、果戈理的小说《妇女》《托尔斯泰短篇小说集》等。

③　1909 年,在鲁迅和周作人合作译印的《域外小说集》中,二人翻译了俄国作家安特来夫和迦尔洵的作品。1921 年鲁迅还翻译了俄国作家阿尔志跋绥夫的中篇小说《工人绥惠略夫》《幸福》《医生》等,此外,鲁迅还翻译过《死魂灵》《毁灭》《浊流》等,鲁迅是"新俄文学"重要的译介者之一。

④　五四运动爆发的 1919 年至中国共产党成立的 1921 年三年中,共翻译了 36 位俄国作家的作品总共 230 种。参见平保兴:《论五四时期俄罗斯文学翻译的特点》,《俄罗斯文艺》,2002 年第 5 期。

因为它们能把伟大的'十月'，国内战争，五年计划的'英雄'，经过具体的形象，经过艺术的照耀而贡献给读者），这是中国普罗文学者的重要任务之一……《毁灭》、《铁流》等等的出版应当成为一切革命文学家的责任。"[1]鲁迅则在《杂文集·集外集拾遗》中写道："……高尔基是不很有人注意的……这原因，现在很明白了：因为他是'底层'的代表者，是无产阶级的作家。对于他的作品，中国的旧的知识阶级不能共鸣，正是当然的事。然而革命的导师……已经知道他是新俄的伟大的艺术家，用了另一种兵器，向着同一的敌人，为了同一的目的而战斗的伙伴，他的武器——艺术的言语——是有极大的意义的。"[2]可见，瞿秋白和鲁迅对20世纪20年代和30年代中国社会对"新俄文学"的传播力场做了客观的表述。

在当时的政治环境和白色恐怖以及文化围剿的态势下，中国左翼作家以极大的勇气开始系统地把十月革命前后在俄国出现的无产阶级文学作品通过译介引进中国。当时"新俄文学"中最受关注的作家就是高尔基。1928年，宋桂煌从英文转译了《高尔基小说集》（上海民智书局），同年出版的还有朱溪和效洵翻译的两本高尔基早期作品集《草原上》和《绿的猫儿》。高尔基的《母亲》（上海大江书铺）就是在这样的传播语境下于1929年至1930年由沈端先（夏衍）首次从日文转译成中文的。据夏衍回忆，这部作品的翻译要追溯到他1925年在日本留学的时期。当时夏衍虽然是学工科的，但是他的兴趣却在文艺上，尤其喜爱苏联的革命文学。在日本，他读到了高尔基的《夜店》《太阳儿》《母亲》等作品，尤其《母亲》给他注入革命的热情。一年半后，夏衍因参加日本工人运动和左翼文艺活动，被日本政府驱逐回国，值得注意的是，在他回国的行囊中有一部日译本《母亲》。

回到国内后，夏衍仍继续积极从事工人运动和左翼文化工作，并开始文学翻译工作，其中一个原因是要通过翻译维持生计。1928年到1934年间，夏衍坚持了数年每天翻译两千字。老朋友钱杏邨（阿英）也鼓励他翻译一些世界名著。这样，高尔基《母亲》的翻译便提上了日程。夏衍不通俄语，他当时用了自己从日本带回的村田春男译本和另一个日译本作翻译底本。翻译过程中，间或也参考英译本。当时一位早期留俄学生、作

---

① 参见瞿秋白：《论翻译》，《瞿秋白文集》（第2卷），北京：人民文学出版社，1986年版。

② 参见鲁迅：《译本高尔基〈一月九日〉小引》，《杂文集·集外集拾遗》，《鲁迅全集》（第3卷），北京：人民文学出版社，1981年版。

家蒋光慈与夏衍住楼上楼下,夏衍每翻译一章,就交给蒋光慈,请他用原文加以校对。夏衍的《母亲》翻译还没全部结束,他的译本就为陈望道主持的大江书铺获得,因此,该译本 1929 年 10 月就出版了第一部,1930 年 11 月出版第二部。高尔基的长篇小说《母亲》就这样第一次与国内读者谋面。由于书中充满积极的革命性和顽强的战斗意志,《母亲》马上受到了广大进步读者的喜爱。1931 年小说两次再版。

根据洛文塔尔的文学传播学理论,传播监控机制可以左右传播效益,1930 年前后正是国共内战时期,国民党政权正在对江西苏区进行军事围剿,也对国统区的左翼知识分子展开文化围剿。中文版的《母亲》与在沙皇俄国时的出版处境相似,陈望道的大江书铺不久便引起了当局的注意。很快,《母亲》就被禁止邮寄外地了。尽管大江书铺把封面由红色换成蓝色,但也无济于事。1931 年沈端先版的《母亲》被当局列入禁书名单,通令全国禁止发行。在当时国民党政府的白色恐怖下,沈端先版《母亲》仍然迅速在进步青年中传播,不少进步学生就是因为阅读了《母亲》而走上革命道路,但也有很多因读了《母亲》而遭到迫害,甚至被杀害。

1934 年,北方出现了一个盗版,因为地下印刷,所以质量"粗杂"。夏衍则认为这是好事,与其被禁,不若让偷印翻版来加以传播。思想、艺术并不因印制"粗杂"而减色。到了 1936 年,一些出版社如开明书店试着改头换面再度出版,这一版书名为《母》,译者则改为"孙光瑞"。这样《母亲》又得与读者见面了,但只能在几个大都市发行。为何改名之后才可以面世?夏衍后来的解释是,当时禁止发行的方法很奇妙,除去禁止某些著作之外,又常常将某个作者的作品不分性质地完全禁绝。夏衍当时所用"沈端先"笔名已经十分有名,有关当局已经知晓此人的"左翼"背景。因此,"沈端先"这个笔名就成了字形和发音均有些相仿的"孙光瑞"了。

抗日战争中,这部孙光瑞版的《母亲》还印过两版。当时在桂林、重庆多地书店都能见到。1946 年,夏衍为"纪念革命大文豪高尔基七十八诞辰",写下了《〈母亲〉在中国的命运》一文,在文章中他感慨不已:"我私自庆幸这样一种不足为训的重译本能够多少的把这本名著的影响和感动带给了中国的知识分子,但是每一次看到这本书的时候我也会反射地感到惶恐,我不知道在过去十五年间,有多少青年单单为了爱读这本书而遭遇到了比沙皇更残暴的反动分子的迫害。抗战胜利之后的这本书的命运如何?我今天还不能想象,但是有一句话我可以傲言,要从这十五年间的中国青年人心中除掉这本书的影响,却已经是绝对不可能了。好的书会永远活在人民的心中,《母亲》就是这样的一本书,它鼓舞了我们中国人,它已经成为禁不绝分不开的中国人民血肉中心灵中的构成部分了。"①

中华人民共和国成立后,高尔基的《母亲》先后出版了多次。但这个译本是从日译本重译过来的,需要通过俄文对照校订。1950年,夏衍曾请懂俄文的朋友校对过几个章节,发现了许多误译和译文不恰当的地方。1955年,上海新文艺出版社计划重新出版《母亲》。经夏衍同意,出版社特别约请苏联文学专家刘辽逸、许磊然两位先生,依据苏联国立文艺书籍出版社1950年出版的《高尔基文集》30卷文本,对这个译本做了一次细致的校订,最后夏衍又做了若干文字上的修润,并于1955年9月出版。新版出了精装、平装两种装帧本,以满足不同层次读者的需要。当时还是繁体字竖行排列,附有多幅苏联原版插图。新版《母亲》的出版和传播正值中苏友好蜜月期,读者反响巨大,五个月内便三次加印。

崔嵬导演的话剧《母亲》剧照,1940年沙飞摄

1973年,南凯的译本问世,人民文学出版社似乎把夏、南两个译本看成是《母亲》同一版本在不同时期出版。在南凯译本的扉页上特别注明:1956年的夏译本是《母亲》的第一版,南译本是第二版。从翻译美学上看,这两个译本虽有密切的联系,但仍各有特色。到20世纪90年代,《母亲》又引来了重译、复译的春天,如1995年,花山文艺出版社出版了仰熙重译的《母亲》;1999年,漓江出版社出版了郑海凌重译的《母亲》。之后国内各大出版社不断推出重译和复译本:主要有寒阳译本(北京燕山出版社,2000年),刘伦振译本(北岳文艺出版社,2001年),吴心勇、刘心语译

① 参见杨建民:《夏衍〈母亲〉译本的波折》,《中华读书报》,2014年03月19日,第19版。

本(中国书籍出版社,2005年),孟庆枢译本(北京燕山出版社,2007年),鲍勤译本(北京出版社,2008年),邢兆良译本(长江文艺出版社,2009年),刘军译本(新世界出版社,2009年),李明博、李龙译本(中国青年出版社,2009年),宋璐璐、杜刚译本(吉林出版,2010年),魏生、刘心语译本(中央编译出版社,2010年),徐志伟译本(百花洲文艺出版社,2013年)等。

在中国的《母亲》接受和传播史上,高尔基的这部经典还以各种其他形式广为传播,呈现出外国文学作品与革命斗争形式相结合的传播特点。1937年6月20日,中国文艺协会在延安城里由基督教堂改建的大礼堂举行集会,纪念"世界革命文学导师"高尔基逝世一周年。当天晚上,延安的文艺工作者演出了根据高尔基的同名小说改编的话剧《母亲》,这是中国第一次上演《母亲》。剧中主要人物母亲尼洛夫娜由吴光伟扮演,她扮演的母亲,形象丰满、仪态端庄、话语不多,举手投足之间都充满着无私的母爱。1940年11月,在中国的北方解放区,为庆祝俄国十月革命胜利23周年,八路军晋察冀军区成立3周年及边区第一次艺术节,由华北联合大学文工团、抗敌剧社等单位联合演出了根据高尔基原作,沙可夫、侯金镜改编的话剧《母亲》。该剧由崔嵬导演,胡朋饰演母亲尼洛夫娜,丁里饰巴威尔,崔嵬饰父亲米哈伊尔,凌子风饰恩特莱,牧虹饰罗平,郑红羽饰革命青年等。1941年1月,为庆祝边区政府成立三周年,再次演出《母亲》。

值得一提的是高尔基"红色经典"的连环画改编。在中国,连环画册(也称小人书)在电视媒体出现之前是一个民众喜闻乐见、广为传播的视觉媒体之一,20世纪60年代至80年代是中国连环画创作的鼎盛期。尤其是在"文化大革命"期间和"文化大革命"结束后,高尔基的许多文学经典都被改编成连环画作品,如《童年》《在人间》《我的大学》等,深受广大青少年的喜爱,它成为"红色经典"在中国传播的重要载体。1982年,由袁玮大改编、罗兴绘画的连环画《母亲》由天津人民出版社推出。2014年,上海美术出版社再次推出白宇改编、潘蘅生绘制的连环画《母亲》。

第三节 《钢铁是怎样炼成的》在中国的译介与影视传播

就苏俄社会主义现实主义的"红色经典"而言,1949年前后有一部文学作品深刻地影响了中国社会长达几十年之久,也深刻地影响了那个时代成长的一代中国青年人,深刻地影响了他们的人生观、爱情观和价值观。这部文学作品就是苏联现实主义作家、钢铁战士尼古拉·奥斯特洛夫斯基（Н. А. Островский）的长篇小说《钢铁是怎样炼成的》（*Как закалялась сталь*）。这部经典小说并不是出自大文豪之手，也没有成为世界范围内的文学经典，但是小说展示的革命理想主义、革命英雄主义、革命的爱情观，以及主人公保尔·柯察金的红色人格魅力，使之风行于中国 20 世纪整个 50 和 60 年代，并且经久不衰，成为中国的文学经典，构建了一个外国文学作品在中国特殊年代经典生成的特殊案例。"40 年代出生的人说，保尔的时代，让我们常常怀念；50 年代出生的人说，保尔的行为，使我们深受影响；60 年代出生的人说，保尔的精神，令我们久久深思；70 年代出生的人说，保尔的故事，让我们念念不忘。"①

在 1949 年之后成长起来的中国人都有同样的集体记忆，这中间都闪烁着这么一段话："人最宝贵的是生命，生命属于我们只有一次，一个人的生命应当这样度过，当他回首往事的时候，不会因为虚度年华而悔恨，也不会因为碌碌无为而羞耻，在临死的时候，他就能够说：我的整个生命和全部精力都已献给了世界上最壮丽的事业——为人类解放而斗争。"②小说主人公保尔·柯察金的这句名言被那个时代的许多人记在笔记本里，挂在床头上或者贴在墙上，当作自己人生的座右铭。小说《钢铁是怎样炼成的》培养了苏联的、中国的、世界的一代甚至几代革命者和社会主义社会的建设者。

尼古拉·阿列克谢耶维奇·奥斯特洛夫斯基 1904 年 9 月 22 日出生于乌克兰洛文斯克省维里亚村一个酿酒工人的家庭。因家境贫寒，小学三年级就辍学当童工，当时他才 11 岁。1919 年，他 15 岁时就参加红军上了战场，16 岁时在战斗中负重伤。1923 年到 1924 年，奥斯特洛夫斯基担任乌克兰边境地区共青团的领导工作，1924 年加入共产党。1927 年，他的健康状况因长期的艰苦生活和战斗环境持续恶化。但他毫不屈服，以惊人的毅力同病魔作斗争，开始写作一篇关于科托夫斯基骑兵旅成长壮大以及英勇征战的中篇小说。两个月后小说完成，他把小说封好寄给敖德萨科托夫斯基骑兵旅的战友们，受到战友们的好评，不幸的是这份手稿在寄给朋友们审读时在邮局遗失。这一残酷的打击并没有挫败他的意志，反而

---

① 刘琼：《为理想奋斗的人：两会代表委员谈电视剧〈钢铁是怎样炼成的〉》，《人民日报》，2000 年 3 月 12 日，第 4 版。

② 尼·奥斯特洛夫斯基：《钢铁是怎样炼成的》，邢兆良译，上海：上海人民美术出版社，2004 年版，第 178 页。

使他更加顽强地同疾病作斗争。1929 年,他双目失明,全身瘫痪。1930 年他开始创作《钢铁是怎样炼成的》,小说发表后得到社会的充分肯定,成为畅销书。1934 年,他被吸收为苏联作家协会会员。1935 年,他开始创作一部国内战争期间红军科托夫斯基师团的"历史抒情英雄故事"即《暴风雨所诞生的》,但这部小说只完成了第一部。1935 年 10 月,苏联政府授予他列宁勋章。1936 年 12 月 22 日,奥斯特洛夫斯基去世,年仅 32 岁。

一、《钢铁是怎样炼成的》在苏联的生成与传播

《钢铁是怎样炼成的》是一部带有强烈社会主义革命色彩和价值观的现实主义作品,作者根据亲身经历创作了这部传记体小说。这部小说描写了保尔·柯察金接受生活考验和革命斗争锻炼,在苏联共产党的教育培养下,成长为一个坚强的革命者的过程。1932 年,全俄共青团中央机关刊物《青年近卫军》发表了这部小说的第一部。同年 11 月,青年近卫军出版社发行第一部的单行本,印数达到 10000 册。1934 年,《青年近卫军》杂志第 1 至 6 期连载了小说第二部。同年 4 月,由青年近卫军出版社发行第二部单行本,印数也达到 10000 册。小说问世之初并未引起评论界关注,因为作者名不见经传,但小说在当地读者中不胫而走。小说在《青年近卫军》杂志连载期间,来图书馆借阅杂志的人排起长队,人们迫不及待地盼望每一期杂志的出版。

1934 年,"拉普"领导人在给全苏联"拉普"代表大会介绍文学青年成就的报告中提到了《钢铁是怎样炼成的》这部小说和奥斯特洛夫斯基这个名字。这导致了著名记者、作家米柯尔卓夫在 1934 年年底前往索契,对奥斯特洛夫斯基做了一次采访。柯尔卓夫根据采访素材,撰写了一篇名为《勇敢》的特写报告,发表在 1935 年 3 月 17 日苏共中央机关报《真理报》上,他写道:"瘦弱、苍白无力的奥斯特洛夫斯基仰面躺在索契的一间小房子里,他双目失明,不能动弹,不被人们注意;可是他却勇敢地进入到文学界之中来了。他排开那些较弱的作者们,自己为自己夺得了书店的橱窗里和图书馆的书架上的一席位置。难道说他不是一位才能出众和无限勇敢的人吗? 难道说他不是一位英雄吗? 难道他不是使我们祖国值得骄傲的人们中间的一个吗?"①正是这篇特写使得奥斯特洛夫斯基的故事

---

① 尼·奥斯特洛夫斯基:《钢铁是怎样炼成的》,邢兆良译,上海:上海人民美术出版社,2004 年版,第 11—12 页。

一夜之间传遍苏联各个角落,奥斯特洛夫斯基也成了一个传奇式的人物,并在苏联全境兴起了一股"奥斯特洛夫斯基热"。1934年底,这部小说在苏联一版再版,发行量超过60万册。第二年,《钢铁是怎样炼成的》印量达到200万册,这个印数几乎超过了20世纪所有经典作家的单册作品发行量。

由于这部小说在很大程度上是一部自传体小说,再加上柯尔卓夫的《真理报》特写的渲染,读者实际上已经很难分清自己是被保尔·柯察金的文学故事所感染,还是为奥斯特洛夫斯基的真实故事所感动,或者为大众媒体及舆论宣传所左右,作者和文学人物融为了一体,在文学传播学和传播史上形成了一个特例。别林斯基说:"我们的时代只崇敬这样的艺术家,他的一生是他的作品的最好注释,而他的作品则是他一生的最好佐证。"①奥斯特洛夫斯基艰辛的人生道路和纯洁的精神境界感动了无数人,这也是这部小说产生巨大影响力的原因之一。

从洛文塔尔的传播理论出发,《钢铁是怎样炼成的》这部小说的传播力场中,传播主体、传播内容、传播媒介、传播对象、传播监控达到了高度的统一,因此生成了一种很高的传播和接受效力。具体从接受语境来看:

首先,传播主体(奥斯特洛夫斯基)完全融入了当时苏联的社会主义意识形态,完全成为苏联意识形态和社会核心价值观的代言人。他在给朋友的信中写道:"党对我来说,几乎就等于一切……在这伟大的、史无前例的年代,怎么能离开党而生存呢?在党之外,哪里会有生活的欢乐呢?无论是家庭,也无论是爱情,什么都不会使人看清丰盈充实的生活。家庭仅仅有几个成员,爱情则只涉及一个人,而党,却有160万之众。只为小家庭活着,是动物的自私本能;为另一个人生存则太卑微下贱;而一生只为自己,简直是耻辱。"②

其次,这部小说的传播内容顺应了当时苏联社会对文学的特殊需求以及对理想人格的呼唤,迎合了当时苏联的国家意志,契合了国家培养社会主义制度下新苏维埃人的愿望,因此得到了苏联政府的大力支持和宣传。奥斯特洛夫斯基也得到了苏联党与政府最高的评价,授予他列宁勋

---

① 参见尼·奥斯特洛夫斯基:《钢铁是怎样炼成的》,邢兆良译,上海:上海人民美术出版社,2004年版,第12页。

② 李晓培:《〈钢铁是怎样炼成的〉一书的文学命运》,南京师范大学硕士论文,2013年,第11页。

章和"旅级政委"荣誉称号。他塑造了保尔·柯察金这个英雄,而他自己也被时代和社会塑造成了英雄。

再次,作为传播对象的千百万读者被这部小说感动,把它看做生活的教科书,把保尔·柯察金看做光辉的楷模和学习榜样,他们不是进行一般的阅读,而是进行"钻研",从中汲取精神的营养。奥斯特洛夫斯基收到来自四面八方的读者信件,仅 1934 年就收到近 2000 封读者来信,1935 年接近 6000 封。他们并不是简单地被传播监控机制所御用,而是真心实意地认同这种价值观。因此,保尔·柯察金成为英雄的等价物,在第二次世界大战期间,人们常常在受伤或阵亡战士的大衣中找到弹痕累累的《钢铁是怎样炼成的》,一些苏联最勇敢的军队往往被命名为"保尔·柯察金"。甚至苏联红军的敌人也对这部小说进行细致的分析,以便研究苏维埃制度下苏联人的性格特征。

二、《钢铁是怎样炼成的》在中国的传播

《钢铁是怎样炼成的》一书最早译介到我国是在 1937 年,这部"红色经典"自 20 世纪 30 年代起传入我国,并出现了众多译本。现在看来,当时的传播力场已经具备"红色经典"的出版条件,因为中国的全面抗日战争已经爆发,第二次国共合作开启。目前公认的最早版本是段洛夫、陈非璜的译本,1937 年 5 月由上海潮锋出版社出版第一版,之后又于同年 8 月出了第二版,1939 年 5 月出版第三版(订正版出版),1940 年 5 月出版订正二版。段洛夫、陈非璜译本根据日译本转译,书前附有作者自传和《我怎样写〈钢铁是怎样炼成的〉》,以及戈宝权撰写的《关于奥斯特洛夫斯基》,彼得罗夫斯基的《序言》以及《译者的几句话》。小说出版后,在社会上引起了一定的反响,特别是在解放区,如 1938 年 11 月 21 日东北解放区出版的报纸《生活知识》第 20 期刊登了介绍奥斯特洛夫斯基的文章《〈钢铁是怎样炼成的〉作者》和《漫谈〈钢铁是怎样炼成的〉》。但在日伪占领的上海出版这个译本并不容易,这个版本并不是完整版,内容主要集中在保尔·柯察金的青少年时代与冬妮亚的爱情关系上,小说写到与冬妮娅分手就结束了。可以看出,当时转译者,或者是日本的原译者对小说内容有一定的选择,或许是出于对出版环境的顾虑。传播主体(译者)更多将这部作品视为爱情小说,或者更愿意将它视为爱情小说。

1943 年 10 月,重庆国讯书店出版社推出了弥沙的译本《钢铁是怎样炼成的》(上卷),但无论是段洛夫、陈非璜译本,还是弥沙译本,在中国社

会的传播范围都不广，接受度也有限。真正有较大影响的则是梅益的译本。从传播动机和传播背景来看，这个版本与上述两个版本有很大的差异。1938年，时任第十八集团军驻上海办事处负责人的刘少奇交给梅益①一本纽约国际出版社出版的《钢铁是怎样炼成的》英译本（译者为阿里斯布朗），刘少奇对梅益说，党组织认为这部作品对我国的读者，特别是青年读者很有教育意义，要求梅益先生作为组织交办的任务尽快将它翻译出版。在这样的背景下，梅益在1942年冬天完成了翻译，译文曾请姜椿芳根据俄文原本加以校阅增补，梅益版还配有苏联版的铜版插画，由上海新知出版社出版。

梅益版译本在上海出版后，引起很大轰动，收到了巨大的传播效应，"然而令人十分可惜的是，历尽艰辛翻译出版的《钢铁是怎样炼成的》梅益译本的纸型和插图铜板，在经过重重困难从上海辗转运到桂林新知书店总管理处以后，还没来得及重印，就在当年桂林沦陷向重庆撤退的途中，于黔桂铁路金城江车站遭到日机轰炸，连同新知书店的其他资产全部毁于这次轰炸中"②。抗战胜利后，新知书店才于1946年得以重新制版印刷，共印了两版次，其中一版于1948年6月得以再次印刷。

之后，在20世纪40年代解放战争时期，梅益版译本分别由解放区的大连中苏友好协会（1946年6月上、下册）、华东新华书店（1948年）、渤海新华书店（1946年）、河北朝城冀鲁豫书店（1947年9月上、下册）、太行群众书店（1947年12月）、太岳新华书店（1948年12月）及中原新华书店（1949年4月）、山东新华书店（1949年8月）等多家出版社出版。值得一提的是，1942年上海新知出版社在敌伪白色恐怖下的上海出版"红色经典"《钢铁是怎样炼成的》会冒非常大的风险，当时出版这部小说的是新知书店，由中共党员钱俊瑞创办，并且隶属于中共中央长江局，秘密出版马克思主义经典理论和进步书籍。

因此，翻译和出版《钢铁是怎样炼成的》也是一项政治任务，据译者梅益回忆："当时书店的同志们是冒着生命危险完成这一任务的，有的同志还为此而被捕。没有他们的艰苦劳动，这个译本是不可能在敌伪横行的

---

① 梅益，原名陈少卿，1913年1月2日生于潮州西门，翻译家。从1934年开始在北平的《晨报》、天津的《庸报》、上海的《申报》等副刊和一些刊物发表散文和译作，1935年参加左联，1937年加入中国共产党，2003年去世。

② 唐正芒：《新知书店与〈钢铁是怎样炼成的〉中文译本》，《党史天地》，2000年第11期。

情况下出版的。"①与敌占区情况相反,在解放区的哈尔滨、大连、张家口等大城市,《钢铁是怎样炼成的》都卖得很好。这本书在当时的爱国者中,在战士、学生等群体中引起的影响很大,这一时期《钢铁是怎样炼成的》不仅仅作为文学作品被读者所接受,而且是进步青年的一种强大精神武器,在抗日战争及解放战争的语境下,革命青年需要用保尔·柯察金的精神鼓励和历练自己的钢铁意志。但毋庸置疑,这一时期,《钢铁是怎样炼成的》仅在进步读者中流传,传播范围相对有限。

1949 年中华人民共和国成立后,苏俄"红色经典"的传播力场发生了彻底的变化,这一时期的政治社会语境既不是新文化人在五四运动和新文化运动时期对俄苏文学"别求新声于异邦"②的愿望,也不是战争年代和白色恐怖下对进步文学的秘密传播状态,而是中国进入和平建设年代后的外国文学接受语境。就苏联文学经典的传播和经典的再生成来说,这种语境具有以下的特点:

第一,在 1949 年 9 月召开的中国人民政治协商会议第一届全体会议上,全体代表通过了《中国人民政治协商会议共同纲领》。在《共同纲领》的总纲中,已经明确提出与苏联及各新民主主义国家站在一起的战略。毛泽东将这个外交战略形象地称为"另起炉灶""打扫干净屋子再请客"和"一边倒"三大政策。③ 这标志着中苏关系的"蜜月"开始。

第二,中国和苏联的国家体制和社会制度、社会意识形态相同,又同属于社会主义阵营,无论在朝鲜战争的热战中,还是在之后长期的冷战中,中国和苏联在 20 世纪 50 年代属于同盟关系。

第三,中华人民共和国成立初期,需要建立社会主义价值观,社会主义现实主义的文学就是最合适的媒介,它有助于树立中国社会的"英雄主义"时代精神。1951 年 3 月,人民文学出版社成立,当时就把苏联文学译介当成一项重要的工作。保尔·柯察金、丹娘、马特洛索夫和黄继光、邱少云、雷锋一样都是时代的需要,也是时代精神的反映。

第四,20 世纪 50 年代初,旧社会的文化活动、娱乐方式基本被取消和禁止,新的社会主义生活方式和文化生活急需倡导,苏联的文化和艺术成为中国社会的楷模。《人民日报》1950 年 3 月 26 日发表了《用严肃的态度对待翻译工作》的社论,指出:"翻译介绍苏联文艺作品,是当前文艺

① 梅益:《〈钢铁是怎样炼成的〉再版后记》,《苏联文学》,1980 年第 1 期。
② 鲁迅:《摩罗诗力说》,《鲁迅全集》(第 1 卷),北京:人民文学出版社,1981 年版,第 65 页。
③ 参见王泰平:《新中国外交 50 年》(上),北京:北京出版社,1999 年版,第 50—51 页。

工作上重大任务之一,也是教育中国人民事业上的重要工作之一。广大读者迫切要求阅读苏联优秀文艺作品,而且热烈爱好这些作品。这种要求与爱好正在日益增长。出版家和翻译工作者应当用十分负责、严肃的态度来满足广大读者的这种需要……"①在党报的号召下,苏联"红色经典"如《铁流》《毁灭》《母亲》《童年》《在人间》《我的大学》《静静的顿河》《被开垦的处女地》《钢铁是怎样炼成的》《青年近卫军》《日日夜夜》《俄罗斯人》《前线》等苏联社会主义文学优秀作品开始在中国大量再版、重译、重印。

正是在这样的传播力场作用下,中国对苏联文学的译介在20世纪50年代迎来了历史高峰。从1949年到1957年上半年,苏联译介到中国的文学作品有439多万册,文学期刊近200种。从1949年10月到1956年12月,据不完全统计,我国翻译出版了2746种共6961万册苏联文学作品,仅《钢铁是怎样炼成的》就重印25次,印数达到100多万册。② 著名翻译家戈宝权曾经对20世纪50年代的发行盛况发出感叹而写道:"尼·奥斯特洛夫斯基的名著《钢铁是怎样炼成的》,在1952年一次就出过50万本,这是空前未有的现象!"③具体地看,在中苏关系友好的50年代,这部小说每年都要印刷一次以上。比如,1952年印刷了6次,1954年8次,1955年9次;1958年虽然只印刷了1次,但印数高达60万册。

20世纪50—90年代末,梅益版译本经过多次校译,先后由人民出版社发行了5版,第一版从1952年至1966年发行,共印刷25次,发行量达到140多万册,第二版至第四版从1979年至1995年发行,共印刷32次,发行130多万册。至90年代末,小说共计印刷57次,总数达到270余万册(不含其他出版社的翻印和重译、复译及印刷数量)。在1999年举办的"感动共和国的五十本书"群众票选活动中,人民文学出版社出版的梅益版译本名列第一。④

此外,中国青年出版社、少年儿童出版社分别于1956年、1961年翻印了梅益版译本。1951年、1952年,中国青年出版社还先后出版了孙广

---

① 参见《人民日报》1950年3月26日。
② 参见《8年来有多少苏联文学书籍进口?》和《8年来我国翻译了多少苏联文艺书籍?》,《文艺报》,1957年11月10日。
③ 戈宝权:《俄国和苏联文学在中国》,《中外文学因缘——戈宝权比较文学论文集》,北京:北京出版社,1992年版,第243页。
④ 人民文学出版社编辑部:《〈钢铁是怎样炼成的〉导读》,北京:人民文学出版社,2002年版,第1页。

英翻译的《奥斯特洛夫斯基传》和《奥斯特洛夫斯基演讲书信论文集》等。1951年10月,内蒙古人民出版社还出版了蒙文版的《钢铁是怎样炼成的》。苏联班达连科的《钢铁是怎样炼成的》改编本,在中国也有两个译本,一个由乌蓝汗译出,中南新华书店1950年版;另一个是上海北新书局1951年陆立之译本。①

三、改编版与其他媒体形式的传播

《钢铁是怎样炼成的》作为"红色经典"之所以在中国家喻户晓,成为中国的外国文学经典作品,除了"红色教育"和"红色宣传"等意识形态因素之外,另一个重要的原因是传播形式的多样化。奥斯特洛夫斯基的这部小说进入中国的国民教育体系,成为机构化教育的法定内容。如教育部1955年制定的七至九年级文学课外读物大纲,就已经把《钢铁是怎样炼成的》定为九年级学生外国文学经典作品课外必读书,要求每一个学生从头至尾通读这部小说。这本书还被列为大学生的必读书。②

与高尔基的《母亲》一样,连环画(小人书)《钢铁是怎样炼成的》也深受青少年读者和普通读者的欢迎。1954年,席文编、王通绘的《钢铁是怎样炼成的》连环画(上、中、下三册),由长征出版社出版;1958年,中国电影出版社出版了《保尔·柯察金》影剧版的连环画;1959年,人民美术出版社出版了王素改编、毅进绘画《钢铁是怎样炼成的》连环画,1959年出版上集,1963年出版由夏星改编、毅进绘画的下集,1963年版上下两集共25万册,此后多次再版。这部连环画作品曾荣获1963年全国第一届连环画创作绘画比赛三等奖,也是同类题材印量最多的。此后还有江西人民出版社(1984年)、湖南少年儿童出版社(2000年)等多家出版社推出《钢铁是怎样炼成的》连环画。

进入21世纪后,为了能够让改革开放之后的中国青少年继续学习社会主义核心价值观,国民教育体系仍然将"红色经典"纳入机构化教育的轨道,《钢铁是怎样炼成的》一直是小学、初中语文新课标的必修内容。为了让青少年读懂"红色经典",各出版社还将这部小说改编成各种简写版、青少年版等,如人民文学出版社推出的《钢铁是怎样炼成的》(语文新课标必读丛书)(增订版)、小学生新课标课外读物、名家解读中外文学名著系

① 引自方长安:《〈钢铁是怎样炼成的〉在新中国17年的传播研究》,根据中国国家图书馆馆藏资料整理。

② 参见《1955年初级中学文学教学大纲》,北京:人民教育出版社,1955年版,第12页。

列,延边大学出版社的《钢铁是怎样炼成的》(青少版),北京少年儿童出版社推出的拼音美绘本等。

在戏剧、广播、电视、电影等媒体方面,《钢铁是怎样炼成的》也成为这部"红色经典"在中国传播的重要途径。

《钢铁是怎样炼成的》最早的视觉立体化改编形式是戏剧。根据高莽回忆,1947年他在哈尔滨中苏友协工作时,读到苏联作家班达连科根据这部小说改编的剧本《保尔·柯察金》,他把剧本译成了汉语,在兆麟书店出版。1948年,哈尔滨市教联文工团将这出戏搬上了舞台。"连演多日,场场爆满,成为哈尔滨市解放初期文化生活中的一件值得重视的活动。"①高莽的这个中文剧本也成为1950年中国青年艺术剧院演出《保尔·柯察金》的基础。这出四幕八景的话剧由刚刚从苏联归来的孙维世导演,金山饰演保尔·柯察金、张瑞芳饰演冬妮亚。演出获得巨大成功,尤其是1950年9月在北京青年宫的第三次公演,引发轰动,出现购票拥挤和持函登记的状况,此后一直连演不衰。根据《近五年来苏联戏剧在我国演出统计》:"《保尔·柯察金》先后由中国青年艺术剧院、华东海军文工团、武汉市青年文工团、重庆市文工团、山西省文工团、甘肃省话剧团等演出,共计295场。"②

华东海军文工团1950年演出剧照

在广播电台传播方面,1949年10月开国大典前后,北京新华广播电

---

① 高莽:《墓碑天堂——向俄罗斯84位文学·艺术大师谒拜絮语》,北京:人民日报出版社,2009年版,第94页。

② 参见《近五年来苏联戏剧在我国演出统计》,《戏剧报》,1954年10月号。

台在"小说连播"栏目中播出了39集《保尔的故事》,著名播音员张家声在梅益版基础上播出了这部小说。80年代初,张家声再次在中央人民广播电台播出长篇小说《钢铁是怎样炼成的》。节目播出后立即在全国引起轰动,风靡全国,曾收到1000余封听众来信,这档励志节目还让23名轻生者放弃轻生的念头,这档节目也被誉为"让自杀的人不去自杀"的节目。1984年张家声被中央人民广播电台列为十大演播艺术家,1991年又被中国广播电视学会评选为"全国听众喜爱的演播艺术家"。

电影是文学传播的重要工具,也是红色文学经典传播的特殊工具,中华人民共和国宣告成立的第五天,中苏友好协会成立,会长刘少奇在成立大会上的致词中说:"中国革命在过去就是学习苏联,以俄为师;今后建国,同样是要以俄为师。"①时任中宣部副部长的周扬在《1950年全国文化艺术工作报告与1951年计划要点》中提出:"电影事业在整个文化艺术工作中,是第一个重点,这是因为电影是最有力量的艺术形式。"②为了更好地传播"红色经典",《人民日报》1951年3月4日也发表《电影局三制片厂翻译片工作者报告工作》,报告指出:"我们对于把苏联先进影片译成中国语言介绍给广大人民的这一工作,是怀着无比热情与诚恳的学习态度来从事的……特别是在中苏两国人民紧密团结为保卫世界和平而向侵略者作坚决斗争的今天,通过这一具体工作广泛地介绍社会主义国家的伟大经济、文化建设以及苏联人民高度的爱国主义与国际主义精神及其人民英雄的典型事迹等,从而更好地向苏联学习。"截至1957年,苏联电影在中国经过汉语配音(其中有少数加配字幕)的长短影片共468部,观众达14.97亿人次。

中国的外国和苏联影片译制始于解放战争时期,当时有大量苏联影片在解放区放映,如《列宁在十月》《列宁在一九一八》《夏伯阳》等,由于这些影片都是俄语原版片,必须在放映时进行现场口译。为改变中华人民共和国成立初期电影生产能力不强,排除美国电影之后③无法满足"红色宣传"的需求这一状况,1948年,东北电影制片厂(长春电影制片厂的前

---

① 参见《中苏友好协会成立大会上,刘少奇会长报告全文》,《人民日报》,1949年10月8日,第1版。

② 柳迪善:《十七年时期苏联电影放映实录》,《北京电影学院学报》,2011年第3期。

③ 1949年,上海还充斥着大量的好莱坞原版电影。据有关资料统计,1949年7月在上海银幕上映出的国产影片57部(占27%),苏联片12部(占6%),美国片142部(占67%)。8月份上映的影片共316部,美国片229部(占72%)。因此,"必须肃清统治中国电影市场有四十余年的美英帝国主义有毒影片和有三十余年历史的中国封建落后以至反动影片"。之后,一场声势浩大的肃清美帝电影的运动在全国展开,美帝电影一时成为众矢之的。

身)厂长袁牧之提出苏联和东欧社会主义国家电影翻译片生产计划。1949 年 10 月,文化部也召开第一次全国电影发行会议,提出"苏联影片的发行方法改进问题"①。同年 11 月,文化部电影局召开第一届行政会议,提出要大量译制苏联影片并介绍其他国家进步影片,使之逐渐取得电影市场上的优势。②

1949 年 5 月,由孟广钧、桴鸣、刘迟翻译,袁乃晨导演,张玉昆和吴静等配音,译制完成了中华人民共和国历史上的第一部苏联译制片《普通一兵》。这一成功为中国的外国电影译制事业开了很好的先河,也为苏俄"红色经典"文学作品的电影传播打下了基础。在这之后,中国的译制片主要由长春电影制片厂和上海电影制片厂完成。

在苏联历史上,《钢铁是怎样炼成的》共有两次被改编成电影故事片,第一部是 1942 年由基辅电影制片厂和阿什哈巴德电影制片厂联合摄制的故事片,导演是马克·顿斯阔依、尤利·赖兹曼。同年,这部影片便通过苏联驻新疆领事馆和中苏友协进入新疆,在当地产生重大影响。1950 年 3 月 4 日,为庆祝苏联电影 30 周年纪念日,中央电影局和苏联影片输出公司在华举办苏联电影展览会,影片《钢铁是怎样炼成的》也参加当时的展映。1950 年,上海电影制片厂调动了强大的译制团队制作了中文版,孙道临、富润生、邱岳峰等著名演员参加了配音。《大众电影》1950 年第 9 期的封底和内部插页均是这部影片的海报或剧照。

第二部是基辅电影制片厂于 1956 年根据《钢铁是怎样炼成的》改编的彩色故事片《保尔·柯察金》,由阿·阿洛夫和弗·纳乌莫夫导演,由著名演员拉诺沃依主演,长春电影制片厂 1957 年完成译制并在庆祝苏联十月社会主义革命胜利 40 周年而举办的苏联电影周上在全国 25 个城市放映,观众达到 900 万人次。《人民日报》对当时电影的接受状况做了报道:"上海市的一位观众,以《良师益友》为题著文盛赞影片的社会主义教育意义。重庆、哈尔滨、杭州、合肥等地的若干学校、工厂、机关的共青团支部并且组织青年来讨论《保尔·柯察金》这部影片,学习保尔为社会主义革命事业献身的精神和他的坚定的无产阶级立场。济南、长沙有一些机关青年因为贪图安逸,不愿意离开城市,在看过《保尔·柯察金》后,纷纷报名要求到农村中去锻炼,到祖国最需要的地方去,像保尔那样去生活。"③

---

① 陈播主编:《中国电影编年纪事·发行放映卷》(上),北京:中央文献出版社,2005 年版,第 4 页。
② 陈播主编:《中国电影编年纪事·总纲卷》,北京:中央文献出版社,2005 年版,第 343 页。
③ 《人民日报》,1957 年 11 月 27 日,第 4 版。

电视是 20 世纪 80 年代后在中国逐步普及的现代大众传媒,电视传播"红色经典"的面更广,传播效果更好。1977 年,苏联乌克兰电影制片厂摄制电视连续剧《钢铁是怎样炼成的》,导演是 A. 阿洛夫等。这部电视连续剧综合了前两部故事片的优点,对主要情节没有作很大变动。该电视剧以极大的热情讴歌了革命英雄主义精神,但是这个电视剧版本政治说教味较浓,观赏性不强,因此这部电视剧并没有被译制。

值得一提的是,中国在 1999 年与乌克兰合作,拍摄了中国版的 20 集电视剧《钢铁是怎样炼成的》,这部电视剧由中央电视台、深圳市委宣传部和中国国际电视总公司联合制作,是向中华人民共和国成立 50 周年献礼的重点剧目。中国版的《钢铁是怎样炼成的》电视剧忠实于原著精神,围绕保尔来写戏,故事内容力图尽量集中,主要情节、主要人物贯穿全剧。中国版的《钢铁是怎样炼成的》电视剧,打破原著所受到的时代、历史局限,在主要故事、人物走向上基本保持原著风貌的同时,在人物的定位上做了调整。保尔·柯察金重新回归到"平民英雄"的可信身份上来,青少年时期的保尔顽皮淘气、疾恶如仇,中年的保尔成熟冷峻、意志刚强,他不再像一个英雄符号,而被增添了许多鲜活的人气。在残酷的斗争中,保尔以他超人的意志走完了他短暂而丰富的人生,陪伴他左右的四位不同的女性:冬妮亚、丽达、安娜、达雅给其艰苦奋斗的一生添上了斑斓的色彩。还有,大多数中国观众对电影《钢铁是怎样炼成的》都非常熟悉。所以电视剧的主要情节没有太大变化。比如:保尔青年时代恶作剧撒烟末、偷枪、钓鱼、打架,在部队战斗中受伤、住院、修路、烧团证、肃反等经典情节都还保留着。但"中国版"电视剧在拍摄中把保尔的坚强、完美的性格都融化在具体的情节里,融合在语言和行为中,不做人为的拔高,让人能自然、舒服地接受。

电视剧由于有较大的叙述空间,弥补了电影无法完全体现原著的缺憾,编导才有可能做到表达一个真正的人与革命者的统一。从传播力场的发展和变化来看,在 21 世纪中国新的传播语境中,这样的保尔更符合中国现代观众的审美需要,因此引起了观众的共鸣。苏联曾是当年中国热血青年向往的地方,在 21 世纪之初,中国青年再次有机会与当年的偶像相逢,期盼的心情可想而知。保尔的再次出现带来了一种久违的心灵感动,保尔·柯察金依旧充满青春魅力,任凭岁月流逝和洗尽铅华,"钢铁"仍旧是那么"红"。

第七章
《静静的顿河》的生成与传播

俄罗斯伟大作家米哈伊尔·肖洛霍夫（Михаил Шолохов）埋葬在顿河岸边的维约申斯克镇。他的墓前既没有纪念碑，也没有雕像，只有一大块未经加工的花岗石。石头上刻着作家的姓氏，仅此而已。翻译家高莽先生有一段回忆1954年参加第二届苏联作家代表大会期间对肖洛霍夫的精彩描述："肖洛霍夫个子不高，身穿普通的衣服，脚上一双马靴。褐黄的头发有些稀疏，嘴唇上蓄着短短的胡须。一对发光的眼睛逼视着会场。他说话尖刻，对作协领导挖苦讽刺淋漓尽致。很多人热烈鼓掌，也有一些人表现不满。继他发言之后，有人上台与他争论，可是会场上早已没有他的影子了。"①

肖洛霍夫是20世纪苏联文学的杰出代表、列宁勋章和"社会主义劳动英雄"称号获得者，他当选过苏共中央委员、最高苏维埃代表、苏联科学院院士、苏联作家协会理事。1965年他的作品《静静的顿河》获得了诺贝尔文学奖。20世纪20年代末，鲁迅先生第一个注意到肖洛霍夫的作品。1931年《静静的顿河》中译本作为鲁迅编辑的"现代文艺丛书"之一，由上海神州国光社出版。从此，每当肖洛霍夫的作品发表，很快就被介绍到中国来。如他的小说《一个人的遭遇》1956年在《真理报》上刚一刊出，当月就译成了中文，而且有两个不同的译本，先后在《解放军文艺》和《译文》上发表，这在中国翻译史上成为趣谈。

《静静的顿河》这部长篇小说触及了深层的人民生活，反映了人民生

---

① 高莽：《墓碑天堂——向俄罗斯84位文学·艺术大师谒拜絮语》，北京：人民日报出版社，2009年版，第98页。

活的根本道德准则。围绕着这些道德准则所进行的尖锐的文学和政治的争论至今仍在继续，这也证实了《静静的顿河》具有永恒的生命力。

第一节　金人、力冈译本比较

《静静的顿河》的译介与鲁迅先生有着密切的关系，1930 年上半年，鲁迅策划由神州国光社出版一套"现代文艺丛书"，这套书实际上是 10 种苏联革命文学作品，它们是：卢那卡尔斯基的《浮士德与城》（柔石译）和《被解放的堂·吉诃德》（鲁迅译）；雅各武莱夫的《十月》（鲁迅译）；毕力涅克《精光的年头》（蓬子译）；伊凡诺夫的《铁甲列车》（侍桁译）；孚尔玛诺夫的《叛乱》（成文英译）；革拉特坷夫的《火马》（侍桁译）；绥拉菲摩维奇的《铁流》（曹靖华译）；法捷耶夫的《毁灭》（鲁迅译）；唆罗坷夫（即肖洛霍夫）的《静静的顿河》（侯朴译）。1930 年春，鲁迅请求当时在德国的徐诗荃和在苏联的曹靖华二人代为购买《静静的顿河》的德文译本和俄文原作。收到书后，他请贺非翻译中文版，贺非亦即侯朴。1931 年，侯朴完成了《静静的顿河》第一部的翻译工作，译稿 1931 年 10 月由上海神州国光社出版，鲁迅写了后记，称之为苏联充满原始力的"新文学"并称"我们紧张地盼望着续卷的出现"[①]。

  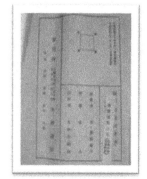

左、中图：赵洵、黄一然版《静静的顿河》（第一、二部），1936 年光明书店出版
右图：金人版《静静的顿河》（全四部），1941 年光明书局出版

---

① 高莽：《墓碑天堂——向俄罗斯 84 位文学·艺术大师谒拜絮语》，北京：人民日报出版社，2009 年版，第 98 页。

1936 年上海光明书店印出了赵洵、黄一然从英文本转译的《静静的顿河》第二部。肖洛霍夫的《静静的顿河》第四部 1940 年在苏联出版后，戈宝权在重庆的《文学月报》上发表了《肖洛霍夫及其〈静静的顿河〉》的评论，并希望中国翻译界早日译出小说的全译本。1941 年上海光明书店出版了金人翻译的《静静的顿河》全译本。

金人并非翻译《静静的顿河》的第一人，但他却是翻译这部小说全译本的第一人。金人先生原名张少岩，后更名张君悌，笔名金人、田丰。金人早年自学俄语，在哈尔滨法院和检察院做过一些俄语翻译工作，后就读于哈尔滨法学院，肄业后参加文化工作，开始写作。受爱国知识分子影响，金人喜欢上了鲁迅先生的文学作品，并结识了一批东北的左翼青年作家如罗烽、金剑啸、姜椿芳、舒群、萧红、萧军等，走上爱国进步文化传播和苏俄文学翻译工作的道路。1935 年经萧军介绍，金人翻译了苏联作家左勤克的短篇小说《退伍》等作品。在上海《译文》杂志发表后，与主编鲁迅先生建立通信联系。此后，他又译出绥拉莫维奇著《荒漠中的城》。在白色恐怖的东北三省，金人的进步文学翻译活动受到哈尔滨日伪警察机构的监控，他的译著也被查禁。1937 年，金人离开东北前往上海，并在孤岛期间完成了《静静的顿河》全译本的翻译。1949 年前，这个版本共印过 8 次。1951 年，光明书局完成了第 9 次印刷。中华人民共和国成立后一直到 1980 年，人民文学出版社的《静静的顿河》主要是采用金人根据 1953 年肖洛霍夫的修改版译出的版本。1997 年，人民文学出版社又根据 1964 年俄文版进行了一次修订，出版了金人译、贾刚校的新版。在这个版本中，贾刚根据 1964 年俄文版对金人的 1953 年版做了增译、删减和改写。

一、《静静的顿河》的原版生成对译文的影响

《静静的顿河》在苏联时期的生成过程十分复杂。它受到不同时期的不同传播力场的影响较大，这主要是因为这部小说从第一部的完成到第四部的完成间隔时间很长，第一、第二部完成于 1928 年，第三部的前 12 章发表于 1929 年，后半部 1932 年才面世，小说的第四部完成于 1937 年和 1940 年，前后共达 12 年。肖洛霍夫在 1941 年小说全本完成之后，除了文字上的一些修改之外，并未进行大的修订。对于肖洛霍夫而言，《静静的顿河》已经完成。20 世纪 50 年代后，《静静的顿河》引起过一些争论，在版本上也出现了很大的变化。这一情况对于研究肖洛霍夫的这部小说作为经典的生成和传播问题具有十分重要的意义。这一事件源于

1949年《斯大林全集》的出版,当时发表的《斯大林全集》中收入了斯大林给费利克斯·康的一封信,信中有一段影响《静静的顿河》命运的文字:"当代名作家肖洛霍夫同志在他的《静静的顿河》中写了一些极为错误的东西,对塞尔佐夫、波德焦尔柯夫、克利沃什吕柯夫等人物作了简直是不确实的介绍,但是难道由此应当得出结论,说《静静的顿河》是一本毫无用处的书,应该禁止出售吗?"①斯大林在这封信中虽然没有否定肖洛霍夫,但是对他提出了批评,而且作为个人迷信期间的斯大林,这样的评价其分量不言而喻。对此,肖洛霍夫曾写信给斯大林,想知道斯大林的批评缘由,但从未得到斯大林的答复。

正是出于这个原因,苏联国家出版社决定对《静静的顿河》新版做出较大的修订。最初,出版社请求肖洛霍夫亲自对小说做出修订。而肖洛霍夫由于无从入手,遂委托朋友——《真理报》记者波塔波夫进行修订工作。今天已经无法确定这项委托究竟是肖洛霍夫的意愿,还是国家出版社的指令,波塔波夫对新版做了很大的改动。事实上,肖洛霍夫看了修改后的小说清样后,很不满意,这表现在他给国家出版社负责人的信中:"波塔波夫尽管想把小说改好,但是作为编辑,他根本不称职。他没有艺术鉴赏力。他的大多数阉割式的删改我不得不加以恢复,实际上我在进行重复劳动。"②但是肖洛霍夫的再次修改并未起到大的作用,苏联国家出版社仍然采用了波塔波夫的修订稿。对于这次修订结果,研究界称之为"毁坏本",被强迫改动的地方多达五百多处,这样大的"外科手术"不可能不对小说的艺术性和思想性产生影响。

1956年,苏共二十大召开,在这次大会上赫鲁晓夫做了反对个人迷信的秘密报告,全面否定了斯大林。这样的意识形态变化也直接影响到《静静的顿河》传播力场的变化,也直接影响到了小说的形态生成。1960年,苏联国家出版社和青年近卫军出版社推出了《肖洛霍夫文集》的8卷本和7卷本,在这两个版本的《文集》中,肖洛霍夫终于有机会将"毁坏本"纠正过来,之后出版的《静静的顿河》又重新回到了文学传播的正常轨道上来,但是尽管如此,1941年的版本可能是与作者创作动机最相符合的一个版本。

首先,从文学传播学的角度来看,1953年的那次修订是在极左的意

---

① 张捷:《〈静静的顿河〉的版本》,《外国文学动态》,2001年第3期。
② 同上。

识形态作用下发生的，斯大林的批评涉及小说中的一个关键人物塞尔佐夫，他在《静静的顿河》中是俄共（布）顿河委员会主席。从现在的视角来看，他在顿河哥萨克人中搞了所谓的"分化运动"，正是这样的分化运动，导致了布尔什维克在哥萨克地区极左局面的产生，并直接导致了书中主人公葛利高里的两次叛变。第一次是在红军指导员波得捷尔珂夫处死全部白卫军军官之后，另一次是在革命军事委员号召白卫军中的哥萨克投诚，但事后又组织军事法庭审判了所有投诚的白卫军成员。这是葛利高里悲剧命运的最关键所在。小说情节与历史事实完全相符，但是如果斯大林认为这样的描述是"极为错误的东西"，那么这样对文学作品的伤害也是极为错误的。

其次，《静静的顿河》生成之后，产生了较大的社会影响，并产生积极的传播效果。在这样的情况下采取意识形态权力，对原作作出篇幅巨大的删减，这样对文学经典生成起到了相反的作用，违背了文学艺术传播的基本规律。从文学传播学的角度看，传播力场在错误的文学监督机制的控制下，斯大林的一封信导致了经典文学传播的文本发生了畸形，影响了经典的生产与传播，这种状态说明了文学经典的社会毁坏机制，任何文学经典均可能在一定的社会意识形态下被"非经典化"。同样的情况也发生在外国文学传播语境中。在中国"文化大革命"期间，《静静的顿河》被批判为修正主义文学的"大毒草"，肖洛霍夫也成为反对十月革命和社会主义建设的修正主义作家，他的作品在中国遭禁十几年。

最后，《静静的顿河》中文翻译文本直接受到了原版版本生成的影响，可以确定，贺非、赵洵、黄一然的第一部和第二部译本在剔除翻译语言因素的前提下，应该比较接近肖洛霍夫的原作精神，因为肖洛霍夫对1933年前完成的第一部和第二部基本没有进行过大的修订。同样，金人20世纪40年代完成的全译本也是在俄文"毁坏本"之前译出的，因此也不可能是译文的"毁坏本"。但是不得不指出的是，人民文学出版社1956年根据1953年俄文"毁坏本"对金人的译本进行了修订和出版，那么必须考证，金人的译本是否也根据俄文"毁坏本"进行过一次"毁坏"。幸运的是，贾刚对金人根据俄文1953年版本的修订本在1964年俄文"恢复本"的基础上再次做了修订，并于1988年出版。金人先生于1971年"文化大革命"期间去世，因此无法确定金人是否参加了人民文学出版社的再次修订工作，但是根据肖洛霍夫和《静静的顿河》在"文化大革命"期间的命运，基本可以断定，金人没有参加1997年版的修订工作。

二、力冈本与金人本的比较

力冈本名王桂荣,是中国俄语文学翻译的泰斗人物,与金人先生一样,力冈也是在哈尔滨开始学习俄语的。1950 年,力冈考入哈尔滨外国语专门学校学习俄文,毕业后被分配至安徽师范大学任教。"文化大革命"结束后,力冈先生以惊人的勤奋赢回他在反右和"文化大革命"中受迫害而失去的时间,他在 1977 年到 1997 年生命的最后 20 年里留给后人 20 多部近 700 万字的俄罗斯文学名著翻译,其中包括《静静的顿河》《安娜·卡列尼娜》《复活》《当代英雄》《日瓦戈医生》等。力冈最重要的翻译作品之一是《静静的顿河》。1984 年,漓江出版社出版了力冈根据 1964 年俄文版重译的《静静的顿河》全本共四卷。这也是"文化大革命"结束后新时期外国名著重译的第一部大规模译作。这部小说的重译引起了巨大的社会反响和国际影响,译本发行时,新华社、塔斯社、苏联《真理报》都专门刊登文章报道了此事。

从传播力场角度来分析,力冈的重译本与金人的译本在传播语境上发生了较大的变化。首先,金人本生成于 20 世纪 40 年代的传播环境下。当时金人所处的上海"孤岛"外部传播环境比较恶劣,无论是敌伪,还是接受环境,都对翻译苏联社会主义文学持敌对立场。其次,金人在翻译期间时刻需要提防敌伪的迫害与破坏,因为他在哈尔滨期间就曾遭到日本警察机关的搜查。最后,中华人民共和国成立后,中苏一度处于一种非常紧密的合作关系,中国在文化艺术上也采取了"一边倒"的政策,如金人的 1953 年修订版就是个例子。虽然 1953 年版在新时期形成了贾刚的"恢复版",但这个版本几经风雨,几经沧桑,难免留下伤痕。

与此相比,力冈版的《静静的顿河》是在中国改革开放的外国文学传播语境中翻译的,这时的中国早就经历了与苏联的"火红年代",又经历了"文化大革命"的年代。因此,中国社会在两个极端时期之后重新审视和接受苏联时期的"红色经典",传播环境具有一定的接受理性。同时,中国在改革开放初期有一段解放思想的时期,经过"文化大革命"时期对外国文学和西方的封闭之后,中国社会对外国文学的重新接受处于一种比较积极和渴求的状态,中国知识分子也在十几年的禁锢之后,处在一种接受激情之中。那个时期,整个中国社会不仅是对外国文学,而且对外国的思潮、哲学思想、历史精神等都处在接受亢奋中,这对《静静的顿河》的重新译介无疑是十分有利的。

从文学艺术翻译和接受的角度来看,力冈版和金人版的《静静的顿河》都是语言艺术的精品。尽管力冈在翻译的时候金人版已经问世近半个世纪，但是可以发现，力冈版的《静静的顿河》无论在语言上，还是在解读上都有自己的独到之处，特别在语言上没有雷同之处。首先来看小说扉页的《哥萨克古歌》的翻译：

金人版①	力冈版②
顿河悲歌 我们光荣的土地不是用犁来翻耕…… 我们的土地用马蹄来翻耕， 光荣的土地上种的是哥萨克的头颅， 静静的顿河到处装点着年轻的寡妇， 我们的父亲，静静的顿河上到处是孤儿， 静静的顿河的滚滚的波涛是爹娘的眼泪。	不是犁头开垦出这沃野千里…… 开出千里沃野的是战马铁蹄， 千里沃野种的是哥萨克头颅， 装扮静静顿河的是年轻寡妇， 静静的顿河靠千万孤儿点缀， 顿河的波浪本是滴滴父母泪。
噢嘻，静静的顿河，我们的父亲！ 噢嘻，静静的顿河，你的流水为什么这样浑？ 啊呀，我静静的顿河的流水怎么能不浑！ 寒泉从我静静的顿河的河底向外奔流， 银白色的鱼儿把我静静的顿河搅浑。	啊，静静的顿河呀，我们的父亲！ 顿河呀，你的水为什么这样浑？ 唉，我静静的顿河水怎能不浑？ 冰冷的水流在我顿河底翻腾， 白色的鱼儿在水中搅动不停。

上述两个版本的《哥萨克古歌》翻译风格各有特色，金人版在这首古歌上加了一个标题"顿河悲歌"，而力冈版没有加标题。1964 年苏联国家出版社的俄文版以及莫斯科外国文学出版社出版的英语版《静静的顿河》中的《哥萨克古歌》中均没有加"顿河悲歌"这一标题。因此，金人版的标题也许是肖洛霍夫的早期小说版本留下的，或者是金人先生特意加上的，用意也许是为了突出小说的"悲歌"性，渲染整部小说的悲壮氛围。再次，哥萨克古歌是一种历史悠久、流传很广的俄罗斯非物质文化遗产，哥萨克人的这类古歌可以根据不同区域的哥萨克群落，分为库班哥萨克古歌、顿河哥萨克古歌、捷列克哥萨克古歌等。这些古歌按照不同的主题可以分成颂咏祖国和家乡，激励战争和勇气，歌颂英雄、爱情和历史等，但哥萨克古歌也与全世界所有的民歌、民谣一样，其中也不乏低俗、淫秽或色情等内容。在顿河的哥萨克古歌中比较有名的有《骑手》《就在波罗的海那边》《顿河送子去打仗》等。肖洛霍夫在《静静的顿河》中引入的《哥萨克古歌》也基本源于这

---

① 肖洛霍夫：《静静的顿河》，金人译，北京：人民文学出版社，1956 年第 1 版，1988 年，扉页。

② 米哈依尔·肖洛霍夫：《静静的顿河》，力冈译，南京：译文出版社，2010 年，扉页。

些哥萨克人的古代民谣,其中主要是源于《顿河送子去打仗》等。[①] 这类民谣和古歌还在《静静的顿河》小说情节中的行军、婚礼、劳作中反复出现。

金人版扉页上的《哥萨克古歌》具有强烈的民歌咏唱的韵味,某些地方还出现了尾韵和重复,如"颅"和"妇"的尾韵,"耕"字和"浑"字的重复使用和押韵等,金人翻译的歌词长短不一,但却抑扬顿挫,悲壮豪放,虽然到处是哥萨克的"头颅""孤儿"和"眼泪",战死疆场的哥萨克却与"光荣"相连,表现出一种豪放的英雄气概。整首古歌节奏感极强,而且具有明显的第一人称叙述视角下的主体感,在用词上,金人整体上集中使用了第一人称物主代词"我们的"和书名"静静的顿河"这两个核心词汇。在第一段中,金人版使用了三个"我们的",即:"我们光荣的土地""我们的土地""我们的父亲",这样的翻译突出了"我们"和哥萨克的认同感。此外,"静静的顿河"在金人版的两段歌词的 11 行中共出现了 7 次,出现率达到 63%,在很大程度上突出了《静静的顿河》这一鸿篇巨制的主题。

与此相比,力冈版的《哥萨克古歌》十分注重在翻译中借鉴中国传统诗歌形式,并且在诗歌的韵律上也煞费苦心,力冈先生似乎力求通过中国诗歌的音乐性和节奏感来达到和再现哥萨克民谣的美学效果。如力冈翻译的《哥萨克古歌》第一段中每行均为 12 个字,第二段虽然因为感叹词和标点符号的出现,而无法在诗行上完全做到字字对齐,形成视觉上的方整,但在字数上仍然做到了每行 12 个字。在韵律上,第一段的 6 行歌词分为 3 组上下句,每一组的下句相互押韵。如第一组为"里""蹄"(压[i]韵),第二组为"颅""妇"(压[u]韵),这与金人版的翻译相同,第三组为"缀""泪"(压[ei]韵);这一韵律节奏处理虽然不完全符合中国古典诗歌的韵律关系,但是与汉语现代诗歌和歌词的韵律方式有相关性,有较好的朗读美感。如果进一步看力冈版的《哥萨克古歌》平仄节奏,那么就可以发现,力冈先生非常注意《哥萨克古歌》的朗诵节奏。以开头四行为例:

不是犁头开垦出这沃野千里……	UU——_—_UUU__ ●●○○○○◎●●○○
开出千里沃野的是战马铁蹄。	———_—UU_UUUU_ ○○○○○●●○●○○○
千里沃野种的是哥萨克头颅,	—_UUU_U__U_ ○○●●●●○○●○○

---

① 刘铁:《哥萨克古谣与〈静静的顿河〉的民俗基调》,《民间文学论坛》,1997 年第 2 期。

装扮静静顿河的是年轻寡妇，　　　　　—UUUUU—U——UU
　　　　　　　　　　　　　　　　　　　○●●●●●●○●○○●●

第一句由两个入声字带起，随后是两个阳平字和阴平阳平组合，接着是入声字强调，而后跟随的是三个入声字和一个阳平字的四字组合，整首歌词起句比较高昂，第二句、第三句比较平缓，第四句又开始上扬，入声字达到八个字，基本上达到了汉语中四声的句中交替和句间相对的习惯，使得《哥萨克古歌》的歌词声音有高有低，灵动又悦耳。同时，力冈先生的翻译充分地利用了重复词的使用，与金人不同，他选择了"千里沃野"作为重点词，三次重复使用，虽然在俄文原文和英文翻译中都没有出现过"千里"和"沃野"这两个单词，而是出现了"犁地"这个单词，但是在顿河大平原上的"犁地"恰恰与"千里沃野"产生交感现象，读者完全被置于顿河流域的大平原上。"千里沃野"与"静静顿河"在词语的意境上相得益彰，"千里沃野"和"静静顿河"这两个四字结构与"战马铁蹄"和"年轻寡妇"相互呼应，形成了汉语语言表达的独特风格。此外，力冈本在翻译上比金人本更加注重意译，也更具有阐释空间，如力冈在第一句中略去了"光荣"二字，从"土地"而衍生出"沃野"；第二句中从"马蹄"而衍生出"战马铁蹄"等，对战争没有直接表达肯定态度。

再以《静静的顿河》小说的正文开头第一段为例，金人本和力冈本分别是这样翻译的：

金人本①	力冈本②
麦列霍夫家的院子，就坐落在村庄的尽头。牲口院子的小门正对着北方的顿河。在许多生满青苔的浅绿色石灰岩块中间，有一道陡斜的、八沙绳长的土坡，这就是堤岸，堤岸上面散布着一堆一堆的珍珠母一般的贝壳，灰色的、曲折的、被波浪用力拍打着的鹅卵石边缘，再向前去，就是顿河的急流被风吹起蓝色的波纹，慢慢翻滚着。	麦列霍夫家的院子，就在村子的尽头。牲口院子的小门朝北，正对着顿河。从绿苔斑斑的石灰岩石头丛中往下坡走八俄丈，便是河沿：那星星点点的贝壳闪着珍珠般的亮光，水边的石子被河水冲得泛出灰色，就像一条曲曲弯弯的花边儿，再往前，便是奔腾的顿河水，微风吹动，河面上掠过一阵阵碧色的涟漪。

---

① 肖洛霍夫：《静静的顿河》，金人译，北京：人民文学出版社，1956 年第 1 版，1988 年第 2 版，第 4 页。

② 米哈依尔·肖洛霍夫：《静静的顿河》，力冈译，南京：译文出版社，2010 年版，第 3 页。

金人先生的翻译以现实主义的文笔和描述手法,准确地把故事发生的重要场景和地点、故事背景、社会语境都做了翔实的交代。在翻译文字的把握上,金人运用两个较短的句子结构表达了主人公葛利高里·麦列霍夫家的地理方位,"院子"和"村庄"以及"顿河"的关系非常清晰,将肖洛霍夫文本中主人公麦列霍夫家的地点、所在的鞑靼村、顿河三者关系推到了读者面前。在随后的细部描写中,金人本采用了一系列形容词和其他修辞手段,细致地描述了顿河堤岸和顿河的流水,在描述顿河堤岸的那些文字中,如"生满青苔"的"浅绿色"的"石灰岩","一道陡斜"的"八沙绳长"的"土坡"等。这些描述文字比较具有 20 世纪 30 年代的时代特征,如"生满青苔"的"生满"在今天的汉语中并不常用,更常见的译法为"长满青苔","生满"的用法更多是民国时期南方人的文学语言,另外,"散布着一堆一堆的珍珠母一般的贝壳"中的"散布"可能在今天的汉语也不常见。

相比之下,力冈本的第一段翻译更加符合当代的汉语表达习惯,表达上也更为简洁,相比金人的 146 个字,力冈只用了 137 个字,因此显得比金人版更加言简意赅。在修辞上,金译本的"院子的小门"对着"北方的顿河",在力冈译本中则译成院子"小门朝北","正对着顿河",这样的翻译不仅改变了叙述视角,也更加符合当代中国人的日常生活习惯和阅读习惯。再如,金人的"八沙绳长"(金注:1 沙绳等于 2.134 公尺)是一个完全正确的翻译,但是如果不做注释,中国读者就不能理解这是个长度。而力冈本直接翻译成八俄丈,虽然读者可能对八俄丈的长度仍然存有疑虑,但是毕竟清楚地知道这是一个长度单位,也保存了俄罗斯文化背景。相比之下,莫斯科外文出版社的英文翻译本上则直接转译为"fifty-foot"(50 英尺)。[1]

进一步看金人本对河岸的描写:"堤岸上面散布着一堆一堆的珍珠母一般的贝壳"[2]。首先,金人本在概念上出现了重复,"珍珠母"和"贝壳"是相同的一类物质,"珍珠母"是蚌科动物和珍珠贝科动物的贝壳,金译本的这一译法指涉比较模糊。力冈本的翻译则纠正了这个矛盾,将"перламутровая россыль ракушек"译成:"那星星点点的贝壳闪着珍珠般

---

①　Mikhail Sholokhov, *And Quiet Flows the Don*, A Translation from the Russian by Stephen Garry, Moscow: Foreign Languages Publishing House, 1960, p. 11.

②　肖洛霍夫:《静静的顿河》,金人译,北京:人民文学出版社,1956 年第 1 版,1988 年第 2 版,第 4 页。

的亮光。"①这一译法也与英文版的译法相同，英文版采用"A pearly drift of mussel-shells..."②"pearly"为形容词，意为"珍珠般的"，因此力冈先生的翻译不仅与中文表达习惯比较贴近，而且也符合原文和英文翻译。

从小说开头一段的文字来看，金人先生的翻译更多采用硬译的方式，在句型和词序上尽可能与源语文本对应，如金人本对接下来的文字做了这样的处理："灰色的、曲折的、被波浪用力拍打着的鹅卵石边缘。"③与力冈版相比，两个版本在这句上的翻译差距较大，金人版用了两个形容词和一个词组来修饰"鹅卵石边缘"，这样的表达与源语文本的词序比较接近，也与英文翻译本的词语结构比较接近，但是与汉语读者的阅读习惯不是十分相符，诸如这种冗长的左定语方式显然有明显的西语痕迹，同时，这种译法也是民国时期很多硬译文本的特点。而力冈译本则更加注重意蕴和汉语语言逻辑。力冈先生对这句话进行了解读，把源语文本中的意蕴作了功能性的重组，将其译成："水边的石子被河水冲得泛出灰色，就像一条曲曲弯弯的花边儿。"④在这里，力冈将"水边的石子"（金人译为"鹅卵石"）作为中心词提到句首，并且将形容词"灰色的"转译成河水冲刷（wave-kissed）的结果，并将同位形容词"弯曲的"（鹅卵石）也准确地理解成河水冲刷的结果，因此"像一条曲曲弯弯的花边儿"。相比之下，力冈的翻译更加符合汉语表达习惯，更加生动，更加形象。

再来看全书开篇第一段中的最后一句，上述两个版本的翻译也不尽相同，如金人先生的翻译是："再向前去，就是顿河的急流被风吹起蓝色的波纹，慢慢翻滚着。"⑤这句话在源语文本中的指涉的确是顿河的波纹，在英语中也是："then-the steel-blue, rippling surface of the Don..."⑥然而，在现代汉语的语言逻辑中，文本中叙述者的目光"接着"（then）所及的应该是河流，然后再是河面上的蓝色波纹，因此，在力冈本中，出现了这样的

① 米哈依尔·肖洛霍夫：《静静的顿河》，力冈译，南京：译文出版社，2010 年版，第 3 页。

② Mikhail Sholokhov, *And Quiet Flows the Don*, A Translation from the Russian by Stephen Garry, Moscow：Foreign Languages Publishing House, 1960, p. 11.

③ 肖洛霍夫：《静静的顿河》，金人译，北京：人民文学出版社，1956 年第 1 版，1988 年第 2 版，第 4 页。

④ 米哈依尔·肖洛霍夫：《静静的顿河》，力冈译，南京：译文出版社，2010 年版，第 3 页。

⑤ 肖洛霍夫：《静静的顿河》，金人译，北京：人民文学出版社，1956 年第 1 版，1988 年第 2 版，第 4 页。

⑥ Mikhail Sholokhov, *And Quiet Flows the Don*, A Translation from the Russian by Stephen Garry, Moscow：Foreign Languages Publishing House, 1960, p. 11.

表达:"再往前,便是奔腾的顿河水,微风吹动,河面上掠过一阵阵碧色的涟漪。"①力冈先生把顿河作为叙述主体视线所能涉及的第一个对象,即对金人本的主语作了修正,对金人本中"顿河"的"急流"(被风吹起蓝色)的"波纹"这一复杂的结构作出了调整,使读者产生了眼前出现"奔腾的顿河水"这一壮观的画面,再通过添加"微风吹动"四个字,将读者的视线引到河面上的涟漪上。叙述主体从主人公房子的"静"到顿河河水的"动",观察的视线从里到外,从上到下,从大到小(院子→牲口院子→小门→下坡→河沿→顿河水→水面上的涟漪),线路十分清晰,带领着读者走进《静静的顿河》这部小说的语境。反观金人本,叙述主体的视线是:院子→牲口院子→小门→土坡=堤岸→顿河的蓝色的波纹,尽管译文完全符合原文,但在阅读时不如力冈本那么流畅。

从总体上看,金人译本形成于 20 世纪 40 年代,虽经金人在 1971 年去世之前多次亲自修改译本,但距今已有七十余年,他的修订和重译距今也有半个世纪,之后因原版之变,又经贾刚的修订,可谓饱经沧桑,但按照今天的眼光来看,金人的译本严谨准确,有许多变异创新之处,其翻译既贴近原文,又鲜活传神,文本具有鲜明的时代特征,尤其是三四十年代的翻译风格和用词习惯,因而具有其特有的历史地位。与之相比,力冈的翻译传神达旨,十分注重原文的哥萨克民族特征和顿河大草原气氛,准确把握不同的叙述的节奏,译文行云流水,非常符合当代读者的阅读习惯,不仅达到了经典重译的目的,也打造了翻译文学的经典。

第二节 格拉西莫夫的电影传播

《静静的顿河》也和许多文学经典一样,是多媒体文学传播的首选对象,电影艺术更是文学经典大众传播最常用的手段。20 世纪,尤其是在电视和网络媒体普及之前,电影也是普通民众群体性接受文学经典的最喜闻乐见的方式,也是文学经典通过娱乐化手段进行通俗传播的结果。经典与传播是矛盾的统一体,经典既在传播中生成,也在传播中变得通俗。

《静静的顿河》由于其鸿篇巨制、叙事宏大的原因,一直是电影故事片改编和拍摄的巨大挑战,在苏联和后苏维埃历史上,改编这部文学经典的

① 米哈依尔·肖洛霍夫:《静静的顿河》,力冈译,南京:译文出版社,2010 年版,第 3 页。

人并不多。最早改编和拍摄《静静的顿河》故事片可以追溯到 1930 年，当时奥利嘉·普列奥布拉斯卡娅和伊万·普拉沃夫导演并拍摄过黑白默片（片长 87 分钟），这部默片于 1931 年 5 月 14 日首映，1933 年对该片进行了配音，并于 1933 年 9 月 14 日首映，遗憾的是，无论是默片还是配音版，均未产生预期的影响。

《静静的顿河》电影版中最有名的当数 1957 年公映的彩色电影。这部电影由苏联人民艺术家、著名导演谢尔盖·格拉西莫夫（Сергей поллинариевич Герасимов）创作，全片共三部，340 分钟。这部影片 1957 年上映第一部后就摘得了全苏电影节的一等奖和最佳导演奖桂冠，影片 1960 年还获得美国电影导演工会最佳改编影片荣誉奖和最佳外语片奖。

在电视媒体传播方面，俄罗斯导演谢尔盖·本达切克 1992 年开始拍摄七集电视连续剧《静静的顿河》，但是本达切克 1994 年去世，这部由俄罗斯、英国和意大利合拍的电视剧的后期制作被迫搁浅，直到 2006 年才由本达切克的儿子符尤道·本达切克完成了剪辑，并于同年在俄罗斯电视台播出。

有关《静静的顿河》彩色版电影的生成情况，格拉西莫夫 1955 年曾在《苏联文艺报》上发表过一篇短文，透露了他在 1955 年已经开始积极进行《静静的顿河》的改编工作。格拉西莫夫在这篇文章中提到改编这部小说的难度："改编像《静静的顿河》这样的巨著，在编剧和导演面前提出了许多创作上的问题，首先是这部巨著在苏联文学中占着特殊的地位，为最广大的读者所熟悉和喜爱。"[①]他还透露了这部电影计划拍成两种拷贝，普通的和宽银幕的，准备拍摄上下两集，并于 1956 年开机。但一年以后，格拉西莫夫逐步将三部宏大的故事片呈献给了观众，可惜的是仅为普通片，宽银幕拷贝并没有完成。1958 年，长春电影制片厂完成中文译制片《静静的顿河》。

一、格拉希莫夫的文学电影观

作为一名电影艺术家，格拉西莫夫毕生致力于"文学电影"这一样式的艺术实践。他在理论上曾多次强调过电影与文学作品的血缘关系。格拉西莫夫认为，文学作品是电影故事片创作的源泉。他在《电影导演的培养》一书中说："文学，不管我们愿意与否，对于电影艺术的形成，有着头

---

① 平：《格拉西莫夫谈"静静的顿河"的改编工作》，《电影世界》，1955 年第 11 期。

等重要的影响。对它的形态特征、美学结构以及它的独特语言的形成起着头等重要的影响。"①在拍摄《静静的顿河》的电影实践中,格拉西莫夫正是遵照这样的原则,极力通过影像去重现文学形态的特征、美学结构和语言特色。此外,格拉西莫夫 1955 年在《苏联文艺报》上发表的文章也强调,在编写《静静的顿河》剧本的过程中,不可能将小说完整地复制成电影场景,"必须多次地、一再地考虑每个场面,衡量其在整个作品中的意义"②。这种筛选和重组恰恰是对电影编剧的挑战。因此他在文中反复提出,拍摄肖洛霍夫的《静静的顿河》需要勇气。影片的首要任务是"保持原著的巨大规模、思想的深度和描写人物命运"③,必须把小说完整地体现出来,"以便观众能了解原著最主要的内容"④。但是,影片不可能把小说中众多的杰出场面都装进去,因此,改编工作需要"勇敢的真实"⑤。

苏联《电影艺术》⑥1956 年第 11 期刊登了格拉西莫夫在苏联电影艺术创作会议上的报告《长篇小说与影片("走向新岸")》,再次强调了这个观点。他对苏联导演鲁柯夫根据苏联作家拉齐斯的长篇小说改编的电影《走向新岸》⑦做了大量的赞誉后,也不吝批评,他说:"遗憾的是,影片作者在原小说魅力的影响下,没有取得足够的勇气去抛弃一些有趣,但终究是不太重要的场面。场面的繁多使得影片的叙述难于达到流畅,迫使编剧和导演匆匆忙忙地交代一切。这个缺点影响着整个叙述过程。"⑧格拉西莫夫紧接着对自己的文学电影观进行了阐释,他说:"如果从理论上来研究改编问题,那么首先应当注意的是,艺术家怎样把文学作品的本质和形象用电影手段体现出来。怎样把已在读者心中形成的文学形象转变为视觉的、造型的形象。这个任务从来都是很困难的。因为,如果读者对一部长篇小说或中篇小说产生了喜爱,那么这些作品中的形象就已经活现在他的意识中了,他也就有权力要求改编者把他的幻想准确地体现出来。编剧和导演必须找到把文学形象体现为视觉形象的最正确、最准确的途

①　胡榕:《阐释经典——肖洛霍夫与电影》,《世界电影》,1999 年第 3 期。

②　平:《格拉西莫夫谈"静静的顿河"的改编工作》,《电影世界》,1955 年第 11 期。

③　同上。

④　同上。

⑤　同上。

⑥　《电影艺术》杂志是苏联出版的大型电影艺术理论与批评刊物,创刊于 1936 年。苏联卫国战争期间曾停刊,1945 年复刊后成为苏联文化部和苏联作家协会合办的机关刊物。

⑦　电影《走向新岸》1956 年由长春电影制片厂译制。

⑧　C.格拉西莫夫:《长篇小说与影片("走向新岸")》,译者佚名,《电影艺术》,1956 年第 11 期。

径,就是要能满足最大多数读过原著和希望在银幕上看到他所读过的东西的人们。"①格拉西莫夫看到了一个几乎无法完成的任务,文学经典的电影改编即将读者的个体想象视觉化,因此,任何文学经典的电影化几乎等同于对文学经典的"破坏"。

格拉西莫夫认为电影故事片首先要逼近文学经典,也就是要发挥电影媒体的特点,如通过人物形象的塑造等去再现经典。他认为塑造人物的性格不是看其结果,而是看其过程:即"通过其形成的过程展示出来的"性格。② 其次,要体现电影的思想艺术意图,也就是斯坦尼斯拉夫斯基(К. С. Станиславский)所说的"电影最高任务"③,这在格拉西莫夫看来也就是正确阐释和表现出小说《静静的顿河》中的艺术思想和作家肖洛霍夫的意图。再次,要注重电影场景的组合,不能将任何场景都拍成重点戏,应当避免场景的过分热烈,或者一个接一个的高潮场面,这样就会形成热情的"通货膨胀",而使得"热情过多而贬值"④。最后,要表现民族特征和生活习俗不是去刻画外部特征,而是要表达本质性的东西。最后,要让影片反映出小说文本的精神本质,那就不是照搬小说,而是大胆地舍弃小说文本中的某些内容。

肖洛霍夫显然是赞同格拉西莫夫的文学电影观的。他在观看了影片《静静的顿河》之后,称赞它是"一部强有力的影片! 毫不留情!"他对导演及整个创作集体的工作都相当满意。他说格拉西莫夫是"好样的!"认为演员的表演"好! 相当好!"⑤他在致该片创作者们的信中写道:"我在电影制片厂看了《静静的顿河》第三集。好极了! 非常感谢你们用两年半的时间做了我用十五年时间所做的工作。"⑥肖洛霍夫从文学角度赞誉和肯定了格拉西莫夫的电影创作美学原则:文学电影要达到心理描写、问题性、文学性与表演中心论的统一,要强调激情与理性的和谐,要把密切注视人的精神世界置于首位,使银幕形象在本质上成为文学形象的有机体现。

① C.格拉西莫夫:《长篇小说与影片("走向新岸")》,译者佚名,《电影艺术》,1956年第11期。
② 同上。
③ 同上。
④ 胡榕:《阐释经典——肖洛霍夫与电影》,《世界电影》,1999年第3期。
⑤ 同上。
⑥ 同上。

二、格拉西莫夫与马契列特的电影剧本之争

然而,在苏联时期,格拉西莫夫的文学电影观并非没有争议,他通过电影来接受和传播文学的观点受到马契列特等电影理论家的质疑。格拉西莫夫在《苏联大百科全书》第二版第21卷中的"电影艺术"条目里写道:电影剧本在默片时期往往只是影片拍摄的大纲,而在有声电影制作时期,"电影剧本成为了一种独特的文学形式,苏联电影的艺术成就是由于作家和导演的紧密合作而来的,文学大师们给电影艺术带来了自己的创作经验,这(电影剧本创作)就是:善于把生活现象加以典型化的才能,善于深刻表现历史事实的才能,对文学作品的思想性和戏剧性提出严格要求,对语言、对人物性格的心理刻画和对艺术细节的注意"[1]。格拉西莫夫的上述观点显然基于社会主义现实主义和列宁的社会主义电影思想[2],他从社会主义意识形态出发,对电影形式美学,如资本主义国家电影、美国好莱坞电影制作中的商业性和娱乐性提出批评。他认为,欧美资本主义商业化电影是将编剧、导演、演员功能分隔后,艺术被工业化后所产生的必然现象。

苏联电影理论家马契列特则认为,电影剧本虽然是一种特殊的文学体裁,但它具有两方面的功能,它既有戏剧的功能,也有文学文本如小说的描写和叙述功能,但是在二者中,戏剧的功能是首要的,小说描述和叙述功能是从属的。马契列特根据他对电影剧本的定义提出:电影文学剧本的叙述空间相对比较小,而对话情境却与戏剧剧本相似。因此,电影文学剧本不可能像小说那样去描述人物的性格、思想和感受,这些只有转化成电影人物的行为和语言,才能被观众所理解。但是这并不意味电影文学剧本的作者就无法采用叙述的方法来对剧本进行解读,这种解读方式就是电影剧本和戏剧剧本中的"情景说明"。"情景说明"并不会出现在影片中,但是对表演者来说,"情景说明"具有重要的意义。

格拉西莫夫在对待情景说明的问题上持有鲜明的态度,他在苏联《电影艺术》1953年第10期上撰写了《导演与编剧交换几点意见》一文,他在

---

① 格拉西莫夫:《电影艺术》,群力译,《电影艺术译丛》,1955年第4期。

② 列宁在1907年就指出:当电影还掌握在资本家手中的时候,它所带来的害处比益处多,并且往往以其影片的恶劣内容来使群众腐化堕落,只有当群众掌握了电影,并且只有当电影掌握在社会主义文化活动家手中时,它才是教育群众最有力的工具。(参见《党论电影》,北京:时代出版社,1951年中文版,第13—14页。)

这篇文章中坚决主张电影文学剧本应该采用能够反映电影剧本作家对立场、态度的情景说明，因为这是编剧作家说明自己对作品意义和意图的重要手段，也是电影编剧转换成电影作品的真正动力所在。格拉希莫夫认为，电影编剧作家不应该像戏剧剧本作家那样只依赖于人物的对话，因为戏剧作品可以在舞台上反复演出，反复修改，导演在每次演出时都有介入的可能。但是电影导演只有在拍摄现场一次机会。

在这样的前提下，格拉西莫夫的电影剧本时常有较多文学色彩，也就是叙述性很强的"情景说明"，在他的《真理的道路》《静静的顿河》等电影剧本中均采用了这种创作策略。然而，这种电影剧本的创作策略也受到一些质疑。如马契列特就对格拉西莫夫的主张提出质疑。马契列特认为，电影文学剧作家并不能完全左右演员的表演，也不能限制演员对人物的创作，演员的能力在很大程度上取决于自身的修养[①]，如果缺乏这一前提，任何演员都无法将剧作家规定的意义表现出来。马契列特认为，在电影的创作过程中，编剧、导演、演员各有各的任务和功能，不能混淆。他认为：纯粹的文学叙述和描写是无法搬上银幕的，"人物的动作说明无论写得多么巧妙、精微和深刻，如果这些动作（包括语言动作）本身没有足够的艺术表现力，那么这种动作说明依然是无法引起演员的兴趣的"[②]。

但是格拉西莫夫也曾说过："《静静的顿河》的改编有作者本人直接、生动的参与。他可以干预电影剧本中的任何一个细节，直到最后赞赏它，因为他看到了原著中的观点与剧本中观点的一致与和谐。"[③]在这里可以看出格拉西莫夫对小说原作的阐释学观点，他强调的是对文学原著理解的整体性、有机性和深刻性。在《静静的顿河》电影改编工作中，格拉西莫夫既是编剧，又是导演，他的改编之所以得到肖洛霍夫的认同和赞扬，在很大的程度上是因为格拉西莫夫的改编工作遵循了文学阐释原则和电影艺术的特点，没有停留在人物语言和动作、场景和氛围的表层意义上，而是深入地挖掘了《静静的顿河》这部伟大文学作品的思想性和艺术性，对小说的内容、情节、场景、对话、动作进行了重新构建，如影片的第一部以葛利高里和阿克西妮亚的爱情故事为主要线索；第二部以葛利高里参加红军和背叛红军的矛盾为主要内容；第三部则以表现葛利高里的悲

---

① 参见斯坦尼斯拉夫斯基：《演员的自我修养》第 1 部，第 11 章，莫斯科：艺术出版社，1956 年版。

② A. 马契列特：《电影剧本的形式》，志刚译，《电影艺术》，1956 年第 4 期。

③ 平：《格拉西莫夫谈"静静的顿河"的改编工作》，《电影世界》，1955 年第 11 期。

剧为核心。这种重组并没有损坏原作的思想性和艺术性，而是成功地重构了苏联"社会主义建国初期的历史画卷"①，促使了《静静的顿河》这部文学经典在影视领域里的再生成。

三、文学语言与电影语言的转换

文学语言转换成电影语言是文学经典电影化的另一个关键。格拉西莫夫在银幕上再现了《静静的顿河》宏大悲凉的历史氛围中的哥萨克淳朴自然、勇敢顽强、热爱劳动、热爱自由、探索真理、积极行动的性格，以及他们在历史转型期的悲剧性命运。在这里可以将格拉西莫夫的语言转换定义为"哥萨克化"，即将典型的哥萨克民族特点融入各种电影艺术手段和电影语言，将人的语言、自然语言、视觉语言、绘画语言、音乐语言、声效语言、剪辑语言等与哥萨克文化融为一体，收到了文学经典电影大众传播的良好效果。如他使用经典视觉语言，在银幕上展现了一日千里的顿河、一望无际的顿河草原、寂静的山岗上翱翔的雄鹰等。格拉西莫夫以清晰连贯的电影视觉语言，把众多的人物、浩繁的内容组成丰富的多声部合奏，极大地发挥了电影艺术的特长。下面就以绘画语言、音乐语言和音效语言为例考察文学语言与电影语言之间的转换：

第一，绘画语言。电影的艺术形式限定了它无法适应文学描写的想象时空关系。电影必须通过语言转换来实现作品的思想和主题。比如格拉西莫夫特别擅长运用色彩，他在展现顿河两岸的景色时，借鉴了18、19世纪俄罗斯传统油画的色彩风格，让人想起列宾（Илья Ефимович Репин）、列维坦（Исаак Ильич Левитан）等的现实主义绘画，影片用大量的篇幅展现了顿河哥萨克的生活环境和自然景色，哥萨克独特的性格，无论是静静的顿河抹上的落日余晖，还是蓝天白云、绿色的原野；无论是白雪莹莹千里奔骑，还是铁马金戈战云密布，都给观众带来一幅幅俄罗斯现实主义油画作品。在影片的第一部的婚宴场景中，格拉西莫夫几乎重现了列宾的油画《查波罗什人写信给土耳其苏丹王》，哥萨克的鲜明性格在银幕上得到了鲜活的重现。

第二，音乐语言。在音乐语言的运用上，影片也遵循了"哥萨克化"的原则，格拉西莫夫全篇采用了音乐家列维京的音乐创作，如果对影片三个部分的片头音乐作一分析，可以发现三种不同的音乐分别表达了对影片

① С.格拉西莫夫：《长篇小说与影片"走向新岸"》，译者佚名，《电影艺术》，1956年第11期。

不同内容和主题的刻画。第一部的片头音乐用浑厚的男声和悠扬的女声唱出了小说扉页上的《哥萨克古歌》，把《哥萨克古歌》的文字图像用乌云压顶的静静的顿河画面和悲怆的曲调表现了出来，歌声平缓低沉，就像千年奔流的静静顿河，歌声如诉如泣，叙述着哥萨克的历史和故事，突显了"悲伤"和"英雄"的情调。第二部的片头音乐是交响曲，音乐中激烈的打击乐、吹奏乐和快速节奏演绎了冲锋和搏杀的气氛，表现出哥萨克骁勇善战、你死我活的战争主题，它与随之衔接的战壕中的情景与枪炮声交织在一起，烘托了苏联内战的气氛。第三部的片头部分列维京则采用了一曲气势恢宏的交响曲，悲苍低沉和激荡高亢两个曲调交织在一起，表达了主人公和哥萨克命运的悲剧性和哥萨克人不屈不挠的抗争精神。"哥萨克化"的音乐语言还体现在整部影片中的哥萨克日常生活中，如在影片第一部的"婚礼"这场戏中，欢快、快节奏、狂野的哥萨克民歌音乐强烈地烘托了人类文化学意义上的仪式感和哥萨克的习俗，把观众带到了顿河哥萨克的生活情景中去。

第三，声效语言。除了图像语言和音乐语言之外，影片的声效语言也非常注重顿河地区的自然风貌，着力表现了哥萨克的人物性格、生活环境、心理矛盾、思想情绪、战争场面等。如第一部中，葛利高里和阿克西妮亚在顿河岸边幽会的场景，风声、蟋蟀声、顿河的流水声，以及在第三部中的两人在顿河岸边饮马汲水的邂逅场景中，风声、蟋蟀声、顿河的流水声的重现；又如哥萨克战争场面中的马蹄声、战马的嘶叫声，甚至家庭争吵中的摔锅砸碗声等，都把文学作品中的描述性语言凝练成了声效语言，创造了文学语言与电影语言转换的典范。

综上所述，小说《静静的顿河》的生成与苏联内战时期的苏维埃初期政权所面临的国际国内形势密切相关，更与苏维埃初期政权的哥萨克民族政策的失误有关，它的传播版本与苏联斯大林时期的意识形态以及苏共二十大以后的反对个人迷信，调整国内政治相关。《静静的顿河》在苏联的接受与传播的历史波折也直接影响了中国对这部小说的译介。在中国不同的历史时期形成了不同的翻译版本，这些版本反映了传播力场作用下的传播效应。最后，《静静的顿河》作为俄罗斯文学经典的生成与传播具有多媒体性，电影媒体的大众传播为经典的传播和普及发挥了巨大的作用。

第八章
表现主义文学的生成与传播

表现主义是 20 世纪初主要在德国以及德语国家及周边国家兴起的一场视觉艺术、造型艺术和文学艺术的思潮。这一思潮起初主要发生在视觉艺术和造型艺术领域，其源头可以追溯到 19 世纪末、20 世纪初法国的印象主义、后印象主义，也与欧洲 20 世纪初广为流传的象征主义、野兽派和达达主义、未来主义等现代主义艺术思潮和诗学运动密切相关，从视觉艺术看，表现主义与以梵高、高更、蒙克等为代表的后期印象主义有特殊的渊源关系。

表现主义者公开宣称，他们的艺术观是对以现实主义和自然主义思潮为代表的传统美学思想的反叛，但同时也是对以莫奈、毕沙罗、马奈为代表的印象主义思潮的革命。当时，从法国印象主义发轫的现代主义运动在欧洲方兴未艾，但在表现主义者看来，"古老、陈旧"的印象主义已经不属于他们这个时代。表现主义的旗手赫尔曼·巴尔（Hermann Bahr）在《表现主义》一文中明确地发出对印象主义的反叛："印象主义，它是对人类精神的背弃，印象主义者便是被降低作为外部世界留声机的人。人们曾对印象主义者不满，认为他们没有将他们的绘画'完成'。但是，他们不仅没有完成他们的绘画，而且他们也没有完成'看'，因为市民时期的人并没有完成生活，他们在'看'的中途便突然终止，原因是市民时期的人在生活的中途便突然终止，他们正好终止在人们开始参与生活的地方。也正是眼睛在遇到问题后要自己作出问答之时。"[1]

"表现主义"（Expressionismus）这个词源于拉丁文的"expressio"，意

---

① 赫尔曼·巴尔，《表现主义》，徐菲译，北京：生活·读书·新知三联书店，1989 年版，第 90 页。

为"表达"，这个概念最早由瓦尔登于 1911 年提出[1]，他当时并未预料到这个概念会引发一场艺术和文学的革命，而是试图以此来表达青年诗人、作家的生活感受。因此，在艺术和文学表达形式上，表现主义艺术家和文学家主张向艺术和文学接受者表达他们的内心情绪和感受。就像巴尔所说的那样："从未有任何时候像现在这样为惊惧、死亡所动摇，世界还从未有过这样墓穴般的寂静，人类从没有过这样渺小，他也从未有过这样的担忧，欢乐从未这样疏远，自由从未呈现过这般死寂。这时困境高声吼叫起来，人类呼叫着要回到他的灵魂中去，整个时代都化为困境的呼叫。艺术也在深沉的黑暗处发出吼声，它在呼救，它在向精神呼救：这就是表现主义。"[2]

张黎曾经对表现主义的定义做过一个解释："许多研究者讳言它们是（同）一种思潮在不同国家的变种，但这话似乎并非臆造，它反映了这些文艺现象之间内在的必然联系，它们产生在那个时代，并非孤立的现象。"[3]实际上，大多数表现主义艺术家并不称自己为表现主义者。"表现主义者既没有统一的宣言、纲领，又没有统一的表达方式，它实际上是一个宽泛的、没有统一艺术规范、无法用一个确切定义来概括的文艺流派或文艺运动。'表现主义'这个概念，是评论家、文学史家、艺术史家和艺术商人们给那一代操着不同艺术表现手法的作家、艺术家共同掀起的文艺运动贴上的一个标签。"[4]表现主义绘画同法国的野兽派一样，在 19 世纪末开始就与印象主义绘画艺术观相背而行。例如德国表现主义代表画家弗兰茨·马尔克（Franz Marc）在《蓝色骑士》杂志上把德累斯顿的"桥社""柏林分离派"和"慕尼黑新艺术家协会"的画家称为野兽派。

第一节　起步于绘画领域的表现主义艺术的演变

德国和德语国家的表现主义运动起源于绘画领域。20 世纪初，德国东部的德累斯顿和南部巴伐利亚的慕尼黑差不多在同一个时期形成了两个重要的艺术团体，第一个是德累斯顿的"桥社"（Die Brücke），第二个是

---

[1]　参见本书第二章。

[2]　赫尔曼·巴尔：《表现主义》，徐菲译，北京：生活·读书·新知三联书店，1989 年版，第 89 页。

[3]　张黎：《关于表现主义的定义问题》，《外国文学评论》，2001 年第 4 期。

[4]　同上。

慕尼黑的"蓝色骑士"(Der Blaue Reiter)，它们与维也纳和柏林的脱离派遥相呼应，呼风唤雨，共同兴起了表现主义绘画运动，并对文学艺术产生了深刻的影响。

一、德累斯顿"桥社"

1902 年，两个学建筑的大学生在德累斯顿工业大学相遇，他们是凯尔希纳(Ernst Ludwig Kirchner)和布莱尔(Fritz Bleyl)。另外两个刚从人文高中毕业的年轻人施密特-罗特鲁夫(Karl Schmidt-Rottluff)和海克尔(Erich Heckel)也在这个时候相互认识。两年后这两个高中生也来到了德累斯顿工业大学学建筑。这四个人在德累斯顿工业大学的相识导致了一场艺术革命。

这四个年轻的大学生很快就在艺术上找到了共同的兴趣点和艺术价值观。尽管他们四个人没有一人受过正规的绘画训练，但他们有一个共同的认识，即：应该抛弃学院派的绘画，他们组成了一个绘画团体。日后这个团体就是"桥社"。施密特-罗特鲁夫和海克尔终止了建筑系的学业，全身心投入绘画事业。1906 年，著名画家佩希斯坦(Max Pechstein)和诺尔德(Emil Nolde)加入了"桥社"，"桥社"一度风生水起，举办了一系列画展。"桥社"成员最多时达到八十余人。

"桥"这个名字最早是施密特-罗特鲁夫开始使用的[1]，但是没有人知晓"桥"的真正意义。可能是因为德累斯顿有很多大桥横跨易北河，因此"桥"就成了德累斯顿的隐喻，或者是因为这群艺术家常常将德累斯顿的桥当成自己的绘画对象，或者"桥"还蕴含着艺术横跨传统和现代的意思，还有人猜测，"桥"这个名字受到尼采《查拉图斯特拉如是说》中的话的影响：你们只是桥，会有很多人从你们身上走过。画家团体"桥社"的确切成立时间为 1905 年 6 月 7 日[2]，他们在"桥社"的日志上写上了贺拉斯的拉丁文名言："*Odi profanum vulgus*"，意思是：我痛恨乌合之众，远离他们。

与法国野兽派不同，对于"桥社"的画家们来说，除了对作品进行形式

---

[1]　海克尔在日记本中有过一段记载，他写道："我们经常想我们这个团体在公开场合该用什么名字，一天晚上我们一起回家，在路上又谈起了这件事，施密特-罗特鲁夫说，我们就叫'桥'吧，'桥'是一个多义词，这个词虽然不可能表达我们整个艺术思想，但是最起码'桥'意味着从这里通往彼岸。"Siehe Ulrike Lorenz, Norbert Wolf, (Hrsg.), *Brücke-Die deutschen „Wilden" und die Geburt des Expressionismus*, Köln: Taschenbuch Verlag, 2008, S. 6.

[2]　Siehe Ulrike Lorenz, Norbert Wolf (Hrsg.): *Brücke-Die deutschen "Wilden" und die Geburt des Expressionismus*, dtv, Köln 2008.

谱写之外,如何表达内心世界和心理活动也同样重要,眼睛看到的和对事物内部核心的认识同样重要。而这在当时的社会和艺术界来说完全是禁忌。他们想用艺术作品来震撼当时的人,让人们感觉到不安。但是在"桥社"成立之初,艺术家们并不知道他们究竟想做什么,他们只是清楚地知道,他们要脱离,但是去哪里,其实并不清楚。直到 1906 年 10 月 9 日,凯尔希纳才在《易北晚报》(*Elbtal-Abendpost*)上发表了"桥社"的纲领。他刊登了一幅木刻作品,上面写着:"我们怀着对进步的信念,怀着对未来新一代艺术家和鉴赏者的信念,向你们,向你们所有的年轻人发出呼吁,我们这些肩负着未来使命的年轻人,我们要在那些养尊处优的权威们眼前为自己争取自由,所有愿意把身心投入到创作中去的人都是我们的同志。"[①]从艺术形态上看,"桥社"的画家常常用强烈的色彩来表达他们的思想,同时将非常具有对比感的色块堆砌在一起,有意识地用粗狂随意的笔触处理对象,有意地忽略细节,他们的绘画作品轮廓鲜明,大胆地对空间进行主观构建,在画作上营造出一种木刻版画的效果。从绘画的对象来看,"桥社"画家常常将运动中的人物、都市景色和都市生活、马戏团和游乐场纳入他们的画面,而背景常常是黑夜。此外裸女和浴女也常常入画。

"桥社"的绘画风格受到多方面的影响,首先,比较重要的有来自高更的影响。1906 年,高更在德累斯顿办了一次画展,他的南太平洋塔希提岛风情给"桥社"画家留下深刻的印象。其次,德累斯顿博物馆收藏的铜版画也对他们产生了影响,凯尔希纳非常崇拜文艺复兴时期和巴洛克时期的铜版画,他把丢勒视为自己的引路人。最后,"桥社"的画家们非常深入地研究了 15 世纪、16 世纪的木刻画,这些历史遗存以及非洲原始部落的木雕和面具,都给他们带来灵感。

1908 年,随着佩希斯坦迁往柏林,"桥社"重心也逐步转向柏林,直至1911 年,"桥社"全部迁往现代主义风起云涌的德国首都柏林,在那里他们与未来主义、立体主义等产生相互影响。在柏林期间,他们与瓦尔登的文学刊物有了密切的联系,也在瓦尔登的《风暴》周刊上发表文章和绘画、木刻作品。"桥社"的高峰是 1912 年与慕尼黑"蓝色骑士"的联合画展。1913 年,"桥社"解散,其中有两个最重要的原因:其一,佩希斯坦由于在

---

① Ulrike Lorenz, Norbert Wolf, (Hrsg.), *Brücke-Die deutschen „Wilden" und die Geburt des Expressionismus*, Köln: Taschen Verlag, 2008, S. 11.

没有告知"桥社"的情况下，参加了柏林"脱离派"的画展，被"桥社"开除，这在一定程度上削弱了社团的力量；其二，凯尔希纳在"桥社"内逐渐开始树立个人威望，把自己称为"天才"，使得成员之间开始离心离德，但尽管如此，"桥社"在表现主义绘画史上还是写下了浓重的一笔。

二、慕尼黑"蓝色骑士"

"蓝色骑士"是旅居德国的俄罗斯画家瓦西里·康定斯基（Wassily Kandinsky）和德国画家弗兰茨·马尔克为他们于 1912 年 5 月中出版的刊物《蓝色骑士年鉴》（*Der Almanach Der Blaue Reiter*）而取的名字。《蓝色骑士年鉴》编辑部于 1911 年和 1912 年在慕尼黑举办了两次画展，其目的在于通过展出绘画作品来宣传康定斯基和马尔克的艺术观。在这之后至 1914 年解体之前，"蓝色骑士"画家群体在德国其他城市如科隆、柏林、不来梅、哈根、汉堡等和欧洲其他城市如布达佩斯、奥斯陆、赫尔辛基、哥德堡等进行了巡展。他们的视觉艺术作品和艺术思想在欧洲产生了巨大的影响。

"蓝色骑士"的前身为康定斯基 1909 年和其他画家一起组织的"慕尼黑新艺术家协会"（N. K. V. M.），康定斯基作为协会的主席曾在 1909 年和 1910 年组织了两次画展。事实上，"慕尼黑新艺术家协会"成立伊始就争论不断，1911 年，为组织第三次画展，协会中的保守势力对康定斯基日趋抽象的绘画风格大为质疑。[①] 因此，1911 年 1 月 10 日，康定斯基辞去协会主席，并决定和马尔克一起另起炉灶，举办"蓝色骑士"画展。康定斯基 1930 年回忆当时的情况时写道："'蓝色骑士'这个名字是我们（和马尔克一起）在（慕尼黑）兴德尔斯道夫（Sindelsdorf）一家咖啡馆的咖啡桌旁，在纷纷的落叶下，共同想出来的，因为我们两个人都喜欢蓝色，马尔克喜欢马，我则喜欢骑士，所以'蓝色骑士'这个名字就自然而然出来了。"[②]

离开"慕尼黑新艺术家协会"后，康定斯基和马尔克就没有想再成立一个新的艺术家协会，根据康定斯基 1935 年撰写的《弗兰茨·马尔克和他的时代》一文中的回忆，当时他们只是想通过一个松散的组织形式和出

[①] 康定斯基 1911 年 11 月 17 日完成了一幅 4 平方米的抽象派作品，即著名的《作品 V》（"Komposition V"），该作品被协会的画展组委会拒绝参展。

[②] Wassily Kandinsky, „Der Blaue Reiter", (Rückblick), in *Das Kunstblatt* 14，1930，S. 59, Anm.

版固定的刊物，让持有不同艺术见解的画家有一个表达多元思想的平台。① 他们出版的《蓝色骑士年鉴》很快就聚集了一批志同道合的年轻人，其中包括德国画家奥古斯特·马克（August Macke）、德国女画家加布里埃尔·蒙特（Gabriele Münter）、俄罗斯女画家玛丽安娜·冯·魏勒夫金（Marianne von Werefkin）、俄罗斯画家阿列克谢·冯·雅夫林斯基（Alexej von Jawlensky）、奥地利画家阿尔弗雷德·库宾（Alfred Kubin）、德国画家保尔·克利（Paul Klee）等。20 世纪奥地利天才音乐家、音乐理论家、作曲家、诗人、画家阿诺尔德·勋伯格（Arnold Schönberg）也走进了"蓝色骑士"这个艺术家圈子。"蓝色骑士"艺术家们有一个共同点，他们都热爱中世纪艺术、原始艺术和异域艺术，其中包括对中国和日本的东方艺术的极大兴趣，如康定斯基就从日本绘画中汲取了养分，他们同时也对 20 世纪初流行的野兽派艺术和立体主义艺术颇存好感。弗兰茨·马尔克和奥古斯特·马克当时有一个共同的观点，每一个人都具有一个内心的真实经历和一个外部的真实经历，艺术应该去表达这两种不同形式的生活经历，康定斯基在 1912 年出版的《关于艺术的精神境界》（*Über das Geistige in der Kunst*）一书中，把这个基本观点做了理论总结。

康定斯基在《关于艺术的精神境界》一书中提出，艺术不是装饰品，不是娱乐品，也不仅仅是自然的镜子。每件艺术品都是创造性想象的具体化，每种颜色都传递一种感情状态。康定斯基写道：艺术家应该"睁着眼睛盯住内心生活，他的耳朵应该永远去倾听内心需要所发出的声音"②。在康定斯基看来，美是主观的，是发自内心需要的东西，美就是内在美。康定斯基还强调感觉和艺术形式的融合，强调鲁道夫·施泰纳风格式的视觉神秘主义和联觉。联觉使人想起兰波和斯克里亚宾。他的观点体现在他 1909 年写的《黄色的声音》（*Der Gelbe Klang*）和 1911 年写的《紫罗兰》（*Violett*）两个试验剧本中，也体现在抽象木刻《声音》（*Klänge*）之中。

具有讽刺意义的是，"蓝色骑士"的第一次画展于 1911 年 12 月 18 日至 1912 年 1 月 1 日在位于慕尼黑剧院大街 7 号的亨利希·汤豪森现代美术馆（Heinrich Tannhauser）与"慕尼黑新艺术家协会"的第三次画展同时同地举行，取名为"蓝色骑士编辑部第一次画展"。在这次画展上展出

① Siehe Wassily Kandinsky, *Franz Marc im Urteil seiner Zeit*, Köln: Demont, 1960, S. 49.

② Wassily Kandinsky, *Über das Geistige in der Kunst*, Bonn, München: Piper Verlag, 1965, S. 84.

了 48 幅来自德国、法国、俄罗斯等国家的现代主义绘画作品。[①] 康定斯基被"慕尼黑新艺术家协会"拒绝展出的《作品 V》、马克的《风暴》和《骑马的印第安人》《猴奔》以及马尔克的《黄牛》《森林里的鹿 I》等在这次画展上展出,同时,这次展览还展出了阿尔班·贝尔格(Alban Berg)、勋伯格[②]和安东·威伯恩(Anton Webern)的现代主义音乐。"蓝色骑士"第一次展览成为艺术史上的传奇。

"蓝色骑士"第二次画展于 1912 年 1 月 12 日至 3 月 18 日在慕尼黑的汉斯·高尔茨(Hans Goltz)画廊举行。画展画册的名字为《蓝色骑士编辑部第二次画展·黑白》。那次展览主要展出水彩画、速写和素描以及木刻作品。除了"蓝色骑士"的画家外,保尔·克利和毕加索的画作也出现在这次画展上,同时,尽管康定斯基有所顾忌,德累斯顿"桥社"的画家也参加了这次画展。

马尔克对"蓝色骑士"的艺术观做了解释,他在《蓝色骑士年鉴》上撰文提出:"法国、德国和俄国的最新绘画艺术运动展现了他们作品与哥特风格和原始艺术风格的联系,与非洲和与东方艺术的联系,与表现力如此强烈的原生态民间艺术和儿童艺术的联系。不仅如此,他们的作品还显现出与欧洲现代音乐运动和我们时代新戏剧运动的联系。"[③]

三、表现主义文学和诗歌

表现主义画家与印象主义忠实自然的理念不同,主张在绘画创作中充分自由地运用色彩、色块和造型,主张使用不经调色的油画颜料,在造型方面常常吸收原始艺术形态和民间艺术如木刻、非洲和东方风格。表现主义的其他特点是明显地使用线条来突出艺术对象,并且解构了传统的构图视角,这些都为表现主义小说、诗歌和戏剧打下了基础。

---

① 主要有奥古斯特·马克、加布里埃尔·蒙特、玛丽安娜·冯·魏勒夫金、阿列克谢·冯·雅夫林斯基、阿诺尔德·勋伯格、康定斯基、弗兰茨·马尔克、让-波勒·尼斯勒、亨利·卢梭、阿尔伯特·布洛赫、海因里希·坎本东克、罗伯特·德劳内等。

② 勋伯格 1909 年创作的《三首钢琴曲》和《五首管弦乐小品》冲破了束缚,完成了无调性音乐的建构。无调性音乐的出现打破了 200 年来大小调体系和功能和声体系,为作曲家打开了新的创作层面。阿多诺在《新音乐哲学》中高度赞扬了勋伯格大胆触及社会本质的表现意识。他认为勋伯格的音乐是现代社会中拯救绝望的音乐。他面对社会的动乱,人性的病变,把社会的不幸植入了音乐,从而成为一种对现代个性泯灭的反抗之声。

③ Franz Marc, *Schriften*, » Der Blaue Reiter «, 26. Text zum Subskriptionsprospekt des Almanachs Subskriptionsprospekt zum Almanach "Der Blaue Reiter", Köln: DuMont, 1912.

　　张黎认为，表现主义作为一股文艺思潮，同当时在欧洲流行的未来主义、立体主义、野兽主义等文艺思潮，并无明显界限，它们是在互相影响之中产生、发展起来的。表现主义艺术不再把反映自己印象中的真实视为己任，也不再关心传统的审美形式，而是把反映自己主观意念视为艺术的使命，他们将自己对世界的理解或者说是将自己解释了的世界表现出来。在第一次世界大战中，大多数表现主义艺术家和作家经受了残酷的战争梦魇，表现主义的艺术理想分崩离析，继而生成了建构主义、新实际主义、抽象派和后现代等。

　　在文学领域，表现主义作家和表现主义画家一样，在艺术对象的选择上常常表现战争、大城市、恐惧和迷茫、主体性失落和世界末日等主题，同时也关注精神病、肺结核、扭曲的爱情和自然等话题。早期表现主义文学的一个鲜明的诉求在于表白强烈的情绪、形式和内容创新的欲望，要求挣脱 19 世纪以来欧洲社会给文学和艺术戴上的政治、文化和美学上的枷锁。尼采的《查拉图斯特拉如是说》和施本格勒（Oswald Spengler）的《西方的没落》都从形而上的层面上表达了 20 世纪初表现主义艺术家和知识分子的这种情绪。从总体上说，表现主义文学延续了表现主义绘画的反传统性，并呈现出以下特点：

　　第一，表现主义文学反对再现，主张表现自我的感知与情感。表现主义艺术家反对传统美学，取而代之的常常是"丑的美学"。在文学问题上，表现主义认为文学和诗不是模仿，而是创造，是走向抽象和自主。表现主义可能采用与自然主义相同的主题，但在表现方式上存有巨大的差别。表现主义作家和诗人的文学空间变成了幻象。表现主义作家和诗人不再"看"，而是"观察"；他们不再"描述"，而是"经历"；他们不再"再现"，而是"塑造"。因此，在表现主义的文学作品中不再有一连串的事实：工厂、房屋、疾病、妓女、喊叫和饥饿，而只有这些东西的幻象。表现主义作家和诗人完全摈弃了自然主义"照相术"。

　　第二，表现主义作家和诗人主张回归人的内心和良知，他们认为，在现实世界"碎片化"的语境下，只有人的内心和人的直觉尚为整体，只有人的内心世界才能感知和把握世界的本质，因此，表现主义作家和诗人的艺术手法常常是深入人的内心世界，挖掘内心世界中的主观真实。在表现主义作家的眼里，主观真实就像自然科学中的客观真实一样可靠。

　　第三，表现主义作家和诗人对现实世界常常持有批判和否定的态度，否定工业化和现代化给人类社会带来的"非人性化"以及各种弊端，质疑人类社会的"机器化"和大都市中人的"陌生化"（Verfremdung）与"异化"（Entfremdung），因而他们喜欢在艺术作品中构建他们心中理想的现实世界，有时甚至为了表现内心的强烈情感而对客观现实世界进行主观的扭曲。

第四，表现主义作家和诗人与表现主义画家一样，偏爱东方艺术和东方思想，在他们的文学作品中，亚洲文化（主要是中国文化和日本文化）、太平洋岛屿和非洲原始部落日常生活、仪式、艺术符号、象征等常常成为他们作品的艺术表现方式。

第五，表现主义艺术中出现了一大批集中表现都市主题的作品，以及生成了一种与都市主题相关的美学认知，高速、多变、表层、碎片的感知特点乃是表现主义文学的特征之一。表现主义作家认为，小说已无法再进行整体性叙述，因为文学叙述也同样需要与变化了的现实相适应。文学批评界则不断地发出对现代技术和科学进步的批评声音，大都市给人造成的"神经质"和"陌生化"成了批评家的主旋律。而对于读者来说，表现主义文学所表现的新形式一方面成为他们对文学和诗歌阅读能力的挑战；另一方面，这种新形式也成为表现主义作家美学创新的有利条件。表现主义作家不约而同地在以波德莱尔为代表的现代主义美学思想上找到了认同。

如被誉为表现主义第一诗人的雅考伯·冯·豪迪斯（Jakob van Hoddis）于 1911 年在《民主党人》（Der Demokrat）文学周刊上发表了表现主义诗歌的开篇之作《世界末日》，这是因为豪迪斯作为 20 世纪初的诗人敏感地发现了资本主义快速、畸形发展下的各种社会弊端，预感到世界大战灾难的降临，这种不安的情绪导致了《世界末日》的生成："帽子从市民的尖脑袋上飞落，/狂风中到处都听到惊惶的喊叫，/房顶摔下来跌成两半，/报纸上写着，/海边正在涨潮。/风暴来了，任性的海水蹦蹦跳跳/冲向岸边，要把坚固的堤坝冲掉。/人们都患了伤风，/火车倒栽下大桥。"[①]这首诗给人一种恐惧和危机感，犹如爱德华·蒙克的著名绘画《呐喊》。

又如表现主义诗人戈奥格·特拉克尔的早期诗歌曾受到法国诗人波德莱尔、兰波和魏尔伦以及尼采哲学的影响，他的诗歌中呈现出一种忧郁的"病之花"（kranke Blumen）风格，很容易让人想起波德莱尔的《恶之花》。1912 年前后，特拉克尔的诗歌带有鲜明的表现主义画面排列特征，

---

① 薛思亮：《德国表现主义诗歌几例》，《外国文学研究》，1985 年第 4 期。

他把自己的这种风格称为"画面行为，用四句诗写成四个画面，将它们凝练成一个独立的印象"①。在他1913年发表的诗歌《暴风雨之夜》的第三段中就可以发现他的表现主义诗歌特征："池塘的镜面大声地破裂。/海鸥在窗棂上嘶叫。/消防梯从山谷上面断裂。/杉树林中火光闪现。"②在这里，诗人调动了听觉和视觉感知，通过四个画面的叠加，合成一幅暴风雨来临时雷电交加的整体画面，其中不安和混乱，破碎和危机给人一种惊吓的感觉。对于特拉克尔来说，重要的不是每一个事件发生的顺序，而是四个画面带来的交感效果。

在戏剧方面，表现主义戏剧先驱弗兰克·韦德金德（Frank Wedekind）③在1891年就完成了《春醒》，这部话剧大胆地表达了少男少女在青春期对性的新奇和躁动，并以此讽刺威廉二世时期德国社会的保守。这部早期表现主义戏剧被出版社拒绝，韦德金德自费出版了《春醒》，该剧1906年才在柏林得以首演，演出后引起巨大社会震惊，并几度被禁演。1909年，勋伯格写了一出充满幻觉和暴力的独幕剧《期待》（Erwartung）；1913年完成了现代音乐剧《幸运的手》（Die glückliche Hand）。④ 在这里可以清楚地看到戏剧和抒情诗离开了19世纪的模式，朝着一种更有生气、更不稳定、更强烈的主观内心表现方式发展。小说没有那么明显地卷入这一新的骚动：标志着那种风格的意识流技巧在很大程度上受惠于自然主义作家，而"瞬间风格"（Sekundenstil）常常看起来像印象主义（或点彩画法）实践的继续。在表现主义艺术中，文学、戏剧、音乐和绘画的发展是平行的，勋伯格与"蓝色骑士"关系密切，康定斯基探讨了勋伯格音乐、舞台剧与绘画的关系，并于1912年出版了他的文集《向阿

---

① Georg Trakl, „Brief an Erhard Buschbeck vom Juli 1910", in *Dichtungen und Briefe*, Band I, Salzburg: Otto Müller Verlag, 1987, S. 478.

② Siehe Bernd Matzkowski, *Textanalyse und Interpretation zu Georg Trakl*, Hollfeld: Bange, 2011.

③ 韦德金德1896年在慕尼黑创办政治文学讽刺杂志《痴儿》，1898年因发表讽刺威廉二世皇帝的诗歌被迫流亡法国，1899年回到德国后因侮辱皇帝罪被判处六个月囚禁。

④ 《幸运的手》源于勋伯格的个人经历。勋伯格与妻子玛提尔德（Mathilde）去意大利度假，勋伯格让玛提尔德先行，自己随后而去。在度假地，他在旅馆房间里当场发现，玛提尔德与他俩的共同朋友，著名画家盖斯特尔（Gerstl）相爱。玛提尔德后悔自己的行为，回到勋伯格身边，而盖斯特尔则自杀身亡。这部短音乐剧（歌剧）采用了大量的现代音乐元素、戏剧和绘画元素，勋伯格自己将该剧称为"借助舞台图像的音乐"。《幸运的手》通过简洁的歌词、哑剧、音乐碎片、舞台色彩和舞台灯光等将色彩、形式和人物融合在一起，表达了主人公的内心感受，康定斯基在同一时期也在《黄色的声音》中表达了类似的表现主义艺术思想。

诺尔德·勋伯格致敬》(*Arnold Schönberg in höchster Verehrung*)。

第二节　奥尼尔戏剧的演出与传播

尤金·奥尼尔(Eugene O'Neill)是美国 20 世纪著名的表现主义戏剧家、演员、诺贝尔文学奖获得者,他也是迄今为止除了罗伯特·弗罗斯特之外唯一四次获得普利策奖(1920 年、1922 年、1928 年、1957 年)的美国作家。奥尼尔的作品不仅堪称经典,而且在 20 世纪美国文坛占据极其重要的一席。他一生锲而不舍地从事戏剧艺术的实践探索,进行各种表现形式的大胆实验。他的作品风格多元,既有现实主义、自然主义风格,又包含表现主义、象征主义因素,他与斯特林堡、霍普特曼、布莱希特等被誉为最伟大的表现主义现代戏剧大师。他的戏剧表现手法达到了出神入化的境界。奥尼尔的作品代表了现代美国戏剧发展的主要趋向。

一、奥尼尔戏剧的演出

20 世纪初,纽约百老汇已经成为美国的戏剧和演艺中心,到 1920 年,百老汇当年上演的戏剧多达 150 部,至 1927/28 演出季,百老汇上演的戏剧总数已经达到 280 余部。值得指出的是,这一时期的戏剧作品大多对美国的社会问题提出了反思,对战争、贫困、社会不公正等现象进行了批评和针砭。旧的戏剧逐渐消亡,新一代的剧作家、编剧和演员迅速崛起,而奥尼尔也正是在这一时期开始崭露头角,并向全世界证明了美国戏剧的存在。

然而,奥尼尔就像任何一位伟大的文学家和戏剧家一样,他走上世界戏剧大师的道路上充满了荆棘,他一生写过 45 部作品,大多数戏剧作品从一开始就存有争议。奥尼尔的戏剧作品有的长时间没有搬上舞台,有的在首演后就被诟病,有的在他逝世后才得以公演,但是这丝毫没有减弱奥尼尔作品的光芒,他的作品不仅在美国,而且还在中国有着成千上万的观众和爱好者。

《天边外》(*Beyond the Horizon*)于 1918 年完成创作,但这部作品其

实并不是奥尼尔的首个上演的戏剧作品①,他第一个被搬上舞台的剧本是 1913 年完成的独幕剧《东航卡迪夫》,这部作品于 1916 年在一个名为"普洛温斯特"的非商业化小剧社上演。《天边外》则是他的成名之作,1920 年②,《天边外》在纽约百老汇获得首演,演出虽然充满了争议,但在观众中反响巨大,可谓获得了成功,从而一举奠定了他在美国剧坛首屈一指的地位。《天边外》被认为是一部标准的现代悲剧,它反映了作者对待人生的悲观态度。剧作保持着悲剧情节的一致性。它分为三幕,每幕两场:一场在室外,一眼看到天边;一场在室内,看不到天边。这两种场景交替出现,表明理想与现实之间距离的遥远,这部作品让奥尼尔获得 1920 年普利策奖。同年,奥尼尔的《琼斯皇》(*The Emperor Jones*)也在纽约百老汇公演,这部反映西太平洋岛屿上的黑人王国的著名戏剧影射了美国黑人的悲惨生活,引起社会极大的关注。《琼斯皇》在百老汇首演后,一发不可收,共上演了 204 场,确立了奥尼尔在戏剧界的地位。

奥尼尔的父亲杰姆斯·奥尼尔是当时的著名演员,尤金·奥尼尔就出生在百老汇,从小在父亲的剧团里耳濡目染,摸爬滚打,但是父亲对他要求过严,他也对父亲剧团的传统剧目不满。父与子时有冲突。当《天边外》首演获得成功,又获得当年的普利策奖的时候,奥尼尔的父亲已经病重卧床不起,当他从朋友打来的电话中得知儿子的《天边外》获奖,他非常高兴。他对儿子说:"儿子,我当时真的想把你从剧院的后门推上舞台,现在你终于成功了,而我却倒在《基督山伯爵》的脚下。"③1920 年 8 月 10 日,奥尼尔的父亲去世了。奥尼尔日后回忆道:"我的父亲死了,他不快乐,一生忍受了强烈的痛苦,他觉得生命是一块该死的坚硬的钢铁,但必须去咀嚼。"④1975 年,《天边外》由里克·豪森(Rick Hauser)和米歇尔·

---

① 奥尼尔早期一共写下了十一个独幕剧和两部多幕剧。但他撕毁了大部分不满意的手稿,只留下六个独幕剧。其中五个由他父亲资助,取名"渴"和其他独幕剧选》于 1914 年在波士顿出版。第六个独幕剧本《东航卡迪夫》创作于 1913 年,没有付印。他留着底稿准备寻找剧团上演。

② 首演具体日期不详。

③ Julia Walker, *Expresionism and Modernism*, *Bodies*, *Voice*, *Words*, Cambridge: Cambridge University Press, 2005, p. 127,奥尼尔的父亲原本完全可以实现他自己的艺术抱负,但童年的贫困使他习惯用放大镜来看待金钱的价值,从而堕入了百老汇商业化戏剧不能自拔。他在同一出平庸的浪漫主义情节剧《基督山伯爵》中扮演主角六千余场,简单地重复自己的表演达 25 年之久。经济上他宽绰了,但在艺术上却完全丧失了再创造的能力。到晚年,这成了他的终身遗憾。年轻的奥尼尔对他父亲演出的这个剧本和他在其中不断重复自己的做法都极为不满,并引以为戒。

④ Julia Walker, *Expressionism and Modernism*, *Bodies*, *Voice*, *Words*, Cambridge: Cambridge University Press, 2005, p. 127.

康恩（Michael Kahn）改编成电视剧，并在美国公共电视网（PBS）播出，1983 年被改编成歌剧。

1924 年 11 月 11 日，奥尼尔的《榆树下的欲望》在纽约格林尼治村剧场首演。纽约戏剧评论家对这一作品的评价不一，有赞赏的，有比较中性批评的，也有人把这个作品贬得一无是处。《纽约晨递报》紧接着就发出了不同的声音，有的拒绝接受奥尼尔这部剧作的自然主义美学风格。如弗雷特·尼波罗（Fred Niblo）就写道："这个剧作太现实主义了，没有人会把它当成娱乐，许多人看完后会惊呼：这就是生活！ 是的，这无非就是下水道。"[1]而斯达克·杨（Stark Young）虽然没有流露出热情，但赞扬了奥尼尔的"冷静的观察、成熟的思想和富有想象力的戏剧张力"[2]。约瑟夫·伍德·克鲁奇（Joseph Wood Krutch）则对《榆树下的欲望》残酷的力量大加赞赏。他写道："这部作品的意义在于任意地释放知识分子的理智，而不仅仅只是传递信息。它给予观众强烈的经验和体验。"[3]然而，奥尼尔的这部戏剧中所展现的乱伦和杀婴等残酷场景仍然给当时的剧院及观众带来了极大的震惊和挑战。

在 20 世纪三四十年代，美国对于针砭现实和道德批判的戏剧作品仍然没有良好的社会语境和开放自由的气氛。不仅在纽约，公演一部戏剧作品需要通过各种机构的审查，在美国的其他城市也是如此。审查机构常常会要求剧作家修改和删除剧作中"有伤风化"的场景和台词。有些剧作家拒绝这样做，还遭到警方的逮捕和罚款。奥尼尔 1943 年发表了《月照不幸人》（*A Moon for the Misbegotten*），这部作品延续了作家对美国社会现实和传统价值观的批判和挑战风格。1947 年该剧在底特律公演后，奥尼尔受到底特律警方的审查，警方审查机构威胁奥尼尔，如果他不修改其中的相关场景和删除"剧中有问题的语句"，警方将做出禁演的决定。[4]

《长日入夜行》（*Long Day's Journey into Night*）[5]，是奥尼尔创作晚期的一部扛鼎之作：它不仅为奥尼尔赢得了第四次普利策奖，还引发了美

---

[1]　John Houchin, *Censorship of American Theatre in the Twentieth Century*, New York: Cambridge University Press, 2003, p. 91.

[2]　Ibid.

[3]　Ibid.

[4]　Ibid. , p. 161.

[5]　又译为《进入黑夜的漫长旅途》或《黑夜漫漫路迢迢》。

国戏剧界的第二次奥尼尔研究高潮。特拉维斯·博加德（Travis Bogard）认为此剧的语言"有着诗人般的雄辩"①。而弗吉尼亚·弗洛伊德（Virginia Floyd）则宣称："《长日入夜行》是奥尼尔和美国戏剧的最高成就。"②此剧在他逝世后的 1956 年 12 月 20 日在瑞典首都斯德哥尔摩皇家大剧院首次公演，深深感动了包括瑞典国王和王后在内的广大观众。瑞典有的报纸评论，认为奥尼尔的成就已经超过易卜生和斯特林堡，有人甚至把奥尼尔和莎士比亚相提并论。

然而在美国，即便在大学神圣的学术殿堂上，奥尼尔的剧作也没有被普遍接受。20 世纪 60 年代，奥尼尔的《长日入夜行》甚至在得克萨斯州的贝勒大学还遭到了校方的抵制。1962 年 12 月，贝勒大学的南方浸信会机构对戏剧系上演奥尼尔的《长日入夜行》发难，经过与校董会协商，校长阿伯纳·麦克考尔（Abner McCall）要求戏剧系主任停止演出该剧，在给戏剧系主任保罗·贝克（Paul Baker）的一封信中，校长称奥尼尔的这部作品含有"庸俗、玷污或亵渎的语言，戏剧系不应学习和排演这样的作品"③。校方对奥尼尔作品的态度引发了一场学潮，贝勒大学的学生委员会抗议校方"公然违反学术自由"并对浸信会教堂发起攻击，1963 年 3 月7 日，在贝勒大学任教的作家和剧作家多洛特·贝克（Dorothy Baker）和其他 11 名教授宣布辞职。

奥尼尔在中国的接受与传播始于 20 世纪 20 年代，有研究者认为，洪深为奥尼尔的校友，奥尼尔是洪深的学长，两人均在哈佛大学戏剧系贝克教授处接受西方戏剧教育，他应该在美国就受到过奥尼尔的影响。1922年，洪深回国后即创作了《赵阎王》，其实就是改编版的《琼斯皇》，这应该是中国对奥尼尔戏剧舞台传播的发轫之举。1923 年 2 月，《赵阎王》在上海笑舞台公演，洪深执导并主演。至于《赵阎王》是否源于《琼斯皇》尚存争议，但该剧明显受到奥尼尔的影响。没有争议的是，洪深 1934 年 6 月导演并由复旦剧社公演了《琼斯皇》，扩大了奥尼尔戏剧的影响。比较客观的是，1930 年，北平大学艺术学院演出了由熊佛西导演的《捕鲸》，开启了奥尼尔在中国的视觉接受与传播。1936 年，王实味翻译了奥尼尔的另

---

① Julia Walker, *Expressionism and Modernism*, *Bodies*, *Voice*, *Words*, Cambridge: Cambridge University Press, 2005, p. 89.

② Ibid.

③ John Houchin, *Censorship of American Theatre in the Twentieth Century*, New York: Cambridge University Press, 2003, p. 183.

一部剧作《奇异的插曲》，两年后，王思曾再次翻译了这部剧作，并取名为《红粉飘零》。20世纪40年代，剧作家谭新风将其改编成电影剧本，后被香港导演王铿改编成同名电影，1951年与中国观众见面，受到观众的喜爱。20世纪50年代，上海戏剧学院首任院长熊佛西组织上海戏剧学院师生将奥尼尔的《鲸鱼》（《鲸油》）再次搬上了舞台。[①]

"文化大革命"结束后，奥尼尔的戏剧作品开始以一定的规模走上中国的话剧舞台。1981年9月，中央戏剧学院导演系78届毕业生演出了奥尼尔的《安娜·克里斯蒂》第三幕，成为"文化大革命"后第一次与观众见面的奥尼尔戏剧作品。此后，中央戏剧学院又在1983年将奥尼尔的《榆树下的欲望》搬上舞台，随后上演的还有《长日入夜行》（1984）和《悲悼：归家》（1986）。1983年，山西话剧团也上演了《天边外》。另外值得一提的是，由中央戏剧学院和山西话剧团演出的《榆树下的欲望》《悲悼：归家》和《天边外》三部话剧还通过电视向全国播出。尽管20世纪80年代初，中国的电视尚未普及，但仍然产生了较大的影响。

1988年是一个特殊的年份，这一年是奥尼尔诞辰100周年，国际奥尼尔学会和南京大学主办了一次规模空前的尤金·奥尼尔国际学术会议。来自十多个国家的一百多位学者向大会递交了一百多篇论文，对尤金·奥尼尔的戏剧创作提出深刻见解。藉此之际，中国戏剧界将大量的奥尼尔作品搬上了舞台，兴起了一股"奥尼尔热"。在会议期间举办的"南京—上海国际奥尼尔戏剧节"上，共上演了奥尼尔12部剧作，如上海戏剧学院的《悲悼》，上海青年话剧团的《大神布朗》《休伊》，上海人民艺术剧院的《马可百万》等先后上演。复旦大学与上海总工会、康华实业公司上海公司联合演出了奥尼尔的名剧《悲悼》三部曲，复旦大学剧社也上演了《天边外》，复旦大学外语系还用英文演出了奥尼尔的唯一喜剧《啊，荒野！》；此外国内还有话剧团将《琼斯皇》《鲸油》等搬上舞台，上海越剧院还根据《悲悼》第一部《归家》改编成《白色的陵墓》上演。

20世纪90年代以后，《悲悼》一剧多次在中国的戏剧学院被阐释和演绎，不断地涌现出新的演出版，上海戏剧学院90年代推出了导演张应湘教授的演出版，张应湘在焦晃1988年导演的版本基础上进行了较大的创新。他首先将三部独立成章又相互连贯的戏《归家》《追猎》和《阴魂不散》进行了大胆的改编和删节，去枝剪叶，把整个演出控制在两个小时之

---

① 刘明厚：《奥尼尔与上海舞台》，《戏剧艺术》，1995年第4期。

内，对戏剧的表现形式和内容进行改编。同样，中央戏剧学院也于1995年6月在上海戏剧学院红楼演出了《悲悼》，导演赵之成同样也对奥尼尔原作进行了大刀阔斧的删减和改编。此外，上海戏剧学院还在90年代两度将奥尼尔的自传悲剧《长日入夜行》搬上舞台，1994年张志舆教授导演的版本忠实于原作，注重写实，1995年刘云的演出版注重创新和内心表现，浓缩了奥尼尔原作的精华。至此，中国对奥尼尔的舞台接受开始演变成为二度创作。

在1995年和1997年，第六届、第七届全国尤金·奥尼尔学术研讨会暨奥尼尔戏剧节分别在上海和广州举行。在第六届奥尼尔戏剧节上，上海戏剧学院奉演了《进入黑夜的漫长旅程》(《长日入夜行》)，中央戏剧学院奉演了奥尼尔的《悲悼》。在第七届奥尼尔戏剧节上，中央戏剧学院、上海人艺、上海戏剧学院、广东话剧院、广东省戏剧家协会与广州市话剧团将奥尼尔的《休伊》《早餐前》《上帝的儿女都有翅膀》《天边外》和《安娜·克里斯蒂》等五个剧本搬上了舞台。进入21世纪后，2003年4月广州话剧团在北京北兵马司剧场演出了《安娜·克里斯蒂》，2007年国家话剧院上演了《奇异的插曲》。2013年，时隔25年后，上海现代人剧社再次上演由张先衡执导的《大神布朗》。

奥尼尔的戏剧作品成为中国各大戏剧院校表演系的毕业演出重要选题和中国地方戏曲移植的对象。上戏表演系07届毕业生的《悲悼》、表演系10届毕业生的《天边外》、中戏2014年演出的《早餐之前》均具有鲜明的实验性。

此外，自从1988年上海越剧院将《悲悼》改编成越剧《白色的陵墓》上演后，2006年，郑州市曲剧团上演了孟华根据《榆树下的欲望》改编的曲剧《榆树孤宅》。2013年，成都市川剧研究院将《榆树下的欲望》移植成川剧《欲海狂潮》，在国内上演后引起轰动，2014年赴美国巡演获得成功。2013年宁波甬剧团将《安娜·克里斯蒂》改编成甬剧，奥尼尔的戏剧不仅可以改编为歌剧，也成功地改编成了中国的戏曲，以全新的媒介传播了奥尼尔的优秀作品。

二、奥尼尔作品的译介

尤金·奥尼尔戏剧作品自20世纪20年代就被引入中国，曾分别在30年代和80年代经历了两次接受和译介高潮。根据洛文塔尔文学传播理论，奥尼尔的戏剧作品在国内传播与接受出于不同的社会政治文化控制语境（传播力场）以及接受环境的作用，大致可以分为三个阶段：

第一阶段为 20 世纪初至 30 年代。最早向国内介绍奥尼尔的是沈雁冰（茅盾）。1922 年 5 月，茅盾先生在《小说月报》上发表了一篇名为《美国文坛近状》的文章，在这篇文章的最后，茅盾先生提到了在"剧本方面，新作家 Eugene O'Neill 着实受人欢迎，算的是美国戏剧界的第一人才"①。中国戏剧界和外国文学研究人员以及读者首次接触到奥尼尔这个名字，然而茅盾先生并没有对奥尼尔作出详细的介绍。两年后，胡逸云在北京成舍我创办的《世界日报》上发表了《介绍奥尼尔及其著作》，但并没有实质性介绍奥尼尔。1927 年余上沅在《戏剧论集》中发表了《今日之美国编剧家阿尼尔》一文，介绍了奥尼尔的 5 部作品，其中包括《毛猿》《安娜·克里斯蒂》《天边外》《琼斯皇》等。余上沅评价奥尼尔的作品表现形式丰富，包括象征主义、写实主义、表现主义、心理分析法等，同时评论道："有了惠特曼，美国才真正有了诗；有了阿尼尔（奥尼尔），美国才真正有了戏剧。"②

1929 年共有 6 篇介绍奥尼尔的文章问世，它们分别是张嘉铸发表在《新月》杂志第 1 卷上的《沃尼尔》，查士铮发表在《北新》第 3 卷上的《剧作家友琴·沃尼尔——介绍灰布尔士教授的沃尼尔论》和发表在《戏剧》上的四篇文章，其中包括署名寒光的译文《美国戏剧家概论》，还有三篇为胡春冰的《戏剧生存问题之论战》《英美剧坛的今朝》《欧尼尔与〈奇异的插曲〉》③，其中张嘉铸对奥尼尔的介绍比较全面。

1929 年中国文化界之所以引起对奥尼尔的关注还有一个特殊的原因：1928 年底，奥尼尔由于婚姻和家庭冲突而造成了极大的心理危机，前来上海寻求躲避和疗伤，并受到当时在上海开诊所的犹太人特里萨·伦纳（Theresa Renner）夫妇的接待与照顾④，但是出于各种不可知的原因，

---

① 沈雁冰：《美国文坛近状》，《小说月报》，1922 年第 5 卷。

② 余上沅：《今日之美国编剧家阿尼尔》，《戏剧论集》，北京：北新书局，1927 年版，第 56 页。

③ 参见刘库、杨惟名：《论奥尼尔戏剧在中国的文本传播》，《湖北社会科学》，2014 年第 10 期。

④ 特里萨·伦纳在第一次世界大战后不久与丈夫亚历山大·伦纳移民到了中国上海。丈夫在上海开了一家诊所。伦纳夫妇在上海外籍人士中有较高的声誉，接待过很多名人，如爱因斯坦、卡洛塔·蒙特雷、尤金·奥尼尔等。据雅昌拍卖公司的一件伦纳纪念册记载，奥尼尔 1928 年 12 月 28 日在纪念册上留下手迹："向伦纳夫人致以最真诚的谢意与最衷心的祝福，愿我们的友谊地久天长。12 月 28 日于中国上海。"奥尼尔在访华期间，伦纳夫妇接待了奥尼尔，并带他到上海娱乐场所休闲，这些经历都曾出现在美国各大报刊上。随奥尼尔来华的妻子卡洛塔·蒙特雷与伦纳夫人也成了好朋友。卡洛塔在纪念册里写道："致我敬爱的朋友——充满魅力而实事求是的特里萨·伦纳夫人！"https://auction.artron.net/paimai-art0041641620/，访问时间 2017 年 5 月 9 日。

奥尼尔在上海并没有公开自己的身份,而是用了化名"威尔金斯"(Wilkins)和"威尔金森"(Wilkinson)①。刚来到上海的时候,他似乎情绪很差,他在一封给亲友的信中说:"我来中国寻求太平与宁静,但我发现(上海)每平方英寸上管闲事和饶长舌的要比(美国)任何一个有千把居民的新英格兰小镇上还多。"②

根据哈罗德·布鲁姆(Harold Bloom)的研究,奥尼尔出于两个原因前往中国:第一个原因是他早年对太平洋群岛航海经验和海洋剧本(如表现太平洋黑人岛国的《琼斯皇》)的向往;另一个原因是个人困境,而这两个原因都在奥尼尔早期剧作中有所体现,因此他决计前往中国,以医治心理创伤。布鲁姆所提及的上海医院很可能就是伦纳夫妇开设的诊所。刚到上海,他感到"所有的痛苦烧毁了我"③,他对自己在父亲剧团的生存状态感到绝望,他在上海公开地说,自己在美国无非只是"基督山伯爵的儿子"④,但是在上海,他也可以自由地发表自己的想法,因为他不再在父亲的剧团里,也不再掣肘于百老汇的格林威治村。经过伦纳夫妇和中国友人的帮助,"他战胜了仇恨,他战胜了死亡的诱惑,放弃了强迫性重复的自杀尝试。在中国,他为自己的灵魂做了很多。他明白了一点,他可以活下去"⑤。不久奥尼尔就悄然离开上海,这与1923年爱因斯坦和萧伯纳1933年来上海时所受到追捧的景象截然不同。

然而,奥尼尔的这次东方之行却引起了中国文化界对他的关注。张嘉铸在奥尼尔在沪期间曾多次拜访他,并于奥尼尔离开上海不久,在1929年1月的《新月》第1卷第11号发表长文《沃尼尔》,首次全面介绍奥尼尔的生平经历、创作历程及戏剧特色。张嘉铸特别强调奥尼尔丰富的人生经历对他创作的影响,认为奥尼尔早年的航海经历使他对社会底层的劳苦大众有了深刻的认识。⑥ 此外,查士铮的文章也与奥尼尔1928年底的上海之行有关。只是查士铮的文章基本上属于国际文坛动态一类的

---

① Harold Bloom, *Eugene O' Neill*, Bloom's Literary Criticism, New York: Infobase Publishing, 2007, p. 55.

② 参见刘海平、朱栋霖:《中美文化在戏剧中交流——奥尼尔与中国》,南京:南京大学出版社,1988年版,第266—277页。

③ Harold Bloom, *Eugene O' Neill*, Bloom's Literary Criticism, New York: Infobase Publishing, 2007, p. 45.

④ Ibid., p. 46.

⑤ Ibid., p. 45.

⑥ 汪义群:《奥尼尔研究》,上海:上海外语教育出版社,2006年版,第283页。

编译性文章。相比之下,胡春冰的三篇文章则从具体作品分析入手,比较具有学术性。他重点分析了奥尼尔的独幕剧《奇异的插曲》,比较早地认识到了奥尼尔戏剧革新的内涵,在 20 年代奥尼尔获得巨大成功之前就充分认识到了这位戏剧大师将在美国戏剧史上具有越来越重要的地位,胡春冰首次提出,奥尼尔不仅是优秀的剧作家,他也是伟大的思想家。

奥尼尔在 20 世纪 20 年代末、30 年代风靡中国,这与中国当时的戏剧界存在的内在需求和发展方向有关,众多研究证实,当年曹禺、洪深等中国戏剧家就十分赞赏奥尼尔,洪深的《赵阎王》和曹禺的《原野》就受到奥尼尔戏剧的影响。[①] 日本学者饭冢容指出,《原野》第三幕与《琼斯皇》具有非常密切的联系,第三幕分五场、仇虎对追捕者的恐惧、昔日的幻想和森林中的迷乱,及死于非命、大鼓音响的舞台技巧等和《琼斯王》的精神是一样的。同时,在《原野》中也能发现《榆树下的欲望》的影子。[②] 王元化先生回忆道:"陈西禾曾以林柯笔名写了一个剧本《沉渊》。在这个剧本中同样可以发现奥尼尔影响的痕迹。西禾还多次在谈话中提到奥尼尔剧本以浓郁的氛围见长,他对此极表赞赏。我那时也买来奥尼尔剧作的几个译本,我读了《奇异的插曲》和《天边外》。那时我的兴趣近于古典的西方 19 世纪作品,而对 20 世纪的西方现代剧作读得不多。我比较喜欢萧伯纳,对奥尼尔则并不怎么欣赏。我想这恐怕是由于我对他那纤细的技巧和机智的布局这些现代手法,比较陌生还不习惯的缘故吧。"[③]

总的来说,中国 20 世纪 20 年代起始的奥尼尔接受与译介是当时中国社会创建民族话剧过程中的内在需求所致,它与传播力场中的社会历史语境密切相关,如推广新文化运动、抗日救亡、扫盲及唤醒民众的社会需求等,中国话剧的生成不仅受到了西方古典戏剧的影响,也大量地汲取了西方现代主义戏剧的养分,包括对奥尼尔的接受和译介。但 20 年代奥尼尔来华的机缘巧合只能说拉开了中国奥尼尔研究的一个序幕,其间的文章材料不成系统,且总体数量有限,奥尼尔研究、翻译和批评等的第一个高潮的真正到来还要等到下一个十年。

30 年代,中国译介奥尼尔戏剧作品进入了第一个高潮期。这个时期奥尼尔的约二十个戏剧作品被翻译介绍到中国。如 1930 年,商务印书馆

---

① 郭继德:《奥尼尔戏剧在中国的接受与影响》,《山东外语教学》,2012 年第 3 期。

② 参见饭冢容、叶一木:《奥尼尔·洪深·曹禺——奥尼尔在中国的影响》,《云南师范大学学报》(哲学社会科学版),1987 年第 1 期。

③ 匿名补白:《奥尼尔于三十年代在中国风行》,《文艺理论研究》,1997 年第 1 期。

出版了由古有成译出的奥尼尔独幕剧作品集《加力比斯之月》，从目前能收集到的文献资料来看，古有成的这部译作应是中国最早问世的奥尼尔剧作集，这个剧作集共收录了《归不得》《油》（即《鲸油》）、《一条索》《航路上》（即《东航卡迪夫》）、《月夜》《战线内》《划十字处》等七个独幕剧。古有成继而又于次年译出奥尼尔的成名之作《天外》（即《天边外》）。可以说，古有成的译介工作开启了奥尼尔戏剧作品在中国的文字传播，具有开创性意义。另外，20 世纪 30 年代的奥尼尔译本还有赵如琳的《捕鲸》①，钱歌川的《卡利浦之月》（中华书局，1931 年版），马彦祥的《卡利比之月》（《文艺月刊》，1934 年第 6 卷第 1 期），怀斯的《天长日久》（《人生与文学》，1934 年第 1 卷第 2 期），洪深、顾仲彝的《琼斯皇》（《文学》，1934 年第 2 卷第 3 号），袁昌英的《绳子》（《现代》，1934 年第 5 卷第 6 号），王实味的《奇异的插曲》（中华书局，1936 年版），王思曾的《红粉飘零》（《奇异的插曲》又一译本）（独立书局，1938 年版），范方的《早点前》②等，基本上将奥尼尔的早期重要剧作都译介给了读者。

在奥尼尔戏剧作品得到译介的同时，对奥尼尔戏剧思想和具体剧作的分析研究也悄然展开，20 世纪 20 年代，著名学者柳无忌和巩思文就开始研究奥尼尔的戏剧作品，对戏剧结构、表达方式、演出特色等进行接受。30 年代，中国学术界和戏剧界对奥尼尔的戏剧思想进行了比较深入的消化与接受。这种接受是在符合当时社会的传播力场语境下展开的，尤其是在半封建半殖民地的中国大力推广新文化运动的话语语境下展开的。当时的左翼文化界对奥尼尔的美国社会批评和批判现实主义的倾向大多表示赞赏，并采取积极吸纳的学习姿态。如左翼文化人钱杏邨、张梦麟、黄学勤等人从左翼社会主义的角度出发认为，奥尼尔的一些作品具有典型的资本主义社会针砭和批判功能。如钱杏邨（署名黄英）就认为，从奥尼尔的《安娜·克里斯蒂》中"我们也能看到这些悲惨的生命，是怎样的在和波涛争命，怎样的在暗淡的光线底下生活……在美国还有另外的这样的被践踏着的一种人类，使我们知道在每个国度里，事实上是有两个国家

---

① 《当代独幕剧选》，广州：泰山书局，1931 年版。
② 舒湮编：《世界名剧精选》，上海：光明书局，1939 年版。

存在，一个国家是'天堂'，一个国家是'地狱'……"①著名的左翼作家、翻译家萧乾先生认为奥尼尔"对生命的看法我们不想，也不能推荐。每一个人，特别是不同的国家里，都有他自己的人生观念。但为了艺术上更大的成就，我们推崇奥尼尔对作品的严肃，冒险和独到"②。

20世纪30年代是中国话剧运动的中兴时期。中国的新话剧在新文化运动中兴起，一部易卜生的《玩偶之家》改变了千万人的价值观，30年代的中国戏剧的特点就是"吸纳新潮，脱离陈套"。当时，西方兴起的各种戏剧思潮，几乎都被中国人敞开胸襟地吸纳过来。英国王尔德的唯美主义戏剧，比利时梅特林克、德国霍普特曼、俄国安德列耶夫等的象征主义戏剧，瑞典斯特林堡的表现主义戏剧，还有意大利的未来主义戏剧等，可谓琳琅满目，令人眼花缭乱。奥尼尔自然也成为中国剧作家吸吮的"世纪末的果汁"。刚刚觉醒的中国新青年，对西方现代派戏剧具有一种特别的敏感。他们经历过封建礼教的折磨，心灵感到压抑，追求着"灵与肉"解放的理想。于是，文学青年和戏剧家不但有对"肉"的追求，更有对"深藏在内部灵魂"的热衷，他们以前所未有的大胆和勇气，表达自身的向往。他们热衷于奥尼尔表现主义戏剧作品的分析，如在对奥尼尔的《琼斯皇》和其他剧本的研究上，袁昌英侧重于对作品人物心理的分析，顾仲彝则运用亚里士多德悲剧"净化"的理论分析作品的悲剧精神，曹泰来重在评价人物的生命表现力方面。又如余上沅翻译奥尼尔的《悲悼》三部曲不到一年就在《新月》杂志上发表了《奥尼尔三部曲》一文，对《悲悼》三部曲做出了详尽而深刻的论析。又如钱歌川评价和分析《奇异的插曲》的专著仅仅在该剧原文翻译后三年之内就出版了。

第二阶段主要指20世纪80年代。需要指出的是，从40年代到80年代的40年漫长岁月中，中国的奥尼尔接受、译介和传播由于抗日战争和解放战争、"文化大革命"等因素的影响几乎处于停滞状态。这一时期，中国对西方戏剧的传播力场发生了明显的变化，抗日救亡、国内政治和内战成为主题。整个40年代仅有5篇文章介绍奥尼尔。③ 在中华人民共和国成立至1966年"文化大革命"开始的17年里，奥尼尔似乎从中国销声

① 黄英：《奥尼尔的戏剧》，《青年界》，1932年第2卷。
② 萧乾：《奥尼尔及其〈白朗大神〉》，《大公报》，1935年9月2日。
③ 这5篇文章分别是：王卫发表在《话剧界》1942年第7期的《欧美剧人介绍：戏剧家奥尼尔》；顾仲彝发表在《文艺春秋》1947年第4卷第2期上的《奥尼尔与他的〈冰人〉》；《中央日报》1941年12月刊登的理孚《关于〈遥望〉》和陈纪的《〈遥望〉简评》以及罗荪的《诗与现实》。

匿迹①,这与中国当时对外国文学的传播力场和意识形态以及中美敌对关系有必然的联系,美国文学除了上文论及的德莱塞批判现实主义和进步文学之外,大部分处在被批判、被排斥的境地。1979年,"文化大革命"结束以及"解放思想"运动的展开,为奥尼尔戏剧在中国的译介和研究提供了新的传播力场。然而这一过程是一个缓慢发展的过程,从1979年《剧本》第2期和《外国戏剧资料》第1期上重新刊文介绍奥尼尔,赵澧在《戏剧学习》第4期上发表《美国现代戏剧家尤金·奥尼尔》署名文章到1988年国际奥尼尔研究会议在南京召开,用了将近十年的时间。其间,复旦大学1980年创办的《外国文学》杂志创刊号就是奥尼尔研究专辑,刊登了奥尼尔的个人传记、戏剧理论以及一批奥尼尔研究论文。龙文佩、朱虹、荒芜等学者开始发表奥尼尔研究文章。②

如上文所述,随着80年代中国高校及艺术院校开始排演奥尼尔的戏剧作品,对奥尼尔的译介和研究工作也逐步展开,刘海平、汪义群、华明、夏茵英等人以尤金·奥尼尔为研究课题,运用新理论、新方法进行深入批评,撰写硕士学位论文,在选题广度、内容深度上都达到了一定的高度。至1988年,一大批奥尼尔传记、研究论文集、发表在各类期刊上的学术论文相继问世。③ 1988年举行的国际奥尼尔研究会议兴起奥尼尔在中国接受和传播的第二次高潮,此后,中国国内每两年举办一次全国奥尼尔戏剧学术研讨会,进入21世纪后,这一学术活动更名为全国美国戏剧学术研讨会,至2013年共举办了16次。

在奥尼尔剧作的译介上,80年代大量的重译和新译陆续问世,如梅绍武、屠珍重译了《月照不幸人》《更庄严的大厦》和《诗人的气质》;荒芜等重译的《天边外》《毛猿》《悲悼三部曲》;欧阳基、蒋嘉、蒋虹丁1983年重译了《榆树下的欲望》《漫长的旅程》;1988年戏剧出版社出版的《外国当代

---

① 仅在1961年出版的《辞海》中提到了奥尼尔及其作品,提出奥尼尔的作品"在一定的程度上反映了美国资产阶级社会中各种问题,如谋杀、贫穷、金钱势力、种族偏见等,但作品中充满悲观绝望情绪,具有浓厚的颓废倾向"。

② 如龙文佩发表在1980年《外国文学》上的《尤金·奥尼尔和他的剧作》、朱虹发表在《外国文学集刊》1980年第二辑上的《尤金·奥尼尔》、荒芜发表在《春风译丛》1980年第1期上的《关于奥尼尔的剧作》等。

③ 如汪义群的《奥尼尔创作论》,北京:中国戏剧出版社,1983年版;陈渊的《尤金·奥尼尔传:坎坷的一生》,杭州:浙江文艺出版社,1988年版;龙文佩主编的《尤金·奥尼尔评论集》,上海:上海外语教育出版社,1988版等。

剧作选》收录了奥尼尔晚期的 5 部剧作:《送冰的人来了》《进入黑夜的漫长旅程》《休伊》《诗人的气质》《月照不幸人》;张冲新译《回归海区的平静》[①];王德明和龙文佩合译《送冰的人来了》,该书还收录了奥尼尔唯一的小说作品《明天》[②];汪义群重译《啊,荒野》《无穷的岁月》《长日入夜行》则收录于三联书店出版的《奥尼尔集》(上、下)。除了 90 年代和进入 21世纪以后不断重译和新译以及复译的奥尼尔作品外,人民文学出版社 2006 年推出郭继德主编的《奥尼尔文集》六卷本乃是迄今为止最完整的译介成果,其中包括奥尼尔的 44 部剧作和诗歌、文论作品,为奥尼尔研究提供了比较完整和翔实的基础资料。

第三节　卡夫卡小说的翻译、改编与传播

20 世纪上半叶德语国家和地区的表现主义文学杰出代表当属弗兰茨·卡夫卡(Franz Kafka)。卡夫卡 1883 年出生在奥匈帝国主要城市波西米亚布拉格的一个犹太市民家庭,父亲为布拉格商人。卡夫卡有两个兄弟和三个姐妹,除了两个哥哥乔治和亨利希很小就去世之外,卡夫卡的其他家人均在纳粹统治期间失踪,据研究界推测,卡夫卡的家人很可能都死于纳粹隔离区和集中营。卡夫卡若不是 1924 年因患肺结核病去世,恐怕也难逃纳粹屠犹的魔爪。卡夫卡一家为奥匈帝国哈布斯堡王朝统治时期布拉格的德语犹太裔移民,属于少数族群,但卡夫卡本人会说捷克语和德语。

从洛文塔尔的文学生成和传播理论来看,卡夫卡生活和创作的布拉格在 20 世纪初处于多事之秋的社会语境之中。波西米亚从 19 世纪中叶开始逐渐斯拉夫化,1840 年前后,布拉格居民中德国人(包括德国犹太人)有 66000 人,捷克人只有 36000 人;到 19 世纪末,德国人比例减少了7％,其主要原因是城市的扩大,工业化程度的提升,大批捷克人迁入布拉格,德裔居民成为少数族裔。20 世纪初,捷克受俄国十月革命影响,不断与哈布斯堡王朝抗争,第一次世界大战加深了波西米亚地区斯拉夫人与德国人的矛盾。1918 年 10 月,捷克宣布脱离奥匈帝国,成立新的社会主

---

①　《戏剧》,1989 年第 4 期。

②　参见刘库、杨惟名:《论奥尼尔戏剧在中国的文本传播》,《湖北社会科学》,2014 年第 10 期。

义捷克共和国，捷克语成为官方语言。东正教与天主教、犹太教之间产生竞争关系。同时，布拉格德裔以及德裔犹太人的地位也发生了变化，犹太人原本就受限制的社会地位进一步受到限制，他们几乎生活在极小的社会圈子里。1900 年后，布拉格 20000 名犹太人中的 50％的德裔犹太人开始使用捷克语，加速融入捷克社会。这些不可能不对卡夫卡文学作品生成和传播产生影响。

需要重视的是，以往对维也纳现代派的研究集中注意了维也纳的语境，而相对忽视波西米亚地区和布拉格的社会语境的观照。实际上，维也纳现代派的产生与波西米亚地区的社会转型密切相关。霍夫曼斯塔尔、里尔克、穆齐尔、特拉克尔、罗特等都与哈布斯堡王朝的波西米亚有着密切的联系，那一时期的德裔犹太作家和著名文化人除了卡夫卡之外还有施尼茨勒、卡尔·克劳斯、斯台芬·茨威格、布罗德、弗洛伊特、马赫等。咖啡馆是 20 世纪初欧洲大都市现代主义作家和艺术家的聚集地，巴黎是如此，柏林、维也纳是如此，布拉格也是如此。布拉格的咖啡馆成了波西米亚德裔犹太人作家的聚集地。卡夫卡在 1907—1912 年间几乎天天都去布拉格的咖啡馆，布罗德将他引入了各个文学小圈子，让他认识布拉格的文化人和前卫艺术家，如威廉·哈斯（Wilhelm Haas）、阿尔弗雷德·库宾、弗兰茨·维尔福尔（Franz Werfel）等。在那里，卡夫卡接触到了柏林表现主义团体风暴社以及风暴社的机关刊物《行动》（Die Aktion）、奥地利表现主义文学刊物《燃烧器》（Der Brenner）等。①

卡夫卡与父亲的关系一直是文学史界关心的话题，从卡夫卡发表的作品以及从他生前留下的书信、日记和明信片等文献资料来看，他常常提及父子关系，而很少提及母子关系。但是在卡夫卡的文学作品中，除了父亲以外，母系亲属常常也成为文学人物。他作品中的许多年轻人、局外人、《塔木德》②研究者等都是卡夫卡的母系亲属，比较明显的有《乡村医

---

① Siehe Monika Schmidt-Emans, *Franz Kafka. Epoche-Werk-Wirkung*, München: C. H. Beck, 2010, S. 11—19.

② 《塔木德》（Talmudh）是流传 3300 多年的羊皮卷，共 20 卷，12000 多页，是一本犹太人至死研读的书籍，也是犹太教口传律法的汇编，其地位仅次于《圣经》。《塔木德》主体部分成书于公元 2 世纪末—6 世纪初，是记载公元前 2 世纪—公元 5 世纪间犹太教有关律法条例、传统习俗、祭祀礼仪的论著和注疏的汇集。《塔木德》分为两部分：第一部分为《巴比伦塔木德》；第二部分为《巴勒斯坦塔木德》，一般意义上的《塔木德》指的就是《巴比伦塔木德》。《巴比伦塔木德》全书分为六部：一为农事、二为节日、三为妇女、四为损害、五为神圣之事、六为洁净与不洁，共 250 万字，全部用希伯来文写就。《塔木德》的核心为密希纳（Mischna），意为重复的学问，其中主要记载了上帝在西奈山上对摩西口头发布的律法。

生》中的西格夫里特·勒维（Siegfried Löwy）。如果说，卡夫卡的文学作品有表现主义的影响和痕迹，那么需要指出的是，卡夫卡的作品不仅是形态的变异和语言的变异，他的作品还充满了符号和象征："父亲""城堡""流放地""中国长城""科学院里的猴子""大甲虫格里高尔"等等，但更多的也许是寓言，它们具有多维度解读的可能，无可争议的是，表现主义是卡夫卡作品的解读方式之一。卡夫卡不仅自己喜欢绘画，也会画画，而且他的作品宛如"蓝色骑士派"或者"桥社"画家的一幅幅油画作品或者木刻作品，充满了奇异和神秘，他的表现主义风格主要体现在形式和内容的极度异变，强烈的主观内心世界的构建，文学人物和场景的抽象性和象征性。尽管卡夫卡的作品具有现代主义文学各种流派的阐释可能，但是他作品中的表现主义特征毋庸置疑。

弗兰茨·卡夫卡与瑞士现代主义作家罗伯特·瓦尔泽一样，同属大城市金融保险机构里碌碌无为的"白领"阶层，并且以白领"助手"[①]的身份开始进行文学创作，他于1908年开始发表文学作品，主要作品为长篇小说《审判》(1925)、《城堡》(1926)和《失踪者》(又名《美国》(1927))，中短篇小说有《变形记》(1915)、《判决》(1913)、《在流放地》(1919)、《乡村医生》(1918)、《饥饿艺术家》(1924)、《与祈祷者的对话》(1909)等，以及一大批小品文和箴言。卡夫卡与世界文学史上的许多经典作家一样，在生前并没有获得巨大的成就。1924年6月3日卡夫卡患肺结核去世。他的大部分作品几乎都是在他去世后发表的，如果卡夫卡的好友，马克斯·布罗德按照卡夫卡的遗愿，焚烧了他所有的未发表手稿，那么我们后世也就无法读到卡夫卡伟大的作品了。

一、卡夫卡作品在欧洲的接受与传播

卡夫卡的处女作《观察》(*Betrachtung*)于1912年12月发表，这使得卡夫卡的名字第一次走出布拉格。然而，《观察》第一版仅印了800册，5年后还有一大半积压在仓库里。不仅卡夫卡的处女作如此，他的其他作品也是如此。卡夫卡的作品在他生前并没有走进大众的视线，只是少数文化精英的青睐之物。

---

① 罗伯特·瓦尔泽和弗兰茨·卡夫卡均把金融保险行业的写字生工作视为"帮手"或者"助手"，是一种匿名抽象的都市存在方式。参见范捷平：《罗伯特·瓦尔泽与主体话语批评》，杭州：浙江大学出版社，2011年版。

短篇小说集《观察》出版后，卡夫卡的朋友汉斯·科恩（Hans Kohn）[1]在布拉格犹太学生的文学杂志《自卫》上发表文章，介绍卡夫卡与批评家马克斯·布罗德（Max Brod）的交往，并对卡夫卡文学才华大加赞赏。此外，卡夫卡在布拉格的另一个朋友奥托·皮克[2]（Otto Pick）也于1913年1月30日在布拉格的《波西米亚日报》上撰文发表评论，推崇卡夫卡的《观察》。当时《波西米亚日报》上的文学评论文章对卡夫卡的《观察》评价很高，其中还有另一个原因，卡夫卡的另一个朋友保尔·威格勒（Paul Wickler）也在那张报纸上刊文评论卡夫卡的处女作，他将这部作品与里尔克的《布里格手记》相提并论。卡夫卡多年的密友布罗德不仅对卡夫卡《观察》的发表提供了重要的帮助，而且还于1913年2月15日在慕尼黑的《三月》（*Der März*）周刊发表对《观察》的评论文章，高度赞扬了卡夫卡的严谨写作风格和纯真的内心情感，布罗德称赞卡夫卡坚持了福楼拜的文采。同年7月，布罗德在当时德语文学评论最高的殿堂《新展望》（*Neue Rundschau*）发表了一系列有关卡夫卡与瑞士现代主义作家罗伯特·瓦尔泽的比较评论。

文学经典的生成与作家的创作实践以及作家对文学的接受有十分重要的关系，早在卡夫卡刚刚开始发表作品时，就有不少文学批评家敏感地察觉到了卡夫卡作品与其他作家作品的文学渊源关系，最早察觉这一关系的是马克斯·布罗德。布罗德在卡夫卡的《观察》发表时就指出，卡夫卡的作品"让人想起了阿尔滕贝格和罗伯特·瓦尔泽的东西"[3]。当卡夫卡开始发表作品的时候，海伊默尔（Alfred Walter Heymel）[4]曾经将"卡夫卡"当成了罗伯特·瓦尔泽的笔名，布莱也曾经在推介卡夫卡作品的时候不得不"此地无银三百两"："卡夫卡不是瓦尔泽，他真的是布拉格的一

---

[1]　汉斯·科恩为布拉格德裔犹太哲学家和历史学家，与马克斯·布罗德等人结成布拉格团体。1925年移民巴勒斯坦，1934年移居美国。主要著作有《民族主义》（1922）、《革命的意蕴和命运》（1923）、《犹太教中的政治意念》（1924）等。

[2]　奥托·皮克为布拉格德裔犹太作家。作品有《友好的经历》（1912）、《考验》（1913）、《一次小幸运》（1928）等。

[3]　Siehe Karl Pestalozzi, „Nachprüfung einer Vorliebe. Franz Kafkas Beziehung zum Werk Robert Walsers", in K. Kerr (Hrsg.), *Über Robert Walser*, 2. Bd., Frankfurt am Mein: Suhrkamp Verlag, 1978, S. 96.

[4]　海伊默尔，原名瓦尔特·海耶斯·米斯（Walter Hayes Misch），德国作家、诗人和出版家，曾出版著名文学刊物《岛屿》。作品主要有诗歌集《早晨》（*In der Frühe*，1989）、独幕剧《水仙之死》（*Der Tod des Narzissus*，1898）等。

个年轻人,弗兰茨·卡夫卡是他的真姓实名。"①罗伯特·穆齐尔在评论瓦尔泽的小品文作品集《故事集》和卡夫卡的第一部作品集《观察》时,看到了这两个诗人的作品中都蕴含着某种"瓦尔泽文学人物的特性",穆齐尔说:"卡夫卡作品中人物的悲哀恰恰就等于瓦尔泽作品中人物的诙谐。"②这些比瓦尔特·本雅明1929年专门撰文提出卡夫卡与罗伯特·瓦尔泽作品之间的文学关系要早很多年。同时,汉斯·科恩在1913年5月发表文学评论文章,就卡夫卡的《司炉》(*Der Heizer*)以及其他新作做了点评,他提出,卡夫卡的文学作品与英国作家狄更斯(Charles Dickens)也有着一定的文学渊源关系。③

　　1913年7月16日,柏林早期表现主义诗人雅考伯(H. E. Jacob)在文学期刊《德意志月报》(*Die Deutsche Monats-Zeitung*)上刊文,对卡夫卡1912年发表的文学新作做出了积极评论,称卡夫卡是一个"文学奇迹",他的作品在叙述上独树一帜,"叙述时间和被叙述时间的统一使得他的作品一扫当时德语文坛的晦涩文风"④。在雅考伯眼里,卡夫卡能与当时德语文坛巨星亨利希·曼相提并论。这是卡夫卡的处女作《观察》发表后所得到的最高评价。卡夫卡本人也为此洋洋得意,并在给库特·沃尔夫出版社的信件中流露出这种心情,同时,他也给当时住在柏林的女友菲利斯·鲍尔(Felice Bauer)多次去信,着急让她邮寄这些评论文章给他。

　　奥斯卡·瓦尔策尔(Oskar Walzel)于1916年7月6日在《柏林日报》(*Berliner Tageblatt*)上对《司炉》和《变形记》进行了评论,他称卡夫卡能够"从细小的事件中,在没有情节的情况下做出绝妙无比的叙述,能扣人心弦,他的作品是真正的艺术,在使用画面语言细节时,特别是在《司炉》中,卡夫卡在使用描述性的运动语言材料时,让人想起了克莱斯特(Heinrich von Kleist)的《米夏埃尔·科尔哈斯》(*Michael Kohlhaas*)"⑤。

---

　　①　Siehe Karl Pestalozzi, „Nachprüfung einer Vorliebe. Franz Kafkas Beziehung zum Werk Robert Walsers", in K. Kerr (Hrsg.), *Über Robert Walser*, 2. Bd., Frankfurt a. M., Frankfurt am Mein: Suhrkamp Verlag 1978, S. 94.

　　②　Robert Musil, „Die Geschichten von Robert Walser", in K. Kerr (Hrsg.), *Über Robert Walser*, 2. Bd., Frankfurt am Mein: Suhrkamp Verlag S. 90.

　　③　卡夫卡本人之后多次提到自己的创作与狄更斯的文学关系。参见《卡夫卡日记》,阎嘉译,成都:四川人民出版社,第533、534页。

　　④　Jürgen Born (Hg.), *Franz Kafka. Kritik und Rezeption zu seinen Zeit*, 1912—1924, Frankfurt am Mein: S. Fischer Verlag, 1986, S. 586.

　　⑤　Ebd., S. 587.

就卡夫卡的早期作品来说,文学批评界对于《观察》的评价普遍较高,而对库特·沃尔夫出版社出版的单行本《变形记》和《判决》的评论则远没有预料中的那么理想。这在一定的程度上与作品的主题有关,这两部作品的主题均与当时以实证经验为主流的现实主义文学社会接受环境有一定的差异,造成了艺术接受上的困难。另一方面也与当时欧洲社会状态有关,卡夫卡的作品基本上发表在第一次世界大战期间,当时整个欧洲处于经济和文化上的极度萧条状态之中。报纸上的文学版面也基本让位于前线报道和战争消息,这也造成了卡夫卡的这两部作品没有引起社会的重视。弗兰茨·赫尔维希(Franz Herwig)[1]1916 年 5 月在文学杂志《高地》(Hochland)上撰文批评卡夫卡的作品,以及卡夫卡周边的年轻表现主义诗人,认为他们是一群"没有骑手的,疯狂的野马"[2]。

马克斯·皮尔克(Max Pirker)1916 年 6 月 19 日在《奥地利通讯》(Die Österreiche Rundschau)上发表评论,皮尔克虽然将卡夫卡与 E. T. A.霍夫曼的作品进行了比较,但他还是认为卡夫卡误捡了巴洛克文学的牙慧,而作品却远远不及当时的巴洛克小说来得神奇。当时在维也纳文学圈里比较有影响力的作家罗伯特·米勒(Robert Müller)也持相同的观点,他在 1916 年 10 月出版的自然主义文学刊物《新展望》上发表观点,称卡夫卡所有的否定生物规律的文学实验让读者倒胃口,他的作品集无非是早期表现主义文学的风格创新而已。不过卡夫卡个人则觉得这一批评似乎有点儿道理。[3]

除了奥斯卡·瓦尔策尔在《文学回音》(Das Literarisches Echo)上连续发表文章,对《变形记》和《判决》做了比较肯定的评论之外,欧根·列文斯坦(Eugen Loewenstein)也对卡夫卡的文学才能和作品予以肯定。列文斯坦与卡夫卡略有交往,他 1916 年 4 月 9 日在《布拉格日报》上发表的评论文章透出他细致的心理分析修养和社会观察能力。在列文斯坦眼里,卡夫卡作品中的悲观主义与 20 世纪初布拉格的社会氛围有一定的关系,他认为,卡夫卡在小说中反映出来的父子关系在很大程度上是一种心理压力的反映,是一种与当时社会和都市化进程中的神经官能症的症状相符的表现。

---

[1]　德国文学评论家、通俗小说作家。

[2]　Jürgen Born (Hg.), *Franz Kafka, Kritik und Rezeption zu seinen Zeit, 1912—1924*, Frankfurt am Mein: S. Fischer Verlag, 1986, S. 587.

[3]　Ebd., S. 588.

　　1916 年 12 月 21 日,卡斯米尔·埃德施密特(Kasimir Edschmid)在德国《法兰克福日报》上发表对卡夫卡《判决》的文学评论文章,他称这部作品是"一幅淡雅的粉彩画,上面蒙着一层令人迷惑的轻纱"①。另外,乔治·许福尔(Georg Schafer)在 1917 年 3 月 11 日瑞士的《伯尔尼日报》著名的文艺副刊《联盟》(Der Bund)上发表文学评论文章,他把卡夫卡作品中的"父子冲突"问题作为重点进行了分析,称其为"围绕着父子问题的文学观望"②。

　　卡夫卡 1912 年 7 月曾与记者库尔特·皮因图斯(Kurt Pinthus)在莱比锡的库特·沃尔夫出版社见过面。因此,皮因图斯在《判决》出版后不久,也于 1918 年在《读者之友》杂志 3/4 月合刊上发表评论,虽然他对《判决》的结尾处理略有保留,但还是对卡夫卡的这部作品予以充分肯定,尤其是对于小说细腻的情感表达大加赞赏。如果说,卡夫卡在 1913 年 2 月中旬给未婚妻菲利斯的信中也提到,对《观察》的评论都是几个朋友写的,他们可能有"吹捧"或者"捧场"之嫌,没有什么用处,只能看出是朋友友谊所带来的非理性结果。而 1916 年前后,德语文学评论界对《变形记》和《判决》的评论情况则发生了变化,除了卡夫卡的朋友和熟人之外,一大批著名的作家和文学理论家也参加到了对卡夫卡作品的评论中来。

　　著名现代主义作家罗伯特·穆齐尔原打算在著名文学刊物《新展望》上再次转载卡夫卡的《变形记》,但是遭到了出版商费施尔(Samuel Fischer)的反对,原因是小说篇幅比较大。这足以说明,尽管当时社会上大多数读者尚无法接受卡夫卡的作品,但是对于当时的少数文学精英来说,卡夫卡的文学作品已经达到了非常高的水平,文学评论家阿尔伯特·艾伦施泰恩(Albert Ehrenstein)曾经说过,如果能够让卡夫卡在《新展望》杂志上发表作品,那么这几乎就是"一个梦幻般的结果,卡夫卡就能跟布罗德、恩斯特·魏斯(Ernst Weiss)、保尔·考恩菲尔德(Paul Kornfeld)、维尔福尔等一起,成为布拉格的文学巨子"③。阿尔伯特·艾伦施泰恩 1943 年还在纽约的德语文学刊物《建设》(Der Aufbau)上撰文

------

　　①　Jürgen Born (Hg.), *Franz Kafka, Kritik und Rezeption zu seinen Zeit, 1912—1924*, Frankfurt am Mein: S. Fischer Verlag, 1986, S. 588.

　　②　Jürgen Born (Hg.), *Franz Kafka, Kritik und Rezeption zu seinen Zeit, 1912—1924*, S. Fischer Verlag, 1986, S. 589.

　　③　Ebd., S. 590.

评论卡夫卡的《变形记》和《城堡》等作品，这使卡夫卡在美国也产生了一定的影响。

卡夫卡生前没有出版长篇小说，他的长篇作品均为马克斯·布罗德在卡夫卡病逝后编辑出版。1925 年布罗德在施密特出版社（Schmidt Verlag）出版了卡夫卡的《审判》，1926 年出版《城堡》，1927 年出版《美国》，后两部小说都是在柏林的沃尔夫出版社出版的。1935 年，布罗德和海因茨·鲍利兹尔（Heinz Politzer）一起编辑，在柏林的犹太出版社肖肯（Verlag Schocken）出版了 6 卷本的《卡夫卡文集》，其中的第 5、6 卷后在布拉格梅尔西出版社（Verlag Mercy）出版。此后，卡夫卡便像"失踪者"一样销声匿迹，在欧洲进入了一段长达十几年的沉寂。

二、《变形记》的生成与传播

卡夫卡的许多作品都成了世界文学的经典之作。中篇小说《变形记》（*Die Verwandlung*）是卡夫卡生前发表的少数几部作品之一，也是卡夫卡经典作品之一。迄今为止，我们可以从卡夫卡 1912 年 11 月 17 日给女友菲利斯的信中得到印证，他在这天的信中写到：他要写一部小说，其中的内容是他在"床上百般聊赖中想到的，也是心中十分郁闷的结果"[①]。同年 11 月 23 日，卡夫卡在给菲利斯的另一封信中提到，这部作品写成了，名字叫《变形记》[②]，学界公认，他在 1912 年秋天就已经基本完成了《变形记》的初稿。这部小说的创作灵感源于卡夫卡的一次懒觉，他工作了一整天之后转天早晨久久地赖在床上，这使他想到了自己变成甲虫以及与家人关系等想法，他起身把这些想法写了下来，成为这部小说的雏形。[③] 值得一提的是，日后《变形记》的开头也是格里高尔在床上发现自己变成甲虫的情形。在 11 月 23 日给女友菲利斯的信中，卡夫卡提到："深夜了，我扔开了那篇小文章，我已经两个晚上没有去碰它了，现在它不知不觉地开始变成一篇大东西了。"[④]他说到自己对这部小说的规模尚没有底，他觉得自己越写越长。尽管如此，卡夫卡在 11 月 24 日已经完成了

---

① Franz Kafka, *Briefe 1902—1924*, hrsg. von Max Brod und Klaus Wagenbach, Frankfurt am Main, S. Fischer Verlag 1975, S. 241.

② Ebd. ,S. 256.

③ Joachim Pfeiffer, *Franz Kafka. Die Verwandlung/Brief an den Vater*, interpretiert von Joachim Pfeiffer, München, 1998 (1. Auflage), S. 28.

④ Franz Kafka, *Briefe 1902—1924*, hrsg. von Max Brod und Klaus Wagenbach, Frankfurt am Main, S. Fischer Verlag 1975, S. 255.

初稿的第一部分,并在朋友圈子里朗读了某个片段。

左图:《变形记》1916 年初版;右图:《变形记》手稿

卡夫卡希望能够一气呵成,完成《变形记》的写作,但是一次出差耽误了他一点时间。1912 年 11 月 29 日晚,他在给女友菲利斯的一封信中再一次绝望地提到,他现在所写的东西可以完全毁掉,"就当从来没有写过这篇东西"[①],从这封信可以看出他对自己的稿子十分不满。接下来的几天,他完成了小说的第三部分。1912 年 12 月 7 日,卡夫卡在给菲利斯的信中说,他终于完成了这部小说,他在信中写道:"哭泣吧,亲爱的,哭泣吧,现在哭泣的时间到了,我小说中的主人公刚才死掉了,假如需要安慰你的话,那么我知道,他是非常安静地,也就是与所有人达成和解之后死去的。整篇小说还没有完,结尾留给明天来写。"[②]这样看来,卡夫卡花了20 天左右的时间完成了这部作品。从 2003 年施多姆菲尔德出版社(Stoemfeld Verlag)出版《变形记》手稿影印本中,我们可以发现,卡夫卡基本上是按照时间顺序写作的,并且很少有改动的地方。

据此可以确定,《变形记》生成于 1912 年 11 月和 12 月之间,当时为三个小片段,这一时期,卡夫卡刚中断小说《失踪者》(《美国》)的写作,因此《变形记》的三个小片段很快就形成了一部完整的中篇小说。1912 年

① Franz Kafka, *Briefe 1902—1924*, hrsg. von Max Brod und Klaus Wagenbach, Frankfurt am Main, 1975, S. 284.

② Ebd., S. 303.

是卡夫卡经过长期的内心矛盾之后，做出成为职业作家决定的一年，也是卡夫卡创作热情极为高涨的一年。《变形记》初稿形成后，卡夫卡马上就将这部新作朗读给他的好朋友马克斯·布罗德等听。这里需要指出的是，《变形记》得以出版有一个人起到了重要的作用，他是库特·沃尔夫出版社的编辑弗兰茨·维尔福尔（Franz Werfel），维尔福尔曾与卡夫卡在布拉格多次见面，他曾多次写信向卡夫卡索要《变形记》的手稿，并建议在库特·沃尔夫出版社出版这部作品。出版商沃尔夫也建议卡夫卡1913年出版这部作品，但是卡夫卡对自己的作品尚不满意，特别是对《变形记》的结尾部分。他拒绝了沃尔夫的出版计划，同时对自己的作品开始全面的改写，直到1915年10月，《变形记》终于发表在文学杂志《白页》（Die Weißen Blätter）上。1915年12月小说以单行本形式列入由库尔特·沃尔夫主编的"最新的一天"（Der Jüngste Tag）系列中出版。在这之后，卡夫卡重新开始写作1912年9月份动手创作的长篇小说《失踪者》，然而《失踪者》和许多其他作品一样，没有在卡夫卡生前与读者见面。无论怎么说，《变形记》是卡夫卡与读者见面的少数作品之一，尽管在当时只有很小的一个读者群，伟大的文学经典也并没有在当时的传播力场中生成。

《变形记》发表后，许多文学评论家对作品进行了几乎毁灭性的评论，但是也有少数批评家将卡夫卡的《变形记》视为天才的作品。如诗人胡戈·乌尔夫（Hugo Wulff）1917年4月15日在文学杂志《默克》（Merker）上将《变形记》视为表现主义文学的杰出代表作品。之所以这样说，那是因为这部作品以自然和毫不做作的方式表达了文学艺术的新形式和新内容。同年9月，文学理论家约瑟夫·科尔纳（Josef Körner）也在文学刊物《多瑙河大地》（Donauland）上发表评论文章称，卡夫卡的《变形记》是伟大的作品，它开创了新的文学叙述风格，科尔纳被卡夫卡的作品感染，要在布拉格与卡夫卡见面。

《变形记》之所以没有得到当时文学界和读者的普遍接受，其中一个原因是卡夫卡的这部作品无法纳入当时欧洲文学的流派和思潮中去，既不能将其归于印象主义文学，也没有得到表现主义文学流派和社团的认可，表现主义风暴社也没有把卡夫卡视为同志，批评界也不认为这部作品是当时流行的现代主义文学作品。从文本形态来看，《变形记》与传统的小说式样和形态相去甚远，尽管这部作品最终被称为中篇小说，但是它与传统的中篇小说（Novelle）也有很大的区别，因为这部作品明显地具有寓言性质，但同时卡夫卡并没有在小说中寓以教育功能，读者从中得到的则更多是认知效果。批评界普遍认为,这是一种所谓的"卡夫卡现象"
(Kafkaesk),这个概念包含了新颖的文学写作方式,以清醒的头脑细致地
描述惊恐和恐惧。

如同卡夫卡的其他许多作品一样,在解读这部作品生成原因时,大多
数解释者主要从宗教视角和心理分析视角来理解这部作品。同时,在阐
释作品生成背景时,卡夫卡与其父亲的关系也成为重要的线索之一。从
文学社会学的角度来解读这部作品时,许多读者也会发现这部作品中蕴
含的社会批评,格里高尔·萨姆萨一家的情形反映了资本主义社会家庭
关系的一般情况。俄裔美国文学批评家弗拉迪米尔·纳博科夫
(Vladimir Nabokov)在其关于卡夫卡《变形记》的讲座中提出了对这种解
读方式的不同意见。与此相反,纳博科夫从卡夫卡艺术表现细节出发对
小说进行了分析,并得出结论:卡夫卡所运用的均为象征和隐喻符号,以
此来表达意义。纳博科夫的观点引入了与"父亲情节"等完全不一致的观
察,他认为,在《变形记》这部作品中,父亲并没有被描述成面目狰狞的权
力人物,而恰恰是格里高尔的姐妹才是小说中的无情和残酷的人物,因为
恰恰是她们出卖了格里高尔。纳博科夫认为:"卡夫卡使用清晰的风格表
明了想象世界中的一切晦涩。在这部作品中,完整性和统一性、文学风格
和所表达的东西、表述手法与寓言性完美地融合在了一起。"[①]

按照拉尔夫·苏达乌(Ralf Sudau)的分析[②],小说《变形记》的母题中
蕴含了自我否定和排斥现实的诉求。在变形之前,格里高尔为家庭做出
奉献,挣钱养家并以此为荣。变形之后,他需要照顾、关注和帮助,但却遭
受了一天比一天冷酷的回报,格里高尔处于极度失望之中。为了能否定
自己,格里高尔把自己变成令人嫌弃的甲虫,他不吃不喝,近乎绝食。苏
达乌的观点是,卡夫卡病态地期待一种逃脱,逃进某一种疾病或者处于一
种神经崩溃状态,这反映了卡夫卡对职业的态度,同时也反映了卡夫卡对
平静的社会表面现象的不满与抗争。他进一步指出,卡夫卡的文学表现
风格一方面受到现实主义和文学想象、理性主义的影响,表现出细致的观

---

① Vladimir Nabokov, *Die Kunst des Lesens. Meisterwerke der europäischen Literatur. Jane Austen, Charles Dickens, Gustave Flaubert, Robert Louis Stevenson, Marcel Proust, Franz Kafka, James Joyce*, hrsg. von Fredson Bowers, mit einem Vorw. von John Updike (Originaltitel: *Lectures on literature*. Übers. von Karl A. Klewer), Frankfurt am Main, Fischer TaschenbuchVerlag 1991, S. 313—352.

② Ralf Sudau, *Franz Kafka: Kurze Prosa / Erzählungen*, Stuttgart, Klett Verlag 2007, S. 158—162.

察和描写;另一方面又表现出强烈的逆反思想和逆反表现形式,因此《变形记》中也有明显的荒诞痕迹,以及悲喜剧和无声电影的效果。①

莱纳·斯塔赫(Reiner Stach)则认为,《变形记》的接受不需要任何有依据的解读,文本本身就是最好的解读,文本的意义不受任何语境、时代和文化的限制。即便我们不知道《变形记》的作者是谁,这部作品依然能够进入世界文学经典的宝库。格哈特·里克(Gerhard Rieck)指出,格里高尔和他的妹妹格利特是卡夫卡许多作品中常常出现的一对人物组合,一个性格被动、近乎自虐;另一个性格主动,起到推动力作用。这种悖论组合在《审判》《失踪者》以及在中短篇小说《乡村医生》《饥饿艺术家》等中都有出现。里克认为在这一组人物组合里实际上是作家卡夫卡人格的两方面,是卡夫卡矛盾性格的组成部分。②

有关《变形记》的素材原本,研究界有不同的说法,其中主要有马克·斯比尔卡(Mark Spilka)的观点,认为卡夫卡的《变形记》与陀思妥耶夫斯基的《双面人》和狄更斯的《大卫·科波菲尔》有相同之处。基本上可以确定的是,卡夫卡是读过这两部作品的,与《双面人》相似的是,两部作品的开头部分,都是主人公从睡梦中醒来,都发现自己身体抱恙,都发现现实生活发生了改变。两个主人公都惧怕因自身变化而失去工作,所不同的是陀思妥耶夫斯基的人物朝着精神病方向发展,而卡夫卡的人物变成了甲虫。

斯比尔卡在狄更斯的小说《大卫·科波菲尔》的第四章中发现,大卫被继父殴打,并被关在房间里达五天之久。这其中也与卡夫卡的《变形记》在内容上有相似的地方。两个主人公都被家庭抛弃,都被家庭成员殴打,得到的都是同样的食物:面包和牛奶,两个人都是处在孩童时期的一种视角。此外,果戈理的《鼻子》也作为比较的例子,哈特穆德·宾德(Hartmut Binder)提出,果戈理的《鼻子》似乎更直接地影响了卡夫卡,两位作家都把非现实和不可能的事情移植到了小说的虚构情节中去,因此在作品中都蕴含着一种"背后的幽默",因为在果戈理的小说中,某一天早上,主人公穿着圣彼得堡议会制服准备出门散步的时候,他的鼻子突然消失了。卡夫卡是否读过果戈理的这部作品,这点无法得到确定,但是可以确认的是,卡夫卡了解俄罗斯作家果戈理。此外,宾德还提到了丹麦作家

---

① Ralf Sudau, *Franz Kafka: Kurze Prosa / Erzählungen*, Stuttgart, 2007, S. 166.

② Gerhard Rieck, *Kafka konkret-Das Trauma ein Leben. Wiederholungsmotive im Werk als Grundlage einer psychologischen Deutung*, Würzburg, 1999, S. 104—125.

约翰纳斯·V.延森的小说《甲虫》,在这部小说中讲述了主人公坐在地窖里,受到臭虫叮咬,最后变成甲虫的故事。

三、卡夫卡的重新发现

卡夫卡的文学创作在 20 世纪 20 年代初并没有在欧洲引起普遍重视,只是一小批文学和文化精英看到了卡夫卡作品的价值。按照洛文塔尔的文学传播理论,其主要原因在于两个方面:一方面在于传播力场的小系统,即传播主体、传播内容、传播媒介、传播接受者以及传播效果受到一定的阻碍。其主要原因在于传播接受者与传播主体之间的关系受阻。康定斯基曾经提出一个艺术金字塔理论,在他看来,超前的艺术,即前卫艺术一定处在时代的前沿,他的艺术理解和艺术表达处在金字塔的上端,而大部分读者的艺术修养和对前卫艺术的认知水平不可能达到前卫艺术家的水平,因而总是处在金字塔的中部。随着时间的推移,读者才逐渐接近历史上的前卫艺术家的艺术认知水平。其次,卡夫卡的作品在其生前并没有大量发表,卡夫卡这个名字在传播媒介中是相对陌生的,出版社、杂志社、报社从总体上说并不十分了解卡夫卡,"卡夫卡热"主要还是应归功于布罗德违背卡夫卡的意愿[1],于 1950 年出版了新编 9 卷本《卡夫卡文集》。另一方面,传播力场的大系统中存有许多不利因素,卡夫卡的作品主要写于两次世界大战之间,欧洲,特别是德语国家与地区在 20 年代至 40 年代这个阶段经历了第一次世界大战后的经济萧条和失业高峰,奥匈帝国的解体和魏玛共和国时期的社会动荡以及政治动乱,1933 年纳粹上台后掀起了犹太迫害狂潮、水晶之夜、焚书坑犹等灾难。这些都是造成卡夫卡文学传播力场发生阻碍的原因。

第二次世界大战结束后,卡夫卡的好友马克斯·布罗德对 1935 年版的《卡夫卡文集》(第一版)做了少许修改,然后于 1954 年在美国再版了《卡夫卡全集》6 卷本,其原因大概是因为犹太人的肖肯出版社(Verlag Schocken)在纳粹统治时期已经流亡纽约。这就是为什么学术界认为卡

---

① 　卡夫卡在 1922 年 12 月 29 日给马克斯·布罗德的第二份遗嘱中写道:"首先,我所写的一切只有几本书算数,它们是:《判决》《司炉》《变形记》《在流放地》《乡村医生》和短篇小说《饥饿艺术家》《观察》中的几个短篇可能也可以留下来,其他的我不愿意让人花力气去把我的东西当废纸卖了,但也不要再出版它们了)。如果我说上面五本书和其他几篇小东西算数,那么我的意思并不是我想重新刊印,让它们流芳百世,而是相反,它们应该被人遗忘,这样就符合我的本意了。我只是无法阻止有兴趣的人去读它们,因为这些已经都出版了。"(本书作者译)

夫卡的重新发现地点是在美国的主要原因之一。其实,位于德国美因茨河畔的法兰克福的费舍尔出版社(Fischer Verlag)1950年就从肖肯出版社购买了卡夫卡作品的版权,布罗德也开始在法兰克福的费舍尔出版社陆续出版新版《卡夫卡全集》。至1958年,新版全集出版至第9卷,至1974年出版至11卷。在《卡夫卡全集》的基础上,当时的西德和东德各出版社不断出版单行本,或者口袋书,"卡夫卡热"开始在全世界不断升温。

从版本学的角度需要指出,布罗德在出版《卡夫卡全集》的过程中并不希望出版学术版,他的指导思想是向读者提供完整的文学文本,因此他将卡夫卡的手稿进行了较大的整理,将一些碎片和凌乱的手稿残片做了整合,不连贯的地方做了补充,并将一些他认为错误的句子和文字进行了修改。尽管布罗德对卡夫卡的文学传播做了巨大的贡献,但十分遗憾的是,事实上他1954年的版本只是卡夫卡的布罗德加工版,因为他认为:"广大读者应该得到一个语法正确、风格统一的卡夫卡文本。"①他的这个做法受到了卡夫卡研究者的批评。从1982年开始,鲍恩(J. Born)、诺依曼(G. Neumann)、帕斯勒(M. Pasley)、席勒美特(J. Schillemeit)、考赫(G. Koch)、穆勒(M. Müller)、基特勒(W. Kittler)等一大批日耳曼学学者开始编撰《卡夫卡全集》的学术版。这个版本是在卡夫卡手稿的基础上编撰出版的,大大增加了卡夫卡文本的真实性和原始性。

在第二次世界大战后的法国,超现实主义者和存在主义者很早就对卡夫卡产生了浓厚的兴趣,如布列东也对卡夫卡进行了接受,在布列东的文学作品和哲学断想等文稿中都表现出他对卡夫卡的热衷。② 加缪(Albert Camus)1942年发表的小说《局外人》(L'Étranger)也有许多与卡夫卡相似的地方。萨特(Jean-Paul Sartre)在1943年发表的《存在与虚无》(L'être et le néant)中评论了卡夫卡现象,布朗肖(Maurice Blanchot)试图在卡夫卡身上寻找交往异化和自我回归问题的答案,他在20世纪40年代末发表的文学作品和一系列哲学和社会学文章中都涉及了卡夫卡,如他在1942年发表的小说《亚米拿达》(Aminadab)和1948年出版的《死刑判决》(L'arret de mort)中都对卡夫卡做了积极的接受。中国的卡夫卡研究者曾艳兵也提出,萨特1962年在莫斯科和平和裁军会议上把卡

① Monika Schmidt-Emans, *Franz Kafka. Epoche-Werk-Wirkung*, München, München: C. H. Beck 2010, S. 200.

② Ebd., S. 212.

夫卡比作东西方意识形态的一块试金石。1963 年,在卡夫卡诞辰 80 周年之际,东欧社会主义国家的批评家和西方共产党员文艺评论家一起在卡夫卡的家乡布拉格举行了"卡夫卡学术研讨会",自此以后,社会主义国家的批评家也开始关注、思考并研究卡夫卡。① 卡夫卡在法国战后左派知识分子和共产党人中得到积极评价和接受,这与卡夫卡在东德、捷克和其他社会主义国家以及 70 年代末在中国得到接受和传播也有一定的关系。

四、《变形记》及其他作品的改编和在中国的传播

《变形记》不仅是卡夫卡作品中知名度最高的小说,也是欧洲最普及的现代主义文学经典作品之一,并走进了欧美的大众文化生活,从 20 世纪 60 年代至 80 年代,卡夫卡从时尚走向经典,从经典走向商业化和通俗化,大约花了 20 年的时间。卡夫卡的作品如《变形记》不仅是欧美各国中小学的课文,而且很多亚文化中都会引用《变形记》中的人物名字,如"格里高尔·萨姆萨""萨姆萨的梦想"等都成了流行乐团的名字,音乐家菲利普·格拉斯用卡夫卡的"变形"(Metamorphoris)为题创作了一批钢琴曲。卡夫卡被重新挖掘出来之后,他的许多文学经典,包括卡夫卡本人都被改编成电影、电视以及其他艺术形式,作为文学经典的《变形记》也不例外,它也成为许多电影、电视作品和音乐作品的极好素材,也成为动漫、网络游戏等新媒体的内容。

在影视媒体方面,以卡夫卡的《变形记》和其他主要文学经典为例,1962 年,美国著名导演杰奥森·韦尔斯(Orson Welles)把卡夫卡的《审判》和《变形记》《城堡》等改编成片长 110 分钟的电影故事片,他把卡夫卡的一生拍成电影,还把小说部分内容也放了进去。1975 年,捷克斯洛伐克著名电影导演杨·奈米克(Jan Němec)将《变形记》改编成同名电视故事片,片长 55 分钟,1975 年 10 月 30 日在德国电视二台(ZDF)播出。1978 年、1993 年西班牙导演卡罗斯·阿塔纳斯(Carlos Atanes)两度将《变形记》改编为英语短电影片《萨姆萨先生的变形》(*The Metamorphosis of Mr. Samsa*),片长分别为 10 分钟、30 分钟。1991 年,斯台芬·苏德贝格(Steven Soderbergh)以《城堡》和《变形记》等为蓝本,导演了电影《卡夫卡》。2002 年波兰导演瓦拉里·福金(Valery Fokin)也将《变形记》改编为波兰语的故事

---

① 曾艳兵:《新中国 60 年卡夫卡小说研究之考察与分析》,《广东社会科学》,2012 年第 4 期。

片。2004 年,弗兰·埃斯特维斯(Fran Estévez)导演的西班牙语的短故事片《变形记》,片长 20 分钟。2009 年,卢卡斯·布洛克(Lukas Block)执导了 48 分钟故事片《变形记》。2012 年德国导演尤翰·亚历山大·弗雷丹克(Jochen Alexander Freydank)的故事片《地洞》,片长为 105 分钟。

近年来,动漫片、卡通片和动画片也成了传播卡夫卡经典作品的重要媒体之一。2003 年,英国编导彼得·库柏(Peter Kuper)将小说《变形记》改编成同名动画片。此外,还有美国的李希勒(Mordecai Richler)改编的动漫剧《变形记》等。2005 年,日本动漫家森泉岳土将《城堡》改编成《卡夫卡的〈城堡〉及其他三篇》的动漫片,此类作品还有山村浩二 2007 年改编的《田舍医者》(即《乡村医生》),托姆·吉本斯(Tom Gibbons)2002 年改编的动画片《饥饿艺术家》等,都受到青少年观众的青睐。在戏剧和歌剧舞台上,除了《城堡》《审判》等经常成为戏剧改编的素材,《变形记》也常常被改编成舞台作品,比如 1986 年由保尔-海因茨·迪特里希导演的同名歌剧《变形记》。

卡夫卡的文学经典包括《变形记》在内,同样也在中国深受读者的喜爱。在德国和欧洲许多国家,卡夫卡的《变形记》以及其他作品是中小学语文课的必读内容。在中国,进入 21 世纪后,卡夫卡的《变形记》《骑桶者》《饥饿艺术家》《梦》等也都被列入中国各个时期各个版本的高中语文教材必修课程①,卡夫卡也早已家喻户晓。2015 年,中国图书市场上关于卡夫卡的各种中文读物总数达到三百余种。针对青少年读者,其中除了各种青少年双语读本、简易读物外,2014 年新锐网络游戏开发商 Mif2000 开发的《卡夫卡的冒险世界》(The Franz Kafka Videogame)上市,这一网络游戏以卡夫卡的经典短篇小说《城堡》《变形记》以及《亚美利加》等作品为依托,成为大众媒体传播卡夫卡的新手段。

然而,中国对卡夫卡文学作品的实际接受和传播始于 20 世纪 70 年代。在这之前,根据曾艳兵的研究,卡夫卡的名字在 1923 年 10 月就传入中国,沈雁冰(茅盾)在《小说月报》第 14 卷第 10 号上的《海外文坛消息》上发表了一篇名为《奥国现代作家》的小文章,上面提到了"从那绝端近代主义而格特司洛,而卡司卡,莱茵哈特以至于维尔弗,都是抒情诗家,而且

---

① 《变形记》被列入人教版高中语文课本(试验修订本·必修)第五册第四单元;沪教版高中语文课本第四册第三单元;语文版高中语文课本第五册第三专题;粤教版高中语言课本第四册第二单元;北京版高中语文课本第二单元。《骑桶者》被列入人教版高中语文课本第八单元。《饥饿艺术家》被列入沪教版高中语文课本第六册第一单元。《梦》被列入鲁人版高中语文课本第二册第三单元。

都可算是表现派戏曲的创始人"①。沈雁冰当时提到的"卡司卡"可能就是"卡夫卡",但是沈雁冰把"卡司卡"列为现代派戏剧创始人肯定有误。此外,赵景深在1930年,赵家璧在1936年,孙晋三在1944年三次在介绍外国文学时提到了卡夫卡。② 因此可以确定,卡夫卡的作品在1949年前的中国尚未有译本出现,也谈不上传播和接受。

卡夫卡作品的第一个汉译本出现在1966年。根据曾艳兵研究,当时作家出版社曾经出版过一部名为《审判及其他》的"内部资料",这便是由李文俊和曹庸从英文翻译过来的卡夫卡长篇小说《审判》和其他五个中短篇小说的合集,即《判决》《变形记》《在流放地》《乡村医生》《致科学院的报告》及长篇小说《审判》,书后还附有马克斯·布罗德的《原文本编者附记》,以及由戈哈、凌柯撰写的《关于卡夫卡》③的导读文章,而正文译者均没有署名,该译本只供极少数文学研究人员阅读,这部译作由于当时的传播语境和传播力场条件不可能在中国传播。但据李文俊自己回忆,当时这个版本的出版单位不是作家出版社,而是上海译文出版社。

李文俊在2013年接受《羊城晚报》记者何晶采访时回忆道:"卡夫卡的短篇我就是那个时候翻的。我看西方刊物常常刊登讨论卡夫卡的论文,谈到他的作品,知道他是现代派文学的鼻祖。我很有兴趣,让单位(指《译文》杂志社)去买卡夫卡的英译本来看,看后觉得很有意思。后来,上海译文出版社来(《译文》杂志)编辑部,问有什么东西可以帮他们翻译,我说能够公开出的东西不太有,要的话就翻译卡夫卡的东西给你们内部出版。他们同意后,我就翻译了七个中短篇,包括《变形记》。我推荐了一个长篇,由他们的编辑来翻译,后来凑成一本书出版,叫《城堡及其他》。"④这个采访中有关"内部资料"书名的提法与曾艳兵的研究有出入,这可能是李文俊回忆有误,李文俊所说的译了七个中短篇也许也是同样,但也有可能是《羊城晚报》记者何晶自摆乌龙。但李文俊却证实了一点,卡夫卡长篇小说的第一个汉译本为上海译文出版社的编辑人员所译,这个人其

---

① 曾艳兵:《新中国60年卡夫卡小说研究之考察与分析》,《广东社会科学》,2012年第4期。

② 同上。

③ 同上。

④ 参见何晶:《一条偏僻的路,但也给我走出来了》(专访2013年"诺贝尔文学奖"获得者门罗中译本《逃离》的译者李文俊),《羊城晚报》,2013年10月21日B3版。

实就是曹庸，即胡汉亮①，因为 1987 年上海译文出版社出版的卡夫卡汉译本实际上就是李文俊和曹庸 1966 年合作翻译的所谓"内部资料"版《审判：卡夫卡中短篇小说选》，其中收入的《审判》实为长篇小说。另外，2006年上海文艺出版社还出版过曹庸翻译的卡夫卡《审判》单行本，这些都证实了 1966 年出版的卡夫卡作品"内部资料"版实为《审判及其他》。

由此看来，从 20 世纪 30 年代前后有人提及卡夫卡起直至 70 年代末，卡夫卡的译介和传播在中国尚属一片未开垦的处女地，即便在西方，卡夫卡也尘封了几十年，就更不用说文学经典的形成了。在中国，就连"文化大革命"后 1979 年出版的《欧洲文学史》中甚至也见不到卡夫卡的名字。

从外国文学的传播力场来看，1966 年《审判及其他》出版时，中国正值"文化大革命"爆发初期，几乎所有的外国文学作品都被打入冷宫，卡夫卡的作品自然不可能在社会上得到传播，当时的文艺政策是学习"革命的浪漫主义和革命的现实主义相结合"的创作方法，正如戈哈、凌柯在《关于卡夫卡》一文中所写的那样，"卡夫卡是现代颓废主义作家……欧美现代派文学的奠基人，四五十年代受到欧美资产阶级文艺界狂热的推崇，他是一个彻头彻尾的颓废作家，一个极端的主观唯心主义者。他反对理性，他认为世界是不可知的……卡夫卡是反对反抗，反对革命的……他极端仇视革命，他认为群众是愚昧的……他还恶毒地说：'每次真正的革命运动，最后都会出现拿破仑'"②。卡夫卡在当时的文学传播语境下只能以"内部参考"的形式向少数人提供资产阶级的"反面教材"。但从卡夫卡文学传播史来看，《审判及其他》则是卡夫卡作品在中国的第一个译本。

中国真正的卡夫卡译介与传播是从 1979 年开始的。那一年，刚刚复刊的《世界文学》刊登了李文俊从英文翻译过来的《变形记》③，也就是1966 年作家出版社出版的"内部资料"《审判及其他》中的一部分，同时刊登了署名"丁方"和"施文"的评论文章《卡夫卡和他的作品》，"丁方"就是

---

① 曹庸即已故翻译家胡汉亮，曾长期担任上海译文出版社外国文学编辑工作，是 20 世纪五六十年代十分活跃的英美文学翻译家，曾翻译《白鲸》(1957)、《职工赛拉斯·马南》《风中树叶》(1958)、《两叶一芽》(1957)等。

② 曾艳兵：《新中国 60 年卡夫卡小说研究之考察与分析》，《广东社会科学》，2012 年第 4 期。

③ 据李文俊所说，中文版的《变形记》虽由英文版译出，但由 1979 年复刊后的《世界文学》再次出版时，旧译稿经过其妻、时任《世界文学》编辑、德语文学翻译家张佩芬根据德文原版重新校译。参见何晶：《一条偏僻的路，但也给我走出来了》(专访 2013 年"诺贝尔文学奖"获得者门罗中译本《逃离》的译者李文俊)，《羊城晚报》2013 年 10 月 21 日 B3 版。

叶廷芳先生名字的谐音,"施文"即李文俊。这是中国读者第一次读到公开发行的卡夫卡《变形记》译本和关于卡夫卡的介绍文章。20世纪80年代是卡夫卡在中国开始大规模传播的十年,各种译本如雨后春笋,层出不穷。1980年,叶廷芳从德语直接翻译的《饥饿艺术家》发表在文学刊物《十月》上,这也是中国第一个由德文直接翻译过来的卡夫卡作品。同一年,上海文艺出版社出版了汤永宽从英文转译的《城堡》,这是中国翻译的第一个《城堡》汉英本,由于当时曹庸的1966年版《审判》还处于尘封状态,汤永宽的《城堡》几乎成了在中国卡夫卡接受场域中的首个长篇小说译本;1980年,《外国文艺》第二期还发表了卡夫卡的两个短篇小说《绝食艺人》和《歌手约瑟芬,或耗子似的听众》。

1981年初,《外国文学》杂志发表了卡夫卡的四个短篇小说,它们是《判决》《乡村医生》《法律门前》和《流氓集团》。1982年,钱满素、袁华清翻译的长篇小说《审判》在湖南人民出版社出版,《美国》也发表了选译的第1章和第5章。1983年,为纪念卡夫卡诞辰100周年,《外国文艺》(第4期)刊出了一个"卡夫卡小说特辑",它包括三个短篇小说:《万里长城建造时》《地洞》《致科学院的报告》。同年《外国文学季刊》发表了卡夫卡的三个短篇小说:《司炉》《乡村教师》《老光棍布鲁姆费尔德》。1985年3月孙坤荣选编的《卡夫卡短篇小说选》由外国文学出版社出版,印数达到9000册。1987年这个版本第二次印刷,加印了6700册。这个选集收录了卡夫卡的20个短篇,卡夫卡的重要短篇小说几乎都被收录在内。1986年2月,孙坤荣翻译的《诉讼》在外国文学出版社出版,1987年,李文俊、曹庸"内部资料版"终于在上海译文出版社再版。此外,叶廷芳从20世纪80年代初着手编辑《论卡夫卡》,历时8年,于1988年出版。"该书汇集了七十年来外国学者各个时期写的有关卡夫卡的参考资料。"[①]叶廷芳的这部著作对于中国的卡夫卡学术研究具有重要的意义。该书在一定的程度上奠定了中国卡夫卡研究和译介的基础。总的来说,20世纪80年代,中国已经基本上完成了卡夫卡主要作品的译介工作。

从洛文塔尔的传播力场理论来看,卡夫卡作品20世纪80年代之所以在中国得到大规模和迅猛的传播,其中有多个原因:

---

① 参见何晶:《一条偏僻的路,但也给我走出来了》(专访2013年"诺贝尔文学奖"获得者门罗中译本《逃离》的译者李文俊),《羊城晚报》2013年10月21日B3版。

其一，"文化大革命"结束后，全国上下的解放思想运动给文艺界和文学翻译界带来温暖的春风。随着 1977 年前后中国对外国文学翻译和传播的解禁，被压抑多年的外国文学研究和翻译人员的译介和研究激情大面积迸发，卡夫卡文学作品的传播力场也发生了根本性改变，同样，这一情况也发生在对英美和欧洲其他国家的文学经典译介和传播上。

其二，"文化大革命"十年造成的读者阅读饥饿和外国文化思想和哲学伦理的接受需求被迅速释放，因而形成了 20 世纪 80 年代中国图书市场空前的繁荣，莫泊桑、契诃夫、果戈理、托尔斯泰、雨果、巴尔扎克等"文化大革命"前的外国文学经典的重印和再版激发了中国城市阅读饥民的接受狂潮。同时，按照当时的购买力计算，80 年代书价的低廉也是形成外国文学接受的有利因素，对当时并不富裕的中国人来说，大多数城市居民具有购买图书的能力。

其三，1977 年中国恢复高考制度，全国外语专科院校和普通高校的德语专业开始招生，同时，联邦德国学术交流中心（DAAD）开始向中国高校德语专业派遣文教专家，并向 DAAD 专家所在院校或德语专业配备大量的原版图书资料，其中就含有大量卡夫卡德语原版作品，一大批中国德语教师、德语文学研究者和大学生有机会直接接触到卡夫卡作品的原文，这为卡夫卡文学作品的译介与传播创造了良好的外部条件。

20 世纪 90 年代至 21 世纪初是卡夫卡文学经典作品的重译、复译、新译三种状态并存的时期。这个时期，英文转译版逐渐减少，译文的质量明显提高，德国文学研究和翻译界一大批学者开始进入卡夫卡翻译和研究的旺盛期，除了老一代卡夫卡研究和翻译学者叶廷芳、孙坤荣、高年生、谢莹莹等外，韩瑞祥、王炳钧、任卫东等也加入了卡夫卡研究和译介的队伍。这一时期的卡夫卡译介开始追求全面性和系统性，对卡夫卡的书信、生平、全集、分集等的译介有了很多成果。如 1996 年河北教育出版社出版了叶廷芳主编的《卡夫卡全集》；2003 年人民文学出版社出版了由韩瑞祥、杨劲、谢莹莹、王炳钧、叶廷芳、任卫东、薛思亮重译和新译的《卡夫卡小说》全三集；2004 年上海译文出版社出版的《卡夫卡文集》，其中就包括祝彦和张荣昌翻译的书信集；叶廷芳也于 2004 年 1 月在文化艺术出版社出版了《卡夫卡致密伦娜情书》。

对卡夫卡的文学作品的译介和经典生成同样重要的还有卡夫卡传记和生平资料的传播，1993 年，叶廷芳在海南出版社出版了《现代文学之父——卡夫卡评传》，杨恒达 1994 年在世界图书出版公司出版了《城堡里迷惘的求索——卡夫卡传》，阎嘉 1996 年在长江文艺出版社出版了《反抗人格：卡夫卡》，林和生 1997 年在四川人民出版社出版了《"地狱"里的温柔：卡夫卡》，杨恒达 2003 年在四川人民出版社出版了《卡夫卡》，杨恒达等还编写了浅显通俗的读物《变形的城堡——卡夫卡作品导读》，由上海世界图书出版公司 1999 年出版。一大批中文卡夫卡传记资料的出版以及国外汗牛充栋的原版和英文版的卡夫卡传记生平资料、书信、影像、手迹为中国卡夫卡研究者提供了翔实的研究资料，也为卡夫卡的进一步传播做好了基础建设。

第九章
《永别了，武器》的生成与传播

　　欧内斯特·海明威是美国 20 世纪最著名、最成功，也是最充满传奇色彩的作家。1953 年，他因创作中篇小说《老人与海》(*The Old Man and the Sea*)获得普利策奖，一年以后，他因这部文学经典的巨大成功而戴上了诺贝尔文学奖的桂冠。2001 年，海明威的《太阳照样升起》(*The Sun Also Rises*)和《永别了，武器》(*A Farewell to Arms*)两部作品被美国现代图书馆列入"20 世纪中的 100 部最佳英文小说"①。海明威绝不仅仅只是一个伟大的文学家，他也是 20 世纪最著名的战地记者和冒险家，他的战争经历以及他在深海捕鱼和丛林打猎的经历，他在世界各地的游历造就了他的一部又一部文学经典，《永别了，武器》《午后之死》《丧钟为谁而鸣》《老人与海》……

　　海明威的许多作品都带有强烈的自传性特点，他的丰富经历成全了他色彩斑驳的作品，也成全他获得了诺贝尔文学奖。早年他曾经在《堪萨斯星报》当记者，练就了语言简洁、句子短小精悍的文字风格。第一次世界大战结束后，他又在《多伦多明星报》驻巴黎记者站和其他小报当记者，在这段时间里，他认识了现代派文学大师如乔伊斯、庞德、艾略特、菲茨杰拉德(Francis Scott Key Fitzgerald)等，后来，海明威与菲茨杰拉德成为挚友。

　　海明威在美国文坛的地位不仅仅只是因为他继承和发扬了马克·吐温和格特鲁德·斯泰因(Gertrude Stein)的美国现代批判现实主义的传统，更是因为他提出了"迷惘的一代"，并且被公认为是"迷惘的一代"思潮

---

　　①　参见莱昂纳多·帕杜拉:《再见，海明威》，华慧译，杭州:浙江文艺出版社,2008 年版。

的代言人。他的作品以冷峻和简练务实著称，他自己则把文学创作归纳为所谓的"冰山理论"（或"冰山原则"），文学文本所显现的则像冰山一角那样，仅仅是意蕴的一小部分，海明威称露出的仅仅只是"八分之一"，文本和叙述的意义和内蕴绝大部分则藏在冰山的水面之下。

第一节 文本生成：战争的荒诞与爱情的空虚

海明威 1899 年 7 月 21 日出生在美国伊利诺伊州芝加哥西郊的橡树园镇，父亲是医生和体育爱好者，母亲从事音乐教育，同时也是一位早期的女权主义者。受母亲的影响，海明威从小就有艺术感知力和敏感性。海明威从小就与武器有缘，对冒险富有激情，这也许是受父亲和祖父安森和外祖父霍尔的影响，尤其是后两位老人，他们都参加过南北战争并表现神勇。海明威两岁多一点儿就开始玩战争游戏，把拾来的木片、木棍比作大口径短枪、长枪、来复枪、左轮手枪等。五岁时的一天，他急匆匆地跑进外祖父的房间，欣喜若狂地告诉霍尔，他赤手空拳单手拦住了一匹惊马。海明威六岁那年，他在学校的柴房里捆住了一只豪猪，然后兴致勃勃地用斧头把它砍成了碎块。[①] 从中可以看出他的性格中好斗和好胜甚至暴力的一面。少年时代，海明威就喜欢去密西根州北部的原始森林里去打猎、捕鱼。他的这种爱好很早就使他养成了粗犷豪放的性格，并与繁文缛节做法格格不入，对矫揉造作的文风嗤之以鼻。这不仅塑造了他敢作敢为的"硬汉"性格，也形成了他的为人和作文的风格，这种风格在他的人生旅途中，也在他的文学作品中表现得淋漓尽致。

高中毕业后，海明威更加显示出了这种自主自立、不受任何人约束的独特个性。当时他 18 岁，奥克帕克中学因他出色的学习成绩，决定保送他进入伊利诺伊大学，父母亲也非常希望他能去他姐姐玛丝琳正在就读的奥柏林学院学习。但是海明威拒绝读大学，而是去了在美国举足轻重的《堪萨斯星报》（*Kansas City Star*）当记者，从此正式开始了他的写作生涯。在《堪萨斯星报》工作 6 个月的过程中，海明威受到了良好的训练。但此时的海明威所心醉神迷的，不是上大学，而是惨烈的战争，是正在欧

---

① 参见吴元迈：《打不垮的硬汉：海明威评传》，《世界文学评介丛书》，海口：海南出版社，1993年版。

洲打得热火朝天的第一次世界大战。[1]

1918年,海明威以战地救护人员的身份奔赴意大利皮亚韦河地区参加第一次世界大战,并身负重伤。1919年伤愈回国后,他迁居加拿大多伦多,并在《多伦多星报》找到工作,成为自由作家、记者和海外特派员。1921年12月,海明威受《多伦多星报》派遣,前往巴黎记者站,给《多伦多星报》进行有关希土战争(1919年至1922年)的采访。在巴黎期间,海明威参与了"巴黎现代主义运动"。1928年至1937年这近十年中,海明威常年居住在佛罗里达州和哈瓦那,也曾远赴非洲旅行,这个时期,他创作了《午后之死》《非洲的青山》《乞力马扎罗山的雪》《弗朗西斯·麦康伯短促的幸福生活》等作品。

1937年至1938年间,他重返战场,以战地记者的身份奔波在西班牙内战前线。在西班牙内战期间,他将自己在西班牙的所见所闻写成了关于斗牛的小说《午后之死》。1940年,海明威发表了以西班牙内战为背景的反法西斯主义的长篇小说《丧钟为谁而鸣》。此外,他有关西班牙内战的散文《告发》很多年后于1969年附《第五纵队与西班牙内战的四个故事》出版。在第二次世界大战期间,他作为战地记者随盟军行动,并参加了解放巴黎的战斗。1950年,以第二次世界大战后的威尼斯为背景的《过河入林》出版。第二次世界大战期间,他继续从事战地记者的工作,他不时地将自己的记者身份变成战士,在法国朗布依埃的一支地下游击队担任指挥和顾问,1944年他在巴黎亲历了巴黎的解放并迎来了第二次世界大战的结束。

据史料记载,海明威生前曾受苏联和美国的情报机关青睐,被雇佣为情报人员,分别替这两个国家做过情报工作。1941年前后,他曾秘密加入苏联国家安全总局"克格勃",代号为"阿尔戈"。[2] 同时,他也为美国联邦调查局承担过收集情报的任务,1942年太平洋战争爆发之后,海明威在古巴哈瓦那接受美国联邦调查局的任务,提供潜伏在古巴的纳粹间谍的情报,并组织了代号为"犯罪工厂"的活动小组,每月在美国驻古巴大使馆领取1000美金的活动经费。[3] 1942年,他将自己的游艇改装成巡逻艇,侦察德国潜艇的行动,并配备了大功率电台、重机枪和其他装备,取名

① 参见吴元迈:《打不垮的硬汉:海明威评传》,《世界文学评介丛书》,海口:海南出版社,1993年版。

② 参见《前特工爆料海明威是"克格勃间谍"》,《国家人文历史》,2012年第20期。

③ 参见罗屿:《海明威曾是双料间谍》,《科学大观园》,2009年第22期。

为"秘密猎杀德国 U 型潜艇"活动，并为美国联邦调查局提供德国潜艇情报，但美国联邦调查局认为海明威的大部分情报均为虚构编造，联邦调查局主任胡佛(J. Edgar Hoover)称海明威是"半吊子间谍"①。从这个角度来看，海明威日后的文学经典《老人与海》的生成与他这段猎潜经历及背景也有一定的关系。②

海明威(前排右一)1941 年在重庆拜会余汉谋将军

此外，海明威 1941 年 1 月至 9 月前往中国访问一事也与美国联邦调查局有关，当年他访华的一项重要任务就是为美国联邦调查局收集中国情报，可谓"双料间谍"。杨仁敬在其编撰的《海明威在中国》一书中也翻译了相关史料佐证了这一事实，他在书中提到，美国著名研究专家海明威和传记作家麦克尔·雷诺兹(Michael Reynolds)在其五卷本《海明威传记》中详细地记载了海明威受美国联邦调查局的委托，为美国政府制定第二次世界大战期间对中国的政策提供情报的相关资料，其中包括蒋介石国民政府的抗日方针、国民政府与德国政府的关系、国共两党关系、共产党内部毛泽东与周恩来之间的关系等内容，并提出了中国必将发生内战的预判，为美国

① 参见罗屿：《海明威曾是双料间谍》，《科学大观园》，2009 年第 22 期。
② 海明威研究界一般认为，《老人与海》是基于古巴渔民的一个真实故事，但一个文学作品的生成往往基于多种原因以及多种原因的综合作用。

政府的对华政策提供了重要情报。① 但是海明威并不了解的是，因其左倾思想和亲共思想，他自己又同时被美国联邦调查局严格监控。②

　　1944 年，海明威随同美军去欧洲采访，在一次飞机失事中受重伤，但痊愈后仍深入敌后采访。第二次世界大战结束后，他获得一枚铜质奖章。1952 年他完成了《老人与海》的写作，1954 年前往乌干达，在那里他在两天内遭遇了两次空难，大难不死。海明威最爱在原始森林里打猎、深海捕鱼和拳击，但他最痴迷的却是斗牛，这些让他痴迷的冒险活动也营造了海明威所有文学作品中的氛围场和叙述场。他的文学形象身上都散发着这种强烈的冒险精神和挑战大自然的勇气。他的生活态度也是"迷惘的一代"的写照，美国作家格特鲁德·斯泰因曾经在 20 世纪 20 年代初对海明威说："你们都是迷惘的一代。"海明威把这句话作为他第一部长篇小说《太阳照常升起》的题词，"迷惘的一代"从此成为这批虽无纲领和组织，但有相同的创作倾向的作家的称谓。这些作家曾怀着民主的理想奔赴欧洲战场，但却目睹人类空前的大屠杀，经历种种苦难，意识到受"民主""光荣""牺牲"等口号的欺骗，对社会、人生大感失望，故通过创作小说来描述战争对他们的残害，表现出一种迷惘、彷徨和失望的情绪。这一流派既包括参加过第一次世界大战的菲兹杰拉德等，也包括没有参加过战争但对前途感到迷惘和迟疑的 20 世纪 20 年代作家，如艾略特和伍尔夫等。

　　1961 年 7 月 2 日，海明威用双管猎枪结束了自己的生命。

一、海明威的战争观

　　战争是海明威作品的主要题材，也是海明威作品生成的主要原因。1917 年 4 月 6 日，美国对德宣战，正式卷入第一次世界大战，这对从小憧憬战争的海明威来说是实现梦想的绝佳机会，也是一次最刺激的战争冒险。1918 年，海明威 19 岁，他辞去了报社的工作，不顾父亲的反对，申请参加前往欧洲参战的远征军，因视力不达标，被军方拒绝。但他仍然参加战地救护队前往意大利第一次世界大战的战场。《永别了，武器》就是海明威对那场战争的反思。从这一点来看，他和另一部重要的反战小说《西线无战事》，以及与这部小说的作者雷马克（Erich Maria Remarque）有许多相同的地方，与雷马克相同的是，他们在同一场战争中负伤，同样被手

① 杨仁敬编著：《海明威在中国》，厦门：厦门大学出版社，2006 年版，第 154—155 页。
② 参见罗屿：《海明威曾是双料间谍》，《科学大观园》，2009 年第 22 期。

雷炸伤,同样在战场上看到了那场战争的残酷和无意义。他们同样基于自己的亲身经历,通过文学方式表现出人类对战争的兴奋、憧憬、恐惧、厌恶和反战的过程。甚至他们出于记者的共同身份,连文学表达的风格都比较接近,都是用简洁的语言展示了战争的狰狞面目。所不同的是,海明威和雷马克恰好属于敌对的阵营,雷马克反战小说《西线无战事》的主人公保尔虽然是自愿参加战争,但雷马克并非自愿参加战争。与此相反,海明威则是完全在兴奋和狂热的情绪推动下自愿参加战争的。

从海明威所生活的美国社会语境可以看出,美国在 1917 年参战前后的气氛已经与第一次世界大战爆发初期有很大的不同,威尔逊政府因美国各种船只不断遭受德国潜艇无限制攻击,认为美国的国家利益受到威胁,美国被迫放弃战争初期的绥靖战略①,从向参战国提供军火装备和后勤物质供应商的角色转变为参战国的角色。威尔逊总统于 1917 年 4 月 2 日向全国发表美国参战演讲,他用理想主义口号号召美国青年为了"民主"和"世界最终和平"而战,"让民主享有安全"和"使世界最终获得自由"是美国青年人不可推卸的责任,他还宣称"在这场战争中,我们并无私利可图"②。

在威尔逊政府蛊惑下,无数美国青年怀着拯救世界民主的信念和维护正义的使命感,笃信不疑地中断了学业或工作,告别亲友,奔赴欧洲战场。1919 年 5 月 19 日,7500 名美国士兵在纽约第五大道接受威尔逊总统的检阅,美国著名作家多斯·帕索斯、E. E. 卡明斯和海明威等都在其中。海明威虽然因为视力问题而没有被直接批准入伍,但还是通过朋友关系参加了战时救护队,奔赴意大利前线。此时,他为阅兵庄严热烈的场面所感动,他说:"我激动得几乎要发狂。"③可以说,海明威和千千万万的美国青年一样,只是被威尔逊充满理想主义色彩的宣传诱惑卷入这场战争的。

海明威的战争观并不是在参战伊始就发生彻底的改变。他到意大利前线后对"亲临其境"的状态兴奋不已,急切地盼望上前线。他马上被批准上前线救护伤员。一次,他在战壕里运送伤员时,被对方的一颗炸弹炸伤,身边的两个士兵被炸死,他则身负重伤,但他仍然英勇地运送伤员。之后他被送进战地医院,动了 12 次手术,在身上取出了 200 多块"光荣"

---

① 美国在第一次世界大战爆发初期,采取了中立的立场,基本上不参与协约国和同盟国的矛盾冲突,而是利用这一机会向交战双方(主要是英国)提供后勤保障产品和军事装备,大发战争财。这一渔翁得利的战略在战争后期被打破。

② 张鑫编译:《美国的梦想》,北京:中国经济出版社,2008 年版,第 30 页。

③ 刘卫伟:《世界巨人大传——海明威》,呼和浩特:远方出版社,2006 年版,第 41 页。

的弹片。为此，他获得了意大利的国家最高荣誉奖章，战斗英雄荣誉奖章，海明威也是第一个获得此殊荣的美国军人。在前线的战地医院，以及在米兰的后方医院，他既没有对战争产生厌恶，或者直接反对这场资本主义列强的荒诞战争，也没有反思这场战争的罪恶本质，更没有对"神圣""光荣""牺牲"等欺骗性的词语产生质疑，而是继续对参与这场战争感到无比的光荣，他在给家人的信中写道："我想，当初如果我呆在家里，你们也许不会这样赞扬我，而且如果我在战场上牺牲了，你们又亲自看到讣告，那就更光荣了。"①

1919年1月，海明威凯旋回国，此时他仍然没有马上意识到这场战争的罪恶。他一下轮船，潮水般的赞誉向他涌来，他成了美国的民族英雄，纽约《太阳报》记者马上约他做了专题采访，第二天，纽约各大报纸就刊出了海明威的"英雄事迹"。家乡的《堪萨斯星报》《美洲芝加哥报》《奥克帕克报》都详细地报道了海明威的战功、授勋、康复以及他回到家乡的情况。为了表示对这位仪表堂堂、高大魁梧并充满爱国主义激情的青年英雄的感激和景仰之情，芝加哥的一些意大利籍的社团成员，为他组织了两次聚会。一些学校、俱乐部和教堂纷纷请他前去讲演，而每次讲演，在血迹斑斑、弹痕累累的裤子和战利品的烘托下，均能赢得热烈的欢迎。在接受《橡园新闻报》采访时，海明威认真严肃地说："我上战场是因为我想去，我身体好，国家需要我。我上战场，做了我应该做的事。在那里，我做的一切都是我应尽的职责。"②这时的海明威除了个人性格中捕杀涉猎的冒险爱好外，他仍然把参加第一次世界大战视为自己的责任，爱国主义仍然是参加战争的精神支柱。

其实，海明威还在意大利的时候，他的事迹已经传遍了美利坚，传遍了他的家乡。但是战争给他带来的光环很快就消失了，战争结束后不久，英雄就失去了社会和民众的兴趣，美国对于第一次世界大战的宣传逐渐降温，人们生活的重点回到了日常生活，海明威也回到了日复一日的平常之中。但是，海明威已经无法再回到日常生活，疼痛的身体、战争的记忆、情感的刺激已经改变了海明威的人类学意义上的个体存在。因为战争的噩梦和记忆已经成为他的生活内容，他曾试图在寻欢作乐中寻求遗忘。在1919年到1929年这长长的10年中，海明威有足够的时间，对他所经

① 贝克：《迷惘者的一生：海明威传》，林基海译，长沙：湖南文艺出版社，1992年版，第168页。
② 刘卫伟：《世界巨人大传——海明威》，呼和浩特：远方出版社，2006年版，第51页。

历的第一次世界大战进行反思，他的战争观也发生了变化，这一变化具体体现为从热情的参战到厌战，再到反战，从而反思参战的过程。同时，这个巨大的转变意味着海明威不同的文学作品生成过程。

海明威的厌战观主要反映在他 1926 年发表的第一部长篇小说《太阳照常升起》(*The Sun Also Rises*)中，在这部小说中，海明威并没有直接对战争进行描述，而是反映了战后回国的一代人的精神面貌。这在一定的程度上也反映了战争结束 6 年后海明威自己的精神状态，他以犀利的笔触反映了战争对人身体的摧残（小说主人公生殖器官的伤残）而揭示对人的心理摧残。海明威通过对一群从一战战场上走出来的青年人行为和思想的描述，通过对主人公丧失性能力的隐喻，表达了一代年轻人价值观的破灭，对社会前景的失落和迷惘，对社会行为能力的阳痿。性能力的丧失意味着繁殖后代能力的丧失，隐喻着对文化传承能力的丧失，意味着与未来关系的丧失以及理想主义的湮灭，"阳痿"这一隐喻不仅是厌战的表达，也是对前途的失望。《太阳照常升起》"是一部没有战争描写的小说，是一部有关丧失的小说，一个人的欲望、一个人的爱和生命的丧失"①。这便是格特鲁德·斯泰因所概括的"迷惘的一代"精神本质。

海明威于 1929 年发表的《永别了，武器》则是他的反战小说，在这部小说中，海明威如同雷马克一样，对战争的残酷做了直接的描写，如在小说的开头，海明威写道："一入冬，雨就下个不停，霍乱也随之而来。不过霍乱得到了控制，最后军队里仅仅死了七千人。"②小说一开始就以"仅仅死了七千人"震撼了读者，而且这七千人并非战斗减员，"仅仅"是因为一场传染病，由此可见，海明威在《永别了，武器》中对生命的看法已经发生了转变。与海明威的生平不一致的还有，在小说的第三部中，主人公亨利对混乱和溃败的意大利军队表示失望，也对美国政治所宣传的"为民主而战"口号失望，他逃离了军队，去追寻爱情。这实际上是一个隐喻，"叛逃"意味着价值观的转变，意味着海明威背离无价值的战争，去追寻有价值的"爱情"，"叛逃"是对自己幼稚的战争观的清算，因此在落河叛逃中，主人公的"愤怒和责任都在河里被冲洗掉了……我真想脱下军装……跟荣誉无关……我洗手不干了"③。从小说的情节中可以确定，在战后的 10 年时间中，海明威从喜战到厌战，最后终于发展到了反战的阶段。他在《永

---

① 李明娜：《战争于海明威的意义》，《社会科学论坛》，2001 年第 6 期。

② 海明威：《永别了，武器》，林疑今译，上海：上海译文出版社，2011 年版，第 4 页。

③ 同上书，第 255 页。

别了，武器》中反思道："什么神圣、光荣、牺牲这些空泛的字眼儿，我一听就感到害臊"，"我可没见到什么神圣的东西，光荣的东西也并不光荣，至于牺牲那就像芝加哥的屠宰场一样，不同的只是这里的肉不是送去加工而是被拿去埋掉罢了"。①

然而，海明威的战争观还在继续发生新的变化。1936 年 7 月，西班牙内战爆发，这是一场民主与反民主、反法西斯主义与法西斯主义性质的战争。② 对于这场战争，海明威有自己的看法，他说："对于一场战争只需要三个条件，必要的公共权力，正义的原因，正确的动机。"③于是，他不顾家人反对，特意预支稿费，积极募捐支援西班牙人民，并亲自踏上西班牙的土地，参加对佛朗哥法西斯的战争。尽管他当时是战地记者的身份，仍身处枪林弹雨之中。在西班牙内战中，他的情绪很高，他对不同的战争有了不同的判断，他说："我上次上战场是在意大利，还是个孩子，很害怕。在西班牙，我过了两个星期就不怕了，而且觉得非常高兴。"④西班牙内战期间，海明威先后四次奔向战场，八方呼号，声援西班牙人民。1937 年，他在第二届美国作家代表大会上做了《法西斯主义是一派谎言》的发言，他说："我们必须认识到，这些谋杀是强盗行为，是法西斯主义大规模的强盗行为。只有一个办法才能制服法西斯主义，那就是击败他……"④

海明威一生不仅多次参加战争，还长期从事战地记者工作，他报道过希土战争，报道过法国和比利时军队占领德国萨尔州的情况，他也参与了西班牙内战的报道工作。此外，海明威特别鲜明的个性所引起的许多事件⑤也使他成为 20 世纪颇有争议的作家。因此，对海明威的文学接受则一直存有不同的声音和不同的立场。这种声音在德国和奥地利最为突出，其主要原因是海明威涉嫌暴力行为和在战争期间涉嫌违反国际法。根据海明威公开发表的一封信中所提及的内容，他在两次世界大战中不同的境况下一共杀死了 122 名德国士兵，其中包括战俘。在另一封信中

---

① 海明威，《永别了，武器》，林疑今译，上海：上海译文出版社，2011 年版，第 206 页。

② 西班牙内战是 1936 年 7 月 17 日—1939 年 4 月 1 日发生的一场内战，由共和国总统曼努埃尔·阿扎尼亚的共和政府军与人民阵线左翼联盟对抗以弗朗西斯科·佛朗哥为中心的西班牙国民军和长枪党等右翼集团；反法西斯的人民阵线和共和政府有苏联和墨西哥的援助，而佛朗哥的国民军则有纳粹德国、意大利王国和葡萄牙的支持，西班牙内战被认为是第二次世界大战发生的前奏。

③ Ernest Hemingway, *Selected Letters*, 1917—1961, Baker, Carlos. ed., New York: Charles Scribner's Sons, 1981, p. 97.

④ 李明娜，《战争于海明威的意义》，《社会科学论坛》，2001 年第 6 期。

⑤ 如海明威的暴力倾向、间谍活动和接连不断的绯闻和婚姻变故，直至他的自杀行为等。

他也提到，他亲手开枪处决了一名战俘，在枪杀的过程中采用了多次枪击的方法。由于海明威涉嫌战争暴力行为，第二次世界大战结束后曾有专门委员会调查过海明威的违反国际法的战争罪问题，但听证会及调查结果证实，海明威并没有明显触犯相关法律法规。德国汉堡大学 2008 年的一项鉴定也确认，有关海明威在信中提及的枪杀战俘事件"纯属文学虚构"①。尽管如此，海明威的信件仍然引起众多的讨论。德国黑森林地区的特里贝格市（Triberg）2002 年在公众的抗议下，取消了原计划举办的"海明威周"活动。② 在奥地利的施隆斯（Schruns），当地居民还因在海明威故居建造塑像而引起抗议活动。

二、《永别了，武器》的生成

《永别了，武器》是欧内斯特·海明威 1929 年在美国斯克里布纳出版社（Charles Scribner's Sons）发表的一部自传性长篇小说，这部小说以作者在第一次世界大战期间的意大利战场为叙述场，将战争和爱情两条线索交织在一起，讲述了主人公弗雷德里克·亨利中尉与英国护士凯瑟琳·巴克利的爱情故事。这个故事基本上基于海明威在意大利威尼斯参加第一次世界大战的经历以及负伤、养伤期间的爱情生活。中译本首译者林疑今认为，海明威于 1922 年就完成了小说的初稿，但手稿被小偷偷走，只好重新创作。③ 但这一说法似乎并没有得到研究界的证实。一般认为，海明威可能在巴黎开始构思和创作这部小说，也可能在巴黎写过一些片段，但是小说直到 1928 年才在美国阿肯色州的皮戈特（Piggott）、佛罗里达的基韦斯特岛和老家堪萨斯陆续完成，因为《永别了，武器》中凯瑟琳的难产情节源于海明威当时的妻子波林的难产和剖宫产经历。这部小说的生成时间较之海明威的其他作品都要长，其原因首先在于第一次世

---

① „Die Anschuldigungen wurden nun aber durch ein von der Kommune in Auftrag gegebenes Gutachten der Universität Hamburg entkräftet, die Schilderungen des Schriftstellers waren demzufolge fiktional. Die Angaben Hemingways ' entsprangen mit an Sicherheit grenzender Wahrscheinlichkeit der Phantasie des alternden Dichters ', heißt es darin„. In: APA, 26. März 2008; zit. nach: „ Schruns erhält Ernest-Hemingway-Denkmal ", 26. März 2008 Hans-Peter Rodenberg, Universität Hamburg: „Gutachterliche Stellungnahme zum Vorwurf des Begehens von Kriegsverbrechen durch den amerikanischen Schriftsteller Ernest Hemingway", Hamburg, 26. Oktober 2007, PDF, 5,4 MB, S. 9.

② Ebd.

③ 参见林疑今：《译本序》，《永别了，武器》，上海：上海译文出版社，2011 年版，第 2 页。

界大战和他的第一次爱情经历在他身上留下了非常深刻的烙印,其次他动荡的记者生活也不容他有安定的长篇小说创作时间。1922 年到 1929 年间,他不仅在欧洲各国游历,还经历了两次婚姻。但其中最重要的一个原因是他需要有一段较长的时间去反思、消化他的战争经历和他的那段初恋经历。

《永别了,武器》于 1929 年 5 月到 10 月以连载的方式首先发表在美国斯克里布纳出版社的文学杂志上,1929 年 9 月 27 日以单行本方式出版,首次印量为 31000 册。小说出版后得到评论界一致认可和赞誉,小说不仅使海明威获得了前所未有的高额稿酬,而且不久即被改编成话剧和电影,搬上了舞台和银幕。这部书的出版也使得海明威摆脱了长年的经济拮据状态。

有关战争和爱情这一双重主题,海明威似乎想在《永别了,武器》这个书名上表明。"A Farewell to Arms"这一短语最早出现在乔治·皮尔(George Peele)发表于 1590 年的诗歌名称中,乔治·皮尔的这首以"A Farewell to Arms"为标题的诗是献给伊丽莎白女王的。他在诗中颂扬了一个名为亨利的骑士,亨利因年事过高而无法再参加女王的比武大会,皮尔的这首诗表达了一种青春逝去、武功不再的失落情绪。[1] 海明威曾为选择书名而煞费苦心,他曾经想用"In Another Country and Besides"(《他乡之外》)这个书名,这一书名源于英国 16 世纪剧作家克里斯托弗·马洛(Christopher Marlowe)的《马耳他岛的犹太人》(*The Jew of Malta*)[2],海明威这一选择的出发点也许是对参加战争和爱情失败的"自我惩罚",如《永别了,武器》的德文版翻译就采用了这个书名。[3]

海明威最终选择"A Farewell to Arms"作为书名实际上蕴含着海明威想表达的双重意义,既表达了对战争的告别,也表达了失去爱情的无奈。在英语"A Farewell to Arms"中的"Arms"既有"武器"的意思,也有(双臂)"拥抱"和"怀抱"的意思,"武器"象征着"战争",而"拥抱"则象征着"爱情"。因此,"永别了,武器"和"永别了,爱情"这两层意思已经蕴含在

---

① Arthur Quiller-Couch ed. , *The Oxford Book of English Verse*:1250—1900 (volume 1), Blumenfeld Press, 2008, p. 142.

② 《马耳他岛的犹太人》是马洛的另一部著名的剧作,主人公是家财万贯、贪婪残忍、诡计多端的巴拉巴斯。作者通过刻画一个对金钱财富永无休止追求的拜金主义者巴拉巴斯,鞭挞了资本原始积累时期的种种丑恶。巴拉巴斯为报复财富的丧失而使女儿死于非命,他阴谋反叛,先将马耳他岛出卖给土耳其人,然后又策划将土耳其征服者投入沸锅蒸煮,结果却使自己葬身火海。

③ 德文版的书名为:In einem andern Land,意为"在另一个国度"。

书名"永别了，武器"之中。当然，在中文翻译中，这一双重意义无法得到体现。林疑今 20 世纪 30 年代出版的首个中文译本名为《战地春梦》，采用这个书名似乎想把这层意思涵盖进去，但是到了 1950 年，《战地春梦》改名为《永别了，武器》，以后的版本均采用了后者为书名。

如上文提及，《永别了，武器》的生成主要基于海明威在第一次世界大战期间的经历，海明威 1918 年 6 月随美国红十字会战地救护队开赴欧洲战场，海明威的具体工作是救护队的司机，救护站驻扎在意大利威尼斯附近的皮亚韦河畔福萨尔塔。不久海明威就通过切身经历体会到了战争的真实面孔。那次经历是指他参战不久的一次战斗情况：1918 年 7 月 8 日深夜，驻地附近的意军遭到了德军的袭击，那天海明威向前线的意大利士兵运送香烟和巧克力等物质，在战斗中，海明威在抢救伤员时被迫击炮击中，一条腿被严重炸伤，身上共被两百多片弹片击中，但他在身负重伤的情况下仍然救出了两名意大利伤员。海明威经过 5 天手术抢救后被送往米兰，在米兰的后方战地医院养伤期间，他结识了一个美国护士阿格纳斯·冯·库洛夫斯基·施泰因费尔德（Agnes von Kurowsky Stanfield），并与这个来自华盛顿的漂亮护士有过一段不幸的热恋，当年海明威 19 岁，阿格纳斯 26 岁。这段战争经历和不幸的爱情日后成了《永别了，武器》的主要内容。

施泰因费尔德是《永别了，武器》中的主人公凯瑟琳·巴克利的原型。她出生在美国费城（Philadelphia）的一个德裔教师家庭，她原先是华盛顿图书馆的图书管理员，1914 年离开图书馆去护士学校学习。1918 年第一次世界大战期间，施泰因费尔德参加美国红十字会的救护队，被派往米兰的美国红十字会医院里当护士。1918 年 7 月 12 日，她认识了 19 岁的伤员海明威。在海明威养伤期间两人相爱，并且准备在海明威 1919 年 1 月回美国后结婚，几个月后，即在 1919 年 3 月 7 日，海

凯瑟琳的原型施泰因费尔德

明威接到施泰因费尔德的一封信，她告诉海明威，自己爱上了一个意大利军官。尽管她后来也回到了美国，但是两人再也没有相聚。在海明威自杀身亡之前，施泰因费尔德与海明威的这段短暂的爱情并不为世人所知，

1961 年,海明威的弟弟莱切斯特·海明威(Leicester Hemingway)在撰写一部有关哥哥海明威的传记的时候,因收集相关资料曾经在佛罗里达州的基韦斯特(Key West)造访过施泰因费尔德,施泰因费尔德曾向莱切斯特回忆过有关她与海明威相恋的这段经历,并提供了一些老照片。海明威与施泰因费尔德的这段爱情故事 1996 年被拍成故事片《爱情与战争》(In Love and War)。海明威在意大利的这段经历和爱情后来成为他多部文学作品的题材,除了《永别了,武器》之外,他还写成了短篇小说《一个特别短小的故事》(A Very Short Story)以及《乞力马扎罗山上的雪》(The Snows of Kilimanjaro)等作品。

除了施泰因费尔德以外,海明威还将凯思琳·坎内尔(Kathleen Cannell)这一人物移植到了小说中去。她就是《永别了,武器》中的与凯瑟琳在同一家医院里当护士的苏格兰人海伦·弗格森的原型。凯思琳·坎内尔也是美国人,在去巴黎之前,她是《基督教科学箴言报》的舞蹈评论家。第一次世界大战期间和 20 年代,她是美国驻巴黎的时尚杂志记者和舞蹈演员,艺名为"丽哈妮"(Rihani),在巴黎美国人圈子里十分有名,"她穿着松鼠皮外套,戴着黄色的帽子,街上的所有人都会盯着她看"[1]。海明威夫妇在巴黎期间与坎内尔过往甚密,将这个人物性格写进《永别了,武器》也就顺理成章了。这也从另一个侧面说明,海明威在巴黎期间就已经开始构思并创作这部小说了。

从版本学上看,《永别了,武器》在出版过程中也发生了一些演变,可以发现,在早期的版本中,shit,fuck 和 cocksucker 等词语均被删除,或改为破折号。海明威对这些删去的文字甚为不满,他至少有两次亲手填写了被删去的词语,一次是他给文学批评家和翻译家莫里斯·孔德(Maurice Coindreau)的版本;另一次是他给乔伊斯的版本。遗憾的是,海明威亲手恢复的文本尚未完全纳入现代出版的版本里。孔德翻译的法文版和西班牙文版是否采用了海明威的"恢复版"尚需考证。然而,也有一些有声读物版本和未经审查的版本采用了海明威的"恢复版"。值得注意的是,这部小说直至 1948 年才在意大利出版,因为墨索里尼法西斯政权认为这部小说玷污了意大利军队的荣誉,尤其是小说中对卡波雷托战役的描述以及小说中的叛逃行为等。而事实上,费尔南达·皮瓦诺

---

[1]　Humphrey Carpenter, *Geniuses Together*, *American Writers in Paris in the 1920s*, London: Unwin Hyman, 1987, p. 101.

(Fernanda Pivano)1943年就秘密翻译《永别了,武器》的意文版,这也导致她被都灵当局逮捕和监禁。

从以上史料和相关背景研究来看,海明威文学经典《永别了,武器》的生成具有作家本身错综复杂的主观心理原因和当时欧洲和美国的社会文化原因,但归纳起来主要有两个原因:

第一,海明威的战争观发生了变化,在战争结束后,他的悲观和厌战的情绪十分强烈,甚至可以说是虚无主义的代表人物,因此也被斯泰因称为"迷惘的一代",但在海明威的成长和成熟的过程中,尤其是20年代在巴黎期间,他接受了欧洲社会主义思想,在欧洲逗留期间担任战地记者,采访了希土战争和西班牙、意大利等地,如在采访墨索里尼时,他就对法西斯思想产生了警觉。另外,他在欧洲与格特鲁德·斯泰因、艾略特、菲茨杰拉德、毕加索等进步和反战文人的交往,使他从一个热衷于冒险和喜爱武器和战争的年轻人逐渐成为一个具有左倾思想和同情社会主义思想的文学家,他的战争观也在第一次世界大战结束到发表《永别了,武器》这部小说的近十年时间里发生了质的转变,即完成了喜战到厌战,再到反战的转变。

第二,海明威与阿格纳斯·冯·库洛夫斯基·施泰因费尔德的短暂爱情,或者说海明威不幸的初恋,也是小说生成的另一个重要原因。施泰因费尔德对他的背弃深深地刺激和伤害了海明威的"硬汉"个性,海明威为此曾在相当长的一段时间一蹶不振,当他收到施泰因费尔德的绝情信后,他愤恨、恼怒、惶恐不安,直至持续高烧,大病一场。这次恋爱的失败对海明威的一生都产生了巨大的影响。这部小说的生成说明了战争给作家带来的伤痛和爱情破灭后的失落就是两次沉重的打击,使海明威难以忘怀。经过近十年的反思形成的这部小说反映的并非仅仅是战争和爱情的本身,还是战争对人的毁灭和摧残。

第二节 《永别了,武器》中文译本比较

一般认为,《永别了,武器》较早的中文译本是20世纪三四十年代出版的《战地春梦》,译者为林语堂的侄子林疑今,出版时间虽称"30年代初",但缺乏传论,很不确定。据林疑今称,这个版本在民国时期屡经再版

翻印，"到了解放初期，修订了一次，改名为《永别了，武器》"①。此外还有余犀翻译的《退伍》，翻译年代为 1939 年和 1940 年间，目前看来，《永别了，武器》最早的中译本可能是余犀翻译的《退伍》。

一、《永别了，武器》的中译本生成

林疑今曾经在 1988 年提到过他接受和翻译海明威这部小说的背景，他说："海明威被介绍到中国来，大概有 50 多年了。记得初次介绍他时，我正困居上海孤岛，半壁江山，尽在日寇铁蹄之下。人从美国回来，东奔西走，找不到适当的职业，只好待业在家。"②从这段文字可以看出，林疑今在 1937 年前后接触到海明威，但是他当时并没有翻译海明威，这么看来，目前大多数人认为林译本出自"30 年代初"的说法不一定准确。而从黄源、叶灵凤、施蛰存、赵家璧等人介绍海明威的时间算起③，林疑今先生1988 年所说的"50 多年"比较符合实际。林疑今于 1936 年赴美国哥伦比亚大学学习英美文学。他在出国之前可能就接触到了有关海明威的介绍文章。1940 年底或 1941 年初，即在上海"孤岛时期"的最后阶段，林疑今回国，因为 1941 年 4 月 7 日，林疑今在《大公报》第 2 版和 4 月 8 日第 1 版分别发表了《介绍海明威先生》的文章。④ 同时，林疑今还提到，他"曾经翻译过西方一些有关第一次世界大战的小说，如雷马克的《西部前线平静无事》（《西线无战事》）等，所以在海明威的作品中也就选择了《永别了，武器》。译文起初的译名叫做《战地春梦》"⑤。林疑今还说，1941 年春天，海明威访问中国到达重庆时，他在"嘉陵江畔受到人民的热烈欢迎，促使陪都人民熟悉海明威的除了《战地春梦》和《战地钟声》外，当时可能更多来自冯亦代有关西班牙的故事和剧本的翻译"⑥。这样看来，林译本出版的

---

① 林疑今：《译本序》，《永别了，武器》，上海：上海译文出版社，2011 年版，第 1 页。

② 林疑今：《原版序》，《海明威在中国》，杨仁敬编著，厦门：厦门大学出版社，2006 年版，第 1 页。

③ 参见黄源：《美国新进作家汉敏威》，《文学》1 卷 3 期，1933 年；叶灵凤：《作为短篇小说家的海敏威》，《现代》5 卷 6 号，1934 年；施蛰存：《从亚伦坡到海敏威》，《新中华》3 卷 76 期，1935 年 4 月；赵家璧：《海敏威的短篇小说》，《新中华》，3 卷 7 期，1935 年 4 月；赵家璧：《海敏威研究》，《文学季刊》，2 卷 3 期，1935 年。

④ 参见杨仁敬编著：《海明威在中国》，厦门：厦门大学出版社，2006 年版，第 276 页。

⑤ 林疑今：《原版序》，《海明威在中国》，杨仁敬编著，厦门：厦门大学出版社，2006 年版，第 1 页。

⑥ 同上书，第 2 页。

时间大约应该在 1941 年春。海明威 1941 年 4 月 6 日由桂林飞往重庆,
一天以后林疑今就发表了《介绍海明威先生》一文,介绍了他翻译的《战地
春梦》,此时译本应已经刊出。

可以确定的是,在 20 世纪 90 年代之前,中国主要流传的《永别了,
武器》是林疑今的译本,林疑今先生首先将书名改为《永别了,武器》这
一点也确定无疑,而且时间是在"全国解放后,在上海重印时"①,但是具
体重印时间和出版社尚存疑惑。据杨仁敬的《海明威作品中译本目录索
引》(1933—2005)②收录情况看,林译本的《永别了,武器》是新文艺出版
社 1957 年出版的版本。但这是否就是林疑今所说的"解放初期修订过
的"③版本则不得而知。此外,贵州人民出版社于 1981 年还继续出版了
林译本《战地春梦》。④ 1991 年,汤永宽重译本《永别了,武器》在浙江人民
出版社出版。2012 年,译林出版社也推出了孙致礼、周晔重译《永别了,
武器》。

二、《永别了,武器》中译本的比较

除了上述三个译本外,还有不少其他译本,但上述三个译本影响力较
大,下面就林疑今,汤永宽和孙致礼、周晔的三个《永别了,武器》译本以及
林疑今的《战地春梦》做一比较分析:

第一,三个译本出现的传播力场差异。林译本《战地春梦》在 1941 年
译出,翻译和传播的主要背景是战争和动乱,译者选择这部小说来翻译一
方面表达了他对战争的厌恶,另一方面表达了对日本侵略者的抵抗。同
时,选择翻译这部小说也符合当时读者渴望和平和幸福安宁的生活的基
本诉求。译者林疑今也许出于对小说的和平反战主旨的热爱,在"全国解
放后,在上海重印时",将小说改名为《永别了,武器》,虽然小说书名隐去
了对"春梦"的直接表达,但是对遭受长期战火和侵略者铁蹄蹂躏的中国
人民来说,无疑是一个十分恰当的选择。小说书名的改译也反映了译者
当时的心情和对时局的理解,因此译者才会对小说改名重印后"在国内一

① 林疑今:《原版序》,《海明威在中国》,杨仁敬编著,厦门:厦门大学出版社,2006 年版,
第 2 页。

② "瓦利特"一词为法语"théâtre de variétés",意为"娱乐场",源于拉丁语中的"vatietas",意为
"多彩多样",瓦利特剧场通常演出混合编排的歌舞杂技节目。

③ 林疑今:《译本序》,《永别了,武器》,上海:上海译文出版社,2011 年版,第 1 页。

④ 杨仁敬编著:《海明威在中国》,厦门:厦门大学出版社,2006 年版,第 268 页。

个不大不小的重点大学图书馆"因"宣传无原则的和平主义"遭到禁止而耿耿于怀。①

汤永宽的译本于 1991 年由浙江文艺出版社推出，这是继林译本后的一个重要译本，汤永宽于林译本问世半个世纪后重译，这不仅得益于中国改革开放后社会形态发生了巨大的变化，读者群也已经更新换代，更重要的是对外国文学的认识也发生了根本的改观，林疑今接受和翻译海明威时的战战兢兢，此时早已一去不复返，外国文学的译介处在新的高潮期。孙致礼和周晔的版本（下称孙周版）为 2012 年的重译版，这个版本距汤译本出版已有二十余年，距林译本出版七十余年，中国社会已经进入了和平崛起的新时代，海明威这部小说的接受环境也发生了翻天覆地的变化，新一代读者的价值观、爱情观、和平观都与前两个译本时期不同，甚至在语言习惯和语言美学上也发生了较大的变化。进入 21 世纪后，《永别了，武器》作为外国文学经典，海明威作为诺贝尔文学奖获得者，在中国社会的地位非常稳固，各大出版社推出了更多的译本，图书市场趋于多元化。

需要指出的是，1957 年林疑今先生的《永别了，武器》版本在新文艺出版社进行过一次修订，之后在林疑今生前②又多次修订。特别是在 1980 年，上海译文出版社对林疑今译本又组织了一次修订再版，1981 年贵州人民出版社重印了林译《战地春梦》旧版本。由此看来，林疑今译本较多，比较混杂。据逻辑判断，林疑今先生应该参与了上海译文出版社的 1980 年的修订。林疑今去世后，上海译文出版社又对上述版本于 20 世纪 90 年代、21 世纪初，以及 2011 年再次组织修订出版。《永别了，武器》的另一名译者汤永宽先生曾经是上海译文出版社的副总编辑，因此他也应该知晓甚至参与了林译本的修订工作，而汤译本则于 1991 年在浙江文艺出版社出版。

第二，林疑今先生有很好的家学渊源，他又曾赴美国哥伦比亚大学留学，攻读欧美文学，是我国英美文学翻译的大家，但他的译本由于时间久远，又因翻译条件所限，以及 20 世纪 40 年代中国出版社的编辑水平所限，林译本的《战地春梦》中难免出现一些误译或不妥现象，如对俚语和口语中的一些用法的理解错误、对一些缩写语的理解错误以及翻译风格不符合当代读者阅读口味的问题。再加上海明威的文字简练直接，口语对

---

① 林疑今:《原版序》,《海明威在中国》,杨仁敬编著,厦门:厦门大学出版社,2006 年版,第 1 页。

② 林疑今先生 1992 年 4 月 28 日去世。

白很多,更容易因文化差异和口语、俚语等造成误读。不少研究者在林译本中找到过一些这样的错误,并予以纠正[①],但这不能否定林译本的美学价值。再如翻译风格问题,在 20 世纪 30、40 年代,中国的外国文学翻译推崇"硬译",再加上语言习惯的不同,书写文字从文言文到白话文的转变历史尚短,翻译文字与今天的阅读习惯差异较大,这些都是林译本的一些特点。

第三,下面通过小说的开头一段翻译文字来分析译文[②],可以大体得出林译本《战地春梦》《永别了武器》以及汤译本和孙周译本的《永别了,武器》四个版本的翻译风格和特点。四种翻译做了如下的表达:

版本	译文
林译本《战地春梦》1942	那一年炎夏,我们住在乡下一间小房子里。从我们那座房子,看得见隔河的平房,平原同山连在一起。河底有圆石子,在太阳光下又白又滑;河水又蓝又清,水流得很快。军队从房子旁边的路上走过,卷起尘沙洒在树叶上。树干积满灰尘,树叶早落。军队一开过去,尘沙满天,微风一吹,树叶儿就坠。军队走完以后,路上除落叶外,白白漫漫,空无一物。
林译本《永别了,武器》2011	那年晚夏,我们住在乡村的一幢房子里,望得见隔着河流和平原的那些高山。河床里有鹅卵石和大圆石头,在阳光下又干又白,河水清澈,河流湍急,深处一泓蔚蓝。部队打从房子边走上大路,激起尘土,洒落在树叶上,连树干上都积满了尘埃。那年树叶早落,我们看着部队在路上开着走,尘土飞扬,树叶给微风吹得往下纷纷掉坠,士兵们开过之后,路上白晃晃,空空荡荡,只剩下一片落叶。

---

① 如郑镇隆、何正国在《永别了,武器》林疑今译本中的误译分析中将错误分为理解错误、表达错误、选词不当、翻译腔等,并列举了"five against one""go to hell"等俚语的错误翻译和对缩写语 M. O. B. 的错误翻译。

② In the late summer of that year we lived in a house in a village that looked across the river and the plain to the mountains. In the bed of the river there were pebbles and boulders, dry and white in the sun, and the water was clear and swiftly moving and blue in the channels. Troops went by the house and down the road and the dust they raised powdered the leaves of the trees. The trunks of the trees too were dusty and the leaves fell early that year and we saw the troops marching along the road and the dust rising and leaves, stirred by the breeze, falling and the soldiers marching and afterward the road bare and white except for the leaves. (Ernest Hemingway: *A Farewell to Arms*, Copyright 1929 by Charles Scribner's Sons, copyright renewed 1957 by Ernest Hemingway, New York, America.)

版本	译文
汤译本《永别了，武器》1992	那年深夏，我们住在村里的一所房子里，越过河和平原可以望见群山。河床里尽是卵石和大圆石，在阳光下显得又干又白，河水清澈，流得很快，而在水深的地方却是蓝幽幽的。部队行经我们的房子向大路走去，扬起的尘土把树叶染成了灰蒙蒙的。树干也蒙上了尘土。那年树叶落得早，我们看到部队不断沿着大路行进，尘土飞扬，树叶被微风吹动，纷纷飘落，而士兵们向前行进，部队过后大路空荡荡，白茫茫，只有飘落的树叶。
孙周译本《永别了，武器》2012	那年晚夏，我们住在乡村一幢房子了，那村隔着河和平原与群山相望。河床里有大大小小的鹅卵石，阳光下又干又白，河水清澈，水流湍急，深处一片蔚蓝。部队打房前顺着大路走去，扬起的尘土洒落在树叶上。树干也积满了尘埃。那年树叶落得早，我们看着部队行进，尘土飞扬，树叶被微风吹得纷纷坠落，士兵们开过之后，路上空荡荡，白晃晃的，只剩下一片落叶。

首先来看四种译文①的准确性，仅从林译本贵州人民出版社 1981 年重印的《战地春梦》开篇第一段的译文来看，显然存在着某些误译和不准确的翻译，如原文中的"late summer"被译成了"炎夏"；"a house in a village"被译成了"乡下的小房子"，译者不但增加了一个"小"字，"in a village"也被译成了"乡下"；"望到山"误译成"望到平房"等。第二句中"the bed of the river"也被译成了"河底"，这样，下文中的河水状态就很难译了，这些石头"dry and white"只能译成"又白又滑"了，因为它们在水中了。而在原文中，这些石头都在河床上，不在水下。当然，这些翻译在一定的程度上都是可以被认可的，但是仍然有些遗憾，相比之下，林译本的《永别了，武器》就对上述误译和不准确的翻译进行了修订，除了上面的文字外，林译本对"河床"中的"鹅卵石"和"大圆石"译法做了调整，因此也把它们在阳光下的状态修订为"又干又白"（dry and white in the sun）。由此看来，《战地春梦》的翻译也许比较粗糙。与此相比，林译本的修订版则比较细腻、准确。当然，汤译本和孙周译本在开头的这一段文字中基本上保持了忠实于原文、准确无误的翻译。

---

① 四种译本分别选自林疑今译《战地春梦》，贵阳：贵州人民出版社，1981 年版；林疑今译《永别了，武器》，上海：上海译文出版社，2011 年版；汤永宽译《永别了，武器》，杭州：浙江文艺出版社，1992 年版；孙致礼、周晔译《永别了，武器》，南京：译林出版社，2012 年版。

其次，译文的简洁程度各不相同。从四个译本开头一段的文字来看，译者都有自己的特色，林译本文字最为简洁，《战地春梦》中的这段文字共157字，林译本《永别了，武器》中这段文字为174字，汤译本为190字，孙周译本为163字。如果从海明威原作的简洁、直铺、白描的报纸新闻风格来看，汤译本的文字则显得比较冗长。对比《永别了，武器》的三个译本，林译本和孙周译本比较接近，不排除孙周译本吸收了林译本简洁的文字风格，如"河水清澈，河流湍急，深处一泓（片）蔚蓝"（14字），而汤译本则是"河水清澈，流得很快，而在水深的地方却是蓝幽幽的"（21字）。又如林译本的"部队打从房子边走上大路，激起尘土，洒落在树叶上，连树干上都积满了尘埃"（30字）。孙周译本也同样简洁："部队打房前顺着大路走去，扬起的尘土洒落在树叶上。树干也积满了尘埃"（30字）。而汤译本则是"部队行经我们的房子向大路走去，扬起的尘土把树叶染成了灰蒙蒙的。树干也蒙上了尘土"（37字）。这段文字的简洁度基本反映了三个不同译本的总体情况，如林译本的《永别了，武器》总页数为319页，孙周译本为365页，而汤译本则达到459页。除去各种版本的排版方式的因素，汤译本从总体上看文字不如其他两个版本来得简洁。从上面所分析的例句来看，也许汤永宽追求的是口语化的表述，而林疑今和孙周译本更加追求文字的凝练。

再次，从译文文字的审美情趣来看，四个版本也各有特色。林译本《战地春梦》的第一段文字虽然存在误译和不够准确的地方，但是文字朴素，画面感强，经修订后，林译本则文字更加优美，整段文字出现"又干又白""河水清澈""河流湍急""一泓蔚蓝""激起尘土""尘土飞扬""树叶早落""纷纷掉坠""空空荡荡"九个四字结构，这些四字结构与其他并列结构如"河流与平原""鹅卵石与大圆石头"等组合在一起，既简练又优美，达到很好的效果。与此相似，孙周译本也传承了林译本的这种风格，在此基础上又增加了"群山相望""大大小小""空荡荡，白晃晃"等结构，进一步增加了文字的节奏感，犹如军队行进中的节奏。汤译本则以叙述性文字为主，但也十分注重文字的优美，除了使用四字结构外，还采用若干个三字结构，如"蓝幽幽""空荡荡""白茫茫"，也颇有意境。四个文本均在原文的解读上花费了心思，来表达"the road bare and white except for the leaves"的意蕴。四个文本在文字上均营造出一种"人去楼空"的效果，如《战地春梦》的"白白漫漫，空无一物"；林译本和孙周译本的《永别了，武器》都用了"路上白晃晃，空空荡荡，只剩下一片落叶"的表述。汤译本也是"大路空荡荡,白茫茫,只有飘落的树叶",这样的表述营造出一种千古悠悠,悲苍凄凉的感觉。

最后,四个译本均竭力逼近海明威"冰山理论"将八分之七内蕴隐于水下的创作思想,《永别了,武器》开头这段文字很明显与小说的结尾遥相呼应,小说开头是用第一人称视角叙述了军队的离去,隐秘地点出了"A Farewell to Arms"这个双重意义中蕴含的"永别了,战争"这一主题,也表达出第一人称叙述者的失落心情,主人公的心情与飘落的树叶一样,此时"白白茫茫,空无一物"。殊不知这个开头与小说的结尾形成对比。海明威为了表达对凯瑟琳难产,与象征爱情的婴儿一起死去的悲痛,为了隐喻自己的情人阿格纳斯·冯·库洛夫斯基·施泰因费尔德离己而去的那段失恋经历,他特意对小说结尾修改了三十多遍,最后他写成:"但是我把她们都赶出去,关了门,灭了灯,也丝毫没用,那就像跟石像告别,过了一会儿,我走出去,离开了医院,在雨中走回旅馆。"①这样就成功地表达出了小说"永别了,爱情"这另一个主题。在林译本和孙周译本中,译者均采用了"在雨中走回旅馆"这一译法,显得十分得体,而汤译本中的"冒着大雨走回旅馆去"②则显得稍稍弱了一些,显而易见,"冒着大雨"不如"在雨中"那么悲切和无奈,林疑今的《战地春梦》最早也是用"冒雨"的表达,后来改为"在雨中"。海明威的原文为"... walked back to the hotel in the rain",读者很容易发现,海明威用"in the rain"结束小说有特别的用意,英文单词"rain"既象征着凯瑟琳死去后的"与石像告别"的无奈,又象征着"眼泪""凄凉"和"孤独",这与开头的"飘落的树叶"意境十分相似,"在雨中走回旅馆"的翻译完全把海明威的隐秀美学思想表达得淋漓尽致。

第三节　电影文本《战地春梦》的文化转换

与其他文学经典的生成过程一样,《永别了,武器》《战地春梦》问世后很快成了其他媒体竞相传播的对象,1930年,这部小说被美国剧作家劳伦斯·思泰林斯(Laurence Stallings)改编成舞台剧。不久,小说又分别在1932年和1957年两次被好莱坞霸主"派拉蒙"(Paramount)和"20

---

① 海明威:《永别了,武器》,孙致礼、周晔译,南京:译林出版社,2012年版,第365页。
② 海明威:《永别了,武器》,汤永宽译,杭州:浙江文艺出版社,1992年版,第459页。

世纪福克斯"（Twentieth Century Fox）改编成电影故事片。20世纪30年代，很多影片都反映战争主题，揭露战争的恐怖、无意义和毁灭性。电影以画面真实的形式再现了战争的创伤、灵魂的孤寂和理想的破灭，好莱坞电影尤其如此。同时，电影作为消费工业，也迎合了大众对暴力、野蛮、情爱等内容的特殊消费要求。因此，海明威的作品尤其符合当时大众的消费需求，成为好莱坞电影业制作大片的首选。1966年，《永别了，武器》被加工成了三集电视连续剧在美国热播。

海明威的《永别了，武器》具有强烈的反战情绪，他控诉了战争，揭露了战争的残酷，但也歌颂了爱情的伟大，表现了战争和命运如何毁灭爱情，毁灭个人的幸福和理想。这与当时美国和欧洲社会流行的悲观主义和虚无主义的气氛十分契合。同时，用电影来表现爱情和战争永远拥有观众，这样的主题深受美国民众的欢迎。因此，在20世纪30、40年代，无论在美国还是在中国，海明威的这部小说主要被视为一部爱情悲剧，也正是出于这个原因，林疑今的首译书名为《战地春梦》，爱情悲剧也是电影文本的着眼点。

好莱坞电影工业的本质在于商业性，即便好莱坞电影追求艺术性，但也是为商业性服务的，即为了达到工业生产的利润目标。按照这个传播逻辑，电影的生产与文学作品有一定的差异，文学作品可以追求个体性，但电影作品，尤其是以工业生产利润为目的的好莱坞电影必须迎合大众的价值取向、欣赏水平，避免任何个体性，以吻合大多数观众的兴趣、爱好以及道德准则。因此，好莱坞电影总是非常注重电影产品的类型性、娱乐性和戏剧性。

首先，与海明威的小说不同，1932年和1957年的好莱坞电影《永别了，武器》都把爱情故事放在中心位置上。好莱坞的电影一直把电影产品的分类消费作为重要的销售原则，如西部片、战争片、动作片、恐怖片、犯罪片、喜剧片、惊悚片、音乐片、爱情片等，这就像超市里的货架上的商品归类，尽量达到方便大众消费者挑选，促进大众消费的商业目的。这些商品因其种类不同而具有各自的商品特性。一般说来，好莱坞的爱情片或者爱情悲剧片都有相似的三段式结构：相识（一见钟情）→离别（误解）→团圆（死亡），必须由"当红明星"扮演的男女主人公决定了爱情故事的吸引力，故事的跌宕起伏给观众带来紧张感和愉悦感，并因此而取得商业成功。

因此，1932年"派拉蒙"版的黑白电影《永别了，武器》，便按照这一基本模式对海明威的小说文本进行了改编，这部影片堪称好莱坞大片，影片的女主角由著名演员海伦·海丝（Helen Hayes）出演，海丝被称为好莱坞20、30年代的美国第一夫人。男主角则由好莱坞大明星加里·库柏（Gary Cooper）出演。导演弗兰克·鲍萨齐（Frank Borzage）不再将战争和军旅生活作为故事的开始，而是直接进入了亨利和凯瑟琳的爱情主题。小说中亨利与凯瑟琳的相识发生在第四章，而电影文本从一开始就是二人的一见钟情。如果说小说中两人的相识只是亨利的调情，那在电影里两人一开始就坠入爱河。"派拉蒙"版电影非常成功地利用"A Farewell"（告别）这个小说中心词的意义，对亨利和凯瑟琳的爱情故事进行了三段式的"告别"处理，第一次告别发生在亨利奉命上前线参加救援，他们的热恋被现实中的战争打断，亨利在上前线之前向凯瑟琳做了表白。第二次告别是亨利养伤康复后第二次上前线，这时，凯瑟琳已经怀上了亨利的孩子，两人实际上已经处在生离死别的境地。第三次告别是亨利逃离战场，凯瑟琳因思念亨利，情书被悉数退回，心情受到刺激而流产，生命垂危。亨利在凯瑟琳临死前赶到爱人的病榻前，两人作最后的生死告别。"派拉蒙"版把"告别爱情"作为主线，把"告别战争"作为暗线来处理。1957年由查尔斯·维多（Charles Vidor）导演的同名彩色故事片更加突出了爱情片的商品特色，男女主演分别是好莱坞巨星罗克·赫德森（Rock Hudson）和珍妮弗·琼斯（Jennifer Jones）。影片延续了1932年版爱情片的三段式结构，从画面图像、音乐和语言运用上更加渲染了亨利和凯瑟琳的爱情故事。

其次，与小说版相比，电影版的《永别了，爱情》增加了娱乐性，无论是1932年版的还是1957年版的故事片都加进了许多喜剧色彩，1932年版的电影尽管悲情色彩比较强烈，但在配角的表演上如带有意大利腔的英语等都有很大的娱乐性，而在1957年版的彩色故事片里，亨利负伤被送往米兰医院的一大段情节完全是喜剧处理方式。如小丑角色的瘸腿卫生兵疯狂地开着救护车将伤员亨利送往米兰，将伤员从担架上颠簸到车厢地上，接着他又不顾伤员的腿伤将亨利塞进电梯，再将伤员扔上病床，却扔过头，让伤员摔在地上；一个平胸女护士为了替亨利偷酒，将一瓶乳房状的威士忌藏匿在胸前带进病房等等。又如亨利在逃离军事法庭审判时，上演的一幕胜似当今的好莱坞警匪大片，亨利只身飞逃，后面士兵紧追不舍，亨利几次陷入绝境，最后在一座几十米高的断头大桥上飞身跳入波涛滚滚的大河，大难不死，幸运逃生，回到凯瑟琳的身边。还有，亨利和凯瑟琳的爱情戏大幅度增加，从吻戏到床戏都在增加电影的娱乐性。

再次，与小说文本相比，电影版的《永别了，武器》充分利用了电影媒体的特殊性，加大了故事的戏剧性，通过电影的时空表现优势集中表现了故事情节的冲突矛盾，如在 1932 年版的电影中，通过字幕叠画方式简约地表达了亨利几个月的养伤情节和与凯瑟琳的热恋过程，将故事迅速推向一次次的"告别"（A Farewell）。两个版本的电影都用"雨水"画面来暗示结局和不幸，如在 1957 年版的故事片中，导演不断地营造爱情的甜美，又不断地设法破坏这种甜美，如导演多次利用"雨水"的画面来营造情节的冲突。每当亨利和凯瑟琳的爱情达到高潮时，影片总是用雨水来浇灭爱情，无论是在花园暗拥中，还是在病房的热吻下，或者是在湖中泛舟时，这都暗示着爱情悲剧的降临。

最后，1932 年和 1957 年的电影版《永别了，武器》尽管经过好莱坞电影商品化的改编，使得海明威作品的文学性在一定的程度上稍有逊色，在许多地方可能对海明威的冰山下所蕴藏着的深层次意义有所误读，但是电影在很大的程度上还是忠实于小说文本的。两个电影版本均很好地将"A Farewell to Arms"的双重意义进行了解读和传播，1937 年和 1957 年版的电影还在影片开始时出现了文字字幕，1937 年"派拉蒙"版电影《永别了，武器》的字幕上出现了爱情故事的背景交代文字："无论是胜利还是失败，每个国家都记载了第一次世界大战这段历史，但在光荣榜上高悬着两个名字，那就是马恩河和皮亚韦河。"[①]可以看出，这部电影影射了第一次世界大战中最著名的两场战役的无意义性。1957 年版的影片在开始的字幕上说明了这是"第一次世界大战最野蛮的一幕"，也是一个"加农炮的咆哮声中一个美国青年和一个英国姑娘之间的爱情大撒手的悲伤故事"。[②]

尽管在上述两个版本电影中，战争只是作为爱情悲剧的背景出现，但是影片中的许多场景和对话都对无意义的战争和战争对美好爱情的破坏做出了合适的表达。如小说的开头和结尾都较好地表达了文学文本的意

---

① 马恩河战役，第一次世界大战中的著名战役。第一次战役发生在 1914 年 9 月 5 日至 12 日，在这场战役中，英法联军合力打败了德意志帝国军。第二次战役发生在 1918 年 7 月 15 日至 8 月 6 日，是西方战线中德军最后一次发动大规模攻击的战役，德军最后失败了。皮亚韦河发生的卡波雷托战役：第一次世界大战期间，1917 年 10 月 24 日—11 月 9 日，奥德联军在皮亚韦河畔的卡波雷托地域和意大利军队进行的一次战役，意军战败引发大溃退。

② 参见电影：*A Farewell to Arms*。

蕴，在 1932 年版和 1957 版的电影中，故事都从部队行进中的"尘路"开始，从主人公亨利到达意军救援队的驻地开始讲述爱情故事。与小说原文一样，从军队开进的大路和灰尘开始叙述，把战争的语境带给了观众。而在结尾部分，两个版本的电影作出了不同的处理，1932 年版电影的结尾明显地点出了主人公对和平的渴望，画面上出现教堂的钟声，亨利伸出双臂（arms）抱起凯瑟琳的尸体，轻轻地喃喃自语："Please，please"，这时出现影片最后的画面，许多白色的和平鸽在教堂的钟声中扑腾飞起，在晴朗的夜空中飞翔，象征着"战争已经过去，但爱人也已离去"的"A Farewell to Arms"主题。与此相比，1957 年的电影版本则更接近原作，亨利一个人在雨中离开了医院，离开了死去的爱人凯瑟琳，独自消失在雨路上。这一解读似乎更加符合海明威的原意：万事皆空的虚无。

　　然而，海明威则对这两个版本的电影改编均表示极不满意，1932 年，海明威拒绝出席 1932 年电影改编版的首映仪式以示抗议。1957 年版本表达了更强烈的爱情片特征，以赢得观众。但是也在形式上更加忠实于原作，如影片结尾时让凯瑟琳难产死去，但是这种处理仍然没有让海明威满意，他在首映式上只坚持了 35 分钟便离去。海明威对 1957 年的改编版本的评价是："去看那么一部电影是义不容辞的责任……就像猎手在捕杀猎物之前，要围着它绕上几个圈子……你写了一部书，多年来你一直喜欢它，后来你看到它变了个样，就好像有人在你父亲的啤酒里撒了一泡尿。"①

　　总体来说，文学作品的电影改编一方面加快了文学经典的生成和传播；但是另一方面，电影、电视的商业化、大众化和娱乐性也导致了文学经典在不同程度上受到毁损和"失真"。同时，一个国家和民族的文学经典在域外以及异文化传播力场的作用下，也就是在外国文学经典的生成和传播过程中，始终存在着这样的一种悖论。

---

① A. E. 霍契勒：《爸爸海明威》，蒋虹丁译，南京：译林出版社，1999 年版，第 35 页。

第十章
艾略特《荒原》等
诗歌的生成与传播

　　1988年，为了纪念20世纪英美诗坛上的伟大诗人托马斯·斯特恩斯·艾略特（Thomas Stearns Eliot）诞辰100周年，张子清先生曾撰专文赞颂这位现代主义诗歌大师："本世纪上半叶，英美诗歌主流是按着艾略特开辟的方向奔腾不息的。他被公认为现代诗歌革命的推动者，他的诗歌创造了一种新的声音，新的事实，新的知识，影响了一代又一代的诗人……在我们的老一辈诗人中，卞之琳、何其芳先生和九叶诗人等都在不同程度上受过艾略特的影响，其中有的人还对艾略特作过译介。"[①]

　　英国广播公司（BBC）在2009年组织了一次网上投票，推选"全英国最喜欢的诗人"（不包括莎士比亚），T. S.艾略特位居榜首。可见，从20世纪20年代至今，T. S.艾略特的经典作品已经从文学艺术殿堂普及到普通大众。作为现代派诗歌的代表人物，T. S.艾略特力挽狂澜，使萎靡不振的英美诗歌重新焕发活力，为诗歌发展开辟了新方向。而作为一个颠覆型的现代派诗人，其诗歌的生成与传播也势必要经历复杂的过程。T. S.艾略特诗歌的文本生成、代表作品《荒原》所表现的精神世界以及艾略特诗歌的译介与流传及其对中国诗坛的影响这三方面恰恰体现了其作品的动态接受过程。虽然时代一直处于变化之中，T. S.艾略特的作品却与时俱进，散发出时代的濯濯光芒。

---

　　① 张子清：《把握时代精神，开辟现代派诗歌道路——纪念T.S.艾略特诞辰一百周年》，《当代外国文学》，1988年第4期。

第一节 艾略特诗歌文本的生成

今天距 T. S. 艾略特的第一部诗歌集《普鲁弗洛克及其他》（*Prufrock and Other Observations*）出版已有近百年的时间。在这漫长的一个世纪里，T. S. 艾略特研究早已成为一门显学，国际上有关艾略特的研究成果不计其数。大大小小的艾略特研究会分布在世界各地。如1980 年美国的艾略特研究会率先成立，之后英国、日本、韩国、中国等国家也相继有艾略特研究会问世。这些专业研究协会的成立与运作在 T. S. 艾略特诗歌传播上起到了无可代替的作用。今天，艾略特的诗歌已成为世界各地中学和大学文学教材中的经典作品。艾略特的作品从问世，到经典地位的确立几经沉浮，随着各种文学思潮的兴起又不断地遭到质疑、重塑和膜拜。据前美国艾略特研究会会长布鲁克（Jewel Spears Brooker）所述，艾略特诗歌经典的生成在批评界大体历经了三个阶段：在艾略特诗歌生成的初期，他被视为当时最伟大的天才诗人；到了 20 世纪60 年代，批评界开始质疑他的宗教和文学观点；20 世纪 80 年代由于文学思潮新的变化，"一批受过哲学文学训练的年轻代学者带着一种新的欣赏视角，重新把目光投向了 T. S. 艾略特，他们从哲学、心理学、社会学等新的视角开始重新审视 T. S. 艾略特现象，并把他定位在 20 世纪最伟大诗人这一角色上"[①]。

一、艾略特诗歌生成过程

艾略特的第一本诗集《普鲁弗洛克及其他》虽然 1917 年才正式出版。但是早在 1915 年，这部诗集中一些主要篇章已经与读者见面，其中包括《普鲁弗洛克的情歌》（"The Love Song of J. Alfred Prufrock"）、《序曲》（"Prelude"）等，并受到读者的喜爱。因此，这部诗集一经出版就以其新奇独特的视角引起了广泛的关注。艾略特的两位挚友庞德与艾肯（Conrad Aiken）对这部诗集发出了由衷的赞美。1914 年，艾肯在前往伦敦之前就将艾略特的《情歌》推荐给庞德，随后又将艾略特介绍给他。庞

---

① A. David Moody ed., *The Cambridge Companion to T. S. Eliot*, Cambridge: Cambridge University Press, 1994, pp. 239—240.

德则对艾略特的诗歌很有好感，遂立即着手宣传艾略特，并安排他的几首诗作在《宽容集》上刊出。几个月后，艾肯在一篇评论文章上称《宽容集》"吹响了诗歌革命的号角"①。他赞美艾略特的诗作颇具心理学视角和内省气度，并因此将它与英国诗歌的伟大传统相联系。

艾略特的早期作品虽然在英语国家产生了不大不小的轰动，但是他当时几乎也跟所有初出茅庐的作家一样，引来了不少异议。英国作家、文学批评家亚瑟·沃（Arthur Waugh）称其作品十分险恶，意欲颠覆诗歌传统，他甚至把 T. S. 艾略特比作"醉鬼奴隶"（drunken slaves）②。然而，这种激烈的评论却为 T. S. 艾略特作品吸引了更多目光。如文学杂志《新政治家》（New Statesman）发表的一篇评论也认为，读者对艾略特写的这些诗歌只能一笑置之，因为它们算不上什么诗作。《泰晤士报文学副刊》（The Times Literary Supplement）发表了许多评论也同样对这本诗歌集持否定态度，称它既无灵感，也无真情实感，读后不会给人带来任何"快乐"。《文学世界》发表的评论文章则嘲讽艾略特，说天才是允许在朋友面前出丑的，但他绝不会在自己的圈子以外这么做，而"艾略特先生却没有这样的智慧"③。

1920 年，T. S. 艾略特的文学评论集《圣林》（Sacred Wood）出版，并在评论界掀起了不小的波澜，这部书对巩固 T. S. 艾略特的诗人地位起到了积极的作用。从一定程度上讲，艾略特的文学评论家身份为其作品传播奠定了基础。文学界对艾略特诗歌的评价也因为其评论家身份而逐步升高。④ "《圣林》几乎成了我们的圣书。很显然，在剑桥是批评家《T. S.》艾略特为我们做好了迎接诗人 T. S. 艾略特的准备。"⑤文学批评家贝特森（Frederick Wilse Bateson）的这句话就是最好的写照。

《荒原》是艾略特的成名之作。这部诗歌作品不仅对欧美现代诗歌影响深远，也对中国和东方的现代诗运动产生过深刻的影响。1922 年，《荒原》（The Waste Land）问世，这部长诗一出版便引起诗坛轰动。《荒原》晦

---

① Jewel Spears Brooker，T. S. Eliot：The Contemporary Reviews，Cambridge：Cambridge University Press，2004，p. XV.

② 张剑：《T. S. 艾略特：诗歌和戏剧的解读》，北京：外语教学与研究出版社，2006 年版，第 3 页。

③ 同上。

④ 参见陈庆勋：《艾略特诗歌隐喻研究》，上海：上海人民出版社，2008 年版，第 19 页。

⑤ F. W. Bateson，"T. S. Eliot：'Impersonality Fifty Years After'"，Southern Review，n. S. 3 (1969)，p. 637.

涩难懂，诗中出现多国语言，多处援引典故，场景反复变换，无论在形式还是内容上都做了大胆的创新。因此，持保守观点的反对者认为艾略特喜欢卖弄玄虚，会对文学发展产生危害。支持者则认为这首诗是现代主义诗歌革新的大胆尝试，是英美现代诗歌发展中的里程碑作品。

《时代》（Time）评论《荒原》这部诗作"与连贯刚刚搭上边"；英国作家亚瑟·奎勒枯赤爵士（Arthur Quiller-Couch）公开表示"可能 T. S. 艾略特这辈子也没能写出超过三行连贯的诗句"①。美国诗人路易斯·昂特梅耶（Louis Untermeyer）则称 T. S. 艾略特的《荒原》无非是为了"炫耀学问而招摇过市"。英国诗人约翰·考林斯·斯奎尔（Sir John Collings Squire）称在《荒原》中只发现了"一串单调并且不断变化的场景，而这些又穿插着对文学史的回忆和过去诗人的名句，以及相互的叫喊"②。新批评代表人物兰瑟姆（John Crowe Ransom）认为《荒原》最大的特征就在于它的极端不连贯性，"而 T. S. 艾略特却不能把这些形态迥异的题材整合，达到逻辑上的统一"③。与此相反，美国著名文学评论家埃德蒙·威尔森（Edmund Wilson）高度肯定了《荒原》所呈现的现代主义碎片性，他指出，这部诗作背后的象征意义是完整的，并赞美它是同等长度的美国诗歌中技巧最高超的。④ 庞德则称赞 T. S. 艾略特的《荒原》"证实了我们始于 1900 年的'运动'及现代实验的正确性"⑤。

艾略特《荒原》打字原稿及庞德修改稿

---

① Hugh Kenner ed., *T. S. Eliot: A Collection of Critical Essays*, Vol. 2, New Jersey: Prentice-Hall, 1962, p. 2.

② Ibid.

③ 张剑:《T.S.艾略特:诗歌和戏剧的解读》,北京:外语教学与研究出版社,2006 年版,第 4 页。

④ See Edmund Wilson Jr, "The Poetry of Drouth", *The Dial Magazine*, Vol. 73, No. 6, (December, 1922), pp. 611—616.

⑤ Ibid.

从《荒原》的生成的过程来看,这部伟大诗作的诞生与庞德密切相关,艾略特把庞德称为《荒原》的助产士,最后出版时,他在诗的开头注明将《荒原》献给庞德。艾略特是美国人,但在 22 岁时就离开美国前往法国。1914 年,第一次世界大战爆发之前他在伦敦定居,并在那里通过英国女作家艾肯(Joan Aiken)结识了庞德和乔伊斯等经典作家。正是在庞德的帮助下,艾略特开始在英美诗坛上崭露头角,艾略特的许多诗作在庞德推荐下在文学杂志刊登了,其中最显著的一首便是 1915 年发表的《普鲁弗洛克的情歌》。尽管如此,文学青年艾略特仍然对自己拮据的生活处境,与妻子薇薇安(Vivienne)复杂的婚姻关系和情感纠葛以及自己的文学创作成就十分沮丧。1922 年,他在瑞士洛桑做了一次短期的疗养,并有机会进行写作。回到伦敦后,他将一部长达 54 页的诗歌手稿让好朋友庞德过目,并告诉他,这部长诗的标题叫《荒原》。当时,手稿非常冗长和混乱,艾略特显然想用现代主义的封闭叙述形式来建构这部诗作。叙述主体和叙述地点常常变换,场景也是碎片式的。同时,艾略特还采用了意识流的手法。庞德将艾略特的手稿删去了三分之二,如艾略特手稿中,诗歌开始是一段很长的饮酒场景,在庞德的建议下,《荒原》的开头成为"四月是最残忍的一个月"(April is the cruelest month)的著名诗句。除了庞德,乔伊斯在看了手稿后也十分欣赏。很多年后,有人将《荒原》比喻成《尤利西斯》的诗歌版。事实上,《荒原》和《尤利西斯》这两部作品在现代主义文学中均起到了里程碑式的作用。艾肯也肯定《荒原》,她认为《荒原》的"碎片性"恰恰就是它的优点,它表现出了象征的层次感。①

总而言之,英美文学评论界虽然对《荒原》的评论有较大的分歧,但仍然可以看出艾略特的影响已大不同以往,一些有远见的批评家已经预见了艾略特在未来的文学界中不可撼动的地位。

1943 年,艾略特的晚期诗集《四个四重奏》(Four Quartets)的出版再次使艾略特成为国际文坛的风云人物。《四个四重奏》呈现出有限与无限、瞬间与永恒、过去与未来、生与死等一系列二元论思想,也代表了艾略特"四重奏"这一音乐学概念。艾略特借助复调、对位、和声、变奏等音乐技法来建构作品中的精神与物质永恒辩证的主题思想。艾略特的意图是思索解决二元矛盾的途径,从而为拯救人类的时间找到方法。他发现基督教中的"道成肉身"(Incarnation)思想为解决有限和无限的统一、情感

① 刘燕:《现代批评之始:T. S.艾略特诗学研究》,桂林:广西师范大学出版社,2005 年版,第 7 页。

和理智的融合、人性和神性的交汇等问题提供了思路,艾略特希望人类能从经验世界中感悟到超验世界,从而将经验世界和超验世界融为一体。整首诗分为四个部分,因而出版间隔较长。该诗出版后,文学评论界对该诗的反应比较积极,但也有一些负面的评论。比如德高望重的英国小说家、记者和社会评论家乔治·奥威尔(George Orwell)在其晚年对这部诗集发出了批评的声音,称此诗是 T. S.艾略特诗歌质量退化的结果,他认为这部诗作的说教意味浓厚,诗歌语言缺乏创造力,诗歌中的基督教说教"无法给人提供任何新鲜的意象和词汇"①等,这种声音当时也有不少人附和。1948 年艾略特因诗集《四个四重奏》而获得了诺贝尔文学奖,随着同时代两位文学泰斗乔伊斯(James Joyce)与叶芝的相继辞世,T. S.艾略特在文坛的经典地位在此时得以确立。

从 20 世纪 50 年代开始,艾略特的诗歌作品已不再被英美诗人视为诗歌革命的代表。随着新批评与现代主义思潮的衰落,以艾伦·金斯堡(Allen Ginsberg)为代表的"垮掉的一代"(The Beat Generation)开始用《嚎叫》②向艾略特的"学院派"诗风发起冲击,英美的新一代诗人转而遵奉惠特曼(Whitman)等的乡土派诗学传统,他们相信"地方性的东西才是唯一能成为普遍的东西"③。尤其是以查尔斯·奥尔森(Charles Olson)为代表的美国"黑山派"诗人对"意象派"晦涩难懂的诗风表示不满,他们提出了自己的诗学观。艾略特不再被视为现代主义的权威和诗坛神明,他成了"黑山派"批评和攻击的首要对象。比如美国后现代诗歌的代表人物威廉姆斯就对《荒原》发出嘲讽,他觉得《荒原》"特别像迎面射来的一颗嘲笑的子弹。我立刻感到它使我后退了 20 年"④。他还说:"《荒原》的出现将我们的世界夷为平地。就像一颗原子弹掉落了下来,将我们向未知领域作的种种勇敢的突击突然化为乌有,因此,《荒原》是世界文学的灾难。"⑤

正是在这样的反对声中,艾略特研究者才能够以一种全新的目光重

---

① Bernard Bergonzi, *T. S. Eliot's "Four Quartets": A Casebook*, London: Macmillan, 1969. pp. 245—246.

② 金斯堡的诗集《嚎叫》1956 年发表。在这本书中,他无所顾忌地讴歌了性能量的各种表现形态,包括同性爱。《嚎叫》曾被旧金山警方以"淫秽"罪名控告,经文学界出面辩护,警方败诉,诗集售出 30 万册。

③ 刘燕:《艾略特:二十世纪文学泰斗》,成都:四川人民出版社,2001 年版,第 312 页。

④ William Carlos Williams, *Autobiography*, New York: Simon & Schuster, 1951, p. 174.

⑤ Ibid., p. 146.

新审视艾略特的作品,不再囿于以往新批评的研究方法。他们反其道而行之,深挖艾略特个人生活经验与作品之间的联系。此外,曾遭新批评极力反对的浪漫主义也卷土重来,许多批评家开始以一种浪漫主义的视角重新解读艾略特的作品。正如艾略特在《传统与个人才能》里所说的那样:"当一件新的艺术作品被创作出来时,一切早于他的艺术品都同时受到了某种影响。现存的不朽作品联合起来形成一个完美的体系。由于新的(真正新的)艺术作品加入到它们的行列中,这个完美的体系就会发生一些修改。"[①]因此,许多作家和研究者开始着重研究艾略特与其深深扎根的英美文学传统之间的关系。在这一方面较有代表性的研究成果有伯恩斯坦(George Bornstein)的论著《浪漫主义的转化:叶芝、艾略特和斯蒂文斯》(*Transformations of Romanticism in Yeats,Eliot and Stevens*)[②]等。伯恩斯坦认为,艾略特、叶芝和斯蒂文斯在诗歌上大胆的创新尝试只不过是浪漫主义向前发展的另一种变体,无论形式怎样,都无法逃脱浪漫主义的束缚,艾略特也无法摆脱。而哈罗德·布鲁姆(Harold Bloom)则在其著名的《影响的焦虑》(*The Anxiety of Influence*)中更是将1740年以来的西方文学都划为浪漫主义。在他看来,当代诗人所做的创新尝试只不过是为了打破诗歌"父辈们"的影响,从而把文学从焦虑的负荷中解放出来,艾略特显然也是如此。布鲁姆认为艾略特的诗歌充满了宗教色彩和象征,代表了他那个时代英美诗歌的最高水平,他也曾与艾略特的诗学思想做了一生的搏斗,但仍然终生迷恋他最好的诗作。尽管如此,布鲁姆仍然没有将 T. S.艾略特列入他在《西方正典》(*The Western Canon*)中选出的 26 名西方文学经典作家之列。[③]

在一个解构主义盛行、文化研究介入文学领域的年代,对艾略特的解读也呈现出多棱角、宽维度的特征。有的学者探讨艾略特诗歌中的宗教因素、印度传统和政治审美;有些谈论女性形象和意识形态;还有些分析艾略特的反犹主义思想。探讨的视角千差万别,为艾略特研究打开了新

① 托·斯·艾略特:《艾略特文学论文集》,李赋宁译,南昌:百花洲文艺出版社,1994 年版,第 3 页。

② See George Bornstein, *Transformations of Romanticism in Yeats, Eliot, and Stevens*, Chicago: University of Chicago Press, 1976, Chapter 3.

③ 布鲁姆以莎士比亚为准绳,提出了 26 位西方文学经典作家,他们是:但丁、乔叟、莎士比亚、塞万提斯、蒙田、莫里哀、弥尔顿、约翰逊、歌德、华兹华斯、奥斯汀、惠特曼、狄金森、狄更斯、乔治·艾略特、托尔斯泰、易卜生、弗洛伊德、普鲁斯特、乔伊斯、伍尔夫、卡夫卡、博尔赫斯(阿根廷)、聂鲁达(智利)、佩索阿(葡萄牙)和贝克特(爱尔兰)。参见哈罗德·布鲁姆:《西方正典:伟大作家和不朽作品》,江宁康译,南京:译林出版社,2011 年版。

视角，同时也从侧面反映出艾略特思想本身的丰富性。今天，不论对艾略特的作品持何种看法，艾略特诗歌已然成为经典，这一点毋庸置疑。

二、艾略特诗歌经典生成因由

文学经典不是从天上掉下来的，它的生成从来就是一个动态过程，上面的论述呈现了艾略特诗歌，特别是《荒原》在文学批评界的动态复杂的接受过程。而接受的背后到底是何种因素起着制约作用，则是这里要讨论的重点。文学作品之所以能广为传播并成为经典，受传播力场的支配，艾略特诗歌的传播力场涉及三个方面：即作品本身显示出巨大的美学潜力，它继承了人类文明精华，能够经得住时间的洗涤，反映了当时的时代背景并在读者的心中产生共鸣，这些是其成为经典的内在条件；此外，经典的确立本身就不是一个纯粹的文学问题，社会意识形态、文化权力的变动，以及新闻媒体、学校等社会权力机构的外力作用，所有这些外部条件起的作用在文本生成的过程中都发挥了很大的效力；最后，读者的作用也不容忽视，读者在与作品的对话中会给文本赋予新的活力。

首先，艾略特的诗歌之所以能够成为经典，有其深厚的历史文化条件。作家在进行创作时总是不可避免地去吸收古代流传下来的精神财富，并与之产生千丝万缕的联系。经典之为经典正在于其文化继承性，在于它对整个人类精神文化财富的重新整合与创新性吸收。艾略特认为，诗人要有一种"历史意识"，"这种历史意识迫使一个人写作时，不仅对他自己一代了如指掌，而且感觉到从荷马开始的全部欧洲文学，以及在这个大范围中他自己国家的全部文学，构成一个同时存在的整体，组成一个同时存在的体系"①。艾略特眼中的这种"历史意识"包括继承和创新。艾略特很清楚，传统并不能自动被继承，必须通过艰苦的劳动才能获得。他心中的语言大师是但丁，他曾直言不讳地承认："我的一些诗句是借鉴但丁的，我试图想再造，或者想激起读者心中有关但丁式场景的记忆，这样就建立了中世纪的地狱与当代生活之间的联系。"②如《情歌》开篇题记即引自《神曲·地狱篇》第27章。艾略特诗中的普鲁佛洛克与但丁一样将要踏上未知的路程，"那么让我们走吧，我和你"；在《荒原》的结尾，艾略特直接引用了《神曲》原诗，借助但丁的《神曲》中的诗句"来召唤人们重新回

---

① 托·斯·艾略特：《艾略特文学论文集》，李赋宁译，南昌：百花洲文艺出版社，1994年版，第2页。
② Thomas Stearns Eliot, *To Criticize the Critic*, London: Faber&Faber, 1978, p. 128.

到净罪的火中,洗去罪孽,开始全新的生活"。

艾略特自大学时代起就开始系统地接受但丁。可以说,但丁影响了艾略特一生,也深刻地影响了艾略特的诗歌创作。从艾略特最初的诗歌创作到后来的文艺理论、文化批评中都能找到但丁的身影。但艾略特并不是一味地吸收但丁的作品和诗句,而是选择性地吸收但丁诗歌中的精华,并在这些诗句中深深地刻上了艾略特的烙印,书写着属于艾略特的时代精神。

除了但丁的影响之外,艾略特在进行诗歌创作时常常引经据典,他喜欢在诗歌文本中使用各种语言。如他在 1922 年发表的《荒原》中旁征博引,引用了三十多个国家的 56 种作品和谚语,使用了英、法、德、西班牙、希腊、拉丁和梵文等 7 种语言;此外,他的诗歌中包含着大量的《圣经》典故、神话、俗语、莎士比亚的戏剧、亚瑟王传说、瓦格纳的音乐等等。《荒原》刚刚出版时,曾遭到许多人的嗤之以鼻,评论界不少人认为这部诗作只是对经典的拙劣模仿,毫无创造力。而艾略特真正的意图却是用一种现代主义的方式链接古今,弥补传统文化与现代的沟渠,从而释放出诗歌新的艺术力量。他将大量的典故与现代语言糅合在一起,用诗歌文本来构建当代与古代之间一种连续性并行的结构,以此来拯救整个西方世界的道德堕落与信仰危机,其中所呈现的"历史意识"将整个欧洲文学肥沃的传统链接起来,达到了和谐的统一。

20 世纪 20 年代的英国处在一个极具变化的复杂时代,其复杂性主要体现在社会意识形态的矛盾性上。旧观念已瓦解,新制度却尚未建立。如前文所论述,20 世纪欧美社会的科技新发现、新的经济体制给欧美社会带来巨大的财富,旧的社会格局随之被打破。可是随之而来的是一系列的社会危机如道德沦丧、战争破坏、环境污染、贫富差距等等;科学技术新发现给人以希望,人们相信在科学的帮助下 20 世纪将会无比繁荣、生活质量迅猛提高,然而第一次世界大战席卷了欧洲大陆,打破了人类乐观的幻想。这场史无前例的战争浩劫掏空了英国资本主义的巨额财富,无数人的生命被掠夺,留下的只是痛苦的回忆与失去亲人的创伤。

"死者长已矣,生者常戚戚",第一次世界大战的阴影使欧洲大陆和英国社会和人民精疲力竭,饱受精神创伤,欧美社会、英国社会弥漫着一种深深的无力感。时间、荒芜、城市、欲望和死亡是艾略特的诗歌作品中的常见主题,诗歌中出现的城市景象常常是荒凉颓败。《荒原》就是艾略特见证了第一次世界大战结束后饱受战争蹂躏,哀鸿遍野的英伦三岛;昔日代表着大英帝国辉煌的泰晤士河漂浮着脏瓶子与烟头，而伦敦桥也正在坍塌；荒原上的人们过着一种机械呆滞、行尸走肉的生活；都市人沟通困难、缺乏爱的能力；男女间欲望泛滥，而无真挚情感，在信仰缺失的年代苟延残喘，而这正是艾略特创作《荒原》那个年代欧美社会的真实写照。在《干旱大地的诗歌》（The Poetry of Drouth）里，埃德蒙·威尔逊认为："有时我们会觉得艾略特表达的不仅是个人的沮丧，还是整个西方文明的饥荒；偌大的城市里，人们在一座座写字楼中机械地工作着。在无休无止的忙碌中榨干心灵，而工作内容却无法让其受益。在那里，他们的娱乐非常庸俗、无味，使得他们比自己的痛苦更加忧伤。我们整个精神紧张，传统崩裂……在一个世界里对美与爱的和谐的追求已被时代所抛弃，过去的光亮已无法照亮昏暗的现实。"①

《荒原》作为 20 世纪欧美社会的精神悲鸣曲，开篇即表现出古今的强烈对比。四月是春天和希望的季节。如在乔叟笔下，四月是万物复苏、春暖花开的季节。而在艾略特《荒原》的世界里，春天的气息却无法唤醒死气沉沉的大地。《荒原》开篇便道出了 20 世纪初人类的生存困境。艾略特正是通过对战后欧洲准确的时代把握，使这部诗作变得格外引人注目。《荒原》问世之初的讨论和评论也大多围绕这部诗作因语言的"不连贯性"而表现出的"破碎感"展开。对于艾略特的支持者来说，《荒原》的不连贯性恰恰表现了当时整个时代信仰坍塌、支离破碎的困境。在 1929 年发表的另一部诗作《但丁》中，艾略特曾提出"一个伟大诗人，在写他自己的时候，就是在写他的时代"②这样的观点。他认为，作家和诗人要对自己的时代有着清醒的认识，"不但要认识，而且还要为它设想，使他自己的感觉、希望、祈求成为时代的声音"③。显然艾略特做到了这一点，而这也为其作品成为经典铺平了道路。

其次，按照洛文塔尔的文学传播理论和传播力场要素，任何一部文学作品，如果没有读者接受和参与传播，那是无法获得后继生命的，更无法成为经典流传下来。读者的阅读和接受为理解文学作品提供新的角度，使文本焕发活力。所以从这一角度来看，读者是文学经典生成和传播过

---

① Jewel Spears Brooker, *T. S. Eliot: The Contemporary Reviews*, Cambridge: Cambridge University Press, 2004, pp. 86—87.

② Ibid.

③ Ibid.

程中的重要力量。[①] 艾略特的诗歌虽晦涩，但却能经得住时间的洗礼。尽管文学评论界对艾略特诗歌作品褒贬不一，却不影响文学接受者在近一百年的时间里对艾略特诗歌作品的浓烈兴趣。英国文学批评家弗兰克·克莫德(Frank Kermode)认为，文学经典往往具有极大的文学阐释空间，它可以包容截然不同的，甚至是完全相反的解读。不同的解释会为文本赋予新的意义，经典的不朽之道正在于此。

权威读者和经典作家慧眼相识以及这些专业人士的推荐也在很大程度上影响了艾略特诗歌的文本生成。初出茅庐的艾略特的诗歌经过康拉德·艾肯与庞德的鼎力推荐，引起了大众的注意。艾肯将艾略特的《普鲁弗洛克的情歌》引荐给庞德，立即引起了庞德的兴趣，并利用自己在文坛的号召力安排其出版发行。庞德对艾略特的《荒原》创作更是提出了许多大胆的建议，促使艾略特对诗作进行了大幅度的修改与删减。可以说，正是因为有了庞德这样的诗坛大师的推荐，普通读者与文本之间的距离才得以缩短。

再次，优雅传承，经典再现。《荒原》并没有因为晦涩难懂而拉开与普通读者之间的距离，晦涩难懂反倒为艾略特的作品添加了那么一丝神秘意味，使大众读者跃跃欲试。在数字化和网络传播时代，诗歌经典《荒原》的流传和传播也出现了新的态势。一直致力于将传统书籍与多媒体结合的英国触摸图书公司(Touch Press)与书籍出版商费伯公司(Faber)合作，于2011年推出了艾略特《荒原》的应用程序(APP)，作为公司的首部文学APP。在这一文学新媒体上市之初，曾引起文学评论界和研究界的怀疑。然而，巨大的销售量与如潮的好评打消了出版商和评论界的疑虑。不论是出于真实的阅读审美享受，还是迎合所谓的"时尚潮流"，《荒原》APP的销售量再一次证明了艾略特诗歌作为文学经典的永恒魅力。

复次，艾略特诗歌文本的经典生成过程由多种因素混杂在一起，共同促成了其在文学界的经典地位。其中的原因远不止上述几点。虽然《荒原》等诗歌本身具有独特魅力，但谁也不能忽视外部力量建构经典(政治、经济、新闻媒体、社会思潮、社会官僚机构)的可能性。艾略特生活在新旧交替的时代，旧的规则已招人厌倦，而新的制度尚未建立。艾略特等新批评主义者高举反对浪漫主义"情感自然流露的大旗"，迎合了时代的需要，同时也开辟了属于"新批评"的时代，而艾略特作为批评家的身份又为其

[①]　童庆炳：《文学经典建构诸因素及其关系》，《文学经典的建构、解构和重构》，童庆炳、陶东风主编，北京：北京大学出版社，2007年版，第87—88页。

诗歌文本的生成铺平了道路。教材的收录也为诗歌文本生成提供了便捷的道路。作为新批评的经典之作，《理解诗歌》作为美国大学历史上最经典的教材收录了多篇艾略特的作品。而 1948 年诺贝尔文学奖的授予无疑为艾略特作品的经典地位盖棺定论。

最后，在艾略特诗歌生成后的漫长历史中，除文学评论界和研究界对艾略特的诗歌作品作出层出不穷的阐释之外，大众媒体对艾略特诗歌作品的关注也从未间断过。1981 年，作曲家安德鲁·劳埃德·韦伯为艾略特的长诗《擅长装扮的老猫精》谱曲，将其改编成音乐剧《猫》（Cats），并于 1981 年 5 月 11 日在伦敦西区的新伦敦剧院首演，音乐剧《猫》是在伦敦上演时间最长，也是美国戏剧史上持续巡回演出时间最长的音乐剧。《猫》在新伦敦剧院每周上演 8 场，连续演出至 2002 年 5 月 11 日，历时 21 年后在同一个剧场落下帷幕。音乐剧《猫》的成功演出让早已去世的艾略特再度成为文学热点。此外，1994 年英国导演吉尔伯特（Brian Gilbert）又将艾略特与第一任妻子的故事搬上了银幕。2009 年艾略特遗孀瓦拉里在 BBC 的系列纪录片中公布了部分艾略特的遗稿，这又引起了一波新闻媒体的关注。2015 年艾略特部分稿件的权限也已到期，此后会有更多的研究成果出现。

第二节 《荒原》与现代人的精神幻灭

根据洛文塔尔的文学传播理论，文学和诗歌的生成在很大程度上还受到文学创作主体生存状态影响，艾略特的 433 行长诗《荒原》的生成也必然受到诗人生存状态的影响。《荒原》于 1919—1921 年间陆续完成。这段时期艾略特处于人生的低谷，远在美国的父母并不赞同他与舞蹈演员薇薇安的婚事，再加上薇薇安患有精神疾病，这给艾略特带来很大的压力。艾略特 1910 年决定定居英国有几个重要原因，第一是他不愿割舍与庞德等文学界友人的交游，其次是因为与薇薇安的爱情。据罗伯特·克劳福德（Robert Crawford）1915 年出版的《青年艾略特》（Young Eliot）[①]所记，艾略特和薇薇安一见钟情，认识三个月就结婚了。两个人都喜欢诗

---

① Robert Crawford, *Young Eliot. From St. Louis to The Waste Land*, New York: Jonathan Cape/Farrar, Straus and Giroux, 2015.

歌与跳舞,都醉心于法国文明,相识的时候各自都有余情未了。结婚之前,两人都没有做好准备。这段婚姻是一场冒险,结果变成双方都无法幸免的灾难,最终以离异收场。艾略特晚年曾经说过,他与薇薇安的婚姻让他心如死灰,正是在这种心境之下,他写出了《荒原》。[①] 克劳福德分析了这段婚姻对于艾略特诗歌成就影响的复杂性。他指出薇薇安的精神疾病以及她与哲学家罗素的不伦之恋给艾略特带来莫大的羞辱与折磨,这也是《荒原》写作的动因之一;另一方面,薇薇安又是艾略特文学创作方面的知己,她和庞德对于《荒原》写作的鼓励与支持,是这部作品得以问世的重要因素。没有薇薇安的拦阻,或许艾略特不会留在英国;而没有他们年轻而创深痛剧的婚恋,或许也就没有了《荒原》。

《荒原》的生成还出于其他原因。1920 年前后,艾略特迫于生计压力,在劳埃德银行(Lloyd's Bank)工作,他把大部分的精力都用在养家赚钱上,只能利用很少的空闲时间去从事钟爱的文学创作。1919 年,艾略特心中一直尊敬的父亲在美国因病去世,而此时一直安排出版的稿件也还没有着落。生活与心灵上的双重打击使诗人不堪重负,精神一度处于崩溃的边缘。1921 年秋艾略特向银行请假,先在伦敦附近的马尔门海滨(Margate)休假,后辗转瑞士洛桑,继续接受治疗。《荒原》大部分稿件就是在洛桑疗养之际完成的。不得不说艾略特《荒原》的创作多多少少地反映了诗人当时萎靡的生活状态。

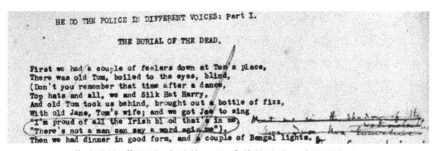

艾略特的《荒原》打字稿第 1 页(庞德修改稿),诗歌原名为:
"He Do the Police in Different Voices"
(《他以不同的声音执勤》)

其实,诗人在《荒原》中所发的"牢骚"并不是个案,正如《荒原》最初的标题所表示的那样,诗人是"以不同的声音"在"执勤"(He Do the Police

① Robert Crawford, *Young Eliot. From St. Louis to The Waste Land*, New York: Jonathan Cape/Farrar, Straus and Giroux, 2015.

in Different Voices),诗人在为时代"站岗放哨"。一方面,艾略特所发出的"荒原之声"并不只代表作者个人,而是奏响了一曲以各种历史神话人物穿越时空为象征的荒芜之歌。另一方面,任何人包括天才诗人的生活都无法摆脱时代和社会的影响,《荒原》所处的是一个新旧交替的时代。科技、文化上的一系列发现使人们对新世纪充满了希望,而第一次世界大战将欧美人对未来的憧憬碾为碎片。狂欢后带来的巨大悲伤在现代人的心理上留下了累累伤痕。从这一角度看,艾略特在《荒原》中所反映的心境适时地道出了那一代人的生存境遇。

"是的,我自己亲眼看见古米的西比尔吊在一个笼子里。孩子们在问她:西比尔,你要什么的时候,她回答说,我要死。"①(以下《荒原》诗句全部采用同一译本。)西比尔在《埃涅阿斯记》(Aeneas)中引导埃涅阿斯穿越冥府。为太阳神阿波罗所爱,阿波罗问她想要什么,答曰想要生命如手中之沙,但她却忘记要求青春永驻。因此,随时光流逝,西比尔形同枯槁,生不如死,十分痛苦。当别人问起心中所要时,故曰"我要死"②。

艾略特开篇即以西比尔的传说比喻现代人的生存状态。如西比尔一样,昔日的繁华已流逝,却无法死去,活着只能承受痛苦。现代人失去了精神上的信仰,如行尸走肉般行走在荒原上。在诗中,艾略特戏仿西方古代丰年祭的习俗,人们把丰年神像埋在土里,希冀神在来年复活,为来年带来繁荣昌盛。而在经历了第一次世界大战的欧洲世界,形如荒原,四月虽然已经降临,春雨仍旧没有恢复大地的生殖能力。所以诗人问:"去年你种在你花园里的尸首,它发芽了吗?今年会开花吗?"荒原里的人们喝着咖啡、闲谈打发百般无聊的日子;他们不是俄国人,而是从立陶宛来的德国人,因此在精神上并无依托;象征着繁殖精神的风信子女郎已经回来,可荒原里的爱人竟茫然相对,说不出话来,空有感知,而无行动力;女相士也患了重感冒,只能看到破碎的形象,却无力改变生存状态。战争送走了无数人的生命,战后人们依旧如棋子般茫然地生活着。失去了信仰,失去了生存的快乐,对未来的梦想幻灭,生命对于这些人来说有什么意义?诗人在第一诗章便说出了现代人精神上的幻灭,从人际关系、个人信仰、社会环境三方面做出了阐述。

第一,爱情的沦丧。鱼王身体受伤,丧失了繁殖能力,导致他的国土

---

① T. S. 艾略特:《荒原》,赵萝蕤、张子清译,北京:人民日报出版社,2000年版。
② 参见李俊清:《艾略特与〈荒原〉》,北京:人民文学出版社,2007年版。

一片荒芜,只有依靠骑士找到圣杯,他的疾病才有可能得到医治,重整山河,使荒原重新焕发活力。传说中的骑士应该是勇敢强壮的处子,可荒原上的居民皆沉湎于情欲无法自拔,这就使拯救变得不可能,得救的希望十分渺茫。在基督教中,性爱是为繁衍下一代而进行的。而荒原居民为了排解寂寞、满足欲望、迎合他人才沉湎于性爱之中。丽儿好好打扮,取悦军中归来的丈夫,因为"你不让他痛快,有的是别人"。丽儿努力粉饰苍老的外表,满足丈夫的欲望。大家都只愿享受欲望带来的片刻欢愉,而将孕育视为生命的负担。欲望是水,沉湎于其中便无法自拔;欲望也如火,燃烧的不仅是精力,更是生活的本身。所以诗人借佛教《火诫》与圣·奥古斯汀压制热情之火的典故,告诫荒原居民,不要受情欲的奴役,唯有克制欲望,才能达到心灵的自由。

　　沉湎于欲望之中的荒原人(现代人)也丧失了爱的能力。当风信子女郎从园中回来,她的爱人却说不出话,眼睛看不见,无法交流。他非生非死,面对曾经的爱人,已失去了表达爱的能力。所以情侣间才会出现这样的对白:"今晚我精神很坏。是的,坏。陪着我。/跟我说话。为什么总不说话。说啊。/你在想什么?想什么?什么?/我从来不知道你在想什么。想。"情侣之间无法交流,也看不到任何自我超越或解脱的可能,每个人都被囚禁在自我的牢笼之中,不论是神话中的仙女,还是上流社会的贵妇人,抑或是为了生计而出卖灵魂的妓女。一系列道德败坏的爱情故事也发生在《火诫》中。泰晤士河畔的情侣;共同出卖肉体的博尔特太太与她的女儿;富商尤吉尼地先生的同性之爱;女打字员的冷漠与麻木,她不是出于欲望,也非来自爱情,只是用性来打发无聊的时光,寻求官能刺激。荒原人的心已永结成冰,又怎能靠欲望之火融化?爱情也只是为了打发空虚无聊而已,身体的接触并不能带来灵魂上的交流。激情过后,彼此的感慨也只剩下"总算完了事:完了就好"。

　　神话中象征着利剑与圣杯的男女,共同构成一个和谐的世界。而在荒原世界里,圣杯与利剑却变了形,失去了与生俱来的特质。历史神话中的女人们,不论是惹人怜爱的奥菲利娅,还是强势的伊丽莎白女王,都走进了爱情的荒芜地带。而那些普通女性,从女打字员到博尔特太太,她们一个个地都早已丧失了自己的灵魂,变得冷漠麻木。她们是迷失的圣杯。本应是骑士手中"利剑"的荒原男性,而今却成了受伤的鱼王,寻求同性之爱的尤吉尼地,强暴翡绿眉拉的国王。他们的肉体与灵魂割裂,失却了原始的力量。男人与女人所代表的世界两极,如今都已失去自我,该如何重新结合到一起？如果不能，荒原如何恢复其繁殖能力？

　　第二，信仰的沦丧。《荒原》涉及四种宗教（基督教、印度婆罗门教、佛教和古希腊繁殖神教），可荒原人（即现代人）并不把信仰当作行动的准则。诗中多次暗示荒原居民背弃神祇，遭受精神幻灭之苦。在第五节《雷霆的话》中，"倒挂在空气里的那些城楼/敲着引起回忆的钟，报告时刻/还有声音在空的水池、干的井里歌唱"。艾略特以"空的水池、干的井"暗示现代人背离上帝和信仰，就好像生活在干枯的深井之中。由于没有水的滋润，荒原便失去了生命力，死气沉沉。在《圣经·旧约》第 5 章 15 节，国王所罗门对众人说："你要喝自己池中的水，饮自己井里的活水。"《耶米利书》第 2 章 13 节也写道："上帝对耶米利说：'因为我的百姓做了两件恶事，就是离弃我这活水的源泉，为自己凿出池子，是破裂不能存水的池子。'"倒挂在空气里的城楼，从此无人拜访。缺失了信仰，荒原人（现代人）的生活失去了重心，整日如行尸走肉般漫无目的地生活，饱受精神幻灭之苦而无法解脱。

　　人若失去信仰，在行为上摆脱了教义的羁绊，就会变得为所欲为。荒原人为排解寂寞打发无聊所进行的性行为使爱情失去了原始的神圣性。夺取翡绿眉拉清白的国王、任欲望泛滥的女打字员、泰晤士河畔偷欢的情侣……这些人在精神上幻灭，在行为上放纵，共同构成了破碎的荒原图景。

　　第三，家园的沦丧。战争虽已去，留给人们的创伤却永远无法治愈。焦土遍地，即便四月的春雨，也无法恢复大地的肥力。伦敦桥上人潮涌动，没有想到死亡会带走这么多人的生命！"斯代真！/你从前在迈里的船上是和我在一起的！/去年你种在你花园里的尸首，/它发芽了吗？今年会开花吗？"逝去的生命无法挽回，昨日的世界已成倒影。战后的欧洲，"枯死的树没有遮荫"，"焦石间没有流水的声音"。诗人身处的现代大都市伦敦变成了迦太基，变成了但丁笔下的地狱。教堂倒挂，空空如也。曾经象征着帝国中心的泰晤士河上也飘满了烟蒂、垃圾。河边也只有"白骨碰白骨"的声音。"耶路撒冷、雅典、亚力山大、维也纳、伦敦"这些象征欧洲文明的城市如今已变得扑朔迷离了。战争不仅在物质上毁灭了欧洲人的家园，而且在精神上埋葬了人们对未来的憧憬。望着满目疮痍的欧洲大地，昔日对新世纪的美好憧憬已经幻灭，荒原人如西比尔般生活在世界上，恐惧焦虑，精神萎靡，半生不死。

　　此外，由于第一次世界大战带来的破坏，欧洲人家园里的生态环境也开始失衡。水是生命的源泉,更是《荒原》里反复出现的意象。在艾略特的笔下,缺水成了战后的荒原世界里最主要的特点。"这里没有水只有岩石","只有枯干的雷没有雨"。球茎已干枯,树根只能在乱石中扎根,枯死的树已无法遮阴。而有水的泰晤士河已经被污染,象征着孕育生命的恒河水位也已下降。在这样一个荒芜的世界里,水该如何净化人们的灵魂,孕育生命?荒原人该如何重生?自然是人类生存的载体。自然荒芜,人又如何幸免?一面是水的贫乏、环境的破坏;一面是战后欧洲经济萎靡,失业者众多。生存环境与社会压力的双重考验使荒原人失去了前进的勇气,内心遭受扭曲,因此"感觉精神很坏"也成为生存常态。荒原人渴望交流,请求亲密的爱人"跟我说话",而得到的回应却是"我不知道你在想什么"。人与人之间已失去了交流与爱的能力。所以当象征着繁殖能力的风信子女郎回来,她的爱人却说不出话,也看不见。战争夺走的不只是水、金钱、肥沃的土地,随之而去的还有人的信仰、希望、爱的能力。从这一角度来看《荒原》,荒芜的不仅是土地,还有人的心灵。

　　人际关系的疏离、信仰的坍塌、生存环境的恶化导致了现代人在精神上的幻灭。艾略特在展示一幅 20 世纪第一次世界大战后西方世界图景的同时,也像"policeman"一样警告世人,欲望是原罪,世界并不完美。艾略特一直认为人是有原罪的,在本质上并不完美,具有向恶的趋向。没有一种社会制度可以完全避免这种向恶的存在,完全依靠人自身的力量是行不通的。在诗人看来,只有信仰上帝、靠近上帝,通过上帝的恩赐人才能获得灵魂上的宁静。艾略特对人性这一悲观的看法,决定了其诗学的特点:坚持用外在权威制约人的一切行为,抵御现代生活中的混乱与无序。因此,他才会想到"do the police in different voices",即:当时代和道德的卫士。在艾略特的前期诗学中,这一权威体现为传统秩序、历史意识与非个性化,在后期诗学中这一权威体现为道德秩序、宗教秩序与文化秩序。[①] 鉴于 20 世纪现代世界的人们已经抛弃旧日信仰,诗人在诗中反复利用传说、典故与多种宗教企图为现代社会构建一个完整形式,以诗歌语言的力量抗衡世界的无序状态。荒原人精神幻灭、欲望泛滥。因此诗人在第三节火诫的最后求助于佛教中火,将一切的罪恶燃烧殆尽。作者企图以炼狱火焰使人们重生,以耶稣复活来重振荒原人萎靡的心态,以宗教

----

① 刘燕:《现代批评之始:T. S.艾略特诗学研究》,桂林:广西师范大学出版社,2005 年版,第 123 页。

寓言来启示人们获救的可能，力图表明人类只有通过奉献、同情以及克制方能达到心灵的平静。

第三节 艾略特诗歌的译介与流传及其对中国诗坛的影响

艾略特对中国现当代文坛的影响不可估量，或者可以说，艾略特诗歌在中国的传播见证了中国现当代文学的发展。因此，"要想真正清楚地认识中国现当代文学特别是新诗的发展历程，就应当全面清理和研究艾略特在中国新诗的发展过程中所起到的作用"[①]。艾略特对中国现当代文坛的重要影响和作用早就得到了国内文学界的关注，并成为国内艾略特研究的主要特色之一。

国内英美文学研究界有关艾略特诗歌的传播、译介以及对中国文坛影响的研究的主要成果有董洪川的《"荒原"之风：T. S. 艾略特在中国》[②]。该书全面梳理了20世纪欧美现代主义诗歌在"西学东渐"中传入中国的时代背景，研究了艾略特诗歌如何伴随中国现代诗的发展、现代诗歌在中国的生根发芽以及对中国文坛产生影响的过程。蒋洪新的专著《走向〈四个四重奏〉——T. S. 艾略特诗歌艺术研究》[③]涵盖了对艾略特创作的各个阶段几乎所有重要的作品的研究，并另辟一章单独讨论艾略特在中国的传播与影响。张洁宇的《荒原上的丁香：20世纪30年代北平"前线诗人"诗歌研究》[④]，描述了20世纪30年代北平诗人和批评家群体的先锋性理论和创作活动，集中探讨了艾略特及其代表作《荒原》对这一代诗人的影响，分析了这种影响在中国的本土化过程，考察了新诗如何将这种影响与自身发展相结合，并以新的姿态出现进而影响中国新诗的发展进程。刘燕的专著《现代批评之始：T. S. 艾略特诗学研究》最后一章分别讨论艾略特对中国大陆以及中国台湾的影响。杨金才的《T. S. 艾略特在中国》[⑤]是国内最早探讨艾略特在中国传播的文章，文章梳理了艾略特在中国的

[①] 董洪川：《"荒原"之风：T. S. 艾略特在中国》，北京：北京大学出版社，2004年版，第3页。

[②] 参见同上。

[③] 蒋洪新：《走向〈四个四重奏〉——T. S. 艾略特诗歌艺术研究》，长沙：湖南人民出版社，1998年版。

[④] 张洁宇：《荒原上的丁香：20世纪30年代北平"前线诗人"诗歌研究》，北京：中国人民大学出版社，2003年版。

[⑤] 杨金才：《T. S. 艾略特在中国》，《山东外语教学》，1992年第1—2期。

研究成果,探讨了诗人对 20 世纪三四十年代中国文坛的影响。此外,国内大批有关艾略特的专著陆续出版,如张剑的《艾略特与英国浪漫主义传统》①也是国内较早研究艾略特诗歌的专著,作者将艾略特的诗歌作品与浪漫主义时代的诗歌作品进行了比较,"进而驳斥了将艾略特纳入浪漫主义传统的倾向和这种倾向(所带来)的不良后果"②。蒋洪新在另一本专著《英诗新方向——庞德、艾略特诗学理论与文化批评研究》③的后半部分讨论了艾略特的学术渊源、文化背景、诗学理论,对文化批评进行了综合比较研究;张剑的另一本专著《T. S.艾略特:诗歌和戏剧的解读》从艾略特的个人经历出发,重新解读他的诗歌、戏剧意义;李俊清的《艾略特与〈荒原〉》④细致讲解了诗中出现的典故,无论是对阅读还是学术研究都有很大的参考价值;陈庆勋的《艾略特诗歌隐喻研究》⑤从"诗歌是经验的隐喻表达"出发,对艾略特诗中的语言、意象、典故等进行分析。国外对于艾略特与但丁关系的研究已经比较丰富,与之相比,国内在这方面的研究还比较匮乏。邓艳艳的《从批评到诗歌:艾略特与但丁的关系研究》⑥探讨了但丁在艾略特整个诗学体系中的地位和作用;此外,江玉娇还在 2005年撰写了专著《〈荒原〉话语蕴藉研究》,以及 2008 年发表了在其博士论文《T. S.艾略特诗话哲学思想——"秩序"理论批评研究》基础之上形成的专著《诗话哲学:T. S.艾略特研究》⑦,该书"主要探讨了诗人的秩序理论如何从哲学领域转化、运用、实践到其诗学、宗教、文化、社会与创作中"⑧。近二十年来,国内的艾略特研究成果层出不穷,推陈出新,这些成果均建筑在中国几代英美诗歌译者和研究者的辛勤劳动的基础之上。以下分两阶段对艾略特诗歌的译介与传播及其对中国诗坛的影响加以描述。

①　张剑:《艾略特与英国浪漫主义传统》,北京:外语教学与研究出版社,1996 年版。

②　张剑:《 T. S.艾略特:诗歌和戏剧的解读》,北京:外语教学与研究出版社,2006 年版,第 24 页。

③　蒋洪新:《英诗新方向——庞德、艾略特诗学理论与文化批评研究》,长沙:湖南教育出版社,2001 年版。

④　李俊清:《艾略特与〈荒原〉》,北京:人民文学出版社,2007 年版。

⑤　陈庆勋:《艾略特诗歌隐喻研究》,上海:上海人民出版社,2008 年版。

⑥　邓艳艳:《从批评到诗歌:艾略特与但丁的关系研究》,北京:中国社会科学出版社,2009 年版。

⑦　江玉娇:《诗话哲学:T. S.艾略特研究》,上海:复旦大学出版社,2010 年版。

⑧　同上书,第 1 页。

一、二三十年代的译介及流传

20 世纪二三十年代是中国新诗发展的"黄金年代"。整个社会氛围相对自由,学术气氛浓厚,新思想新潮流传播迅速,艾略特的作品就是在这样的环境下进入了中国。20 年代初,国内就有学者提及艾略特。据目前所知,最早提及艾略特的文章刊载于 1923 年 8 月 27 日出版的《文学》周报上,茅盾(沈雁冰)在《几个消息》中提到,T. S. 艾略特是英国新办文学杂志《兄弟》(Adelphi)的撰稿人之一。1927 年 12 月《小说月报》第 18 卷第 12 号刊载了朱自清翻译的约姆松(R. D. Jameson)的著作《纯粹的诗》,书中提及艾略特是"激进的诗人"代表。[1] 真正系统地把艾略特诗学思想以及作品引入中国的非叶公超莫属。在回忆胡适时,叶公超说徐志摩当年曾把自己介绍给胡适,并说徐志摩"是一位艾略特的信徒"。叶公超也自封为国内介绍艾略特"第一人"[2]。叶公超于 1934 年 4 月发表在《清华学报》上的《艾略特的诗》被公认为是国内最早评论艾略特诗歌的文章。叶公超对威廉森(Hugh Ross Williamson)的《T. S. 艾略特的诗歌》[3]和麦克格里菲(Thomas MacGreevy)的《T. S. 艾略特研究》[4]以及艾略特自己发表的论文集《散文选》[5]做了评述。叶公超首先肯定了艾略特有关诗歌的主张,他认为威廉森的书主要写给普通读者,而对麦克格里菲的观点持批评态度,认为麦克格里菲的书废话连篇,并把诗混于信仰之中。

叶公超的另一篇重要的评论是为弟子赵萝蕤所译《荒原》作序,他肯定了艾略特诗与理论的统一,还把艾略特的主张与中国宋人脱胎换骨之说进行比较。虽然他认为艾略特的全盛时期已过的论断未免有些武断,但文章对艾略特的诗和诗论所作的评述进一步扩大了国人对艾略特的理解。除完整的评论外,叶公超还把艾略特、瑞恰兹(I. A. Richards)所倡导的新批评理论应用到中国诗歌研究中去,所作文章时常引用艾略特的观点。此外,传播需要媒介,叶公超作为老师的身份也为艾略特在中国的流传提供了便捷通道。

---

[1] 孙玉石:《〈荒原〉冲击波下现代诗人们的探索》,《中国现代文学研究丛刊》,1989 年第 1 期。

[2] 董洪川:《"荒原"之风:T. S. 艾略特在中国》,北京:北京大学出版社,2003 年版,第 90—91 页。

[3] Hugh Ross Williamson, *The Poetry of T. S. Eliot*, London: Hodder & Stoughton, 1923.

[4] Thomas McGreevy, *T. S. Eliot, A Study*, London: Chatto & Windus, 1931.

[5] T. S. Eliot, *Selected Essays. 1917—1932*, London: Faber & Faber, 1932.

　　叶公超 20 年代曾留学美国、英国和法国,在英国剑桥留学期间,他结识了艾略特,从此便一直从事艾略特研究和传播工作。1926 年,叶公超回国后在北京大学和北京师范大学教授"欧洲文学"。后来又分别在上海暨南大学、清华大学、西南联大外文系任教,先后开设过"英文作文""英国短篇小说""英国戏剧""英美现代诗"等课程,全面介绍过 T. S. 艾略特及新批评理论。后来的《荒原》译者赵萝蕤,《文学论文集》译者李赋宁,"九叶诗人"王辛迪,"新月派"诗人卞之琳、废名等都是叶公超的学生。当时的清华大学外文系,除了温源宁、叶公超外,外籍教师也占据了一半。其中瑞恰兹、燕卜荪(William Empson)的作用值得注意。瑞恰兹是新批评理论的代表人物,1929 年应清华大学校长之聘在清华大学外文系授课,教授"文学理论"。1937 年,瑞恰兹的学生燕卜荪也受聘于北京大学,此时瑞恰兹的书已成为清华大学和北京大学外文系教材。这两位外籍教授所倡导的新批评理论对中国文学界产生了深远的影响,他们对艾略特在中国的传播所起到的作用也同样无法估量。[①]

　　赵萝蕤是汉译《荒原》的第一人。1936 年底,赵萝蕤应戴望舒之邀,将《荒原》译出。1937 年 6 月由上海新诗社出版发行。赵萝蕤的译本遵循艾略特诗歌本身的语言特色,完整地保留了诗歌的特色,至今仍为最经典的译本。《荒原》的出版迅速在国内掀起了一股"艾略特热潮"。同时,一批介绍艾略特诗学理论和思想的书籍也陆续出版。比较有影响力的有高明翻译的《英美新兴诗派》、邵洵美撰写的《现代美国诗坛概观》及后来翻译出版的《现代诗论》。其中,艾略特的《传统与个人》分别出现了曹葆华、灵风、卞之琳三个不同的译本,这在当时十分罕见。1937 年抗日战争全面爆发,全民族投入到抗战之中,整个文化界的关注焦点也随之转移,艾略特诗歌的"中国之旅"也暂告一个段落。抗战胜利后,文化界有了几年短暂的喘息机会,中国的新诗发展也进入了成熟的阶段,一大批有关艾略特文艺批评的文章与读者见面。艾略特的《普鲁弗洛克的情歌》《四个四重奏》第一部、《燃烧了的诺顿》等也相继出版,这种情况一直持续到1949 年。

二、艾略特对中国新诗的影响

　　艾略特信奉的诗学思想为"一切理解都是自我理解",这恰恰与清华

---

　　① 参见张洁宇:《荒原上的丁香:20 世纪 30 年代北平"前线诗人"诗歌研究》,北京:中国人民大学出版社,2003 年版,第 35—36 页。

大学外文系的立系之本相吻合:"创造今世之中国文学,汇通东西之精神思想而互为介绍传播。"这一思想蕴含着一个道理,那就是西方先进文化固然重要,但更重要的是要为中国文学创造出新的东西,使之屹立于世界文学之林。这是当时清华大学外文系办学思想的真实写照。① 艾略特的诗歌及理论在中国的传播不仅开拓了国人眼界,更重要的是与中国文学水乳交融,从而创造出独一无二的中国民族文学。深受艾略特影响的先锋派诗人们将个人的诗学体验与整个民族命运的发展相结合,创作了别具一格的中国新诗。

早期受艾略特影响的是"新月派"诗人。总体来说,当时"新月派"诗人对艾略特的模仿还处于比较粗浅的阶段。如徐志摩 1928 年在《新月》杂志上发表的《西窗》,其副标题就是直言不讳地写明:"仿 T. S. 艾略特。"孙大雨的《自己的写照》以叙述对话相结合的形式,探讨整个人类命运,揭示现代社会中精神文明的衰落、城市居民的异化。不论是形式还是内容,都明显受到了艾略特"荒原意识"的影响。此外,"新月派"诗人们所提出的"健康"与"尊严"原则,主张"理性节制情感"的诗学思想,以及闻一多提出的"三美"——"音乐美、绘画美、建筑美"美学观念也体现出了他们对艾略特诗学的接受。

20 世纪三四十年代,中国黑暗的社会环境使大多数曾经热血沸腾的革命青年普遍感受到一种政治幻灭感,发生在中国大地上的许多事件使他们有一种强烈的"荒原"意识②,这导致许多文学青年与艾略特以及《荒原》产生了共鸣。中国诗坛在这个时候已经受过了"新月派""早期象征派"的洗礼,以卞之琳、何其芳等为代表的现代诗人开始逐渐发出了自己的声音。这些中国本土的现代派诗人反对象征派过度神秘与晦涩的手法,他们均认为,一首真正的好诗不应该是赤裸裸的情感流露,而应该用"智性"取代过分的抒情表达。孙作云在总结中国现代派诗人时指出,这些诗人大多"主张用新的词汇,抛弃已为人用烂的旧词汇"③;或者赋旧词以新意。无疑,中国现代派诗人的创作理念受到了英美意象派和 T. S. 艾略特"逃避情感""非个性化"等诗学理论的影响。这种影响与当时黑暗无望的社会政治环境相吻合,加之中国知识分子无法排遣的绝望、怅惘、

---

① 参见张洁宇:《荒原上的丁香:20 世纪 30 年代北平"前线诗人"诗歌研究》,北京:中国人民大学出版社,2003 年版,第 30 页。

② 孙玉石:《中国现代主义诗潮史论》,北京:北京大学出版社,2010 年版,第 175 页。

③ 孙作云:《论"现代派"诗》,《清华周刊》,第 43 卷 1 期,1935 年。

徘徊、痛苦心情，为创作出一批具有"荒原"意识的诗歌提供了条件。如何其芳笔下荒凉死寂的《古城》；又如林庚诗中的"上海下着寂寞的雨"，"油纸伞也不能将内心的寂寞遮蔽"等；还有卞之琳心中的北京城，虽浴春色而未醒，正好与艾略特《荒原》中的"四月的春雨，无法恢复大地的繁殖能力"相呼应。与《荒原》一样，卞之琳的《春城》也诉说着一个荒凉、破败的世界，寓居其中的诗人想要挣脱，却无处可逃，只能寄希望于在"垃圾堆上放风筝"。如果说卞之琳的《春城》在内容上对《荒原》进行了模仿，那么在《断章》中，诗人将"明月""小桥"等中国诗歌的传统意象与艾略特所倡导的"智性"艺术相结合，在艺术技巧上进行了更多的探索。卞之琳的诗歌没有说明哲学概念，却以一种冷静、克制的语调道出宇宙间客观事物相互依存、相互转化的理念，意蕴十足。可以看出，以卞之琳为代表的中国现代派诗人对艾略特的"非个性化理论""客观对应物""逃避情感"等艺术手法的运用已经比较成熟，能够进行理智的再创造。这无疑为后来"九叶诗人"留下了宝贵的借鉴经验。

　　抗日战争的爆发使得中国诗歌运动发生了转变，现代派诗潮由盛转衰。有良知的诗人们深感社会现实的压力，将对诗歌的追求与民族的需要相结合，创作出许多激昂的抗战诗歌。现代主义诗歌技艺在这种大环境下悄悄地生存。到了 40 年代，"随着抗战初期诗歌高潮的过去，新诗艺的探索也进入了一个逐渐深化多元格局的境地"[①]。其中最具代表性的是"九叶诗人"（辛笛、陈敬容、杭约赫、穆旦、唐祈、唐湜、杜运燮、袁可嘉、郑敏）。艾略特对"九叶诗人"的影响主要体现在诗歌理论与创作实践两方面。以袁可嘉为代表的九叶派批评家们所倡导的"意象的凝定""客观对应物""新诗戏剧化""思想知觉化"等创作原则直接受到了艾略特诗歌理论的影响。袁可嘉自己也承认这种影响在自己诗歌主张上的痕迹，"我所提出的诗的本体论、有机综合论、诗的艺术转化论、诗的戏剧化论都明显受到了瑞恰兹、艾略特和英美新批评的启发"[②]。

　　在创作实践上，不论是在诗歌的主题、内容，还是诗歌技艺上，艾略特的影响都不容忽视。其中最具艾略特传统特征的是诗人穆旦（查良铮）。穆旦在自己诗歌的创作中大胆地使用了奇想、非个性化等技巧。《诗八首》是一组情诗，一反自古以来诗人对待爱情的浪漫处理方式，穆旦以一

---

① 孙玉石：《中国现代主义诗潮史论》，北京：北京大学出版社，2010 年版，第 263 页。
② 袁可嘉：《欧美现代派文学概论》，上海：上海文艺出版社，1993 年版，第 95 页。

种冷静、清晰的口吻，描写了爱情的整个过程，如："你的年龄里的小小野兽，/它和春草一样地呼吸，/它带来你的颜色，芳香，/它要你疯狂在温暖的黑暗里。/我越过你大理石的理智殿堂，/而为它埋藏的生命珍惜；/你我底手底接触是一片草场，/那里有它的固执，我底惊喜。"①

此段诗歌既感性又富有哲思，抽象的感情内蕴含着具体的意象，很容易让人联想起艾略特所倡导的玄学派诗人多恩的作品。但不同于玄学派诗歌哲学思辨与说理意味，诗人通过"小小野兽""春草"等意象的把握，将欲望写得如此清丽脱俗，使整段诗歌既富思辨，又灵活俏皮。难怪王佐良称："对于我，这个将肉体与形而上的玄思混合的作品是现代中国最好的情诗之一。"②穆旦在灵活应用艾略特所倡导的诗艺技巧的同时，血液里的中国知识分子的秉性并没有因此而消解。"别了，那寂寞而阴暗的小屋/别了，那都市霉烂的生活/看看我们，这样的今天才是生！"③（《给战士》）同是描写现代社会异化、萎靡的景象，艾略特只能祈求于宗教的力量，而穆旦则不同，时代的旋律赋予了诗人强大的精神力量。因此，与西方现代派诗歌所呈现的那种幻灭感不同，穆旦的诗中很少有空虚、迷茫之感，更多的是满怀希望的拼搏与奋斗。

20 世纪 40 年代，卞之琳、袁可嘉这批现代诗人为新诗的探索与发展作出了进一步的努力，使新诗发展进入了一个"成熟的季节"④。

三、"文化大革命"后的艾略特接受与传播

"文化大革命"结束后，百废待兴，中国的外国文学译介和传播也迎来了春天。艾略特与许多外国文学经典作家一样，再一次出现在中国的外国文学研究者和读者的视野当中。1980 年，赵萝蕤对 1937 年翻译的《荒原》重新做了修订出版。裘小龙、查良铮、汤永宽、蓝仁哲等先后也对艾略特的几部代表性诗歌进行了重译。如《普鲁弗洛克的情歌》就有 4 个以上译本（查良铮、汤永宽、裘小龙、穆旦）；而《荒原》有 7 个以上译本（赵萝蕤、裘小龙、叶威廉、查良铮、赵毅衡、杜若洲、汤永宽等）；《四个四重奏》有 5 个以上译本（裘小龙、杜若洲、赵萝蕤、张子清、汤永宽等）；《传统与才能》有 9 个以上译本（卞之琳、曹葆华、灵风、曹庸、陈晓武、李赋宁、杜国清、秀

---

① 穆旦：《诗八首》，《穆旦诗文集 2》，北京：人民文学出版社，2006 年版，第 33 页。
② 王佐良：《一个中国新诗人》，《文学杂志》，第 2 卷 2 期，1947 年 7 月。
③ 穆旦：《诗八首》，《穆旦诗文集 2》，北京：人民文学出版社，2006 年版，第 33 页。
④ 孙玉石：《中国现代主义诗潮史论》，北京：北京大学出版社，2010 年版，第 235 页。

陶、翁廷枢等)。① 除了诗歌以外,艾略特的理论著作也在国内陆续翻译出版:其中主要有王恩衷编译的《艾略特诗学文集》②,李赋宁翻译的《艾略特文学论文集》③,杨民生、陈常锦译的《基督教与文化》④,杜国清译的《诗的效用与批评的效用》⑤等。

60 年代后,欧美文学评论界一反新批评所倡导的从文本出发的原则⑥,开始关注艾略特的个人生活,出版了大量的艾略特传记。这一思潮也于 90 年代后影响中国的外国文学研究界,如刘长缨翻译了彼得·阿克罗伊德(Peter Ackroyd)的《艾略特传》⑦,黄宗英出版了《艾略特——不灭的诗魂》⑧,刘燕撰写了《艾略特:二十世纪文学泰斗》⑨,以及上海教育出版社出版的"英文原版剑桥文学名家研习系列",约翰·库伯(John Xiros Cooper)所著的《托·斯·艾略特》⑩。作为 20 世纪最伟大的诗人之一,艾略特的诗歌早已进入国内高校"世界文学史""欧洲文学史"等类教材,更是进入了英语专业的"英美文学"的教材,这对艾略特在中国的传播过程中产生的作用无可代替。

在这一时期,有关艾略特诗歌以及诗学的学术研究成果也得以陆续出版。截至 2015 年,国内各种学术期刊发表的相关学术研究论文已达 300 余篇,其中硕士和博士论文有 50 篇左右,约占 17%,可见中国的艾略特研究后劲十足。同时,一大批学术专著也在 20 世纪 90 年代后得以出版。

2012 年,作为国家"十一五"重点出版项目,陆建德主编的《艾略特文集》⑪由上海译文出版社出版。共录 5 卷,其中包括:《荒原:艾略特文集·诗歌》《大教堂凶杀案:艾略特文集·戏剧》《批评批评家:艾略特文

---

① 参见刘燕:《现代批评之始:T. S. 艾略特诗学研究》,广西:桂林,广西师范大学出版社,2005 年版,第 205—206 页。

② T. S. 艾略特:《艾略特诗学文集》,王恩衷编译,北京:国际文化出版公司,1989 年版。

③ 托·斯·艾略特:《艾略特文学论文集》,李赋宁译,南昌:百花洲文艺出版社,1994 年版。

④ T. S. 艾略特:《基督教与文化》,杨民生等译,成都:四川人民出版社,1989 年版。

⑤ T. S. 艾略特:《诗的效用与批评的效用》,杜国清译,台北:纯文学出版社,1972 年版。

⑥ 艾略特本人也是新批评思想的始作俑者,他在 1917 年撰写的《传统与个人才能》一文中提出了"非个性论",这一论点构成了新批评文论的基石。艾略特强调批评应该从作家转向作品,从诗人转向诗本身。

⑦ 彼得·阿克罗伊德:《艾略特传》,刘长缨译,北京:国际文化出版社,1989 年版。

⑧ 黄宗英:《艾略特——不灭的诗魂》,长春:长春出版社,1999 年版。

⑨ 刘燕:《艾略特:二十世纪文学泰斗》,成都:四川人民出版社,2001 年版。

⑩ 约翰·库伯(John Xiros Cooper):《托·斯·艾略特》,上海:上海教育出版社,2008 年版。

⑪ 陆建德主编:《艾略特文集》,上海:上海译文出版社,2012 年版。

集·论文》《传统与个人才能:艾略特文集·论文》《现代教育和古典文学:艾略特文集·论文》,这是目前国内艾略特各个时期作品和文论最大型、最全面的中文译文。由于版权问题,陆建德主编的这套《文集》没有收录艾略特有关宗教哲学方面的著作。值得注意的是,这五卷文集中的大多数篇目属于新译。其中《大教堂的凶杀案》是艾略特戏剧作品,首次在中国翻译出版,《文集》还收录了艾略特其他5部主要的戏剧作品。如上文论及,根据艾略特长诗《老负鼠的群猫英雄谱》(Old Possum's Book of Practical Cats)改编的歌舞剧《猫》在全世界演出大受欢迎,由上海译文出版社于2003年出版①。可见,即使在一个经典没落的年代,艾略特的作品仍能以不同的形式广泛传播。

四、艾略特对中国朦胧诗的影响

经过近五十年的译介、传播、吸收与消化,艾略特的影响已经润物无声地融入中国现代诗歌运动。与中国早期新诗运动单纯地在内容和形式上的模仿有所不同,艾略特等欧美现代主义诗歌创作思想和手法也在20世纪70年代末、80年代初生成的朦胧派诗歌中留下了深刻的痕迹。所谓"朦胧诗"便是当时以北岛、舒婷、杨炼、顾城、海子、江河、多多等一群青年诗人为代表的中国现代主义诗歌运动,这群青年诗人从各自的生活经历、个人情感和诗歌理念出发,在诗歌创作和诗艺技巧上间接地②、创造性地接受了艾略特等欧美现代主义诗人以及中国"九叶诗人"留下来的诗歌创作经验,重新展露了沉寂多年的中国现代主义诗歌运动的地平线。

20世纪70年代末、80年代初,中国一群朦胧派诗人刚刚从"文化大革命"的噩梦中苏醒过来,却又置身于清醒与混沌的交叉路口。他们大多志存高远,却饱受时代的折磨,想要改变现实却苦苦无望。这种情形与第一次世界大战结束后,欧美世界所呈现的"荒原"色彩和气氛非常相似,他们在有意识和无意识中产生了对艾略特诗学的强烈共鸣。朦胧派诗人秉承了一份对"精神性、汉语性和对诗的真诚"的坚持,借鉴了"代代诗人为后来者留下的丰富遗产"③,其中自然也包括了对欧美现代主义诗歌的写

---

① T. S. 艾略特:《猫》,费元洪译,上海:上海译文出版社,2003年版。

② 之所以说朦胧派诗歌对艾略特的接受是"间接的",那是因为朦胧诗人很少提到对西方现代诗歌的直接接受和模仿,就如《今天》2000年第一期上编者在《弁语:一点随想》中所说的那样:朦胧诗人的标准是"开放,而非排斥;活力,而非理念;发现,而非复制;显示,而非宣讲"。

③ 参见《弁语:一点随想》,《今天》,2000年第1期,Stockholm, Schweden。

作手法的学习和借鉴,他们冒着"文化大革命"后期尚存的政治风险,极力拂去 50、60 年代空虚浮躁的伪浪漫主义诗歌影响,以一种冷峻、理智的笔调来审视内心深处的苦闷与彷徨,描绘出了这一代人的情感境遇。艾略特等人所倡导的"非个性化理论"内涵成为朦胧派诗人的普遍追求,他们在诗歌创作中力图以"客观对应物"形成一种理智、冷峻的效果,他们"更尊重使材料成为艺术品的艰巨劳动"①。当然,朦胧派诗人对艾略特"非个性化"诗歌理念的理解和运用并非一成不变,机械套用。中国朦胧派诗人还有意识地借用了西方现代派诗歌中的其他创作手法,如蒙太奇、内心独白、象征、意象陌生化等技巧,极大地丰富了中国现代诗歌创作。

　　诗人北岛是这一时期的代表人物之一。北岛早在 1973 年 3 月 15 日就写出了"卑鄙是卑鄙者的护心镜,/高尚是高尚者的墓志铭。/在这个疯狂的世界里,/——这就是圣"②这样的诗句。同艾略特的诗歌一样,北岛的许多诗歌也比较难懂,这主要是因为北岛诗歌的意象比较晦涩,与传统的诗歌意象格格不入,诗句之间比较曲折、不连贯,甚至具有强烈的碎片感。

　　以 1992 年的《在天涯》(外七首)中的《以外》为例:"瓶中的风暴率领着大海前进/码头以外,漂浮的不眠之床上/拥抱的情人接上权利的链条/画框以外,带古典笑容的石膏像/以一日之内的阴影说话/信仰以外,骏马追上了死亡/月亮不断地在黑色事件上盖章/故事以外,一棵塑料树迎风招展/阴郁的粮食是我们生存的借口。"③这首诗创作于北岛在瑞典时期,北岛在北欧的语言流亡中深深地感受到了他在诗歌和语言上的一片"荒原"。在《以外》这首诗歌中,北岛与艾略特当年一样,也是"以不同的声音"在进行着诗学上的"执勤"(do the policemen in different voices),诗中用非逻辑的意象和语法粉碎着语言的惯性,把自己当成"漂流瓶",瓶中的风暴亦是内心的风暴,这风暴可以带领大海风起云涌。当安身立命之"床"处在流亡的惶惶不可终日之中,那人便像无依无靠、远离码头的一叶小舟。在这样的诗句中,艾略特的那种失落与彷徨和精神荒原的影子依稀可见。故乡的失落、语言的失落、信仰的失落、精神的失落,这些都表现了北岛《以外》这首诗的美学特征,这种"以外"可以解读为诗人孤独和被

---

　　① 参见《弁语:一点随想》,《今天》,2000 年第 1 期,Stockholm, Schweden。
　　② 北岛诗作《回答》的初稿,1973 年 3 月 15 日写成,初名为《告诉你吧,世界》。诗人齐简保存了这首诗初稿的手稿。参见刘禾:《〈今天旧话〉序》,《今天》,2000 年第 2 期,Stockholm, Schweden。
　　③ 北岛:《以外》,《今天》,1992 年第 2 期,Stockholm, Schweden。

排斥的心路历程，"码头以外"的是语言流亡；"画框以外"的是凝固的历史；"信仰以外"的是死亡；"故事以外"的是忧伤。它既是"阴影在说话"，又是黑暗和迷惘中的挣扎，表达出来的是一种难以生存的精神状态，即便生存，那也是一种"忧郁的粮食"所造成的"借口"，它犹如"骏马追上了死亡"，在一片黑暗中，月亮的一丝光明也只不过是为了在"黑色事件上盖章"，所谓的"黑色事件"也可以理解为"精神荒原"。从这里可以发现，即便在语言和意象的运用上，北岛的这首诗歌中也可以发现艾略特《荒原》中常见的意象影子，如"死亡""阴影""玻璃瓶""拥抱的情人""大海"等等。因此，从北岛的这首诗来看，北岛不仅直接或者间接地受到艾略特《荒原》的影响，也充分地反映出了北岛在北欧时期的犹如艾略特《荒原》中表达的那种精神状况。[①]

北岛在《今天》第一期《致读者》中写道："历史终于给了我们机会，使我们这代人能够把埋藏在心中十年之久的歌放声唱出来，而不致再遭到雷霆的处罚。我们不能再等待了，等待就是倒退，因为历史已经前进了……今天，当人们重新抬起眼睛的时候，不再仅仅用一种纵的眼光停留在几千年的文化遗产上，而开始用一种横的眼光来环视周围的地平线了。"[②]

张旭东在1991年就对以"朦胧诗"为代表的中国20世纪70年代末以来的新诗潮做出了精神史叙述[③]，张旭东认为"朦胧诗"实际上是五四和新文化运动一代诗人的"意识经验"的延续，是"五四主体在一连串的失败中变成一个萦绕不去的幽灵……新诗潮运动是在'现代主义'的外衣下重新亮出的五四题旨"[④]。这一代诗人的本质是"对个人价值和命运的思考"，他们"既带有精神贵族的多愁善感，也带有落难英雄的桀骜不驯，独醒者的恐惧与孤独为一种人道主义、理想主义图上一层'朦胧'的色彩"[⑤]。在这种意义上，朦胧诗派与艾略特的现代主义诗歌一样，是历史重要的转型期不同的诗人对改变现状同样的渴望，是对现实生活的奋力抗争，对主体

---

① 本书作者曾在1990年前后在柏林多次与北岛谈及诗歌与语言的关系，印象最深的无疑是在每次诗歌朗诵会后的讨论中提及的"语言流亡"问题，北岛多次论及中国诗人在欧洲生存的语言困境以及语言机遇，脱离母语社会环境的中国诗人对母语诗歌的冷峻审视是这一时期流亡海外的朦胧派诗人的显著特点之一，这些特点也反映在顾城、杨炼、多多等诗人身上。

② 参见《今天》网站：http://www.jintian.net/today/html/22/n-14922.html，访问日期2016年9月17日。

③ 参见张旭东：《论中国当代批评话语的主题内容与真理内容》，《今天》，1991年3/4期，总第14/15期，Stockholm, Schweden。

④ 同上。

⑤ 同上。

解放发出来自心灵的呐喊。

　　如果说艾略特在《荒原》中所流露出来的是一种精神幻灭,那么这种"精神幻灭"同时也是对精神的呼唤,这一本质在朦胧派诗人那里也得到了充分的体现,朦胧派诗人都是从"文化大革命""荒原"中走出来的青年人,他们共同的诉求就是对精神自由的渴求。比如,顾城在 1991 年 9 月 2 日给《今天》编辑部写的《给编辑的信》中就强烈地表露出了这一"精神本质",他对 20 世纪 90 年代的《今天》诗刊感到失望,他抱怨诗歌的"专业化"和诗歌批评的学术化,他抱怨朦胧诗人已经从"花果山"变成了"炼丹炉",他用这个典故来怀念朦胧诗人在地下诗歌时期的"精神性"。顾城在这封信中还批评《今天》的诗人"今天"出了门就去酒会,而不是去公安局。① 他写道:"我说一切艺术都是精神创造的,你说:现在世界上没有什么精神了。我承认,但世上稀有的不等于我们没有,更不是我们没有精神的理由,和排斥精神的理由。我以为如果真的有身不由己的'献身'的,那是精神驱动。"②这种在精神沦丧中对精神的追求可以说与艾略特具有极大的共同性。因此,顾城在这封信的结尾重新引用了北岛的诗句:卑鄙是卑鄙者的通行证,高尚是高尚者的墓志铭。

　　大量使用典故,钩沉索隐是艾略特《荒原》的创作特色,这一特点在朦胧诗人那里也能找到影子。作为朦胧诗的主要代表之一,杨炼也在诗歌中倡导史诗意识,他把目光投向中国文化传统与民间传说,以神话结构来表达作者对历史、对现实社会的思考。杨炼曾说:"把写诗从满足简单的表现欲深化为主动地对自我世界潜在层次和领域的探索,通过不断深入自身而最终超越自身,在生存深处挖掘出现实、历史、文化、语言、整个人类乃至自然相沟通的某种'必然'……重要的诗人,必须在作为人类的意义上,经由对自己生存的独立思考,达成与世间崇高事物'本质性的精神联系'。"③其代表作《诺日朗》是上述言论最好的写照。"诺日朗"是四川九寨沟一座山上的瀑布名,藏语中的"男神"。诗中以"诺日朗"的原始力量与激情为主要意象,贯穿全诗,表达了诗人对原始欲望与生命力的赞美。"日潮""黄金树""血祭""午夜庆典"等意象构成了诗歌生命系统的循环。通过对民族神话、原始风俗的自由运用,杨炼重塑了一个神话系统,使诗歌返回古典,与传统达成了统一。

---

① 参见顾城:《给编辑的信》,《今天》,1992 年第 2 期,Stockholm, Schweden。

② 同上。

③ 转引自魏庆培:《生命存在的精神苦旅——杨炼诗歌读解》,《沧桑》,2005 年第 1 期。

　　朦胧派诗歌在中国 20 世纪末的现代诗坛上掀起了一波巨大的浪潮。随着中国社会的高速发展，中国人的价值取向和审美情趣也在发生着巨大的变化，"pass 北岛""打倒舒婷"的口号此起彼伏，"文化大革命"结束后的第三代诗人在一片噪声中开始了自己的艺术探索。各种实验性质的诗歌流派纷纷打出自己的口号，他们解构经典，驱除中心化，反对一切权威，其中也包括反思对朦胧诗派在内的以往诗歌的"影响焦虑"。进入 20 世纪 90 年代后，经过时间的沉淀，新一代的诗人更能以一种冷静的眼光看待诗歌的发展，对待传统的态度也更为客观。比如以王家新为代表的新生代诗人能够整合反思，与前人进行平等的对话，从而立足于当前，发出属于本时代的声音。

　　综上所述，T. S.艾略特的诗歌和诗学思想从 20 世纪二三十年代逐步介绍到中国后，其影响由点及面，由浅入深，虽然经过了"文化大革命"的 10 年接受和传播真空，但艾略特仍然在中国文化界和现代诗坛荡出阵阵涟漪，慢慢散播开来。艾略特的影响已经深深地融入了中国文学的血液之中，并与中国文学相互依存，共同创造了中国文学的新格局。

第十一章
《喧哗与骚动》的生成与传播

　　20 世纪欧美现代主义文学运动中最引人注目的亮点之一可谓"意识流小说"。在欧美现代主义文学中，无论是在英伦三岛、欧洲大陆，还是在北美，都生成了一大批辉煌灿烂的意识流小说经典，比如爱尔兰小说家詹姆斯·乔伊斯的《尤利西斯》、法国小说家马塞尔·普鲁斯特的《追忆似水年华》、英格兰女作家弗吉尼亚·伍尔夫的《墙上的斑点》、奥地利作家施尼茨勒的《古斯塔尔少尉》和罗伯特·穆齐尔的《没有个性的人》等，其中尤为重要的是美国意识流小说的经典作家威廉·福克纳和他的经世之作《喧哗与骚动》。

　　"意识流"（stream of consciousness）是 20 世纪主要在欧美现代主义文学运动中生成的一种特殊文学创作手法，它主要出现在长篇小说中，在诗歌、戏剧和电影创作领域也有所涉及。实际上，最早在欧洲使用这种手法的是俄罗斯作家列夫·托尔斯泰（Лев Николаевич Толстой）。早在 1877/78 年前后，托尔斯泰就在长篇小说《安娜·卡列尼娜》的第 7 部第 26 章中有关安娜驱车前往火车站自杀的场景中使用了意识流手法。而"意识流"这一概念或者术语则由美国机能主义心理学家威廉·詹姆斯（Willian James）在其 1884 年发表的《论内省心理学所忽略的几个问题》一文中首次提出，詹姆斯在文中指出，人类的思维活动恰如一股切不开、斩不断的"水流"。他认为人的意识并不是片断的连接，而是不断流动着的，可以用一条"河"或者一股"流水"来形容。因此，他把人的意识这种流水特征称作"思想流"和"意识流"。詹姆斯在 1890 年出版的心理学代表作《心理原理》[①](*The Principles of Psychology*)中用"意识流"这个概念描述了法国作家爱德华·杜亚丹(Édouard Dujardin)的小说《月桂树被砍了》(*Les laurlers sont coupés*)中的写作技巧。

意识流文学及意识流小说作为与现实主义和自然主义小说背道而驰的文学理念和写作方式[②]主要生成于19世纪初和20世纪末的英美国家。其主要原因是20世纪西方资本主义工业化、都市化高速发展语境下的"现代性"形成。在新的社会经济和政治结构体系下,人的心理结构和应激方式也发生了变化,19世纪末和20世纪初的欧洲形成了两个较大的心理学和哲学思潮,即柏格森生命哲学、直觉主义及弗洛伊德的心理分析理论。无论是宣扬世界本体为"生命冲动"和"意识绵延"的柏格森,还是弗洛伊德的"梦的分析",他们的理论都显现出了对"潜意识"和"无意识"现象存在的共同认知。因此,"潜意识"和"无意识"现象的发现成为意识流文学的重要前提。

第一节　现代主义语境下的"喧哗与骚动"

威廉·福克纳(William Cuthbert Faulkner)是美国现代主义文学中的杰出代表,他的文学成就不仅获得了1949年诺贝尔文学奖,还获得了1951年国家图书奖,1955年又获得普利策奖。

福克纳以其多元创新的写作风格和巨大的创作能量以及他对美国现代主义文学创新所作出的无与伦比的贡献而获得1949年诺贝尔文学奖。他笔下的文学作品,主要是长篇小说和短篇小说,大多以虚构的美国南方郡县约克纳帕塔法(Yoknapatawpha)为背景[③],从人物的众多视角展现了美国南方在现代化进程中的精神和文化衰落、南北战争之后美国社会的发展趋势以及美国种族社会中南方著名家族的堕落与荒诞。威廉·福克

---

① William James, *The Principles of Psychology*, New York: H. Holt and Company, 1890.

② 意识流小说的创作高峰期基本上集中于20世纪二三十年代。关于它是一种文学流派还是一种创作方法的问题,长期以来存在着颇多争论。实际上,它难以算作一种严格意义上的文学流派,一方面因为被公认的意识流作家之间在创作上没有沟通,也没有发表宣言和纲领来阐述共同的宗旨,更未形成具体的文学社团组织;另一方面,意识流文学发展的时间较长,早在19世纪末,这种方法就在文学创作中得到运用,在欧美以外的文学传统中也存在着类似的创作手法,而整个20世纪世界各国在不同时期仍有意识流文学作品出现。这种情况则是以一种"文学流派"的概念难以涵盖的。

③ "约克纳帕塔法"实际上是福克纳的故乡密西西比州的奥克斯福(Oxford, Mississippi)。

纳的小说通常采用综合多样的意向和象征符号来表达作家的思想,尤其注重采用意识流和其他现代主义文学的叙述方式,这在很大程度上在美国延续了欧洲大陆的现代主义文学风格。福克纳的意识流小说与乔伊斯、普鲁斯特和弗吉尼亚·伍尔夫的欧陆意识流文学遥相呼应,同样具有强烈的个性。

长篇小说《喧哗与骚动》(*The Sound and the Fury*)于 1929 年 10 月 7 日在美国的乔纳森·凯普(Jonathan Cape)出版社出版。这部小说是美国早期现代主义文学最有代表意义的作品之一,1998 年,这部小说被美国现代图书馆(Modern Library)出版社列入 20 世纪最优秀的 100 部英语小说;1999 年,被法国《世界报》(*Le Monde*)列入 20 世纪世界 100 部最优秀小说作品;2005 年,被英国《泰晤士报》列入 1923—2005 年最优秀的 100 部英语小说。

《喧哗与骚动》以康普生家三个儿子为主要人物,通过不同人物的内心独白和意识流叙述方式描述了美国南方没落地主康普生一家的家族悲剧。老康普生游手好闲、嗜酒贪杯。其妻自私冷酷、怨天尤人。其长子昆丁绝望地抱住南方所谓的旧传统不放,直至自杀身亡。而女儿凯蒂风流成性、有辱南方淑女身份,她的一生充满矛盾,爱恨交加,竟至溺水自杀。次子杰生冷酷贪婪。三子班吉则是个白痴,33 岁时只有 3 岁小儿的智能。小说主要通过康普生家三个儿子的内心独白,围绕妹妹凯蒂的堕落展开,小说中主要人物是凯蒂,但是她始终没有登场,均是在其三个兄弟的叙述中出现和被观照。小说最后则由康普生家的黑人女佣迪尔西对前三部分的"有限视角"做一补充叙述。"喧哗与骚动"这一书名出自莎士比亚悲剧《麦克白》第五幕第五场中麦克白的台词:"人生如痴人说梦,充满着喧哗与骚动,却没有任何意义。"①

这部小说的前三部分在人物视角下形成了一个较为统一的特征,尽管在叙述时间和空间上,以及在叙述主体的风格上存在着明显的差异性,但是小说仍然没有一个逻辑情节,也没有故事叙述线索,其原因是小说中发生的事件均不是按照时间顺序,而是从人物心理视角出发叙述的,可以说,小说事件常常是在没有联系的情况下的回忆碎片。

小说《喧哗与骚动》中有一系列的主题和象征,它们贯穿着整部小说。如"时钟"和"手表"意象在文本中就起到了十分关键的隐喻和象征作用,

---

① 李文俊:《译本序》,《喧哗与骚动》,上海:上海译文出版社,2004 年版,第 7 页。

常常暗示着逝去的时间，比如沾满鲜血的手表表面和断裂的指针象征着昆丁自杀，还有厨房里那只慢三个小时的时钟，象征着具有美国南方农业社会典型特点的康普生一家在资本主义工业化和现代化进程中没落和分崩离析的悲剧，就像萨特所评论的那样：福克纳就像多斯·巴索斯一样，把小说看作加法算术，但他写得更为精巧。小说所有的行动，即使是人物意识到的，也分散成支离破碎的片断。萨特引用福克纳小说中的片段来说明这个特征："我到梳妆台跟前，拿起手表，表面还是朝下着。我把表面玻璃向梳妆台角上一敲，把碎玻璃集在手里，投入烟灰缸，把指针全揪下，往缸里丢。手表依旧滴答滴答走着。"①老康普生一家的表面上的破碎，如儿女死的死、走的走，恰恰表达了小说要展示的现代主义语境下人在精神上的分崩离析。

小说通过回忆碎片所展现的时空格局正好与叙述主体所展现的叙述碎片和小说结构碎片相吻合，书写本身也成为一种沉沦，这与康普生家族的沉沦暗合。在小说人物的混杂和涌动的内心独白以及"意识流"中，家庭的灾难似乎难以预料，回忆的碎片也无法构成一幅家庭衰败史的全貌，但是在无数碎片式的隐喻和暗示中，小说逐渐形成了一种情感上的、伦理上的以及康普生一家所有主要人物均无法摆脱的家族败落。福克纳后来在谈到这部小说的创作时，《喧哗与骚动》如同一部他从未读过的小说，他在这部小说里大胆寻找的就是这种在小说艺术上的突破感。

一、《喧哗与骚动》的生成

1929年10月7日，《喧哗与骚动》这部著名的意识流小说作为福克纳的第四部小说在美国出版。实际上，他在创作日后作为第三部小说发表的《沙多里斯》（即《坟墓里的旗帜》）之前就开始酝酿和创作《喧哗与骚动》了。然而，在福克纳眼里，当时这部小说的出版发行情况却"真的很糟"（a real son of a bitch）②，小说出版后丝毫没有比前三部小说来得畅销，也没有从根本上改变福克纳的经济拮据的状态。同时，批评界对这部小说的评价虽然从总体上来说还过得去，但也没有引起读者特别的关注。

---

① 参见让-保罗·萨特：《福克纳小说的时间:〈喧哗与骚动〉》，俞石文译，选自《福克纳评论集》，李文俊编选，北京：中国社会科学出版社，1980年版。

② James B. Meriwether, *The Textual History of The Sound and the Fury*, *The Merrill Studies* in The Sound and the Fury, comp. James B. Meriwether, Columbus, Ohio: Charles E. Merrill, 1970, p. 5.

就福克纳本人而言,这部作品完全是他个人对小说艺术的探索和实验,对他来说,《喧哗与骚动》是"最勇敢的实践,最辉煌的失败"①。他的前两部小说《士兵的报酬》和《蚊群》虽然获得评论界的一些好评,但是也并没有很好的销路,他的经济状况已经非常糟糕。1928 年 2 月,福克纳的出版商霍拉斯·利沃尔拉特(Horace Liveright)拒绝出版他的《坟墓里的旗帜》,他 1928 年在给出版商的信中这样写道:"我想将那个被您所拒绝的本子提供给别的出版商,您一定会理解我的……我刚刚给我的经纪人寄去一些短篇小说,也许我会从他们那里得到一些报酬,我可以将这些报酬支付给您……我现在觉得我只能去卖掉我的打字机和去工作。"②虽然《坟墓里的旗帜》这部小说是福克纳当时出版的最好的作品,他为了出版这部小说,花了近一年的时间对这部小说的实验性作出了较大的修改,但是仍然没有得到出版商霍拉斯·利沃尔拉特的青睐。最终,在福克纳的朋友、出版经纪人本·沃森(Ben Wasson)的帮助下,哈考特·布雷斯出版公司的编辑哈里森·史密斯(Harrison Smith)同意出版《坟墓里的旗帜》,但是前提是对小说做较大的删减。

　　1928 年 9 月 20 日,福克纳从哈考特·布雷斯出版社那里得到了一份修改《坟墓里的旗帜》并要求以《沙多里斯》(Sartoris)为名出版这部小说的协议,这使得福克纳得到一笔预支费用,福克纳也因此得以在纽约完成《喧哗与骚动》的初稿并且在小说打字稿的最后一页上写上了 1928 年 10 月这个日期。然而,由于之前经历了出版的纠结和困难,福克纳对这部小说的出版则完全丧失了信心,他在 1932 年回忆当时的情形时说:"我认为我永远也不会再次出版小说了,我已不再思考出版小说这件事情了。"③福克纳这时写《喧哗与骚动》完全只是为了"好玩"④。他在 1933 年回忆道:"小说完成之后,我告诉了哈考特·布雷斯出版社的哈里森·史

　　① Frederick L. Gwynn and Joseph L. Blotner ed., *Faulkner in the University*, *Class Conferences at the University of Virginia 1957—1958*, New York: Vintage, 1965, p. 61.

　　② Joseph Blotner ed., *Selected Letters of William Faulkner*, New York: Random House, 1977, p. 39.

　　③ James B. Meriwether ed., *Introduction to the Modern Library Issue of Sanctuary* (1932), *Essays*, *Speeches and Public Letters*, New York: Random House, 1965, p. 177.

　　④ Gail M. Morrison, "The Composition of *The Sound and the Fury*", *Bloom's Modern Critical Interpretations*: *William Faulkner's* The Sound and the Fury, New York: Infobase Publishing, 2008, p. 4.

密斯，并把小说交给了他，这时的心情完全是好奇，不知会发生什么。"①

而这种超脱的心理正是创作伟大作品的前提。在出版《沙多里斯》《坟墓里的旗帜》之后，福克纳从内心暂时关闭了他与出版商之间的大门，他所需要的是安静地创作。出于对艺术理想的追求，他需要安宁与自由，而之前与出版商的纠结和失望恰恰给他提供了这样的一种创作自由。福克纳写道："完成《坟墓里的旗帜》后，我拒绝了所有的发表和应酬，把自己关在小房间里，关了两年，在这两年里我只是写，写《喧哗与骚动》，但是我并不清楚是否能够出版这本小说，我之所以这么做，完全是出于一种愉悦。"②福克纳说他在创作时不仅仅学会了阅读，而且学会了"盗用、借用、偷用"③，他不仅大量汲取了莎士比亚、弥尔顿、济慈和雪莱，还有福楼拜、劳伦斯、乔伊斯、康拉德、艾略特和哈代、叶芝、海明威等经典作家创作技法的养分，而且还"盗用、借用、偷用"了弗洛伊德、尼采、克尔凯郭尔和帕格森等理论家的思想。

此外，对于《喧哗与骚动》的生成具有一定启示意义的也许还有福克纳生前从未发表过的一些散文小品等文学作品，这些作品与《喧哗与骚动》也有密切的关系。这虽然与福克纳的文学作品主要以故乡为书写背景有关，但是也说明福克纳对《喧哗与骚动》的创作是一种非常成熟的艺术思考。比如在福克纳 1925 年写的短篇《狂乱》(Nympholepsy)中就已经出现了凯蒂这个人物的雏形，又比如小品文《青春年华》(Adolescence)中的主人公朱丽叶就对《喧哗与骚动》中的凯蒂做出阐释："朱丽叶是个假小子，树爬得比男孩还快，她拥有强烈的敏感性和骄傲感，与凯蒂一样，她常常喜欢在小溪里玩，一玩就是大半天，像凯蒂一样，朱丽叶也有三个兄弟，这点也与《喧哗与骚动》十分相似。"④同时，《青春年华》中的许多场景和意象也与《喧哗与骚动》具有一定的可比性。除了朱丽叶以外，短篇小

① Gail M. Morrison, "The Composition of *The Sound and the Fury*", *Bloom's Modern Critical Interpretations：William Faulkner's* The Sound and the Fury, New York：Infobase Publishing，2008，p. 4.

② James B. Meriwether ed. , *Introduction to the Modern Library Issue of Sanctuary* (1932)，*Essays, Speeches and Public Letters*，New York：Random House，1965，p. 176—177.

③ James B. Meriwether and Michael Millgate, *Lion in the Garden：Interviews with William Faulkner，1926—1962*，New York：Random House，1968，p.146.

④ Gail M. Morrison, "The Composition of *The Sound and the Fury*", *Bloom's Modern Critical Interpretations：William Faulkner's* The Sound and the Fury, New York：Infobase Publishing，2008，p. 6.

说《烧马棚》(*Barn Burning*)中的阿蒂·布登伦(Addie Bundren)也可以被视为凯蒂这个文学形象的另一个雏形。

另一个例子是福克纳 1925 年在巴黎写的长篇小说《埃尔默》(*Elmer*),这部没有完成的小说也是作家生前未发表的作品,1930 年后,福克纳在其他短篇小说如《埃尔默肖像》(*Portrait of Elmer*)中重新采用了《埃尔默》中的材料。尽管福克纳在长篇小说《埃尔默》中没有完成对这个滑稽艺术家的塑造,但是他还是将其短篇小说《一个青年艺术家的肖像》(*A Portrait of the Artist as a Young Man*)中的艺术家形象移植到《喧哗与骚动》之中,并在昆丁的内心独白中予以细致的刻画和表现。[①]此外,莫里森(Gail M. Morrison)在其《论〈喧哗与骚动〉的创作》[②]一文中指出,长篇小说《喧哗与骚动》的文本雏形很可能是福克纳 1928 年为一个患癌症的女孩玛格丽特·布朗(Margaret Brown)[③]所写作的一则寓言,福克纳给这篇寓言起名为《许愿树》(*The Wishing Tree*)[④]。这部寓言作品从儿童的视角和心理出发表现了美国南方农庄主家庭的生活,这部作品中的许多细节后来都在《喧哗与骚动》中出现,如"紫藤香的微风""灰色的雾""熨斗""时钟""擀面杖"等意象。又如在《喧哗与骚动》中,凯蒂爬上树去窥视达姆迪的窗户,从此开始有了自己对男女的知识和经验,此外还有康普生一家少年兄妹关系等情节,这些福克纳都已经在《许愿树》中做了相似的描写。也许可以说,《许愿树》与《喧哗与骚动》有着密切的互文关系,只是福克纳为后者花费了大量的心血,进行了实验性小说艺术创新。福克纳曾经说过:"《喧哗与骚动》起初只是一个小篇幅的东西(指《许愿树》),是一部没有任何情节的短篇,里面几个孩子在祖母的葬礼之后离开了家乡,要让这些孩子说出发生了什么还太早,他们只能从他们自己玩

---

① See Lewis P. Simpson, *Faulkner and the Legend of the Artist*, in Faulkner: *Fifty Years After the Marble Faun*, ed. George H. Wolfe, Alabama: University of Alabama Press, 1976, and Jackson J. Benson, "Quentin Compson: Self Portrait of a Young Artist's Emotions", *Twentieth Century Literature*, 17 (July 1971).

② Gail M. Morrison, "The Composition of *The Sound and the Fury*", *Bloom's Modern Critical Interpretations: William Faulkner's* The Sound and the Fury, New York: Infobase Publishing, 2008, p. 9.

③ 玛格丽特·布朗是后来成为福克纳妻子的埃丝特尔与前夫富兰克林所生的女儿,当时她正好十岁,却患了癌症。

④ Gail M. Morrison, "The Composition of *The Sound and the Fury*", *Bloom's Modern Critical Interpretations: William Faulkner's* The Sound and the Fury, New York: Infobase Publishing, 2008, p. 9.

的游戏中去看待事物……我的想法是如何才能探究到这些孩子心中所思所想，那些无邪的无忧的孩子。这些天真无邪的孩子们恰恰就是'痴儿'，就这样《喧哗与骚动》中的'白痴'（班吉）就诞生了……"①正如福克纳在1927年2月18日给霍拉斯·利沃尔拉特的信中所提及的那样：当时他"只是想写一本有关他故乡人的短篇小说集"②。现在国际国内研究界一般认为，福克纳在1928年10月前后完成了《喧哗与骚动》的打字稿，但是在创作过程上并没有确定的说法，按照福克纳自己在访谈中的说法，他"写《我弥留之际》（As I Lay Dying）只用了六个星期，而写《喧哗与骚动》则用了六个月"③，学界很难确定这六个月时间的确定性范围。福克纳在写这部小说的时候其实并没有明确的计划，许多研究者根据小说内容分析认为，他开始想写的只是一个短篇小说，可能是《黄昏》（Twilight）④，也可能是《想笑就永远别哭》（Never Done No Weeping When You Wanted to Laugh）和其他一些文本，可以确定的是，福克纳的长篇小说生成常常与他的短篇小说有着紧密的互文关系，如《熊》（Bear）和《村子》（The Hamlet）与短篇小说《去吧，摩西》（Go Down，Mose）的互文关系等。

　　然而，福克纳《喧哗与骚动》的生成并不那么一帆风顺，他对其中的许多章节还进行过多次的修改，研究界对于这一点基本上是确定的，尤其是对小说主要人物昆丁内心独白和意识流叙述的修改。如上所述，小说初稿（即打字稿）是1928年10月完成的，但小说于1929年10月7日印刷成书出版，在这一年左右的时间里，福克纳对小说进行了多次修改。根据1975年丹顿（J. Periam Danton）从弗吉尼亚大学图书馆购得的小说手稿来看，这对小说的生成过程研究有着特殊的意义。2005年前后，研究者从这些公开的手稿中发现，福克纳的小说手稿中有41页是重新打字的，

---

① *Lion in the Garden：Interviews with William Faulkner，1926—1962*，New York：Random House，1968，p. 146.

② Joseph Blotner ed.，*Selected Letters of William Faulkner*，New York：Random House，1977，p. 34.

③ *Lion in the Garden：Interviews with William Faulkner，1926—1962*，New York：Random House，1968，p. 55.

④ Thomas L. McHaney，"Themes in The Sound and the Fury"，*Bloom's Modern Critical Interpretations：William Faulkner's* The Sound and the Fury，New York：Infobase Publishing，2008，p. 156.

从打字字迹上可以辨认,这是后来添补的修改稿。① 同时还有一些零星的手写修改页,这些修改页的顺序则比较混杂,但修改的内容集中在对昆丁的内心独白上,这就能看出,福克纳对意识流叙述方式是经过精心思考和布局的。对于福克纳何时做的这些修订目前尚未有进一步的资料佐证,从修订内容上看,一些手写的修改可能是在出版商的要求下做出的,但大多数是福克纳自己做出的。福克纳在 1929 年 2 月 15 日写的一封信中曾经提到过②,已经出版了《坟墓里的旗帜》的出版商哈考特(Alfred Harcourt)拒绝出版他的续作《喧哗与骚动》,后来在《坟墓里的旗帜》的编辑哈里森·史密斯推荐下,乔纳森·凯普出版集团(Jonathan Cape Ltd.)接受了福克纳的这部小说并纳入出版计划。1929 年 2 月 18 日,福克纳获得了这部小说的出版协议。1929 年 7 月,福克纳在密西西比的帕斯卡古拉(Pascagoula)与妻子埃丝特尔度蜜月期间得到了出版社寄给他的印刷长条,因此福克纳很可能在这四个月左右的时间里对小说相关内容,特别是对昆丁的内心独白部分再次做了修改,并将 41 页稿子重新打字,调换了已经寄给出版商的那部分原稿。

很明显,福克纳对自己之前写的昆丁内心独白部分的稿子并不满意,因此他在稿子寄出后继续尝试对原稿做出修改。根据盖尔·M.莫里森的分析,福克纳修改的初衷可能是他对内心独白和意识流部分的分量不满意,他想加大意识流部分的比重和完整性,让读者更加明确昆丁内心独白的文学实验意义。在重新打字的那些修改页中,福克纳对内容重新做了分段,有些句子他采用斜体,使其文学实验目的更加明确,莫里森认为:"与原稿相比,修改后的稿子在叙述风格上更为精细,语言上更为清晰和准确,所增加的段落使内容更加确切,一些段落被删除,同时他还对标点符号做了修改,特别是对一些名词做了更为易懂的处理,这样读者就能更好地追随昆丁的意识流。"③因此,福克纳的小说《喧哗与骚动》是他最心爱的作品也就不难理解了。

---

① 按照盖尔·M.莫里森的研究,这 41 页稿子的打字色带与其他稿子的打字色带有明显的区别。Gail M. Morrison, "The Composition of The Sound and the Fury", *Bloom's Modern Critical Interpretations: William Faulkner's* The Sound and the Fury, New York: Infobase Publishing, 2008, p. 24.

② Ibid., p. 25.

③ Ibid. 在有关标点符号问题上,福克纳在初稿中基本上采用传统的标点符号方式,但在意识流和内心独白部分中则做了大量的实验性创新,然而在最终的修改稿中,福克纳为了适应出版商的要求又做了一些折中。

由此可以看出，福克纳的《喧哗与骚动》并不是在计划中生成的，而是具有极大的偶然性，因为这部小说生成的社会环境和历史机遇均表明了这一点，早在这部小说生成之前，福克纳就开始酝酿和思考写一部实验小说，但并没有成熟的想法，连小说的主题也没有确定。可以确定的是，他在写作这部小说之前形成了一些"前文本"，又在不断的文学创作实践中尝试新的方法，其中的人物、意象、结构、主题等早在别的文本中已现雏形，并且也得到了读者一定程度的认可。最终，在各种条件许可下，福克纳终于完成了这部伟大的小说。

二、《喧哗与骚动》的现代主义表达范式

福克纳作为美国现代主义文学的主要代表之一，在《喧哗与骚动》这部意识流小说中不仅在创作和叙述方法上创新了现代主义文学诗学范式，同时也在小说的主题思想、表现形式上非常切合美国 20 世纪初的现代主义话语语境，这部小说所表达的内容大多涉及 19 世纪末、20 世纪初的美国现代社会，尤其是美国南方社会在转型期和现代化进程中所面临的诸多问题，这些问题主要体现在以下几个方面：

第一，小说的现代主义语境体现在康普生庄园主家族的"衰败"母题上。《喧哗与骚动》是一部现代主义语境下的家族小说，之所以这么说，其原因在于福克纳将南方的历史时空纳入 20 世纪 20 年代的时空中进行现时叙述，颠覆了传统小说的时空逻辑。这部小说的家庭主题与几乎同时期生成的小说《沙多里斯》《坟墓里的旗帜》[①]比较相似，也是一个美国南方的家族衰败故事。按照托马斯·L. 麦克汉尼（Thomas L. McHaney）的说法[②]，福克纳在这两部小说的主题选择上都与德国现代主义小说家托马斯·曼（Thomas Mann）的家族小说《布登勃洛克一家》（*Buddenbrooks*）有很多相同之处，曼的小说 1901 年出版时的副标题就是"一个家庭的衰落"（Verfall einer Familie）。其实，欧美现代主义家族小说的重要母题之一就是某一旧时期传统强势家族在现代化进程中，在几代人的历史内，经济、精神、身体等诸多方面的衰败。与托马斯·曼一样，福克纳也是从自身的家庭历史中获取了小说的灵感，确切地说，福克纳从

① 《坟墓里的旗帜》（*Flags in the Dust*）于 1929 年 1 月以《沙多里斯》为书名出版。
② Thomas L. McHaney, "Themes in *The Sound and the Fury*", *Bloom's Modern Critical Interpretations: William Faulkner's* The Sound and the Fury, New York: Infobase Publishing, 2008, p. 149.

曾祖父威廉·克拉克·福克纳(William Clark Faulkner)的家族经历中获取了《喧哗与骚动》的创作动机。福克纳的曾祖父克拉克是19世纪社会心理结构的典型人物,他的祖父是商人,曾经有过辉煌的成就,而他的父亲就常常是失败者,而他本人则是一事无成,但非常敏感的艺术家,在这一点上与《布登勃洛克一家》也有可比性。在托马斯·曼的家族小说中,布登勃洛克家族的经济活动背景是北德的商人和海运承运商,在福克纳的《喧哗与骚动》中,康普生庄园主家族的经济背景也是商人和密西西比河上的承运商。福克纳在小说中表现的家庭衰败实际上是经济衰败,是旧体制经济模式在与现代经济模式角力中的失败,或者说是美国南北战争之后资本主义制度战胜落后的奴隶主经济的必然结果。康普生的酗酒,昆丁的懦弱、阳痿以及自杀,杰生在棉花期货市场上的投机失败,凯蒂的性堕落等都象征着这种败落。

第二,小说体现了现代主义语境下的主体失落母题。20世纪初的世界正如尼采所感叹的那样:"我漫步在人中间,如同漫步在人的碎片和断肢中间……我的目光从今天望到过去,发现比比皆是:碎片、断肢和可怕的偶然,可是没有人。"①在福克纳的《喧哗与骚动》中,人的价值被倒置,理性和秩序被重新定义。小说中出现的各种人物大多都处于主体失落的状态之中,现代转型期社会中人的精神迷茫成了小说的鲜明特征。家族中的父亲康普生,身为律师,却不见他接洽任何业务,只是整日酗酒,在孩子们的记忆里,父亲只"整天就抱着酒瓶坐在那里,我眼前还能看见他的睡袍的下摆和他那双赤裸的腿脚,能听到酒瓶倒酒时发出的叮当声,到最后他自己连酒都拿不动了"②。在这里,美国南方农业社会传统中父亲的特征,如权力、责任、意志等被彻底颠覆。再如康普生33岁的儿子班吉则完全没有正常思维的能力,理性、逻辑、智慧等主体特征完全消失,形成了一种现代主义语境下的"痴儿"现象。

第三,弗洛伊德说过,人类最大的主体性表现在"性"和"死亡"两个母题上。这也许是《喧哗与骚动》中最主要的母题,小说的主要架构便是建立在一系列的死亡事件之上。如小说前半部分对杀猪场景的叙述,对昆丁的自杀致死、父亲康普生之死、罗思库斯的死的表现以及康普生家的老马之死等等,这些都在说明一个现代主义语境,那就是主体的沦丧。对

① 尼采:《查拉斯图特拉如是说》,尹溟译,北京:文化艺术出版社,1987年版,第143页。
② 福克纳:《喧哗与骚动》,李文俊译,杭州:浙江文艺出版社,1992年版,第224页。

"性"的母题表达也是同样,不仅凯蒂和她女儿的性堕落是家庭伦理败落和压抑带来的必然结果,而且也同样表现在昆丁、杰生、班吉等兄弟的阳痿和痴呆上。凯蒂在童年时就曾经强行将一个名叫娜塔莉娅的姑娘带回家里,让兄弟昆丁和她玩性游戏,然后又跳进猪圈,把污泥和脏物弄满一身,昆丁从那时起就把性看成是肮脏的东西,并从此开始阳痿。而在班吉的潜意识中,他渴望凯蒂替代母亲形象,从弗洛伊德的心理分析理论来看,这种欲望正是俄狄浦斯情结的体现,在凯蒂和班吉发育成人后,这种情结便成为小说中的一种变态心理。最终班吉因涉嫌性侵幼女而遭阉割,这种阉割具有象征意义,它象征着与传统美学价值观的割裂。

第四,小说的现代主义语境还体现在宗教价值的崩溃上,如上文所述,福克纳在这部小说写作之初曾用《黄昏》(*Twilight*)的书名,这个书名不仅暗指康普生家族的衰败,也暗示着"上帝之死",即对基督教价值观的质疑。在英语中,"twilight"这个词是瓦格纳的"Götterdämmerung"(《诸神的黄昏》)的翻译,这个词也是尼采1888年出版的《偶像的黄昏》(*Götzen-Dämmerung*)的同义词。[①] 在《喧嚣与骚动》中,福格纳对人物的宗教哲学思想处理显示出他对现代主义语境下宗教价值观的认知水平,充分表现了现代人在现代科学技术语境下对宗教和上帝的怀疑。小说还表现了对太初与终结、创世纪和最终审判、精神不灭等宗教价值的否定。美国南方有着虔诚宗教传统和家族记忆,但这都在康普生一家衰落的历史进程中逐步消亡。如小说中昆丁和杰生都不再认同基督教,他们都通过内心独白对基督的生活和价值观,即"对耶稣·基督的出生、受难、死亡和复活进行了讽刺和调侃"[②]。

第五,康普生家的儿子们都对时间存在着困惑。昆丁希冀的是停止时间,停止衰落的发生,但是他在象征着进步和科学的"钟表"机械的运动面前束手无策,最终只能以停止自己的生命来结束与时间的抗争。班吉则完全不能理解时间的流逝性,在他痴儿般的意识中,所有发生过的事件都可以在记忆中再次发生,而不会发生任何变化,因为"班吉其实只是一个纯粹

---

① 尼采的《偶像的黄昏:如何以一支铁槌进行哲学思考》(*Götzen-Dämmerung, oder Wie man mit dem Hammer philosophiert*)是极具争议性的哲学著作,该书书名取自瓦格纳的同名歌剧《尼贝龙根的指环》中的第四部《诸神的黄昏》(*Die Götterdämmerung*)。

② Thomas L. McHaney,"Themes in *The Sound and the Fury*", *Bloom's Modern Critical Interpretations: William Faulkner's* The Sound and the Fury, New York: Infobase Publishing, 2008, p. 151.

的生物体"①,班吉没有语言能力,因此也没有对过去的反思和解释的能力。杰生则对美国南方的历史不屑一顾,他想通过创造一个成功的未来来达到战胜时间的目的,但事实上他总是跟在时间的后面,被时间所抛弃。

第六,《喧哗与骚动》的叙事范式凸显了现代主义语境下的逻辑重组和秩序编码混杂的特征。这部小说"丢弃了传统文学只注重事物不注重心理的局限性,克服了传统文学描写人物心理时的虚假性,摈弃了传统文学用理性阐释事物的习惯。它注重心理的真实,它的主要表现对象是个体的人的全部意识领域,不仅包括受制于理性的思索、推理和分析,还包括源于直觉的情绪、感觉、记忆、想像、荒诞的想法、随机的联想,乃至无意识的混沌状态"②。在现代主义的时空"碎片"语境下,从表面上看叙述主体处于弗洛伊德的"白日梦""半睡半醒"和"癫狂"创作状态下,实际上是客观外部世界对创作主体的一种刺激现象,创作主体在无意识中表现出现代社会本质,如人的价值不断被贬低,因此以人物性格塑造和情节为主的文学传统被颠覆,非连续性的结构、碎片式的描写和高度实验性的语言表达成为文学特征。如在《喧哗与骚动》中,福克纳对凯蒂描写时的独到手法,凯蒂作为主人公,但却没有亲自出现在作品中,其人物形象是由他人拼凑的印象与回忆勾勒出来的,尤其是通过塑造"白痴"班吉这个形象来对主人公凯蒂进行回忆,已达到表达"主体失落"和"精神危机"的现代主义语境。

综上所述,福克纳的意识流小说《喧哗与骚动》在现代主义语境下对文学母题、文学叙述手段和文学表现范式做了开创性的工作,犹如小说中的痴儿班吉·康普生一样,现代主义价值观在传统小说美学观的视野内完全是一个无知的"痴儿",然而,班吉虽然没有常人的言说能力,却有着未经损伤的意识,这就是现代意识。班吉的内心独白是一个荒诞的故事,他的故事版本与他的兄弟们的故事版本一样,只是历史行走的影子,犹如毕加索立体主义绘画被解构的碎片图画,或者犹如艾略特的《荒原》,是诗意的片段和结构的破碎,是象征意义上的一部神话。

---

① Thomas L. McHaney,"Themes in *The Sound and the Fury*",*Bloom's Modern Critical Interpretations：William Faulkner's* The Sound and the Fury,New York：Infobase Publishing,2008，p. 151.
② 高奋:《意识流小说艺术创新论》,《浙江大学学报》(人文社会科学版),2001 年第 6 期。

第二节　《喧哗与骚动》译本比较

《喧哗与骚动》的中文译者有李文俊、黎登鑫、戴辉等。

李文俊先生是我国著名文学翻译家、外国文学研究学者和著名的福克纳研究专家。[①] 李文俊译介的作家均为欧美文学中的现代主义文学经典作家，如卡夫卡、福克纳、海明威、塞林格、麦卡勒斯、艾丽斯·门罗等，他的外国文学经典传播工作深刻影响着当代中国文学的生成与发展。李文俊迄今翻译的福克纳长篇小说作品共四种，它们分别为《喧哗与骚动》（上海译文出版社，1984 年版）、《我弥留之际》（上海译文出版社，1995 年版）、《去吧，摩西》（上海译文出版社，1996 年版）、《押沙龙，押沙龙！》（上海译文出版社，2000 年版）。事实上，李文俊的《喧哗与骚动》翻译并非汉语首译，因为台湾著名翻译家黎登鑫在 20 世纪 70 年代末就译出了福克纳的 *The Sound and the Fury*，黎登鑫将书名译成《声音与愤怒》（台北远景出版事业公司，1979 年版），这一版本 1979 年被台湾远景出版事业公司收入"世界文学全集"出版，被编辑为第 49 卷。但李文俊的《喧哗与骚动》仍为中国大陆的首译本，上海译文出版社 1984 年将其收入"二十世纪外国文学丛书"出版。由于 80 年代初文化交流仍处于隔绝状态，这两个版本在外国文学译介、接受和传播上并没有发生值得关注的相互影响和作用。

除了 70 年代末、80 年代初李文俊和黎登鑫的汉译本之外，2000 年后，《喧哗与骚动》在中国还出现了多个译本，译者为戴辉、曾葱、富强、方柏林等。

---

① 李文俊不仅是福克纳四部经典小说和多部短篇小说的翻译者，他还是 1978 年"文化大革命"结束后《中国大百科全书·外国文学卷》和《美国文学简史》中的"福克纳"词条章节的主要撰写者以及《福克纳评论集》(1980) 的主编，他曾撰写过《福克纳评传》(1999)、《福克纳传》(2003)、《福克纳的神话》(2007)、《福克纳随笔》(2008)、《威廉·福克纳》(2010)、《福克纳画传》(2014)、《福克纳演说词》(2014)、《福格纳书信》(2015) 等，为国内的福克纳研究做出了不可磨灭的贡献。

一、李文俊译本

如上文所述,李文俊既是福克纳文学作品的翻译者,更是福克纳研究者,他在翻译《喧哗与骚动》之前就已经开始关注福克纳的文学创作了。早在复旦大学新闻系学习期间,李文俊就开始翻译外国文学作品,1952年和1953年,他与同学一起翻译了美国左翼作家霍华德·法斯特的《最后的边疆》和《没有被征服的》两部小说,并在上海新文艺出版社和上海平明出版社出版。① 李文俊大学毕业后就去作家协会工作,并在《人民文学》和《译文》②当编辑,据李文俊所述,他在 50 年代就接触到了福克纳,当时由于工作关系,他有机会在外国的报刊上看到有关福克纳获得诺贝尔文学奖的资料,他让《译文》杂志社购买了福克纳的原作,并开始研读。据李文俊自己说,他之所以对福克纳产生浓厚的兴趣,其中一个重要原因是他自己的"南方"情节。他在接受王春的采访时说:"我跟南方文学接触既有偶然性也有必然性。虽然我出生在上海,但是我们老家在广东……我对南方是有感情的。工作以后……有一次去了珠海,差不多是最南端。我的老家在中山……也等于回过老家了。我只要静静地看着珠江的水啊,就感觉很温暖,就好像回到老家的这种感觉。那就像福克纳对南方的感情一样,对边远的南方密西西比河和那里的森林、小河、山沟,对原始的印第安居民,对在棉田里面干活的种植园黑人、家里面的佣人等,是很有感情的,关系也很密切。"③

然而,李文俊第一次将威廉·福克纳付诸笔端大约可以追溯到 1958年,当时《译文》杂志刊登了福克纳两篇短篇小说《胜利》和《拖死狗》,李文俊为此撰写了批判性的编者按,这也是李文俊首次对福克纳的文学作品进行介绍。出于 60 年代爆发的"文化大革命",李文俊主观和客观上均没

---

① 参见何晶:《一条偏僻的路,但也给我走出来了》(专访 2013 年"诺贝尔文学奖"获得者门罗中译本《逃离》的译者李文俊),《羊城晚报》,2013 年 10 月 20 日 B3 版。

② 《译文》杂志社于 1953 年 7 月由中华全国文学工作者协会(中国作家协会前身)创办。取名《译文》实为纪念鲁迅先生 20 世纪 30 年代创办老《译文》杂志,中华人民共和国成立后茅盾担任《译文》杂志的首任主编。1959 年初,《译文》更名为《世界文学》。1964 年《世界文学》转由中国社会科学院外国文学研究所主办。"文化大革命"前,《世界文学》《译文》是我国唯一一家介绍外国文学作品与理论的刊物。《世界文学》于 1977 年恢复工作,内部发行一年,1978 年正式复刊。李文俊在《世界文学》《译文》工作了 40 年,1988 年被任命为主编,从未离开过《世界文学》,直至 1993 年退休。

③ 王春:《李文俊文学翻译研究》,上海外国语大学博士论文,2014 年,第 151 页。

有可能进一步研究和翻译福克纳的文学作品。①

　　"文化大革命"后期，李文俊从"五七干校"回到《世界文学》杂志编辑部，这使他又可以重新接触美国文学。而其中很重要的一点是他与钱锺书先生的关系。据李文俊回忆，"由于接触外来投稿与拜读所约之名家的译稿（傅雷、周遐寿、丽尼等），又得到朱海观、萧乾等老编辑的点拨，又因常去拜访钱锺书、冯至、朱光潜等大家，多少熏上了一些书卷气，时间一久，也俨然挤入了学术界的行列"②。他在《世界文学》杂志社和社科院外国文学研究所的图书馆里读书时常常留意钱锺书先生阅读的书籍。"看钱锺书借书卡上的借书与还书记录。一般他借过的现代小说他也借去看"③。钱锺书夫妇与李文俊夫妇也在这一时期结下了深厚的友谊，李文俊和张佩芬夫妇视钱锺书夫妇为师长。翻译《喧哗与骚动》的客观动因是在 1980 年前后，当时袁可嘉、董衡巽、郑克鲁等编撰《外国现代派作品选》，福克纳的《喧哗与骚动》作为"意识流"派代表作品之一入选，李文俊受邀翻译了作品的第二章，这直接导致他做出翻译全文的决定。当他将翻译《喧哗与骚动》全文的决定告诉钱锺书时，钱锺书是有些担忧的，他在给李文俊的一封信中说："Faulkner 的小说老实说是颇沉闷的，但是 'Ennui has its prestige'，也不去管它了。翻译恐怕吃力不讨好。你的勇气和耐心值得上帝保佑。"④担忧之余，钱锺书对李文俊的翻译给予了很大的帮助，每当李文俊遇到文字上和理解上的问题，总是去请教钱锺书，钱锺书曾不厌其烦地帮助李文俊解决拉丁文翻译等问题。

　　准确地说，中国实施改革开放政策后，李文俊才在新时期十分有利的外国文学传播力场中真正迸发出对福克纳的翻译和研究的激情，虽然 80 年代物质条件匮乏，但思想解放运动给知识分子带来了接受外国文化和思想的春天。当时李文俊在十分艰苦的条件下开始翻译《喧哗与骚动》，他曾回忆道："……我从 1980 年 2 月开译《喧哗与骚动》，一直到 1982 年 6

---

　　① 《译文》在 50 年代初创办时期就以苏联文学翻译为主要任务，1957 年前后转向亚非拉文学译介，1960 年后，改名后的《世界文学》成为反帝反修的文化战场，甚至"李文俊也将美国小说《乌呼噜》批判为殖民主义，称其为'毒箭'、'恶毒的诋毁'、'宣传奴才哲学'、'鼓吹血腥镇压'，高呼'美国佬，滚回去'"。参见季淑凤：《从〈译文〉到〈世界文学〉——历史语境下的外国文学期刊译介选材探析》，《出版发行研究》，2015 年第 2 期。

　　② 王春：《李文俊文学翻译研究》，上海外国语大学博士论文，2014 年，第 32 页。

　　③ 同上，第 152 页。

　　④ 张佩芬：《偶然欲作最能工》，《钱锺书先生百年诞辰纪念文集》，北京：生活·读书·新知三联书店，2010 年，第 164 页。

月才把全书译出,后来交给了上海译文出版社。"①李文俊曾经感慨万分地回忆他翻译福克纳《喧哗与骚动》的那些日子:"这么说吧,我孤军作战,打的就是一场'一个人的战争'。"②在翻译的过程中他遇到过非常大的困难,当时他请教过钱锺书先生,钱先生告诉他,这部书翻译起来有很大的难度,然而,李文俊并没有放弃,他说:"福克纳确实很难译,但也有它存在的理由。翻译福克纳作品的最大难题是,将纠结、繁复、含混不清的原文文体,以简洁、清晰的汉语表达出来,又要保持原文本的美学价值。"③他在钱锺书先生和其他前辈学者的支持下,于1984年通过上海译文出版社将《喧哗与骚动》汉译本奉献给了中国读者,译本当时的发行量达到了87500册,而李文俊也因呕心沥血、过度劳累而得了严重的心脏疾病住进了医院,他为外国文学经典在中国的生成和传播所作出的贡献也因此在中国外国现代文学传播史上留下了一段佳话。

有一点值得注意,李文俊与许多福克纳研究者不同,他对福克纳的"意识流作家"归属有大相径庭的说法。20世纪80年代,他曾大力推崇福克纳的意识流手法,并称福克纳为"意识流作家"④,而他在进入21世纪后却多次否认福克纳是意识流作家,他说:"80年代初,袁可嘉编了一套20世纪外国现代派作品选,很流行的,共四册,里边又分好几个部分,比如表现主义、未来主义、意识流、超现实主义等等。当然现在看,这个分法有些不切合实际,他把福克纳归到意识流作家,我后来把这个说法一点点扭过来,福克纳不是意识流作家,而是美国南方作家。"⑤李文俊之所以认为福克纳"不是意识流作家",《喧哗与骚动》也不仅仅是意识流小说,其主要出发点也许是想突出小说的美国南方庄园主家族小说特征。他认为,福克纳的确在写作《喧哗与骚动》时曾经受到过乔伊斯的影响,但是这部作品的主旨却不是为意识流而意识流,他说:"作为译者,我当初翻译

---

① 王春:《李文俊文学翻译研究》,上海外国语大学博士学位论文,2014年,第152页。这里所说的"1982年6月才把全书译出"与李文俊在上海译文出版社的版本最后一页上所注明的"1980—1984年译成;1993年根据诺尔·波尔克勘定本校改"以及武汉重庆大学出版社2015年8月的版本中的"1980—1984年译成;1993年根据诺尔·波尔克勘定本校改;2012年12月再次校改"的说法有出入。

② 参见傅小平:《李文俊:打场一个人的"战争"——一生情系福克纳》,《文学报》,2009年2月5日。

③ 同上。

④ 参见李文俊:《意识流、朦胧及其他——介绍〈喧嚣与骚动〉》,《外国文学季刊》,1981年第2期。

⑤ 参见何晶:《一条偏僻的路,但也给我走出来了》(专访2013年"诺贝尔文学奖"获得者门罗中译本《逃离》的译者李文俊),《羊城晚报》,2013年10月20日B3版。

时，也仿佛感觉到，福克纳笔下所描绘的生活与人物，在我们中国也或多或少是存在的。后来，四川也曾有一位学者写书，将福克纳笔下的美国南方世家与我国巴金先生笔下的封建大家庭相比，发现这两者之间确实有一定的相似之处。所以，中国的读者阅读福克纳的作品应该是不会感到太陌生的。"①

李文俊的这个观点或多或少也会影响到他对作品翻译理解，并作用到他的译作上去。他认为，意识流小说家的帽子戴在福克纳的头上似乎太小，若把福克纳归入"意识流小说家"也许会低估福克纳文学作品的价值。他认为："福克纳最初确是受到过……乔伊斯的影响，较多地运用意识流手法来表现人物的内心活动，也得到相当的成功。但……按照批评家马尔科姆·考利的说法……福克纳不仅（仅）如此，他……更像是一位'散文体的史诗诗人，是神话的创造者，他把这些神话编成一部关于美国南方的传说'。不仅如此，按照《福克纳传》的作者杰伊·帕里尼的看法，'福克纳在小说中涉及的命题超越了美国的南方……他让现代读者从他的小说中发现与自己的生活息息相关的重要命题……南方成了读者可以用来观望现代世界的镜头。"②从这里可以看出，李文俊并不认同福克纳只是对叙述手法做出"意识流"创新的一个美国现代作家，他更看重福克纳《喧哗与躁动》中蕴含着的人类史诗意义。他认为《喧哗与骚动》中出现很多的意识流现象，其实是我们每一个普通人进行思想活动时最常用的思考方式。在他看来，意识流只是福克纳叙述手法中的一种，此外他还采用了"多视角叙述""全能角度叙述""叙述时间错位"等手法，"这是一部小说家奉为圭臬的小说——它本身就是一部完整的创作技巧的教科书……"③。

二、李文俊、黎登鑫、戴辉的译介策略比较

从外国文学作品被经典化的视角出发，外国文学文本的具体译介策略往往与洛文塔尔意义上的具体的文学传播力场相关联。以三个不同译本的封面设计为例，就表现了传播语境的差异。如李文俊1984年版

---

① 李文俊：《他并非意识流作家——浅谈福格纳及其作品》，《北京青年报》，2014年9月5日D12版。

② 同上。

③ 李文俊：《译者序》，《喧哗与骚动》，重庆：重庆大学出版社，2015年版，第9页。

译本的封面采用了小说中黑人女仆迪尔西的头像,而黎登鑫译本则用了福格纳的头像,戴辉 2011 年的译本用了现代主义达达派的拼贴艺术,尽显现代主义碎片特点。① 李文俊 1984 年《喧嚣与骚动》汉译本几乎是文化沙漠时期的产物,中国的外国文学读者比较熟悉的是俄罗斯和法国批判现实主义的作品,对现代主义文学十分陌生,加上当时的意识形态影响,也左右了福克纳文学文本的接受角度。与李文俊不同,黎登鑫译本生成于中国台湾 20 世纪 80 年代前后的外国文学接受语境和意识形态氛围之中,戴辉的译本则生成于 21 世纪的中国大陆,三个不同的传播力场对三个译本的译介策略有不同的影响。

首先,为了达到较好的译介效果,李文俊的译介策略是评论与翻译同时进行,他所翻译的外国文学作品基本上是他熟识并研究多年的作家的作品。因此,他在自己所翻译的作品之前,往往会做一个非常详尽的分析和评论,如李译本的《喧哗与骚动》之前就有一个较大篇幅的《译者序》,对意识流和其他现代主义小说表现手法进行了"'学习指南'式的剖析"②,这对当时中国经历了十年"文化大革命"和长期的极"左"思潮影响下的国内读者来说无疑是十分必要的。据李文俊说:"我就是为了让读者理解这本书,给读者一点帮助。为了这个目的,所以我写的都是比较浅显的、比较切入实际的长序。"③同时,20 世纪 80 年代他与美国学者的交往也帮助他认识到序文对读者接受文本的重要性。④

与黎登鑫版的《声音与愤怒》中的序言相比,李文俊所做的译本导读说明常常具有鲜明的分析功能,特别具有研究性和学术性,译者对小说的思想性、美学性和故事性进行综合评介,将小说的人物和故事纳入小说的艺术性中进行介绍,引导读者理解作品的深层次意义,因此可以被视为读者阅读和理解小说的一根拐杖。

---

① 参见李文俊:《译者序》,《喧哗与骚动》,重庆:重庆大学出版社,2015 年版,第 334 页。

② 王春:《李文俊文学翻译研究》,上海外国语大学博士学位论文,2014 年,第 101 页。

③ 同上,第 30 页。

④ "在翻译福克纳作品的时候,由于我是做了很深入研究的,所以也谈不上什么压力。在国内,应该不会有人比我更了解他。而且,我当时受到了国外研究福克纳的专家的帮助,也亲自到国外访问,并同时查阅大量相关资料,请教很多相关的专家。所以自己落笔的时候,底气还是比较足的。"参见同上,第 42 页。如李文俊交往的外国福克纳研究专家主要有斯通贝(H. R. Stoneback)和英国教授克尔·米尔盖特(Michael Millgate)。米尔盖特曾经告诉李文俊,福克纳写有两篇《喧哗与骚动》的序文,他生前没有发表过,李文俊找到了这两篇序文,这对李文俊的译介工作很有帮助。

而黎登鑫版的译本序《福克纳与〈声音与愤怒〉》①中则更为强调介绍作家福克纳的小说创作背景和故事内容,全文共 12 页,具有一定的文化商业性,译者对小说蕴含的意义和小说创作手法虽有提及,但没有进行深入的分析和解读,因而在对读者的引导上显得比较中性,似乎显得更加尊重原著,更加重视读者自己独立的理解。相比之下,戴辉译本的《前言》②则比较简单,全文仅短短 3 页,只对作者福克纳和小说中出现的主要人物康普生夫妇、昆丁、杰生、班吉等人物做了简要的介绍。

其次,与黎登鑫和戴辉的两个译本相比,李文俊的译本还十分重视译注、脚注等译者解释手段的运用,李译本全书正文共 385 页,李文俊共做译注和脚注多达 411 处,平均每页都有一处以上的译注,而黎登鑫和戴辉的两个译本则基本没有出现译注,这不仅反映出译者重视读者的文本接受效果和译文的传播效果,这一译介策略也表现出译者对文本美学价值的期望值。

从李文俊的译注内容来看,主要可以分为背景解释、文化解读、词语解释和阅读引导等四个类型,如书中第 11 页上的译注对文本某处的时空事件背景做出了解读,以疏导读者或因小说的时空关系碎片化叙述而引起的阅读困难:"下面一大段文字,是对班吉看到车房里的旧马车时所引起的有关坐马车的一段回忆,事情发生在 1912 年。康普生先生已经去世,这一天,康普生太太带了面纱拿着花去上坟,康普生太太与迪尔西对话中提到的昆丁是个小女孩,不是班吉的大哥(这个昆丁已于 1910 年自杀),而是凯蒂的私生女。对话中提到的罗斯库司是迪尔西的丈夫。"这一类解释帮助读者了解文本的背景,起到了引导读者理解文本内容的作用。第二类译注是文化解读,李文俊对文本中出现的大量基督教、《圣经》和《圣经》典故、人物和西方文化习俗等做了解释,如"《圣经》中……""西俗……"等,又如 209 页上"希腊神话中斯巴达王泰达鲁斯之妻"等,这些都体现了李文俊的学者型翻译特点。第三类译注是词语解释,如对地名、人名、动物名、器具和物什名、行为动作等进行解释,这对 20 世纪八九十年代的中国缺乏西方文化知识的读者来说有很好的辅助传播作用,如第 62 页上的"这是 20 世纪美国通用的避孕工具的牌子,全名为'三个风流寡妇艾格尼斯、梅比尔、贝基'",又如第 75 页上"这是凯蒂穿过的一只旧

---

① 黎登鑫:《福克纳与〈声音与愤怒〉》,《声音与愤怒》,台北:远景出版事业公司,1979 年版,第 1—12 页。

② 戴辉:《前言》,《喧哗与骚动》,北京:印刷工业出版社,2001 年版,第 1—3 页。

鞋子,它能给班吉带来安慰"等,这些都是李文俊的主观性阅读引导。第四类是对读者直接进行阅读引导,这类译注数量最大,达到译注的二分之一左右,其中最多的是对小说叙述中的时空顺序错位现象和小说的意识流逻辑及思维转换进行解释,如常常出现"以上叙述是'当前'的事""又回到了'当前'""又回到了1889年那一天""当晚的前些时候""又回到大姆娣去世那晚"等等,这些都是企图帮助读者去更好地理解小说情节。此外李文俊还对文本中的指涉状态做了大量的译注,如"指康普生先生""指班吉""指昆丁""指耶稣""这里的'她'指娜塔丽,前面后面的'它'都指凯蒂"等。

可见,李文俊对源语文化和源语文本生成的语境以及特殊历史时期中国读者的文化和文本解读能力十分关注,译者对文学作品的"经典化"带有特殊的使命感和责任心,这种译介策略无疑是所谓"深度翻译"①的成功范例,也是对外国文学传播效果的一种成功尝试。

再次,李文俊的译介策略非常重视译文与其他相关文本,如"副文本"(paratext)的"互文作用"。他不仅善于利用译序、跋、译注、注释等形式对读者进行阅读引导,而且还在原文版本的选择上也较为学术和严谨,比较符合西方学术研究中经典著作版本学意义上的"学术版"标准。这在20世纪80年代初的中国是很不容易的,因为李文俊在翻译《喧哗与骚动》时,他在版本上并没有很大的选择余地,据上海译文出版社给出的版本信息,李译本是按照1946年美国兰登书屋(Random House)的原版译出,这个版本虽然很正规,但是并不像诺顿版的《喧哗与骚动》那么具有学术性。但是他常年在《世界文学》编辑部的工作实践以及对老一代学者如钱锺书、萧乾、曹靖华、冯至、朱海观等的耳濡目染,使他养成了一种学术型的翻译风格,同时,《世界文学》杂志的编辑工作使他有机会经手编辑周作人、傅雷、邵洵美、董秋斯、叶君健、卞之琳、杨周翰、王佐良、赵萝蕤、吴兴华以及杨宪益、冯亦代、杨绛、李赋宁、屠岸、绿原等一大批翻译大家的作品,这不仅提高了他的外语水平,也大大提高了他对翻译这项工作的认识,以及对翻译质量的理解。如他对《喧哗与骚动》的脚注式的翻译,完全符合英国"学术版"原著的风格,他说:"我的译本出版后,我又买到诺顿版的《喧哗与骚动》注解本,那里对拉丁文的注解跟钱锺书先生所指点的完

---

① "深度翻译"(thick translation)的概念是美国翻译理论家夸梅·阿皮亚(K. Appiah)受文化人类学研究成果"深描理论"的启发而提出的,这一概念指翻译文本中通过添加脚注、注释、评注等方法,将文本置于具有丰富内涵的源语文化和语言语境中,使被文字遮蔽的意义和译者的意图相互融合,达到更好的传播效果。

全一样。"①又如李文俊在 1984 年上海译文出版社出版的版本中附上了福克纳 1945 年写成的《附录》，篇名为《康普生家：1699—1945》，李文俊将其放在小说的最后。这一译介策略也反映出李文俊对福克纳这部小说的深刻理解，更确切地说，他对福克纳的互文游戏有自己独到的认识。同样，黎登鑫的版本也很重视这个"副文本"或"相关文本"，并将其作为《附谱》以"康普生家：1699—1945"为名译出，不同的只是将这个所谓的"副文本"置于小说正文之前。除此之外，黎登鑫还在正文后面附上了《福克纳年表》，对福格纳的作家身份信息给予了补充，这一做法基本符合他的《序言》所表达出来的译介策略。戴辉的译本则没有关注福克纳的这个所谓"副文本"②。

从李译本的《译者序》视角来看，《附录》对于《喧哗与骚动》这部小说的完整性具有十分重要的意义，也是李文俊多次说"福克纳不（仅仅）是意识流作家"的基本依据。在李文俊看来，《附录》乃是福克纳采用自己的视角对康普生家族故事的续写。根据李文俊对于福克纳《喧哗与骚动》的理解，它首先是一部美国南方庄园主家族衰落的史诗小说，其次才是意识流小说，美国南方庄园主康普生家族的沉沦才是这部小说的真正主旨。"《附录》不仅提供了康普生家族从 1699 年至 1945 年的编年史，从而把小说所叙述的 30 年左右的岁月纳入一个更加庞大的历史连续体，而且把小说置于更广阔的社会历史背景之中，使之与南方乃至美国历史联系在一起。"③这样，这个《附录》就成为非常重要的小说整体组成部分。另外，从整个小说的结构来看，《附录》也是整体不可或缺的部分，小说出版时前四个部分均使用了时间作为标题，如 1928 年 4 月 7 日，1910 年 6 月 2 日，1928 年 4 月 6 日，1928 年 4 月 8 日，分别隐喻和象征了小说主要人物的生死之日和基督受难与复活的关系。《附录》也同样采用了时间的概念《康普生家：1699—1945》对同一个故事做了叙述④，这说明，李译本在安

---

① 王春：《李文俊文学翻译研究》，上海外国语大学博士学位论文，2014 年，第 36 页。

② 《康普生家：1699 年—1945 年》这篇文章是福克纳 1945 年为马尔科姆·考利编订的《袖珍本福克纳文集》所写附录，该文集于 1946 年 8 月出版，距小说初次发行已有 16 年。在这篇附录上面其实还有一个前言式的说明，福克纳在其中写道："这本书实际上并不是无意识中率意写成让人看不清楚的天才作品，而是家庭作坊里手工制成的试验性的第一架电影放映机。"

③ 任爱军：《论福克纳对〈喧哗与骚动〉的改写》，《名作欣赏》，2010 年第 15 期。

④ 李文俊在小说《译者序》中写道："因此，福克纳常常对人说，他把这个故事写了五遍。当然，这五个部分并不是重复、雷同的，即使有相重叠之处，也是有意的。这五个部分像五片颜色、大小不同的玻璃，杂沓地放在一起，从而构成了一幅由单色与复色拼成的绚烂的图案。"参见李文俊：《译者序》，《喧哗与骚动》，重庆：重庆大学出版社，2015 年版，第 8 页。

置和翻译《附录》时十分重视康普生这一"南方庄园主家族衰落"的主题。

黎登鑫将《附谱》放在正文之前也许与他所选择的源语文本有关①，从远景出版社的出版信息中无从考证黎登鑫所选择的源语文本，但这样的安排极有可能符合源语文本的状况。戴辉的译本之所以没有选择翻译《附录》可能蕴含着几种考虑：第一，所选择的源语版本可能没有收入福克纳的这一《附录》（这个可能性较小）；第二，认为《附录》并不具有重要的意义；第三，认为《附录》甚至有某些破坏原作的嫌疑。国内外文学研究界也有人持这一观点②，总而言之，这些观点批评福克纳为了追求销量和经济利益，为了迎合大众读者的口味，对小说原先开放性结尾进行了补写，试图给读者提供一把"打开整部作品的钥匙"③，因而降低了文学质量。当然也不排除戴译本的出版商从商业角度出发出版这部小说的"通俗版"或者"简易版"的意图。可以说，译者对翻译文本不同的传播目的和审美价值决定着三个汉译版本不同的译介策略。

最后，从翻译语言风格上来看，三位译者的语言风格也堪称迥异，这在《喧哗与骚动》的汉译研究中观点比较一致。④ 李文俊除了上文提到的善于采用译注阐释的"深度翻译"外，还擅长运用对作品理解之后的"解读式"翻译语言策略，李译本常常以此来达到帮助读者更好地理解作品的目的。以小说开头"我"（班吉）透过栅栏看打高尔夫球为例，李文俊的翻译采用了"深度翻译"和"译注解释"等翻译手法，将捡球的球童（Caddie）译为"开弟"，李文俊在译注中写道："'开弟'原文为 Caddie，本应译为'球童'，但此词在原文中与班吉姐姐的名字'凯蒂'恰好同音，班吉每次听到

---

① 《袖珍本福克纳文集》出版时，正值美国兰登书屋决定出版《喧哗与骚动》和《我弥留之际》的合订本，福克纳坚决要求将《附录》放在《喧哗与骚动》的开头，以确保读者以他所希望的眼光来看待作品。此后，1946 年至 1984 年，美国的出版商在所有的版本中都加了《附录》，最初放在开头，从 1966 年起放在正文之后。

② 1944 年，当考利计划出版《袖珍本福克纳文集》时，福克纳正处于其写作生涯的低谷。除了《圣殿》，他所有的作品都已绝版。而《喧哗与骚动》的销售情况则一直不好，直到 1946 年总共才售出约三千册。对于他来说，吸引读者以扩大作品的销量似乎已是当务之急。1945 年，当考利着手编纂维金版《袖珍本福克纳文集》时，福克纳答应他只写一两页的梗概作为文集所收的《喧哗与骚动》第四部分的引言。可是他最后交给考利的却是一篇相当长的文章，被收在文集的后面。这就是后来所谓的附录。参见任爱军：《论福克纳对〈喧哗与骚动〉的改写》，《名作欣赏》，2010 年第 15 期。

③ David Minter ed. , *The Sound and the Fury*, New York：Norton & Company, 1994, p. 335.

④ 王春：《深度翻译与当代文学史的书写——以李文俊的福克纳译介为例》，《福建论坛》（人文社会科学版），2012 年第 2 期；陈泰溶：《意识形态对李文俊翻译的影响》，《重庆科技学院学报》（社会科学版），2013 年第 2 期。

别人叫球童,便会想起心爱的姐姐,哼叫起来。"①这里,李文俊通过音译,又通过译注,将小说开头班吉透过花园栅栏窥视打高尔夫球的场景和对姐姐凯蒂的情感表达了出来。而黎登鑫版的翻译则完全采取了直译,读者很难从"我看得见他们正在打着……先是他敲,接着另一个也敲"②解读出小说开头的打高尔夫球场景。"Caddie"一词黎登鑫版译为"小家伙"("在这里了,小家伙"③),因此甚至可以说,这是一个误译,因为"小家伙"与"球童"之间还是有一定的差异的。在同样的地方,戴辉的翻译也译成了"开弟"④,但是没有做译注,这样读者显然无法读懂"开弟"这个词语所蕴含的意义,读者会认为这是一个人名而已。

总而言之,李文俊的翻译从读者出发,形成了意译或深度翻译的译介策略。这种译介策略虽然以帮助读者理解为宗旨,但是也在一定的程度上容易形成代姐越庖的效果。黎登鑫的译介策略比较客观,很少有译者的介入,在一定程度上反映出他尊重源语文学文本的初衷。相比之下,戴辉的译本虽然语句通顺,比较易读,但是在相当大的程度上与李译本比较接近,并不具备鲜明的自身特色。

第三节　福克纳叙述风格对中国文坛的影响

腾讯文化 2014 年 4 月 9 日在《他们读他们》栏目发表了对莫言和余华的采访文章⑤,在这篇采访中,两位中国著名作家都承认了福克纳文学文本对他们不可磨灭的影响,比如余华说:"能成为我师傅的只有威廉·福克纳。"⑥莫言则在采访中说:"十几年前,我买了一本《喧哗与骚动》,认识了这个叼着烟斗的美国老头。我首先读了该书译者李文俊先生长达两万字的前言。读完了前言,我感到读不读《喧哗和骚动》已经无所谓了。李先生在前言里说,福克纳不断地写他家乡那块邮票般大小的地方,终于创造出一块自己的天地。我立刻感到受了巨大的鼓舞,跳起来,在房子里

---

① 威廉·福克纳:《喧哗与骚动》,李文俊译,重庆:重庆大学出版社,2015 年版,第 3 页。

② 威廉·福克纳:《声音与愤怒》,黎登鑫译,台北:远景出版事业公司,1979 年版,第 19 页。

③ 同上。

④ 威廉·福克纳:《喧哗与骚动》,戴辉译,北京:印刷工业出版社,2001 年版,第 1 页。

⑤ 《余华莫言共读福克纳这个老头儿》,腾讯文化网,2014 年 4 月 9 日。

⑥ 同上。

转圈,跃跃欲试,恨不得立即也去创造一块属于我自己的新天地。"①其实,20世纪80年代福克纳的翻译作品在中国文坛上如期而至,这对中国现当代作家群的影响巨大,受其影响的又何止莫言和余华等先锋作家,福克纳对那个年代的中国小说家来说堪称楷模。

中国翻译家李文俊、陶洁等自20世纪80年代以来对福克纳的译介与传播无疑是成功的,福克纳并没有因为自己艰涩的语言风格、意识流表达方式以及五颜六色玻璃碎片般的叙述手段在中国失去读者,而是相反,他在中国遇到了无数文学知音,就如奥克斯福的福克纳故居博物馆馆长霍华德·巴尔(Howard Bahr)1999年在接受中国学者邵旭东的采访时所说的那样:"福克纳在他的'约克纳帕塔法世系'中描写了特定时空和文化背景下的人们的生活,这给许多外国读者,尤其是遥远的东方读者,可能会造成理解上的困难。但福克纳描写的不仅仅是这些。他把笔端深入到人物内心,触及到整个人类心灵的搏动。"②从这个意义上说,福克纳的作品可以和全世界的读者对话。他的描写展示出普遍的人类经验,其中的欢乐、痛苦、困惑和希望都是人类所共有的。福克纳不仅仅属于美国和美国南方,他更属于整个世界。莫言之所以在读到"家乡那块邮票般大小的地方"后激动不已,欢呼雀跃,那是因为他在福克纳的文学作品中看到了故乡和文化的源头活水,看到了母亲的身影,因为对于莫言而言,"母亲是大地的一部分,我站在大地上的诉说,就是对母亲的诉说"③。莫言如此,余华如此,贾平凹如此,郑万隆如此,梁鸿如此,苏童也是如此……

莫言和福克纳这两位诺贝尔文学奖得主的文学作品有一个共同之处,那就是地域文化意识和叙述场域认知的类似。福克纳一生绝大部分时间都生活在美国南方密西西比州的小镇奥克斯福,并以这个小镇及周围地区作为自己所虚构的约克纳帕塔法世界的蓝本。美国南方的土壤、历史与文化养育了福克纳,他耕耘在"约克纳帕塔法"那块"邮票般大小的土地"④上,他在思索南方问题,乃至整个人类问题。他也因之在诺贝尔授奖辞中被誉为"南方伟大的史诗作家"。

---

① 《余华莫言共读福克纳这个老头儿》,腾讯文化网,2014年4月9日。

② 邵旭东:《在那邮票般大小的故土——福克纳故乡奥克斯福访问记》,《外国文学研究》,1990年第4期。

③ 莫言:《讲故事的人》,诺贝尔文学奖演讲,新华网,2012年12月8日。

④ James B. Meriwether and Michael Millgate, *Lion in the Garden. Interviews with William Faulkner, 1926—1962*, New York: Random House, 1968, p.255.

一、福克纳的"约克纳帕塔法"与莫言的高密东北乡

如果说，福克纳是美国南方文学的代表，那么莫言也是一样，他在接受诺贝尔文学奖的演讲报告《讲故事的人》中谈道："我必须承认，在创建我的文学领地'高密东北乡'的过程中，美国的威廉·福克纳和哥伦比亚的加西亚·马尔克斯给了我重要启发。我对他们的阅读并不认真，但他们开天辟地的豪迈精神激励了我，使我明白了一个作家必须要有一块属于自己的地方。"[①]福克纳和马尔克斯对莫言的文学创作来说也许具有双重意义：第一，这两位西方现代主义大师均有强烈的地缘文化和故乡意识，即福克斯在密西西比州的"约克纳帕塔法"和马尔克斯在加勒比海岸的"马孔多"；第二，他们都有着自己的"家族小说"代表作，即《喧哗与骚动》和《百年孤独》[②]。

福克纳的"约克纳帕塔法"或者马尔克斯的"马孔多"对于莫言来说，那就是中国山东省的高密东北乡。从莫言的多次谈话和他的《讲故事的人》所表露出来的意思，可以基本判断，莫言对福克纳的接受主要是在地缘和故土文化的叙述表达上，而不是在其他方面。其原因是，他曾不止一次说过，读不读福克纳不再重要，重要的是他从福克纳那里学到了叙述"邮票般大小的地方"。莫言在长期的文学创作中一直在寻找一个虚构的故事世界，直到在福克纳那里才得到了"重要启发"[③]，高密东北乡就是他的故乡神话。

因此，莫言在诺尔贝文学奖的获奖感言《讲故事的人》中说："在《秋水》这篇小说里，第一次出现了'高密东北乡'这个字眼，从此，就如同一个四处游荡的农民有了一片土地，我这样一个文学的流浪汉，终于有了一个可以安身立命的场所。"[④]《秋水》发表于1985年，照这样看，莫言在李文俊翻译的《喧哗与骚动》发表之初就阅读了福克纳的这部经典小说，并"立即明白了，我应该高举起'高密东北乡'这面大旗，把那里的土地、河流、树木、庄稼、花鸟虫鱼、痴男浪女、地痞流氓、刁民泼妇、英雄好汉……统统写

---

①　莫言：《讲故事的人》，诺贝尔文学奖演讲，新华网，2012年12月8日。

②　《百年孤独》是哥伦比亚作家加西亚·马尔克斯的代表作，也是拉丁美洲魔幻现实主义文学的代表作，被誉为再现拉丁美洲历史社会图景的鸿篇巨制，马尔克斯1982年因此作而获得诺贝尔文学奖。《百年孤独》描写了布恩迪亚家族七代人的传奇故事，以及加勒比海沿岸小镇马孔多的百年兴衰，反映了拉丁美洲一百年以来风云变幻的历史。

③　莫言：《讲故事的人》，诺贝尔文学奖演讲，新华网，2012年12月8日。

④　同上。

进我的小说,创建一个文学的共和国。当然我就是这个共和国开国的皇帝,这里的一切都由我来主宰。创建这样的文学共和国当然是用笔,用语言,用超人的智慧,当然还要靠运气。好运气甚至比天才更重要"①。

福克纳的南方文学本质是反映美国南北战争结束后,北方资本主义自由市场经济战胜南方奴隶主封建经济秩序的历史画卷,但表达出来的却是一种"流水落花春去也,天上人间"的无奈情怀,其中蕴含着一丝对"骑士精神、贵族式自由、举止优雅和豪华奢侈生活"②的失落感,福克纳的南方文学企图从"商业化的北方社会的物质享受主义和市侩庸俗之中拯救他们的神圣理想"③,因此福克纳的地缘文化意识与一种浪漫主义情怀交融在一起,与此相吻合的必然是营造一个属于自己的世界,一个真实与虚构交织在一起的世界。相比之下,高密东北乡则是莫言小说的灵魂之根、创作之源,他在小说这个虚构的王国里不断地汲取地缘文化和历史积淀的养分,用自己的身体感知去唤醒读者的集体记忆和文化记忆。莫言用酒、饥饿、屈辱、反抗、孤独、民间、生命、自然、狂野、祖先、神秘、祭祀、性、历史、血痕、幽默、狂欢、图腾、禁忌等词语不断刷新"高密东北乡"这个地理名词,并赋予它东方文化和人类文明的深沉含义。

与福克纳一样,莫言也是传统审美价值的叛逆者,他的小说词语不再遵守中国读者久经熏陶,并早已习惯了的传统美,而是一副震撼与不适、愉悦与刺痛、直感和幻觉、甜蜜与苦涩的混合剂,或是一樽垂涎欲滴的诱人鸩酒。如果说福克纳在他的"约克纳帕塔法"版图里将时空逻辑和叙事视角砸成碎片,那么莫言则在他高密东北乡的王国里冲破了中国小说美学中确立了的樊篱与界限,给人带来本真的人性之美,在高密东北乡的王国里,莫言拥有一个更为广阔的艺术视角。在那个王国里,他所有的人物不再受某种"观念"的左右和制约,他们都自然而然、率性而为地展示他们的灵与肉、生与死、本能与道德。他们就像大地上精力旺盛、无所顾忌的红高粱一样,绚丽而狂野地肆意生长着。

如果说《喧哗与骚动》是每个南方农奴主失去土地和黑奴依附的家族

---

① 《余华莫言共读福克纳这个老头儿》,腾讯文化网,2014 年 4 月 9 日。福克纳也对南方故乡文学的宗旨发表过类似的观点,他写道:"我主要是对(那里的)人感兴趣,对与他自己、与他周围的人、与他所处的时代和地方、与他的环境处在矛盾冲突之中的人感兴趣。"参见肖明翰:《威廉·福克纳研究》,北京:外语教学与研究出版社,1997 年版,第 19 页。

② 樊星:《福克纳与中国新时期乡土小说的转型》,《山东社会科学》,2008 年第 7 期。

③ 同上。

衰落史诗，那么莫言的小说大多是扎根高密东北乡土地的颂歌。如《红高粱》讲述的是中国农民余占鳌家族在家园的土地上抵御外来侵略的神奇故事；《生死疲劳》则是一部中国农民回归土地的深刻反思之作，主题宏大、深邃，有深厚的社会历史内涵。莫言没有通过小说去重新评价土改、合作社、人民公社等等政治运动的历史功过。他突出表达的是对人的生命的尊重，人的尊严的不可侵犯，以及农民与土地之间难解难分、纠结缠绕、盘根错节的血肉情缘。莫言在小说中淡化了阶级的观念，站到一个相对超脱的高度，对争斗的双方进行一种人性化的表述。

莫言笔下的高密东北乡，就像福克纳的约克纳帕塔法郡、马尔克斯的马孔多小镇、梭罗的瓦尔登湖、梵高的阿尔、鲁迅的绍兴、沈从文的湘西、萧红的呼兰河、孙犁的白洋淀、史铁生的地坛、贾平凹的商州。伟大的作家和艺术家都在描绘自己所最熟悉、最热爱的地方或者故乡。那是他们精神的根据地。没有精神根据地，盲目地胸怀世界，表达的可能就只会是一些蜻蜓点水一样零碎而浮泛的公共感叹。好的作家，必须有一个用一生来持续地辨析和陈述自己的地方。这个地方要能真正容纳他的智慧、情感和心灵，能让他激动，让他愿意付出时间、精力和智慧去书写。高密东北乡对于莫言，正是这样一个地方。莫言知道，一个好作家不是动不动就胸怀世界和全天下，动不动就着眼于整个人类如何如何的，优秀的作家必须要经过那道"窄门"。

二、福克纳的"南方文学"与贾平凹的"商州世界"

如同莫言和余华，贾平凹也直言不讳地说过自己的文学创作深受西方现代主义文学和福克纳的影响。早在 1986 年，他在接受《文学家》杂志的采访时就对日本作家川端康成能把西方现代主义的创作手法糅合到日本民族文学传统中去的成功经验钦佩不已，并将此奉为楷模，他说："我大量地读现代派的哲学、文学、美学方面的书，而仿制那种东西时，才有意识地转向中国古典文学艺术的学习……更具体地将目光注视到商州这块土块上了。"1996 年，他在接受采访时就更明确地说："我对美国文学较感兴趣……像福克纳、海明威这种老作家……看福克纳的作品，总令我想起我老家的山林、河道，而看沈从文的作品，又令我想到我们商洛的风土人情生活画面。"①对于来自中国西北农村的贾平凹而言，他了解中国农村，了

---

① 贾平凹、张英：《地域文化与创作：继承和创新——关于中国当代文学创作的谈话》，《作家》，1996 年第 7 期。

解西北的商洛文化,对那片秦楚大地怀有一种特殊的情感,他的作品因此与福克纳的南方文学一样,也带有深深的地缘文化痕迹,即带有一种浓厚的"秦腔"味道。他曾经"憎恨农村的那种生活,原来贫困的日子,农村那种现状,但是从某种意义上又很留恋,对故乡又恨又爱的"①。因此,他也跟福克纳一样,将这种复杂感情融化在他的文学作品中,并企图以此完整地描述中国农村生活的变化。对于自己的商洛情结,贾平凹曾经说过,那是受到了宗白华先生的启迪:"一方面多与自然和哲理接近,养成完满高尚的'诗人人格',一方面多研究古昔天才诗中的自然音节、自然形式,以完满诗的构造。"②因此写出了"商州三录"(2001),即《商州初录》《商州再录》《商州又录》以及长篇小说《商州》(2008)、《浮躁》等。贾平凹说:"(我)自小在秦雄楚秀的地理环境,文化环境中长大,又受着家庭儒家的教育,我更多地沉溺于幻想之中。我欣赏西方的现代文学,努力趋新的潮流而动,但又提醒自己,一定要传达出中国的味道来。"③在这里,他虽然没有提到具体西方现代作家的名字,但他所说的西方现代文学极有可能就是指福克纳等的文学作品。他也像福克纳对待那张"邮票般大小的地方"那样,像莫言的高密东北乡那样,创造了自己的文学王国,他在《浮躁》的《序言》里用几乎是福克纳的口吻写道:"这里所写到的商州,它已经不是地图上所标志的那一块行政区域划分的商州了,它是我虚构的商州,是我心中的商州。而我之所以还延用这两个字,那是我太爱我的故乡的缘故罢了。"④显然,贾平凹"欲以商州这块地方,来体验,研究,分析,解剖,中国农村的历史发展,社会变革,生活变化,以一个角度来反映这个大千世界的心声"⑤。

事实上,贾平凹从1983年就开始营造他的"商州世界",如他1983年前后发表的中篇小说《小月前本》《鸡窝洼人家》《腊月·正月》《远山野情》《黑氏》《山城》《天狗》等。也就是说,他在接受福克纳的作品之前就具有强烈的小说地缘文化意识,从他在上文提及的接受张英采访的回忆来看,贾平凹的地缘文化意识也源于沈从文,并在福克纳的作品中得到印证。其实,中国小说家作品中的地缘文化意识书写是一种传统,现当代作家鲁

---

① 参见张英:《贾平凹:回到商州》,《南方周末》,2014年5月13日。

② 贾平凹:《在商州山地》,《小月前本》,广州:花城出版社,1984年版,第1—3页。

③ 贾平凹:《坐佛》,西安:太白文艺出版社,1994年版,第128页。

④ 贾平凹:《浮躁》,北京:作家出版社,1993年版,第5页。

⑤ 同上。

迅、沈从文、萧红、孙犁、周克芹、李准、苏童、莫言等等都在续写着这一传统。贾平凹也是如此,他说:"商州一直是我的根据地,或许我已经神化了它,但它是我想象和创作之本。"①

贾平凹不仅学习福克纳地缘文化虚实结合的文学创作本体论,他更加注意吸收和学习福克纳等现代主义作家的叙述方式和叙述风格。如果说,福克纳《喧哗与骚动》中的杰弗生镇是整个美国南方在20世纪的一个缩影,那么贾平凹《秦腔》中的清风街则是再现21世纪初中国农村生活变迁的一卷史诗。在这部小说中,他创造了痴傻人引生这个贯穿整部小说的特殊人物,用他的叙述视角来展开对小说情景和故事的叙述,这点与福克纳《喧哗与骚动》中的白痴班吉或者君特·格拉斯《铁皮鼓》中的侏儒奥斯卡等的叙述视角非常相似。《喧哗与骚动》通过班吉的视角揭示家族的衰落和凯蒂的悲剧,格拉斯在《铁皮鼓》中通过具有特异功能的侏儒奥斯卡的视角展现法西斯的暴行,这种叙述视角具有非常规、陌生化的,甚至非理性的特征,因此赋予作者极大的叙述空间和叙述自由度。

贾平凹《秦腔》中的痴傻人引生的叙述视角也有这些特异功能,他"可以进入通灵的状态。与花、树、鸟等的通灵,使作品的维度打开,作品的容量就是多维度、多空间的"②。又如,福克纳在《喧哗与骚动》的五个部分中分别采用了多重叙述视角,同样,贾平凹在长篇小说《废都》中也提供了多重视角,诸如佛的视角、道的视角、兽的视角、神鬼的视角等等,他的叙述视角因而变得神秘莫测。在痴傻人引生的叙述视角下,《秦腔》的叙述结构也在福克纳等现代主义叙述风格的影响下变成非传统和非理性的,为了表达《秦腔》中清风街(即贾平凹生长的商洛市丹凤县棣花镇)上普通农民的日常生活,再现西北农村缓慢的、繁冗的、支离破碎的生活节奏,尤其是在现代城市化进程中,西北农村显示出的社会变迁状况,如农业萧条,劳动力外流,贫困,耕地被商业所蚕食,人情淡薄,新一代干部急于求成,不顾群众利益,干群关系恶化等等。贾平凹打破了线性叙述时间秩序,采用了非理性意识流和碎片式的叙述结构,整部小说不分章节,50万字的篇幅漫无边际,贾平凹在接受郜元宝的访谈时只是简单地回答:"我在'后记'里说过,'只因我写的是一堆鸡零狗碎的泼烦日子,它只能是这一种写法'。"③

---

① 贾平凹:《商州初录》,《钟山》,南京:江苏人民出版社,1983年第5期,第68页。
② 樊娟:《福克纳与贾平凹》,《当代文坛》,2011年第4期。
③ 贾平凹、郜元宝:《关于〈秦腔〉和乡土文学的对谈》,《河北日报》,2005年4月29日,第011版。

　　除了叙述结构之外,贾平凹的《秦腔》中的语言也与福克纳的南方文学中浓烈的美国南方日常口语、俚语以及极有地方色彩的环境、事物渲染具有相似性,"秦腔"不仅是一种地方剧种的隐喻,更是西北方言的指涉。在《喧哗与骚动》中,福克纳在南方家族和传统的失落中打捞尚存的价值,贾平凹也是一样,在方言中挽留城市化中渐渐消失的土地记忆,在渐渐消失的"鸡零狗碎"中充分地体现了乡土性。对此,贾平凹解释道:"我目睹故乡的传统形态一步步消亡,想要保存消亡过程的这一段,所以说要立一个碑。以后农村发展了,或者变糟了,与我都没有关系,但起码这一段生活和我有关系,有精神和灵魂的联系;亲属,祖坟都在那里……这种不分章节,没有大事情,啰哩啰嗦的写法,是因为那种生活形态只能这样写。"①然而,贾平凹的这种小说叙述形式和语言表现方式在国内褒贬不一,在国内文坛曾受到一定的质疑,并引发了诸多争议,甚至还被文学评论家李建军批评为:"结构杂乱无章,文字肮脏不堪,简直就是一堆垃圾!"②这与《喧哗与骚动》发表时受到批评和争议的情况也很相似。

三、余华"在细雨中呼喊"福克纳

　　余华是中国先锋派小说的代表人物之一,他从小在江南小城海盐长大,日后虽然离开了故乡,但他始终把这座秀美的江南小镇作为他那"邮票般大小的那块地方"。《活着》《许三观卖血记》便是这块地方的故事。如果要从叙述风格上来看福克纳在中国文坛的传播效应,那么也许余华发表于1991年的第一部长篇小说《在细雨中呼喊》值得一提,因为这是余华学习福克纳的代表作。在这部作品里,余华证实了他的那句话:"能成为我师傅的只有威廉·福克纳。"

　　余华从福克纳那里学到的首先是对时间的表现。福克纳的《喧哗与骚动》对现代文学最大的贡献在于在小说中表达他的时间观,就是让线性的时间变成心理时间,变成意识在思维中流动的时间。这种对时间的蒙太奇化使得福克纳在小说叙述中获得了极大的自由和空间。余华在《在细雨中呼喊》中也对时间的表达进行了实验,他的做法是用记忆(memory)来确定时间,他自己将这种观念称为"时间的记忆逻辑"③,也

---

　　① 贾平凹、郜元宝:《关于〈秦腔〉和乡土文学的对谈》,《河北日报》,2005年4月29日,第011版。

　　② 栾梅健:《〈秦腔〉是"一堆垃圾"?》,《文学报》,2005年9月15日,第3版。

　　③ 参见余华:《余华作品集》,北京:中国社会科学出版社,1994年版。

就是通过文学作品的记忆叙述，将事件发生的时间进行新的排列。余华借鉴福克纳《喧哗与骚动》中的叙述结构，将《在细雨中呼喊》分为四个部分：一、"南门岁月"；二、"孙荡镇岁月"；三、"祖父的回忆及南门叙事"；四、"孙荡镇叙事及回到南门"。余华在确定小说的"记忆场"（Erinnerungsort）、"南门"等的基础上，将记忆叙述的时间顺序打乱，即将叙述时间定制为块状，这样，第一人称叙述者"我"就可以用一段段的记忆流和意识流任意将时间置于记忆场内。

意识流叙述是余华从福克纳那里学到的另一个东西，余华在长篇小说《在细雨中呼喊》中不仅做了时间的记忆逻辑实验，而且还在记忆、感知和意识关系上做了叙述方式的实验，即让记忆和潜意识在感知中被唤醒，叙述主体在身体进入记忆场的时候，他的感知器官被反复激活，旧时的物、声音、人等都会对记忆产生刺激，激发意识在记忆场中流淌。《喧哗与骚动》的一开始，对球童"开弟"的呼声就激发了班吉对"凯蒂"的回忆，从而激发了意识流的产生。在余华那里也是一样，如《在细雨中呼喊》中的"我"不断地阔别"南门"，不断地阔别儿时屋后的"池塘"，每当回来时，记忆场"南门"或者"池塘"边上的一景一物都会唤起"我"的回忆，让"我"的潜意识在记忆中不断涌动，而对这种瞬时出现的记忆流动的书写和叙述就是意识流叙述。

四、福克纳的"南方家族"书写与中国当代的"家族小说"

中国当代作家对福克纳的接受还表现在家族小说的母题上。众所周知，家庭或家族可以被视为人类最基本的文化载体和价值观传承细胞，它承载着不同时代和不同社会形态下的文化基因（或称媒因）①，家族的历史也是认识人类历史进程的珍贵标本。同时，家族是农业社会的基本运作单位。在传统农业社会中，土地由家庭共同占有，农民以家为单位组织农业生产活动，作为一家之主的家长，总是代表着整个家庭的利益，他的言行也总能成为其他家庭成员的"尚方宝剑"。每个农民的社会经济活动

---

① 英文术语"meme"（文化基因/媒因）是由演化生物学家道金斯（Richard Dawkins）于1976年在其《自私的基因》一书中提出的概念，他认为社会学和文化学研究中的"媒因"与生物学研究中的"基因"（gene）具有相似的工作机制，他认为观点、信念、行为模式皆可通过媒因理论予以解释。道金斯的《自私的基因》成为一个文化遗传研究的统一符号。塔夫茨大学哲学家邓内特（Daniel Denett）在其《感知解释》（Consciousness Explained）（1991）中也借用了"文化基因"这个概念。根据文化遗传学，文化基因或媒因即为一个单独的意识载体（例如一个想法），它通过交流而传播，并因此而变得多样化。这种机制被视为社会文化的演化发展过程。这个过程类似于拉马克的生物进化论的学说，它可以将已有的特质传递给下一代。这一点有别于通过基因获得个体身体特征从而进行遗传与繁衍的生物演化。

虽然有为自己谋利的动机,而且往往有很大的离心倾向,但由于中国传统社会中宗族势力的强大,以及中国传统伦理道德的制约,在广大中国农民的价值观念中,占主导地位的是家庭观念,他们以家庭为本位组织参与社会经济活动,以家庭为本位判断一切事物的价值。

20世纪80年代,中国开始由农业社会向工业社会转型,许多中国当代作家也将农业社会中的家族作为记忆的象征,他们像美国南方农民福克纳那样,在几代人绵延的命运中建构起一个个与历史变迁相对应的怀旧空间。在农业社会传统下,农村家族小说与(城市)家庭小说相比,往往更具有历史的纵深感和文化的厚重感,因此历来是中外文学表现复杂的历史文化和社会发展的极灵活而丰富的叙事形态。中国现代文学史上,家族文学占有着极其重要的位置①,在当代中国文坛上,莫言、贾平凹、苏童等都是书写农村家族小说的代表作家。

家族小说所特有的文学形式,福克纳以及莫言、贾平凹、苏童等中国当代作家各自所处的以家族为中心的历史社会环境,使得他们对抒写家族历史产生了同样的浓厚兴趣,也造就了伟大的经典和伟大的作家。他们创作了许多关涉大家族历史沿革和演变的家族小说,如福克纳创作的家族小说经典有以康普生家族为描写对象的《喧嚣与骚动》,以萨特潘家族为对象的《押沙龙,押沙龙!》,以麦卡斯林家族为对象的《去吧,摩西》,以萨托利斯家族为对象的《沙多里斯》。莫言的家族小说经典则以描述余占鳌家族抗日历史的《红高粱家族》和以上官家族和司马家族盛衰史为对象的《丰乳肥臀》、以食草家族为对象的《食草家族》等为代表;贾平凹描述中国西北农村现代化大变革中白、夏两个家族历史变迁的《秦腔》也早已成为经典;苏童则在其家族小说经典中常常以中国南方大小家族为叙述背景,表现不同时代家族的变迁和衰败,他的家族小说常常蕴含着国家和社会的发展脉络,演绎一种文化的兴衰,如他的《罂粟之家》叙述以刘老侠为代表的刘姓家族,《妻妾成群》叙述以陈佐千为代表的陈姓家族等。

在这些反映了时代特征的家族历史小说中,作家所表现的都是历史上重大的社会转型期中人的困惑和文化的纷乱。如福克纳书写的是南北战争后,美国南方政治、经济、文化价值解体和在资本主义工业化进程中的重构。莫言、苏童和贾平凹等的家族小说则再现了抗日战争、解放战

---

① 张恨水的《金粉世家》、巴金的《家》、林语堂的《京华烟云》、老舍的《四世同堂》、路翎的《财主的儿女们》等都是中国现代文学史上反映家族生活的优秀作品。

争、土地改革运动等中国社会一系列转型期的社会变革。这些中国当代作家跟福克纳一样，用小说的形式去追忆曾祖辈、祖辈和父辈的生命形式，通过文学语言重构家族历史不可逆转的衰败、沦落或者变迁，关注不同时代和不同社会形态下生命不同的价值。

首先来看莫言。莫言的长篇家族小说《红高粱家族》由《红高粱》《高粱酒》《高粱殡》《狗道》《奇死》五部分组合而成。从结构上看，这部家族小说酷似福克纳的《喧哗与骚动》的五个部分的叙事结构，指涉同一个叙述家族对象，在福克斯那里主要是康普生家族和凯蒂，在莫言那里主要是"我爷爷"余占鳌和"我奶奶"戴凤莲。所不同的是，福克纳采用了多重叙述视角，特别是采用了康普生家族成员的内视角（经历者视角），而莫言则通篇采用了具有极大时代差异的家族成员第一人称"我"的叙述外视角（非经历者视角）。相同的却是两人都对传统的时空顺序和情结逻辑进行了颠覆，一个疑似被现代文明污染了的"我"揣怀着无比崇敬和自傲的心态，以意识流的方式追忆"我爷爷"和"我奶奶"充满野性的爱情故事以及其他家族成员狂放、刚烈的昔日抗日英雄气概。与福克纳一样，莫言采用了主体任意叙述的方式，以充满想象力的神话和违背常规的比喻与通感等修辞手法，构建了他高密东北乡这个文学自由王国。

福克纳的历史观似乎也与莫言的历史观相似，或许这样的历史观对《红高粱家族》产生过一定的影响，毛信德曾经说过："福克纳好像是一位有特殊嗜好的编织工，他所织出来的图案永远是过去了的时代。"[①]在《喧哗与骚动》中，福克纳所表达的历史观是对过去的英雄年代沉重的怀念，对旧家族的衰落表现出一种无可奈何。他既歌颂美国南方人的勇气、热情、开拓精神、绅士风度，但也揭露旧秩序中的清教主义、种族歧视，对南方农庄主的高贵的血缘和愚蠢的骄傲嗤之以鼻，对昆丁等沉沦在过去时代的懦弱人物持否定态度，因此，福克纳的历史观是复杂交错的，就像毛信德所说的那样，他对故乡过去时代的眷恋和失望交织在一起，编织出了南方家族小说的主色调。

莫言也是这样的一个历史的"编织工"，只不过他与福克纳有所不同，莫言在家族小说里编织的不是"恰似一江春水向东流"的哀情画卷，而是一幕幕绚丽无比、荡气回肠的神话剧，他讴歌过去率真和激情四射的时

---

① 毛信德：《美国二十世纪文坛之魂——十大著名作家史论》，北京：航空工业出版社，1994 年版，第 222 页。

代,批判当代人生活的猥琐、势利和无聊。如《红高粱》始终以一种近乎崇拜的景仰语调来抒写、歌颂祖先轰轰烈烈的抗日事迹。《食草家族》则以神话般的荒诞编织了高密东北乡食草家族的历史传说。在莫言的"痴人说梦"①中,读者可以看到福克纳《喧哗与骚动》中班吉的影子。《丰乳肥臀》中的"母亲"上官鲁氏生养的八个上官女儿演绎了这个庞大家族与20世纪中国的各种社会势力产生了枝枝蔓蔓的联系,并被卷入20世纪中国的政治舞台。莫言在这部献给"母亲"的家族小说中编织的魔幻现实故事也在讴歌人对于生命的渴望。在生命和物种延续的必然之中,任何美和丑、善和恶、伦理说教和自然野性都显得无比的苍白。与福克纳一样,莫言的历史观也受到大量的质疑,有人认为他的《丰乳肥臀》表达了"昔日的辉煌与当代生活的猥琐形成鲜明的对比和对立……人类的历史没有从低级走向高级,黑暗走向光明,更没有从残缺走向完美……因此莫言的历史观是消极的、退化的历史观"②。他在家族小说中所编织的画卷犹如萨特对福克纳作的评价那样:"眼光总是往后看,人生就像是从疾驰的汽车后窗望出去的道路,可以看得见,但却在飞速后退,难以追及。"③

再来看苏童的家族小说与福克纳家族小说的关系。苏童不仅也有自己的"约克纳帕塔法郡",那就是他的"枫杨树乡村"和"香椿树街",更值得注意的是他的家族小说常常以中国南方旧家族衰败为主题,如《罂粟之家》《妻妾成群》等都展现了南方特有的古典美感,充满了怀旧的、唯美的、颓废的伤春悲秋,再加上苏童纤巧华美的文字,使他的家族小说充满着哀歌一样的感人魅力。与福克纳的《喧哗与骚动》中所描写的康普生和凯蒂一样,苏童也特别喜欢书写父权的败落和女性的悲哀。从表面上看,苏童的家族小说表现的是中国南方封建旧式家庭的腐朽,但实质是表达了由罪恶、死亡、欲望等构成的人性的颓败,从而折射出整个旧时代的颓败。

在福克纳生活的美国旧南方,家族是南方庄园农奴经济的基本运作载体,因此,作为"父权"代表的康普生是家族的主宰者,康普生祖辈曾经战功显赫,官至州长,黑奴成群。康普生的衰败意味着庄园农奴经济的衰败。从宗教的角度来看,美国南方文化中加尔文教派占统治地位,而在新

---

① 参见莫言《食草家族》后记:"这期间我写了一些十分清醒的小说,也写了像《食草家族》这样的痴人说梦般的作品。"莫言:《食草家族》,上海:上海文艺出版社,2009年版。

② 参见温伟:《论莫言与福克纳的家族历史小说》,《电影评价》,2006年第23期。

③ 萨特:《福克纳在旧世界》,《福克纳评论集》,李文俊编选,北京:中国社会科学出版社,1980年版,第247页。

教加尔文教派中,父权又有至高无上的权力和地位。小说《喧哗与骚动》中的康普生就是这种权力的代表。与福克纳一样,苏童也在家族小说《罂粟之家》和《妻妾成群》中集中展现了父权的衰落。如在《罂粟之家》中,曾几何时,地主刘老侠家业盛极,成为"南方最大的罂粟种植主……他手里的罂粟在枫杨树以外的世界里疯狂地燃烧,几乎熏黑了半壁江山"①,但是刘家的内争外斗,父子相残,骨肉陌路,乱伦丧礼,导致家道衰落。犹如康普生家的班吉,刘老侠亲生儿子刘演义也是个"白痴",永远处于饥饿之中,无人过问,最终被同母异父的弟弟所杀,整个家族在黑暗中灭亡。《妻妾成群》中也是一样,陈佐千作为"父权"的象征,隐喻着中国封建社会典型的男性社会,而小说则从一开始就注定了他的"身子"被三个妻子"掏空"的衰落本质,失去了作为父权象征的"性能力",即家族的繁衍能力。四太太颂莲的出现便是父权失落的体现,她由于父亲的工厂倒闭自杀后无奈选择了作妾,最后成为悲剧人物。

由此看来,无论是康普生、刘老侠还是陈佐千,这些封建父权制度的代表人物都在时代的车轮下被碾碎。康普生家族在美国资本主义现代化进程中衰落,康普生家只剩下一个破败的宅子,一个老黑奴,即便这样,福克纳也在《附录》中说明,那个老宅子也被卖掉了。刘老侠家族的最后一个代表刘沉草也在土改工作组的枪声下毙命,陈佐千则为钱财和权力给自己挖掘好了坟墓,他在与妻妾的战争中早已形同枯槁,行将就木。无论是福克纳,还是苏童,都在家族小说中传递出一丝历史挽歌的忧伤曲调。

最后来看贾平凹的家族小说。《秦腔》是贾平凹唯一一部描写自己家族的小说,他在与郜元宝的谈话中说:"……以前写商州,是概念化的故乡,《秦腔》写我自己的村子,家族内部的事情,我是在写故乡留给我的最后一块宝藏。以前我不敢触及,这牵扯到我的亲属,我的家庭。夏家基本上是我的家族,堂哥,堂嫂,堂妹,都是原型,不敢轻易动笔,等于是在揭家务事。我说最害怕村里人有什么看法。有了看法,以后都不能回去了。这里面既有真实也有虚构,我就怕有人对号入座。"②由此看来,与福克纳写《喧哗与骚动》一样,贾平凹在小说《秦腔》中呈现的是自己的家族和亲人,讲述的是与自己血脉相连的故事,正因为如此,这才成为他写故乡的"最后一块宝藏"③,也是他迟迟不愿意触摸的一块领地,也许是因为它太

---

① 苏童:《罂粟之家》,北京:人民文学出版社,2001 年版,第 116 页。
② 贾平凹、郜元宝:《关于〈秦腔〉和乡土文学的对谈》,《河北日报》,2005 年 4 月 29 日,第 011 版。
③ 同上。

真实,太切肤,维系着他太多的情感。就如他自己对《秦腔》这部家族小说所下的定义那样:"我的故乡是棣花街,我的故事是清风街;棣花街是月,清风街是水中月;棣花街是花,清风街是镜里花。"①

与福克纳的白痴班吉一样,《秦腔》也采用白痴引生的视角来叙述清风街的两家大户的故事:白家祖上曾有人当过保长,曾经有钱有势,土改运动后彻底衰落。而夏家1949年后掌握了权势,夏家的父权人物夏天义也成了合作社、人民公社时期农民的象征。随着改革开放和实行市场经济,夏天义所代表的乡土文化开始面临着新时代的挑战,夏家的家族变迁成了清风街、陕西乃至整个中国农村的象征。夏家两代人在改革开放和城市化的大潮面前困惑,迷失方向,甚至衰落。夏天义代表着老一代农民以农为本的价值观,他身上的每个细胞都表现了西北农民对土地深深的眷恋,他坚信土地是农民的根本,他无法理解土地的商业化、工业化,慢慢地他的身边只剩下白痴引生一人。而夏天义的侄子夏君亭则是新一代农民的代表,他的价值观已经不仅仅是土地和种植了,他带领村民走商业经济的道路,试图改变家乡的贫困状态。从这一点来看,《秦腔》与《喧哗与骚动》的共同点在于时代车轮下家族的变迁。贾平凹用日常生活中的"鸡零狗碎"和无法宏大叙事的平庸展现了夏家两代人守望乡土文化中的困惑和绝望,挣扎与无奈。

综上所述,福克纳的现代主义文学作品自20世纪80年代在中国得到传播后,迅速在中国社会形成了有效的传播力场,它在译者、读者和作家诸多层面形成了多元接受群体,并对中国本土现代主义文学(先锋文学)的生成产生了重要的影响。作为先锋文学代表人物的莫言曾经对"文化大革命"结束后中国的外国文学经典接受背景做过解释,他说,他"这种年纪的作家毫无疑问都受到了西方文学的影响,因为在80年代以前中国是封闭的……改革开放以后大量的西方文学被翻译进来,我们有一个两三年的疯狂阅读时期,这种影响就自然而然地产生了,从而不知不觉地就把某个作家的创作方式转移到自己的作品中来了"②。福克纳之所以在中国形成了有效的传播力场,主要原因有三点:

第一,福克纳的小说作品中的历史背景与中国20世纪80年代以后的社会转型期环境十分相似,中国社会在经历了市场经济大转型后,中国

① 贾平凹:《秦腔》,北京:作家出版社,2005年版,第558页。
② 莫言:《小说的气味》,沈阳:春风文艺出版社,2003年版,第20页。

作家的审美趣味出现了多元化，其中莫言、余华、苏童、贾平凹等许多当代作家开始认同福克纳等西方现代主义作家的反传统文学创作手段。中国社会审美价值多元化为认同福克纳的文学范式奠定了基础。

第二，20世纪80年代，商品社会和市场经济开始形成，这使中国的作家关注个人、人性、人和人的关系、人和自然的关系，这与福克纳的文学诉求非常接近。同时，在这样的语境下，中国文坛产生了一种强烈的表达内化的倾向，伤痕文学、寻根文学、乡土文学和先锋文学相继产生，这与福克纳的意识流叙述和内心独白文学手法十分吻合。

第三，20世纪80年代中国文学环境与20世纪初的美国文学环境也比较相似，美国在工业化、都市化完成后，具备了摆脱现实主义单一文学范式的基础，形成了现代主义文学生成的土壤和气候。中国的文学在"文化大革命"之后也开始形成文学样式多样化的局面，随着改革开放和对外交流的增多，中国社会现代化诉求日益增长，这也导致了对现代主义文学的接受热情。

第十二章
《吉檀迦利》的生成与传播

印度诗人罗宾德拉纳特·泰戈尔（Rabindranath Tagore，1861—1941）是享誉全球的著名作家，他以诗集《吉檀迦利》获得 1913 年的诺贝尔文学奖。他的诗作蕴含着深沉意味与崇高目标，瑞典文学院在授予泰戈尔诺贝尔文学奖的颁奖词中称赞他"用一种西方文学可以接受的形式来表达对于古老、美丽而又清新的东方思想之生动的语言"①。泰戈尔具有理想主义倾向的优美诗篇在不同国家和不同民族的人们中间广为传颂，为世人所喜爱，是人们"精神生活的灯塔"。

泰戈尔 1861 年出生在孟加拉邦加尔各答市中心的贵族家庭，这个家族人才频出，拥有杰出的智慧和能力。泰戈尔的名字在孟加拉文中意为"太阳一样光辉的因陀罗天神"。泰戈尔 8 岁开始写诗，12 岁开始创作剧本，14 岁发表了第一首诗《献给印度教徒庙会》，他一生创作了 50 多部诗集（两千多首诗歌）、12 部中长篇小说、百余篇短篇小说、200 多部剧本，以及多种哲学著作，还有散文、回忆录、通讯、日记等作品，同时还留下了许多音乐和绘画作品，是古今中外最多产的作家之一。泰戈尔不仅是诗人、小说家、散文家、戏剧家、儿童文学家、翻译家，而且是音乐家、画家、教育家。他才华横溢，能写、能唱、能编、能演，被誉为"印度的骄阳"。

泰戈尔生活的时代正逢英国殖民主义统治印度，帝国主义和印度民族的矛盾，以及封建主义和印度人民的矛盾较为突出。他热爱和平、追求正义，他以梦为马、以笔为剑，为世界和平奔走疾呼。同时，他也是万世的

---

① 毛信德主编：《诺贝尔文学奖颁奖词与获奖演说全集》，杭州：浙江工商大学出版社，2013 年版，第 78 页。

旅人、睿智的向导,他用心神丈量哲思、用文字雕刻时光。

泰戈尔创作题材广泛。季羡林曾说,泰戈尔的诗"有光风霁月的一面,也有怒目金刚的一面"①。《吉檀迦利》无疑代表了泰戈尔诗歌中光风霁月的一面,不仅生动呈现了孟加拉美丽的自然风光,而且处处洋溢着神秘的宗教气息。《吉檀迦利》最初用孟加拉语写成,后来诗人自己把这部诗集从孟加拉语译成英语。《吉檀迦利》获得诺贝尔文学奖之后在世界文坛大放异彩,其生成和传播既有偶然因素,也有必然因素。

1906年至1910年间,经历了亲人离世、民族分裂等种种挫折和打击后,正逢中年的诗人对人生有了新的感悟,他感到自身的渺小和无力,而只有神才是伟大永恒的。白天,他在自己创办的距离加尔各答不远的山蒂尼克侗学校任教;晨昏时分,他静坐凉台与神对话,向神表达自己的仰慕、崇敬和爱恋,由此写下了一首首神秘的抒情诗。1910年,泰戈尔用孟加拉文写就的这些诗歌结集出版,名为《吉檀迦利》,孟加拉语的意思是"献歌",大部分是献给神的宗教抒情诗。在泰戈尔心中,神既是主人,又是朋友和情人;在诗里,神的形象既具体又抽象,既熟悉又陌生。泰戈尔通过对宇宙自然的丰富感悟来表达对神的爱。在这期间泰戈尔计划远游欧美。

正当泰戈尔准备去英国前夕,他突然病倒了。在修养期间,他拿起孟加拉文版的《吉檀迦利》,将其翻译成英文。1912年,康复后的泰戈尔重新踏上去英国的旅程。

诗歌与绘画有着天然的渊源,两种艺术之间的通感把诗歌和绘画艺术紧密地联系在一起。英国著名画家罗森斯坦在1910年访问印度时通过泰戈尔的两个侄子(即当时印度画家阿班宁德拉特拉和加甘宁德拉特拉)认识了泰戈尔。他读了泰戈尔的文章后爱不释手,泰戈尔便把《吉檀迦利》的英文译稿给了罗森斯坦,罗森斯坦读了以后非常感动,推介给叶芝等英国文坛名流,并获得认可。1912年,伦敦印度学会出版了由叶芝作序的750册英文版《吉檀迦利》,后来麦克米伦公司又出版了普及本。

《吉檀迦利》在英国出版后,引起了西方文坛的高度关注。1913年,经英国诗人穆尔推荐,泰戈尔以《吉檀迦利》获得了诺贝尔文学奖,泰戈尔也因此成为亚洲首位获得诺贝尔文学奖的作家。这一文学界的至高荣耀

---

① 季羡林:《泰戈尔的生平、思想和创作》,《社会科学战线》,1981年2期。

促使《吉檀迦利》走进了世界经典文学的行列。百余年来,这部常读常新的作品一直是世界各国最畅销的书籍之一,享誉全球。

第一节 泰戈尔在中文世界的接受

青衫长袍,银须白发,硬朗的脸庞神情坚毅,如炬的目光深邃宁静。泰戈尔是中国人心目中最有代表性的印度人,他那稳重且飘逸的形象气质和他的诗歌一样蕴含哲思、深入人心。以泰戈尔为焦点的中外诗学深度对话是中国现代文学发展进程中无法绕开的一段印记。"中国现代文学史上的主要文学社团和流派的代表人物都与泰戈尔有过交流或接触,其中有精神的契合,也有思想的启示;有观念的碰撞,也有话语的激发。"①泰戈尔诗学对转型过程中的中国现代诗学具有一定的影响和促进作用。

一、泰戈尔与中国的渊源

中印两国是友好邻邦,几千年来的文化交流丰富了双方的文化传统。老子的哲学思想在印度有较高的知名度,因为其思想的核心"道"与印度宗教思想的核心"法"有着异曲同工之妙。泰戈尔及其父亲都受到过中国古代哲学思想的影响。1875 年,泰戈尔的父亲德温德拉纳特·泰戈尔(Debendranath Taoge,1817—1908)首次走出国门来到中国,老泰戈尔访华后发表了几篇论道家思想的文章。这种传统影响也浸润了泰戈尔,中国古典诗歌以及美学思想对他来说有着独特魅力。"由于中印两国诗学有许多相似和相近的地方,因此中国的诗学思想对泰戈尔而言,宛如故旧,亲和力大于冲击力。"②这些自然而然体现在他的文学创作中。

泰戈尔年轻时非常关心中国,想要了解中国。1881 年,20 岁的泰戈尔著文痛斥英国殖民者向中国倾销鸦片、毒害中国人民的罪恶行径,他把这样的英国人称作"强盗"。他还多次发文谴责日本发动侵华战争。他以文学为武器,为世界和平和正义发挥一己之力。正是基于这兄弟般的民族情谊,泰戈尔对中国有着深厚的感情。"他从几千年的历史上看到两国

---

① 侯传文:《泰戈尔与中国现代诗学》,《文学评论》,2007 年第 1 期。
② 郁龙余等:《中国印度诗学比较》,北京:昆仑出版社,2006 年版,第 486 页。

人民友谊之源远流长,两国文化交流之硕果累累;他感到西方是压迫者,而中印两国都是东方被压迫者,因而对中国寄予无限同情,甚至有所偏爱;他在中国文化中发现了极为宝贵的东西,因而给了它最高的评价。"①泰戈尔曾在六十多岁高龄时三次来到中国,不仅与中国当时许多文学艺术界人士结下了深厚友谊,对两国间的文化交流起到了重要作用,而且首次访华时在北京庆祝 64 岁寿诞这天,梁启超为他取了一个象征中印民族团结友好的名字——竺震旦。泰戈尔对中国的热爱和中国文化的热爱可见一斑。

泰戈尔一生致力于中印文化传播和交流,也是中印两国友谊之桥的使者。泰戈尔访华后,一直计划在他创办的国际大学成立中印学会,研究中国文化,沟通中印感情。在谭云山等人的努力下,1934 年,由泰戈尔任主席的印度中印学会成立;1935 年,以蔡元培为理事会主席的中国中印学会也在南京成立。中印文化交流有了组织机构。1937 年,在国内学者的努力及政府的支持下,泰戈尔在国际大学创建中国学院的夙愿也得以实现,为促进中印两国文化交流开启新篇章。1982 年,中国印度文化研究会成立,推动了泰戈尔研究的进一步深化,关于泰戈尔作品在思想、语言、艺术、宗教、美学等方面的研究成果不断涌现,丰富了中国读者对泰戈尔更为全面客观的认识。

二、泰戈尔在中国的足迹

泰戈尔的中国之行是当时文化界的一件大事,并在文坛上引起了一场热烈的争论。1924 年,泰戈尔追寻父亲停留过的足迹,来到向往已久的中国。历时近五十天,从 4 月 12 日至 5 月 30 日,泰戈尔的足迹遍及上海、杭州、济南、北京、太原、汉口等地,接触了溥仪、梁启超、梅兰芳等各界知名人士。伴随着一路的鲜花和荆棘,泰戈尔的作品如清风吹皱了中国文学的一池春水,来自四面八方的不同声音汇聚成 1924 年春天的文化交响曲。

泰戈尔来华前,郑振铎主编的《小说月报》于 1923 年 9 月和 10 月连推两期"泰戈尔专号"。许多作家撰写了关于泰戈尔的文章。王统照在《小说月报》第 14 卷第 9 号上分析了泰戈尔的思想与其诗歌的表象,并亲自翻译了《吉檀迦利》等集子中一些诗篇作为引证,同时指出泰戈尔不仅

---

① 季羡林:《泰戈尔与中国》,《社会科学战线》,1979 年 2 期。

是印度宗教的实行者,而且是"爱"的哲学的创导者。王希和在《东方杂志》上发表了《泰戈尔学说概观》,从泰戈尔的哲学思想、教育思想、艺术论等几个方面进行阐述,并指出:"(泰戈尔)的哲学特点是在于人与宇宙的和谐,换言之,是求精神生活。所以他在教育和艺术两方面都主张人类的精神应由物质里解放出来,以达到无限。其次就在他提倡爱和牺牲,以及活动,以此三者是人生之正路,人于无限所必经的。"[①]各种观点的文章和泰戈尔作品的译文相继涌现,使中国读者未见其人、先闻其声,增加了国人对泰戈尔来华的期待。

泰戈尔首次访华场面隆重。文学研究会、商务印书馆、英美协会、北京画界、佛教会、教育机构等团体纷纷为其召开欢迎会,泰戈尔还参加了赏花、游湖、游园、庆生、看戏等活动,并在浙江省教育会、东南大学、山东省议会、北京学界、北京英文教员联合会、太原文瀛湖公园等处发表演说。泰戈尔访华期间的一举一动、一言一行,当时的《大公报》《申报》《晨报》等都作了详细报道。他后来把自己在中国的一些演说汇编成《中国演讲录》(Talks in China)。

泰戈尔访华期间所到之处有掌声,也有质疑。梁启超、蔡元培、郑振铎、瞿世英、徐志摩等人对泰戈尔访华表示欢迎,对泰戈尔的诗歌大为赞赏。梁启超在泰戈尔来华前发表了一篇《印度与中国文化之亲属的关系》的演讲稿,以十二地支分别代表音乐、建筑、绘画等文学艺术,来阐述印度文化和中国文化的关系,用热情洋溢的语气欢迎泰戈尔来华。郑振铎在《小说月报》1923 年第 14 卷上发表了欢迎词,他满怀崇敬地把泰戈尔比作挚爱的兄弟、灵魂的伴侣。徐志摩在泰戈尔访华期间一直形影相随,并现场为泰戈尔演说做翻译,声情并茂地把泰戈尔的思想译介给中国听众。徐志摩在《太戈尔来华》一文中谈到,当时在中国新诗界,十之八九的作品都受到过泰戈尔直接或间接的影响,"我们所以加倍地欢迎泰戈尔来华,因为他那高超和谐的人格,可以给我们不可计量的慰安,可以开发我们原来淤塞的心灵泉源,可以指示我们努力的方向与标准,可以纠正现代狂放恣纵的反常行为,可以摩挲我们想见古人的忧心,可以消平我们过渡时期张皇的意义,可以使我们扩大同情与爱心,可以引导我们人完全的梦境"[②]。在为泰戈尔祝寿那天,徐志摩和林徽因分别扮演泰戈尔的名剧

---

① 佟加蒙编:《中国人看泰戈尔》,北京:人民出版社,2012 年版,第 57 页。

② 徐志摩:《太戈尔来华》,《小说月报》,1923 年第 14 卷 9 号。

《齐德拉》中的男女主人公。泰戈尔离京前赠诗给林徽因,"蔚蓝的天空俯瞰苍翠的森林,它们中间吹过一阵喟叹的清风",泰戈尔在诗中把徐志摩比喻为蓝天,把林徽因比喻为森林。泰戈尔与京剧大师梅兰芳亦有交情,在访华期间,专程观看梅兰芳出演的话剧《洛神》,随后即兴用孟加拉文在一柄纨扇上亲笔题诗。

以陈独秀、瞿秋白、沈泽民、恽代英、闻一多为代表的人则对泰戈尔访华持质疑态度,对泰戈尔著作的思想艺术提出了批判性的见解。瞿秋白批评泰戈尔的"国家主义"理论;沈泽民批评泰戈尔的"自然神教""爱之实现"等唯心主义哲学思想;闻一多对泰戈尔诗歌的思想艺术方面进行分析批判,他指出:"泰果尔的文艺的最大的缺憾是没有把捉到现实。文学是生命的表现,便是形而上的诗也不外此例。"①同时作为现代汉语诗体形式的主要建设者,闻一多对泰戈尔诗歌的形式颇有微词:"于今我们的新诗已经够空虚,够纤弱,够偏重理智,够缺乏形式的了,若再加上泰果尔的影响,变本加厉,将来定有不可救药的一天。希望我们的文学界注意。"②闻一多在批评泰戈尔诗歌的基础上提出自己的生命诗学思想和诗学语言理念。泰戈尔来华引发的各种批评和对话可谓是一次历史性的超越,在多元文化语境中形成不同的接受话语。无论是赞赏还是批判,不同的接受并没有阻碍现代诗学的发展,而是丰富了现代诗学跨文化对话的意义。

与首次来华的热闹场面不同,1929 年,泰戈尔再次两度来华是应徐志摩之邀进行的私人性质访问,只在徐志摩和陆小曼位于上海的家中作短暂停留。临别前,泰戈尔在徐志摩的一本纪念册上留下了一幅水墨画的自画像,并在画像右上角配了一首英文诗。中印两国诗人的友谊也成为现代文学史上的一段佳话。

正如泰戈尔离开中国时怅然所语:"除了我的心之外,我没有落下什么东西。"泰戈尔落在中国的心,如友谊的种子,在中华大地上生根发芽。

三、泰戈尔作品在中文世界的译介和研究

泰戈尔是被翻译介绍到中文世界最多的外国作家之一。自 20 世纪 20 年代迄今,中国学界对泰戈尔作品的译介和研究热情不减。

---

① 闻一多:《泰果尔批评》,《时事新报·文学副刊》,1923 年 12 月 3 日。
② 同上。

20 世纪初,随着新文学运动的发展,在众多翻译家和作家的努力下,泰戈尔作品陆续进入中国读者的视野。1913 年 10 月,在泰戈尔获得诺贝尔文学奖前夕,《东方杂志》第 10 卷第 4 号上刊登了钱智修的文章《台莪尔氏之人生观》,并配发了一张图注为"印度预言家台莪尔氏"的照片,这是泰戈尔首次被介绍到中国。1915 年,陈独秀在《青年杂志》(即《新青年》的前身)第 2 期上用五言古体诗发表了四首从英文转译的泰戈尔的诗歌,选自诗集《吉檀迦利》,篇末对泰戈尔作了简要介绍,这是中国读者第一次接触到泰戈尔的作品。1920 年起,受欧洲"泰戈尔热"的影响,中国媒体对介绍泰戈尔的热情也日渐浓厚,《小说月报》《东方杂志》《晨报副刊》《文学周报》等纷纷刊发了泰戈尔的作品和介绍文章。"泰戈尔的东西方文明观,其爱国主义精神,积极肯定现世生活的态度,以及清新宜人、歌颂大自然的诗歌和小说,都令中国人为之倾倒。"①此后,冰心、徐志摩、王统照、郑振铎等人从英文大量翻译泰戈尔的诗歌、小说等。"据大略统计,1915 年 10 月至 1929 年底,《新青年》……等 23 种杂志与报纸副刊,发表泰戈尔作品中文翻译 350 篇次以上;商务印书馆、泰东图书局等 5 家出版机构,出版了《太戈尔戏曲集》、《太戈尔短篇小说集》等中译本 18 种,31 个版本;译者近 90 人……;涉及泰戈尔诗集 7 种以上,如《吉檀迦利》、《采果集》、《新月集》、《园丁集》、《游思集》、《飞鸟集》等;长篇小说 2 种,戏剧 10 种。"②此外,梁漱溟、张闻天、宗白华等人从哲学、文艺学等学科角度撰写了理论研究文章。"中国文化的内在需求同泰戈尔文学的东方文化底蕴、世界文学观点及其人道主义主题的契合,促进中国文化界在 20 年代选择了泰戈尔作为启蒙导师。"③

　　1961 年,为纪念泰戈尔百年诞辰,人民文学出版社出版了 10 卷本的《泰戈尔作品集》;《人民画报》当年第 6 期开辟"纪念印度诗人泰戈尔诞辰 100 周年"专栏,刊登了徐悲鸿 1940 年为泰戈尔画的肖像,以及中国出版的泰戈尔作品的照片等,将泰戈尔研究推向一个新的高潮。季羡林、黄心川、金克木、何乃英、朱维之、刘建、倪培耕等学者从多维角度探讨泰戈尔的思想,研究泰戈尔对中国作家的影响,呈现出多元化的研究趋势。进入

　　① 孙宜学:《泰戈尔:中国之旅》,北京:中央编译出版社,2013 年版,第 192 页。

　　② 秦弓:《"泰戈尔热"——五四时期翻译文学研究之一》,《中国社会科学院研究生院学报》,2002 年第 4 期。

　　③ 郁龙余等:《梵典与华章:印度作家与中国文化》,银川:宁夏人民出版社,2004 年版,第 371 页。

21世纪，河北教育出版社于2001年出版了24卷的《泰戈尔全集》，其中1至8卷为泰戈尔的诗歌，除冰心翻译的《吉檀迦利》外，其余全部从孟加拉文直接翻译。泰戈尔作品在中文世界的译介有了新的突破，为促进传播和研究提供了第一手资料。

从翻译上看，泰戈尔的主要作品在中国一般有三种以上的译本，呈现出繁荣的态势。其中，冰心翻译的《吉檀迦利》，郑振铎翻译的《飞鸟集》，石真翻译的《故事诗集》等已成为读者心中的经典译本。

从研究上看，说到泰戈尔研究，不得不提季羡林。自13岁在济南与泰戈尔有过一面之缘后，季羡林在后来长达60年的时间里不遗余力地推介泰戈尔，发表了《泰戈尔与中国》《泰戈尔的生平、思想和创作》《泰戈尔短篇小说的艺术风格》等重要文章，他对泰戈尔全面、客观、公正的评价在学界具有公认的影响力。

泰戈尔是读不尽的，他的作品经过岁月的沉淀，已经成为流芳千古的经典。至今，中国仍然有许多译者试图用新的视角再译泰戈尔作品，如冯唐翻译的《飞鸟集》（浙江文艺出版社，2015年出版）由于其大胆另类的文风，问世后饱受争议，有人认为这是"最具诗意和韵律"的译作，也有人指出这是"翻译史上的一次恐怖袭击"，浙江文艺出版社最终选择从书店下架召回该书。由此可见，中国读者对泰戈尔的热情悠远恒久，或许我们仍可期待今后会有更好的译本，这是中文世界对泰戈尔作品的喜爱和认可。同样，中文世界的泰戈尔研究在翻译的基础上也会不断走向繁荣。

四、泰戈尔对中国现代文学的影响

泰戈尔的作品对中国现代文学产生了深远的影响，郭沫若、冰心、王统照等许多现代作家从翻译泰戈尔作品开始走上了文学道路，他们的一些作品在思想内容和艺术形式上都有过泰戈尔文风的烙印，对新文化运动的创新和发展有着不可忽视的作用。

郭沫若是受泰戈尔影响较深的作家之一，据他自己回忆："最先对泰戈尔接近的，在中国恐怕我是第一个。"①郭沫若在东京留学时读了《吉檀迦利》《新月集》等作品后，感叹道："在他的诗里面我感受着诗美以上的欢悦。在这时候我偶尔也和比利时的梅特灵克的作品接近，我在英文中读

---

① 郭沫若：《诗作谈》，《郭沫若研究资料》（上），王训昭等编，北京：中国社会科学出版社，1986年版，第264页。

过他的《青鸟》和《唐太儿之死》。他的格调和泰戈尔相似，但泰戈尔的明朗性是使我愈见爱好的。"（《我的作诗的经过》）①郭沫若早期思想受到泰戈尔的泛神论的某些影响，他在《泰戈尔来华的我见》一文中提到："他的思想我觉得是一种泛神论的思想，他只是把印度的传统精神另外穿了一件西式的衣服。'梵'的现实、'我'的尊严、'爱'的福音，这可以说是泰戈尔的思想的全部，也便是印度人从古代以来，在婆罗门的经典《优婆泥塞图》与吠檀陀派的哲学中流贯着的全部。"②郭沫若从《吉檀迦利》《新月集》《园丁集》中选译部分诗歌，汇编成《泰戈尔诗选》。他在创作上把爱国精神、个性解放和泰戈尔的泛神论思想相结合，写出了《女神》这部五四新文学运动中的代表作品，为中国新诗开启了一个新时代；同时他在创作的艺术形式上也受到泰戈尔的影响，郭沫若曾模仿泰戈尔作过例如《辛夷集》中的《题辞》这类无韵诗；他写的第一首白话诗《死的诱惑》与泰戈尔《园丁集》第81首在构思上有着异曲同工之处，都是用抒情笔调来描写关于死亡的哲学主题；再则，他于1918年写的儿童诗《新月与晴海》，明显有着泰戈尔《新月集》的影子。

　　冰心的翻译创作与泰戈尔的影响紧密相关。1920年秋，冰心署名"阙名"在《遥寄印度哲人泰戈尔》一文中饱含深情地写道："在去年秋风萧瑟、月明星稀的一个晚上，一本书无意中将你介绍给我，我读完了你的传略和诗文——心中不作别想，只深深地觉得澄澈……凄美。"③冰心早期诗集《繁星》和《春水》在诗歌形式和思想内容上直接受到泰戈尔的《飞鸟集》的影响，她在《我是怎样写〈繁星〉和〈春水〉的》一文中说："我自己写《繁星》和《春水》的时候，并不是在写诗，只是受了泰戈尔的《飞鸟集》影响，把许多'零碎的思想'收集在一个集子里而已。"④那都是些充满了诗情画意和具有哲理的短句。同样，《繁星》第12首和《飞鸟集》第9首都是歌咏人类互爱的美好理想；《繁星》第14首和《飞鸟集》第85首都是表现人与自然的和谐关系。从喜欢到模仿到创新，正是由于这份热爱和实践，才有冰心翻译泰戈尔作品中的神来之笔。

　　泰戈尔对中国现代文学的影响是多方面的，既有诗歌艺术上的推动

---

① 郭沫若：《郭沫若全集》（文学编，第16卷），北京：人民文学出版社，1990年版，第216页。

② 何乃英：《泰戈尔与郭沫若、冰心》，《暨南学报》（哲学社会科学版），1998年1期，转引自《创造周报》，1923年第23号。

③ 冰心：《遥寄印度哲人泰戈尔》，《燕大季刊》，1920年第1卷第3期。

④ 冰心：《我是怎样写〈繁星〉和〈春水〉的》，《语文学习》，1981年第1期。

作用,也有创作思想上的启迪作用。胡适曾说:"泰戈尔为印度最伟大之人物,自十二岁起,即以阪格耳之方言为诗,求文学革命之成功,历五十年而不改其志。今阪格耳之方言,已经泰氏之努力,而成为世界的文学,其革命的精神,实有足为吾青年取法者,故吾人对于其他方面纵不满足于泰戈尔,而于文学革命一段,亦当取法于泰戈尔。"①在鲁迅对泰戈尔的评价中,值得一提的是他能冷静地看到泰戈尔"金刚怒目"的一面:"我们试想,现在没有声音的民族是哪几种民族。我们可听到埃及人的声音?可听到安南、朝鲜的声音?印度除了泰戈尔,别的声音可还有?"②泰戈尔在作品中反映出来的思想具有生生不息的精神力量。周恩来在访问印度国际大学时指出:"泰戈尔不仅是对世界文学做出卓越贡献的天才诗人,还是憎恨黑暗、争取光明的伟大印度人民的杰出代表。中国人民永远不能忘记泰戈尔对他们的热爱。"③

相近的文化背景和文学语境,相似的时代精神和历史使命,以泰戈尔为代表的印度文学成为新文化运动接受外来影响中的重要源头之一。

第二节 《吉檀迦利》的中文传播

《吉檀迦利》是泰戈尔在世界上赢得声誉的最主要的作品。1955 年,著名文学家、翻译家冰心将《吉檀迦利》从英文翻译成中文。冰心译本也成为目前中文世界流传最广、受到社会公认的最佳译本,其清丽自然、优美传神的翻译为《吉檀迦利》的中文传播作出了卓越贡献。

一、《吉檀迦利》在中文世界的传播

自 1924 年泰戈尔访华后,关于泰戈尔作品的译文不断涌现,泰戈尔成为在中国译文最多的外国作家之一。《吉檀迦利》也是最早被译介到中国的泰戈尔作品。1915 年,陈独秀在《青年杂志》1 卷 2 期翻译发表了选自《吉檀迦利》的四首《赞歌》,开启了《吉檀迦利》的中文传播。此后,刘半农在 1918 年《新青年》5 卷 3 期上翻译发表了《海滨》;郑振铎先后在 1920 年《人道》1 期上翻译发表了《太戈尔的偈檀迦利诗集》,在《小说月报》

---

① 泰戈尔:《泰戈尔自传》,李菁译,西安:陕西师范大学出版社,2010 年版,第 2 页。
② 鲁迅:《三闲集·无声的中国》,转引自《中央日报·副刊》,1927 年 3 月 23 日。
③ 傅宁军:《泰戈尔与中国抗战》,《海内与海外》,2007 年第 8 期。

1921年12卷6期和1923年14卷9期上翻译发表了《译太戈尔诗》和《吉檀迦利》；王独清在1921年《少年中国》2卷7期上翻译发表了《"那时候"与为什么》；陈南士在1922年《诗》1卷2期上翻译发表了《偈檀迦利》；赵景深在1923年《绿波旬报》5期上翻译发表了《偈檀迦利》；李金发在1925年《微雨》上翻译发表了《偈檀迦利》；张炳星在1945年翻译出版《太戈尔献诗集》；施蛰存在1948年翻译出版《吉檀耶利》（永安正言出版社）。《吉檀迦利》的中文传播经历了由选译到全译的过程，初期的译文多为零星选译，中文读者对《吉檀迦利》的接受和认识也由点滴印象逐渐扩展至整体全部。中华人民共和国成立后出版的《吉檀迦利》中文译本大部分都是103首英文诗的全译本，有1955年人民文学出版社出版的冰心翻译的《吉檀迦利》，1986年上海文艺出版社出版的吴岩翻译的《吉檀迦利》，2006年中国广播电视出版社出版的白开元翻译的《吉檀迦利：泰戈尔抒情诗赏析》，2011年复旦大学出版社出版的付小明翻译的《吉檀迦利》、长江文艺出版社出版的张炽恒翻译的《吉檀迦利》，以及2015年中华书局出版的李家真翻译的《吉檀迦利》等。其中，迄今为止影响最大、最具权威性的版本仍然是冰心的译本，就像莎士比亚作品的朱生豪译本一样，已成为中译本的一个经典的标签，数十年来被不断重版加印，畅销不衰。

二、《吉檀迦利》的诗学思想

在《吉檀迦利》中，泰戈尔用诗的语言来表述哲学问题。对神的爱、对人和自然的爱、对生命和死亡的爱，这三种爱构成了《吉檀迦利》的主题思想，代表了泰戈尔对神与生命之爱、造物之爱和死亡之爱的态度。"泰戈尔关于人与自然关系的哲学思辨不仅为人类提供了如何与自然和睦共处的新方案，而且始终贯穿于他的文学创作中，形成其作品独特的诗学观念和美学风貌。"[①]

泰戈尔在《吉檀迦利》中向人们展示的是另一种文化，这种文化在印度辽阔、平静、奉为神圣的森林中达到了完美的境界，他的诗歌中流露出恬静安宁的气息与自然本身的生命是和谐的，是敏感而富有创造性的心灵所呈现的景象。正如冰心所说："我最初选择了他的《吉檀迦利》只因为他是泰戈尔诗集中我最喜爱的一本，后来才知道这是他的诗歌中最有代表性的一本。从这本诗里我游历了他的美丽富饶的国土，认识了他的坚

---

① 郁龙余等：《中国印度诗学比较》，北京：昆仑出版社，2006年版，第489页。

韧温柔的妇女,接触了他的天真活泼的儿童。"①

《吉檀迦利》蕴含纯美的现实意义,诗歌感情超过了内容,是诗人用心对这个世界的真情感受,感受自然、阳光雨露、风霜雨雪、万物人情。"这种单纯不是内容贫乏,艺术直白幼稚,而是多彩内容的自然流露,深邃思想的形象捕捉,日常生活的神圣渲染。这种单纯格调的诗篇侵蚀着诗人对形而上的探索意向。"②正如泰戈尔自己所说:"在有限之中达到无限境界的欢悦。"《吉檀迦利》诗篇主题是对神虔诚的爱。神的形象由虚空到实在,诗人通过与神的交流,听见、看见、感受到,双方有联结、有呼应,犹如亲人般亲密。在《吉檀迦利》中,神是人类一切理性的缘起,是心灵的寄托,是人在苦难面前的慰藉和希望,是推动人类向善的力量。而爱则是一种信仰,人在信仰的指引下才不会虚度光阴,美好的爱能让人变得更充实,更自信。以中文为母语的美国作家赛珍珠在纪念泰戈尔百年诞辰时说:"他是真正意义上的世界诗人。他语言即他创作的工具是纯美之语,感人至深而不致使人沉溺,不仅充分领悟了神灵之爱和神人之爱,也深刻地渗透了人类之爱。浓烈馥郁的美弥漫在泰戈尔作品中,使之更显高贵,且让每一位读者心领神会。"③诗歌中对思想和信仰的热切追求,体现在音域和色彩上丰富变化,舒缓明丽的语言演奏出梵我合一的爱之歌。深情的歌唱、虔诚的祈祷、自然宇宙的精气神与诗歌中传递的精神教谕无缝和谐。泰戈尔的诗,如一道灵光,开启了人们内心的爱意和能量。

我国当代许多诗人在创作过程中也或多或少受到过《吉檀迦利》的影响,他们把《吉檀迦利》奉若诗歌的圣经,那些优美的语句、充满哲思的诗行给中国当代诗人的创作带来了启迪。这样的启迪也必将影响越来越多的诗歌爱好者和创作者。

三、《吉檀迦利》冰心译本的美学意义

《吉檀迦利》是公认难译的作品之一,冰心在对原作全面深刻的理解的基础上,"以她作家的智慧、诗人的灵感和对作者的理解和同情,运用她的神笔,把这一百零三首诗歌精确传神地描绘成一幅长长的画卷,展现在

---

① 冰心:《〈泰戈尔诗选〉译者序》,《泰戈尔诗选》,南京:译林出版社,2012年版,第1页。

② 倪培耕:《世界文学意义的泰戈尔》,引自《吉檀迦利:泰戈尔诗选》,冰心等译,上海:上海三联书店,2015年版,第1页。

③ 尹锡南译:《印度比较文学论文选译》,成都:巴蜀书社,2012年版,第531页。

读者眼前"①。

　　冰心翻译过许多亚非作家的作品，但只有《吉檀迦利》和《先知》才是她自己最为喜爱和认同的作品。冰心在《译书之我见》中谈到泰戈尔和纪伯伦的翻译时说："这两位诗人的作品，都是他们自己用英文写的，而不是经过别人从孟加拉文和阿拉伯文译成的，我译起来在'信'字上，就可以自己负责。我从来不敢重译。"②有爱才有真情投入，有真情投入才有上乘的译作。虽然，冰心没有见过泰戈尔本人，1924 年泰戈尔访华时，冰心正在美国求学，作为《吉檀迦利》最具盛名的译者与泰戈尔未曾谋面，但冰心的"爱的哲学"体系和泰戈尔的"梵我合一"思想是相呼应的。因此，冰心在翻译中对词汇语法、情感把握等都有过自觉的思考，冰心译本以白话文为主体，融汇文言词汇和句式，在翻译策略上，选用具有中国特色的排比、对照、重复等修辞方式，忠实体现了原文的思想情感和美学风格。

　　"在泰戈尔的思想中，韵律占极高的地位，是他的最高理想，最根本的原理，是打开宇宙奥秘的一把金钥匙。"③在将《吉檀迦利》翻译成英文的过程中，泰戈尔以散文诗的形式来呈现，放弃了孟加拉语原诗中的尾韵，保留了部分诗行的复沓，以增强英译文的韵律和节奏。冰心的中译文对英译本中出现的复沓，通过位置调整等方法基本给予保留，忠实地体现了诗歌的韵律。例如第 57 首第 2 诗节，英文原诗为：

　　　　Ah, the light dances, my darling, at the centre of my life; the light strikes, my darling, the chords of my love; the sky opens, the wind runs wild, laughter passes over the earth.

冰心译文为：

　　　　呵，我的宝贝，光明在我生命的一角跳舞；我的宝贝，光明在勾拨我爱的心弦；天开了，大风狂奔，笑声响彻大地。

　　从两种语言的对比中，可以看出英文版该诗的 my darling 一词位于句中，冰心将其调整到句首，译为"我的宝贝"，加重了重复的语气，也使语句更符合汉语的语法规范，便于中国读者的接受。

　　英译版的《吉檀迦利》没有受到格律诗的束缚，对于排比等手法的突

---

　　① 石真：《翻译领域里的神笔——评〈冰心译文集〉》，《出版广角》，1999 年第 12 期。
　　② 冰心：《译书之我见》，《冰心译文集》，陈恕编，南京：译林出版社，1998 年版。
　　③ 季羡林：《泰戈尔与中国》，《社会科学战线》，1979 年 2 期。

出运用再现了诗歌的韵律美。冰心的翻译从音、形、意三方面还原了英译版《吉檀迦利》本身流淌的韵律和节奏。例如第36首，冰心译本在形式上紧跟原文。英文原诗为：

> This is my prayer to thee, my lord—strike, strike at the root of penury in my heart.
>
> Give me the strength lightly to bear my joys and sorrows.
>
> Give me the strength to make my love fruitful in service.
>
> Give me the strength never to disown the poor or bend my knees before insolent might.
>
> Give me the strength to raise my mind high above daily trifles.
>
> And give me the strength to surrender my strength to thy will with love.

冰心译诗为：

> 这是我对你的祈求，我的主——请你铲除，铲除我心里贫乏的根源。
>
> 赐给我力量使我能轻闲地承受欢乐与忧伤。
>
> 赐给我力量使我的爱在服务中得到果实。
>
> 赐给我力量使我永不抛弃穷人也永不向淫威屈膝。
>
> 赐给我力量使我的心灵超越于日常琐事之上。
>
> 再赐给我力量使我满怀爱意地把我的力量服从你意志的指挥。

通篇的排比使得诗歌形式齐整，冰心译文和原作一样采用了对称的平行结构，使诗歌语气得以增强，再现原诗的音韵美。读冰心的中译本和泰戈尔的英文原诗一样，如山林中的一泓清泉，富有美感的旋律从唇齿间缓缓流出。

身为作家的冰心掌握丰富的文学词汇，经过推敲筛选，翻译出最接近中国诗歌神韵的诗句。她翻译的《吉檀迦利》简洁凝练，准确传神。"如在第68首第3诗节，泰戈尔一连用了 light，fleeting，tender，tearful 和 dark 5个形容词，冰心一一对应将其译为轻柔、飘扬、温软、含泪而黯淡，不仅形式整齐与原文对应，而且意义也十分贴切。"[①] 又如第40首的第2诗节，英文原诗为：

---

① 曾琼：《〈吉檀迦利〉翻译与接受研究》，北京：中央编译出版社，2014年版，第55页。

Send thy angry storm, dark with death, if it is thy wish, and with lashes of lightning startle the sky from end to end.

冰心译文为：

如果你愿意，请降下你的死黑的盛怒的风雨，以闪电震慑诸天罢。

在英文原诗中，with 表示原因，death 原指"黑云压城城欲摧"，受宗教文化影响，义位"黑"与义位"死"相联系，冰心选择带有感情陪义的"死黑"，表现了恐惧厌恶的情绪；from end to end 原指"遍及宇宙"，由于《吉檀迦利》蕴含印度宗教思想，冰心在此采用了带有宗教语域的"诸天"一词，精准地表达了原诗的意境，最后一个重词"罢"增强了诗句的语气。

冰心对《吉檀迦利》的翻译无疑是一次再体验再创作，充分体现了她的译者主体性，通过对源语文化和目的语文化的"创作性叛逆"，赋予《吉檀迦利》在中文世界新的生命力。《吉檀迦利》的冰心中译本经过"文学翻译"之后，成为具有独立文本价值的经典翻译文学。

第三节 《吉檀迦利》孟加拉文原版与英译版比较

作为土生土长的印度人，泰戈尔具有孟加拉文化的底蕴。他用孟加拉语写成的《吉檀迦利》主要是以孟加拉文化为背景，融汇印度古典梵文文学和孟加拉民族文学的传统，吸取两者精华，形成独特风格。泰戈尔在早期就尝试用孟加拉人民的口语来写诗，生动流畅、富有乐感的孟加拉语赋予他的诗歌清新的气息和新颖的节奏，原文版的《吉檀迦利》是孟加拉文化的产物，反映了孟加拉独有的文化特征。

泰戈尔把《吉檀迦利》由孟加拉文翻译成英文介绍给西方读者，其中包含了西方文化的思想，作为一种创造性融合东西方文化的译本在西方文坛获得了成功。泰戈尔自小学习英语，他可以在孟加拉语和英语之间自由切换、互译。泰戈尔在去英国之前，曾经将莎士比亚、但丁、海涅等西方文学名家名著试着从英语翻译成孟加拉语。在伦敦大学学习期间，他研读过弥尔顿、拜伦等作家的作品，深入感受英国文学蕴含的激情和魅力。两年的留学生活，使他了解了英国文学和音乐，也为他将自己用孟加拉语写成的《吉檀迦利》翻译成英文做好了准备。

把韵律诗译成散文诗，把东方文化译介到西方国家，这对译者来说是项巨大的挑战。由于不同文化体系的复杂性,从某种意义上来说,诗是不可译的。显然,将孟加拉语的诗歌译成英语,要完完全全保留原诗风貌异常困难,诗歌中韵律、乐感、意象丰富的词汇,在翻译过程中难免会有所损失。泰戈尔把《吉檀迦利》译成英文是一次翻译实践,也是一次翻译创新。通过对《吉檀迦利》孟加拉文原版和英译版的比较,有助于我们更清晰地认识到《吉檀迦利》这部经典著作在世界文化传播和接受中体现出来的价值。

一、孟加拉文《吉檀迦利》和英文版《吉檀迦利》的文集构成

《吉檀迦利》最初是泰戈尔用孟加拉语写成的,收录了157首诗歌,于1910年8月4日出版。giit 在孟加拉语中是"歌"的意思,onjoli 意为"献","吉檀迦利"一词即为"献歌"的意思。英文版的《吉檀迦利》收录了103首诗,其中有53首选自孟加拉语版的《吉檀迦利》,由泰戈尔本人翻译,1912年,叶芝为其作序,伦敦的印度协会组织出版。

泰戈尔在把孟加拉语版的《吉檀迦利》翻译成英文的这段时期,他还写了一些歌曲,后来以《歌之花环》为名出版,英文版的《吉檀迦利》中有16首选自这部作品。此外,泰戈尔还选译了来自孟加拉语的作品《渡口集》《祭品集》《怀念集》《儿童集》等约有10部集子中的一些诗歌,编译成英文版的《吉檀迦利》。这些原创的孟加拉语诗歌是泰戈尔不同时期创作的,既有1896年出版的作品(如《收获集》),又有新创作的(如《歌之花环》);既有选自诗集的,也有选自剧本《坚固堡垒》的歌词。泰戈尔在编译过程中,有时将两首诗的语句合译成一首诗,最典型的是英文版的《吉檀迦利》第95首是根据孟加拉文版的《祭品集》中的第89首和第90首合译而成。

孟加拉语是泰戈尔表达自身思想、情感、兴趣、启示、感觉和探索的重要方式。他在诗歌领域不知疲倦而又充满创造性的天才般的努力使他以孟加拉语为母语创作的诗歌作品获得了成功。孟加拉文具有书写漂亮、发音柔美的特征,如流淌的音乐在他生命中回响,深入内心,触及灵魂,在诗集《吉檀迦利》中将他艺术家的情感表现得淋漓尽致。可以说,从他踏上孟加拉文学征程起,孟加拉语社会就进入了一个新的时代。

从上述两种语言版本的文集构成分析来看,在孟加拉文《吉檀迦利》文本基础上,英文版的《吉檀迦利》是一种选译本,诗歌来源、构成体系并非一一对应,存在着一定的差异。泰戈尔从孟加拉语原文中选择诗歌进行翻译汇编时,应是考虑并兼顾了两种文化的认知和接受,这也是英译版

的《吉檀迦利》之所以享誉西方的一个重要因素。

二、孟加拉文版的原创性和英译版的超越性

泰戈尔在翻译过程中,对孟加拉文原作进行了大幅的修改,通过增删、整合等方式进行了再创作。对于这样的翻译处理,泰戈尔自己在写给友人的一封信里作出了解释:"英语诗句具有结构均衡、表达清晰而有力的特点,我在将孟加拉语韵律诗翻译成英文的过程中,感受到这一音律带来的愉悦。我认为,在翻译中应舍弃原文的韵律格调,而采用英语诗歌的表达方式,这对我的孟加拉语诗歌也是一种再创作。"①泰戈尔的翻译是经过深思熟虑的,不是简单的语言转换,而是以一个诗人的自觉将自己对两种诗语的深度把握体现在翻译中。同时,泰戈尔在翻译的过程中也体会到了英语散文诗的美好清新的诗韵给翻译创作带来的愉悦,这也是只有精通两种语言的诗人自己翻译自己的作品才能达到的超越。

孟加拉文版的《吉檀迦利》也被称为《献歌集》,这里的"歌"不是诗歌的歌,而是歌唱的歌,是配上曲调即可吟唱的诗篇。庞德指出,"孟加拉原文作为颂歌的形式无处不在"②,几乎所有的诗都可以配上曲调进行吟唱。强烈的音乐性是孟加拉文版《吉檀迦利》的重要特征。

泰戈尔的家庭是一个喜爱音乐、重视音乐的家庭,音乐元素潜移默化地渗透到他的诗歌写作中。年少时,为了帮助哥哥把新谱的曲调记录下来,泰戈尔在边上及时为这些新调编歌,自此引领泰戈尔开始从事诗歌创作。音乐似瀑布溅起的水花在泰戈尔的心中映成彩虹色的音阶,这也是泰戈尔在诗中特别注重音乐的一个原因。

泰戈尔在孟加拉文版的《吉檀迦利》第 31 首中写道:"বাজবে বীণা সোনার সুরে",其中"বীণা"(veena)是一种印度古老的传统乐器,即维纳琴,这种七弦琴对西方读者来说显然是陌生的。英译本的《吉檀迦利》与之相对应的第 15 首是这样翻译的:"the golden harp is tuned",用"harp"这个词来替代"বীণা"。harp 是西方读者所熟悉的竖琴,竖琴和维纳琴虽然在形状、音调上有所区别,但都属于古老的弹拨类弦乐器,竖琴是古希腊文学作品中经常出现的乐器,在欧洲广为流行。将孟加拉语"বীণা"译成"harp"

---

① Rabindranath Tagore, selected and edited with an introduction by Uma Das Gupta, *My Life in My World*, London: Penguin Group, 2006, p. 169.

② Ezra Pound, "Rabindranath Tagore", *Fortnightly Review*, vol. 1, 1913, pp. 571—579.

无疑是恰如其分的。"当心弦与天地万物协调的时候，宇宙的歌声时时刻刻都能唤起它的共振……当我们心里充满青春的歌声时，我们也能知道宇宙这架竖琴把它各种音调的琴弦伸向四面八方。"①泰戈尔正是基于深厚的音乐素养使得英译本的作品能为更多的西方读者接受和了解。

孟加拉文版《吉檀迦利》用生动的笔墨描写了季节变化给孟加拉大自然带来的独特风光，融入了泰戈尔对自己国家深深的热爱之情。但孟加拉有六季，每一季都有各自的特色，分别是春季、夏季、雨季、秋季、凉季和冬季，而不是我们通常所说的四季，因此要找到与西方文化中完全对应的表达是有难度的。例如，孟加拉文版《吉檀迦利》第18首这样描述：

"আজ শ্রাবণঘন — গহন — মোহে"

"শ্রাবণ"是孟历中的雨季。孟加拉的雨季常常会出现乌云密布、风起云涌的自然景象。再来看英文版对这句的翻译：

In the deep shadows of the rainy July, with secret steps, thou walkest, silent as night, eluding all watchers. (XXII)

在这里，泰戈尔将孟历 Srabon 月（斯拉万月）用英语中的 7 月份来替代。虽然孟历斯拉万月对应的是公历 7 月至 8 月，但英语中的 7 月通常是指夏季。与孟加拉不同，西方国家没有雨季。7 月在英语文化中不能代表雨季，无法体现乌云压城、风云汹涌所带来的神秘而又紧张的气氛，这种风云意象是孟加拉独特的自然风貌赋予孟加拉文化的特质。

《吉檀迦利》中的大部分诗歌是对神虔诚的祷告，神与人之间爱的联系在这部诗集中得到了体现。

প্রভু, আজি তোমার দক্ষিণ হাত
রেখো না ঢাকি।
এসেছি তোমারে, হে নাথ,
পরাতে রাখী।

孟加拉文版《吉檀迦利》中"রাখী"一词反映了孟加拉的宗教传统。"রাখী"（rākhi）的意思是圣线，象征印度教的一种重要传统习俗。在一般印度教徒家中，男孩长到 12 岁时，就要为他们举行佩戴圣线的仪式，表示孩子已长大，正式成为印度教徒了。通过佩戴圣线的仪式，培养孩子的宗

① 泰戈尔：《泰戈尔自传》，李菁译，西安：陕西师范大学出版社，2010 年版，第 249 页。

教情感,使他们意识到作为一个成年男子对社会和家庭的责任。但"शान्त"
在英语中是难以反映的。泰戈尔在孟加拉文版《吉檀迦利》中用热切而虔
诚的语调表达了对神的崇拜,从韵律和主题上都表现了泰戈尔虔信主义
的宗教意识。

对不同的宗教来说,基本理念和宗教观点是很难翻译的。但是在《吉
檀迦利》中,诗人凭借他对世间万物的丰富体验,通过翻译在一系列宗教
诗中表达了他最深的情感、顿悟和启示。当他呼喊神的时候,神秘的爱能
被看见,神和锄着枯地的农夫和敲石的造路工人在一起。他的这种感受
在英译版的《吉檀迦利》第11首中得以体现:

> He is there where the tiller is tilling the hard ground and where
> The pathmaker is breaking stones. He is with them in sun and
> in
> Shower and his garment is covered with dust. [①]

一个人需要表达他对神的热爱,才能在人和神之间建立强大的联系。
通过在大自然中的劳作,能够感受到神在自然界奇迹般的存在。1955 年
诺贝尔文学奖得主、冰岛作家拉克司内斯(Halldó Kiljan Laxness)曾表
示:"这种陌生的、遥远的和微妙的声音……最终证明我们能看到《吉檀迦
利》中神的显现,但源于与我们完全不同的气候风貌,这是不同文化的产
物。"[②]因此,文化的不可译性在《吉檀迦利》中不可避免地存在,并非是个
例外。

孟加拉文语写的和英语翻译的《吉檀迦利》都保持着各自的独创性。
经过泰戈尔的创作性翻译,虽然英文版的《吉檀迦利》与孟加拉语原诗在
节奏韵律、文化传统、宗教思想等方面存在着一些差异,创作技巧有了很
大的变化,但仍最大限度地保留了印度特色,诗歌中传递的基本思想在孟
加拉语和英语中是一样的。

三、《吉檀迦利》是东西方文化的结晶

爱尔兰诗人叶芝曾说:"泰戈尔用孟加拉语和英语两种语言写作,将
印度的传统思想与西方的人道主义糅合在一起,在这些佳作中我们能够

---

① 泰戈尔:《吉檀迦利》,冰心译,北京:外语教学与研究出版社,2010 年版,第 20 页。

② Sisir Kumar Das, *The English Writings of Rabindranath Tagore*: *Poems*, New Delhi: Sahitya Akademi, 2004.

发现一种在其他文学作品中所没有的深厚的淳朴以及崇高的浪漫主义。"叶芝把泰戈尔的诗喻为"沃土中茁壮成长的灯心草"。

英文版的《吉檀迦利》是在孟加拉文版《吉檀迦利》基础上编译而成,故它既包含了印度"梵"的意象,又有西方的文化色彩。泰戈尔在《吉檀迦利》中抒发了对自然世界的永恒赞美,并将这种对自然的赞美和对神的热爱紧密连接。

> Oh, dip my emptied life into that ocean, plunge it into the deepest fullness. Let me for once fell that lost sweet touch in the allness of the universe. ①

在这首诗里,读者可见"梵"的意象化。泰戈尔是印度教"梵社"的成员,他在宗教生活和文学生涯中都达到了深沉、虔诚和单纯的意境。《吉檀迦利》中的诗歌沿袭了"奥义书"的思想和毗湿奴教"信爱说"传统。从泰戈尔的抒情诗里,可以明显地看到印度古典梵文文学的影响,也可看到孟加拉民间文学和西方文学的影响。

泰戈尔在诗中经常强调神、人、自然和爱本质上的一致性,并通过意象在这些事物间建立密切的联系。"人与自然的关系问题,也是泰戈尔哲学中的一个主要问题。印度的传统哲学认为:人的实质同自然实质没有差别,二者都是世界本质'梵'的一个组成部分,互相依存,互相关联。"②

泰戈尔的诗歌天才表现在许多方面。从诗歌形式来看,《吉檀迦利》既有东方的艺术特征,又有西方的文学样式。泰戈尔通过身体力行的翻译为东西方文化交流带来新气象。把《吉檀迦利》从孟加拉文翻译成英文,虽然原诗的韵律和乐感有所损失,但保留了诗的核心思想和主旨要素,并增添了另一种清新素朴的气息。泰戈尔自己也说:"我觉得,我的诗并未因为散文的形式而有所失色。"英译版的《吉檀迦利》与孟加拉原诗相比,某些特征在孟加拉原文中是固有的,用英文表达出来仍然神韵犹存,达到了"你中有我、我中有你"的境界。《吉檀迦利》可谓是东西方文化的结晶。

综上比较,尽管对于两种语言、两个版本的《吉檀迦利》,诗人在创作和翻译过程中,对诗集的构成、改编、加工等处理方式上有所不同,但泰戈尔通过《吉檀迦利》这部诗集所要表达的思想情感在孟加拉文版和英文版

① 泰戈尔:《吉檀迦利》,冰心译,北京:外语教学与研究出版社,2010年版,第182页。
② 季羡林:《泰戈尔的生平、思想和创作》,《社会科学战线》,1981年第2期。

中一脉相承。因此,无论是孟加拉文版的《吉檀迦利》还是英文版的《吉檀迦利》,并无孰优孰劣、孰高孰低之分,这两部由泰戈尔自己用不同语言创作的同一主题的作品,体现了不同语境下的文化特征,也为东西方两种文化用同一部文学作品作为载体进行交流提供了最为扎实坚固的基石。

作为经典文学的《吉檀迦利》,经泰戈尔自己用两种不同语言的创作和翻译,以及各国作家的译介,唤起了世界各国读者的情感共鸣,用文字的力量缩短了人们之间的距离,正如泰戈尔在获得诺贝尔文学奖的书面感谢电中所说:"你们全面、深刻的理解缩短了我们之间的距离,并使一个陌生人变成了兄弟。"①这也是《吉檀迦利》历久弥新、享誉世界的魅力所在。

---

① 毛信德主编:《诺贝尔文学奖颁奖词与获奖演说全集》,杭州:浙江工商大学出版社,2013年版,第83页。

参考文献

艾略特,T. S.:《荒原》,赵萝蕤、张子清译,北京:人民日报出版社,2000年版。

艾略特,T. S.:《基督教与文化》,杨民生等译,成都:四川人民出版社,1989年版。

艾略特,托·斯:《艾略特文学论文集》,李赋宁译,南昌:百花洲文艺出版社,1994年版。

安德斯,京特:《过时的人——论第二次工业革命时期人的灵魂》,范捷平译,上海:上海译文出版社,2010年版。

巴尔,赫尔曼:《表现主义》,徐菲译,北京:生活·读书·新知三联书店,1989年版。

贝克:《迷惘者的一生:海明威传》,林基海译,长沙:湖南文艺出版社,1992年版。

本雅明,瓦尔特:《发达资本主义时代的抒情诗人》,张旭东等译,北京:生活·读书·新知三联书店,1989年版。

波德莱尔:《1846年的沙龙:波德莱尔美学论文选》,郭宏安译,桂林:广西师范大学出版社,2002年版。

波德莱尔,夏尔:《恶之花》,郭宏安译,上海:上海译文出版社,2011年版。

柏格森,亨利:《时间与自由意志》,吴士栋译,北京:商务印书馆,1958年版。

布勒东,安德烈:《娜嘉》,董强译,上海:上海人民出版社,2009年版。

陈庆勋:《艾略特诗歌隐喻研究》,上海:上海人民出版社,2008年版。

德莱塞,西奥多:《美国的悲剧》(上),许汝祉译,上海:上海三联书店,2014年版。

邓艳艳:《从批评到诗歌:艾略特与但丁的关系研究》,北京:中国社会科学出版社,2009年版。

董洪川:《"荒原"之风:T. S.艾略特在中国》,北京:北京大学出版社,2004年版。

飞白主编:《世界诗库》第7卷,广州:花城出版社,1994年版。

福柯,米歇尔:《疯癫与文明:理性时代的疯癫史》,刘北成、杨远婴译,北京:生活·读书·新知三联书店,2003年版。

福克纳:《喧哗与骚动》,李文俊译,杭州:浙江文艺出版社,1992年版。

福克纳,威廉:《喧哗与骚动》,李文俊译,上海:上海译文出版社,2004年版。

宫崎犀一等编:《近代国际经济要览(16世纪以来)》,北京:中国财政经济出版社,1990年版。

顾蕴璞编选:《俄罗斯白银时代诗选》,广州:花城出版社,2000 年版。

海明威,欧内斯特:《永别了,武器》,孙致礼、周晔译,南京:译林出版社,2012 年版。

洪谦主编:《西方现代资产阶级哲学论著选辑》,北京:商务印书馆,1964 年版。

蒋洪新:《英诗新方向——庞德、艾略特诗学理论与文化批评研究》,长沙:湖南教育出版社,2001 年版。

蒋洪新:《走向〈四个四重奏〉——T. S. 艾略特诗歌艺术研究》,长沙:湖南人民出版社,1998 年版。

里尔克:《上帝的故事:里尔克散文随笔集》,叶廷芳、李永平编,北京:中国广播电视出版社,2001 年版。

李欧梵:《上海摩登——一种新都市文化在中国 1930—1945》,毛尖译,北京:北京大学出版社,2001 年版。

刘小枫:《诗化哲学》,济南:山东文艺出版社,1986 年版。

刘岩:《中国文化对美国文学的影响》,石家庄:河北人民出版社,1999 年版。

刘燕:《现代批评之始:T. S. 艾略特诗学研究》,桂林:广西师范大学出版社,2005 年版。

刘燕:《艾略特:二十世纪文学泰斗》,成都:四川人民出版社,2001 年版。

龙文佩主编:《尤金·奥尼尔评论集》,上海:上海外语教育出版社,1988 年版。

潞潞主编:《准则与尺度——外国著名诗人文论》,北京:北京出版社,2003 年版。

马克思、恩格斯:《共产党宣言》,北京:人民出版社,1997 年版。

毛信德:《美国二十世纪文坛之魂——十大著名作家史论》,北京:航空工业出版社,1994 年版。

毛信德主编:《诺贝尔文学奖颁奖词与获奖演说全集》,杭州:浙江工商大学出版社,2013 年版。

尼采:《查拉斯图特拉如是说》,尹溟译,北京:文化艺术出版社,1987 年版。

皮泽尔,唐纳德主编:《美国现实主义和自然主义:豪威尔斯到杰克·伦敦》,张国庆译,武汉:武汉大学出版社,2008 年版。

琼斯,彼德编:《意象派诗选》,裘小龙译,桂林:漓江出版社,1986 年版。

孙宜学:《泰戈尔:中国之旅》,北京:中央编译出版社,2013 年版。

孙玉石:《中国现代主义诗潮史论》,北京:北京大学出版社,2010 年版。

塔达基维奇,符:《西方美学概念史》,褚朔维奇译,北京:学苑出版社,1990 年版。

泰戈尔:《吉檀迦利》,冰心译,北京:外语教学与研究出版社,2010 年版。

佟加蒙编:《中国人看泰戈尔》,北京:人民出版社,2012 年版。

童庆炳、陶东风主编:《文学经典的建构、解构和重构》,北京:北京大学出版社,2007 年版。

汪义群:《奥尼尔研究》,上海:上海外语教育出版社,2006 年版。

王立新:《美国传教士与晚清中国现代化——近代基督新教传教士在华社会、文化与教育活动研究》,天津:天津人民出版社,1997 年版。

韦伯,马克斯:《新教伦理与资本主义精神》,于晓、陈维纲等译,北京:生活·读书·新知三联书店,1987 年版。

卫茂平：《德语文学汉译史考辨——晚晴和民国时期》，上海：上海外语教育出版社，2004
　　年版。

肖洛霍夫：《静静的顿河》，金人译，北京：人民文学出版社，1988 年版。

肖洛霍夫，米哈依尔：《静静的顿河》，力冈译，南京：译林出版社，2010 年版。

谢天振、查明建主编：《中国现代翻译文学史（1898—1949）》，上海：上海外语教育出版社，
　　2004 年版。

杨仁敬编著：《海明威在中国》，厦门：厦门大学出版社，2006 年版。

殷企平、朱安博：《什么是现实主义文学》，上海：上海外语教育出版社，2011 年版。

袁可嘉：《欧美现代派文学概论》，上海：上海文艺出版社，1993 年版。

岳峰：《架设东西方的桥梁：英国汉学家理雅各研究》，福州：福建人民出版社，2004 出版。

郁龙余等：《梵典与华章——印度作家与中国文化》，银川：宁夏人民出版社，2004 年版。

郁龙余等：《中国印度诗学比较》，北京：昆仑出版社，2006 年版。

詹姆斯，亨利：《小说的艺术：亨利·詹姆斯文论选》，朱雯等译，上海：上海译文出版社，
　　2001 年版。

张剑：《T. S. 艾略特：诗歌和戏剧的解读》，北京：外语教学与研究出版社，2006 年版。

赵毅衡：《远游的诗神：中国古典诗歌对美国新诗运动的影响》，成都：四川人民出版社，
　　1985 年版。

曾琼：《〈吉檀迦利〉翻译与接受研究》，北京：中央编译出版社，2014 年版。

Amann, Per. *Die Späten Impressionisten*, Berghaus Verlag, Kirchdorf-Inn 1986.

Benjamin, Walter. *Das Passagen-Werk*, *Gesamelte Schriften*, Bd 1, Suhrkamp Verlag,
　　Frankfurt am Main 1982.

Benjamin, Walter. *Wallfahrtstätten zum Fetsisch Ware*, GS V. Frankfurt am
　　Main 1995.

Bereuer, Josef/Freud, Sigmund. *Studien über Hysterie 1895*, Einleitung v. Stavros
　　Mentzos, Framkfurt am Main 1991.

Bergonzi, Bernard. *T. S. Eliot's "Four Quartets": A Casebook*, London:
　　Macmillan, 1969.

Bornstein, George. *Transformations of Romanticism in Yeats, Eliot, and Stevens*,
　　Chicago: University of Chicago Press, 1976.

Brooker, Jewel Spears. *T. S. Eliot: The Contemporary Reviews*, Cambridge: Cambridge
　　University Press, 2004.

Bürger, Peter. *Naturalismus, -Ästhetizismus und das Problem der Subjektivität*,
　　Frankfurt am Main, 1979.

Cohen, Lizabeth. *Consumers' Republic: The Politics of Mass Consumption in Postwar
　　America*, Westminster: Knopf Publishing Group, 2003.

Crawford, Robert. *Young Eliot. From St. Louis to The Waste Land*, Jonathan Cape/

Farrar, Straus and Giroux, 2015.

Döblin, Alfred. *Über die Literatur*, Frankfurt am Main, 1963.

Elliott, Emory ed. *The Columbia History of the American Novel*, Columbia University Press, 1991.

Hoffman, Tyler. *Robert Frost and the Politics of Poetry*, University Press of New England, 2001.

Hofmannsthal, Hugo von. „Gabriele d'Annunzio", in Gotthard Wunberg, (Hrsg., unter Mitarbeit v. Johannes J. Braakenberg), *Die Wiener Moderne, Literatur, Kunst und Musik, zwischen 1890—1910*, Stuttgart, 1981.

Hofmannsthal, Hugo von. *Sämtliche Werke*, kritische Ausgabe, hrsg. v. Rudolf Hirsch u. a. Frankfurt am Main, 1975.

Howells, William D. *Criticism and Fiction*, Nabu Press, 2010.

Hulme, T. E. *The Complete Poetical Works of T. E. Hulme*, London: Elkin Mathew, 1912.

James, William. *The Principles of Psychology*, New York: H. Holt and Company, 1890.

Kandinsky, Wassily. *Franz Marc im Urteil seiner Zeit*, Köln, 1960.

Kiesel, Helmuth. *Geschichte der literarischen Moderne. Sprache, Ästhetik, Dichtung im Zwanzigsten Jahrhundert*, C. H. Beck, München 2004.

Kracauer, Siegfried. *Theorie des Films, Die Errettung der äußeren Wirklichkeit*, Frankfurt am Maim, 1985.

Lawrence, D. H. *The First and Second Lady Chatterley Novels*, Cambridge: Cambridge University Press, 2001.

Luhmann, Niklas. *Die Kunst der Gesellschaft*, Frankfurt am Main, 1985.

Mach, Ernst. *Die Analyse der Empfindungen und das Verhältnis des Physischen zum Psychischen*, Jena, 1900.

Meÿenn, Karl von. *Die großen Physiker. Von Maxwell bis Gell-Mann*, C. H. Beck, 1997.

Moody, David ed. *The Cambridge Companion to T. S. Eliot*, Cambridge: Cambridge University Press, 1994.

Pound, Ezra. *Pipostes*. (Appendix to Ripostes), Stephen Swift & Co., Ltd., 1912.

Qian, Zhaoming. *Ezra Pound and China*, University of Michigan Press, 2003.

Quiller-Couch, Arthur ed. *The Oxford Book of English Verse: 1250—1900* (volume 1), Blumenfeld Press, 2008.

Rilke, Rainer Maria. *Werke, Kommentierte Ausgabe in vier Baenden*, Frankfurt am Main, 1996.

Santayana, George. *The Idler and His Works, and Other Essays*, edited by Daniel Cory, New York: George Braziller, Inc., 1957.

Schmidt-Emans, Monika. *Franz Kafka. Epoche-Werk-Wirkung*, Verlag C. H. Beck München, 2010.

索　引

后 记

　　《外国文学经典生成与传播研究》（第六卷）即将付梓了，此刻我却不禁生出一丝感慨。自2010年从首席专家吴笛先生那里接受任务至今，不经意间已经整整8年过去了，岁月如流，时光荏苒，面对厚厚的一摞书稿，其中的酸甜苦辣只有到了这一刻才得以释怀。

　　这些年里，我一面在浙大执教，还一度担任些许行政职务，既要服务师生，又要焚膏继晷，实可谓惶惶乎不可终日。好在本书撰写过程中，有幸得到外国文学研究界同仁不吝赐教，鼎立相助，方能有今日完稿之时。在此，特向北京外国语大学王炳钧教授、丁君君副教授，上海外国语大学卫茂平教授，德国柏林自由大学 Hans Feger 教授，浙江大学高奋教授、王永教授、赵佳副教授，浙江外国语言学院桂清扬教授表示感谢，他们对本书的生成提供了大量的文献资料方面和法语、俄语、拉丁语、古希腊语和其他语言释义上的支持，感谢我的博士生高原、曹俊霞、向璐在本书资料收集、书稿校阅等工作上付出的辛勤劳动。

　　本书的第十章由浙江大学郭国良、杨瑞琦撰写，第三章第一节由浙江大学刘永强撰写，第十三章第一节和第二节由浙江越秀外国语学院杨海英撰写，第十三章第三节由浙江越秀外国语学院杨海英和浙江大学萨米拉合写，在此表示特别的感谢。其余部分由浙江大学范捷平撰写。

　　最后还要特别感谢国家社科基金重大招标课题"外国文学经典生成与传播研究"首席专家吴笛教授。没有他的辛勤付出，本课题的完成是不可想象的。此外，还要感谢浙江省外国文学研究界的张德明教授、蒋承勇教授、彭少键教授、傅守祥教授和殷企平教授，他们作为其他各子课题的负责人，为本课题的顺利完成作出了很大贡献。我本人从他们身上学到了许多东西，谨在此表示敬意。

范捷平

2018 年 10 月

于杭州荀庄